アナイス・ニン文学への視点
小説と日記、作家と創意

YAMAMOTO Toyoko
ANAÏS NIN

山本豊子 編

Literary Essays on Anaïs Nin
International Collection

Suzanne Nalbantian	コリンズ圭子
Catherine Broderick	石井光子
Anna Balakian	奥沢エリ
Sharon Spencer	大野朝子
Lajos Elkan	佐竹由帆
Junko Kimura	木村淳子
	本田康典
	小林美智代
	矢口裕子
	杉嵜和子
	鈴木章能
	三宅あつ子
	ルッケル瀬本阿矢
	金井彩香
	井出達郎
ウェィン・E・アーノルド	渡部あさみ

Suzanne Nalbantian | Keiko Collins
Catherine Broderick | Mitsuko Ishii
Anna Balakian | Eri Okusawa
Sharon Spencer | Asako Ohno
Lajos Elkan | Yoshiho Satake
Junko Kimura
Yasunori Honda
Michiyo Kobayashi
Yuko Yaguchi
Kazuko Sugisaki
Akiyoshi Suzuki
Atsuko Miyake
Aya Luckel-Semoto
Saika Kanai
Tatsuro Ide
Wayne E. Arnold | Asami Watanabe

三修社

アナイス・ニン、1960年代、ロサンゼルス、シルバーレイクの家
撮影：Christian Du Bois Larson　写真提供：Anais Nin Foundation, Ms. Tree Wright

アナイス・ニン文学への視点

小説と日記、作家と創意

もくじ

序　章　21世紀を進み出した作家アナイス・ニン──新たなる指標へ向けて……… 4
　　　　　　　　　　　　　　　　　　　　　　　　　　　　　　　山本豊子

第 1 部　From *Anaïs Nin: Literary Perspectives*

審美的な嘘 Aesthetic Lies …………………………………………………… 12
　　　　　　　スザンヌ・ナルバンチャン（Suzanne Nalbantian）／コリンズ圭子・訳

彼女の独創による二つの都市──『内面の都市』における都市の図像化手法…… 32
Cities of Her Own Invention: Urban Iconology in *Cities of the Interior*
　　　　　　　キャサリン・ブロデリック（Catherine Broderick）／石井光子・訳

詩人、アナイス・ニン Anaïs Nin, the Poet ………………………………… 54
　　　　　　　アンナ・バラキアン（Anna Balakian）／奥沢エリ・訳

セラピーを超えて──オットー・ランクへの持続的な愛情………………… 70
Beyond Therapy: The Enduring Love of Anaïs Nin for Otto Rank
　　　　　　　シャロン・スペンサー（Sharon Spencer）／大野朝子・訳

誕生とジェンダーの言語──男性的／女性的………………………………… 86
Birth and Linguistics of Gender: Masculine/Feminine
　　　　　　　ラヨシュ・エルカン（Lajos Elkan）／佐竹由帆・訳

二つの言語の間で──日本におけるアナイス・ニンの翻訳と受容………… 98
Between Two Languages: The Translation and Reception of Anaïs Nin in Japan
　　　　　　　ジュンコ・キムラ（Junko Kimura）／木村淳子・訳

第 2 部　アナイス・ニンとその文学を読み解く

アナイス・ニンと紫式部──ヘンリー・ミラーにおける………………… 108
　　　　　　　　　　　　　　　　　　　　　　　　　　　　　　本田康典

太陽と月──1930年代のヘンリー・ミラーとアナイス・ニン …………… 126
　　　　　　　　　　　　　　　　　　　　　　　　　　　　　　小林美智代

さえずり機械への頌歌──冥王まさ子と矢川澄子のグリンプス…………… 138
　　　　　　　　　　　　　　　　　　　　　　　　　　　　　　矢口裕子

アナイス・ニンと夢……………………………………………………… *152*
　　　　　　　　　　　　　　　　　　　　　　　　　　杉嵜和子

男性的規範からの決別の夢──『人工の冬』と女性シュルレアリスト ……… *160*
　　　　　　　　　　　　　　　　　　　　　　　　　　鈴木章能

D・H・ロレンスと二人のモダニスト女性作家──アナイス・ニンとH.D. …… *178*
　　　　　　　　　　　　　　　　　　　　　　　　　　三宅あつ子

アナイス・ニンとサルバドール・ダリ
　──トラウマ的体験とその文化的影響に関する比較分析 ……………… *198*
　　　　　　　　　　　　　　　　　　　　　　　　ルッケル瀬本阿矢

女性らしさと均衡
　──アナイス・ニンとヴァージニア・ウルフの自己探求の物語 …………… *214*
　　　　　　　　　　　　　　　　　　　　　　　　　　金井彩香

「流れ」の場としての「家」に向けて
　──『内面の都市』における隠喩としての建築 ……………………… *230*
　　　　　　　　　　　　　　　　　　　　　　　　　　井出達郎

越境する小説『コラージュ』──アナイス・ニンと廻り環る物語 …………… *246*
　　　　　　　　　　　　　　　　　　　　　　　　　　山本豊子

ニューヨーク公共図書館所蔵のアナイス・ニンによる書簡アーカイヴの概要… *270*
An Overview of the Letters of Anaïs Nin in the New York Public Library
　　　　　　　　　ウェイン・E・アーノルド（Wayne E. Arnold）／渡部あさみ・訳

あとがきにかえて ………………………………………………………… *300*
　　　　　キャサリン・ブロデリック・ヴリーランド（Catherine Broderick Vreeland）／石井光子・訳

付録　• A Conference on Anaïs Nin（1994）Program ……………………… *302*
　　　• 《座談会》アメリカ文学を考える（『文藝』1967年2月号）………………… *307*
　　　　　アナイス・ニン／江藤淳／大江健三郎

　　　　人名・作品名・項目索引 ………………………………………… *321*
　　　　執筆者・翻訳者紹介 …………………………………………… *330*

序章　21世紀を進み出した作家アナイス・ニン
新たなる指標へ向けて

　本書『アナイス・ニン文学への視点――小説と日記、作家と創意』はアナイス・ニン（Anaïs Nin, 1903-77）に関する論文集である。第1部は、*Anaïs Nin: Literary Perspectives*（1997）から6編を翻訳のうえ、掲載している。第2部の論文11編と合わせて、17論考を所収している。日本におけるニンに関する論集としては本邦初となる。

　Anaïs Nin: Literary Perspectives は、1994年にアメリカ、ニューヨーク州ロングアイランドのサウスハンプトンで開催されたニンのカンファレンスでの発表論文を中心に、主催者スザンヌ・ナルバンチャンによって編集されている。サウスハンプトンは、ニンが透明な子供たちと称して、その芸術家と成る道程を励ました詩人志向青年たちの一人、後にアメリカの代表的な詩人となったジェイムズ・メリル（James Merrill）所縁の地である。三日間に及ぶロングアイランド大学でのカンファレンスには日本から木村淳子、加藤麻衣子、筆者の3名がエントリーした。プログラム（本書付録を参照）の発表者名が示すとおり、実弟ホアキン・ニン・クルメル、カリフォルニア州立大学バークリー校音楽学部名誉教授による基調講演をはじめ、現在まで活躍をするニンの研究者の氏名を認めることができる。ニン周辺の絢爛たるアメリカ人研究者たちの集った学会は、ノエル・フィッチによるニンの初の伝記が世に出た1993年と、シモーヌ・ド・ボーヴォワールやサミュエル・ベケットらの伝記作家、ディアドラ・ベアーによるニンの伝記が刊行された1995年の間であった。さらに、『ヘンリー ＆ ジューン』（*Henry and June*, 1986）の後、『インセスト』（*Incest*, 1992）、『火』（*Fire*, 1995）、『より月に近く』（*Nearer the Moon*, 1996）と続く、それまでに出版された無削除版日記が刊行されていた時期でもあった。

　2冊の伝記や無削除版日記の内容と、ニン自ら編集に関わった『アナイス・ニンの日記』第1巻から第7巻に書かれていた内容とのいくらかの差異に対する疑問が露呈していった。カンファレンスの発表や *Anaïs Nin: Literary Perspectives* にまとめられた議論は沈着冷静な視点を維持している。この論集のなかでアンナ・バラキアンは、ニンの人生に対する興味本位な好奇心が逸る傾向を危惧し取るべき視座を主張している。批評家としての眼識にかけて、ニンの作品のなかに認め

られる詩学と作家の重要性かつ影響力を評価して論じると言う（本書［以下頁数のみ記す］54）。バラキアンの名に因み、2004年より国際比較文学会（International Comparative Literature Association）において関連研究者を支援すべくアンナ・バラキアン賞が設置されている。この現況を付記させていただくとともに、バラキアンの鑑定の確かさを認めてもよいだろうか。

またスザンヌ・ナルバンチャンにおいては、ニンの『日記』は事実の記録という、いわゆる「日記」ではなく、矛盾した多面的自己を持つ女性の精神(サイキ)をニン自身の生き方をもさらけ出し、感性の流れに赴くまま表現しようとする作家の「作品」であると論じている（12-31）。さらに、ライフスタイルを貫く人生経験をフィクションに変容させる、作家としての術を日記と小説のなかで研鑽し発揮するニンを検討する。初期の小説と後の連作小説『内面の都市』（Cities of the Interior）を用いて、作家を取り巻く実在の人物たちと登場人物たち、ニンとニンのペルソナらに対する、作家が探求する多元的で距離感のある関係性を読み取り、ニンの真実と偽りへの概念について具体的に例証している。ジャン・ジャック・ルソー（Jean Jacques Rousseau）が擁護した主観性やマルセル・プルースト（Marcel Proust）の芸術的合成という本質的特徴を併せ持ち、ニンは事実を変容する芸術的手法を理論化し、小説論 The Novel of the Future（1968）『未来の小説』（1970、柄谷真佐子訳）において分析し説明するという。ニンの芸術が密に創り上げた「作品」と実人生のあらゆる経験との事実を照合することは「究極の茶番である」と断言する（29）ナルバンチャンの論旨が、この時期すでに充当な説得性を表示していたことは興味深い。

バラキアンやナルバンチャンがこのような看過できない観点に対して示した論点は、近年のニン研究の動向にも推移と展開を次のように見ることができるだろうか。2019年に Anaïs Nin: A Myth of Her Own を出版したクララ・オロペーザ（Clara Oropeza）を「新世代のニン研究者」として、「文学上の文化英雄的(トリックスター)な意義を果たすニンの作家としての独創性は、事実をフィクションに反映させて書くというニンの日記を、探求性の高いジャンルに属すると再検討した点において、アナイス・ニンの芸術という方向性に対する斬新かつ革新的な見解である」と評価しているのは、他ならぬスザンヌ・ナルバンチャンである。[1] オロペーザがいう、文学上の文化英雄的(トリックスター)な意義とは、『日記』を書き編集するなかで自らを神話化するニンの作風を、作家ニン自身がカルチャー・ヒーローとなる、つまり日記をフィクションという芸術的なジャンルに創始する独自な手法を示唆している。

2017年に出版された Writing an Icon: Celebrity Culture and the Invention of

*Anaïs Nin*の著者、アニータ・ジャークゾク（Anita Jarczok）は、『日記』の後、ニンの死後、無削除版日記の出版が続くなか、映画、演劇、インターネット上などで作り上げられたアナイス・ニン像の情況を精査している。ニンの人生から引き出せるストーリー性のある刺激的なエピソードをもとにして作成される、「見る」ビジュアルやグラフィックといった表現方法ゆえに、ニンの作品性を逸脱してしまう傾向と作家に対する先入観が論点となろう。もちろん、種々異なるメディアによって原作を「翻案」するというアダプテーションを見据えた視座が必要である。2006年にリンダ・ハッチオン（Linda Hutcheon）による『アダプテーションの理論』（*A Theory of Adaptation*）の発表を前後して活況な分野とされる。2022年にカミーラ・エリオット（Kamilla Elliot）が出版した*Theorizing Adaptation*では、アダプテーションの問題点を周到緻密に分析し、フロイトに因む意味で、不気味なもの（the uncanny）の究極の形状がアダプテーションであるとする。もとは馴染みあるが異なるもの、さまざまなもの、繰り返されるものらの困惑させられる併合であり、アダプテーションは完全なる再生も消滅も何ものにも許容しないとして、この理論化は変幻自在の進行形ではないかと結んでいる。[2] ニンの作品とアダプテーションが論議されていく今後に期待したい。

　また、2019年に、ジャークゾクは、「読む」という行為をともなう読者層の次世代による段階への指摘をしている。ニンへの感情的な傾倒故に生じた当時の女性解放運動家による、ニンが講演やラジオ出演など公的な外面的様相を通じて創作したペルソナへの戸惑いは、現在の読者にはないとして、「ロラン・バルトによる"作者の死"という視座もさることながら、実際に、むしろニンが書いた作品を通じてのみ、ニンを知り理解するという新しい読者は出現している」[3] と明言する。日本においては、2021年に大野朝子が『日記』の第5巻と無削除版日記の*Trapeze*（2013）を、両書が共有する1947年から1955年を背景に、ニンの伝記2冊を参照しながら精密に比較検討している。無削除版日記は、「編集」の意図や編集者のニンに対する捉え方がニンの虚像を作り上げたことを示し、堅実に実証している。無削除版日記は『日記』から削除された箇所がすべて記載されている書籍ではないし、編集の自由に正否を問うものではない。しかし、「ニンから「主体性」を奪っているとも言える」現状の考察を提示し、「原点に立ち返り、ニンの日記の世界が持つ独特の美意識の世界や、鋭い人物像、優れた洞察力で書かれた随想の魅力に、曇りのない目を向ける必要がある」[4] と論じる。

　本書において、統一表記としての『日記』は『アナイス・ニンの日記』、第1巻から第7巻までを指すものとし、邦訳としては、第1巻のみが原真佐子による

完訳であり、他は編訳である。ニンは「日記と小説を書く間で生じる能動的な葛藤は漸次なくなっていった。1966年までに、私が日記を編集するにあたって役に立ったのは、私の小説家としての経験による技巧だった」と、『未来の小説』のなかで、「日記対フィクション」という項目を設け、明確に書き記している。[5]
ニン特有の創作、真意、芸術性が統合された旨意において、ニンの作品自体をより中枢に据えた方向性を重要視する時が熟したと言えるのではないだろうか。本書第2部における論考はニンの作品に要義を解した視点が概ね共有されている。とりわけ『内面の都市』が、詩趣と散文の融合から成る小説表現を基軸に置きつつ、厳選された日記文を適切に併せて、綿密に検討された論考は、ニンが小説と日記で作品として意図した芸術性を具体的に議論しうるものである（230-45）。

そして、自作品と芸術性についてニンが述べた文学論 The Novel of the Future を、この機に推奨したい。初版は1968年、1986年に再版され、2014年に第3版が刊行されている。前述したニンの伝記の著者ディアドラ・ベアーが序文で「The Novel of the Future はおよそ半世紀経つ今も、ニンが書いていた時代の文学に関する最も不変的、かつ刺激的ともなり得る評釈の一つとして存続する」と書いている。ニンの人生の幾層もの生き様を知り尽くしている伝記作家ベアーにおいても、今にして、ニンという作家の作品と創作への洞察力への感銘が認められるだろう。同時に「作家としての経歴を通して、とりわけ主要な影響の一つとして伴い続けてきた精神分析の意義が何であるのか、裏付ける本質をついた評価をニンはこの論述のなかで示している」[6]として、ベアーがニン本人による自身の文学の解説書として重視していると言えよう。

精神分析について加えるならば、実際的な定義として、ニンはこう語っている。「精神分析の最も重要な目的は知的プロセスではない。抑制されてきた数々の経験を心のなかで追体験するようにと、感じ損ねてしまったことを情緒の赴くままに再現するようにと、人を激励することにある。知的分析によるのではなく感情に寄り添った、心の奥底で腐食する気力を救い出し解放してゆく過程である。」[7]
ニンが日記を書きつづけたのは何故か、ニンが小説で描く女性たちは何を求めていたのか、彷彿とさせる。この探求の道程から想起する歴史的女性は、19世紀初めにフロイトに師事し自ら精神分析に従事したルー・アンドレアス・ザロメ（Lou Andreas-Salomé）である。H・F・ペーターズによるザロメの伝記の序文を執筆しているのはニンである。ザロメがニーチェやリルケと愛し合う関わりのなかで女性の自己を堅持するために、はるかに時代の先端を生きた「ザロメの自由は、無意識の深淵にある自意識が必要とする彼女の意志に応えるものでなくては

ならなかった」[8]とニンは解説している。ニンとザロメの共通項が浮き彫りになるのかもしれない。

　今回の論集において、紫式部、ヴァージニア・ウルフ、サルバドール・ダリと、ニンとの接点に注目した論考も所収している。日本での初出となり、この関係性への検討と論述は希少価値が高い。またテーマとして初めての発出と見られるのは、「ライフ・ライティング（life writing）」という観点に焦点を当てた論考である。ニンによる書簡を真正の評価ではなく、文学者としての人格や公的イメージ形成へのニンの創造的な努力に注目し、ニンの目的について論じている（270）。ナルバンチャンは、ライフ・ライティングを理論として媒介にすることで、先述したオロペーザは学識に基づいたニン研究を成就させていると評している。さらに、ユング研究家のスーザン・ローランド（Susan Rowland）は、ライフ・ライティングをフェミニズム理論や文学への精神分析的アプローチや学際の研究と同一的に位置づけて、これらの分野にオロペーザによるニン研究への有効性を指摘している。[9] ライフ・ライティングは、自叙伝、日記、回顧録、書簡などのジャンルを包括して、著者の個人的な情動を探求し洞察を入れた表現媒体とする概念を指し、フィクションを書き込む趣意と同時に公表の意図を含み文学作品としての芸術性を併せ持つ。先行研究として、2000年にエリザベス・ポッドニークス（Elizabeth Podnieks）が4人の女性作家、アナイス・ニン、ヴァージニア・ウルフ、アントニア・ホワイト（Antonia White 1899-1980）、エリザベス・スマート（Elizabeth Smart 1913-86）らの日記がライフ・ライティングの概念に充当するとして比較検討をしていたことは革新的な一つの見地と言えるだろう。[10]

　巻末に付録としている『文藝』の記事はニンが1966年に来日した際の大江健三郎、江藤淳との鼎談全文記録である。最初に大江がニンに話しているのは、ウエニシノブコ（上西信子、後のLady Nobuko Albery）に共通の面識がある旨であり、これは当時ニューヨークに構えていた稲熊弦一郎・文子夫妻のサロンが提供した縁である。60年代半ばに訪米した若き日本人文芸関係者、三島由紀夫、大江健三郎、河出朋久らニンとも関わったイサム・ノグチや上西信子などが拠点として共有した。上西がニューヨーク大学院留学中に知り得た、ニンの夫イアン・ヒューゴーからアナイスを紹介されている。1954年出版、小説 *A Spy in the House of Love* が60年代半ばに上西から河出朋久に託され、日本に作家アナイス・ニンが初めて紹介されることとなった。[11] 河出書房新社から刊行された『愛の家のスパイ』（中田耕治訳）の扉裏には、ニンの上西への献辞があることを大江は言及している（307）。

8

また、大江は鼎談のなかで中田はニンの文章に「あいまいさ（アンビギュイテ）」を見出すと言うが、大江自身は「あいまいさ（アンビギュイテ）そのものをうつしだす正確さ」を読むと述べている（318）。ニンが信条とする「夢のような小説を書いているのではなくて、夢そのものを表象する小説を書いている」[12]という、詩趣性が強い文体とその独創的な主意を大江は的確に捉えている。ニンの作品における夢とは、人の意識と無意識や潜在意識の領域である。これらの関係性の解明には、精神分析が鍵になるとニンは思惟する。その分析と証明に取り組み向き合ったものがニンの小説となる。意識と無意識、身体的現実と心理的現実の間を、自由自在に往来できる術を熟知しているのが詩人であり、夢と現実は相互依存関係にあるとニンは思考する。これが「あいまいさ（アンビギュイテ）そのもの」を言葉に書き示すという、ニンの詩情の言説化であり、ニンの詩的小説である。この言葉で作品を織りなすには、詩人が持つヴィジョン、透視する知覚、観察し洞察する感受性が必要であるとニンは確信していた作家である。[13] 日記はその修練、研鑽の書く時空間ともなり、『日記』の編集をしたニンが小説家としての特異性を編み込むことは当然であったのではないだろうか。

　本書が、独自性を放つ稀有な作家アナイス・ニンの文学の魅力、多重で複雑な自己を生きる起動への探究が描かれた、意匠を尽くした言葉に遭遇する愉しみを伝える可能性になることを、論文翻訳者と執筆者一同は願っている。論集という企画に際して、アナイス・ニン研究会、ヴァージニア・ウルフ協会、ヘンリー・ミラー協会から、投稿への賛同と協力をいただいたことに感謝する。本書における翻訳者ならびに執筆者は最初から念校まで全員変わらずして、各工程にご対処いただき一丸となっての進行あってこそ達成した成果である。

　第1部における翻訳論文の註に示された引用文献の様式は原著に準じた。人名、書籍名、用語の表記に関しては、既存のニン関連書を参考にした上で、本書におけるできる限りの統一としている。三修社の永尾真理氏には企画当初から御尽力をいただき深甚の謝意を表して、心より御礼申し上げたい。

2024年　秋

山本豊子

註

1) Nalbantian, Suzanne. *Anaïs Nin A Myth of Her Own*, by Clara Oropeza, Routledge, 2019, epitaph page. 本稿の訳は筆者による。
2) Elliot, Kamilla. *Theorizing Adaptation*. Oxford UP, 2022, pp. 306-07.
3) Jarczok, Anita. Introduction. *Collage*s, by Anaïs Nin, 1964, Ohio UP, 2019, p. ix.
4) 『デルタ』第12号、七月堂、2021年、pp. 14-32. 引用文はp. 31.
5) Nin, Anaïs. *The Novel of the Future*. The Macmillan Company, 1968, p. 164.
6) Bair, Deirdre. Introduction. *The Novel of the Future*, by Anaïs Nin, 1968, Ohio UP, 2014, p. xix, p. xiv.
7) Nin, Anaïs. *In Favour of the Sensitive Man*. 1976. Penguin Books, 1994, p. 94.
8) 同上、*In Favour of the Sensitive Man*に "My Sister, My Spouse" と題した序文が掲載されている。引用文は同書、p. 30.
9) Nalbantian, Suzanne, and Susan Rowland. *Anaïs Nin A Myth of Her Own*, by Clara Oropeza, Routledge, 2019, epitaph page.
10) Podnieks, Elizabeth. *Daily Modernism*. McGill-Queen's UP, 2000. 自叙伝と関連したJames Olney, *Memory and Narrative: The Weave of Life-Writing*. U of Chicago P, 1998. も先行書籍。
11) ウエニシノブコについてはLady Nobuko Alberyと筆者によるインタヴューに詳しい。*A Café in Space, Volume 15 FIN*. Sky Blue Press, 2018, pp. 100-09.
12) 『【作家ガイド】アナイス・ニン』彩流社、2018年、p. 82.
13) 「アナイス・ニンの小説における詩情」山本豊子『詩と思想』3月号通巻381号第3巻、土曜美術社、2019年、pp. 164-71.

参考文献

Jarczok, Anita. *Writing an Icon: Celebrity Culture and the Invention of Anaïs Nin*. Swallow Press, 2017.

Nalbantian, Suzanne. *Memory in Literature: From Rousseau to Neuroscience*. Palgrave MacMillan, 2002.

Peters, Heinz Frederick. *My Sister, My Spouse: A Biography of Lou Andreas-Salomé*. The Norton Library, 1974.

第1部

From
Anaïs Nin: Literary Perspectives
(Macmillan, 1997)

審美的な嘘

Aesthetic Lies

スザンヌ・ナルバンチャン（Suzanne Nalbantian）
コリンズ圭子・訳

わたしのうそはコスチュームのようなものだ…『近親相姦の家』（*House of Incest*）

　自伝を論じる際に決まって提起されるのは、誠実や信憑性をめぐる、いわゆる「真実か否か」の問題だ。そして、アナイス・ニン（Anaïs Nin）の場合、読者が日記からフィクションへと読み進めながら真実を追求しようとすると、「真実か否か」はきわめて重要な論点となる。なぜなら、ニン自身が絶対的真実という概念に対して曖昧な考えを持っているからだ。彼女が生涯書き続けた膨大な『日記』（*Diary*）（1914〜74）とわずかなフィクションとの間に本質的緊張があることは、批評家たちによって指摘されているが、その原因は、まさにこの「真実」とフィクションの境界線の曖昧さにある。ニンが嘘という手段を用いたのは、より豊かに生きるために人生を脚色する必要があったからなのか。彼女にとって人生経験は至高芸術のための実験室、あるいは跳躍台だったのか。それとも、マルセル・デュシャン（Marcel Duchamp）の絵画《階段を降りる裸体》（*Nude Descending the Staircase*）に描かれた相対的真実や人格の二重性を早い時期から理解していた彼女が、それらをただ単に受容しただけなのだろうか。たしかに、連作小説『内面の都市』（*Cities of the Interior*）に示された複数の自己という設定から、ニンが真実を暫定的なものと捉えていたことがわかる。

　『内面の都市』の二番目の小説の題名でもある「四分室のある心臓」という比喩を手掛かりにすると、問題の核心が見えてくる。ニンは、連結せず、それぞれが独立している四分室を描写し、そのイメージを使って、一つの心が同時に複数の相手に対して誠実であることが可能だと示唆した。自己は無限で定義できないと信じる人間の二重性が正当化され、それは『内面の都市』所収の『愛の家のスパイ』（*A Spy in the House of Love*）において最も印象的に描かれている。

主観性を擁護したジャン・ジャック・ルソー（Jean-Jacques Rousseau）同様、ニンも、矛盾する複数の自己をさらけ出し、事実の忠実な記録にとらわれず、感性のおもむくままを書き留めた。さらに、多面性を持つ「女性」の心の内面を自身のライフスタイルで表現しようと試み、また、作品においても具体的に探求した。ヘンリー・ミラー（Henry Miller）は、ニンを、過去の偉大な告白的作家たち——聖アウグスティヌス（St Augustine）、ペトロニウス（Gaius Petronius）、アベラール（Peter Abelard）、ルソー、プルースト（Marcel Proust）——と同列に位置づけたが、人生とフィクションの相関性という点では、彼らとは一線を画している。ニンの場合、波乱に満ちた人生が自己の分裂を引き起こす一方で、芸術が、心理的に切断され分裂した複数の自己に統合をもたらしたからだ。さらに加えるならば、ヘンリー・ミラーは、20世紀における自伝文学の進化を検証していない。20世紀に入ると自伝とフィクションが混在する、自伝的フィクションという新しい形態が誕生する。弟スタニスラウス（Stanislaus Joyce）から「嘘の日記」を書くように勧められたジェイムズ・ジョイス（James Joyce）が初期の例とされているが、ニンは無意識にそれを継承し、やがてそれを超える形態を確立させている。

　嘘や偽りという概念は、ニンの芸術にも反映されている。彼女は、熱心な読者であり敬愛していたプルースト同様、人生経験をフィクションに変容させようとし、ときには、実写主義者たちであれば虚偽と呼びかねない、より大きな真実と思われる高みにまで昇華させた。実人生の多様な出来事や場所、人物たちは、フィクションにおける多面性を生み出した。そのような変容をプルーストであれば「パターン」と呼んだかもしれないが、ニンは「神話」と捉えた。彼女の人生と日記が実験室なら、素材を再構築するための究極の容器はフィクションだ。ニンは「個人を深く生きると、個人を超えたより多くの真実へ広がっていくのです」[1]と繰り返し述べ、個人的な事柄にこだわり続けることへの合理的な説明とした。また、嘘を道徳的問題ではなく、芸術的特権とみなすことで嘘を正当化することもできた。父ホアキン・ニン（Joaquín Nin）の二枚舌な生き方について、彼女は自分の一部を重ね合わせながら、自身の考えを反映させている。「嘘をつくのでさえ、現実に色をつけ、改善するためなのだ。悪徳も頽廃もない。」[2]

　ニンの弟ホアキン・ニン＝クルメル（Joaquín Nin-Culmell）は、アナイスの芸術が彼女の真実だ、と説明している。彼は逆説的な表現を用いて、姉に対し、あなたの最も優れた日記は小説であり、最も優れた小説は『日記』だ、と言ったことがあるという。ニン自身、すでに少女時代の日記『リノット』（Linotte）のなかで、生来、真実を愛するタイプではなく、日記を書くことで真実の方向に導かれたと

認めている。その一方で、『日記』第1巻以降、人生の経験を、より凝縮された芸術的合成物に変容させる才能を自覚していく。たとえば、長年思い続けたドン・ファン的な父親を分解し、フィクションのレベルで何人もの人物として登場させたり、友人であり愛人のゴンザロ・モレ（Gonzalo Moré）の一部をフィクションに登場させ、やがて二人の関係を壊すことになった部分を切り捨てたりしている。さらに、ニンは、官能的なジューン・ミラー（June Miller）に類似性を見出し、自身もその歓びを味わいながら、女性のセンシュアリティという要素を取り出して拡大する。「それ以上の何か（the bigger thing）」と名づけたものをフィクションで捉えるために、ニンは原体験を捨て、合成物とともに生きることを選んだ。

ニンはフィクションにおいて、「自己」を分解し、主として三つのペルソナを作り上げた。いずれも芸術家タイプで、踊り子のジューナ、ジャズミュージシャンのリリアン、そして女優のサビーナである。三人はそれぞれ空気、土、火の元素に喩えられることが多い。サビーナとジューナは初期の作品『近親相姦の家』、『人工の冬』（Winter of Artifice）に登場している。三人は連作小説『内面の都市』に収められた五つの小説のいくつかに登場するが、それぞれが主人公となる作品がある。ジューナは『四分室のある心臓』（The Four-Chambered Heart）、サビーナは『愛の家のスパイ』、リリアンは『ミノタウロスの誘惑』（Seduction of the Minotaur）だ。だが、ここで注目すべきは、ペルソナたちはニンの投影というより、ニンを屈折させて映し出しているという点だ。同様に、どの作品においても、彼女たちは全体像ではなく、分裂した精神の一部、断片として描写されている。

1930年代の初期小説には、人生経験からフィクションへの審美的変容が示され、後期作品の萌芽を感じさせる。この時期に三つの重要な作品が生まれている。すなわち、『近親相姦の家』、のちに『ガラスの鐘の下で』（Under a Glass Bell）に収められた「誕生」（"Birth", 1938）、そして『人工の冬』の初版（1939）だ。素材となった経験は『日記』の最初の2巻（編集された版では1931-4、1934-9の2冊）に記録されている。また、『私のD.H.ロレンス論』（D. H. Lawrence: An Unprofessional Study, 1932）も重要な作品であり、この時期に彼女が真実を語ることをどのように認識していたかが明らかにされている。ニンの作品を、進化し続ける有機体と捉えると、これらの初期作品には、のちに『内面の都市』で扱われる心理学的問題の萌芽が見られ、その意味でも重要である。また、この問題は、非常に過小評価されている文学論『未来の小説』（The Novel of the Future, 1968）において改めて論じられることになる。

ニンの人生とフィクションの相関関係をより明確にするには、多作だった10

年間の彼女の軌跡をたどるのが有効だ。『日記』第1巻には、パリ郊外、サンラザール駅から電車で行く静かな町ルヴシエンヌに時折滞在した際の、「家庭的」な暮らしが描かれている。波乱に満ちたこの時期、ニンは1931年からヘンリー・ミラー夫妻と親密になり、続いて高名な精神分析家ルネ・アランディ（René Allendy）やオットー・ランク（Otto Rank）とも交流を深める。そして1933年8月には女児を死産する。死産であれ中絶であれ、ニンはそれを「はじめての死せる創造物」と呼び、自分自身を「母親ではなく、男のための女」「子供のではなく男たちの母」[3] とみなす。大変衝撃的な出来事だが、それ以上に彼女にとって衝撃的だったのは1933年5月、父親ホアキンとの再会だろう。バルセロナで家族を捨て、出奔した父親との20年ぶりの再会であった。「火」という題名がつけられた『日記』第2巻では、パリ、セーヌ河に碇泊するハウスボート「ラ・ベル・オロル号」での生活、ゴンザロ・モレやロレンス・ダレル（Lawrence Durrell）との交流が描かれ、パリ公演中に倒れた父親との別れでドラマティックに終わっている。キューバへ旅立つ父親に思いをめぐらせながら、父親との関係の終焉を、迫りくる世界大戦の破壊に重ね合わせ、父親に対する「埋もれた愛」が完全に終わったのかと自らに問う。

　これらの出来事が、波乱に満ちた人生という次元を超え、フィクション化のための素材として熟していったのはなんら不思議ではない。しかしながら、出来事から時を置かずしてフィクション化しようとしたことには驚かされる。というのも、自伝にある素材はたいてい長い年月をかけ、記憶の選択というプロセスを経て再形成されるものだからだ。たとえば、マルセル・プルーストがオスマン通りのコルク張りの部屋に閉じこもって書き始めたのは、愛する母の死後であり、第三共和政フランスのサロン社会を熟知してからだった。また、ジェイムズ・ジョイスが幼年期の経験や故国を小説へ変容させたのは、故国アイルランドを出てヨーロッパ中を流浪した後だった。だが、ニンは違う。「書くために生きることをやめない」——あるいは「生きるために書くことをやめない」[4] と言ってもいい——という信条を貫き、彼女は絶えず生きることに没頭した。

　同時に、この時期の『日記』の素材と人生は、それに呼応するフィクションにおいて融合され、変容する。『日記』第2巻1936年の記述に、芸術と人生に対する彼女のアプローチが最も的確に説明されている。

> 日記に登場する人物たちは、その相手が私にとって大切な存在である時にのみ描写される。私の視界の範囲や、私が相手の中に見ているものに応じて、

現れては消え、浮いたり沈んだりする…日記に書かれていない父を私はフィクションで捉えた。この「それ以上の何か（this bigger thing）」とは何なのだろう。毎日たくさんのことが起こる。日記の記録では想像力が制限されるのだろうか。日常の記録は、「それ以上の何か」に不利に働くのだろうか。

「それ以上の何か」とは『人工の冬』の初版で父親をフィクション化したことを指すのだが、同時に、彼女が終生、人生の事実をどのように捉えていたかを説明している。彼女にとってフィクション化とは、事実を多面的に変容させることにほかならない。

作品において最初にこの手法の要素が見られるのは、最初の詩的小説、『近親相姦の家』である。この時点で、ニンはすでに小説家D・H・ロレンス（D. H. Lawrence）を論じた著書のなかで、彼の真実の相対性を指摘し、自身を代弁させている。「もし本当に真実であろうとすれば、足元で足場は揺らぎ、常に揺らぎつつある真実とともに、立場は変わらなければならないだろう。」[5] 事実、この持論は『近親相姦の家』で、第1人称のペルソナの声を通し、非常に力強く表現されている。「私」は絶えずサビーナ、ジャンヌ、そして読者に話しかけ、次のように告白する。

> わたしは自分の吐いたうそに絡めとられている。許しを請いたい。真実を話せないのは、自分の子宮のなかに男たちの頭を感じたからだ。真実を語ることは致命的なことだ。だからお伽話のほうがいいのだ。わたしは魂を突き刺さないほどの嘘に包まれている。わたしのうそはコスチュームのようなものだ。[6]

これはニンの芸術信条とも読める。「嘘」、「許し」、「自分の子宮のなかの男たち」、「お伽話」、「コスチューム」——これらの言葉は本来の意味とそれが関与するものを含まない。男たちとの情事や、官能的な体験をする一方で、演技というコスチュームをまとう女優のようにふるまいながら、ニンは男たちを次々と裏切る二重性のライフスタイルを送っている。そのようなごまかしや言い逃れから生まれるのがお伽話だ。お伽話とは神話の婉曲表現であり、体験から抽出されたエッセンスだ。今や宗教的救しは芸術にとって代わる。「魂を貫かない」嘘は芸術的な嘘であり、道徳的批判を受けることはない。

また、芸術的観点から言えば、家のイメージは、ニンが1929年から1936年に

かけて、断続的に住んだルヴシエンヌの家から採られており、多数の部屋に自己の複雑な層が棲む、神秘的な表現へと変容している。日記にあるルヴシエンヌの家の描写は正確で、以前にほかでも書いたが、[7] 家は現在も当時の姿をとどめている。しかしながら、現実の家と芸術的に再構築された家との間には重要な違いがある。現実の家には10の部屋と11の窓があり、左右対称になるように加えられた窓はただの飾りに過ぎず、壁に鎧戸がついているだけだ。一方、フィクションではそれが、窓のない部屋に変容している。語り手である「私」は、窓のない部屋を探す。そこは近親相姦的愛の部屋で、ジャンヌが見つけられない弟を象徴している。現実の家から精神を暗示する器への変容は、内面化のプロセスをたどり、「内面の都市」という大きな概念のなかで精緻に作り上げられていく。姉弟の近親相姦的愛は、語り手自身が解放されたいと願うナルシシズムの比喩と解釈することができる。

　サビーナのモデルがジューン・ミラーだと考える批評家は多い。サビーナは、『近親相姦の家』に登場し、その後、『内面の都市』所収の『炎へのはしご』(*Ladders to Fire*)、『信天翁の子供たち』(*Children of the Albatross*) で神話的女性たち——リリアンとジューナ——を惑わす。そして、さらにステラの姿を通して進化し、『愛の家のスパイ』では刹那的な行動を取る女優として登場する。初期の描写では、自我を一生探求し続ける主人公たちを嘘と偽りの迷路に誘い込む「他者」として描かれている。ジューン・ミラーがサビーナのモデルになったと考えられる根拠の一つとして、意味深いディテールが挙げられる。日記に、ジューンがアナイスにブレスレットを贈った記述があるが、サビーナもまた語り手にブレスレットを贈っている。アナイスがジューンに惹かれたのは、自身のセンシュアリティをより深く追求したかったからだが、それだけではなく、父親の嘘に対してと同様、ジューンの巧みな嘘に魅了されたからという印象も受ける。ジューンを観察しながら、ニンは嘘をつく目的を問う。

> ジューンの嘘は意図がつかめないことがおおい…彼女が嘘をつくのは、プルーストがいっているように、わたしたちは概して最も愛する相手に嘘をつく、ということなのだろうか？　彼女は自分のイメージを美化するために嘘をつくのだろうか？[8]

さらに、『近親相姦の家』には、二人の親密な関係が素地となった、より重要なプロセスを示すくだりがある。

うその後からわたしはアリアドネの黄金の糸をこぼしていくわ…楽しみのなかでも楽しいのは、自分のこしらえたうそをもう一度たどりなおしてみることだから。すべての上部構造を洗い流して、一年に一夜、眠りの根源にもどることだから。[9]

　この初期の詩的小説で、ニンは内面の都市の原型である、自己の迷宮を構築する。その最深部には嘘を洗い落とした自己が棲むが、最後の小説で、自己はミノタウロスの恐ろしいイメージに作り替えられている。小説の題名に、迷宮に棲む神話上の怪物ミノタウロスの名を用い、強烈な印象を与えている。
　このようにジューン・ミラーとの実験は、単なる個人的な出会いのレベルを超え、フィクションへと発展していく。『炎へのはしご』でリリアンを誘惑したサビーナは、『愛の家のスパイ』では、ニン自身がモデルになっている。『炎へのはしご』が書き始められた1930年代後半は、ジューンとの交友の時期と重なっており、サビーナは裏切りを具現化した人物として描かれている。「仮面の後ろで千もの笑いが起こっていた。まぶたの裏で永遠の裏切りが見えていた。」[10] サビーナの衣装とごまかしの関係は、作品でも明白だ。サビーナの嘘は彼女が作り出す「フィクション」であり、サビーナはほかの人物たちを惑わすペルソナである。
　『炎へのはしご』の第一章をリリアン中心の物語にしたのは、裏切りの達人であるサビーナとの出会いを強く印象づけるための手段だ。物語の冒頭で、情熱と冒険を求めエネルギーを持て余すリリアンは、流産という形に象徴されており、芸術家ジェイとの関係においても生への「欲求」を満たすことができない。それでも、彼女はジャズピアニストとして、一時的であれ、生気を取り戻す。そこへいよいよサビーナの登場である。喧噪の街を消防車がサイレンを鳴らしながら疾走する最中に現れたサビーナは、内面の都市の真ん中にはしごをかける鮮やかな比喩で描写され、リリアンを惹きつける。最終的にリリアンに仮面舞踏会のためのケープを貸すのはサビーナだ。サビーナの登場以前に、金箔のサロンでリリアンが情熱的にピアノを弾く場面がある。着飾った客のなかには「香水漬けで、化粧品漬けだった」[11] 女性たちもいた。すべてが人工的なものを連想させる設定で、「裸の真実の暴力は蒸発して消えた」。金箔のサロンと静かな庭の境目に腰かけるリリアンは、人工と自然の過酷な真実との間にいる。三枚の鏡に反射された庭の葉の茂みが芸術的な雰囲気を醸し出し、そのなかで、自然の真実は砕けて蒸発してしまう。

芸術と技巧が庭で息づいていて、庭は鏡の中で息づいていて、真実と暴露のすべての危険は追い払われていた。

物語の終盤に始まった、見せかけと真実の暴露の葛藤は、以降の小説に引き継がれる。

人工というアイデアは、1933年のパリでの再会をクライマックスとする父親との同一化が素地になっており、複雑な関係は『人工の冬』へと移行する。父ホアキン・ニンは、若いニンにとって偽りの象徴、永遠のドン・ファン、「仮面」をつけた人物、嘘を重ねる犯罪者であった。『日記』のなかでも「父は、状況の捏造、欺瞞、過誤など、わたしの架空の生活にひそむあらゆる危険を体現していた」[12]と認めている。「わたしはけっしてなりたいとは思わないアナイスを見てしまったような気がした」とあるように、拒否したい自分自身の一面であり、分身であった。それでも、疑問は残る。彼女は父親への愛を、芸術のレベルにおいても完全に葬り去ることができたのか。『人工の冬』は、ニンが父との関係を芸術という形で解明しながら、自身を解放しようとし始めた印象を与えている。

新しい無削除版の日記では、父親とのインセストが事実として書かれているが、小説では別のレベルの真実として描かれている。自分の破壊的側面に傷ついた彼女は、父親を破壊的なまでに拒否することで、その側面を緩和しようとするのだが、ここでもまた、真実の問題が浮上する。この時点で、日記は、自身に内在する精神分析医たちを挑発したいというひそかな欲求にそそのかされて書いた絵空事、という可能性はないだろうか。フィクションのレベルにおいて、「それ以上の何か」は、インセストのイメージそのものに現れているように思われる。そのイメージは何度も打ち消されながら、別の形で繰り返し現れている。

この心理的、審美的主題がいかに深いかは、父親との出会いをめぐって複数の人物が登場することにも表れている。三編から成る『人工の冬』は、父親の問題を、『日記』、芸術、精神分析の視点から描いている。最初の作品「ステラ」("Stella")では、『日記』第1巻にある記述に近い父娘の難しい関係が提示される。題名にもなった主人公のステラは、嘘で自分を偽る父親と、変身や誇張のために嘘をつく女優としての自分を区別しているが、同時に、女優という職業柄、人間関係で「本当の」自分を見せることができない。

『人工の冬』に見られる、父親との決裂を死産のイメージに重ねる芸術的表現は、さらに印象的だ。この二つの出来事の間には、実際1年以上の期間があるが、フィクションでは密接につながっている。父娘の不自然な関係は死に喩えられる。

『日記』のなかで、ニンは、父親をもはや必要としなくなり、父親から「解放された」ときに再会したと記している。小説では、名前はないがジューナを思わせる女性が、父親との関係が見せかけの親密さに基づいていたため、愛が死んでいることに気づく。その不毛な関係は、「生命のあたたかみと人間味をシャットアウト」[13]して父親を閉じ込めるガラスに象徴されている。この記憶を拭い去ろうと麻酔を思い浮かべた彼女の頭に、「麻酔から醒めてみたのは、死んで生まれた子供だった」場面が不意に浮かぶ。二つの出来事が合成され、まるで啓示のような、実に衝撃的な場面になっている。

> 子供とともに彼女の中の少女は死んだ。女は助かった。そして子供とともに父を求める心もなくなった。

ここでも皮肉なことに、父親との関係やほかの「蝕まれた」愛が下敷きとなった、死んだ愛をめぐる主題は、フィクションのなかで繰り返し登場し、彼女と他者を隔てる嘘を一部明らかにしている。

『人工の冬』三番目の作品「声」("Voice") で、魂の探偵である「声」は、父親に捨てられたことが原因で生じた不安を払拭し、「より大きなジューナ」の再生を促そうとする。だが、ニンは個人的真実の捉え方について、精神分析の手法と、フィクションへ変容させる自らの手法を対比させながら、精神分析的アプローチに何度も疑問を呈している。『日記』の記述に、「ヴェールはひき裂かれたが、まもなくわたしはふたたび真実をおおい隠してしまった。イリュージョンの渦巻が再び現実をのみこんでしまう。わたしは無限である自己を受け入れたのだ。わたしが想像するものは実在するものとひとしく真実なのだ」とある。[14]

ニンが、父親とそのドン・ファン的な生き方から偽りや魅力を受け継ぎ、それを『内面の都市』において芸術的、哲学的に昇華させた実例は限りなくある。彼女にとって自己を次々と変えていくのは、服を脱ぎ着するのと同様、ごく日常的なことだった。人生という舞台で、彼女の審美的人格が見せかけを演じていたからだ。現実のレベルにヒューゴー、ミラー、アランディ、ランク、父親のホアキンらがいる一方、フィクションでは彼らに似たアラン、ランゴ、ジェイ、ジェラルド、ラリー、ポール、ブルース、ハッチャー、医者エルナンデス、マンボが登場する。多くの場合、ニンおよびニンのペルソナは嘘によって他者と切り離されている。

心理的二重性という主題と、審美的変容の手法は、大河小説となった連作作品

のなかでさまざまな形をとりながら結びついていった。ニンはフィクションを書き進めながら、人生を特徴づける嘘を、お伽話の土台となる芸術的手段へと進化させた。作品の創作過程を見れば、ニンが実際の出来事をいかに特徴的に変容させたかを見て取ることができる。彼女は素材に新しい命を吹き込み、神話化するために、鮮やかな視覚的イメージを使った。「白魔術」を想起させる錬金術的創作の資質は、『内面の都市』の初期作品『信天翁の子供たち』にも見出される。

　ニンは『近親相姦の家』での心理的な行き詰まりを打開しようと、『信天翁の子供たち』で、芸術的手法を試みた。まず、分裂した自己の客観的相関物として、再度、ルヴシエンヌの家の特異性を利用した家のイメージを作り上げ、そこにジューナを住まわせた。作品は「密閉された部屋」と「カフェ」の二章に分かれており、ニンが1936年にパリに住まいを移し、パリのカフェに頻繁に出入りするようになった時期に呼応すると言われている。「パリの外れに在る大層古い一軒家」にジューナを住まわせる設定は、ルヴシエンヌの家に住む彼女自身と、雨戸だけで部屋のない部屋を想起させる。

　　けれども、一つだけ、どの部屋にも通じていない締め切った雨戸があった。繰り返された改築の際に、壁で塞がれてしまったのだ。[15]

もし、この締め切った雨戸のある部屋を、過去（とりわけ16歳で父親を亡くしたという過去）に最も執着しているジューナに割り当てたとすると、残りの多数の部屋は分裂したジューナの自己にそれぞれ割り当てられている。

　　ある部屋で実行されると、また他の部屋でも活動が起こる、それは、人間のある部分で今起こるかと思うと、又、別な部分で起こる経験の模写のように思えた。感情の部屋は中国塗りの深紅に、理性の部屋は淡い緑に、哲学の部屋は鳶色に、肉体の部屋は真珠貝の桜色、押入れに詰まった思い出の屋根裏部屋は、過ぎ去った日々が放つ麝香の香り。

『近親相姦の家』の前半で、ニンは、実在するルヴシエンヌの家から、断片化された心という比喩を作り出したが、この小説ではそれを神話へ変容させた。色彩あふれる部屋のイメージは魅力的で、閉塞感ではなくむしろ躍動感を与えている。
　この時点で、『近親相姦の家』での失敗はすでに克服されたと言っていい。ジューナは、過去の記憶とその「暴力」が潜む、壁で塞がれた部屋から象徴的に顔を背け、

青春の燐光と無垢のなかで、別の自己の面を体験する。無垢は彼女を取り巻く青年たち――ドナルド、マイケル、ローレンス、ポール――に体現されている。彼らは父親の支配に制約されず、道徳的、心理的にも束縛されない。そのような「芸術的」な人物たちは、ジュ－ナを解放する力を持ち、若さの持つ想像力で世界を変容させ、彼女を誘う。たとえば、マイケルはジュ－ナを抱き上げ、「幻想的イメージを凝らし美しく装飾された衣装に身を纏い」ながら、その敷居を跨ごうとする。また、ジュ－ナは白いスカーフを首に巻くポールに見とれるが、そのスカーフは白魔術の象徴だ。彼は自由気ままに自分の世界を立ち上げ、立ち枯れになった木々や、ガラスが割れたままの窓のイメージに象徴される、現実という暴力を締め出そうとする。ポールが芸術に助けを求める姿は、1冊の本、1枚の絵画、1曲の音楽というイメージで換喩的に表現されている。彼が青春という迷路の中心ではなく、まだ入口に立っているというのは意味深い。

ニンは心理的二重性をさらに探求し、『四分室のある心臓』で最も興味深く客観化している。アナロジーを使いながら、彼女のペルソナであるジュ－ナの感情的な性格だけでなく、自身をも客観化した。

> 心臓は…一つの臓器であり…二心房二心室からできていて…内壁が右と左、上下に二小室ずつ分かれて、その間に直接的な交信は不可である…[16]

ジュ－ナは、激しやすい恋人ランゴに対し、かつての優しい恋人ポールへの愛は、心臓の別の部屋に潜んでいて、今の感情とは関係ないと言い聞かせようとする。彼女は「ランゴが住んでいる部屋とは通路なき隔離された部屋へポールのイメージを追い立て」た。二つの愛は互いに干渉しない。一つが独占するのではなく、それぞれが異なる要求を満たしているのだ。おそらくニンは、ゴンザロやヘンリー・ミラー、夫のヒューゴーの間を行き来しながら、それぞれの相手に忠実だと感じていた1936年当時を思い出していたのだろう。彼女は、三者三様の関係を通し、ゴンザロと情熱的な「魂」を分かち合い、ヘンリーの獣性や本能性、そしてヒューゴーの責任感ある父親的要素との出会いを楽しんでいた。小説『四分室のある心臓』のジュ－ナは、心臓の一心室でランゴを愛するために、ポールが棲む心室を必ずしも壊す必要はないと考え、自らの背信を正当化している。

ゴンザロ・モレをモデルにランゴという人物を作り出したのも、「それ以上の何か」への変容の例だ。ゴンザロを暗示して「火」と題名がつけられた無削除版日記には、情熱的な情事の詳細があるが、編集された日記を読むと、実在の人物

をペルソナに変容させようとしているのは明白だ。彼女は1948年の日記で『四分室のある心臓』に言及し、「ゴンザロがランゴになるフィクションに取り組んでいる」[17]と書くと同時に、「今のゴンザロはわたしにとっては死んだようなもの」とも述べている。1936年当時の激しい情事を思い出しながらも、『四分室のある心臓』に着手したときには、かつての恋人の性格に幻滅を覚えていたことがわかる。作品に、情熱的なラテン気質、ギター弾き、革命に対する熱意、さらに故国ペルーの魅惑的な話を描くことで、彼が当初もたらした興奮を再現しようとしているが、ここでも嘘が、幻滅を埋め合わせる役割を果たしている。父親の場合は、芸術という錬金術を用いて、実在の人物を再創造された人物へと変容させた。父親の幻想と全体性は芸術を通してのみ保たれ、彼は波乱に満ちた有限の人生を超越し、新たな永遠の命を獲得する。同様に、日記には、ゴンザロの記述の後に、驚くべき発言がある。「わたしにとって、フィクション化という錬金術は、防腐処置を施す行為である。」死体の防腐処置同様、芸術も、人間の生気を最初の強烈な印象のまま保存する。もっとも、実在の人物を偽って伝えるのが嘘の行為だと言われてしまえば、それまでだが。

　ゴンザロの場合、ニンは、スペイン文化圏という共通項を持ち、人種や気質といった精神的親近感を覚えながら、情熱的な関係を結んだ。インディオの血を引く、黒い瞳に褐色の肌という外見と、リスクを顧みず、表情豊かで夢と理想にあふれる人柄に惹かれ、彼とともに空想の世界を探求したのだと、ニンはロマンチックに書いている。彼女がパリの外れにある、廃品回収業者ばかりが住む地域を訪れたのはゴンザロに伴われてであった。その体験が下敷きとなって『ガラスの鐘の下で』所収の「ラグタイム」（"Ragtime"）という不思議な短編が生まれている。

　『四分室のある心臓』に着手した頃には、ニンは、その後のゴンザロ——病気の妻エルバの介護をする失意の革命家——より、彼の「幻影」を気に入っていた。そこで彼女は、「事実から切り離されたフィクション」を創り上げる。事実の回想がもたらす真実は一部に過ぎず、芸術が後から提供するより深い洞察力によって完全なものになると考えていた彼女は、ゴンザロとの関係を検証しながら、愛の最初の幻影を永遠に葬るのは難しいが、芸術であれば、それをいつでも変更可能なストーリーとして救うことができると悟ったのだ。「隠れた自己」はフィクションのレベルでさらに探求され、保存される。

　『愛の家のスパイ』は、心理的主題である、嘘をつくプロセスが最も鮮明に描かれたフィクションであり、自伝的描写を反映した、ニンの最も特徴的な小説だ。

この作品と『四分室のある心臓』において、マルセル・デュシャンの作品《階段を降りる裸体》のイメージが印象的に使われているが、これは、自己を統一することを強く促してきた精神分析家アランディとランクに対抗して彼女が主張した、多面体としての自己という概念を表現するのに役立っている。興味深いことに、この作品に登場する「嘘発見器」のペルソナは精神分析家たちを代弁し、『人工の冬』所収の短編「声」同様、二重性の自己を持つ主人公に応答する。
　複数の自己というニンの持論は、『四分室のある心臓』のジューナに続き、『愛の家のスパイ』のサビーナでも鮮明に表現されている。この作品のサビーナは、ストラヴィンスキー「火の鳥」として表現され、流動的な自己を強烈に体現しており、おそらくこの段階でニン自身に最も近い人物である。サビーナに関しては、素材がある程度わかりやすく、自伝的解釈が可能になっている。たとえば、ケープをまとう姿は、しばしば仮面舞踏会のような衣装で現れたニン自身を暗示させる。ニンを直接知る人々によれば、彼女の服装には特に決まった時代様式はなかったが、とにかく舞台衣装のようだったという。著者自身が最もよく覚えているのは化粧で強調された目で、女優のような印象を与えていた。ゆえに、サビーナが女優という設定もなんら不思議ではない。サビーナは早いうちから、嘘を衣装に喩えているが、これはニン自身の言葉と言っていい。日記にも、「ありのままの」自分を露出したくないから仮の衣装を着る、そうすると、自分の「一部分で」しか、人と向き合わずにすむという記述がある。[18]
　『愛の家のスパイ』において、誠実であることは、曖昧な態度をとり続ける主人公サビーナの核心に迫る問題であり、ニン自身にとっても、追求せざるを得ない課題であった。最初にニンは父親の観点から検証する。1954年に書かれたこの小説で、30歳のサビーナは忠実で献身的な35歳のアランと結婚しながら、一夜限りの情事を含め、数多くの背信を重ねている。オペラ歌手のフィリップからアフリカ系のジャズミュージシャンのマンボ、青年パイロットのジョンまで、それぞれがサビーナの異なる欲求を満たしている。彼女がいつも戻っていく父親のような存在の夫も、彼女の欲求を満たしてくれる一人だ。この一作にのみ登場するアランという人物は、ニンが54年間連れ添った、忠実で保護者的存在の夫ヒューゴー（ヒュー・ガイラー）を彷彿とさせる。彼を知る者は、小説に登場する誠実で信頼のおけるアランと彼を同一視せずにいられないだろう。ヒューゴーは、アナイスの二重性にとって終生の解毒剤であった。
　新たな関係を持つたびにサビーナには異なる自己が生まれ、そのような自己増殖のせいで、彼女は一つの愛、完全な愛の可能性を阻まれてしまう。そこでサビー

ナは愛の国境のスパイとなって街を歩きながら、見せかけの行為を続ける。女優のふりをするとき、彼女はより経験を積んだプロの女優たちを羨ましく思う。なぜなら、彼女たちは役を演じ終えたら、安定した不変の自分に戻ることができるから。サビーナは、前作のステラ同様、永遠に見せかけを演じ続けなくてはならない。デュシャンの絵画は、複数の自己を客観化するために用いられ、サビーナは自身の状況をそこに見出している。

> 彼女は、はじめてデュシャンの《階段を降りる裸体》の意味を理解した。八重にも十重にもなったひとりの女の輪郭が、女の人格の多重性の表れのように、幾層にもきれいに分かれ、歩調を合わせながら階段を降りてくる絵である。[19]

サビーナは多様な顔を見せることで多重性を示し、常に真実を「窒息」させる。それぞれの関係においては誠実かもしれないが、それは一時的なものに過ぎず、彼女は分裂した自己のせいで、誠実であり続けることができない。誠実さは、完全な愛だけに与えられる特権と解釈することができる。ニン自身、日記のなかでこのジレンマを告白している。「一瞬ごとに五つか六つある魂のうち一つを選ばねばならないとき、「誠実」であることは何とむずかしいのだろう。どの魂に合わせて誠実になればいいのか？」[20]嘘をつく行為には哲学的意味が含まれ、真実の相対性と複数の自己という概念を結びつける。完全な誠実、一元的自己は、ニンにとって、単純化され過ぎた考えなのだ。彼女は『日記』のなかで次のように認めている。

> わたしは単純そのものの言葉からはいつも逃げ出す、そこには真理のすべてが含まれたためしがないから。わたしにとって真理とは、数すくない言葉では語り得ないものであり、世界を単純化してしまう人間はその意味のひろがりをせばめているだけなのだ。

複数の自己という問題は、作品のペルソナたちとニン自身に共通した問題だ。1930年代初頭、ニンは、分裂された自己のジレンマを克服しようと精神分析に助けを求めた。ルネ・アランディ、オットー・ランク両方の精神分析家に対して、嘘の問題を告白したのは興味深い。フロイトを踏襲する精神分析家アランディに対して、自分にとっての「衣装」（嘘の婉曲的表現）は、自分の身を守る甲冑だっ

たのかと尋ねたという記述が『日記』にある。アランディから、芝居がかった行動や仮装パーティのような衣装、まばゆい服装から自らを解放してはどうかと言われ、次のように記している。「ここでわたしはちょっと尻ごみする。もし精神分析がわたしからあらゆる粉飾、衣裳、装飾品、持味、特色を奪ってしまったら、いったい何が残るのだろう？」[21]

その結果、やがてニンは、彼女を「普通の」人間とみなし、芸術的性格を無視して、単なる神経症と片付けるアランディに満足できなくなる。そこで、次に関心を向けたのが、オットー・ランク博士だ。『芸術と芸術家』（Art and Artist, 1932）を読んで、彼が芸術家の創造性に興味を持っていることを知り、自分を芸術家として分析してくれるかもしれないと思ったからだ。さらに、初期の著作『ドン・ファン――ダブルの研究』（The Double and the Don Juan Figure, 1924-5）にも惹かれた。父親との関係と関連があるかもしれないと考えたのだろう。

1933年11月、初めてパリのランク博士に会いに行く途中、日記に、自分の嘘から解放されたいと告白するメモを書く。「わたしは嘘や歪曲に飽きているのです。罪の赦しを求めているのですわ。」[22] しかし、ほどなくしてランクは、ごまかしの背後に一元体の自己があり、それを見つける努力をしなくてはならないと、彼女を説得するようになる。2年後、ニンはランクのもとを去った。嘘を必要としたかもしれない芸術家としてのニンを、彼は理解できなかったと感じたからだ。1933年11月、ランク博士は彼女に日記をやめるようにとまで言って、彼女を危機に陥れる。彼女にとって日記は最も忠実な親友、阿片のパイプであり、「分析から身をまもる最後の砦」であったのに対し、ランク博士は日記を神経症の一症状とみなしていたに違いない。ついでに言えば、ニンがこの一時的な解決策に悩んだ理由はほかにもある。彼女はランク博士の気を惹こうと、日記に作り話を書いていた。それをやめたら、魅惑的だと思ってもらえなくなるのではないかと危惧している。

男性による精神分析に幻滅を覚えたニンは、おそらく復讐のつもりだろう、数年後、『愛の家のスパイ』で、精神分析家を機械装置に変容させる。この嘘発見器はオットー・ランクを下敷きにしていると、フィリップ・ジェイソン（Philip K. Jason）やシャロン・スペンサー（Sharon Spencer）といった評論家たちが指摘している。ニンは「声」をさらに一歩進め、嘘発見器なる人物を作り上げた。作品の最後でサビーナは、この人物に向かって、現実を改善してくれる「より驚異にみちた世界」[23]を冒険するために、「真実というもの」に手を加えたと告白する。そして、幼い頃からその兆しのある子どもは芸術家タイプになることがあると自

己弁護し、自分の場合、お伽話から学んだ嘘に支配されてきたと自白する。しかし、分割された愛に苦しむサビーナに対し、嘘発見器なる人物は、あなたは真実の愛を発見していない、嘘をつき続ける状況から解放されるのは、唯一、真実の愛を発見したときだ、と警告するのみだ。

　ここで重要なのは、サビーナとニンに違いがあるという点だ。ニンには芸術と日記という手段があるが、サビーナは、二重性がもたらす絶え間ない不安を鎮めるために、うわべだけの演技をしたりクラシック音楽を聴いたりして、自分をやりすごすしかない。かつてニン自身が、ジューン・ミラーの「意図のつかめない」嘘と自分の嘘を比較して次のように書いている。「作家は一つの生を生きるのではなく、二つの生を生きている。まず生きることがあり、つぎに書くことがある。二度目の味わい、遅れてくる反応がある。」[24] そして、それが芸術である。

　アリアドネの糸を頼りに多くの迷路に入り込むニンにとって、絶対的真実は残忍なミノタウロスのイメージと結びついている。『内面の都市』最後の作品『ミノタウロスの誘惑』が示すように、それは嫌悪感を催させる。作品を通して暗示される真実の凶暴性は、ミノタウロスのイメージに集約されている。ニンは『愛の家のスパイ』を書く何年も前に『近親相姦の家』で、アリアドネの糸を掴む人物としてサビーナを登場させ、『愛の家のスパイ』では、絶えず不安に駆られるサビーナの視点から自分自身を表現したが、『ミノタウロスの誘惑』ではリリアンに焦点を移している。

　住み慣れたニューヨーク州ホワイトプレインズを離れて、ゴルコンダ（実在の都市はアカプルコ）に旅行したリリアンは、医者やエンジニアとの交流を通して、自己の内面に入り込んでいく。オットー・ランクを想起させるエルナンデス医師から、過去を捨て去ることはできないと告げられ、また、エンジニアの毛深い指に思わず父親を連想し、避けようとしてきた過去が否応なく蘇ってしまう。彼女はエキゾチックなゴルコンダの地で、統一された自己を求め、嘘を捨て去ろうとするが、帰りの飛行機で、そのような自己に一瞬、怯む。夜空に消えていくミノタウロスの姿が自己の投影だと気づき、真実探求の旅は不首尾に終わる。

　最終的にはカメレオン的に姿を変えるサビーナが、有限な原型の自己に打ち勝ち、夜空を舞う火の鳥となって、偽りという表現に神話的輪郭を与えるが、作品のなかで、ペルソナたちは、迷宮の最深部にある真実に向かう曲がりくねった道にとどまったままだ。一方、ニンの人生においては、芸術という化粧が、一つの大きな「隠蔽工作」の役割を果たし続け、偽りがもたらすさまざまな感情から彼女を守り、より高いレベルの理解へと導いていく。感情と芸術の間の緊張感は、

初期の作品『人工の冬』でもすでに強調されており、後に続くフィクションの基調となっている。ゆえに、ニンは、実人生では見つけられなかった、より大きな真実に、唯一、芸術を通して達したとも言える。歪んだ鏡のイメージは、別のレベルに到達するために真実を変容させるという意味で、ニンのフィクションにふさわしい。

　見せかけと真実の葛藤は、やがて小説論において解決される。論のなかで、ニンは自身の芸術的手法は、現実の書き換え、置換であると公言する。いかなる現実も、別のレベルに昇華させれば、人工物になる。芸術とその連続体であれば、限られた人生経験を拡大することができるというのだ。一方で、完全な誠実さは、彼女にとって脅威であり続けた。それは最後の小説でリリアンがミノタウロスと対峙する場面に鮮明に表現されている。

　ニンが自身の芸術的手法を理論化し、その手法と自己の二重性の関係を説明したのは『未来の小説』においてである。この小説論で、ニンは、芸術と人生を和解させる試みとしての小説について検証している。この重要な作品が、小説が書かれた後に発表されたという点が興味深い。彼女は、作家としての歴史的位置付けを自覚している。つまり、従来の社会的リアリズム小説を離れ、人格の分析や解体へと移行した20世紀初頭の偉大な先駆者たちに続いた作家、という立ち位置である。彼女は「より大きな統合」とみなしたものを目指した。プルーストの「芸術的合成物」という概念に着目した彼女は、「魔術的な」特性、つまり事実を芸術的な偽物に変える錬金術に関心を集中させた。おそらく挑発的なアルベルチーヌに強い印象を受けたのだろう。男女を越えた両性的複雑さを持つアルベルチーヌは、プルーストが持ったかもしれない、いかなる恋愛の対象をも超越し、欲望そのものの象徴となっている。ニンもまた神話的人物サビーナを作り出し、「分裂を、人格の崩壊なしに」[25]表現しようとした。自己のさまざまな側面は従来の概念にとらわれることなくまとまっていき、「あらたに発見された次元」を含みながら、人物像として統合される。

　ニンはプルーストがたどった「流れと無限の連続性」の影響を強く自覚しながら、さらに一歩進み、現代的な人格を持つさまざまなペルソナを使って、現代の神話を進化させようとした。人間の性格の変化をうまく説明できないとき、日記はそのような変化を追うのに役立った。ニンはペルソナたちの精神的成長を表現するために、プルースト同様、大河小説という形式を用いた。小説論のなかでニンは認めている。「実物にたいする忠実さは、ときには限界を生じさせることがわかった。」実在の人物たちは、彼女の想像力を通して再構築され、実物より大

きな複合物になる。フィクションは人物たちを拡大し、掘り下げ、成長させるのに役立ち、結果として生じる芸術は、ニンがパターンと呼んだものや、嘘までも作り出し、逆説的に新たなレベルの真実を生み出している。フィクションは日記に記録された素材にさまざまな次元を与える。

このようにニンは、「いまここで」実証可能な登場人物たちの真実と、彼女たちの内的人生の象徴的真実と呼ぶものとを区別することで、真実の二重性を探求した。そして、日記とフィクションの両方において、真実と人格の相対性という概念を執拗なまでに追求し続けたのである。

自伝というジャンルに関する、1990年代の批評家たちの一般的な見方は、自伝は本質的にフィクションであり、創作上の自己は、必ずしも検証可能な真実の説明責任を負うものではないというものだった。作家には「半分真実」が許される。そう考えれば、アナイス・ニンの作品は、真実か否かをめぐって検証されるべきではない。とりわけ、彼女の場合、実人生から芸術への流れ、日記からフィクションへの移行は連続したプロセスをたどり、途切れることがないからである。ほかの多くの作家たちと違い、ニンは、人物を神話的存在に昇華させる手段として、審美的な嘘というフィクションの手法を使ったことを率直に認めている。事実、ニンの自伝は、スキャンダラスな「真実」をめったに超えることがない現代の一般的な告白文とは一線を画している。ニン自身、人生のあらゆる経験はフィクションに再構成することができると述べている。ただ、それらの経験を「実人生」から抜き出して裁くことは――ニンが、プルーストの作品の登場人物や状況を、実人生と詳細に照らし合わせて伝記を書いたジョージ・ペインター（George Painter）を糾弾したように――侵犯行為だ。同様に、ニンの芸術が密に織り上げられたタペストリーを広げて隅々まで見ようとするのは、究極の茶番である。

その一方で、ニンが特定の「事実」をどのように変容させたかを観察することは、彼女の文学的手法を理解するのに役立つ。彼女にとって嘘とは、心理的な意味でフィクションという芸術だった。嘘が、単調でありふれた一元的真実を偽装するだけなのに対して、芸術は真実を拡大し、その上に燐光を放つ。ニンは嘘をつく習慣から芸術的手法を編み出し、人生に安らぎを見出したように見える。芸術は彼女を解放する究極の嘘であり、その芸術を通して彼女は罪の赦しを手に入れた。

ニンの弟ホアキンでさえ、アナイスのすべてを知る人間はいないと述べている。彼女は挑発的で謎めいたオーラを放ち続けた。その点については、ニンを、事実

とフィクションの曖昧な境界線、人生と芸術が混然一体となった領域にとどめておくのが最善だと思われる。

註

1) Anaïs Nin, *A Woman Speaks*, ed. Evelyn J. Hinz (Chicago: Swallow Press, 1975), p. 162.
2) *The Diary of Anaïs Nin*, ed. Gunther Stuhlman, 7 vols (New York: Harcourt Brace, 1966-80): Vol. 1, entry of May 1933, p. 211.
3) Entry of August 1934 in *The Diary of Anaïs Nin*: Vol. 1, p. 346.
4) Entry of autumn 1937 in *The Diary of Anaïs Nin*: Vol. 2, p. 252. 同パラグラフにある続く引用箇所はp. 112.
5) Anaïs Nin, *D.H. Lawrence: An Unprofessional Study* (London: Neville Spearman, 1961), pp. 33-4.
6) Anaïs Nin, *House of Incest* (Ann Arbor, MI: Edwards Brothers, 1958), p. 40.
7) *Aesthetic Autobiography* (London and New York: Macmillan and St Martin's Press, 1994), pp. 175-6. 自著参照。
8) Entry of April 1932 in *The Diary of Anaïs Nin*: Vol. 1, pp. 73-4.
9) Nin, *House of Incest* p. 26.
10) Anaïs Nin, *Ladders to Fire* in *Cities of the Interior* (1959; Chicago, IL: Swallow Press, 1974), p. 95. (原書には *A Spy in the House of Love* とあるが、訳者が訂正した)。
11) Anaïs Nin, *Ladders to Fire* in *Cities of the Interior*, p. 67. 続く二つの引用箇所も同頁。
12) Entry of May 1933 in *The Diary of Anaïs Nin*: Vol. 1, p. 206. 続く引用箇所はp. 209.
13) Anaïs Nin, *Winter of Artifice* (Chicago: Swallow Press 1948), p. 94. 続く引用箇所はpp. 119, 122.
14) Entry of March 1933 in *The Diary of Anaïs Nin*: Vol. 1, p. 200.
15) Anaïs Nin, *Children of the Albatross,* in *Cities of the Interior*, p. 142. 続く引用箇所はpp. 143, 152.
16) *The Four-Chambered Heart* in *Cities of the Interior*, p. 273.
17) Entry of September 1948 in *The Diary of Anaïs Nin*: Vol. 5, p. 33. 続く引用箇所も同頁。
18) この見解の詳細は *The Unexpurgated Diary of Anaïs Nin 1932-1934*（『インセスト――アナイス・ニンの愛の日記【無削除版】1932〜1934』）を参照。
19) Nin, *A Spy in the House of Love* in *Cities of the Interior*, p. 439.
20) Entry of June 1932 in *The Diary of Anaïs Nin*: Vol. 1, p. 272.
21) Entry of June 1932 in *The Diary of Anaïs Nin*: Vol. 1, p. 119.
22) Entry of November 1933 in *The Diary of Anaïs Nin*: Vol. 1, p. 272. このパラグラフ内の引用はpp. 285, 284。ランクとのこの議論は *Incest* 1933年11月8日に詳細な記述がある。
23) Nin, *A Spy in the House of Love*, p. 457.
24) Entry of April 1932 in *The Diary of Anaïs Nin*: Vol. 1, p. 73.
25) Anaïs Nin, *The Novel of the Future* (New York: Macmillan, 1968) p. 162. この作品からの引用箇所はpp. 194, 162, 133.

翻訳者による註

引用文は下記の翻訳書を参考にした。翻訳書がないものは本稿翻訳者による。

『アナイス・ニンの日記　1931〜34　ヘンリー・ミラーとパリで』、原麗衣訳、ちくま文庫、1991年。
『アナイス・ニンコレクション（1）私のD. H. Lawrence論』、木村淳子訳、鳥影社、1997年。
『アナイス・ニンコレクション（2）近親相姦の家』、木村淳子訳、鳥影社、1995年。
『アナイス・ニンコレクション（3）人工の冬』、木村淳子訳、鳥影社、1994年。
『炎へのはしご』、三宅あつ子訳、水声社、2019年。
『信天翁の子供たち』、山本豊子訳、水声社、2017年。
『四分室のある心臓』、山本豊子訳、鳥影社、2023年。
『インセスト――アナイス・ニンの愛の日記【無削除版】1932〜1934』、杉崎和子編訳、彩流社、2008年。
『愛の家のスパイ』、西山けい子訳、本の友社、1999年。
『未来の小説』、柄谷真佐子訳、晶文社、1970年。

彼女の独創による二つの都市
『内面の都市』における都市の図像化手法
Cities of Her Own Invention: Urban Iconology in *Cities of the Interior*

キャサリン・ブロデリック（Catherine Broderick）
石井光子・訳

　アナイス・ニン（Anaïs Nin）の5部連作小説は、まとめて『内面の都市』（*Cities of the Interior*）と題されているが、この総称を指して字義どおりに、地理学の研究論文と勘違いされるだろうと揶揄する友人がいた。ところがニンは、この象徴性をむしろ好んで、そのままにしたのである。ニンの「大河小説」ならぬ「都市小説」が提示する「地理学的」な都市描写は、象徴性どころか、さらに「情報を画像として提示する」ニン独特の表現方法であり、加えて「何らかの表象を提供する著者と表象を受け取る読者との間では、いかなるコミュニケーションも二次元的であり、「平板な地面（flatland）」の表層の上でのみ可能である」[1]とする束縛から解放されるための手法であることも明確にしている。『内面の都市』が描き出すフィクションの世界は、一見すると、平面でしかない印刷用紙の上のインクの刻印に過ぎないが、ニンの文章が描き出す世界は「地理学的」打開策によって深みと可塑性を得て、5部連作の総称の選択と決定にいたった経緯のみではなく、文書・都市・心理・人間関係の重層的な世界をも共時的に描き出すために、ニンが敢えて対峙した困難さに対する解決策としても機能している。ニンには「私たちは、無意識界の内容を意識界の内容と同じくらいに明確化する試みを続けるべきである」[2]ことがわかっていたのである。この認識、つまり、無意識界に対峙するべくニンが満を持して『内面の都市』の創作に取り組んだとき、「登場人物たちの相関性とパリとニューヨークの相関性を、さらに追求する」ために、この5部連作の小説を都市文書（citytext）として読み込む、もう一つ別の読み方、すなわち、この連作小説を経験の重層性を反映する都市文書として読むことが可能になるのである。この都市文書は多様な普遍性を備え各々の作品は呼応し合っており、全作品が上層階からの統合的な視点のもとに図像化を織りなす都市文書として解読できるのである。ここでは、都市はモチーフとしての添え物ではなく、

都市こそが物語の背景であり複数の個々の個人の感情のありさまを反映し、それらの複数の個人の間のさまざまな人間関係を浮かび上がらせる場となり、背景・個々人の感情・相互作用のなかにある人間関係なる三種類の独立した構成要素が、三つ巴に組み込まれた入れ子構造の有機体となるのである。

　ニンが、『内面の都市』において創造したものは、「文書と文書の間の相互的な現象として、俯瞰的に読まれるべき都市文書なのであって、（少なくとも、）欧米においては、特定の文書を特定の地域性へと収斂させがちで、既存の神話物語をなぞるフィクションや、ひたすらイデオロギーを曖昧化する定型を大前提とする文書化の」[3] 型に陥りやすいものなのである。

　ニンの5連作小説に共通する建築的構造は、各々独立した異質な文章が各々一つの建材として存在し、都市概観の文書化に際して、エクリチュールの形で人間関係と各個人の心理の「諸都市」を描き出し建造物としての一冊の小説作品をなすもので、単に想起力のある都市イマジェリーを付け足して定番の連想を呼び起こす記号として利用するような、おざなりな解決法を拒否するのである。ニンは、理解しているのだ。

> 都市なるものは、基本的に、人工的現象であるせいで、種々の価値観の「表現」である。ゆえに、都市は、意味に満ちあふれており、解釈されるより以前に、「表象され、また、想像されたもの」となりうる。都市における可視的なものは、時に誤解を呼ぶだけで、実は、暗号解読を要する特性であり、他方、見えないものが、時に、構造的要素として感得されねばならない。[4]

単語は平面的な白い紙の上の黒い、ねじれた線に過ぎないが、読者の目が読み取ると稠密（ちゅうみつ）な連想を伴う文書としてまとまり、建築的構造物として立ち上がり、読者の思考のなかに都市空間を構築する。建築的構造物となった単語は、読者の肉体の全域に拡散し、読者は「自分自身の血肉を劇場空間として用いて、特定の宇宙を舞台に登らせる俳優なのだ」[5] となるのである。ニンの連作『内面の都市』は肉体と感情と人間関係が蠢（うごめ）き、また、操られる場なのである。都市とは固定された舞台装置ではなく、小説が描き出す虚構の世界と読者が内蔵する数々の世界の双方の間で生じる、何らかの経験を異なる層での経験として理解するための橋渡しを可能にする、偶発的であろうと秩序だっていようと種々の経路に納得のゆく雛形を提供するものである。

　都市は文書と経験を構成するものとして使用され、ニンの5作品において特異

なヴァイタリティを文書の形で創り出す場となり、もはや語が描き出す登場人物や出来事のための平面的なキャンヴァス、つまり、芝居の書割ではなくなるのである。代わりに、都市は、重層的なマトリックスであって、ジュナ（Djuna）のような登場人物は、「都会育ちの子ども」(91)[6]であり、「内面の都市のなかに住み、（そして）誰に気づかれることもなく、現れては姿を消し、あたかもアチコチにある隠し扉を通り抜けては思いがけず、公の場に、コンサート・ホールや、ダンス・ホール、市民講座、パーティーに、ジュナは踊り手の緊張感を追体験する自らの肉体を身をもって明らかにし、また、眼内閃光の研究発表に、妙に興味を示したりする」のである。ジュナは心気症を患うゾラ（Zora）の世話をすべくパリの街路を巡り動きまわるが、同時に、（『信天翁の子供たち』(*Children of the Albatross*) では）「彼女の王国である家のなかを」、「自分の内面の都市を装飾することに余念がない、壁を塗り替え、模様替えをして、すばらしい愛の到来のために、舞台装置を調える」(45)のである。経験を構築するものとしての街路は、『日記』(*Diary*) からもうかがい知ることができる。『日記』において、ニンはパリの街路を歩きながら、街路によって心を奪われ、また、解放されたことを記している。

> 私の頭は、今、空っぽで、街路で満杯だ。人は一つの通りの名前を手に入れる時には何も所有せず、人は思考の代わりに一つの街路を所有し、そうすると、ゆっくりと、大地が、街路が、色々な川が邪念を追い払い、思考は騒音や匂いや画像でいっぱいになり、自分の思いは後退し縮むのだ。このように生命が前面に立ち現れると、瞑想は後退し、これこそが私の救済だったのだ。各々の街路が、空疎な憧憬、後悔、解決に至るはずもない悩みごと、自らを貪り責め苛む自己に取って代わった。

この心理の街路を通り抜けて、ニンは、ケヴィン・リンチ（Kevin Lynch）が、都市の持つ「想像可能性」と呼ぶものを通して、ニン特有の都市空間を文書に描き出している。ニンの用いる都市マトリックスは、ニンが、どのようにして芸術が具体的で感情的な現実を濾過し提示するかを理解しているせいで、「想像可能」となるのである。

> それは、過去に後退することによって詩となった……一つの都市であった。あたかも、都市を描く際に、画家が敢えて描かない要素を残しておけば、絵

の鑑賞者が、各々、自分自身で描き残された空間を満たすことを許されるせいで詩となるように、である。描かれないままにされた要素は……重要である。なぜならば、描かれなかった要素こそが一人の人間の個人的な想像力のなかから、その個人特有の種々の連想、個人特有の種々の神話からなる建築物を、つまり本人だけが持つ街路や人物像を引き出す空間となるからだ。

この視点が、ニンの5巻連作小説なる試みを単なる直列的なシリーズ小説とは異なるものとなし、ニンが追い求めた多層的な表現と都市の図像化を可能にした。都市景観は観光用の絵葉書風に真似事として描かれる罠に陥りやすいものだが、ニンは、この罠を免れ超空間としての都市を革新的に描き出したのである。1916年のロバート・E・パーク（Robert E. Park）による、初期の都市社会学の観点による都市の定義に通じる捉え方なのである。

　都市とは……精神のありさまを具現するもので、習慣と伝統の集合体であり、固有な数多の習慣に基づく人間関係において制度化された態度の取り方であり、感性のありさまなのであって、この伝統とともに次世代へと伝えられるものである。都市とは、つまり言い方を変えれば、決して単なる物理的な機械的機能や人工的な構造物ではない。都市とは都市を構成する人々の生身の日常性に支えられており、都市とは自然の産物であり、優れて、人の自然の産物なのである。[7]

都市の「物理的な機械的機能」を「都市を構成する人々の生身の日常性」と関連づけることによって、ニンは具体的な都市と人々の心象風景の相互介入を図像化している。これは、W・J・T・ミッチェル（W. J. T. Mitchell）が「図像の論理」[8]と命名したもので、単語・思想・論説は、絵画・画像・表象物を用いて、平面的にしか人の経験を語りえない文書を多層的なハイパーテキストと転換する手段なのである。都市の図像化とは、人の経験の総体を伝えようとするニンの試みに対応し、平面に固執するパリンプセスト（通常、羊皮紙は、単にvellumと表記されるが、palimpsestは、羊皮紙・仔牛皮紙は高価なので、再三再四、過去の記録が載った表面を削り取って、新たな情報を書き込むために使用されたことを強調する場合の語）のような、記録を消去される運命を免れて、私たちが書き込むと同時に、私たちにも刻み込まれる都市景観に輪郭を与えるべくハイパーテキストとしての共時性を利用するのである。ポール・オースター（Paul Auster）は、この二層

文字を刻み込む手法を試み、登場人物の一人が、「スティルマン（Stillman）の一日の「都市を抜ける（through the city）」種々の動きをペンの力で追う」[9]姿を描き出した。一見、そぞろ歩きとしか思えないスティルマンの動きは、彼が通り抜ける街路にある単語の一文字をなぞるもので、クイン（Quinn）が通り道を読み込むと、伝達すべき語句が虚構の赤いノートへと送り届けられ、そして再びページの上に、私たち読者はそれらの文字の描き出す形象を見るのである。サビーナ（Sabina）も、クインのように「可能な限り……いかなる細部をも記録しようと決意した嘘発見器」に付きまとわれる。サビーナは都市を通じて自らの動きを追う行為に反応し、「あなたが私に要求することをすべて行えば、一歩一歩に付きまとうのはやめるのか、あなたのノートに書き込むのはやめるのか？」[10]と尋ねるのである。サビーナの複合的なアイデンティティは、都市の全域で追尾され、他者のノートに刻み込まれるにつれ浮かび上がってくるのである。すると逆に、サビーナが記録者となり、「彼女の左側に出現した女が、彼女と歩調を合わせて歩く姿に驚愕し」、その鏡が途切れて、彼女が「縮み切った内的自我の傍で実物大で闊歩する自己と直面せざるを得なくなっていた」と認識し、衝撃を受けるのである。

　ニンの『内面の都市』において歩きまわる人々が残す航跡は、文字や画像だけを追うものではない。足跡は、連想を通じて感情のありさまの隘路をなぞり、同時に、登場人物が連想を通じて過去の経験を「思い出し」（re-member＝造語ながら、肉体の一部を再度取り込む作業を指しうる）、また、再構築することを許すのである。私たち読者は、ニンの物語に踏み込むと、「モンマルトルでバスを降りると、ジューナは、街路を練り歩く祭りの真っただなかに到着し……それは、舗石に右足が触れた瞬間のことで」、「現実の世界と語り手の肉体に力を及ぼすべく、景観や記憶の宮殿のなかの亡霊が蘇ろうとする気配を見せ、死から蘇った幽霊が姿を取り戻し（re-membered）復活を要求する」[11]のである。ジューナは、自らの幼少期と娘時代を、「松葉杖で歩くほどに痛み、重い」ものであったと思い出す（re-members）のである。

> 彼らが初めて住んだアパートの敷物もない床を踏む自らの足を思い起こした（re-membered）。ジューナは、孤児院のリノリウムの床の上の足を思い起こした（re-membered）。ジューナは、「養子先の」家庭の階段を昇り降りする自分の足と、可愛がられる実の子どもたちの姿に嫉妬で苦しんだことを思い起こした（re-membered）。その家から走って逃げ出した時の自らの足を思い

起こした（re-membered）。ジューナは、その時の靴を思い出した（re-membered）……そして、自分の足のマメを思い起こした（re-membered）。

記憶は連想的なものである、とジークムント・フロイト（Sigmund Freud）が発見し、感覚的な刺激によって引き起こされるものである、とマルセル・プルースト（Marcel Proust）が証明した。連想とは、すこぶる個人的なもので、特に肉体の記憶は個人そのものである。読者に理解されるためには、このような記憶は何らかのシステム、つまり、精神作用によって把握可能となるだけでなく、文章と心象像と読者の間で感情的反応の伝達を可能にする構造を必要とする。フランシス・イェイツ（Frances Yates）とマリー・カラザズ（Mary Carruthers）が描く記憶の宮殿の建築的心象像は、たとえば再構築（re-membering）のための図像的象徴性の把握を可能にする、また別の手法でもある。記憶の都市とは、街路、寺院、塀と壁、家々と各々の部屋が、「普遍的な記憶の形態」に内蔵される構成物なのだが、その記憶の都市を用いる手法は、心理的な定型の記憶された（re-membered）要素を内蔵する都市を文章で描写する手法に類似するものである。ジョナサン・スペンス（Jonathan Spence）の『マッテオ・リッチ記憶の宮殿』（*The Memory Palace of Matteo Ricci*）の研究によると、マッテオ・リッチ（Matteo Ricci）は、中国のル・ワンガイ（Lu Wangai）総督に向かって、以下のように語っている。「各々の建築物の内部において、即座に心象を形成しうるように多くの場所が秩序だって整列していることこそが、記憶術にとって肝要なのである。すなわち、いったん、あなたの記憶のなかにあるすべての場所が秩序に則った位置を得て並べられたなら、あなたは扉を抜けて歩き始められるようになるのである。」[12] 都市の街路と記憶のなかの内面の都市をつなぐ旋回軸（ピヴォット）としての扉を通り抜ける動作は、ニンの小説においては多用される心象風景である。「ポール（Paul）が迷路の入り口に立つ姿に、（誰もが）各々の航海の当初の姿を思い起こし、彼らは、各々の当初の意図、当初の心象、当初の様々な欲望の姿を思い起こしたのだ。」[13] ジューナ本人も、「内面の諸都市のなかに生きていた……（ジューナは、）まるで一連の隠し扉をすり抜けるように、いつだって誰にも気づかれずに、到着しては出立していたのだ」。四分室の心臓とは、

> 肉体からの拡張であり拡大された四つに分かれた部屋を立ち上げて飾りつけて行く場所だ。家の扉、廊下、それに光と影ができるところと彼女との間に、たくさんの繊細な親近感が自ずと定着してくる、そんな場所だ。心の内面の

意味ある趣旨と全体像がよく表現された外の世界とが関係することで、彼女は外の世界と合体するまで、もう外も内も区別が何もなくなるまで、その意気の住み家を創り上げていった。(92)

サビーナは、「まず、自らの世界に手招きし、おびき寄せておきながら、その後、まるで露見を免れようとするかのように通路をぼやかして、あらゆる心象を惑わせる」。

　このように数々の手法を分析し、私たちは視覚的な識別力を身につけて、ニンの文章の各ページそのものが、脇から眺めれば、図像的心象の物象化であると、論じることもできるのではないだろうか。つまり、ページの左側の頭揃えは、(段落の開始を示す) 一枡落としによって、扉のもたらす空間や地下の通路を思わせ、揃わないページの右側は、(活字配置ができなかった初期の活字印刷術のせいで、) すがめで見れば、不揃いに高層建築が並ぶ都市のスカイラインを誇示し、文章の各行の（単語を区切るための）空間は、文面を通り抜ける街路を見下ろす窓となるのである（図3.1）。ニンの作品が提示する視覚的遊戯は、書き直し・書き重ね可能な羊皮紙ではなく、19世紀の言語化された「舗装された孤独」でもなく、モダニストのメトロポリスでも、むろん、「肖像・概要・生態学的・建築技巧的」[14]でもない都市を意味しているのである。むしろ、都市は図像的心象に関わるものであり、物語による建築物であって、そこでは内的・感情的経験も外的都市体験のいずれに関する場であろうと、断片的で限界があり迷路のようであるとともに地図の作成を許すものでもあり、地理に馴染むネクサスに沿った、重層的で共時的な経験の描写なのである。都市の図像的表象化は、ニンを滑らかな伝統的な流れにそって語る小説作家であることから解放し、複数の物語と存在のありさまを文書であり都市であり心理であるものとして、単に「似通う」のではなく、各々がほかに組み込まれ吸収され合う様相を描く作家としたのである。都市の図像化は、ニンの感得する「実」人生、つまり、生命の道程であり、理解可能な迷路でもある人の生を伝えるに適した統合的で野心的な試みなのである。

図3.1

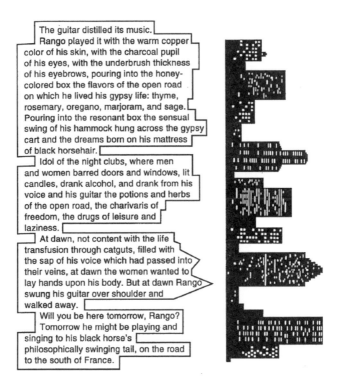

図3.1 和訳
　ギターは音を蒸留して際立つ調べを滲み出した。
　ランゴ（Rango）は、彼の温かみのある銅色の皮膚、黒炭色の瞳、下ばえのように濃い眉毛でギターを弾いた。タイム、ローズマリー、オレガノ、マジョラムやセージらの芳しい香り、彼のジプシー生活の路上の匂いを蜂蜜色をしたギターの共鳴箱に注ぎ込みながら。ジプシーの荷馬車のなかに差し渡したハンモックの肉感的揺れと、黒い馬の毛で織り紡いだ敷物から生まれ出たいろいろな夢をも注ぎ込みながら。
　ランゴはナイトクラブのアイドル。そこでは男も女もドアというドア、窓という窓を閉めて、煙草に火をつけ酒を飲み、彼のジプシー生活がもたらす霊薬(れいやく)と薬草や自由の身を祝うお祭り騒ぎや、安逸と怠惰の麻薬を呈する彼の歌声とギターの音に酔いしれた。
　夜明けになると、弦楽器からの輸血ぐらいでは生命力には物足りず、男も女も彼らの血管にしっかり流れ込んだランゴの声の生気によって満ち足りたのだった。夜明けになると、女たちは特にランゴの身体に触れたがった。だが、ランゴは夜明けに彼のギターを肩に振りかけさっと行ってしまった。
　明日もここに来てくれる、ランゴ？
　明日はフランス南方への路上に繰り出して黒い馬が哲学的に振り続ける尾に向かって、彼はギターを弾き歌っているかもしれない。(5-6)

W・J・T・ミッチェルは、『イコノロジー――イメージ・テクスト・イデオロギー』（*Iconology: Image, Text, Ideology*）において、「詩と絵画（あるいは、もっと現代風に言うなら、「テキスト vs. イメージ」）の間に、根本的な差異はない。差異がないとは、媒体に内在する特性、媒体の特徴に従って表現される客体、あるいは、人の精神の自然な反応は、常に所与であるからだ」15)と論じている。もし、私たちが、文書の特質と文書が表現する客体と、この特定の表現のために採用されるモチーフが基本的には同一であるということを受け入れるなら、ニンが街路での内的な心理的都市と外部から室内に侵入する都市性とを、言語による画像を用いて組み合わせているせいで、ニンの文書のなかでなら、物理的な空間と心理的空間とが互いに排除することなく共存していることを理解できるのである。都市の形態と機能は適切に意味論的指標を選ぶことにより、著者と登場人物と読者の心に浮かぶ画像は共有され、内的・感情的な実感の流動性を形成する。

　都市的画像を意味論的指標として使用するこの特定の手法により、『内面の都市』は、クリスティーヌ・ド・ピザン（Christine de Pizan）の『婦女の都の書』（*The Book of the City of Ladies*）に見られる図像化に通じる。アール・ジェフリ・リチャーズ（Earl Jeffrey Richards）は、その著書の序文において、「ある重要な意味で、クリスティーヌ・ド・ピザンの仕事こそが、彼女の生涯そのものなのである。つまり、彼女の諸作品のみを基にして彼女の生涯を、構築することが可能なのだ」16)と論じている。ニンの仕事と生涯は、ピザンと同様の主体性を主軸とする構造を備えており、ニンの作品群にはピザンの図像化を表現形態とする観点と共通のものが見られる。ピザンは、寓意的に、都市の創設に関わった三名の女性像を理性・清廉潔白・正義と名付け、「これらの美徳を具現する有徳な貴婦人の生涯と善行に関する記憶を取り戻すために」寓話と擬人化を手法に選んでいる。ピザンは「われわれの都市を守る扉や門となる」貴婦人たちの例を用いて、寓意像である理性殿とともに歩みつつ、「汝の道具を抱えて、我とともに来たれ、そして始めよ、汝のインク壺のなかで漆喰を混ぜ合わせ、整えたペンで都市の要塞化を進められるように……そうすれば……われらは、秀逸である貴婦人たちのための崇高な王宮と高貴な豪邸をすぐにも完成させ……彼女らは、ここに永遠に留まるであろう」ところの清廉潔白殿が支配する、「文字の広野」へと進むのである。ニンもまた、三名の女性の主人公、リリアン、ジューナ、サビーナを内面の諸都市の門番として描き出している。サビーナは、たとえば、パリでは「彼女が歩いた跡には、ニューヨークの街路を劈(つんざ)くように走り抜ける消防車の心を脅かす警告音と画像が浮かび上がり、それは……全世界の人類の誰のなかにでも生き続けている詩人、あるいは、

如何なる大人のなかにでも生き延びている子どもに向けて発せられる長い警告の叫び、なのである。で、この詩人に対して、(彼女は、)都市のド真ん中で、思いがけない梯子を投げかけ、「登れ！（climb!）」[17]と命じるのである。ジューナは、「詩人たちの声を潜めた言葉のみが……彼女の思考と感覚へと通ずる隠し部屋への通路に柵を施し、登城口で、毛を逆立てて見張る衛兵を目覚めさせることもなく、彼女の心に届く」ことに気づいたのである。漆喰、インク、整えられたペンは、都市景観の文書を城塞化する道具であり、内面の都市空間の上層域に登るための梯子であり、「内的自己への通路」を警護する番兵である。これらは、ピザンとニンが、都市図像化のために使用する数多くの意味論的指標の例であり、また、外的な都市と内面の都市が揺れ動いて交差する心象の旋回軸（ピヴォット）を与えるのである。

　ニンの選ぶテーマとしての都市の図像化の中心的なモデルは、ピザンの石工としての文筆家像よりも、よほど動的で都市そのものに直結するものである。たとえば、『信天翁の子供たち』のなかには、「彼女は横道に逸れ、暗い戸口をノックして、階段を走り降りて巨大な地下室に着いた」という描写がある。街路を歩きめぐり戸口を通り抜けて、いろいろな部屋に入り込んでは抜け出し、特に地下室と運河に停泊する平底船の室内を空間的な心象風景に重ね合わせて、ニンは都市的舞台空間に数々の入り口と出口を用意し、登場人物はアチコチに出入りしアレコレを行なってはやめ、また、感情の揺れや心理的危機感や究極の祝祭感に出たり入ったりするのである。扉は都市そのものと心を分断するものである。すなわち、人は常に、たくさんある扉の一つを「通り抜けて」いて、ちょうどサビーナとポールが性的魅力にあふれた二人として「通って」いるように、足音はページを横切って響き続け幸運への機会は常に通り過ぎる。記憶が再三通り過ぎるようにである。ジューナの靴の修理を引き受ける靴職人は、「履き古されて穴が開いたこの靴を、彼女が行きたいと思った所はすべて制覇した、その航海から帰還したかのように、敬意をもって修繕した」（220）。地下の工房で、「靴屋の主人は、いつも座っていた彼の半地下の部屋から窓を見上げると、ちょうど道行く人々の足だけを見ることになった」（220）。都市内を交錯する通路は他者によって構築され、また、眺められて、女たちの肉体の移動と彼女たちの心の往来のための場なのである。

　全5作において、ニンは心理と特定の場を複雑な融合物として配置し、それはケヴィン・リンチが論じる概念によって解説が可能となる。

住民であれ訪問者であれ、人は如何に慣れ親しんでいるつもりであろうと、基本的に都市を迷路として体験するものである。人は上空から見下ろし、都市が地図になったときにしか迷路の全体像を一目で見渡すことはできない。であるから、路上から見る部屋、建物、街路から、人が受け取る印象は如何なる瞬間であろうと、断片的で限定的なものでしかありえない。これらの印象は原初的には単に視覚的なものであるが、膨大な量の記憶や連想を伴い、ほかの感覚をも巻き込むものである。[18]

ニンは、この多重感覚的に経験する都市の姿を、都市文書における人間関係から来る感情と突き交ぜて描き出しており、それは5作品からの抜粋で明らかにできる。

　心の霧は、『炎へのはしご』(Ladders to Fire) において、都市の霧にたとえられている。

> 彼女らは、目的もなく街路を歩き続けた……往来の車は彼女らの周りで渦を巻いていたが、その他の家々・木々は、霧のなかに見えなくなっていた。彼女らの声だけが際立って、女性特有の斜めの感性に基づく言い回しの迷路から響いていた。[19]

　精神の迷路は、『信天翁の子供たち』に描かれる街路の構造の製図版を反映している。

> ジューナは迷路のように入り組んだ、内面の都市へ、再び歩いて帰って行った……そこでは、通りの路は秘密の悲しみから、いくつも枝分かれした通りなので、そのどれ一つとして名前は持たない……しかし、ジューナにはわかっていた、流れに一度自分をまかせてみる、この時点で意識のさらに深い深い状態へと沈んでいき、晴れやかな陽の気分が表土に積まれたところから出発して、地質学で言うような土層の階段を通って、さらに深みへと下降していくと、ついには、人の心のなかの計れない、評価できない、重さを、あえて計るために、ある精巧な計量器だけは携帯していることに気がつくことがわかっていたのだ。(263)[20]

　心の分裂は、『四分室のある心臓』(The Four-Chambered Heart) において、都市の

なかの特定の奥まった場所になぞらえられている。「(ランゴは) ポールのイメージを追い立てていた。……人目につかない奥まった部屋、永久(とわ)の愛が流れる部屋、ランゴが住む領域とはあまりにも違う、決して出会うこともぶつかることもない領域、この広大な内面の都市のただなかの。」(65)[21]

多面的な自己は、ニューヨーク市の街路の多様性と相似的で、『愛の家のスパイ』(*A Spy in the House of Love*) においては、「ニューヨークの街路で、この寒々しい早朝の散歩の折に……彼女はデュシャンの油絵、《階段を降りる裸体》(*A Nude Descending a Staircase*) を理解した。同じ一人の女の輪郭は8層とか10層とかになり、まるで一人の女の人間性が重なり合って露呈され、整然と区切られて層を成し、一斉に階段を降りてきているのだ。」[22]

『ミノタウロスの誘惑』(*Seduction of the Minotaur*) において、私たちの感性は、私たちが選び抜いて居住しようとする都市に対応する。「リリアンは何度も船の夢を見た。……どんなに頑張って後ろから押しても、街のなかを虚しく通り抜けて行くだけで、どうしても水際までたどり着くことができない。夢のなかでリリアンは、どうすれば無事に海まで行けるか、道順をじっくり考えた。(7)……私たちが選ぶ都市が、私たちの内的景観を表象するものなのだ、とリリアンは考えた。」[23]

アナイス・ニンは、イタロ・カルヴィーノ (Italo Calvino) の『見えない諸都市』(*Invisible Cities*) の1974年版の英語訳を知っていたのだろうか？ カルヴィーノによる美しい言葉が描き出す一連の絵画は、ニンの「都市」の使用法に「図像学的に正確な」基盤を与え、さらに、ニンの5作品に中心的な画像のマトリックスと比喩表現の構造を提供する。カルヴィーノは、「(水上都市である) エスメラルダの地図は、あらゆる通路を、街路も水路も、異なる色彩のインクで印されて含んでいるべきだ」、「エスメラルダにおいては、二つの地点を結ぶ最短距離は、直線ではなくジグザグ状で曲がりくねって遠回りも可能で、人の通り道は決して二通りどころではなく多数あって、陸路に加えて小舟を用意して水路も選んで遠出に変化を加えるなら、経路の数は、さらに増えるのだ」[24]と示唆している。これこそが、明らかに、ニンの「諸都市」の図像学的描写である。繰り返しになるが、ニンの文書において、都市を横切る多くの街路のように、「通り」や「通路」や「抜け道」が描かれるページは、カルヴィーノが描く都市の図像化に特に視覚的図像を与えるのである（図3.2参照）。

図3.2

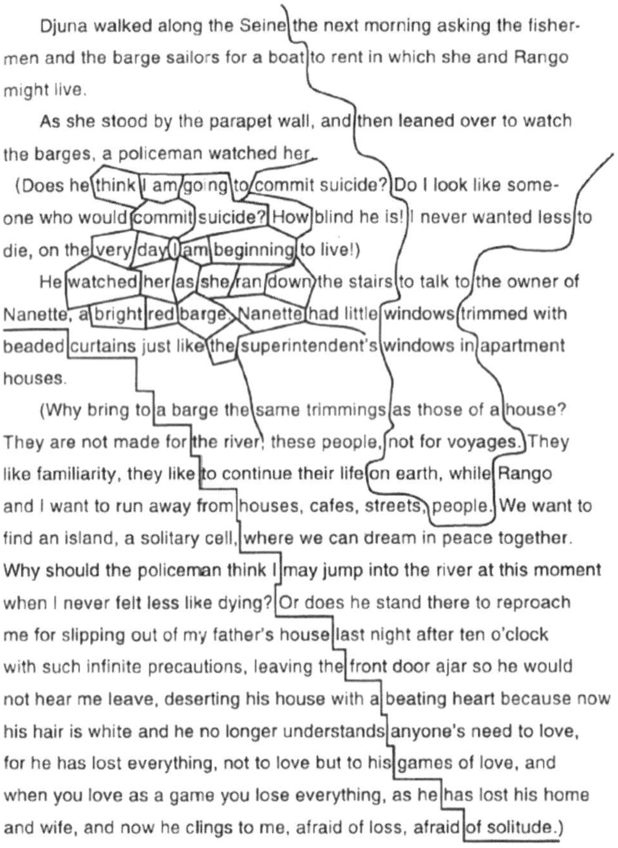

Djuna walked along the Seine the next morning asking the fishermen and the barge sailors for a boat to rent in which she and Rango might live.

As she stood by the parapet wall, and then leaned over to watch the barges, a policeman watched her.

(Does he think I am going to commit suicide? Do I look like someone who would commit suicide? How blind he is! I never wanted less to die, on the very day I am beginning to live!)

He watched her as she ran down the stairs to talk to the owner of Nanette, a bright red barge. Nanette had little windows trimmed with beaded curtains just like the superintendent's windows in apartment houses.

(Why bring to a barge the same trimmings as those of a house? They are not made for the river, these people, not for voyages. They like familiarity, they like to continue their life on earth, while Rango and I want to run away from houses, cafes, streets, people. We want to find an island, a solitary cell, where we can dream in peace together. Why should the policeman think I may jump into the river at this moment when I never felt less like dying? Or does he stand there to reproach me for slipping out of my father's house last night after ten o'clock with such infinite precautions, leaving the front door ajar so he would not hear me leave, deserting his house with a beating heart because now his hair is white and he no longer understands anyone's need to love, for he has lost everything, not to love but to his games of love, and when you love as a game you lose everything, as he has lost his home and wife, and now he clings to me, afraid of loss, afraid of solitude.)

図3.2 和訳

　翌朝、ジューナは、ランゴと二人で住むようになるかもしれないハウスボートが借りられないか、漁師や船頭たちに聞いてまわりながらセーヌ河沿いを歩いていた。

　彼女は手すりのそばに立って、今度は身を乗り出して何隻かの船に興味を抱いて見ていたら、ひとりの警察官が彼女を見張るようにじっと見ていたのに気がついた。

　（彼はわたしが自殺するとでも思っているのだろうか？　わたしが自殺するような人に見えるかしら？　彼の目はなんて節穴なのだろう！　わたしは死にたいなんて全く思ってないわ、新しい人生を生きようと始めたまさにこの日に！）

　真っ赤なハウスボート、ナネット号の船主に話をするために彼女が階段を小走りに降りていったときも、警察官は注意深い目つきで彼女を追っていた。ナネット号には小窓がいくつもついていて、そこにはアパートの管理人室によく掛けてあるビーズのカーテンで縁取られていた。

　（あの一隻の船窓にどうして家で使うカーテンと同じ縁取りをもってくるのかしら？　そういうカーテンは川のためには使われるべきではないし、ああいう人たちは航海をしようというのではない。彼らは慣れ親しんだものを好んで、陸地に足をつけた生活を好む。一方、ランゴと

わたしは家々やあちこちのカフェから、行き交う通りから、いろいろな人々から逃げ出したい。二人が見つけたいのは、島ひとつ、小さな隠れ家、二人が平穏に夢みることができる場所なのだ。死にたいなんてこれっぽっちも思わない、まさに今、わたしが川へ飛びこむかもしれないなんて警察官はどうして心配するのかしら？　あるいは、昨日の夜十時過ぎに父の家から忍び足で出てきたわたしを叱るために、警官はあそこに立っているのだろうか。外へ出る音がしないように表玄関の扉を少し開けておいて、最大限の用心をして出てきたわたしを。どきどきして父の家を振り切って出てきたわたしを。父は今や白髪となり、愛せねばいられない人たちの気持ちを理解しない人だから、父はすべてを失ってしまっていた。だから愛そのものを持たず、愛をもてあそんだ報いを受けていた。つまり、人が愛することをゲームのように興じたならば、その人は何もかも失うということだ。父は家も妻も失った今ごろになって、娘のわたしにしがみついてくる、喪失が怖くて、孤独が恐ろしくて。)(13-14)

　具体的な作詩法の巧みな手法を用いれば、主張は明らかになる。オースターの『ガラスの街』(*City of Glass*) を散策すると文字の形態が見え、ページをめくれば空に浮かぶ建築群のシルエットが、単語と単語の間の空間に心理的内面の街路の地図を見ることができる。ミッチェルが「文書の物理的空間」と呼ぶもののなかに図像化に即した分析を試みれば、如何にして、字義どおりの文書と象徴的な文書の双方を形成するイマジェリーの形態に、心理の形態を反映させるかを理解し始められるだろう。ニンにおいては、小説作品のあらゆる特性は都市的次元を内蔵している。カルヴィーノの比喩の一つを反転させてみるなら、「あなたの視線は、（文字で書かれた本のページを）あたかも（街路）であるかのように視野に取り込む：都市は、あなたが思考すべきすべてを語り、彼女の語りをあなたに復唱させる」のである。私たちは、ニンの登場人物たちの心理を映す秘密の内面の都市に取り組み、意味の解釈を要する私たち自身の内的な都市を構築することによって、自身の内部を都市景観の上に重ね合わせ映し出すのである。

　過去の視点では、文学作品に現れる都市は言語化された都市像として、視野の周縁部に置かれていただけに過ぎないもので、登場人物の内面を反映するものであって、空間そのものの再構築物ではなかった。モダニズム以前の環境において、概して、個人の内面が徐々に芸術的表現の焦点となっていった。この外的世界がますます内面化される傾向はモダニズムの特徴となり、ニンの作品をモダニズムの業績とするシャロン・スペンサー (Sharon Spencer) の繊細な研究は、この点を明らかにしている。スペンサーは『内面の都市』の独創的な構造を心理と感情の世界の深みに根ざした樹木として、あるいは、女性の登場人物たちの緻密な形態と表象化を伴う抽象的表現派の絵画として、あるいは、観客の視線のなかで常

に再創造され（re-created）変幻を続ける彫像と捉えている。

このような観点に比して、筆者はモダニストの内的表現と伝統的な「建築構造論的小説」とは距離を置く、ニンの作品が重視し強調する5作品の表題を再訪問（re-sited）した。ニンの「諸都市」は、ポスト・モダンで、記号論系の図像マトリックスであり、ニンの登場人物の内面の揺らぎと街路上での移動に用いる通路に配置された都市を象徴するアイコンを散りばめたものであり、また同時に、舞台装置としての都市として捉えるべきものなのである。ニンによる「継続的小説」において、ジューナは虚構の人物像ながら、たとえば同時に、パリという都市のなかにおりながら内面の諸都市のなかに存在していて、つまり、小説的虚構と個人的な深層心理の双方にもいて、そのいずれも「他方を表現することも表象的に描写することもない」のである。代わりに、過剰に多層的な意味を抱え込み、図像化された「都市」は、複雑な感情のありさまを統制のとれた理解可能な形で伝える。図像化された都市は、心理学上の事件に文書化可能な安住の地を提供するのである。

ミエチスラフ・ウォリス（Mieczyslaw Wallis）が、1967年に、ポーランド科学芸術学術委員会に「建築における意味論・象徴的要素——建築的記号論に向けての第一歩としての図像化」（"Semantic and Symbolic Elements in Architecture: Iconology as a First Step Towards an Architectural Semiotic"）なる研究論文を提出しているが、その論点は、「建築物、特に神殿や宮廷は「記号」や、「象徴」として発想されたものであって、そのため、本質的に意味論的、あるいは象徴的なものであり」、決して「「何を表象することもなく、非意味論的な」芸術」であるとする解釈を提示した19世紀後期から20世紀初期の見解は成立しないと論じた。ウォリスは続けて、「近代建築の作品——共同住宅・事務所用ビル・工場・百貨店・病院・結核患者療養所・劇場・博物館・展示会会場・スポーツ用競技場——は、通常、記号論的、あるいは象徴的とかの機能を持たない建造物である。そのため、現在の一般の観衆は過去の建築物や、（あるいは私は敢えて付け加えるが、文学的な）作品にも、このような機能を探そうとしないのである」と説明している。[25]

ニンの文書は、上述の「複数の建造物の集合体」と同様に、決して建築物の細密概観図でも客観化可能な言語的描写でも文芸趣味的描写ではなく、基本的に、「本質的に、意味論的、あるいは、象徴的」なのである。ニンの、「部屋—扉—家屋—街路—都市」と同心円状に広がる空間認識は、ウォリスが、「図像論的記号、象徴、あるいは、画像」と呼ぶものに相当するであろう。ニンは、心理的経験を「部屋—扉—家屋—街路—都市」を複数形で表記すべき公式として一般化し、彼女独

特の都市の記号的マトリックスに反映させており、これは、ウォリスの観点からは、彼の建築物そのものの記号的・象徴的な機能を認識する視点に符合するものとはならないであろう。むしろ、これは、まさに、カルヴィーノの「諸都市と記号群」に似て、たとえば、タマラなる都市では「目とは、物を見るものではなく、各々の物とは異なる多くの意味を示す象徴的画像を見るものだ」[26]とされている。ニンは複数形で表記すべき「部屋─扉─家屋─街路─都市」なるマトリックスを、該当する心理的な機能に付与している。個々の鼓動と欲望は、図像化を経て心のなかの各々の心室・心房なる部屋のなかで起こり、扉である発話や身振りや目配せを通り抜け、愛する人との親密な接触の起きる家々のなかに姿を現す。鼓動や欲望は、続いて街路にあふれ出し、絡み合った人間関係と個人の感情の交換のなかにある多くの人々の都市にあふれるのである。

　数々の都市をつなぐ蜘蛛の網に比すべきネットワーク、心のなかの密閉空間としての部屋と寝室を、カルヴィーノは「定型を探し求める緻密な人間関係の蜘蛛の巣」と名づけた。ニンの「継続する小説」においては、このすべてを結ぶ網はある実体を備えており、文書は語法と街路の華麗な戯れであるだけでなく、文書そのものよりもはるかに重要な何らかの似姿・画像・象徴、つまり、愛し合う男女の心理的発達、愛の内的成長、つまり、「愛する者が寄り添う街」(199)[27]の似姿なのである。この都市文書こそがニンの斬新さであると言える。なぜなら、一般的には、登場人物は都市に対して単独で立ち向かう個人と設定されねばならず、都市の情景を観察する孤立した個人の意識と設定されるはずだったからである。この観点こそが、ナサニエル・ホーソーン（Nathaniel Hawthorne）が、都市を「舗装された孤独」として利用した際に規定し、そして、近代文学において、作家たちが都市を表すパラダイムとして選択したものである。ニンのパラダイムは劇的に異質である。「肘と肘がつき合い、爪先と爪先がつき合い、息と息が混ざり合い、彼らは丸く輪になってカフェで座っていた。行き過ぐ人たちは途切れることなく、大きな並木通りを歩き坂道を降りて行く。」(250) ニンが描く都市における孤独は、「秘匿された悲しみの街路では、流れる音楽は誰の作とも知れず、人々はアイデンティティを喪失して、何年でも、むしろ、ただ恍惚に至る地点を探すために、出来れば、流れに任せて行きつ戻りつ漂い」ノリの良い揺らぎに身を任せるのである。

　小説作品に描かれる誘惑する都市像とは対照的に、『日記』において、ニンは街路との恋物語とジャック・イヴ・クストー（Jacques-Yves Cousteau）風の都市文明断罪との合間を揺れ動いている。「今日の心理学者は、都市部の住民は捕虜の

ように振る舞うものと信じている。現在、捕獲された動物に見られる欲求不満と絶望感と自殺は、都市生活のなかに観察される。」[28] 1951年の秋の日記には、当時のニンの反都市的な論点が、「都市の諸悪とは、野望、虚栄、金銭的成功の追求、接触性の感染力を伴う権力欲と執着心に取りつかれた人々が止むことなく有名になろうとし、脚光を浴び際立とうとする人々の存在は……数百万人もの無名なままの顔、無名なままの人々の存在と関係があるのだろう……」と列挙されている。この20年前の時点では、『都市』においてニンは、ランゴの「山に、手荒っぽさに、戦(いくさ)に向いたこの肉体」(44)は、「肉体から出る多幸感は都市によって壊された」(46)ために、「都市のリズムが男に指図する」(46)と描き、ニンの「内面」の小道をたどることによって、魔術的な図像化による転換を遂げた都市を平凡な都市が侵害したせいで反発している。ニンは都市を強力な精緻さの図像へと変換することによって、平凡な現実の都市から観念的な小説が喚起する想像の異空間としての都市にいたるまで、ニン自身の日常においても、さまざまな姿を見せる都市への彼女自身の態度と和解したのである。結節点としての都市は、抽象的な存在のありさまや人間関係に関して、小説であり、また、芸術的でもある表現を強化したのである。ニンの作品において、都市はカルヴィーノの『見えない諸都市』におけるように、「夢の中のごとく……凧のように軽やかに現れ、レースのように光を通し、蚊帳のように透けて、葉脈のように、掌の手相のように、靄にかすむ虚構の厚みを透かして眺めるべき金線細工の都市」なのである。これらが、「内面の都市」なのだ、というのも、都市とは憧れと不安感から構築されているからである。都市と夢とは、秘匿されていて透けていて、それら自身の靄にかすむ独特の規範で機能し、そこでは、あらゆる物は別の何かへと導いていくからである。

　ニンの戦略を具体的に理解しようとするなら、5連作の各作品の導入部に基調となる図像が提示されており、図像化における支配的な様相が如何にして、各々の作品の物語の展開を支えるかを見ることができる。

　『炎へのはしご』では、要塞都市が描かれている。「部屋に入って来た途端に、彼女は靴を脱ぎ飛ばした。」[29] 要塞都市のマトリックスは精緻に図像化され、リリアン(Lillian)の登場とともに、靴が表す拘束からの解放を求める姿として浮き上がり、その後、彼女が抜け出そう望む罠や牢獄のイメージが続き、ジェイ(Jay)がドラン街（悲嘆通り）の名称に関する自由連想的な物思いに浸る姿と重ね合わされて強調されるのである。その街路銘板は、「刑務所の壁に、中国の長城に……パリ刑務所の壁に釘で打ちつけられている」のである。それは、防御壁に囲まれ人々を閉じ込める要塞都市で、「自らの弱さと、自らが望んで抱え込ん

だ病気と奴隷根性によって捕らわれた人々」の街なのである。その街路では、そして、その部屋のなかでは、人は「思春期の……暗い部屋」に戻り、自分が参加できないパーティを夢見ながら市壁のなかに閉じ込められたまま、「混沌が、常に、究極の罠であると判明し、あなたが他の誰よりも確実に監禁されているのに気づく」のである。

『信天翁の子供たち』では、迷路である都市が描かれている。「バスがモンマルトルについて、ジューナの右足が玉石の歩道に降り立った時、巡回市の中心では余興もたけなわで、回転木馬では音楽がちょうど蓄音機から流れ出てきたところだった……こういった追憶の数々は、いろいろの心象が移り過ぎる流れとなって、市場から聞こえてくる音楽に合わせて、彼女の頭のてっぺんから足の爪先までを急襲したのだった。しかし、もはや、その昔、目には見えないサーベルで突かれたかのようにできた深い切り傷で、真二つに引き裂かれた一人の自分を感じる痛みは止んでいた。」(13, 15)[30] これは街路と隠遁の都市で、入り組んで当てのない、秘匿されて地図にならない「迷路」を彷徨い、「中心」にいたり「奥にある自己へのすべての通り道が閉じてしまう」のである。これこそが迷路としての都市を描くテキストで、捻じれてもどかしい曲がり角や行き止まりだらけの狭い道は、誰かが家に入ろうとすると通りはつかえて往来を妨げ、いったん、帰宅すると私生活は中庭をのぞき込み扉を閉じてしまうのである。

『四分室のある心臓』には水の都がある。ランゴの奏でるギターの音楽は、扉にも窓にも鉄柵をめぐらしたナイト・クラブで放浪の旅路へと誘うのだが、夜明けになると彼は歩き去り街路を抜けて、ジューナとともに「本能的に川へと」[31]歩むのである。この大海と川が切り離せない都市は、心理の水没した街路のなかに、人を沈ませ浮上させ生き延びさせる歓喜の島々の水上都市なのである。そこでは、ランゴが「都市の真ん中ではなく、まるで、彼らが海で迷ったかのように漕ぎ」、「川が海へと、広大さへと、深みへと自然に流れるように気分も(流れた)。」「内面都市の下を百花繚乱のイメージを運んでいく幾多の川が流れていた……」(222) のである。

『愛の家のスパイ』のなかでは商業都市が描かれている。サビーナは「ニューヨークの街路を走り抜ける消防車の音と画像」を思い起こさせる。サビーナが登場する前に、火につながる梯子の下で、「整然と並ぶ街路は、ほどけた」[32] のである。活気にあふれて往来の多い港湾都市では、人とは「境界線を越えて不法侵入する」もので、郊外の一戸建てを望むワケもなく「火遊び」をするもので——稠密な商都においては夜中の2時に眠りこけるサビーナは取り残され、「街路での宴会や、

踊りに花火、ギターやマリンバ演奏の嵐、歓声や、詩作や口説き文句の競い合いを受け付けない場によって、責め苛まれる」のである。

『ミノタウロスの誘惑』には、失われたエデンとしての都市が描かれている。「リリアンは何度も船の夢をみた。でもその船は、出帆しようと努力するのだが、……街のなかを虚しく通り抜けて行くだけで、どうしても水際までたどり着くことができない。……リリアンは今、ゴルコンダの町に到着したところだ。」(7)[33] ここでニンは、ミノタウロスの迷宮と海のアトランティス伝説の都市である黄金のゴルコンダを結び合わせており、これはカルヴィーノの金看板である、失われたコロンブス以前の都市である「快楽の新しい領域」、「そこでは、太陽がすべてを、彼女のいろいろな思考の裏貼りや、古ぼけた旅行鞄、平原コガネムシを金色に染め、黄金時代のゴルコンダ……」と重なるのである。

各々の小説の冒頭で、私たちが出会う女性の主人公は単独で現れ、あるがままに振る舞い、通りから逸れる姿を見せることとなり、私たちは20世紀の末期に近づいても、女は「盛り場にしげしげと通うことのないよう」、また、「街路や喫茶室には出かけないよう……家庭内に留まるよう」[34] 警告されたものだったことを思い出すのである。ニンは女性の登場人物が盛り場と心理に頻繁に出入りするように解放する。ニンは物理的な都市が提供する図像に対応するような、感情の内面の都市の図像を創造したのである。『内面の都市』においては、家庭内役割がもたらす家畜化を受け入れる女ではなく、肉体を持ち性的であり心理的な深みのある女を見るのである。主人公は家畜化されるよりは、むしろ、都会の街路に出かけて留まり、自らの心理を探索し、主人公はもはや、バーバラ・バーグ (Barbara Berg) の言う「琥珀の樹脂に閉じ込められた蝶々」ではなくなる。リリアンとジューナとサビーナは多層的価値観を具現する都市のなかで「闊歩する行動者」なのだ。

都市の堅固な建造物のイマジェリーと、「無意識の多層的な廻り舞台の上で動く」出来事とを網目状に組み合わせることが、ニンが構築的な外部と無定形な内面のありさまを文章として融合させる手法であった。ニンの登場人物であるジューナは、「男の人たちが都市を立ち上げるのを何としても必要とするのを、……にっこりしながらもこう思う。人間関係を築くことがはるかにもっと難しいのに、……男の人たちが発明したり行動の機会を世界を股に探したがる、人間同士の間で生活空間を征服するほうがはるかに難しいのに。一人の人間をわかるほうがはるかに難しいのに、最も深いところの人間個人の人格が半分も探索されていないときに、男の人たちは哲学の体系を組織化しなくてはという必然性に躍

起になっている。」(88)[35] ジューナばかりでなく、ニン自身も構築と創造への願望に突き動かされていた。『内面の都市』の総棟梁は、カルヴィーノのゼムルーデの街路を通り抜けるかのように、「地下蔵や定礎基盤や井戸にまで掘り込もうとする視線を伴って」、ニンの都市の街路へと私たちを招待している。ニンの描くジューナは5作品の都市の図像化のマトリックスを端的に語っている。

> 外部の世界においては、彼女は自らの力の及ばない変化をもたらすこともできない神秘的な外部からの運命に身を任せてしまっている女であったが、本人の内的世界では、誰も近づけない多くの深い掩蔽壕を構築した女で、そこでは、彼女の宝物が破壊されないように安置してあり、彼女が知っている世界とはまったく逆の世界を構築していたのだ。

ニンは、都市の図像化を巧みに利用して、『内面の都市』において、生き様の重層性と語のもたらすイマジェリーを統合して伝え、通常の文章が描き出す、伝統的に人物像や出来事の一つ一つに担わされる平盤で単線的なイメージから解放するのである。「この彼女が構築している内面の都市」はイマジェリーの網目構造を形成し、その襞では感情が縮れて絡み合いうねりながら輪になって、語の想像上の都市をつなぎ合わせるのである。ジューナが、『信天翁の子供たち』の結末で「歩いて」入り込む「内面の迷宮都市」は、読者が一語一語を追って歩き通す迷宮都市である全5作品なのである。

註

1) Edward R. Tufte, *Envisioning Information* (Cheshire: Graphics Press, 1990) p. 12.
2) Anaïs Nin, *The Novel of the Future* (New York: Macmillan, 1968), p. 171. 続く引用は、pp. 133-4.
3) Christopher Mulvey and John Simons, eds., *New York: City as Text* (London: Macmillan, 1990), p. 3.
4) Giovanni Tocci, 'Perceiving the city: Reflections on Early Modern Age,' *Critical Quarterly*, Vol. 36, No. 4, 1994, p. 30.
5) Cary Nelson, *The Incarnate Word: Literature as Verbal Space* (Urbana: University of Illinois Press, 1973), p. 5.

6) Anaïs Nin, *The Four-Chambered-Heart*（Chicago: Swallow, 1959）, p. 75. ニンからの続く引用は、各々、以下に示す。
Ladders to Fire（Chicago: Swallow, 1959）, p. 139, *Children of the Albatross*（Chicago: Swallow, 1959）, p. 29.『日記』からの引用はVol. I（New York: The Swallow Press and Harcourt, Brace & World, Inc., 1966）, p. 322. 次の段落におけるニンからの引用は*Seduction of the Minotaur*（Chicago: Swallow, 1961）, p. 61.
7) 'The City: Suggestions for the Investigation of Human Behavior in the Urban Environment' rpt. in *Classic Essays on the Culture of Cities*, Richard Sennett ed.（New York: Prentice Hall, 1969）, p. 126.
8) W. J. T. Mitchell, *Iconology: Image, Text, Ideology*（Chicago: University of Chicago Press, 1986）, p. 1.
9) Paul Auster, *City of Glass*（New York: Penguin Books, 1987）, pp. 67-8. グラフィックな適応に関しては以下を参照されたい。Paul Karasik and David Mazzucchelli, Script Adaptors, *Paul Auster's City of Glass*（New York: Avon Books, 1994）, pp. 62-4.
10) Anaïs Nin, *A Spy in the House of Love*（Chicago: Swallow, 1959）, pp. 137 and 14. 次の段落におけるニンからの引用は、*Children of the Albatross*（Chicago: Swallow, 1959）, pp. 7-8. 'remember'を're-member'（再び＋器官）とする綴りの変更は原著者によるもので、W. J. T. Mitchellから着想を得た（次の原注を参照されたい）。
11) W. J. T. Mitchell, 'Narrative, Memory and Slavery' in *Picture Theory: Essays on Verbal and Visual Representation*（Chicago: University of Chicago Press, 1994）, pp. 201-2.
12) Jonathan D. Spence, *The Memory Palace of Matteo Ricci*（London: Penguin, 1984）, p. 9. See also Frances A. Yates, *The Art of Memory*（Chicago: University of Chicago Press, 1966）およびMary J. Carruthers, *The Book of Memory: A Study of Memory in Medieval Cultures*（Cambridge: Cambridge University Press, 1992）.
13) Nin, *Children of the Albatross*, p. 100; 次の段落におけるニンからの引用は、*Ladders to Fire*, p. 139; *The Four-Chambered Heart*, p. 76; *A Spy in the House of Love*, p. 10.
14) フィクションにおける都市認識の背景に関しては、Susan Merrill Squier ed., *Women Writers and the City: Essays in Feminist Literary Criticism*（Knoxville, University of Tennessee Press, 1984）におけるChristine W. Sizemore, 'Reading the City as Palimpsest: The Experiential Perception of the City in Doris Lessing's *The Four-Gated City*'の論評を参照されたい。
　シャロン・スペンサーの『内面の都市』論の序文は、上記の上書き羊皮紙を示唆しており、「比喩とされた諸都市は、ニンが三名の中心人物の埋没した都市、つまり、心理的世界の採掘に取り掛かったことを」示している。ホーソーンの『トワイス・トールド・テイルズ』(*Twice Told Tales*) に収録された「グレイ・チャンピオン」の「舗装された孤独」なる言い回しを、バートン・パイク（Burton Pike）が論文 *The Image of the City in Modern Literature*（Princeton: Princeton University Press, 1981）, pp. 15 and 23. に引用している。
　ブランシュ・ゲルファント（Blanche Gelfant）は *The American City Novel*（Norman: University of Oklahoma Press, 1970）において、都市小説を三種に分類し、個人の葛藤を通して都市を描く「肖像画タイプ」、個人ではなく都市そのものが主人公となる「概要・共観視点タイプ」、そして、特殊な地域を選び、その区域独特の人々の生き方を詳細に描く「生態系タイプ」としている。
15) *Iconology*, p. 49.

16）Christine de Pizan, *The Book of the City of Ladies*（New York: Persea Books, 1982）. Richards' Introductionからの引用は p. xxi、および Pizanのテクストからの引用は pp. 11, 16, 254, 99.
17）Nin, *Ladders to Fire*, p. 108 and *A Spy in the House of Love*, p. 7. 次の引用は *Children of the Albatross*, pp. 34-5. さらに次の段落における引用は *Children of the Albatross*, pp. 9, 146.
18）Kevin Lynch, *The Image of the City*（Boston: MIT Press, 1960）, pp. 1-2.
19）Nin, *Ladders to Fire*, p. 117.
20）Nin, *Children of the Albatross*, p. 173
21）Nin, *The Four-Chambered Heart*, p. 54
22）Nin, *A Spy in the House of Love*, p. 127.
23）Nin, *Seduction of the Minotaur*, pp. 5, 66.
24）Italo Calvino, *Invisible Cities*（New York: Harcourt, Brace & Co., 1974）, p. 88, p. 14. 次の段落の引用は Mitchell, *The Language of Images*, 文学におけるスパイラルの形成に関しては pp. 283-6を参照.
25）In *Semiotica 8*（1973）, pp. 221, 236.
26）Calvino, p. 14. 次の段落における引用は p. 76.
27）Nin, *The Four-Chambered Heart*, p. 159. ニンからの次の引用は *Children of the Albatross*, pp. 164-5、次の引用は *Ladders to Fire*, p. 68.
28）引用は The Washington Post January 4, 1975 in *The City* by James A. Clapp（Rutgers: The State University of New Jersey, 1984）, p. 59. ニンからの次の引用は The *Diary* Vol. V（New York: Harcourt Brace Jovanovich, 1974）, p. 73; *The Four-Chambered Heart*, pp. 37, 39. およびカルヴィーノからの引用は Calvino, p. 69.
29）Nin, *Ladders to Fire*, p. 7. 次の引用は pp. 106, 152.
30）Nin, *Children of the Albatross*, pp. 7-9. 次の引用は pp. 147, 35.
31）Nin, *The Four-Chambered Heart*, pp. 5-6. 次の引用は pp. 31, 178.
32）Nin, *A Spy in the House of Love*, pp. 5-7. 次の引用は p. 76.
33）Nin, *Seduction of the Minotaur*, p. 5.
34）Burton Pike, *The Image of the City in Modern Literature*（Princeton: Princeton University Press, 1981）, p. 80. 次のニンからの引用は *Seduction of the Minotaur*, p. 64. バーバラ・バーグによる用語は次の章題参照、*The Remembered Gate: Origins of American Feminism: The Woman and the City*（New York: Oxford University Press, 1978）. 次のニンからの引用は *The Four-Chambered Heart*, p. 15.
35）Nin, *The Four-Chambered Heart*, p. 73. 以下のニンからの引用は *Children of the Albatross*, pp. 141、およびカルヴィーノからの引用は Calvino, p. 64.

翻訳者による註

本章における『内面の都市』は *Cities of the Interior* を指す。
引用文は下記の邦訳の本稿に特記した頁以外は翻訳者による。
『ミノタウロスの誘惑』、大野朝子訳、水声社、2010年。
『信天翁の子供たち』、山本豊子訳、水声社、2016年。
『四分室のある心臓』、山本豊子訳、鳥影社、2023年。

詩人、アナイス・ニン

Anaïs Nin, the Poet

アンナ・バラキアン（Anna Balakian）
奥沢エリ・訳

　アナイス・ニン（Anaïs Nin）の詩学について以前にも著したことがある。[1] しかしながら、私の主なエッセイは、日記の無削除版やセンセーショナルなニンの伝記の登場に先立ってしまった。新しい文学イベントがあれば、従来の作品に光を当てられる。しかし、最近の出版物は、作家としての彼女の功績に光を当てるどころか影を落としている。ニンに関する言説や流布は、彼女が重要な作家であるという私の信念をぐらつかせることはなかったが、作品よりも彼女の人生が強調されることにより、作品の質をさらに裏づけることがかつてないほど急務であり、それがなければ人生への関心は俗っぽい好奇心になってしまうだろう。長い経験と露出を経た評論家として、私はアナイス・ニンを、20世紀の詩の概念に新たな意味をもたらした少数の作家のなかに位置づけ、いかにアメリカ文学に影響を与え、同じ一撃で小説の境界を壊したかを強調したい。

　アナイス・ニンを詩人たらしめるものは何か？　私の知る限りでは、彼女は自分の書いたものを「詩」と呼ぶことは決してなかったが、しばしば詩人とみなされ、『近親相姦の家』（*House of Incest*）は「散文詩」と呼ばれた。だが、彼女の著作における詩を構成するものの本質はまだ十分に見出され、吟味されていない。彼女の作品の詩的な資質に焦点を当てることで、夫のヒュー・ガイラー（Hugh Guiler）（芸術界ではイアン・ヒューゴー［Ian Hugo］として知られる）との個人的かつ芸術的な親密関係、つまり1920年代と1930年代の共同生活の始まりを、より深く洞察することができる。

　彼らはいずれも新しいメディアを探すアーティストであった。両者ともに詩人であったが、どちらも標準的な言葉の意味では、「詩」を書くことはなかった。彼女は「いわゆる」小説や「いわゆる」日記といったものを書き、彼は「いわゆる」映画を作ることを夢見ていた。そして、結婚直後に、彼らが心動かされた前

衛的な雰囲気全体と同様、ともに芸術的および社会的な拘束に対して苦労していた。そのほかのアバンギャルド界の人物たちの出現はより歴然として、華々しいものであったが、それは彼らのアート活動に、当時の裕福でもの静かなブルジョワ社会に対抗する政治的に反体制的な姿勢がともなっていたからだ。アナイス・ニンとヒューゴーのケースは例外であった。もっとも彼らは社会的な環境に精神的には馴染めなかったが、それらがもたらす快適さや喜びは享受していた。シュルレアリストたちがそうしたように、彼らは決して戦わなかったが、19世紀末の象徴派の詩人のように、そこに象牙の塔のような避難場所を求めなかった。ガートルード・スタイン（Gertrude Stein）やジェイムズ・ジョイス（James Joyce）のような亡命者の姿勢を担うこともなかった。その代わり、彼らは現実や競争のとても大きな世界に直面した。ニンは彼女が必ずしも好んでいなかった人々に会って、認められることを求めていて、彼は、将来の自由時間を自分の詩的表現活動に注ぐために、銀行員として十分にお金を稼いでいた（ヒューゴーが晩年にしばしば主張したように、下級のものであった）。日々の現実との戦いから彼らは帰宅し、その居留地でお互いを救い出した。そこでは二人の詩人が、内なる必然性から少し外れた既存の芸術形式と格闘していた。彼らが互いに捧げ合った精神的なサポートや、自分たちの住まいを確保するためだけでなく、ニンの母親や出入りするさまざまな従兄弟たちを守るための、パリで生き延びる経済的苦難については、ここでは詳しく述べるつもりはない。彼らが互いへの献身のために払った多くの犠牲を私は列挙するつもりはない。こうした忠誠心の表れは、『若妻の日記』（Diary of a Wife）で痛烈に描かれている。[2]

　私は詩を通じてアナイス・ニンを知り、彼女の最初の、そして基本的な執筆活動の動機は、詩的経験の新しい形式を見つけることであり、セルロイドを通じて詩を表現するという後年のヒューゴーの試みと並行していることがわかった。彼女は詩史の文脈において、ヨーロッパの詩人のある系統に属している。私が研究し紹介したほかの多くの詩人と同様、彼女は韻文で書くことを避けた。彼女や共通性のあるそのほかの人にとっても、詩は音楽言語や言語的雄弁さ以上のものであった。まずは、錬金術師の並びで、その後（全員ではないが）何人かのロマン主義の夢想家や幻視者を経て、ピークに達する19世紀のヘルダーリン（Friedrich Hölderlin）、ノヴァーリス（Novalis）、ネルヴァル（Gérard de Nerval）、ランボー（Arthur Rimbaud）とロートレアモン（Lautréamont）とともに、続く20世紀のヴァレリー（Paul Valéry）、イェイツ（Frances Yates）、リルケ（Rainer Maria Rilke）、クローデル（Paul Claudel）、大西洋のこちら側のエドガー・アラン・ポー（Edgar Allan Poe）

やアメリカでは評価されていないほかのアメリカ作家まで共鳴した地下では、心理学が臨床研究を行う前に、人間の精神の本質が探求されていた。ドラマは、宗教的／世俗的な感性の連携と、それが言葉のイメージに結晶化することにある。ヴァレリー、クローデル、リルケ、イェイツは、アニムス、アニマについて議論し、ナルキッソスを再考し、自己認識の試みは詩のプロセスとなった。

　ランボーは自己探求と自己投影の分野で二つの経路の発見を提供した。彼は両方の道の危険性を熟知していた。「非常に多くのエゴイストが詩人を自称する！」[3]と発し、彼は内向性の危険性を認識していた。もう一つの主張は、詩人を「予言者」と宣言し、同じ手紙で結晶化された、「私とは他者である」という転換だ。ランボーが実験した蒸留のプロセスの目標は、人間の生命の欠点だらけの表面を削り取り、その生理学的なネットワークにおける内なる存在を探りながら、「自然の光」[4]に到達することだった。彼は、もつれた自己の暗闇から、ノアの洪水後の光の世界へと手を伸ばし続けた。『地獄の季節』（*Une Saison en enfer*）は、この二つの景色のバランスを取るための、耐え難い揺らぎの物語である。「私」を「他者」に投影することができるという点で、冒頭の詩が『大洪水の後』（*Après le deluge*）である『イリュミナシオン』（*Illuminations*）は、詩人の勝利にはなるが、人間の勝利にはならない。

　これらすべては、1891年のランボーの早すぎる死から10年以上後に生まれたアナイス・ニンの研究とは関連性がないように見えるかもしれない。20世紀末にニンについて話したり書いたりするとき、私たちの参考の枠組みになるのは、次のような「人々」だ。彼女と出会った人、さまざまな関係を持った人々、彼女を軽蔑し、または彼女が拒絶した人々、彼女が慰めた人々。伝記作家は、際立った解釈を創造する、因襲にとらわれない彼女の人生の面に焦点を当ててきた。しかし、これらの解説者は、彼女の文芸創作を軽視しており、彼女の人格を扱う場合でも、日記から導き出せる範囲のことを超えることはない。彼女が触れた本を知り、それを彼女と関連づけることで得られるひらめきのほうが多い。常軌を逸した行動ではなく、本が、ニンをその時代に位置づける。彼女は誰の後を追い、誰の前に来て、文字どおり、誰と共生するのか、この宇宙か？

　第一に彼女はアメリカで育ったにもかかわらず、アメリカの教育にはほとんど触れていない。学校を早くに退学し、彼女の読書遍歴は、独学者さながらに豊富で、結婚前に折衷的に選ばれたものであり、フランスの文学界に入った状況に付随して選ばれたものだった。ウォルト・ホイットマン（Walt Whitman）やエズラ・パウンド（Ezra Pound）、T・S・エリオット（T. S. Eliot）の名ですら、彼女の読書

リストのなかから探し出しても無駄だ。アメリカの作家であれば、イーディス・ウォートン（Edith Wharton）、ファニー・ハースト（Fannie Hurst）は彼女に社会的道徳観と言語のセンスを与えたが、彼女の若い精神に最も印象付けたのはフランスとイギリスの作家、自由連想の流れと記憶で崇拝されるプルースト（Marcel Proust）と、感情や感覚の喜び、顕在意識と潜在意識を融合したD・H・ロレンス（D. H. Lawrence）の言語能力だ。アナトール・フランス（Anatole France）やギヨーム・アポリネール（Guillaume Apollinaire）からははじめ、不快さを感じたが、彼らからエロティックな文体を学び、最終的に専門家となった。彼女はパリで最初の1年は75冊の本を読み、同世代人であったシュルレアリストのように、解釈に充分な鋭い批評眼を持っていた。フローベール（Gustave Flaubert）、プルーストとドストエフスキー（Fyodor Dostoevsky）の後は、従来の形式での小説は改善の可能性がほとんど残されていなかった。

　彼女はフランスの前衛詩人の系譜を調べ、彼らの目を通して当時のアメリカの批評家が見抜いたことを知ることができた。ランボーからシュルレアリスト、そして彼らと詩学における共通の基盤を持つために、母国で無視され嘲笑されていたアメリカの作家までにいたる、新しい詩的媒体の拡張だ。彼女の鋭い文学研究、『未来の小説』（*The Novel of the Future*, 1968）で切り込んだ、盲目的な批評は、四半世紀以上経った今でも蔓延している。アメリカの詩人や小説家は、ぞんざいに、厳選されずに「アバンギャルド」と識別された時代のなかで、ヨーロッパ人が探究した変容への可能性の形を、達成していない。

　アナイス・ニンは、知的形成の初期にランボーを読んだ。ランボーの文学的名声は、1912年に師であるポール・ドメニー（Paul Demeny）に宛てた手紙の出版によって名声が高まり、1920年代と1930年代に出版された。もちろん、なかには彼の冒険的でスキャンダラスなライフスタイル、詩人を諦めエチオピアでトレーダーになった後に衝撃的な死を遂げたことに興味を持つ人がいる。しかし、敬虔なカトリック教徒やシュルレアリスムのような不可知論者などのほかの人々は、詩を認識論へと転換させる、先見者であり啓蒙者として認識した。どの文学定期刊行物も、公になったこの有名な手紙について論じていた。そのなかで、この10代の詩人は、詩の主題とは何であるべきか、シャンパンの泡立ちとともに樹液が体内を湧き上がり、感覚の妙楽に酔った17歳のとき、どのようにして詩人になったのかを語った。ランボーは1870年の韻文詩のなかで、そのような経験に『ロマン（小説）』（*Un roman*）という題をつけた。[5]

　上記の詩的行為を定義する二つの概念は、アナイス・ニンのパリ滞在当時に、

文壇に広く知られていたランボーの二つの手紙のなかで明確に説明された。それは、あらゆる合法的および非合法的な方法による自己の探求と、「私とは他者である」の発見だ。それは単に「他者」を意味するのではなく、より広い意味で、主観性を客観的な成果物に転移することを意味する。

パリの日記はランボーへの言及であふれている。ニンは彼を幻視者として思い描き、自分自身を、「ランボーの根源的なイノセンス、ある種の純潔」[6]を持つ同族の魂と考えている。彼女はヘンリー・ミラー（Henry Miller）とともにランボーを探求する。ミラーは後に長いエッセイ『暗殺者のとき』（*Le Temps des assassins*）のなかで、彼の小説らしからぬスタイルで、この詩人についての独自の解釈をした。ミラーは、1927年にブルックリンで、ランボーの詩のコピーを見かけたことがあったが、彼はそれを近くで見ておらず、「6、7年後にアナイス・ニンとルヴシエンヌの家で出会うときまで、その作品に取り憑かれていた」[7]と述べている。それ以来、彼らはともにランボーを読み、彼に興奮した。数年後に著書のなかで説明したように、ミラーにとってランボーはカルト的な存在となり、流れ星となり、原爆をかき消すほどの声となった。ミラーは、詩を書くことについて話しているのではないと明言している（「韻の有無にかかわらず、世界を変えることができるダイナミックな力」）。[8]

ニンはランボーの、初期の無意識との葛藤や、「硬直してパターン化された理性を超越する」[9]努力を評価した。そして1930年代に彼女が『近親相姦の家』（*House of Incest*）を執筆している間、『日記』第1巻で断続的に説明しているように、ランボーのことがとても気になっていた。「私は夢とともに始める……小説よりランボーに近い象徴的な形式を探究している。」彼女はランボーとアンドレ・ブルトン（André Breton）に表現の超越を見出し、自分自身を彼らと結びつけた。「私は、新しい本、『近親相姦の家』の最初の2ページを、シュールレアリスムの手法で書いた。私は『トランジョン』とブルトンとランボーから影響を受けている。彼らは私の想像力に自由にはばたく機会を与えてくれる。」

アナイス・ニンは、彼女が「抒情的な爆発」と呼んだものにおいて、詩の完全なエンパワーメントと、ランボーが提案した人間の感性の謎への二重の参入を理解した。彼女はその軌跡を『近親相姦の家』で実証することを選び、何年も経ってから『未来の小説』のなかでこれを「女性の地獄の季節」[10]と呼んでいる。ヘンリー・ミラーもヒューゴーもこの作品を詩と認識した。ミラーは彼女に、それは美しい言語に過ぎないのではないかと聞いた。彼女は「この作品は100回読まれるべきだ」[11]と抗議した（ランボーが100回読まれ、100の解釈があるように）。

皮肉にも、ランボーの「フランス語」の著作は、アナイス・ニンの基本的な英語をイメージの銀河系に変え、普通でないもの、血色が良く、官能的で、時にはランボーのように、きわめて不快で、有益なものに変えた。彼女はイメージの機能について、独自の感性で次のように説明している。「イメージ、器官の甘酸の破裂のように、魂と肉体の溶解をもたらす。」[12]

　心臓を吐き出す感覚、皮膚のないキリストの姿、ジャンヌという不具の人格、彼女が生まれた場所としている水域での窒息死、切り取られた死の森、迷宮への降下、ミノタウロスとの対決。その後、乾ドックに停泊する彼女の船は、これらすべて、ランボーの有名な宣言に共鳴する。「詩人になりたい人間の最初の研究は、自身を全体的に知ることであり、自分の魂を探り、検査し、嘲笑し、それを理解するのです。そしてその時、それを徹底的に知っているので、それを培わなければなりません……あらゆる形の愛、苦しみ、狂気、自分自身を探求し、自分のなかであらゆる毒を排出し、その真髄だけを保存します。」[13] ランボーは、もしこれが簡単なことだと思うなら、あなたはただのエゴイストだ。そしていわゆる詩人のなかにはエゴイスティックな自己熟考があふれている、とも付け加えた。

　ニンの、奥深さを冒険する欲求は粘り強く、昨今の遺伝子の科学探究のようだ。「生命の流れに一番近くなければならない。私は自分自身を「種のなかに」、成長と神秘のなかに居座らせなければならない。」[14] しかし、より困難な探究は、魂をモンスターに変える危険性がある。「魂は怪物化すべきだ」とランボーは言った。[15] アナイス・ニンはこの怪物をミノタウロスと呼んだ。彼女は不安を抱えながらそれに取り組んだが、それが自己探求の残りの部分と同じくらい恐ろしいことではなく、究極の洞察をもたらしてくれることに気づいた。そういった意味では、彼女自身が怪物になってしまった。感覚が過剰で、無限のヴィジョンを持っていた。このような自己を貪り食う経験を通してのみ、この自己犠牲は詩人の境地に達することができ、同時に「他者」になることができる。ランボーは優れた詩作家ではあったが、韻や詩は問題ではなく、プロセスだけだった。アナイスがすべてのジャンルで試みた発展とはこのプロセスである。

　しかし、自己探求がエゴイストのそれを超えた、自己の叙情的な発見であるとすれば、「他者」とは、ランボーの理論において、ある種の距離を暗示する詩の劇的な側面であった。「私とは他者である」は虚空では発音されない。それは、元素の金属が創造的な楽器に移行することとして説明される。この場合、金管がクラリオンの形で目覚め、「私」はその思考が「殻から飛び出す」のを目撃し、それを見て、それを聴く。アナイス・ニンは彼女の「小説」のなかで、この主観

の客観化を実証することになった。彼女は、別のアイデンティティへのこの投影がなければ、日記を超えられないこと、日記のペルソナと「他者」の間には危うい境界線があることに気づいた。そして、もし「他者」が単なる複製でしかなかったら、「私」と「他者」がそれぞれ「似たものを通して一方の側に」[16] 移動した場合、それは創造的な芸術家にとってどれほど有害であるか。それは「変成の失敗」があったことを示すだろう。この失敗を彼女は近親相姦と呼んでいる。

　アナイス・ニンの最近の読者たちは、彼女の性的用語を文字どおり専門用語として、彼女のライフスタイルそのものの反映として受け入れるように導かれている。まさに同時期に、ランボー以上に別の自己探求的な現象が注目を集めていたことを、私たちは知っているからである。それは、真剣な科学的な形式ではなく、ファッショナブルな形式で行われた精神分析という現象だ。精神分析への熱意は、ランボー崇拝よりさらに顕著に文壇やサロン界の慣習に広がっていた。また、「他者」という概念を公表し、知識階級の間でナルキッソスへのさまざまな言及を復活させた。アンドレ・ジッド（André Gide）やポール・ヴァレリーのような時代の、最も敏感な作家たちは、アナイス・ニンのように、原型的な人物像に、あからさまな自己の投影以上のものを見た。彼らは、ナルキッソスと水のなかの彼のイメージを裂いた。ナルキッソスのもとの美しい顔と異なり、自己イメージへの探究から、表面的な象徴ではなく、睡眠状態で、より曖昧で両義的、時には楽しさよりも不気味さを浮き上がらせた。アナイス・ニンは、ランボーのインスピレーションよりもさらに熱心に精神分析に執着し、精神分析を受けて学んだことを、ロマネスクな人物を創作する際の複数の登場人物の投影に応用した。その後の精神分析の道での彼女の失敗は二つの観点から見ることができる。彼女は三次元のキャラクターの創造に成功しなかった。彼女のキャラクターは彼女が仄めかしている、デュシャン（Marcel Duchamp）の階段を降りる花嫁の姿と同じくらい最小限にとどまった。それでもなお、それらが批評的な注目に値するものであり、読者の共感が多いのは、詩人アナイス・ニンの叙情的な声が魅力的な象徴として価値があるからだ。ランボーの声がそうであったように、文化を生み出すことができる。スケッチ風の物語を集め、『内面の都市』（Cities of the Interior）という題で具体的なイメージで互いのつながりを予感させている。典型的な小説家であれば、「ストレスにさらされた女性たち」や「自己の追求」と、抽象的なタイトルにするだろう。しかし、ここでは、小説家になろうとし、私たちの小説の概念を変えようとした女性が詩人として語っているのだ。

　彼女の「他者」を造形する芸術的能力が、精神分析からの完全な支持を得られ

なかったなら、自己も同様であった。専門家からの啓蒙を求めて、専門家として彼女が訪れた男性たちは、彼女を専門外のふしだらな女として扱い、自らを馬鹿者にした。彼女は無削除版の日記のなかで彼らの正体を暴露することで彼らに仕返しをした。しかし、これは伝記的な関心事であり、この研究の文脈から外れる。

　アナイス・ニンの作品全体は、ランボーが提案した詩的概念としての「他者」と、精神分析家によって提案された他者の潜在意識の干渉する引力との闘いを明示している。彼女の初期の作品で勝利を収めたのはランボーだが、精神分析家の影響下で少しずつ、自己への探求の多くはランク（Otto Rank）とアランディ（René Allendy）によって提案された、より流行りの路線とフロイトの影響に沿って進む。ランボーの声が彼女と共鳴しているときのみ、彼女は純粋な詩を生み出した。『近親相姦の家』はその一例だ。

　「私が誰だかわかる人はいますか？」[17]と、『近親相姦の家』で詩人は聞くが、まったく同じときにシュルレアリストのアンドレ・ブルトンは『ナジャ』（Nadja）の冒頭の文で「私は誰？」と聞いている。ニンの探究では、性別の違いは消滅している。他者はジャンヌまたはサビーナ（アナイスのアナグラム）、もしくは彼女の弟か父親だ。彼女にとって「他者」はアンドロギュノス的で、男性と女性の感性を包括し完成を意味する。愛、という詩人の原理的な主題は、アナイスやランボー、シュルレアリストにとって、カリタスという大きな領域であるラテン語の派生として理解されていて、フランス語では"charité"（情け、慈愛）、英語で"to care"（世話をする）というルーツに属する。ランボーの辞典では、幅広い層の愛であり、あらゆる階層の読者を彼に引きつける。それは、思いやりを含むアナイス・ニンの散文詩にはっきりと表れている愛でもあり、同情、哀れみ、寛大さ、性的制限の克服や支配をめぐる葛藤などが含まれており、彼女が自身をサビーナと同一視しているように、受け取るというよりも与える行為として圧倒的である。「私はあなたになり、あなたは私になる。」

　「私」と「他者」への関与の認知は、『近親相姦の家』で完全性と統一性を求める自己の間で二つの力が引き裂かれ、緊張感として見られる。「静寂はさらに恐ろしいものとなる。私のまわりには狂気しかない。引き合う狂気だ。自己の内部で引き合う力、別々に成長しようとして、互いに引き裂く根、その緊張が合体を果たそうとする。」

　ランボーが「他者」への探求で思いつかなかったもので、アナイス・ニンの詩的表現にアクセスできるようになったものは、彼女が「地質の階段」[18]と呼ぶものにおける夢の主要な役割であり、それによって表面と深さを結びつけることが

できる。精神医学におけるこのような夢の研究は、ランボーの生前には利用できなかった。ランボーにとって夢とは、しばしば薬物によって誘発され、感覚的な体験のレベルにとどまり、煌びやかに詩的だ。だが彼は、詩人たちが夢を創造的に活用できる可能性を知識として持ち合わせていなかった。アナイス・ニンの作品において、夢は上昇と下降の動きと密接に関係しており、関係性の認識の度合いがさまざまで、絶対的な時間の創造、現実を濾過する詩的なプロセスによって誰もが認識する、現実全体の不均衡などと密接に結びついている。

　イェイツは現実を螺旋のように捉え、アナイス・ニンもそうであった。シュルレアリストのポール・エリュアール（Paul Eluard）はそれを「人間ピラミッド」と呼び、アナイス・ニンは頂点を目指している、あるいは海に貪り喰われた失われた大陸の退いていく、いくつもの層を知覚した。より大きな現実（それは想像上の新しい名前であるが）は、ニンにとって、水の難しい性質の複製であり、表面では輝いているが、深層では混乱している。『近親相姦の家』では、夢は独立した状態ではなく、現実とのインターフェースである。それは彼女のヴィジョンを解体し、2倍にする。「私の想像力には裂け目があり、たえず狂気が通って流れ入る。私の狂気のベッドの傍に立って、私に寄りかかって、松葉杖なしで立たせてください。」[19]

　瞬間的に彼女のヴィジョンは宇宙的なものになる。意味は地球や空から招かれる。「意味があらゆるところにひそんでいる、ぞっとするような気味の悪さが、物事の底にかならずひそんでいるように。じめついた小路の奥から、暗い顔のなかから、意味はあらわれてくる。見なれぬ家の窓から身を乗り出してくる。」夢を誘発する際に、光が音を所有し始め、太陽光がオーケストラになるにつれ、彼女は共感覚を生み出す。

　分裂した自己のなかに統合と距離がある。「ひとつひとつがどのようにして「私」になるのかお伝えできません。」彼女の反応は、彼女が誘発する夢の状態に対する、非常に身体的な、ほとんど生理学的とも言える反応だ。彼女は心臓を吐き出し、[20] 皮膚を剥いで「神経の糸に乗った知識のスポンジ」を探求する。精神分析は彼女がその境地に到達するのを助けたかもしれないが、その結果得られた類推的な言語は、その抒情的な意味において純粋な詩として認識でき、それを象徴主義の伝統、そして時には後のシュルレアリスムの伝統と結びつける間テクスト性をより助長する。この特定のエクリチュールへの参加により、彼女は今日精神批判的な解釈を受ける小説家よりも、当時のヨーロッパの詩人とより親和性が高かった。私たちが精神分析の解説を象徴主義的な詩学の繊細な網目よりもよく

理解できる理由は、その言語が複雑であっても十分に翻訳可能であったために、精神批判が広がり、大衆化したことによる。変容的で磁気的なエクリチュールは、プシュケの知識よりも言語の力に依存しており、翻訳ではうまくいかなかった。なぜなら、それを翻訳するには詩人である必要があり、詩人は通常、他人の詩を自分の言語に翻訳することに時間を費やす可能性は低いからだ。

　ニンの詩学が、彼女をランボーの保護下に置くもう一つの要因は、彼女の根深いカソリック主義であり、それは単なる従来の慣習ではなかったことだ。彼女はこの揺るがない遺産を意識的に脱ぎ捨てようとしたが、それができなかったことを彼女の著作が示している。彼女が自分の生まれた宗教を拒否する努力についての言及が二つある。日記の第一巻で、「私は誇張してカソリック信仰のすべてを拒否した」と彼女は言い、そして再び次のように言う。「私はカソリックから外れたところで、自分ひとりの道を見つけました。」[21] そう彼女は言ったが、ランボーが洗礼から解放されたと宣言した以上に、彼女は自分の精神や言語からカソリックの原理を根絶することができなかった。ランボーとニンの両方にとって、詩は天罰と結びついており、本質的な私に関してであろうと、「他者」に関してであろうと、自己犠牲と贖罪を必要としている。継承された規範の拒否は、解放的な力のように見えるかもしれないが、束縛への執着や告白による孤立によって損なわれることが多く、それがニンの言う「近親相姦」（語源の意味は「ベルト」を意味する言葉に由来する）の濁流に陥る可能性がある。

　『近親相姦の家』は、彼女が夢とその詩への派生を通して解放を目指す彼女の住居である。彼女はキリストの人物との対話で赦免を懇願する。拷問と純潔への憧れは、磔刑と復活のイメージのなかで結びつけられている。これは、近親相姦の家のヒューゴーによる解釈である、ヒューゴーの映画『アトランティスの鐘』（The Bells of Atlantis）で、繰り返される宗教的二分法である。映画中で、彼は彼女の作品を、散文詩、「最もインスピレーションに満ちた作品」[22] と呼び、敬意を表している。アナイス・ニンの死の年（1977年）、ヒューゴーはアメリカン・フィルム・フェスティバルで自身の映画を紹介する際、彼らの夢の親密なコラボレーションを、芸術的試みの新しい形として強調した。彼の演説から引用しよう。

　この映画は、一流の詩作家としての彼女のスタイルと、並外れた感受性と温かい人間としての彼女の存在に、近づかせてくれると思います。私たちが結婚していた54年間のほとんどが、間違いなく個人的な証明となっている。付け加えていうと、彼女の身体的な美しさは、まるで内なる光から発せられ

ているかのように輝いていて、今ではますますはっきりとわかるように、その光が彼女にわれわれにある「失われた大陸」を日々探求することを可能にしていたのです。今になってやっと、彼女の存在と、長年私自身の失われた大陸を探求しようと努力することへの応援に対して借りがあることに気づき、この映画で初めて試みている。[23]

『近親相姦の家』での彼女の「近親相姦」という言葉の使用にはタブーはない。なぜなら、この言葉には非常に具体的な類似の意味があるからであり、ニンはそれを明らかにしている。それは窒息、窮屈、暗闇だ。なぜか。彼女のキリスト像にその理由を言わせている。「もし、他者のなかの自分たちしか愛せない、近親相姦の家から一人でも逃げ出せることができるのなら、もし、あなたたちから救い出せることができるのなら、と現代のキリストは言った。」[24] それは転移性の苦しみであり、他者のなかの自己への愛である。「イカの墨のような愛、毒の饗宴」。それはあらゆる関係、「父と娘、兄弟と姉妹、母と息子の抑えられない欲望」を混乱させる。アナイス・ニンには妹さえいなかったので、ここに自伝として受け取られるものが何もないことは明らかだ。そして彼女が「ジャンヌと私は弟を愛している」と言ったとき、これは、彼女が「他者」から距離を置くことができておらず、自己探求への関与がすべてに含まれていると言い換えることもできる。それは彼女が創造しようとした架空の人物にまで及ぶ。圧倒的な自己探求によって引き起こされる夢は叙情的な爆発をもたらすが、他者の確固たる性格を生み出すことはない。舞台となるのは「切り詰められた者」が生息する退廃的な森。十二角形、自己の断片。折れた木は「葉を失い、錬成の失敗を嘆いている」。この章の最後の段落は最も謎めいていて、同じ文のなかに失敗と成功への期待が含まれている。「切り倒させた木は、彫刻家を笑い、生きた緑の枝を生み出した。」

　近親相姦の家の腐った囲いの向こうに、アナイス・ニンは、詩の長きにわたる旅のその後の段階で、手探りで目指すことになる光を、燐光の形で感じ取った。もし、自己探求が今日、私たちが「サイバースペース」と呼ぶものを作り出したのなら、彼女は「近親相姦の家の向こうには夜明けがあった」と心に描いた。

　その後のすべてのいわゆる小説や日記の蛇行のなかで、私たちはニンの作品の支配的な痕跡として詩的な存在を発見する。それは、その存在や詩のリズムに関連して彼女が「キーワード」と呼ぶものの繰り返しによるものであっても、彼女の言葉に伴うさまざまな形の音楽、あるいは物語の過程で時々彼女の登場人物たちを取り囲む、太陽でも電気でもない特別な照明であっても、見ることができる。

彼女の周囲では精神分析的な小説や演劇はあふれていたが、サビーナのような女性像を瞬時に呼び起こすことができた人はいただろうか。

> 彼女は、ニューヨークの街路を駆け抜ける消防車の音とイメージを呼び起こした。大惨事の激しいゴングで心の警報を鳴らし、赤と銀の服を着て、身体を切り裂き通る。初めて彼女を見たとき、彼は感じた、すべてが燃えてしまう。[25]

女性の心理的または詩的な特徴に続く。

> 肉のような根を持つマンドレイクで、麻薬性の肉でできた紫色の釣鐘型の花冠の中に、孤立した紫色の花を咲かせている。彼は、彼女が生まれたときの絵を描いた。赤金の目は洞窟から、大地の穴から、木の陰からのように常に燃えている……火の世界のあまりにも豊かな物質として、パンの施しを受ける行列から破門され、そして彼女の断続的な放物線状の出現に満足していた。

もちろん、「彼」は「彼女」であり、彼女の自己のほかのすべての側面と同様に、一つの共通点がある。彼らはみなアーティストだ。画家、俳優、ダンサー、曲芸師、そしてすべてが完全な目標を達成するために障壁や環状線と格闘している。

ある日、ヒューゴーは私にこう言った。「アナイスはすべての言語を訛りで話しますが、彼女が母語として一つの言語も知らないことに気づいていますか？」ニンはその状況と、それをどのようにして強みに変えたかを『未来の小説』で説明した。「私は言語を豊かにするためにかなり激しく戦いました。」[26] そして彼女は、この言語への配慮は、外国人にとってどの単語も新しさ、新鮮さ、ネイティブスピーカーには想像できないような濫用された意味合いから自由であるという事実によるものだと考えた。興味深いことに、彼女は公然と自らを詩人と呼ぶことを控えていることである。代わりに、彼女は詩を拡張することについて語る。「詩の詩的な凝縮と抽象化を散文に持ち込むこと。」しかし、彼女が常に目標として挙げている洞察力と言語の錬金術は、詩人として卓越した成績を収めたいと願う同時代人や小説家として名を残したいと願うすべての人々と彼女を区別するものである。

彼女の自己の究極的で最も完璧なアイコンは、画家でコラージュ制作者のヴァルダ（Varda）であり、泥から金を収穫する男、「金に変換できるものだけを探求

している」、自らの境界線を越えようとする自己である。アーティストと娘との幻覚的な会話のなかで、アナイス・ニンは、自身のLSDの経験を16歳の娘の談話に挿入している。それはランボーの『イリュミナシオン』を壁画、音楽、空間、宇宙のつながりと物体のダイナミックな変化と同じ感覚で精緻に仕上げたものとして通用するだろう。アナイス・ニンの著作を臨床分析に提出したいと思ったことがある人は、詩と狂気の違いを認識するために、『コラージュ』（*Collages*）の次の一節を思い出してみるとよいだろう。

> 私の感覚はいっそう鋭くなって、まるで百の眼、百の耳、百の指を持っているような気がしました。壁の上には私のデザインした壁画が限りなく現れて、そのデザインに合った音楽を奏でました。私がオレンジ色の線を引くと線はオレンジの音調を発しました。私自身が楽器になったみたいに、音楽は私の身体を震わせました。私は自分がフル編成のパーカッション・オーケストラになって、緑、青、オレンジ、金色に輝くように感じました。[27]

ここでは金管はクラリオンではなく、フル編成の打楽器オーケストラとなる。そしてその後、登場人物の男性、マン博士による独白のなかで、アナイス・ニンは自分のなかにある詩人の両性具有の感覚に一周回って立ち返る。以下は短い抜粋。

> 自分自身を本のなかに見いだすことは、再度生まれでることと同じです。時には男は女のように振る舞い、女は男のように振る舞うことを知っているのはあなただけです。また男と女を既成の概念にしたがって区別するのはばかげているということも、あなたはご存知です。ですから、あなたの作品に出てくる博士は恋人のことを話すときに鬘を被るのでしょう。私には、トーマス・マン（Thomas Mann）がなぜ『すげかえられた首』のことを書いたのかわかりません。もっと興味深い置き換えがあるのですから。あなたの物語は世界中でいちばん明瞭です。[28]

最終的に、彼女は近親相姦の家という束縛の限界から解放されそうになる。

われわれが知る限り、ニンは夢を通して自己の分離性を探求し、それらはすべて単一の複雑なアイデンティティの一部であるという感覚を体験した。精神分析の観点から言えば、研究はそこで終わるかもしれない。しかし、アナイス・ニンの動揺と挫折は、彼女が自己と他者を切り離すことに何度も失敗し、最後まで悲

劇的な人物であり続けたことが原因だった。ランボーのように、人生で真の解放を達成できなかったとしても、彼女は自分の「小説」に解放の力を注ぎ込んだ。芸術の観点から自己中心的なペルソナの救いとなるのは、彼女の場合、その人格の無限の複雑さであり、「他者」を創造しようとする不完全な試みの後に広がる、豊かで濃密な自己イメージのモザイクである。これらの側面はすべて同じ精神の一部だが、異なるキャンバス、同じマトリックスの子に投影され、それが、彼らを、主に幼少期に硬化した性的抑制に基づいた静的な強迫観念を表す矛盾した自己であると認識した、当時の精神医学のパターンを回避させる。実際、ニンの多様な自己は、それぞれが元の蜘蛛の巣から脱出しようとする、創造的な作家が人生経験にもたらす豊かさだ。

　最終的には、批評家は代替案に直面することになる。もし私たちが精神医学による解釈を進めれば、ニンは自己に囚われ、圧倒されていたという結論に達するかもしれない。それは私たちが作品を、人生を理解するための単なる記録として考えていることを意味する。しかし、目的が逆転し、人生のデータが作品の理解に従属する背景としてのみ見られる場合、作品は読者の想像力をかき立てる触媒になる。たしかに後者の選択は、アナイス・ニン自身が分析者と画家を比較したときに望んでいたものだった。分析者は既存のイメージを説明する。画家は、あなたが夢を見たり、自分自身のイメージを創造したりするのを助けてくれる、と彼女は言った。公式への還元か、神秘への跳躍台か？

　実際、アナイス・ニンは私たちの最新の受容理論家と競っている。本がどのように受け入れられているかについて語る際、彼女は『コラージュ』のなかで架空のマン博士の口を通して驚くべきメタファーを提供している。「私は絶対音感を持つ作家に会ったことがない。」言い換えれば、そこには逸脱があり、人生経験の複製からの逸脱そのものが、各読者が自分自身の反応、標準的な現実からの自分自身の逸脱を挿入できるスペースである。『コラージュ』の最後では、女性作家を賞賛するイスラエルの医師が自分自身を「他者」として見ている、つまり作家の作品のなかに自分自身を認識している。そして彼はグリニッジ・ヴィレッジで謎めいた人生を送る伝説的な人物、ジュディス・サンド（Judith Sands）を発見する。彼は彼女を招待し、彼女の本に魅了された人々によって、多くの言語で保存され、一番上の棚に置かれている場所だけに立ち寄る旅に誘う。「その影響力に押されて、あたかもそこが呼吸できる唯一の空気であるかのように、同じ雰囲気を探し求めた…私たちはあなたの本が家具の一部であるところにしか行きません。」

明らかに、アナイス・ニンの作品は臨床ファイル向けではない。それは詩と小説の間の境界を消し去り、それによって実験的な詩学に大胆に貢献する試みだ。

註

1）何年も前、私はアナイス・ニンの作品について基本的な解説をした。デイジー・アルダンが私に新しい扉を開かせてくれたのだ。彼女は象徴主義とシュルレアリスムの詩人に関する私のコースを受講していて、最後の講義の後、私にプレゼントをくれた。アナイス・ニンの初期の作品である。私が講義のために与えた読書リストを学期中に読み終えた後、彼女は私にその二冊の薄い本を差し出し、こう言った。「この作家を読むべきです。彼女はスウェーデンではグレタ・ガルボと同じくらい有名です。」それは1960年代初頭のことだった。ニンに関する私の二つの主要なエッセイで、私は彼女の詩学と道徳観を分析した。どちらのエッセイも現在入手可能であるため、ここで繰り返すつもりはない。二つのエッセイは次のとおりである。
'The Poetic Reality of Anaïs Nin', an introductuin to *Anaïs Nin Reader*, ed. Philip Jason (Chicago: Swallow Press, 1973), pp. 11-30; and '... and the pursuit of happiness': *The Scarlet Letter* and *A Spy in the House of Love*, in *The World of Anaïs Nin, Mosaic*, VI/2 (1978): pp. 163-73.
2）Anaïs Nin, *Diary of a Wife*（New York: Harcourt Brace, 1988）を参照。
3）Arthur Rimbaud, Letter to Paul Demeny, 15 May 1871, in *Oeuvres complètes*, Pleïade edition (Paris: Gallimard, 1972), p. 251. 翻訳は筆者によるもの、その後のランボーからの引用の翻訳もすべて筆者による。次の引用は p. 250.
4）Rimbaud, *Une Saison en enfer*, in *Oeuvres complètes*, p. 110.
5）Rimbaud, 'Roman', in *Oeuvres complètes*, p. 29.
6）Nin, *Diary*, Vol. I, p. 29.
7）Henry Miller, *Le Temps des assassins*, Les Poètes contemporains en poche, (Paris: Pierre Jeran Oswald, 1970), p. 14.
8）ibid. p. 47 および Anaïs Nin, *Diary*, Vol. I, p. 60 を参照。
9）Nin, ibid., p. 11. 次の三つの引用も *Diary*, Vol. I, pp. 128, 77 and 130.
10）*The Novel of the Future*,（New York: Macmillan, 168）, p. 34.
11）*Diary*, Vol. I, p. 130.
12）Anaïs Nin, *House of Incest*（Chicago: Swallow Press, 1956）p. 34.
13）Rimbaud, Letter to Paul Demeny, in *Oeuvres complètes*, p. 251.
14）*Diary*, Vol. II, p. 235.
15）Rimbaud, Letter, p. 250. 次の引用は同頁。
16）*House*, p. 256. 次の引用は同頁。
17）*House of Incest*, p. 26. 次の二つの引用は pp. 27, 30.
18）Anaïs Nin, *Children of the Albatross*（Chicago: Swallow Press, 1959）, p. 173.
19）*House*, p. 39. 次の三つの引用も同作品から。pp. 44, 40, 45.

20）First page of *House of Incest*. 次の二つの参照も（肌から神経まで）『近親相姦の家』から、pp. 69, 62.
21）*Diary*, Vol. I, p. 239.
22）この文書は、ニューヨーク近代美術館のアーカイヴに彼の映画とともに保存されている。
23）前述の引用と同じファイル内に保存。
24）*House*, p. 70. 次の引用は pp. 55, 46, 55, 56, 56, 70, 31, 28.
25）*A Spy in the House of Love*（Chicago: Swallow Press, 1959), p. 7.
26）*The Novel of the Future*, p. 96. 次の引用は p. 2 から。
27）*Collages*（Chicago: Swallow Press, 1964), p. 67.
28）*Collages*, pp. 114-15. 次の二つの引用も同作品から、pp. 116, 117-18.

セラピーを超えて
オットー・ランクへの持続的な愛情

Beyond Therapy: The Enduring Love of Anaïs Nin for Otto Rank

シャロン・スペンサー（Sharon Spencer）
大野朝子・訳

死に直面した時、人は常に自分自身にこう問いかけるものだ。「私は十分に見てきただろうか、聞いていただろうか、観察しただろうか、愛しただろうか、注意して耳を傾けただろうか、命を支えようと努力しただろうか。」ランクは知らずに亡くなったかもしれない。自分の才能がどれほど豊かで、人間としての存在がどれほど鮮やかであったか、ということを。

（『日記』第3巻）

　アナイス・ニンは、1932年にオットー・ランク（Otto Rank）の素晴らしい著書『芸術と芸術家——創造的な衝動と、個性の発展』（*Art and Artist: Creative Urge and Personality Development*）を読み、彼に強い感情を抱くようになった。それまで創造的な人物たちに関して、説得力のある研究や、理論化はほとんどなされておらず、女性の芸術家の成長過程についても、驚くほど行われていなかった。[1] ニンは当時、特に「女性」を概念化し、表現する独創的な芸術家として自分を定義しようと苦心していた。その結果、独創的で深遠なランクの著作は、彼女に顕著な影響を与えることとなった。ニンはその後の45年の人生の間、自分とランクは知的に、精神的に深く結びついたソウルメイトである、という感覚に酔っていた。しかし、才能があふれる哲学者で、治療家であるランクへの彼女の感情は、実は安定していたわけではなく、肯定的な感覚と否定的な感覚の間を往復していた。

　二人の関係は患者とセラピストとして始まった。1933年11月から1934年8月までの10か月の間、彼らは精神的な繋がりを持っていたが、それは1977年にニンが亡くなるまで続いた。[2] 残念なことに、ランクは1939年に、二番目の妻のエステル・ビューエル（Estelle Buel）と結婚してからわずか3か月後、55歳で

亡くなっている。このとき彼がニンに対してどんな感情を抱いていたのか、われわれは推測することしかできない。彼はニンが彼の肖像を描いたことを知らずに亡くなってしまった。たとえば、ニンは1942年初版の革新的で音楽的な中編「声」("Voice") のなかでランクの肖像を描いているし、『ミノタウロスの誘惑』(Seduction of the Minotaur) のなかでも、ランクは共感力が高くて悲劇的なドクター・エルナンデスという人物として描かれている。ドクター・エルナンデスは、主人公で、問題を抱えているリリアンの哀れな聞き役で、非公式のカウンセラーでもあるが、寛大な性格にもかかわらず、心は満たされておらず、孤立していて、寂しい人生を送っていた。ランクも、短い期間に終わってしまった悲劇的な二度目の結婚をするまでは、そのような状態であったと思われる。小説のなかで、ドクター・エルナンデスは、麻薬密売人の犠牲になり、人生の半ばで亡くなってしまう。彼は人生を治癒の秘蹟のために費やした。ニンは勇敢かつ緻密に奮闘し、著作を執筆し、講演を通して聴衆に彼の素晴らしい作品を紹介したのだが、残念なことであるが、ランクはそれらの事実を生前は知ることができなかった。[3]

　ニンとランクの複雑な関係は、患者とセラピスト、恋人たち、おそらくは婚約者同士、マスター・セラピストとその見習い（その期間は短く、ニンの人生において重要性は低いほうではあったが）、哲学の指導者とその弟子（前述のとおり、それはニンのセラピーから始まり、影響はニンが亡くなるまで続いた）、というような、五つの側面から見ることができる。そして最後に、最も重要なものとして、男性のミューズと進化する女性アーティストとしての二人の絆が挙げられる。[4] これらのなかで、最も深く永続的な影響は、ランクがニンの新たな才能を刺激し、維持するために、彼女を温かい目で見守り、育てたことである。ニンが芸術家として進化していく過程にランクが貢献したことについて、否定的な評価があり、私は自分の研究書『夢のコラージュ――アナイス・ニンの作品』(Collage of Dreams: The Writings of Anaïs Nin) で反論してきたのだが、ここで改めてオットー・ランクが強力で、前進させるような役割を果たした、ということを述べたい。ランクはニンに日記から距離を置くように説得し、彼女の恐るべき才能を、一般大衆の目にもっと魅力的に映るような、もっとフォーマルな文学ジャンルに反映させるようにしたのだが、そのようなランクの行いは度々批判されている。しかし、ランクは彼女の才能を制限し、閉じ込めようとはしていなかった。ニンは当時、日記を麻薬のようなものとみなしていたが、彼はニンが日記に執着するのをやめさせようと努力した。そして、ニンが創造的な作家として認知され、成功することを助けていたのである。

二番目に出版された日記のなかで、ニンは「精神分析の世界で、唯一形而上学的な人間を発見した」と記し、さらに「私は詩の世界を生き抜き、そこから無傷で脱出した。今、私は自由の身である。まだ詩人のままでいられる」と続けている。[5]

1933年11月、パリでニンはランクとの治療を開始した。歴史家によると、ランクは短期間のセラピーの発明者として、精神分析と治療の世界で革命を起こした人物である。この時点で、ニンは二つの大きな問題を抱えていた。父親から物理的、精神的に自立することが難しい、ということ、さらに、人生を混乱させてしまうような強迫観念に取り憑かれていて、芸術家になるという夢に挫折しそうになっているということ、である。いうまでもなく、これらの問題は深く密接に絡み合っている。治癒者として、ミューズとして、ランクは彼女にとって、大きな助けとなった。ランクに出会う前に、ニンは「正統派」のルネ・アランディ（René Allendy）の分析を受けていたが、それは失敗であった。1931年から1934年の日記には、「アランディの魔法は消えた。彼は失敗した。私はランクの元に逃げた。彼は自分が作家として生まれ変わることを助けてくれるから」と説明されている。[6] 結局、ランクは期待以上の貢献をしてくれて、おかげでニンは自分勝手な父親からも解放され、苦痛も取り除いてもらうことができた。

ニンは父親に執着していたが、そのせいで心はいつも動揺しており、勇猛果敢なアマゾニアンにでもならない限り、自分を解放するエネルギーは得られなさそうだった。『インセスト――アナイス・ニンの愛の日記【無削除版】1932〜1934』（Incest: From "A Journal of Love"）で彼女は、驚くべき無頓着さで、9日間続いた南フランスでの父親との逢瀬を記録している。二人はその後も時々密会するようになった。ホアキン・ニン（Joaquín Nin）に対し、ニンは不満を高めていき、最終的には嫌悪感を募らせ、心的外傷も高まらせ、1933年9月に、関係を終わらせている。これは彼女がランクに相談する約2か月前のことである。彼女はランクを、自分に「許し」を与えてくれる人物として理想化し、11月8日に最初の訪問をしたことを記録している。『インセスト』のなかで、彼女は従弟で長年の親友であるエデュアルド・サンチェス（Eduardo Sanchez）に「父と私は恋人同士である」と言ったことを明かしているが、[7] 治療中に彼女がランクに話したかどうかは不明である。[8] 皮肉なことに、ニンは知識人サークルで広い人脈を持っていたので、誰かが、1912年にランクが文学におけるインセストの描かれ方について「詩と叙事詩におけるインセストのモチーフ」（The Incest Motif in Poetry and Epic）という論文を執筆したことを教えられたのかもしれない。翻訳が出ていなかったので、

ニンは論文を読むことはできなかっただろう。

　しかし、それにもかかわらず、インセストとの関連性は、敬意をもって指摘されている。『意思の力——オットー・ランクの人生と作品』（*Acts of Will: The Life and Work of Otto Rank*）のなかで、精神科医で作家のE・ジェイムズ・リーバーマン博士（Dr. E. James Liberman）は、「ある批判者は、ランクがニンと関わったのは、インセストに強い興味があったからだと信じている。それがニンの人生では大きなテーマだったからだ」と述べている。[9] ニンは、父親との関係から生まれる複雑な心境を、ランクの治療室には持ち込まなかったかもしれないが、明らかに、後で知らされたようだ。『火——愛の日記　無削除版日記1934〜1937』（*Fire: From a Journal of Love: The Previously Unpublished Diary: 1934-1937*）のなかで、ニンはランクに「インセスト」というタイトルの日記原稿を「読ませた」と主張している。もしニンがランクと治療中に父親とのインセストについて話していたとしたら、日記のこの箇所を彼に見せるのは無駄だったであろう。いずれにせよ、ニンがランクにインセストの日記を読ませたとき、ランクはすでに彼女とは決別していた。したがって、このことはもはや彼ら二人においては、それほど大事な問題ではないだろう。

　明らかなことは、ニンが父親と別れるときに影響を及ぼした、ということである。ニンの父親は魅力的ではあったが、ニンに辛い思いをさせる人物でもあった。ニンにとって、幼少期においても、成人してからも、ホアキン・ニンは継続的に脅威を与える存在であったが、ランクは次のように述べている。

　　あなたは父親と再会しなければならない、という強迫観念を満たす必要性を感じていたようですが、「私は父親から捨てられた」という運命的な見方から自分を解放したいとも思っていたようですね。幼少期に父親との別離を体験した後、あなたは自分の理想の姿を体現した存在を失いました。彼は芸術家、音楽家、作家、建築家であり、社会的に魅力的な人物でした。彼を再び見出した時、あなたは若い女性で、本当の自分を探していました。しかし、あなたの父親はあなたが求めているものを与えることはできませんでした。なぜなら、その関係は子どもの時にあなたが望んでいた子どもと父親の愛の姿を反映したものでしかなかったからです。そのような理想像から離れて、別な男性を見つけることができるようにする必要がありました。私の理解では、あなたの父親は、自分のイメージに合わせてあなたという人物を作り変えようとしているのです。[10]

ランクの治療を受けている間、ニンは中編小説『人工の冬』（Winter of Artifice）を執筆したが、それを詳しく読むと、いかに彼女が「成人した娘と父親の再会」を叙情的に表現しようとしたか、理解することができる。大胆な読者は、「父の神秘的な花嫁」と父親が実際に性的な関係にあったのではないか、と疑問に思うかもしれない。ニンは父親に嫌悪感を抱くようになり、最後には決別するので、伝記的な研究においては、この小説は注意深く読解を進めることが重要である。
　このことは、『近親相姦の家』（House of Incest）、さらに成熟が見られる連続した作品群『内面の都市』（Cities of the Interior）（『炎へのはしご』（Ladders to Fire）、『信天翁の子供たち』（Children of the Albatross）、『四分室のある心臓』（The Four-Chambered Heart）、『愛の家のスパイ』（A Spy in the House of Love）、『ミノタウロスの誘惑』の5作品から構成されている）にさかのぼって指摘される。ランクが性的な関係について知っていたかどうかは、ランクはニンに父親を捨てるように奨励したということほど重要ではない。父親が子どものときに彼女を捨てたように、ニンも父親を捨てるべきだとランクは励ましていたのだ。どうすれば傷つけずに父と別れることができるだろうか？　ランクは言った。「彼を傷つけるのです。あなたは子どもの時に彼から捨てられた。その罪の意識を引き出すのです。彼があなたを捨てたのと同じように、あなたも彼を捨てなさい。復讐をしたほうがいい。感情の世界の中で、うまく均衡を保てるように、そうしなさい。」[11] ニンはこの助言に対し、歓迎の気持ちを示している。

> ランクのおかげで自分の成長と可能性の拡大を実感できるようになった。この流れはもう止めることができない。奇妙な感じではあるが、解放された気分になって、自分のなかの限界や、壁、恐れの感覚もなくなってきた。私をこの冒険から引き戻すことは不可能。私は自由に、流れに任せて動き出した。私はもうランクを離さない。やっと父親を欲する気持ちを克服できたのだから。彼はその役割を惜しみなく果たしてくれた。[12]

1934年にニンとランクは恋人同士になったようだ。[13] 恋愛感情が芽生えたのは、ごく自然の成り行きだった。ランクの助手をしていたとき、ニンは「声」で見事に描いているが、転移と逆転移、という、よくある魅力的な現象が起こったのだ。さらに、ニンには伝説とも言える、性的なカリスマの魅力があった。さらに、彼女もランクも、不安定な結婚生活から抜け出すべく奮闘していた。実際に、ランクは1934年に最初の妻で有名な分析家、ベアタ・トーラー（Beata Toller）と別居

している。ニンとランクはさまざまな面において、お互いに強い刺激を与え合った。彼らの恋愛は自然な出来事で、感情的、知的、精神的な親和性で二人は結びついていて、その絆は肉体と愛という人間同士の融合の深みにまで拡大していった。その結果として、1934年の秋にランクがフランスからアメリカに拠点を移したとき、ニンは短期間、彼の治療行為を手伝い、結婚に帰着することを望みつつ、親密な関係を続けていった。

　ニューヨークへの旅の間、ランクはニンに宛てて、少年のような調子の魅力的な手紙を送っていて、ニンを「パック」という名で呼んでいた。[14] 彼は自分自身を「ハック」と名乗っていた（ランクは遊び心に浸り、リラックスしているとき、自分をハックルベリー・フィンと同一視していた）。恋人たちは指輪を交換し合い、ランクはフロイトからの贈り物である指輪をニンに与え、彼女は父親の指輪をランクに与えている（ニンはその後、指輪の複製品をヘンリー・ミラー（Henry Miller）に渡せるように、と指輪を複製していた）。ランクは、ニンとミラーが関係を長く続けていることを障害だと思っていた。1935年のはじめにミラーはジューン・イーディス・スミス（June Edith Smith）と離婚し、ニンとの関係を再開しようと、ニューヨークに向かった。ニンは1934年の一時期を、妻のふりをしてミラーと共に過ごし、一方でランクとも、彼が当時住んでいたアダムという名のホテルで一緒に滞在していた。そうしている間も、ヒュー・P・ガイラー（Hugh P. Guiler）のニューヨークの親戚たちに会うときは、献身的なガイラー夫人の振りをしていた。ヒューはその当時はまだフランス在住だった。しかし、ランクのほうはニンに一夫一婦制の関係を望んでいた。結局ニンはそのような関係を望まなかったので、ランクは婚約を破棄し、結果的には、エステル・ビューエルと1939年に結婚することになる。*Anaïs: An International Journal* に掲載された手紙の読者はすでに把握していることだが、ニンはこのことで喪失感を味わっている。ニンの分身で、双子で、ソウルメイトで、最愛のハックは苦しんでいた。ニンはランクと知的な交流を続けようと懸命に努力をし、魅力を振りまいていたが、ランクは努力してそれをはねのけた。ランクはミラーとの性的な関係を非難したのだが、彼女はそのことに難色を示し、女性としてランクに会えなくなった、と説明した。したがって、ニンはハックとの愛の思い出と、彼の著書にある思想を通じてしか彼との絆を維持することができなかった。そして、結局は、ランクとの関係を終わらせることになってしまった。多くの場合、ニンは恋人たちとの別れを望まなかったのだが。

　最初に出版された『日記』第1巻の終結部で、ニンはこう述べている。「精神

分析は本当の私の誕生を許してくれて、私を救済してくれた。本当の自分はとても危険で、痛々しい姿をしていた。人はみな、冒険好きな男性は大好きだが、冒険好きな女性のことを好きになることはない。本当の私は、下手をすれば、死産してしまった私の子どものケースと同じように、生まれる前に終わってしまう可能性があった。」[15]

　ランクから分析を受けている間、ニンは『近親相姦の家』と『人工の冬』の両方を執筆中だった。ランクは彼女に「女性として執筆する」ことを奨励した。その際、彼はのちに先駆的エッセイ「女性心理学と男性イデオロギー」("Feminine Psychology and Masculine Ideology") に示すことになる思想を用いて、ニンにインスピレーションを与えた。ニンは自分の執筆は「子宮が書かせるもの」だと言っていた。この論文は死後の1941年に、『精神分析を超越して』(Beyond Psychology) に初めて掲載された。

　シモーヌ・ド・ボーヴォワール（Simone de Beauvoir）が傑作『第二の性』(The Second Sex) で、男性たちは自分が嫌悪したり理解できないと思ったものをすべて女性に投影し、「他者」としてくくって拒絶の対象にしている、と指摘した。そのタイミングよりも10年以上早く、ランクは彼女と同じことを言い当てている。

> 人間は、目の前に広がる世界を「私」と「私以外のもの」という二つの世界に分類した。人間が受け入れられるもの、必要とするものは、「私」の世界に属するものとして分けて、そのほかのものはすべて「私以外のもの」として追放した。人間（男性たち）は、人間は不死であると信じていて、一方で、女性は性的な意味で「死」をもたらす存在だと考えていた。そのような理屈から、女性は「私以外のもの」（女性でも男性でもないもの）と見なされた。したがって、のちにヨーロッパ言語のなかで「中性」となるすべての「私以外のもの」は、最初は女性的であると考えられていた。

　さらに、女性に対する男性の両義的な感情を説明するために、ランクは次のように述べている。「女性は、人間の本性の不合理な要素を永遠に担うものであり、そのため、これまでも、そして今もタブー視されている。言葉の本来の意味において、女性たちは呪われ、崇拝され、避けられ、求められ、恐れられ、愛されてきた。」[16]

　カール・ユング（Carl Jung）と同様に、ランクは「女性」の原理を「男性」と同等で、補完的なものとみなした。さらに、現代社会における不均衡の問題は、

歴史的に女性性が抑圧されてきたことに起因するとも考えている。「私の考えでは、人類の文明は少しずつ男性化していったが、これは歴史を紐解くヒントとしておそらく最も有効である。神話と宗教の伝統によって、また、社会的概念や芸術的な想像の発展によっても同様にその過程は進んでいった。」[17]

「女性心理学と男性イデオロギー」の核心的な部分は、男性が考えた言語や文化が女性に疎外的な衝撃を及ぼしたことを示している。「文明」の構造の多くがそうであるように、言語は男性的な態度や思考過程を含んでいる。そこには女性が判断され、非難され、崇拝され、一般に「他者」として描かれてきた言葉も含まれている。多くの場合、このような概念や言語は蔓延していて、権威づけられているため、女性は言葉を奪われ、欲求不満の状態で固まっていたり、男性の真似をせざるを得なくなっている。ニンのように自分自身をありのままに表現しようとする女性作家にとって、感性と言語の問題は深刻なものである。ニンは、自分だけの言葉を発明しようともがいていた。何十年にもわたる体制側の軽蔑と、腐敗している無礼な拒絶を受けていたので、ニンはこのプロジェクトに危険があることを認識していた。それにもかかわらず、ランクの励ましを受けて、彼女は独創的な散文詩『近親相姦の家』（のちに成熟したフィクションの創作への架け橋となった作品）と、『人工の冬』を書き続けた。『人工の冬』は語り手と父親の危険な関係を幻想的なタペストリーのように紡いだ交響曲のような傑作である。

このようにして、ニンは「女性的」文章の理論を定式化し、女性のために、女性が話す言語を発明し、問題を解決した。つまり、「声をあげて話し始める必要があるのは、女性のほうだ。語らなければいけないのは、アナイスという女性だけではない。私は多くの女性を代弁しなければならない。自分自身を発見すると、自分は多数の存在のなかの一人で、象徴にすぎないと感じる。ジューン、ジャンヌ、そしてほかの多くの人々のことを理解できるようになる。ジョルジュ・サンド（George Sand）、ジョルジェット・ルブラン（Georgette Leblanc）、エレオノーラ・ドゥーゼ（Eleonora Duse）、昨日の女性たち、今日の女性たち。過去のもの言わぬ人たち、言葉を発しないで、直観の影に逃げ込んだ、言葉を持たない人たち。」[18] ミューズとしてのランクは助産師の役も務めていて、夢のような作品『近親相姦の家』を世に出すための創造的な試みを助けてくれた。

5巻構成の傑作である、連続小説の『内面の都市』と同様に、ニンの初期の作品はテーマと文学的概念の両方において、冒険心にあふれていた。1933年からニンは『近親相姦の家』、『人工の冬』、そしてランクを優しい人物として、時に批判的な人物として描いた「声」に同時に取り組んでいた。これらの初期の作品

は自由で自律的で有機的な性質を持ち、それぞれが独特な作風で描かれ、芸術的な意図と形式が明確に表現されている。これらの作品を結びつけ、統一性をもたせているのは、音楽性（フレーズ、章、挿話にいたる、すべての文学的な単位において、叙情的でリズミカルな構成を見せている）と、女性的な経験を懸命に発掘して得られた表現方法である。偉大な芸術家、作家、革新者、音楽家であるヴァシリー・カンディンスキー（Vassily Kandinsky）の『芸術における精神性について』（Concerning the Spiritual in Art）の言葉を借りると、ニンの著作のなかに見られる強烈な個性は、「内なる必然性」によって常に規定されていたと言えるだろう。

　ランボー（Arthur Rimbaud）の『地獄の季節』（Une Saison en enfer）にインスピレーションを受けた、と告白している作品、『近親相姦の家』は古代のルーン文字に似たカリグラフィで彩られた七つのパートで構成されている。このデザインは、全体的に見られる苦しみと謎めいた雰囲気を高める効果を持っている。72ページにわたって、人を魅了する、時に奇妙なイメージがびっしりと詰め込まれており、無名の女性の語り手が自分の精神的な倦怠感、解離、疎外感、感情的、および性的麻痺の状態について思いをめぐらせている。近親相姦という比喩が多く用いられているが、それは運命的で不可能な愛、近親相姦の一形態として描かれるナルシスティックな自己愛、血の繋がった家族（この場合は主人公の弟）の性的な愛情関係を暗示している。不毛な世界のイメージで、典型的なものは白い漆喰の森と、「竹から掘られ、奴隷のような肉体をした」女性の彫像である。[19]『近親相姦の家』は比喩的な意味で煙を吐き出している。悪夢のような強烈な印象があり、窒息させるような世界が展開されている。それは暗く、胸騒ぎを起こさせ、残忍である。しかし、この作品は回転するダンサーの壮大な姿で終わりを告げる。この終結部はランクが締めくくりとして選んだもので、希望のイメージが示されている。

　　そして彼女は踊った。彼女は音楽と地球の円を描くようなリズムに合わせて踊った。地球が円盤のように回転すると、彼女は一緒に向きを変え、光と闇に合わせて顔を調整し、日光に向かって踊っていた。[20]

『人工の冬』という中編も、ニンの長編以外の傑作に含まれている。上記の2作品はどちらも叙情的な雰囲気が最大限に生かされ、独特の様式を持っている。技術的な特徴と繊細さ、崇高さを持ち、成人した娘と父親が自発的に結びつきを持つ、という危険な主題が描写されている。

極限まで洗練された『人工の冬』は、ニンのほかの作品よりも、さらに音楽的な内容になっている。その64ページは、長さが不均等な13楽章から構成され、そのテーマは「古代の音楽」であるが、父親と娘が惹かれ合う様子を表すものだと思われる。中央に位置する第6楽章では、娘による父親との完全な結合が思い描かれ、そのことにより、小説はクライマックスに向けて急上昇していく。

　　これは二人の頭のなかで起きている想像の世界の話であるが、そのなかで彼は枕にもたれかかっていて、彼女はベッドの足元に寄りかかっていた。そこではコンサートが開かれていた。彼の過去と彼女の過去がフルートの上部で二つの風になって回転している。バイオリンの弦の音が二人の体のなかで鳴り響く音と同じように常に揺れている。ドラムの重々しい鼓動が、二人の行為の重い振動のように鳴っている。血が脈打つ、すべての振動を沈める欲望の鼓動、それは楽器よりも大きな音で鳴り響いている。[21]

　最初は、うぬぼれ屋の父親を征服しようとする娘の女性らしいやり方を使い、その後に力を蓄えることにより、自分を守ろうとする。それは自己満足的な男性が拒めない、母親としての役割の一様式になっている。娘の愛情を抑制するための彼の戦略は、子どものときのやり方と同様、彼女を「アマゾン」として定義することである。アマゾンの女性は自己充足的なので、男性を必要としないからである。当然の結果として、娘がこの歪んだ認識に協力する限り、彼女は父親が責任を取ること拒否するのを認めることになってしまう。唯一の解決策は、欺瞞的なお世辞以外に、彼から何かが得られるかもしれない、という幻想を放棄することである。こうすることにより、長期間の葛藤はあるが、娘は父親の仮面を一枚ずつ剥がすことができ、怯えていて、孤独で、年老いて、ついには哀れな存在に成り果てる男の姿を露わにすることができるのだ。

　仮面を剥がすことは、「声」で巧妙に取られた主要な戦略でもある。それは強力で支配的な男性に対抗するための女性の戦略でもある。ジャンルとして見ると、「声」は、『近親相姦の家』や『人工の冬』と同様、持続的な散文詩であり、他の作品に比べて、物語的な要素が多く含まれ、「グランド・ホテル」のモチーフという慣習にしっかりと基づいている。多くの登場人物たちが集まるホテル・ケイオティカには、リリス（複数存在するニンのペルソナの一人）を含む、さまざまな問題を抱えた人々を治療する「声」のオフィスがある。実際、このホテルは、ニン本人のほかの多くの混乱した人々が集まる場所で、彼らは目的地を持たずに

あちこちに急いで移動し、身体や精神の障害にもかかわらず、うまく動けずに苦労している。

　ニンはランクを「声」という存在に設定しているが、そのことは古典的なフロイト派の分析の力学に反していて、適切な判断である。なぜなら、ランクは分析家として成熟したのち、フロイト派から分離したからである。フロイト派の分析方法によれば、セラピストは滅多に話さないが、ランクは分析家ではなく、革新的セラピストであったので、決められた仕事のみをする、という態度ではなかった。彼は時間をとって話をしたり、細かい説明をしたりすることで患者に明晰な洞察を示し、親切に支援をしてくれた。残念ながら、「声」は自分のペルソナや職業上の役割に囚われていて、一人の男性としては、寂しい思いをしている。「誰も見たことがないような小男」である「声」は、ジューナにある告白をする。

> 彼は言った。「ほら、見てください。みんな公園でスケートを楽しんでいる。日曜日だからね。楽団の演奏もあるし。私は楽団の音楽を聴きながら、小雪のなかを散歩することだってできたのに。そういうことが幸せっていうものなんだろうね。幸せについて、私は実感が持てないんだ。何も感じられない。単純すぎるんだよ。自分が幸せだった時も、気づけなかった。この肘掛け椅子に座って、患者の告白を聞いている時だけ、私は幸せを実感する。私は鍵穴を通して患者の秘密の場面を全部のぞき見るように運命づけられているみたいだ。でも、なぜか私は一人だけ取り残されている。私も何かに巻き込まれていたと思うことがある。誰かから求められたいし、所有されたいし、痛めつけられたりもしたいんだ。」[22]

のちに、短い間「声」に恋をしていたリリスは、原型的な崇高さが彼にあることを見出す。リリスの目に映ったのは、ひどく孤独な人間の姿であった。

> リリスが彼の目を見て読み取ったのは、一人の男性が計り知れないほど懇願している様子だった。人生を取り戻したい、と叫ぶ孤独な男が、予言者のなかに閉じ込められていた。「声」が話している間、彼女が見たのは、黒い肌の神話に登場する蟹、洞穴のように大きくて深い猿の悲しみ、年老いた亀の哀れさ、カンガルーの優しさ、犬の気さくな謙虚さだった。「声」のなかに、彼女は樹の根の醜さ、大地の醜悪さ、そして暗黙のうちに動物の恐ろしく暗い存在を感じ取った。というのも、彼は他人の心のなかで起きていることは

よく知っていたが、自分自身のことは全然理解していなかったからである。おそらく、あまりにも身近すぎたからだろう。神話的な要素や、人間の夢の話は読み取ることができたが、彼は自分自身の魂を読むことはできなかった。彼は自分で自分を否定していたことに気づいていなかった。本当の彼は、もっと人間らしく生きることを懇願していたのだった。[23]

　このような恐ろしい洞察によって、ニンが創り出した人物、リリスはランクの正体を暴いていく。リリスはランクの仮面を外す。ランクがセラピーの過程のなかで、彼女の仮面を外したのと同様に。自分がニンの作品で「声」として描写されたことについて、ランクがどう考えていたか、知ることは不可能だ。しかし、一時期彼が分析をしていた患者が彼に勇気をもらい、『人工の冬』に収録される三つの素晴らしい小品を仕上げることを知って、感謝の気持ちを抱いたかもしれない。このことは、彼のセラピーに強い解放の効果があったことを証明している。ニンはランクに出会ったときに、創作活動において挫折感や不満を抱えていたが、ランクによって解放されたのだ。結局のところ、ランクの特別な才能は、彼の驚異的な理解力にあった。彼は葛藤、相反する感情、屈辱や高揚感、創造的な個人に理解を示した。
　文学的な観点から見ると、「声」はニンがこれまで生み出した作品のなかで、最も独創的で豊かな作品である。「グランド・ホテル」の構造がもたらすさまざまな効果、分析者、セラピストとしての研究、転移、逆転移、神秘的な狂詩曲、人間らしく生きたいと強く願う男の慈悲に満ちた肖像画。驚異的な名演奏家が奏でる音楽は、ニンの個人的な神話の中心にある夢の世界を賛美して幕を閉じる。

　　夢が同時にいくつも発生している。奇跡が成し遂げられ、すべての時計が真夜中に姿を変え、時を告げた。時計は時間を鳴らしたわけではなく、夢に追いつく合図をしたのだ。夢はいつも私たちの先を走っている。追いついて、夢に同調し、一瞬を生きること、それこそが奇跡である。人生は舞台の上にある。伝説の人生は日光と調和し、この結婚から偉大な神の鳥、永遠の瞬間が生まれた。[24]

　この一節には、その後のニンの作品には見られない輝かしいインスピレーションがあふれている。たしかに、それはニンがもはや父親の指導を必要とせず、強くて自立した自由な女性としてセラピーから目覚めたことを反映し、ひらめきを与

えているように見える。このように、ランクはニンの人生において、一時的に中心にいた人物ではあるが、もはやそうではなくなった。入門者を導くガイドや仲介者が次第に身を引くように、ランクの存在は彼女の人生から消えることになった。それにもかかわらず、二人の個人的な関係に入った亀裂は、ニンに大きな苦痛を与えたようだ。彼女は1935年5月に次のように書いている。

> これだけは知っておいてほしい。誰もあなたの代わりにはなれない。あなたがいなくて、とても寂しい。私はこれほど誰かに親近感を抱くことはないだろう。誰の感情、考え方にも、これほど親しみを覚えることはないだろう。私はこのことを悲劇だと受け止めている。あなたは真実を追求していたので、私たちが持っていた幻想、双子のような関係、相違点に依存して生きるのを良しとしなかった。私たちは今、すべてを失ってしまった。私はどこへ行っても、どんな時でも、あなたがいなくて寂しい。[25]

ランクはミューズとしてだけでなく、助産師としても、ニンが女性アーティストとして生まれ変わりたい、という個人的な願望を実現することを助けた。ランクはニンを励まし、心境に変化を与え、父親によるダメージからの回復を促した。ランクには驚異的な洞察力と、想像的な面があったので、ニンはアーティストに変身を遂げ、粉々になった人生を表現者として創造的に生き直すことができた。彼女はハックへの感謝の気持ちを生涯忘れなかった。ニンはランクよりも40年程度長生きすることになった。勇敢で創造的な女性アーティストの人生に、自分がどれほど大きな影響を与えたか、ランクは知ることはなかった。

註

1) 例外はスーザン・カヴァラー＝アドラー（Susan Kavaler-Adler）の卓越した1993年の著作、*The Compulsion to Create: A Psychoanalytic Study of Women Artists*（New York: Routledge）である。このなかには「シルヴィア・プラスの場合」（"The Case of Sylvia Plath"）とアナイス・ニンを比較した議論が含まれている。
2) 1931年から1944年にわたる、最初に出版された日記の読者には知られているが、1934年8月にニンは女児を死産している。ニンは『インセスト』（*Incest: From "A Journal of Love" — The Unexpurgated Diary of Anïas Nin, 1932-1934*）のなかで、この妊娠が助産師の介入により妨げられたことを認めている。赤ん坊の父親の身元については、二つの選択肢が考えられる。ランクの身内は、父親がランクだったと信じている。父親はミラーだったと主張する者もいる。ニンがホアキン・ニンとの性的関係をほのめかしたことを事実とすれば、最

後の性的な接触は1933年9月に行われたことになる。赤ん坊は1934年の3月か4月はじめに受胎したに違いない。しかし、ニンが「死」を考慮した解釈のほうが、赤ん坊の父親よりも重要である。ランクの基本的な信念の一つとして、芸術家は死の必然性をほのめかす生殖の「生物学的義務」に対し、絶えず反抗して生きている、という。時間とエネルギーに対する明らかな要求とは別に、女性芸術家は出産を、芸術家としてのアイデンティティを脅かすものとみなす可能性がある。それは不死を達成することにより、死を超越しようとする英雄的な試みを表している（数か月後、ランクは非公開の手紙のなかで、生理周期がダンサーとしてのキャリアを邪魔しないように、「手術」を受けるように勧めている）。ランクはニンを手伝ったのかもしれない。彼女が自分の女児の死をカタルシスの追放としてみなすことを。つまり、女児の死は、依存的で子どものような自分を追放することだったのである。このような死産の体験は、ニンの芸術家としての成熟した姿の誕生を準備するため、象徴的な意味で、必要だった。

3) E・ジェイムズ・リーバーマンは、*Acts of Will: The Life and Work of Otto Rank*（New York: The Free Press, 1985）のなかで、ランクの主な著作を年代順に以下のようにリスト化した。
The Artist, 1907
The Myth of the Birthh of the Hero, 1909, English translation 1914
Das Inzest-Motiv in Dichtung und Sage, 1912（untranslated: The Incest Motive in Poetry and Epic）.
The Artist, 1918, ed. 2 & 3: 4 1925
The Myth of the Birth of the Hero, 1922 ed. 2
The Trauma of Birth, 1924, English 1929
The Double, 1925; Don Juan, 1924
Inzest-Motif, 1926 ed. 2
The Technique of Psychoanalysis, 1926-31
Truth and Reality, 1929
Modern Education, 1932
Art and Artist, 1932
Will Therapy, 1936
Truth and Reality, 1936
Beyond Psychology, 1941（訳者註：原文では1942とあるものを修正した）

4) 私の知る限り、ニンとランクの治療上の関係について詳しく書いているのは、私自身とE・ジェイムズ・リーバーマンとフィリップ・K・ジェイソン（Philip K. Jason）だけである。リーバーマン博士は、オットー・ランクの伝記『意思の力』（1985）のなかで、第二章「アナイス・ニン」（pp. 327-53）を二人の関係に費やしている。ニンの遺産の管財人で、文学的な代表を務めるガンサー・ストゥールマン（Gunther Stuhlmann）は、リーバーマン博士に未公開の日記や書簡へのアクセスを拒否したが、「ニンとランクの親密な婚約関係は解消された」という彼の結論は正しかった。

5) *The Diary of Anaïs Nin: Vol. 2, 1934-1939*, (New York: Harcourt Brace, 1969), p. 152.
6) *The Diary of Anaïs Nin: Vol. 1, 1931-1934*, (New York: Harcourt Brace, 1966), p. 305.
7) Anaïs Nin, *Incest, From 'A Journal of Love'* (New York: Harcourt Brace, 1992), p. 242.
8) トラウマの原因となった秘密を決して明かさないことに、必然的な矛盾や論理違反はない。患者は危険な秘密を大事に守っているので、深刻ではない問題を扱うことによって、スト

レスから解放されるのだ。
9) Liberman, *Acts of Will*, p. 347.
10) *The Diary: Vol. 1, 1931-1934*, p. 278.
11) *The Diary: Vol. 1, 1931-1934*, p. 307.
12) *The Diary: Vol. 3, 1939-1944*(New York: Harcourt Brace, 1969), p. 46.
13) ガンサー・ストゥールマン編集による、1994年春版の*Anaïs: An International Journal*が出版され、アナイス・ニンの著作やキャリアの追従者のなかで長い間当たり前だと思われていた事実、「アナイスとオットー・ランクは親密な関係にあった」ということが正当化された。
14) 不特定多数の人がランクからニンへの手紙を読んだ。ディアドラ・ベアー(Deirdre Bair)、もちろん、フィリップ・K・ジェイソン、そして私。しかし、現時点では、オットー・ランク氏の娘は、彼の側のやりとりが公表されることを望んでいない。
15) *The Diary: Vol. 1, 1931-1934*, pp. 359-60.
16) 「女性心理学と男性イデオロギー」("Feminine Psychology and Masculine Ideology") pp. 246-7, p. 257. 私の論文「子宮の音楽——アナイス・ニンの女性的ライティング」("The Music of the Womb: Anaïs Nin's "Feminine" Writing")は、エレン・G・フリードマン(Ellen G. Friedman)とミリアム・フックス(Miriam Fuchs)の*Breaking the Sequence: Women's Experimental Fiction*(Princeton, NJ: Princeton University Press, 1989)に所収されている。以前の論文としては、「女性芸術家を子宮の沈黙から救い出す」("Delivering the Woman Artist From the Silence of the Womb")は1982年春に*The Psychoanalytic Review*, Vol. 69, No. 1に掲載された。
17) "Feminine Psychology and Masculine Ideology", p. 237.
18) *The Diary: Vol. 1, 1931-1934*, p. 289.
19) Anaïs Nin, *House of Incest*, 1st edition (Paris: Villa Seurat, 1936), p. 55.
20) Ibid., p .72.
21) Anaïs Nin, *Winter of Artifice* (Chicago: Swallow Press, 1945), pp. 84-5.
22) "The Voice", in *Winter of Artifice*, p. 137.
23) Ibid., pp. 163-4.
24) Ibid., p. 175.
25) *Anaïs: An International Journal*, Vol. 12 (1994), p. 42.

誕生とジェンダーの言語
男性的／女性的
Birth and Linguistics of Gender: Masculine/Feminine

ラヨシュ・エルカン（Lajos Elkan）

佐竹由帆・訳

　男性作家の言葉が女性作家のそれとどのように区別されるのかを定義することは、不可能ではないにしても難しい。あるテクストが明らかに女性によって書かれ、別のものが男性によって書かれていると言うことができるような言語学的な基準を確立しようとする試みは、どんなに好意的に見ても疑問の余地がある。これは基本的に、私たち全員が男性であろうと女性であろうと言葉のなかで生まれるからだ、とフランスの精神科医ジャック・ラカン（Jacques Lacan）が彼の代表作『エクリ』（*Ecrits*）[1]で述べている。

　どれほどそうしたい気持ちに駆られても、存在しない前提に攻撃を始めると間違ったスタートを切ることになるだろう。それなのに私が女性の他者性が不可能であることについて書くことにしたのは、その作家を彼女のエロティックなテクストやヘンリー・ミラー（Henry Miller）との関係から主に知っているからだ。

　アナイス・ニン（Anaïs Nin）の作品でまず印象的だったのは、自伝の重要性であった。マルグリット・デュラス（Marguerite Duras）、シモーヌ・ド・ボーヴォワール（Simone de Beauvoir）、ナタリー・サロート（Nathalie Sarraute）などほかの女性作家の作品を吟味すると、類似する特徴が見てとれる。なぜ20世紀の女性作家たちは自伝にこれほど重要性を置くのだろうか。それはおそらく女性作家たちが自分の思考を小説にする前に、自分の言葉で人生を経験する必要を感じるからかもしれない。「一人称単数形で書かれた物語は読者の正当な好奇心を満足させ、作者の同様に正当な良心をなだめてくれる。さらに、それは少なくとも現実の経験、真正のもののように見える…なぜなら…作者はまったく正直に自己について話すからだ」[2]と、ナタリー・サロートは言った。

　真正性の追求は、女性作家が自伝を主要な表現形式として選ぶもう一つの理由かもしれない。ニンの内面の秘密の自己を書き表すという願望は、彼女の『アナ

イス・ニンの日記』（*The Diary of Anaïs Nin*）に最も満足のいく形で実現されたのかもしれない。

　ボードレール（Charles Baudelaire）の思想を想起するのだが、フィリップ・ソレルス（Philippe Sollers）が「人生から書く」というフレーズで提唱したように、Bio-graphy（訳註：生の―記述：伝記）という言葉はハイフンで分けられる。「伝記は、言わば精神の神秘的な冒険を説明し検証するのに役立つ。」[3]

　このような書き方はデータや年代順の出来事が少なく、自分自身の行動、動機、恐怖、感情に対する反省を多く含む。ストーリーラインやプロット、形作られたキャラクターは必要ない。ジャンルのルールは、自伝作家自身が進みながら作り出すことになる。自己にとって重要なことを言葉にしなければならず、思考・出来事の断片や秘密の記憶、一過性の感情や以前は抑制されていた行動は新たな意味を持つ。そして何よりも、自伝作家は後でそれらに戻って、気分や得られた知識に応じて再構成することができる。しかし真実性は、作家がこの場合に最初に考慮することではない。それはアンリ・ミショー（Henri Michaux）がヒンドゥー教徒について言ったことに少し似ている。「戦いが英雄の希望通りに進まないとき…彼は木の下で瞑想するために退く。彼が精神力と弓を携えて戦いに戻るときには気をつけて！」[4] アナイス・ニンは自伝的な書き方を使用して、自身を夢や悪夢の領域へと導くための論証のスプリングボードを作り出す手段としている。それは彼女にとって慣れ親しんだ基盤になる。そこで彼女は自分の人生を初めて自分自身の言葉で扱い、他者の――友人、恋人、敵、知人たちの――思考やアイデアに直面する。実際彼女の本当の『日記』は、一部自伝的でもあった彼女のフィクション作品の執筆に役立った。

　ニンの創作過程はこうしてまずこの準備段階を経た。その特徴は、ニンが外部世界からの干渉なく自分自身を自由に外部化できる論証の枠組みのなかで、アイデアや出来事、思考や日常生活の状況を常に再構成することにあった。

　「私は創造、その誠実さと啓示を、隠された自己に対比させました……創造のなかで、私は私自身を、あらゆる真実を明らかにします。人前に出ることには恐怖を感じます。」[5] ニンの作品はこのために非常にリアルで近づきやすく、彼女の内なる本能を直接的に表現している。

　このことはアナイス・ニンの言語の問題を提起する。詩的で、1930年代から40年代のフランス文壇におけるあらゆる革新的な探求に沿っており、それより前の象徴主義者やシュルレアリストの影響も受けたと言われている。

　ニンの書き方は、詩には韻とリズムが必要とする伝統的な基準から見れば散文

的だ。では彼女のテクストはなぜ詩的なのだろうか。

　第一に、これは自己参照的なテクストである。ヤコブソン（Roman Jakobson）は詩的言語を自己参照性によって定義した。第二に、著者の真正の声がキャラクターの言葉と混ざり合っている。この事実が彼女の本の『ガラスの鐘の下で』（Under a Glass Bell）のなかの「誕生」（"Birth"）の物語の場合に重要なのは、ストーリーラインのユニークさを強調するからである。物語は現実の生活の反映であると同時に精神の反映でもある。そして、自己参照的なテクストは、外部世界だけでなく人間の生物的・生理的な側面も表す、重要な一人称単数形の「私」に錨を下ろしている。作者が女性であるという事実からテクストの真正性を推測できる。男性が書いた同じテクストは偽の、真正性に欠けるものに思われるだろう。ニンは自身のテクストと男性が書いたテクストを区別している。

　自己参照的なテクストは、ニンの出産の描写の神話的あるいは相互テクスト的な特徴によって強調されている。ギリシャ語、ラテン語、ユダヤ・キリスト教の著述において、「母系制から父系制への移行期に……いずれの場合も男の子は生まれてすぐに母親から離された。」[6]

　母親の役割は父親の役割に次ぐ二次的なものとされる。「誕生」という物語では、父親について一切言及がない。母と子の強い絆は、母系的側面を強調することでそのような傾向を逆転させる。

　別の相互テクスト的レベルでは、ニンのテクストに象徴主義者の言語の痕跡を認める。たとえば、ボードレールやネルヴァル（Gérard de Nerval）の「大理石」は冷たい美しさを意味する。ニンは大理石のメタファーを用いて極度の肉体的苦痛を表現する。「私の足は非常に重く感じられ、巨大な大理石の柱が私の体を押し潰しているようだった。」[7] またニンの文章からロートレアモン（Lautréamont）の暴力を読み取ることもできる。「［蜘蛛］は足で私の喉を抱え込み、胃で私の血を吸う。とても簡単に！　何リットルものその深紅の酒。」[8] 痛みへの同様な執着、描写的な言葉の同様な積み重ねは、ニンのテクストでも読み取れる。「ナイフが肉を切る感覚、肉がどこか裂けている……私の肉が裂けて、血が流れ出ている。」[9]

　二つのテクスト間に差異があるとすればキャラクターの私的な声にあり、ニンの場合は作者の声と一致する。また一人称単数形の「私」は、肉体的な痛みに耐えていることを絶えず思い出させる。所有形容詞の使用と人称代名詞の「私」（"I"、"me"）の繰り返しは、書くことにおける二つのレベルをテクストに刻み込む。シフト切替装置である「私」（"I"、"me"、"my"）が、「私の脚」、「私の肉体」、「私は痛みだけで記憶がない」のようなフレーズで、テクストのレベルと存在のレベルを

繋げている。
　「誕生」において光は重要な役割を果たし、ネルヴァルの死との隠喩的な結びつきとしての黒い太陽の独創的な使用を、さまざまな面で思い出させる。ニン自身の光と闇のイメージは正反対の行動による。彼女の場合、光は火のように飲み込む。「光は私をゆっくりと飲み込み、宇宙へと吸い込む……。私は闇のなかで、完全な闇のなかで進んでいく、目が開くまで進んでいく……。」
　吸い込むという意味での動詞 'inspire' の使用に注目すべきだが、それはインスピレーションを与えることを示唆してもいる。ニンはこの動詞を、すでに述べた二つのレベル、すなわち作者のレベルとキャラクターのレベルで使用しているようだ。二つの異なる方向を指す軸となる単語の使用は、二つのレベルの一体性を絶えず思い出させるが、それぞれのテクスト内で別々に機能し続ける。また、それは二つの重要な概念の一体化をもたらしている。生と死は彼女の詩的なインスピレーションの源泉を構成する。
　特定のフレーズの繰り返しは、「誕生」というテクストを詩的な詠唱へ変え、抒情詩を呼び起こす。「選んだ私のすべて……背負った私のすべて……閉じ込めた私のすべて……」。これらの行は、「この私の一部は子供を押し出すことを拒んだ……この私の一部は子供を押し出すことに抗った」という制限に縛られた精密さで終わる。ここでもまた詩的な言語は作者の私的な内なる声と一致し、これは男性の作家には真似できない特徴である。「過去の断片のように生命の断片を産む、この私の一部……」
　これは、女性の詩的言語、テクストと現実の生活経験への言及に満ちあふれた言語の、他に類を見ない貢献である。だから現代の詩的言語の非人間性についてロラン・バルト（Roland Barthes）が述べていることに同意できない。「現代の詩はディスコースを破壊し静的なものとしての言葉に限定する。」[10]「それは他者とではなく、自然における最も非人間的なイメージに関係する。天国、地獄、聖性、幼年期、狂気、純粋。」
　ニンのテクストでは、肉体的な痛みと苦しみの描写を通してだとしても、詩は人間中心主義を取り戻したように思われる。しかしこの苦しみは、死を除いて人生で唯一の意味ある行為である誕生に関係する。ニンの場合、両者は一つになっている。死産である。
　男性の作家を女性の作家から最も区別できる主題は、間違いなく出産である。男性は決して女性のようにこの主題に関わることはできない。これについて書くことも異なるだろう。「出産」は、男性と女性を区別する経験であるだけではな

く、有史以来私たちの社会的、政治的、宗教的、経済的発展を形成してきたおそらく最も重要な要素であろう。初期のキリスト教文書では、非キリスト教徒やグノーシス派の文書で重要な役割を果たした母なる神の痕跡に疑念を呈するために多大な努力が払われた。聖アウグスティヌス（St. Augustine）の著作は「性的快楽を神の言葉との象徴的な関係に変質させたキリスト教の傾向について証言している。」[11]

　クリステヴァ（Julia Kristeva）によると、性的快楽——そして結果として「出産する」力——は男性に奪われ、象徴的な言語に置かれた。創世記（Genesis）2:217によると「知恵の木から「食べる」ことに対する罰は楽園からの追放である」。この創造と結びついた性的快楽の知識は、人類、特に女性には自由に与えられなかった。人類は『旧約聖書』（Old Testament）の最初の巻からこの知識にアクセスできなかった。聖書の著者たちによると、神は概念的には男性で、この力を自分自身のものとして保持した。彼らはまた性的なタブーを設けた。性の結果は、女性にとっては痛みを伴うものとされた。「あなた方は苦しんで子どもを産むだろう」（創世記3:16）。男性にとって、神話や聖書で出産に言及される場合、それは常に特異な、あるいは笑える出来事である。アダム（Adam）の肋骨や、完全武装のパラス・アテナ（Pallas Athena）が飛び出したゼウス（Zeus）の額。男性の生殖は、出産については常に言葉によるフィクションで、子どもを産むには適さない体の部位を伴う。古代や現代の文学では、男性の作家が女性について語るときに、肩、頭、腕、指、臀部などが出産するという例もある。性器は、聖なるテクストでも世俗のテクストでも、大半で作家たちに避けられている。出産が一般的に馬鹿げた比喩に包まれているのは、男性に手の届かない行為を笑い飛ばすためである。

　サミュエル・ベケット（Samuel Beckett）の作品では、性行為を生殖器から一般的に生殖に適さない体のほかの部位へと移す同様の努力を目撃できる。『モロイ』（Molloy）で主人公は、「私たちはそれを肛門と呼び、見下すふりをします。しかし、それはむしろ私たちの存在の真の入り口であり、名高い口は台所のドアに過ぎないのではないでしょうか」[12]と述べている。

　家族のいわゆる正常な関係は文学のなかで同様に歪められる。文学史を通じて、理想化された父親と虚構化された娘の関わり合いや、母親と息子の関係が性的なものに変わっていく様子を目の当たりにできる。レヴィ＝ストロース（Claude Lévi-Strauss）は『構造人類学』（Structural Anthropology）で、古代や部族の神話における役割の変化について記述している。アナイス・ニンの『近親相姦の家』

(*House of Incest*）のヒロインは同様の役割逆転について語っている。20 年間の不在の後、懐かしい父親は娘の人生に再び登場し、特権的な「子ども」として彼女に扱われることを求める。新しい役割は最初は娘に受け入れられるが、彼女は父親としての役割をまたも放棄されたことに失望し、苦しんでいるように見える。しかし新たな現象が起こる。自分の父親に対して母親の役割を演じるという新しい役割、小説の世界では正当に社会的に受け入れられてきた倒錯を受け入れ、「平和を求めて自分の本の中に歩み入り」、自分の想像の世界を呼び起こし、言語を通して自己主張するのだ。

　この性役割の混乱は、クリステヴァが「母（恋人としての娘）の定義不能な力」[14]と呼んだものである。子どもの立場に退行した父親に対して娘／恋人としての二重の役割を持つことの新たな自覚は、ヒロインによって明確に表現されている。「そこには彼の娘の胸に手を当てたロトが座っていて、二人の背後で街が燃えていた。」[15] 社会的で宗教的なタブーに対する割り切れない感情が反映されたニンの反抗的な声に気づかされる。「父の手が娘の胸に触れる喜び、彼女を苛む恐怖の喜び。」作者の声は、聖書のテクストと矛盾しているが、ますます自己主張的になる。「ロトとその娘の恐怖の叫びではなく、燃えさかる街の叫び。」父が娘に対し元々持っていた象徴的な力はなくなっていた。父に対する新たな影響力を持った娘は、二人の関係を知的・神話的なレベルで再定義してゆく。彼女の新たに定義された立場には、女性の語り手が近親相姦を彼女の優位性の象徴として受け入れる関係において、性的な権力が付与される。この支配力には非常に高い代償、語り手自身の象徴的な消滅という犠牲が伴う。彼女はネガティブな影響への自身の恐怖心を神話的なレベルで投影する。ひとたび神話的な宇宙が召喚されると、語り手は横暴さ、女性の去勢を含む暴力の幻影を想起する「脚の間に絶え間なく鳴り響くゴングを持つ長身の黒い女性のような時間」。

　その変容が描いているのは、男性器を持つ原始の女神を思わせるアマゾネスのような黒人女性である。時間と神話が絡み合うなかで、男性と女性の身体を切断して幻影は炸裂する。「私は斬首された木々の森に出くわした。竹に彫られた女性たち……腕や頭のない体。」これらのイメージは、男性と女性に同等の役割が与えられている 1〜2 世紀の神秘学やグノーシス主義のテクストで描かれた、両性具有の姿を連想させる。ニンは既存の宗教の教義の隔たりを埋めるという神秘主義の作家たちの意図に従って文学的な旅を始める。ニンのテクストは、社会的およびイデオロギー的なレベルで両性の間に存在する大きな違いを平準化しようとする試みを示している。彼女は夢のような描写においてフィクション的統合に

達する。[16]「木々は男性と女性になり、二面性があり、葉の震えを懐かしむ。」ニンはシュルレアリストたちの夢に関する経験を生かしている。アレクサンドリアン（Sarane Alexandrian）によると、シュルレアリストは「間違いなく現代のグノーシス主義を代表し、夢による救済を主張していた」。

　ニンにとって近親相姦の関係が力を得る行為に変容するのは、無意識に男性の偶像を廃して父親と一体化するからである。

　ニンは自分自身の神話を創り出す。そこでは役割は反転し、去勢された男性や力強い女性は両性の特徴を持つ人々と混じり合う。ニンは、男性と女性の特徴を示すヤヌス（Janus）のような人格に新たな役割を与えることで、古代の神話や現代の神話を書き換えている。木のようで、二面性を持ち、去勢された存在はギリシャ神話のメドゥーサ（Medusa）を思い起こさせる。彼女は斬首され、男性に対する力を失った。メドゥーサは夫であるイアソン（Jason）を失って、母親の姿から怪物と化す。力強い「男の伴侶」を奪われて、女の怪物になる。伴侶を失ったことに加え、自分の子どもたちを失うリスクが彼女のなかに破壊的な力を引き出す。ニンの『近親相姦の家』では娘と父の対立が、主人公の行動の、幾分異なるが同様に謎めいた変容をもたらす。別離に代わって近親相姦の関係、社会のタブーがあると同時に、娘／恋人は慈愛深い母親の役割を果たしてもいる。父／娘という結合に象徴される、いわゆる構造化された社会的関係は、罪に変わる。あるいは父／恋人の性的な関係によって理論的には脱構築されると言ってもいい。この非道徳な結合の結果は、混成的でヤヌスのような二面性を持つものとなる。支配的で社会的な男性像は、木の象徴的なイメージにおいて斬首され、両性具有の象徴的な存在に変わる。これは伝統的な性的関係からの過激な離脱である。また他の定着した原型の源にも影響する。

　『ガラスの鐘の下で』の「誕生」というテキストは、出産を生々しく描写する。この描写で女性作家は二つの重要な点を明らかにする。第一に、彼女は自分の肉体を論理的言説の一部として表し、言説の対象となる。第二に、彼女は肉体的な苦痛を知の精査、つまり判断にゆだねる。したがって、彼女は出産と女性器を取り巻く別のタブーを破ることになる。このタブーはクリステヴァによって「男性権力による最後の制約の力」[17]と定義された。

　「誕生」という作品におけるニンによる死産の描写は、詩的な言説と衝動的な発話という、私が「儀式的な叫び」と呼ぶ形式の要に焦点を当てた二つの部分に分けることができる。詩的な言説は、血、出産、死、母、海を想起させるイメージで表現される分娩の行為に言及しつつ、舞台を設定する。これらのイメージは

また、芸術的な創造過程の隠喩とも解釈できる。すべてのイメージは、誕生と死という二つの異なる現象の統一に向かって創造過程を押し進めてゆき、真に創造的なクライマックスを死産とする。これらの対照的な現象の二重のイメージは、テクスト表現に二つの明確な過程をもたらす。生への道、そして死にいたる彼方への道——男性の詩人には対処が難しい二つの行為である。だから男性の詩人は、かつて経験したが本当に感じたことはない生の閾を通して、死の閾を描写するか母やその子宮と再び一体化しようとする。ニンにとって二つの行為は同時に、ニン自身のなかで起こった。

ニンに見られる愛情深い母親のイメージは、男性の作家が母／男の子の関係について私たちに示すものとはかなり異なる。男性作家の著作には、ジュリアン・グラック（Julien Gracq）の小説『森のバルコニー』（A Balcony in the Forest）のように、登場人物が抑えきれない胎内回帰願望を表現する、典型的な状況があるように思われる。「子が母の子宮に戻る」考えが生じる。[18] この象徴的な母との再会により、男性作家は自己のアイデンティティを見つけることができる。男性にとって、象徴的な母との再会という考えは、彼自身がコントロールできない彼自身の存在の二つの非常に重要な現象、すなわち、誕生と死を一つとするものである。彼の心のなかでは誕生と死が区別されていないように思われる。ピエール・ジャン・ジューヴ（Pierre Jean Jouve）の詩集『血の汗』（Sweat of Blood）からの詩「染み」（"Stain"）にも同様の考えが明白に表れている。「母の子宮から流れ出る川で／私たちは不変の死に向かって滑り落ちていく。／死が彼女の子宮を丸く、温かさに満ちたものにした。」

ニンのテクストでは、母が生と死の両方、すなわち死産を体験している。一つの劇的な転換において、人生の始まりと終わりが結びつき、描写され、演じられる。これは実人生の劇場である。作家はテクストの作者として、自身の赤子の作者として存在する。このようにして対話は進む。「（付添看護師の）言葉がレコードのように回り続けていた。彼女たちは話し、話し、話した……」[19] 詩的な言説は単調な雑音になる。肉体の痛みによる母の衝動的な行動と混ざり合い、言葉の外側の流れと内側の反復する動きを結びつける。「私の足を抱えて！　私の足を抱えて！　私の足を抱えて！　ワタシノアシヲカカエテ！　また準備ができた。」四度目の要求は、本能的な衝動であるかのように痛みを強調するために大文字で叫ばれる。母の錯乱した言葉は、看護師たちの繰り返しの命令で途切れる。「押して、押して、押して！」彼女の心は不安でいっぱいで、それがある種の儀式的なリズムの爆発となって現れている。「子宮が動き、膨らんでいく。ドン、ドン、

ドン、ドン、ドン。準備ができた。」

　動き、痛み、衝動は隠喩を必要としない。母は、彼女のなかで生の鼓動を打ち、その死に彼女が関与する子と一体である。子は、テクストの冒頭で医師に「死んだ」と宣告される。生と死の閾は、一つの解放的な行為によって超えられる。しかし母親は、この喪失によって彼女自身の自己同一性の喪失を経験するかのように、死んだ子と離れることを望まない。女性は別れを経験することで、起こったことの目撃報告ができる。男性にとって、このような描写の試みは、想像力を通してしか達成できない。男性が出生時のアイデンティティ喪失に囚われて、死によって救いを得ようとすることで自分の敗北を認める、文学的な例がある。女性芸術家は子どもと離れる瞬間にそれを経験し、出産のたびに何度もそれを経験する。自分自身との一体感は、芸術の分野だけでなく、人生においても女性の特権である。だからこそ、芸術や神話において女性は世俗的活動と結びつけられているのだ。プラトン（Plato）の語彙と考え方によれば、女性は人生の理想像から三歩離れていた男性よりも、創造的プロセスに一歩近づいていたはずだった。

　象徴的で記述的な言説のなかに、生理的な爆発を儀式的に示す、本能的な言葉が現れるのに気づく。「壊さない」、「引き裂く」、「分離する、降伏する」、「開く」、「膨らむ」などの動詞の繰り返しや、痛みに苦しむ母親の動物的な遠吠え、一音節の擬音語のリズミカルな韻律に響く儀式的な詠唱だ。「押して（push）、押して、押して、押して、押して、押して、失った（lost）、失った、失った、失った、ドン（drum）、ドン、ドン。」

　男性作家が出産を描写する場合、いかに劇的にとらえられていても、それは間接的で短絡的でせいぜいほのめかしにすぎない。ポール・クローデル（Paul Claudel）は、『マリアへの告知』（*Announcement made to Mary*）における彼女の苦痛を二重に間接的に示唆する。第一に、それが奇跡であったからであり、第二に、そのテクストが女性の他者によって規定される、いわゆる母のテクストだからである。一方、ニンの声は直接的で衝動的で内面的である。彼女の言葉において男性の他者は何の役割も果たさない。彼女が発する儀式的な言葉は内なる自己の音であり、生理的機能の表現である。男性の他者は沈黙している。その明らかな証拠は、母が死産した子を他者の世界に押し出すことに抗う気持ちを表現しているテクストである。「分離する」、「引き裂く」、「譲り渡す」という言葉は、この内なる葛藤と、子どものなかの彼女の自己の一部を放棄したくないという母親の意志を物語っている。分離は自分自身のアイデンティティを切り裂くものとして感じられている。出産であれ芸術作品であれ、創造的な行為の瞬間を取り戻すこと

ができるのだ。

　ニンはたしかに女性が関わる創造の複雑さを痛感しており、女性と創造的行為との関係に関心を持っていた。「創造性と女性らしさは両立しないように思えた。創造という攻撃的な行為。」「攻撃的ではない」が「行動的」[20]だ、とニンの友人、イェーガー（Martha Jaeger）は言った。彼女の心に疑問が生じた。「芸術家としての自己と対立する母としての自己。創造の否定的な形。」

　それはおそらく、母性本能と創造的衝動を意識的に結びつけて考えていなかったからだろう。創造的なインスピレーションに対するニンの疑念と明らかな混乱には、心理的な理由があると考えられる。ジャック・ラカンの言語の定義によれば、作家もほかの人と同様に、自分の考えやアイデアを表現するためには、「いつもすでにそこにある」言語を使う以外に手段がないのである。それは他者の言語と呼ばれるもので、他者の過去の反響であり、反映である。そして女性作家よりも男性作家の例が多いため、ニンが明らかに混乱したのは、現代および過去のテクストから受け取った歪んだイメージとフィードバックに起因している可能性がある。「私の声さえ別の世界から来たものだ。」[21]

　男性の芸術家は、しばしば自分の芸術的生産性を女性の出産能力と比較する。この点で、彼らは劣等感に苦しんでいると言えるかもしれない。このことは彼らの作品をよく見てみると明らかになる。20世紀の男性作家たちは、人間に命を与えることと芸術作品を生み出すことの類似性を描くことにこの上ない喜びを表していた。マラルメ（Stéphane Mallarmé）、ベケット、クローデルは、心理学者が「子宮羨望」と呼ぶものに対する懸念を表明した人たちである。ベケットの場合のように、女性の生殖に関する言説という形で、それに匹敵する行為への欲求が否定的な側面を持つこともある。「私は生まれたことへの罰として、生まれたときに仕事を課されたのかもしれない。」[22] ベケットの『名づけえぬもの』（*The Unnamable*）の主人公は、男性であれ女性であれ、人体のどの部分でも自分を産むことができただろうという事実を強調する。主人公によれば、彼の母親は彼を産むのにかけがえのない役割を果たしたわけではない。

　出産と出産が確定する逃れられない人生に対するベケットの嘲笑は、男性と女性に割り当てられた社会的および生理学的役割に対する著者の冷笑的な態度の源となっている。このようにベケットは、人生はキリスト教社会で耐えなければならない究極の雑用であると考え、ニンは夢のような物語でキリスト教社会という背景を覆そうとする。

　言葉による創造的過程はベケットに対し逆流しているように見える。ベケット

は、自分が実際に出産することができず、それについて書くことしかできないという事実について、非常に強い憤りを表明しているのである。このような女性の性器に宿る力に関する後づけの考えは、旧約聖書で創造の神秘について知ろうとしたイブ（Eve）を神が罰したときから明らかである。

　伝統的な作家は、誕生という主題をニンとはまったく異なる方法で扱っている、と結論できる。違いは、西洋で最初に記録された文書である旧約聖書の時代から現代までたどることができる。その範囲は、奇跡的なものから皮肉なもの、特異なもの、嘲笑的なもの、神秘的なものまで多岐にわたっている。

　ニンは現実的な観点から、出産は三重の意味を持つ出来事であると説明している。それは、子どもと離れたくない母、強制的な分離が引き起こす母の心理的危機に無関心な外界、そしてもちろん、物語のなかで死産された自らを現す機会さえ与えられない子どもである。この物語は明らかに実際の出来事に基づいており、真実性に対する読者の興味を引き、真実に基づく関係を構築する。しかしたとえこのテキストが純粋にフィクションであったとしても、作者が女性でありその出産に関する記述が真実である可能性がある以上、その信憑性は許容されうる。フィクションの場合、そのような保証で十分なはずだ。

　ニンは、反復的でリズミカルな韻律を特徴とする儀式的なテクスト資源を利用する。彼女の語彙は、象徴主義やシュルレアリスムのテクストに典型的なディテールに依拠している。彼女の言葉は生き生きとしていて、生々しいディテールに富んでいる。また、伝統的・神秘主義的な文学で誕生を包んでいた神秘のベールを取り払うことにも成功している。これらの要素がニンの言葉を詩的にし、彼女の文章を女性特有のものにしている。

註

1) Jacques Lacan, *Ecrits* (Paris: Seuil, 1966), p. 495. フランス語からの英訳はすべて著者による。
2) Maurice Nadeau, *Le Roman français depuis la guerre* (Paris: Gallimard, 1970), pp. 279-80.
3) Philippe Sollers, *Logiques* (Paris Seuil, 1968), p. 31.
4) Henri Michaus, *Un Barbare en Asie* (Paris: Galimard, 1961), p. 88.
5) Anaïs Nin, *The Diary, Vol. 3: 1939-44* (New York: Swallow Press, 1969), pp. 258-9.
6) Robert Graves, *The White Goddness* (New York: Farrar Straus and Giroux, 13th Printing, 1980), p. 162
7) Anaïs Nin, *Under a Glass Bell,* (Athens, Ohio: First Swallow Press/Ohio University Press edition, 1995), p. 54.

8) Lautréamont, *Les Chants de Maldoror*（Paris: Livre de poche, 1963）, p. 301.
9) Nin, *Under a Glass Bell*, p. 56. 以降の引用は pp. 56, 55-6, 53, 54, 54による。
10) Roland Barthes, *Writing Degree Zero*（New York: Hill and Wang, 8th edn 1984）, pp. 50, 50.
11) Julia Kristeva, *La Révolution du langage poétique*（Paris: Seuli, 1974）, p. 487.
12) Samuell Beckett, *Three Novels: Molloy, Malone Dies, the Unnamable*（New York: Grove Press, 8th printing, 1981）, *Molloy*, p. 80.
13) Anaïs Nin, *House of Incest*,（Athens, Ohio: First Swallow Press/Ohio University Press edition, 1989）, p. 62.
14) Kristeva, *La Révolution*, p. 485.
15) Nin, *House of Incest*, p. 52. 以降の引用は pp. 56, 55-6, 53, 54, 54による。
16) Alexandrian, *Historie de la philosophie occulte*（Paris: Edition Payot et Rivages, 1994）, p. 16. 以降の引用は p. 69による。
17) Kristeva, *La Révolution*, p. 490.
18) Michel Guiomar, *Principes d'une esthétique de la mort*（Paris: Librairie Jose Corti, 1967）, pp. 414, 411.
19) Nin, *Under a Glass Bell*, p.55. 以降の引用は pp. 55, 55, 57.
20) Nin, *The Diary, Vol. 3*, pp. 259, 260.
21) Nin, *House of Incest*, p. 26.
22) Beckett, *The Unnamable*, pp. 310, 324.

翻訳者による註

引用の日本語訳文はすべて本稿翻訳者による。

二つの言語の間で

日本におけるアナイス・ニンの翻訳と受容

Between Two Languages: The Translation and Reception of Anaïs Nin in Japan

ジュンコ・キムラ（Junko Kimura）

木村淳子・訳

1 日本の翻訳者たちを鼓舞したもの

　アナイス・ニン（Anaïs Nin）の小説『愛の家のスパイ』（*A Spy in the House of Love*）が日本で初めて出版されたのは1966年のことだった。翻訳者は中田耕治、出版社は当時も今も日本の主要な出版社の一つである河出書房新社である。「人間の文学」と題されたシリーズの一冊だった。すなわち西欧の新しい、実験的な試みをする作家の作品を集めたシリーズである。翻訳者中田はその優れた翻訳に美しい後記を寄せて、[1] ニンの日記を引用しながら、アナイス・ニンを、生涯をかけて芸術的感性に達しようと苦闘した人物、として紹介している。彼はまたニンの抽象的な文体に触れ、その芸術的な質の高さを賛美しながら、アナイス・ニンのきわめて詩的な文体、それはその繊細な構造において半ばシュルレアリスティックであり、とらえどころのない心理的世界への旅を語るものであるがゆえに誠に難しいものだった、という。とは言いながら、「私は彼女の敏感な文体の魅力に取りつかれてしまった。彼女のぼんやりとした抽象的なロゴスの世界からもっと実体のある世界が浮かび上がってきたが、それはガラス細工のようにデリケートで、光と影のようにかすかな輝きに満ちたものだった」という。[2] 中田はニンの文体の主要な特徴は固い鎧に身を固めた抽象的な表現にあるという。そして実際ニンは、もろい内面の状態を固い鎧のような文体で守っている。読者は強く、抽象的で男性的な英語という言語と傷つきやすい女性的な内容の繊細なバランスに惹きつけられる。[3] 中田は『愛の家のスパイ』を翻訳しながら感じた困難を隠しはしない。しかしながら中田の後記から察せられるのは、彼を惹きつけニンの小説を翻訳しようという思いに駆り立てたのは、この難しさだった。

　『近親相姦の家』（*House of Incest*）が出版されたのは1969年、翻訳者はフラン

ス文学者の菅原孝雄である。アナイス・ニン自身がこの翻訳に序文を寄せている。そのなかで彼女はこの作品の成り立ちについて語り、さらに自分の作品が日本語に翻訳されることの喜びを語る。彼女は次のように言う。

> 『近親相姦の家』の発端はカール・ユング（Carl Jung）の「夢から現実へ」という言葉からでした。1930年代のパリでヘンリー・ミラー（Henry Miller）と私は夢の記録をつけ始めました。私たちはともにそれを織り上げて、ヘンリー・ミラーは彼の記録を「夜の生のなかへ」と呼び、私は自分のそれを「近親相姦の家」と呼びました。「近親相姦の家」は実際の夢から作り上げられ、のちに発展させられ、調和させられて織り上げられたものだったのです。[4]

菅原は「近親相姦について」という入念な後記を付し、そのなかで中田のニンの文体についての意見に同意している。彼はアナイス・ニンを時代の精神を作品のなかに具現化した作家たちの一人として評価している。[5] また彼は、彼女の散文詩にある抽象的な美に読者の注意を引いている。アナイス・ニン自身が『女は語る』（*A Woman Speaks*）のなかで、菅原のこの意見を支持している。

> 私は30年代のシュルレアリストたちのグループには加わりませんでしたが、シュルレアリスムは私たちが吸っていた時代の空気の一部となっていました。私たちが見る絵画も映画も、すべてがシュルレアリスティックでした。ある意味で私の書くものもそれが二重写し、人生の多重の経験に関している限り、シュルレアリスティックでした。私がいつもシュルレアリスティックな手法を取っていたわけではありませんし、シュルレアリストたちが小説に信を置いていたわけでもありません。でも私はその影響の大きさを認識していましたし、とりわけ『近親相姦の家』を書かせる原動力になった夢に力点を与えてくれたこと、さらにアンドレ・ブルトン（André Breton）が言った愛の再発見の重要性を意識していました。[6]

中田も菅原も、ニンの文体と1960年代のニンの文学世界に大きな興味を持った。当時多くの読者は彼女の作品にはほとんど興味を示していなかった。翻訳者たちは彼女の英語を日本語に置き替えることに多大な努力を重ねた。おそらくニンの文体そのものが中国の手品箱のようなもので、それゆえに箱を開けて見事な、繊細な中身を見つけ出すよう文学者たちを誘ったのだろう。

1974年には『アナイス・ニンの日記』（*The Diary of Anaïs Nin*）の最初の巻が原真佐子訳によって出版された。[7] 合衆国での成功を知って、『日記』の続巻の出版が計画されていた——または少なくとも第2巻の出版が計画されていた。しかしながら第1巻に対する日本の読者の反応は好意的ではなく、第2巻の翻訳はほとんど完成に近づいていたにもかかわらず、出版は取りやめになった。[8]

　なぜ『日記』は日本の読者にアピールしなかったのだろう。アナイス・ニン自身が言うとおり、彼女の日記は彼女の生活の生き生きとして新鮮な現実そのものを記録しようとする努力の結晶である。それゆえに日記のなかの記述は常に具体的で率直である。誰にとっても『日記』を読むことのほうが彼女の小説を読むよりはるかに容易である。小説は常に抽象的で理解するのが難しい。さらに原真佐子の翻訳は入念で美しい。が、『日記』にも日本の読者に理解しづらい要素がある。日記ではアナイス・ニンはきわめて論理的、分析的でリアリスティックである。これが彼女の日記と小説の違いである。彼女の書き方は彼女の体そのものを切り刻み、その内奥の深みをさらけ出すようなものである。漠然とした曖昧な日本語の表現に慣れている日本の読者には、『日記』の赤裸々な世界を受け入れるのが困難だったのかもしれない。

　この2年ほど私はニンの作品の翻訳に取り組んできた。『コラージュ』（*Collages*）が1993年に出版され、続いて1994年には『人工の冬』（*Winter of Artifice*）、『ガラスの鐘の下で』（*Under a Glass Bell*）、また1995年には『近親相姦の家』が出版された。[9] その間じゅう私は中田や菅原が感じたのと同じ困難を感じてきた。私は曖昧で形のないアナイス・ニンの内面世界を探検しようとした。その世界はまた、抽象的なかたい殻をまとった彼女の英語の世界でもあった。ニンの象徴主義は「海を湛えているガラスの鉢」のようでもあった。読者は外側からそこに達して水の冷ややかさを感じたいと努力するが、それは無駄である。彼らは焦らされる。この焦りの気持ちが読者に、アナイス・ニンの世界に入り込みたいとさらに強く望ませるのだ。

　アナイス・ニンの最も自伝的な、その意味では最も大切な作品である『人工の冬』は実験的な作品であるがゆえに最も難しい作品でもある。彼女は父と娘の物語を音楽の言葉で、あるいは音楽をメタファーにして語る。読者は最初ぼんやりとして捉えどころのないイメージの世界に戸惑ってしまう。幾度か繰り返して読んだ後に、はじめて手掛かりは行間に隠されていることに気づく。彼らは自分の感情に従うように文章の後をついていくことで、ヒロインの内面の街を通って追いつくことができるのだ。私は日本語が、こうした気分や感情の流れを効果的に

描くことができると知った。

　イタリックで書かれた節があるが、それはヒロインの気分や感情を語るものである。私の翻訳では平仮名を用いることで目的を達しているように思う。古い時代には平仮名は主に女性が用いた表記法であり、女性が使うものと考えられていた。他方ニンが抽象的で難しい表現やラテン語由来の言葉を用いる個所では、私は漢字あるいは漢語的な表現を用いた。距離を置いたフォーマルな印象を与えるためである。漢字はまた作品に異国的なムードを与えるためにも用いられた。モダニストの詩人たちの多くが自分の詩に、またヨーロッパのモダニズムの詩の翻訳に、この技法を用いた。私もまたこの技法に依っている部分がある。

　アナイス・ニンの象徴的な世界に入り込むために、日本の小説家たちの作品を読むことも大切である。私はニンと三枝和子の作品の類似性に注目した。

2　アナイス・ニンの文学と言語に見る女性らしさ

　アナイス・ニンの文学作品には二つの要素が見て取れる。一つはその女性らしさである。彼女は女性として女性たちのために書く。その作品に描くのは女性たちが完全な人間として十分に生きることのできる世界である。けれど、これがニンの女性らしさを示すすべてではない。私が見るところ彼女の女性らしさはその視点の取り方にかかっている。彼女の視点は、いつも彼女自身の内面世界に焦点を当てるものである。彼女が外面を描くときさえ、小説のなかの外界の働きはその内面のメタファーとして働くだけである。読者は容易にその証拠を作品中に見出すだろう。短編「ステラ」（"Stella"）では、ヒロインは元の恋人から逃げようとして、複雑な地下の迷路を駆け抜ける。ここでは、地下の狭い通路は彼女の制限された心理状態のシンボルとなる。『人工の冬』ではヒロインの足元で街が揺すぶられる。彼女はすぐに地震だと察知するが、それは彼女の不安定な精神状態を反映するものとなる。なぜなら彼女自身が母親と家族を捨てた父親の間で揺れ動いているからである。この作品にはほかのシンボル、たとえば音楽、絵画、建築、あるいは身振りや言葉によるさらに細かなほのめかしなどがある。それらは登場人物の心理的な状況と密接に結びついている。

　ほかの特徴はニンの英語の特殊な使い方である。彼女が自分の文学世界を作り上げる材料としての英語は分析的な言語と言われる。そこには厳密に規則づけられた厳密な語順がある。英語で文章を書くということは建物を構築するのに似ている。ただしレンガや石の代わりに必要とされるのはロジックである。英語を用

いるときに、アナイス・ニンは密かにそのルールを無視、あるいは破壊して、そのきっちりとした枠組みを超えて詩的な領域に入り込む。これはニンの読者たちが作品に、しばしば感じとるところである。これが彼女の作品を容易には捉えられなくしている。

さらに、女性らしさと、たとえば日本の文学がとる視点そしてアナイス・ニンを日本語に翻訳するにあたって関連づけられるものがある。日本文学の特性はその女性らしさにあるとよく言われる。この定義は日本の文学者たちの視点、すなわち著者の、また登場人物の視点が常に内面に置かれているという信念に基づくものである。日本文学のこの特異性は中国文学と比較されたときに、はっきりする。中国文学においては、著者あるいは登場人物の視点はより広がっており、その内面世界にのみ限られているのではない。たとえば中国の詩人が愛の歌を歌うとき、彼らは必ず恋人の外見、愛する人の白日のもとでの美しさを歌う。これに対して日本の詩人たちは、彼らの胸の内に秘められた女性をイメージとして歌うのだ。彼らは恋人の容貌や容姿にはあまりかかわらない。

国文学者、中小路駿逸は日本と中国の文学に見る視点の相違をその論文「エロス――男の立場と女の立場」("Eros: the Masculine Standpoint")で図解により説明している。この論文はエロスの伝統的な見方、考え方を文化史的に説明する論文集に収められている。[10] 図表は人目につかない庭に向かって開いた部屋に座る人物像を示してくれる。その人物の視線は縁側の端までは届くがその先には行かない。彼または彼女の視野は室内すなわち小さな己の世界に限られている。中小路は次のようにも言う。古の日本の作者が詩あるいは文章を漢字のみを用いるとき――それは当時の男性の公式の表記法であったが――彼の視界はその狭い個人的な内面に限られてはおらず、より広い視野を与えられているために、より広い先見性を持つ。これに対して彼が主に女性によって用いられる仮名を用いるとき、彼の視野は内向きで狭くなり、その内面世界を超えて広がることはない。[11] 当然のことながら、このような見解は男女の視野の広がりの特性を示すものであって、優劣を定めるものではない。

現代日本の最も重要な批評家で詩人の大岡信も、日本文学の特徴は著者または登場人物の視点の取り方にあるという。大岡は日本文学のこの特性を「自己中心的」という言葉で表す。彼の大著『詩の日本語』(*Japanese as Poetic Diction*)[12] のなかで彼は詩才にたけた姫君の興味深い例を持ち出す。平安時代の嵯峨天皇の姫君であった内子内親王は、仮名と漢字で詩を書いた。仮名を用いるときに彼女が紡ぎ出す世界は内面の限られた世界であるが、漢字で書くときにはそこに現れる

世界は決まって堂々とした、論理的構造を持っていた。それらがともに同一人物によって書かれたものとは容易には信じがたいものだった。仮名を用いて書くときには彼女は内向的で自身の内奥にとどまるのに対して、漢字を用いて中国語の文法に従って書くときには外向的になれたのだった。この例から大岡は、用いられる言語の性格が、その言語によって作り上げられる文学世界を決定すると推察する。[13]

　膠着語である日本語は英語やその他の言語に比べて、緩やかな文章構造を持つ。英語などと同じく、主語は文頭に来るが、しばしば省略される。述語動詞は最後尾に置かれる。その間に助詞によって連結された語が置かれる。話者の気分や感情によって修飾語が添えられて結論に至る。江戸時代の俳人芭蕉が言ったように、文章を構築するために最も大切なのは、文のなかで最も小さい要素である助詞なのである。これに対して漢字表記の中国語では、最も大切なのは文法の規則に従った語順である。中国語の語順は英語に似ているとも言われる。もしもそのような、きわめて論理的な言語を男性的と言うならば、日本語は女性的な言語と言えるかもしれないし、それによって作られる文学もまた女性的と言えるかもしれない。

　本田錦一郎はその著『芸術のなかのヨーロッパ像』（*Europe in Arts*）[14]のなかで、西欧文化において特に顕著な特質をタフな論理性（tough reasonableness）にあるという。この語はT・S・エリオット（T. S. Eliot）が、彼の有名なアンドルー・マーヴェル（Andrew Marvell）に関する評論中で用いた語である。[15] このように一般化するにあたって、本田が西欧文化を日本文化と比較していることは明白である。西欧の人々は彼らが取り扱う対象の論理的な取扱いに心を砕いてきた。本田は、その良い例をレオナルド・ダ・ヴィンチ（Leonardo da Vinci）の絵画と形而上詩人たちの詩に見出した。[16] 本田の述べるところは大岡や中小路の言語と文化に関する意見と一致する。

　興味深いことに、文学作品における女性らしさの問題は、著者や登場人物の取る視点とその虚構の世界を構築する言語の両方によって作り上げられるものである。アナイス・ニンの作品世界は彼女の取る女性的な視点によって女性的なものとなる。しかしながら彼女が用いる言語は男性的なものであり、彼女は自らその言語の自然な流れをぶち壊す。この点において彼女が作品のなかに作り上げる世界は入り組んだものになる。女性的世界を構築するために彼女は多大な努力を重ね、英語の持つ論理性、そこにこそこの言語の特徴があるのだが、それを取り払うという大きな努力を重ねる。

3　二つの言語の間で

　翻訳は一方の文化を本当に完全に理解するところから始まる。また同時に異なる文化、あるいはものの考え方との妥協によって成り立つものである。アナイス・ニンの翻訳が難しいのは彼女がその内面の真実を英語という男性的な言語で語るところにある。一方彼女自身は繊細で絶えず変化しつつ移ろっていく内面を描きながら、英語の固さと取り組まねばならなかった。彼女の作品にはすぐれた詩の持つ深みと響きがある。この詩的な質が当然のことながら、それらを別の言葉に置き換えることを困難にしている。その例は作品のいたるところに見出される。『近親相姦の家』から一つ例を引こう。「あまりにも多くを見すぎたのだった。瞼がかすかに震えたときに、悲劇を見たのだった。隣の部屋では犯罪が作り上げられていた、わたしの前に同じベッドで愛し合った男と女。」[17] ニンの内面の気分は移ろってゆくが、それを追いかけるのは難しい。というのもそこに使われる言語はニンが言うとおり、彼女自身のイメージの言語であるからである。[18] 日本語の訳者はニンの世界へのカギを見つけようとして、かえって試みられるのだ。

　時には似たような傾向を持つ日本の女性作家と比較するのも良い。三枝和子はニン同様、現代の日本の女性作家のなかでも最も多才な作家の一人であり、ニンと目的を同じくするように見える。すなわち女性の内面の探索を目的とする。

　三枝は絶えず移りゆく女性の感情を響子に体現する。響子は京都府の山間の村に暮らす若くて美しい女性である。『響子悪趣』（*Hibikiko in Love Agony*）[19] のなかの響子は、とらわれない自由な生活を享受しているという点で、ステラ（Stella）や、そのほかのニンのヒロインたちと共通する。彼女は村の多くの若者たちと愛を交わす。けれども三枝のスタイルはニンとは異なっている。彼女は綿密に、リアリズムの手法で村の生活を描写する。しかしこの自然主義的手法で描写された場面において、響子は現実の人間というよりは三枝の思想の具現化された存在となってくる。虚構の世界を作り出すために三枝は抽象的なイデアの世界から実存的な具象の世界への道をたどる。一方アナイス・ニンは個人的な経験から抽象へと、反対の道を取る。彼女自身の体験を用いながら、細部を省略し、省いて、別の次元の世界を導き出す。抽象化、象徴化によって個人のリアルな世界を虚構化するのがニンのテクニックである。したがって読者は彼女の作品のヒロインについて何の具体的な情報も得られない。『未来の小説』（*The Novel of the Future*）のなかでニンは次のように言う。「私が抽象化というのは日本人のような、あるいは西欧の画家たち幾人かが重要な細部を選び取るような意味においてです。[20]「ス

テラ」の主人公ステラは俳優であるが誰も彼女がどんな映画に出演しているのか、収入がどのくらいあるのか、家族はいるのかは知らされない。ステラはただそこにいるだけである。もう一つニンの特徴は、音楽や照明、色彩や無機質の鉱石を象徴として用いていることである。こうしたものが作品世界に透明感を与えている。『近親相姦の家』に見るように、こうしたシンボルが黙示録的な雰囲気を作品に与えることになる。ここにニンのきわめて個人的な体験の普遍化の試みを見ることができる。三枝和子は木村訳の『人工の冬』の読後の感想として「アナイス・ニンは彼女の素材を形而上的、哲学的に扱うことに長けている。たいていの女性作家には難しいことである」という意味のことを述べている。[21]

　奇妙なことにアナイス・ニンが日本の文化に興味を持ち、日本の建築様式に従った家に住み始めたとき、彼女の作品も柔軟で緩やかな構成を持つものに変わっていった。その作品は*Collages*と題され、私はそれを1993年に『コラージュ』として翻訳出版した。彼女はその作品において『未来の小説』中で展開している理論を実現している。この短編集で彼女は気分に従って流れていく心の動きを描写する。

　アナイス・ニンは日常的経験を超越して、それを哲学的な高みへと引き上げることに成功しているいわば形而上的小説家と言えるのではないだろうか。彼女のパロールによって、日常的言語は詩的な感覚の言語に変えられていく。ここにモダニストとしてのニンの功績がある。一見しただけでは彼女は小さく脆く見える。しかし、この狭い入り口は大きな西欧文化のより大きなロゴスの世界に通じているのだ。彼女の堅苦しい言語との戦いは大きな負担を課すものであった。なぜならば彼女自身がその堅苦しさの伝統を背負って生まれてきたからである。そして、その苦闘が厳しいものであればあるほど、作り出す世界はさらに美しいものになった。アナイス・ニンは自身のパロールによって、彼女の住む西欧の文化的伝統に貢献したのである。

　日本の読者にとってもアナイス・ニンは自分たちの言語、文化を映してくれる良き鏡となっている。きわめて論理的な言語によって表現される彼女の柔らかな感受性は驚くような、思いがけぬ世界を現出する。その世界は言葉に対して鋭い感性を持つ読者を惹きつける。現代日本の有力な女性詩人、鈴木ユリイカは次のように言う。「アナイス・ニンはどの点からみてもすぐれた言葉の芸術家である。」今やアナイス・ニンは日本の女性詩人たちの間に新しい読者を獲得しつつある。

註

1) 「アナイス・ニンについて」『愛の家のスパイ』、中田耕治訳、あとがき、河出書房新社、1966年、pp. 245-67.
2) 同書、p. 247. 英訳は木村による。
3) 同書、同頁。
4) 『近親相姦の家』、菅原孝雄訳、前文（アナイス・ニンによる）pp. 9-10。同じ文章はニンの *The Diary, Vol. 7* pp. 67-69 にも出てくる。
5) 前出 pp. 177-78.
6) *A Woman Speaks*, p. 207.
7) 『アナイス・ニンの日記 1931〜1934 ヘンリー・ミラーとパリで』、原真佐子訳、河出書房新社、1974年。
8) 植松みどりによれば、原真佐子は日記の二巻目を翻訳するよう求められ、彼女はこれに着手したのだったが、この計画は出版社からキャンセルを求められ、実現しなかった。
9) これらの作品は木村淳子により翻訳され、諏訪市の鳥影社から出版された。『コラージュ』1993年、『人工の冬』1994年、『ガラスの鐘の下で』1982年第1版、1992年第2版、『近親相姦の家』、1995年。
10) 「エロス――男の立場と女の立場」、『エロスの文化史』追手門学院大学東洋文化研究所編集、勁草書房、1994年、p. 29.
11) 前出 p. 28.
12) 『詩の日本語』、大岡信『日本語の世界』13巻、中央公論社、1980年。
13) 前出 pp. 113-16、第7章「洗練の極みのアニミズム」参照。大岡はここで日本の古典文学に大きな影響を及ぼした古代中国の文学理論書『文心彫龍』（*Bunshin-Choryu*）を引き合いにして日本文学の性格を分析する。中国文学においては人間が世界の中心に坐す、それゆえに人間の取る視野はオールラウンドの広がりを持つ。これに対して人間を自然との同化において考える日本文学では視野の広がりは狭くなる。そこで日本の文学においては文学の理論化は進まなかった。大岡はこのような違いは用いられる言語の性格によるものと考える。
14) 『芸術のなかのヨーロッパ像』、本田錦一郎、篠崎書林、1978年。
15) T. S. Eliot, "Andrew Marvel," *Selected Essays* (London: Faber & Faber, 1932) p. 239 を参照。
16) アンドルー・マーヴェルの詩「内気な恋人へ」（"To His Coy Mistress"）はその好例である。
17) 『近親相姦の家』p. 62.
18) *A Woman Speaks*, p. 126.
19) 『響子悪趣』、三枝和子、新潮社、1993年。
20) Anaïs Nin, *The Novel of the Future* (New York: Collier Books, 1968) p. 248.
21) 三枝和子による書評、読売新聞、1994年7月12日付。

翻訳者による註

- 引用訳文は邦訳出典を特に記載しない限り、筆者／翻訳者による訳を用いた。
- 「夢」の記述をニンがユングからの出典とすることについて、2014年にディアドラ・ベアーは疑問を述べている（Bair, Deirdre. Introduction. *The Novel of the Future*, by Anaïs Nin, 1968, Ohio UP, 2014, pp. xix-xx.）。

第 2 部

アナイス・ニンと
その文学を読み解く

アナイス・ニンと紫式部
ヘンリー・ミラーにおける
Anaïs Nin and Lady Murasaki (*Tale of Genji*): in the Mind of Henry Miller

本田康典

1 アナイス・ニンとヘンリー・ミラーの出会い──D・H・ロレンス論の先駆的な作家たち

　無名時代のアナイス・ニン（Anaïs Nin）は、文学界の時流や動向に敏感な反応を示した作家であった。

　1920年代の後半において、文学の世界で耳目を集めたのがD・H・ロレンス（D. H. Lawrence）であり、彼は1930年3月2日に南フランスのバンドルで逝った。翌日、アナイス・ニンは日記のなかに、「日曜の夜、D・H・ロレンスが逝った──高く評価され、心底より愛されたひと。わたしはぼう然となり、耐えられないほど傷ついた。そしてロレンス宛ての、彼の作品群についての批評を含むわたしの手紙が引き出しに残されたままになっている」（*The Early Diary Vol. 4* 285-86）と書き込んだ。

　1920年代の英米小説のなかで、とりわけ注目された作品がジェイムズ・ジョイス（James Joyce）の『ユリシーズ』（*Ulysses*）であった。この作品を出版した書店がパリのシェイクスピア＆カンパニーであり、ロレンスは同じ書店から『チャタレー夫人の恋人』（*Lady Chatterley's Lover*）を出したいと熱望したが、『ユリシーズ』の出版で文学史に名前を刻んだ書店の経営者シルヴィア・ビーチ（Sylvia Beach）はほかの作家の作品を世に送り出す意欲を示さなかった。ロレンスはパリ在住のアメリカ人エドワード・タイタス（Edward Titus）に『チャタレー夫人の恋人』のパリ版の出版を依頼し、この作品は1928年に出版された。ニンもジャーナリストであったタイタスに接近し、彼の手によって『私のD．H．ロレンス論』（*D. H. Lawrence: An Unprofessional Study*）が1932年春に世に出た。

　ヘンリー・ミラー（Henry Miller）はロレンスが没して2日後の3月4日にパリ

に到着した。その日にフランス南東部のニースの西に位置するヴァンヌという町の古色蒼然とした聖堂でロレンスの葬儀が執り行われた。22名が参列した。やがてニンはロレンス論の執筆を開始し、1931年1月に脱稿した。ミラーはほどなく『私のD.H.ロレンス論』のタイプ稿を一読したようである。同年2月13日付けの、サミュエル・パトナム（Samuel Putnam『北回帰線』[Tropic of Cancer]の登場人物マーローのモデル）に宛てた手紙のなかで、ミラーは「ぼくの友人リチャード・オズボーン（Richard Osborn）がぼくの手元にあった『ニュー・レヴュー』誌をナショナル・シティ・バンクの彼の上司に手渡したので、さらに1名の予約を見込めるでしょう。彼の妻は作家なので、この新しい雑誌におおいに感銘したようです（ついでながら、エドワード・タイタスは彼女にD・H・ロレンスに関する本を書いてもらいました。彼女の作品にほんの少し目を通しただけですが、まったく申し分のない作家です）」（"Letter to Samuel Putnam dated February 13"）と述べている。当時のミラーは『ニュー・レヴュー』第2号にルイス・ブニュエル論を掲載してもらうことになっていたので、予約を増やそうと知人や友人の住所の一覧を作成し、パトナムに送付して謝意を表したのである。のちにニンはミラーのルイス・ブニュエル論に目を通した。

　ともあれ、ニンがミラーに初めて対面したのは、日記『ヘンリー＆ジューン』（Henry and June）によれば、1931年12月であり、「わたしはヘンリー・ミラーに会った。彼はわたしがロレンスに関する著書の契約のことで相談しなければならなかった法律家リチャード・オズボーンとともにランチをとるために訪れた」（Henry and June 5-6）とあり、ミラーはその10か月前に『私のD.H.ロレンス論』のタイプ稿によってアナイス・ニンを認識していたことになる。ニンのロレンス論の出版費用はナショナル・シティ・バンク（パリ支店）に勤務するニンの夫ヒュー・ガイラー（Hugh Guiller）が負担した。ニンと対面する2か月前に、ミラーは「紫式部（『源氏物語』）」を思い起こすことがあった。

　ニンをミラーに紹介したのは、イェール大学で法律を専攻したリチャード・オズボーン（『北回帰線』のフィルモアのモデル）である。ミラーはとりわけ2点についてオズボーンにいたく感謝していた。一つは飢えからの解放であり、もう一つはニンを紹介してもらったことである。宿なしのミラーは最初の冬が近づく11月、食事もままならなくなり、帰国してニューヨークで「パリの本」（『北回帰線』の仮題）を執筆しようと思い立ち、友人に帰国費用を用立ててもらうつもりの手紙を書き送ったほどであったが、オズボーンの登場によって窮状をかろうじて回避できた。大恐慌のさなかであったから、妻ジューン・スミス（June Smith）

（『南回帰線』［Tropic of Capricorn］のマーラのモデル）の送金が途切れがちであった。オズボーンは又借りのアパルトマンでミラーが1931年3月まで同居することを了解した。彼はミラーの枕元に10フラン、ときには20フランを置いて出勤した。彼には文学のたしなみというか素養があり、ミラーの原稿を興味深く読むようになった。

ミラーの周辺でD・H・ロレンスに関心を示していたのはニンだけではなかった。

1931年10月10日前後、ミラーはユダヤ系アメリカ人マイケル・フランケル（Michael Fraenkel『北回帰線』に登場するボリスのモデル）のヴィラ・スーラ（『北回帰線』のヴィラ・ボルゲーゼ）に転がり込み、2週間ほど滞在した。議論好きのフランケルは長時間にわたってミラーと討論することを好んだ。話題がロレンスにおよんだであろうと推察できる。というのも1932年にフランケルは「D・H・ロレンスと他者性」と題する長文のエッセイを書き上げたからである。このエッセイは1939年に印刷された。

フランケルと親交を結んでいた詩人ウォルター・ローウェンフェルズ（Walter Lowenfels『北回帰線』のクロンスタットのモデル）は詩集『D・H・ロレンスを追悼するエレジー』（Elegy in the Manner of a Requiem in Memory of D. H. Lawrence）を上梓した。1931年秋、ひもじい思いのミラーは一群の友人たちに週に1回だけディナーに招待してくれるようにと書面で要望した。クロンスタットは『北回帰線』の主人公を食事に招いた友人たちの一人であった。

アメリカ議会図書館に70ページほどの『北回帰線』のオリジナル草稿の断片が収蔵されていて、D・H・ロレンスについての言及が散見される。『北回帰線』の初稿ではロレンスの名前が消去されており、定稿となった現在の『北回帰線』のテクストにもロレンスの名前は出てこない。ミラーは彼のロレンス像を修正したことになる。

1933年5月5日、ミラーはD・H・ロレンスの難解なエッセイ「王冠」（'The Crown"）についてニンに熱烈な手紙を書き送った。100ページほどの「王冠」についてミラーは「予言的であり、人類に対する判決になっています。言語は比類するものがなく――聖書の最良の部分を想起させます。思想は、ぼくの意見としては、キリストのことばのいずれよりすぐれています」と絶賛しつつ、「王冠」を無視するのは「犯罪も同然です」と決めつけ、このエッセイが「来たる時代の聖書のごときもの」と断じている。

「ぼくはきみに――ロレンスは来たる100年間は理解されないだろうというこ

とで同意できます」（Letters to Anaïs Nin 117-18）と述べるミラーに、2日後の返信においてニンは、「『王冠』についての熱烈な手紙をいま落掌しました。『王冠』はあなたに差し上げることにします。あなたのものです。あなたはあの作品の意味を発見したのですから。わたしは『王冠』からなにも得ることができなかったのです。あなたがいかに深く、広範に読み進められたかを語っています。わたしはひどく興奮しています」（A Literate Passion 153-54）と反応した。ニンはミラーが自分とまったく異なるタイプの作家であることを痛烈に自覚した。ミラーは死してなお時節を待つロレンスにいたく感銘し、その点ではロレンスはミラーのお手本になった。

2 1940年代以降のアナイス・ニン

『賢人ここにて釣魚する——フランシス・ステロフとゴータム書店の物語』（Wise Men Fish Here: The Story of Frances Steloff and the Gotham Book Mart）によれば、出版社が見つからないニンは、フランシス・ステロフ（Frances Steloff）から用立ててもらった100ドルで中古の印刷機を入手し、短編集『ガラスの鐘の下で』（Under a Glass Bell）をみずから印刷し、作家としての不屈の気概を示し、ステロフが彼女の書店に出入りする文芸批評家エドマンド・ウィルソン（Edmund Wilson）に書店内で短編集を手渡した。彼は『ニューヨーカー』誌（1944年4月号）に書評を寄せた。書評の威力は絶大であり、『ガラスの鐘の下で』の売れ行きは、ニン自身の努力もあってかなり好調であった。

『日記』第4巻（The Diary Vol. 4）の「1946年12月」に、ニンは「わたしはあちらこちらの大学での講演旅行に出発した。ハーヴァードではカールトン・レイクの家に滞在した。カールトンは教養のある、知的で誠実な、積年にわたってわたしの作品に興味を示してきた人物。彼は出版社を設立したがっている。真の友情」（169）と書き込んでいる。ハーヴァード大学のポエトリー・ルームには200名のうちの100名が入室を許可されたという。当時のカールトン・レイク（Carlton Lake）はヘンリー・ミラーとアナイス・ニンの熱烈なファンであった。

1982年夏、筆者はビッグ・サーのエミール・ホワイト（Emil White）を訪問した。彼は自宅をヘンリー・ミラー記念図書館として観光客に開放し、彼をビッグ・サーの市長と呼ぶ人もいた。テキサス大学の図書館に出かける途中に立ち寄ったと述べると、ビッグ・サーの図書館長は「ヘンリーから受け取った手紙はあそこに寄付した。ぜひとも読んでほしい。そうだカールトン・レイク宛ての紹介状を

書いてあげよう。アナイスの手紙も寄付した」と言った。

　館長室で長身のカールトン・レイクは、「エミール・ホワイトからなにか預かってきませんか」とにこやかに筆者に訊ねた。要するに、図書館は著名な作家宛てのファンレターも含めて断簡零墨の類を収集していた。彼は「ここは現代アメリカ文学の重要な資料をすべて集めている」と胸を張り、フォークナーの長編の原稿も集めたのに日本のフォークナー研究者がテキサス大学に来ないのはなぜなのか、と嘆いていた。

　エミール・ホワイト宛てのアナイス・ニンの手紙は22通あるが、ほとんどの手紙に日付が記されておらず、その内容から1943年12月ころから47年までのものと推定される。そのうちの1通の余白に「内容の半分は彼女の本のビジネスに関連し、もう半分はヘンリーとの感情的なもつれに関係している。やや重要な暴露もある」とホワイトのコメントがペンで書き込まれている。

　ニンがホワイト宛てに最初に書いた手紙の書き出しが「ヘンリー・ミラーからの手紙であなたがわたしの作品『人工の冬』（Winter of Artifice）の販売でわたしに協力する意欲があるのを知りました。とても喜んでいます。内容紹介のパンフレットを数部だけ発送しました」である。ホワイトの熱意に感激したニンは2通目の手紙で定価5ドルの同書（著者のサイン入り）3部をゴータム書店から発送したことを知らせている。3ドルの『人工の冬』（著者のサインがない）は売り切れたが、5ドルのほうは200部も残っていて、必要部数をいつでも知らせてほしい、とニンは述べている。彼女はホワイトに新聞の切り抜きやパンフレットの類を同封するようになった。

　「今朝、あなたのはがきを落手し、すぐに『ガラスの鐘の下で』6部を発送しました。あいにく所持しているのはそれだけなのです。ゴータム書店がほかの全部を所有しています。『ガラスの鐘の下で』をステロフに売り払ったのは、印刷機の使用料を支払うようにとせっつかれたからです」とフランシス・ステロフのしたたかなビジネス感覚を紹介している。

　1945年9月5日付の手紙では「『この飢え』（This Hunger）があと2週間で出るでしょう。何部をあなたに送ったらよいでしょうか。ゴータム書店はあなたが必要とするだけの『人工の冬』を届けたでしょうか？　わたしは1日に10時間も印刷してきました」と綴り、「もちろん、わたしから『この飢え』を一部進呈いたします」と述べている。文面からはホワイトの販売能力を信頼していることが推察される。事実、後年のホワイトは『ビッグ・サー・ガイド』を創刊し、西海岸でガイドブックを売りまくった。多くの部数を積み込むためにバンを購入する

だけの資金を確保できるようになった。彼は2回の日本旅行を敢行し、ミラーに日本旅行をするようにと促した。

　1944年11月の消印を確認できるホワイト宛てのはがきの書き出しが「お手紙と小切手を受け取り感謝しています。しかし、あなたは小切手の40パーセントがあなたに属することを忘れています。わたしはあなた自身からあなたを守らなければなりません！　どうかほかの本の売り上げから2ドルを、別に送った本の価格から同様に40パーセントを差し引いてください」となっている。このはがきでは割引の対象とされる本の書名が不明であるが、年代的には『ガラスの鐘の下で』と『人工の冬』（著者のサイン入り）を指しているように思われる。

　このはがきにおいて、ニンは当時の彼女の作品を出版したジーモア・プレスという出版社について、ジーモア・プレスは彼女のものではなく、人びとはこの出版社と彼女を同一視していて、同社が出版する作品やプリントを彼女のものと思い込んでいるが、それは間違いである、と説明している。ニンは小さな印刷機を使って仕事をしているが、ジーモア・プレスが出版する本はブレンターノ書店で販売されているという。作家たちとの交流で有名なゴータム書店は、知名度において、大手のブレンターノ書店に匹敵していた。要するに、ホワイトが扱った『ガラスの鐘の下で』は、ジーモア・プレス版ではなかったことになるだろう。

　日付の記入はないが、エドマンド・ウィルソンの『ガラスの鐘の下で』に関する書評を同封した長文の書簡があり、書評についての感想などが綴られている。「彼はあなたが予想するように、わたしを理解していませんが、かなりの価値があることを認めているのです。書評は誠実であり、99パーセントのアメリカ人の漠然とした意識を述べています。結果として三つの出版社から講演するようにと電話がかかってきました。どうなるのかあなたにお知らせしましょう！　わたしは受け取るべき報酬をいま手にしようとしているのです――うれしい――印刷機の肉体的仕事がわたしの健康を害してきたのですから」と述べつつ、さらにホワイトに25部の『この飢え』を発送する予定だが、書評と講演のせいで売りさばくのに日数をさほど要しないだろうと予測している。さらにニンは「書評をヘンリーに渡すように」と依頼している。

　この書簡で面白い箇所は、末尾で「エドマンド・ウィルソンはギリシャから帰国したのみならず、わたしを次のウィルソン夫人にしたがっています！　ノン・メルシー」となっていることであり、その結果としてエドマンド・ウィルソンは別の女性と再婚することになったのである。

　これらの手紙に通底して感じられるのは、ホワイトに対するニンの揺るぎない

信頼である。カリフォルニア大学（バークレー校）での講演の段取りをつけてもらえれば、そこから足をのばしてビッグ・サーに出かけてホワイトに会いたいと述べている。ヘンリー・ミラーとアナイス・ニンの関係が冷却している理由について、ホワイトが率直に質問したらしく、ニンは理由や心情を婉曲に説明している。

　しかしながら、ある手紙の書き出しが、「親愛なるエミール、あなたの願いが実現しました。ヘンリーとわたしはふたたび友人です。彼がわたしに手紙を書き、わたしは返信を出しました。いまや万事が順調です」となっていて、ホワイトをいたわる口調になっている。しかし、1947年に書かれたと推定される別の手紙では、「ヘンリーに友情を感じない理由は、ただわたしが過去のなかで生きるのを好まないからです——わたしは変わりました。ヘンリーも変わりました。二人を繋ぐ糸は切れたのです」という文章があり、さらにヘンリー・ミラーが再婚していることに言及しつつ、「今年、わたしもアメリカ人の詩人と結婚するかもしれません」と述べている。結びではアナイス・ニンの苦痛を呼び起こすような手紙をこれから書かないでほしいと哀願している。以後のホワイトがニンに手紙を書き送った形跡はないようである。

　この手紙が1947年に書かれたと推測される理由は、「アメリカ人の詩人」との結婚の可能性に言及しているからである。アナイス・ニンがルーパート・ポール（Rupert Pole）に出会ったのが1947年2月であったから、当初から結婚の可能性を意識していたことになり、二人は1955年に結婚した。もっとも、「1966年に法的に無効となる」（『水声通信』172）。

3　アナイス・ニンと『源氏物語』

　晩年のヘンリー・ミラーは、日本人女性のホキ・徳田と結婚したこともあったせいか、日本では異常なまでに興味と関心の対象になったようである。集英社の週刊誌『プレイボーイ』（1979年9月11日発行）が「文豪ヘンリー・ミラーの『人生相談』メッセージ」という企画を組んだ。「英米文学者の杉崎和子さんが『プレイボーイ』誌に集まった読者の葉書や封書を読みくだすと同時に通訳すると、ミラーは筋張った手で細くなった膝を叩いたり、口を大きくあけて笑った」とあり、インタヴューは成功裏に終了したようである。『プレイボーイ』誌の企画を指しているかどうかは不明であるが、ミラーの最後の恋人ブレンダ・ヴィーナス（Brenda Venus）宛ての手紙を収録した書簡集（*Dear Dear Brenda: The Love Letters of*

Henry Miller to Brenda Venus）に、日付の記載がないが、「きょう、アナイスの日本人の友人カズコからすばらしいインタヴューを受けた——聞き流しの、肩の凝らないインタヴューを」とあり、「わたしたちは今日の日本に存在する男女関係について議論した」（98）ことになっている。

　『プレイボーイ』誌では小山裕介という20歳の学生が「アナイス・ニン。パリ時代、窮乏の先生を助けたこの女流作家は、人としてではなく、作品からみて、どう評価されますか」（44）という質問を発出しており、ミラーは以下のように応答している。

　　これはむずかしい質問だね。ぼくはアナイスについて1冊の本を書くことができるが、ひといえるのは、アナイス・ニンは作家という枠からはみ出した他の何かだね。文学は大きなスケールを持っているが、あらゆる点で非常に個性的な彼女を、他の文学者と比較すべきではない。アナイスは彼女の問題について考える。それが彼女の文学だった。ひたすら、自分と自分の問題に執着した。そういう意味で、じつに自己中心的だが、自我至上主義じゃない。ぼくは、アナイスを紫式部と比較してみたことがあるけれど、どれだけ正しかったのかわからないよ。（中略）アナイスはユニークなんだ。あらゆる点でね。（44）

『プレイボーイ』誌では27歳の重政降文という男性がミラーの『わが生涯の書物』（*The Books In My Life*）との関連で「リストにつけくわえられたもの」の有無を質問している。同書の巻末に「著者に最も深く影響をおよぼした100冊の書物」のリストが掲載されているが、紫式部の作品は出てこない。ガリマール社から刊行された同書のフランス語版（1957）では、作者によれば5000冊におよぶ読書目録が巻末に掲載されていて、『源氏物語』が出てくる。『プレイボーイ』誌のミラーは、「シゲマサ君にいってくれ。いまぼくがどんな本を読んでいようと、お前の知ったことじゃないって」（42）と応答しつつも、冊子を取り出して書き込みを示している。文学関係では16名の著名な作家や詩人の名前が列挙されていて、最後に紫式部という名前がみられる。要するに、ミラーはニンの没後にニンとの関連において紫式部の名前を挙げたことになる。「アナイスを紫式部と比較してみたことがある」というミラーが二人の閨秀作家を比較した文章を現実に綴ったかどうかは不明である。書簡集『キャプリコーンの友人より』（*From Your Capricorn Friend*）に収録された「記憶と物忘れ」（"Memory and Forgettry"）と題

するエッセイのなかで、晩年のミラーは「多くの書物を読もうとするな——数少ない良書で充分だ。自分自身の本を頭のなかで書きたまえ」（75）と述べているから、ニンと紫式部を比較する文章が彼の頭脳のなかで書き継がれていた可能性もあるだろう。

ともあれ、ミラーは「文豪ヘンリー・ミラーの『人生相談』メッセージ」が掲載された週刊誌を10月に受けとり、それから8か月後に逝った。

アナイス・ニンが逝った翌年の1978年、研究者キャサリン・ブロデリック（Catherine Broderick）による「アナイス・ニンの日記と日本文学の日記の伝統」（"Anaïs Nin's *Diary* and the Japanese Literary Diary Tradition"）という論考が『アナイス・ニンの世界——批判的および文化的展望』（*THE WORLD OF ANAÏS NIN: Critical and Cultural Perspectives*）と題する論集（マニトバ大学出版局）に掲載された。平安時代の『紫式部日記』から樋口一葉にいたるまでの女性の日記文学者たちの日記を俯瞰しつつ、アナイス・ニンの日記との比較を試みた論考である。

この先駆的論考の意義は、ニンが没して1年後に発表されたことにある。ニンの訪日から12年後に二人の閨秀作家の日記を比較し、考察する研究者が登場したことを意味する。当時のキャサリン・ブロデリックは関西の女子大学でアナイス・ニンの文学を学生たちに紹介していた。

ニンはルーパート・ポールを同伴して1966年に訪日し、日本の女性のありようを観察し、ニンはこう書き記していた。「九〇〇年に、最初の日記を書いたのは紫式部だった。その日記は眼識が鋭く、推敲された文章で詳記されたプルースト風の作品であるけれども、又、宮中における名士達のさまざまな感情や思想が描かれているけれども、その中の女性像そのものは、一つのイメージの域を出ていない」（『心やさしき』83）。彼女の1966年の訪日を可能にした状況もしくは契機は何か？　要するに、『アナイス・ニンの日記』（第1巻）が出版されて、日本を含めて世界的にアナイス・ニンが脚光を浴びるようになったからであり、日本では河出書房新社がニンに声をかけた。以後のニンにはあまたの大学からの講演の依頼があり、またインタヴューを受ける機会も増えた。ニンの声が断固たる響きとなってアメリカ社会に浸透し、次第に圧倒するようになった。

『アナイス・ニンの日記』の出版を浮上させる引き金が、1961年からアメリカで吹き荒れた『北回帰線』旋風であった。グローブ・プレスの社主バーニー・ロセット（Barney Rosset）は、弁護士団を擁しつつ、発禁本とされてきた『北回帰線』の出版に踏み切り、60件におよぶ全米の訴訟に対して応戦した。同時に『北

回帰線』の序文の執筆者アナイス・ニンの名前が注視されるようになったのは想像に難くないのであって、『北回帰線』の出版の可否についての1964年の最高裁における決着の翌年から『アナイス・ニンの日記』（第1巻）の出版の準備が進行し、1966年に実現した。以後アナイス・ニンの「日記」が続々と刊行された。

　書簡集『ホキ・徳田・ミラーに宛てたヘンリー・ミラーの手紙』（*Letters from Henry Miller to Hoki Tokuda Miller*）に「再読の愉しみ」と題するエッセイが載っている。1970年代後半に執筆されと推定されるエッセイであり、括弧書きに「讀賣新聞のために」とあり、「ホキのためのコピー」とも書き込まれている。このエッセイが邦訳されて『讀賣新聞』に掲載された形跡がなく、書簡集の編者が「再読の愉しみ」を書簡集に繰り込んだものと思われる。

　このエッセイのなかでミラーは「わがパリ時代」に二人の女性作家を思い起こしたと述べている。そのうちの一人がイギリスの作家マリー・コレリ（Marie Corell）である。パリ時代に「再発見した」もう一人の女流作家が「紫式部（『源氏物語』）」であった。「初めて彼女の作品を読んだのが20歳ころであったにちがいない。どういうきっかけで初めて紫式部の作品に出会ったのか、もはや記憶していない。当時、とりわけ東洋文学、宗教、哲学の分野で広汎に読み漁っていたことは別であるが」（154）と記されている。英語版『源氏物語』を読んだときの年齢がミラーの記憶違いであるので指摘する必要がある。

　イギリスの東洋学者アーサー・ウェイリー（Arthur Waley）訳『源氏物語』（全6巻）の第1部が1925年に出版された。作家志望のミラーは34歳に達していた。『藤袴　源氏物語』（第4部）が1928年に刊行されており、ミラーが読み進んだのは第4部までであったと思われる。

　1932年に『浮舟　源氏物語』（第5部）が、33年に『夢の浮橋　源氏物語』（第6部）が出版されたが、当時のミラーは『ロレンスの世界』（*The World of Lawrence*）と『北回帰線』の執筆に没頭していた。後述することになるが、1931年秋にミラーは『源氏物語』を思い起こしていた。ミラーの脳裏に紫式部の『源氏物語』が去来していたのは、『北回帰線』の執筆を開始した1931年10月であり、すでに指摘したように、それから2か月後にミラーはニンに初めて対面することになった。

　エッセイ「再読の愉しみ」においてミラーは、紫式部とその時代について以下のように語っている。

　　古代ローマのペトロニウスを最初の小説家と称してよいのであれば、わたし

たちは紫式部をなんと呼んだらよいのだろうか。紫式部の現代的精神が現れたのは、ヨーロッパの大聖堂と最初の大学がようやく建設され始められたころであった。12世紀の日本は、ヨーロッパ史におけるルネッサンス時代と対照的な中世の輝かしい日々がそうだったように、その後に続く日本文化の時代と著しく対比して突出している。原始的な状況の真っただ中で、優雅な作法、芸術の実践、性行為の率直さがみられる。比較して今日の日本はほとんど精神異常をきたしているように思われる。(154)

ここに引用した一節は、ミラーの記憶に残っている『源氏物語』についての簡潔な感想になっていると思われる。ミラーは平安時代の日本が20世紀の日本よりも好ましいとみなしている。

　晩年のミラーがふたたび『源氏物語』を思い起こしていたのはなぜか？　1940年代からニンの「日記」の出版を望んでいたミラーは多彩な女性遍歴を繰り返した光源氏とニンに着眼し、ひそかに彼の頭脳のなかで両者について思いめぐらしていたのではなかろうか。

　1931年8月中旬にミラーは、パリの領事館に勤務するユダヤ系メリカ人女性バーサ・シュランク（Bertha Schrank,『北回帰線』のタニアのモデル）と親しくなった。下旬になってミラーが初めてマイケル・フランケルのヴィラ・スーラを訪れるとき、バーサを同伴した。ほとんど同時にミラーは『北回帰線』のカールが勤務する新聞社の臨時の校正係に6週間の予定で採用された。宿なしのミラーが週給を確保できる期間に宿泊したホテルは、カールの棲むオテル・サントラルであり、バーサはホテルに滞在中のミラーを訪問することもあり、やがてミラーの妻ジューンの写真を見つけたりした。

　二人の出会いと交際は、バーサの夫である劇作家ジョゼフ・シュランク（Joseph Schrank,『北回帰線』のシルヴェスターのモデル）がニューヨークに出かけているときに始まった。劇作家が9月中旬にパリに戻るころから、二人の交流は終局に向かうことになったが、ミラーはバーサにラヴレターを書き送りはじめていた。『北回帰線』の主人公はタニアとシルヴェスターの夫婦関係に亀裂を生じさせているにもかかわらず、おのれの所業の正当性を主張している。手紙のなかでミラーはいかにして自身の正当性を主張したであろうか？

　まだ新聞社に勤務していたときに、劇作家のパリ帰還が迫っていた。10月6日ころに週給を見込めなくなり、ミラーはふたたび宿なしになったが、ラヴレター

を書き続けていた。『北回帰線』において言及されている「あのホモ野郎」（実名リチャード・マーフィ Richard Murphy）が宿泊する安ホテルに1泊か2泊したが、我慢できなくなり、公園のベンチで一夜を明かしてから『北回帰線』のヴィラ・ボルゲーゼに転がり込み、10月下旬に『北回帰線』の執筆を開始した。しかし、食事もままならないミラーは、安らぎと保護を求めてラヴレターを書き続けていた。マーフィは、仕送りができなくなったミラーの妻ジューンがパリに送り込んだ人物であり、ミラーに朝食とベッドを提供することを期待されていた。彼は9月早々に新聞社に勤務するミラーを訪問し、ジューンのパリ来訪の予定を告げたが、ミラーはジューンの居所を知らされず、彼女の2回目のパリ来訪が中止になったと判断し、バーサに手紙を書き続けていたのである。

　10月末にジューンがついにパリに姿を現し、ミラーはバーサにラヴレターを書けなくなった。さらに12月にアナイス・ニンに対面したミラーはニンに宛てて頻繁に手紙を書くようになった。翌年2月のニンに宛てた手紙のなかで、ミラーはバーサ宛ての数通の手紙を借用したいとバーサに申し入れたが、手紙は「破棄された」という応答が得られたことを明らかにしている。憤慨したミラーは、『北回帰線』のなかでタニアをあしざまに言及する箇所を織り込んだ。バーサは帰国し、劇作家と離婚した。

　1991年夏のニューヨーク公立図書館の展示室。ウォルト・ホイットマン（Walt Whitman）の一房の髪の毛などの特殊な展示品に混じって、バーサ・シュランクに贈ったとされるミラーの『ニューヨーク往復』（Aller Retour New York）が展示されていた。1935年10月24日付けで付箋にミラーの筆跡で「親愛なるバーサ――ぼくたちがまだ生きていることをひとことお知らせします。それから、あなたにとって万事が順調であることを心から願っています」と記されている。ミラーは1940年4月にもバーサに著書を贈っていて、2冊が「バーグ・コレクション」（Berg Collection）のカタログに登録されていることを確認できた。ラヴレターの破棄についての信憑性に疑念を持つ筆者は、展示品との関連でスペシャル・コレクションの責任者スティーヴン・クルック（Stephen Crook）にバーサ宛ての手紙がまだカタログに記載されずに書庫に滞留している可能性について質問したところ、「調べてみましょう」という反応があり、数時間後に手紙の存在を確認できた。手紙の取得年月日と取得先の女性の名前も残っていたので、女性の住所を知りたいと伝えると、「それは無理です」と即座に言われた。

　バーサ宛ての手紙は8通あり、1通はフランス語で書かれている。日付の記載はないが、曜日が記入されている。書きかけの手紙を持ち歩いていたせいか、1

週間以上もかけて書いた長文の手紙もあり、ヴィラ・スーラの滞在期間なども推定できる。注目すべきは、宛名をバーサにしないで、クリスティーヌにしているのが目立つことである。『北回帰線』（断片草稿）に「まず初めはクリスティーヌだった。それからバーサ。そしていまはタニアだ」という一文が出てくるが、これらの人名が同一人物であり、手紙の宛名、実名、登場人物の名前が異なっているのが確認された。

　これらの手紙のうちの2通に注目してみよう。10月7日ころにミラーが「あのホモ野郎」の宿泊するオテル・プランセスで書いた手紙のなかでバーサに呼びかけながら、クリスティーヌの名前を出している。「もはやクリスティーヌのことを語るつもりはありませんが、クリスティーヌは生きています。きみはいつの日か、装いだけは奇妙なクリスティーヌに不意に出会うでしょう。きみは彼女のことを誇らしく思うでしょう。クリスティーヌを認知するのは、きみとぼくだけなのです。未来は失われていない。ぼくのなかに存在しています。未来が現在を正当化するでしょう」という一節が出てくる。ミラーは「装いだけは奇妙なクリスティーヌ」が登場し、未来が1931年の秋を「正当化する」作品を手がけるつもりでいた。はたしてミラーはそのような作品を書き残したであろうか。クリスティーヌという人名は二人だけが確認できて、第三者には不明の暗号である。

　結論的にいえば、『クリシーの静かな日々』（*Quiet days in Clichy*）に収められている短編「マリニャンのマーラ」（"Mara-Marignon"）に複数のクリスティーヌが登場していて、モデルが特定されないように意図されているが、離婚後に結婚前のバーサ・ケイスを名乗るようになったバーサが一読すれば、「マリニャンのマーラ」がバーサに対するミラーの心情を伝える作品であることを理解できたはずである。しかし、1984年に没したバーサ・ケイスが『クリシーの静かな日々』を手にしたかどうかは不明である。さらに『南回帰線』ではマーラという名前で登場するミラーの妻ジューン・スミスの嫉妬が入り込まないように意図された短編になっている。

　追い詰められていた1931年秋のミラーは、「未来が現在を正当化する」作品を意図し、そのもくろみを1950年代に実現させたことになるだろう。

　バーサ宛ての10月の「日曜」に書かれた最後の手紙に「紫式部（『源氏物語』）」という字句が出てくる。ヴィラ・スーラに滞在できなくなったミラーは、クリスティーヌに電話をかけることもできなくなり、セレクトなどのカフェでバーサを見かけたいと思っている。彼は友人たちの家で食事にありついていた。「愛するクリスティーヌよ、ぼくはきみに紫式部（『源氏物語』）かラフカディオ・ハーン

の『古い日本の説話』を読んでもらいたいと願っていました。きみがいま必要としているのは、精神的な糧ということでは、なにかアジア的なものです。そこでは、欲望と恐怖と暴力が消えて、扇子か小鳥の羽のように繊細な、空気にさらされた、釣り合いのとれた、孤独な模様に変化しているのです」と、あたかも日本人女性の面影をクリスティーヌに追い求めているかのように書いている。ミラーは最後の手紙を「ぼくはきみの声を、きみからの一行の便りを、愛を——きみのすべてを切なく待ち望んでいます」という一文で結んだ。数日後にジューンがパリに姿を現した。

　晩年のヘンリー・ミラーが「紫式部（『源氏物語』）」を思い起こしていたのは、悲痛な別離に終わったバーサ・シュランクの記憶を甦らせつつも、逝ってまもないアナイス・ニンを紫式部の描く世界との関連で思いをはせていたためであるようにも思われる。

　ミラーはニンをどのようにみていたであろうか。晩年のミラーの食卓でのおしゃべりを家政婦トゥインカ・スィーボード（Twinka Thiebaud）がまとめた『回想するヘンリー・ミラー』（Reflections）が興味深い資料になる。ミラーはニンの資質を絶賛しつつも、「アナイス・ニンの欠点とか風変りなところ、暗い部分」（108-09）にこそ興味をそそられたという。とりわけミラーが強調するのは、パリ時代のニンが夫からお金を頻繁に、徹底的にくすねていたことである。たとえば、ドレスを購入するときには請求金額を水増しさせて、その差額でミラーたちを救済していた。ニンの夫を気の毒に思うミラーは抗議したこともあるが、一蹴されたという。

　ミラーが強調するのはニンの二面性である。「恐怖が本質的にアナイスを動かしていた」とミラーは指摘する。「家族や友人が悩み、食事なしですますのを見ることの恐怖、物事を悪く考えることの恐怖、愛されないことの恐怖」（Reflections 109）などなどを挙げつつ、「善良さ」（109）を発揮するために「ペテン師」（109）になっていたのはニンの「犠牲的行為」（109）であった、とミラーは解釈する。

　ここで想起されるのは、ミラーがバーサ・シュランクに宛てた手紙のなかで、だしぬけに『源氏物語』に言及したくだりである。バーサが必要としているのは、「欲望と恐怖と暴力が消えて、扇子か小鳥の羽のように繊細な、空気にさらされた、釣り合いのとれた、孤独な模様に変化している」領域であるとミラーは述べていた。ミラーにおける『源氏物語』は「欲望と恐怖と暴力」が消失した、軽やかな異界であったのではなかろうか。当時のバーサは劇作家とミラーの間で立ち

すくみ、ニンとは異なる恐怖を経験していたはずである。作家としてのミラーは、二人の女たちを恐怖から解放しようとして、20世紀の世界よりもましにみえる、12世紀の宮廷貴族たちが交差するエロスの『源氏物語』の世界に送り込もうと夢想していたのではあるまいか。

　『源氏物語』における妖艶な男女関係の絡み合いは多層にして複雑である。晩年のミラーが50年以上も前に読破した『源氏物語』の細部をどこまで記憶していたのかも不明である。ミラーがニンを『源氏物語』のなかに解き放そうとしていたとしても、「ぼくは、アナイスを紫式部と比較してみたことがあるけれど、どれだけ正しかったかわからないよ」と『プレイボーイ』のインタヴューで述べざるを得なかったのである。

　とはいえ、光源氏を除いて『源氏物語』の少なくと二人の登場人物がミラーの脳裏に去来していたと思われる。一人はアーサー・ウェイリー版『源氏物語』の第1部に登場する空蟬である。光源氏は空蟬に愛を告白し、そうした思いを行動に移すことになる。空蟬は地方の国主である伊予介の二番目の妻である。彼女は源氏に一枚の衣だけを残して消え去るが、いつまでも源氏の記憶のなかにとどまっていた。さながら劇作家の妻であったバーサ・シュランクが帰国しても、いつまでもミラーの脳裏にとどまっていたのを想起させる。

　もう一人の登場人物は藤壺である。源氏は桐壺帝と桐壺更衣を両親としている。藤壺は桐壺帝の正式な配偶者であるが、光源氏と相思相愛となり、藤壺は源氏が18歳のときに、周囲から疑われずに源氏の子を出産する。子は源氏に似ているが、疑う者はおらず、桐壺帝はむしろ喜んでいるようにみえる。男児は帝位を継承し、冷泉帝となる。彼はのちに自身の出自を知るが、その秘密を胸のうちにとどめ続ける。『源氏物語』を貫いている緊張感は、源氏の子が帝位につくかどうか、秘密を維持できるかどうかに支えられているようにも思われる。藤壺の秘密を漏らすまいとする願望と意志は強固であり、『源氏物語』の核、かなめの役割を果たしている。

　ミラーは男性遍歴を重ねたのちに重婚を維持していた時期のアナイス・ニンと胸に思いを秘めたまま生涯を閉じようとする藤壺を比較しようとしていたのではあるまいか。恋の対象を次々と変えていく源氏と逝く寸前まで女性たちにラヴレターを綴っていたミラー自身を比較していたのではあるまいか。

　ミラーは晩年に突如としてアナイス・ニンと紫式部を比較しようとしていたようにみえるが、はたしてそのように解釈してよいのであろうか。ここで想起されるのはミラーの自伝的小説『ネクサス』（*Nexus*）である。第13章おいて、主人

公がシド・エッセンという友人を訪ねると本を読んでいたことになっている。ミラーは妻モーナにシド・エッセンが読む本の作者を推測させている。モーナはドストエフスキー（Fyodor Dostoevsky）やクヌート・ハムスン（Knut Hamsun）などのミラーの好む作家たちの名前を挙げる。「いや、紫式部さ——これにはおそれいったよ。どうやらあらゆるものを読むらしい」(226)と語り手は反応する。しかし、「あらゆるものを読む」のはミラーであって、シド・エッセンではないのであり、ミラーは自身の読書について間接的に述べている。『ネクサス』の年代的枠組みはおおむね1925年から28年までであって、アーサー・ウェイリー訳『源氏物語』の第4部までが出版されていた年代に一致する。『ネクサス』が執筆された年代はおおむね1955年ころから58年末ころであって、まだグローブ・プレス版の『北回帰線』は出版されていなかった。

『ネクサス』の第14章でミラーは彼の読書について熱弁をふるっている。「ぼくはどの時代でもすんなり入り込めて、そこを居心地よく思ってしまうようなところがある。ルネサンスについて読めば、自分がルネサンス時代の人間みたいな気になるし、中国の王朝について読めば、その時代の中国人になったような気になってしまう」と述べている。さらに「どんな人種、どんな時代、どんな国民であっても」とことばを継いで、「そのなかにぼくは完全に同化してしまう」(244-45)と言い切っている。これを第13章との絡みでいえば、ミラーは『源氏物語』の世界に「完全に同化してしまう」ことになるだろう。

アナイス・ニンと紫式部を比較しようというミラーの思いは、暗渠を細く流れる水のように途切れなく1950年代中ごろから持続していたのであって、ニン没後の晩年になって『源氏物語』についての思いが地表にしみ出たことになるのではあるまいか。

　　［付記］書店Gothamの片仮名表記はゴータムとゴッサムが考えられるが、筆者の好みでゴータムを採用した。書店の経営者アンドリアス・ブラウン（Andreas Brown）氏はゴータムと発音し、ニューヨーク公立図書館のスペシャル・コレクション部門の責任者スティーヴン・クルック氏からはゴッサムと聴きとれた。

引用文献

Broderick, Catherine. "Anaïs Nin's *Diary* and the Japanese Literary Diary Tradition." *Mosaic: A Journal for the Comparative Study of Literature and ldeas*, X1/2 Winter 1978, U of Manitoba P., 1978, pp. 177-89.
Miller, Henry. *Dear, Dear Brenda The Love Letters of HENRY MILLER to BRENDA VENUS*. William Morrow and Company, 1986, p. 98.
――. *From your Capricorn Friend*. New Directions Publishing Corporation, 1984, p. 75.
――. *Letters by Henry Miller to Hoki Tokuda Miller*. Freundrick Books, 1986.
――. *Letters to Anaïs Nin*. Peter Owen, 1965, p. 57, p. 117.
――. Letter to Samuel Putnam dated February 13, 1931. Firestone Library, Princeton U.
――. *Nexus*. 1959. Weidenfeld & Nicolson, 1964, p. 226, pp. 244-45.
――. *Reflections*. Capra Press, 1981, pp. 108-09
――. *Tropic of Cancer*. The Original and Fragmentary. Library of Congress, p. 1.
Nin, Anaïs, and Henry Miller. *A Literate Passion: Letters of Anaïs Nin & Henry Miller 1932-1953*. Harcourt Brace Jovanovich, 1987, pp. 153-54.
Nin, Anaïs. *Henry and June: From "A Journal of Love": The Unexpurgated Diary of Anaïs Nin, 1931-1932*. Harcourt, 1986. pp. 5-6.
――. Letters to Emil White. Harry Ransom Center, U of Texas.
――. *The Diary of Anaïs Nin Volume Four: 1944-1947*. Harcourt Brace Jovanovich, 1971, p. 169.
――. *The Early Diary of Anaïs Nin Volume Four: 1927-1931*. Harcourt Brace Jovanovich, 1984.
杉嵜和子（インタビュアー）「文豪ヘンリー・ミラーの『人生相談』メッセージ」『プレイボーイ』第14巻36号、集英社、1979年9月11日、pp. 40-45。
ニン、アナイス「日本の女性と子供たち」『心やさしき男性を讃えて』山本豊子訳、鳥影社、1997年、pp. 79-86。
ミラー、ヘンリー『回想するヘンリー・ミラー』、本田康典、小林美智代、泉澤みゆき訳、水声社、2005年、pp. 174-179。
――『ネクサス』、田澤晴海訳、水声社、2010年、p. 282, pp. 303-04。
渡部あさみ「アナイス・ニン略年譜」『水声通信』31号、水声社、2009年、pp. 170-73。

参考文献

Fraenkel, Michael. *The Otherness of D.H. Lawrence*. 1939. Carrefour Alyscamps, 1999.
Miller, Henry. *The Books in My Life*. New Directions, 1952.
――. *Les livres de ma vie*. Gallimard, 1957.
――. *Quiet Days in Clichy*. 1956. Calder and Boyars, 1966.
Nin, Anaïs. *The Diary of Others: The Unexpurgated Diary of Anaïs Nin, 1955-1966*, edited by Paul Herron, Sky Blue Press, 2021.
Rogers, W. C. *Wise Men Fish Here : The Story of Frances Steloff and the Gotham Book Mart*. 1965. Booksellers House, 1994.
アナイス・ニン研究会訳『アナイス・ニンとの対話――インタビュー集』、鳥影社、2020年。
アナイス・ニン研究会編『【作家ガイド】アナイス・ニン』、彩流社、2018年。
アナイス・ニン『アナイス・ニンの日記』、矢口裕子編訳、水声社、2017年。

ウエイリー、アーサー『ウエイリー版　源氏物語』（全4巻）、佐藤秀樹訳、平凡社、2008年。
――『源氏物語A・ウエイリー版』（全4巻）、鞠谷まりえ、森山恵訳、左右社、2017-2019年。
本田康典『「北回帰線」物語』、水声社、2018年。
ミラー、ヘンリー『クリシーの静かな日々』、小林美智代、田澤晴海、飛田茂雄訳、水声社、2005年。
陸川博編『日本におけるヘンリー・ミラー書誌』、北星堂書店、1986年。

太陽と月
1930年代のヘンリー・ミラーとアナイス・ニン
The Sun and the Moon: Henry Miller and Anaïs Nin in the 1930s

小林美智代

1　はじめに

　1930年代のパリ、これがヘンリー・ミラー（Henry Miller）とアナイス・ニン（Anaïs Nin）の、二人の作家志望の男女が切磋琢磨して作家修行を行ったバックグラウンドである。両者の作品執筆の目的は同じで、自身の内部世界にある記憶に執着しつつ、言葉にならないものを表現し、意識覚醒の経験や感得した絶対的なものなどをすべて記録して、内奥に潜んだ自己の表出を実現することだった。本論では、ミラーとニンがいかに自己実現を成し遂げていったかを問題として、とくにミラーのロレンス論断筆の理由に注目して考察していきたい。

2　作家同士の恋——ロレンス論という共通項

　戦間期のパリでは、両作家ともに、当時そこで興隆していたダダイズムやシュルレアリスムなどの芸術運動に特徴的な要素である狂気や幻視、精神分析学による無意識の探求や解明が文学の格別の題材となり、創作上の刺激や洗礼を受けることになった。根本的には、エマソン（Ralph Waldo Emerson）をはじめ数多くのロマン主義者のように、ミラーも都市を嫌い、都市が人間と自然の生命力の根源的なつながりを破壊するものと考えており、ギリシャのエピダウロスやカリフォルニアのビッグ・サーなど、都市から遠く離れた場所で最もインスピレーションや高揚感を得ている。しかしそうは言ってもミラーの作品では、ニューヨークやパリといった都市が重要な役割を担っている。ミラーは概して都市を劣化と破壊の場とみなしているが、パリは例外[1)]で、ミラーはそこで自らの作家人生のなかで最高の創作力を示し、異常とも言えるほど豊饒で旺盛な執筆活動を行った。パ

リという都市によって、適切な知的交友関係と貧しかったが気楽な生活、創作上の刺激などを得られたおかげで、作家の至上目的である自分の声を見つけ出すことになり、40歳を過ぎてようやく作家としてのアイデンティティを確立できたのである。

　またフランスでは、第二次世界大戦後は英米の恋愛観に取って代わられることになるが、12世紀の宮廷風恋愛の不倫の愛、すなわち有夫の女性に対する男性の恋こそが恋愛であるとする伝統が、まだ少なくとも1930年代までは生きていた。ミラーがフランスの街にいる喜びを直接的に表現するとき、そのほとんどの場所は、セーヌ川左岸地域のサンジェルマン周辺の新市街、モンパルナスのヴィラ・スーラ、それからクリシーであった。

　ミラーは1930年春のパリ逗留を始まりにして1939年秋のパリ離脱まで、ほぼ10年におよぶパリ生活を送ったが、ミラーの全人生のなかで最も深い経験の一つであり、また最も決定的であったにもかかわらず、出版された作品には意図的に書かれなかった事柄がある。それはアナイス・ニンとの恋愛である。その理由は、ニンが無削除版の日記『インセスト』（*Incest: The Unexpurgated Diary of Anaïs Nin, 1932-1934*）のなかで記述しているように、「愛が本物になると文学は成り立たない」からであり、作家は「客観的な視点を要求されるため、登場人物に感情移入しないものだから」[2)] である。もちろん実人生でニンは有夫であり、生活はその夫に依拠していたので、ミラーとの恋愛を公然の事実とすることには、社会倫理上の問題のみならずプライバシーや感情、経済の問題があった。それゆえ二人は早くから、自分たちの恋愛を作品の素材にしないという約束を交わしていた。

　ミラーとニンの実際の初対面は1931年の冬だったが、それまでにニンは、夫からヘンリー・ミラーの名を告げられていた。ニンの夫ヒュー・ガイラー（Hugh Guiller）はナショナル・シティ・バンクのパリ支店に勤務していたが、そこの顧問弁護士のリチャード・オズボーン（Richard Osborn）は、ニンの初めての研究書である『私のD. H. ロレンス論』（*D. H. Lawrence: An Unprofessional Study*）の出版に関して著作権の相談にのっていた。このオズボーンがミラーの『北回帰線』（*Tropic of Cancer*）の草稿の一部を読んでおり、そのことをガイラーに話したのである。こうした経緯があってミラーは、ニンのルヴシエンヌにある自宅に招かれることになった。当時のミラーは後に初出版作品となる『北回帰線』の執筆中だったし、ニンは初めての本の出版を3週間後にひかえていた。1931年の出会いからほどなくして、生活の困窮が理由で、ミラーは英語復習教師の職を得て[3)] ディジョンに赴いた時期が、ほぼ1か月間だが、短期間あった。しかしそれ以外は、ニン

とミラーとの間には、書簡のやり取りのみではなく、パリやパリ郊外のルヴシエンヌで実質的かつ情熱的な交流があった。二人はそれぞれ作家としての地歩を固めるべく、時にはほかの知己も交えて、互いの作品を批評し合い激しく芸術論を交わしあった。ニンが、執筆中の『北回帰線』の原稿の推敲を手伝った事実やさまざまにミラーの生活を支援したこと、また『北回帰線』の序文執筆に関して多大なる貢献があったことなど、伝記的資料により明らかである。

　ミラーの場合、ロレンス（D. H. Lawrence）への興味を示すようになったのは1920年代初めにさかのぼり、そのことはまだニューヨークにいるときに、友人のエミール・シュネロック（Emil Schnellock）との文学談話でたびたびロレンスを話題にしていた事実により確認できる。ニンとの運命的な出会いによって、ニンへの恋心が芽生えたことも相まって、ミラーは忘れかけていた自身のロレンス熱を再燃させることになった。このように交流初期のニンとミラーの間には、ロレンス文学という共通の話題があった。結局のところ、ロレンス論としては未完成のまま中途挫折することになってしまったが、数々のロレンスに関する原稿執筆にミラーが躍起になって取り組んだ表向きのきっかけとしては、『北回帰線』出版に先駆けてジョイス（James Joyce）やロレンスに関するエッセイのパンフレットを出してはどうかという話[4]が出版社からあったからである。しかし、ロレンス論の執筆がはじまり、さらに深くロレンス文学を読み込んでいくうちに、ミラーは、出版社の思惑や意向を超えてますますロレンスに傾倒していくことになった。自分の文学論をさらに強固なものにするために、ほかの文学者の作品を批判的に語るはずだったのが、次第にロレンス文学にとりこまれていったのである。そしてそのうち、あまりにも傾倒しすぎてロレンスに同化してしまい、客観的視点から思考ができなくなってしまった。ロレンス論執筆を放棄した理由は、『北回帰線』出版後、マイケル・フランケル（Michael Fraenkel）に触発され死をテーマにして「20世紀の本」を書くためとか、二度目の妻ジューン（June Miller）との離婚が1934年の冬に正式に成立したことを契機にして、書きかけの『南回帰線』（*Tropic of Capricorn*）執筆を再開するためとか言われている[5]が、筆者はニンとの邂逅によって高ぶったミラーの恋愛感情が、ロレンス論執筆とその継続のための大きな駆動力となり、またそうであるがゆえにそれこそが、ミラーがロレンス論執筆を断念した直接的理由であると考えている。

　D・H・ロレンスの没年は1930年であり、ニンが自分のロレンス論をパリで出版したのはその約2年後だった。ロレンスはその死後、伝記的に取り沙汰され、世間からは批判的な評価を受けた。ロレンスが作家として世間に好意的に評価さ

れはじめたのは1950年代になってからであり、その意味で、早期にロレンスを偉大な作家と認めて作品を細やかに研究したニンの本は、当時としては稀有の、先駆的なロレンス論であったと言えよう。ニンのロレンス論のなかで強調されているのは、ロレンス作品の情熱的な血の経験としての哲学であり、魂のうちに湧き上がる人生そのものの衝動への服従である。ニンにとって「人生は夢か狂気」であり、極端な感受性と詩人の能力によって、女性芸術家は自分で自分のイメージとパターンを創り出し、その一方で男性芸術家は、新しく世界を創造することを願望する宗教的な太陽崇拝者なのである。ニンのロレンス論にみられるように、ニンがロレンスのような男性芸術家を太陽崇拝者とみなしていた事実により、ロレンス論執筆に取り組むミラーに対しても、太陽を崇拝し太陽をめざして進む男性と感じていたのは間違いない。

3 ミラーによるニン論

　前出のニンの無削除版の日記によると、ニンが身ごもったミラーの子どもを人為的な手段により早産したのは1934年9月1日（推定）であり、それはパリのオベリスク・プレスよりミラーの最初の本『北回帰線』が出版された[6]日でもあった。また『北回帰線』出版の同日に、ミラーはかつて住んだヴィラ・スーラのアパートに再び引っ越しをしている。ミラーがパリにきて困窮生活を送っているとき、その窮状を見かねたマイケル・フランケルの好意により、フランケルの所有するアパートの1階に短期間だが住まわせてもらったことがある。ミラーの『北回帰線』はここで書きはじめられたのだった。ニンはパリの仕事場としてその同じ建物の別の部屋を借りたのだが、そこにミラーが『北回帰線』出版のタイミングで移り住んだ。ニンが後になって偶然知ったことだが、その部屋の先住者はアントナン・アルトー（Antonin Artaud）だった。『北回帰線』の出版、ニンの早産、アルトーの住んだヴィラ・スーラの部屋への引っ越しなど、ほぼ同時期に起こっているこれらの事柄には、看過できない深いつながりがあるのではないだろうか。

　ミラーはその初期エッセイ集『宇宙的な眼』（*The Cosmological Eye*）のなかで、「星に憑かれた人」（"Un Etre Etoilique"）という表題で秀逸なアナイス・ニン論を展開している。ニンの膨大な日記について、「それは死と変身の物語」とか「世界を女性的な誠実さで再構成している」として、この日記に使われている言葉と男性作家の言葉を以下のように比較している。

The contrast between this language and that of man's is forcible; the whole of man's art begins to appear like a frozen edelweiss under a glass bell reposing on a mantelpiece in the deserted home of a lunatic. In this extraordinary unicellular language of the female we have a blinding, gem-like consciousness which disperses the ego like star-dust. The great female corpus rises up from its sleepy marine depths in a naked push towards the sun. The sun is at zenith—permanently at zenith. Space broadens out like a cold Norwegian lake choked with ice-floes. The sun and moon are fixed, the one at zenith, the other at nadir. The tension is perfect, the polarity absolute. The voices of the earth mingle in an eternal resonance which issues from the delta of the fecundating river of death. It is the voice of creation which is constantly being drowned in the daylight frenzy of a man-made world.[7]

この言葉と男性の言葉の対比は強烈である。男性によるすべての芸術が、狂人の荒んだ家のマントルピースに飾られた、ガラスのベルの下で凍てついたエーデルワイスのようにみえはじめる。女性によるこの異様な単細胞的言葉には、エゴを星屑のように散らした眩い宝石のような心象がある。眠たげな海の深みから、太陽に向かって猪突猛進することで、偉大なる女性の集成がたちあがる。太陽は絶頂にある――永久に絶頂である。氷塊で溢れたノルウェーの冷たい湖のような空間が広がる。太陽と月とは、一方は絶頂に、他方が奈落に、固定される。完璧な緊張状態。絶対的な対立。大地の声は、肥沃な死の川の三角州から発せられる永遠の共鳴と混ざり合う。それは創造の声であり、男性が作り上げた昼間の世界の熱狂のなかでは、つねに掻き消されている。

ここで、ロレンスは「太陽」を生の根源、「月」を無の象徴とみなしていたが、ロレンスと同じように、ミラーの「太陽」も生の根源であり、「月」は死と再生の象徴である。またミラーの場合、「太陽」を男性性、「月」を女性性の表象と言い換えることも可能である。[8] ミラーはニンの日記の言葉を夜の「月」の世界のものと感じている。前出の引用文から、男性作家の言葉と女性作家のそれとを比較して、ニンの日記が「眠たげな海の深み」から「太陽」をめがけて突進していると感じているのだ。この箇所でミラーは、ニンの日記の言葉について語りながらもじつは、自分自身のことを語っているのだろう。この引用文から、自身を「太陽」とすればニンは「月」であり、ミラーが明確に男性性と女性性の境界を線引

きして二極化しているのがうかがえる。

　またこのアナイス・ニン論の別の箇所で語られている「鯨の腹」についてだが、この比喩をミラーはほかの作品では、ストリンドベリの地獄について述べた一節（Tropic of Cancer 163）、安楽椅子に座って死んだように眠る父親をヨナに喩えた一節（Tropic of Capricorn 167）などで用いている。ミラーがこの比喩を用いるとき、それは存在の「子宮」を指しており、壁に囲まれて安穏として安全な生を生きることができる世界、全き受動性を特徴とする女性性の象徴、また作家にとって最も自由である自分の創造した作品世界をも意味している。

　ニンの日記で描かれている世界は「父」として擬人化され、日記に書かれているすべてがこの「父」への執着から解き放たれようとする自分自身との苦闘の記録であり、ニンのほんとうの自我を隠蔽するための鏡に映し出された世界の表現である。まさにニンの日記は「父＝神」の眼差しを強く意識して書かれたものである。ニンの日記は「奇妙な夢、海面よりもはるかに下の深海で生じる夢」の世界であり、「謎めいた力学によって生じた神秘的な中心作用」で再び崇高な充足状態へと収斂して、かつては夢の世界のものだったものが新たに命を吹き込まれて再生する。日記＝子宮世界とすると、この子宮世界の安楽椅子から立ち上がるときこそ、書き手が鏡の陰に隠蔽していた自我をさらけ出して自己実現を成し遂げる瞬間なのである。したがってアナイス・ニン論のなかでミラーの意味する「鯨の腹」とは、「父＝神」の眼差しを克服するために、死と再生の物語の繰り広げられるニン自身の創作世界である。

4　ニンの悟り、「死産」と「誕生」

　ニンは1934年4月にミラーのロレンス論の一部をロンドンに住むレベッカ・ウェスト（Rebecca West）のところに持って行っている。それゆえまだこのときには、ミラーはロレンス論の執筆を断念しておらず、執筆を継続していたと考えられる。1938年に出版された『マックスと白い食菌細胞』（Max and the White Phagocytes）[9]に収められたミラーのロレンス論の一部である「死の宇宙」（"The Universe of Death"）に、ロレンス論執筆断念が宣言されている。[10] これらからミラーが自らのロレンス論執筆を中止した時期を推測すると、『北回帰線』出版直後から4年以内ということになる。筆者はここで、このミラーがロレンス論執筆を実質的にあきらめた時期をさらに特定して、ニンの早産後ほどなくの1934年秋である[11]と推察している。

ニンの無削除版の日記には、早産直後に自分の胎内から出てきた死んだ娘を冷静に見つめている記述がある。この時ニンは自分とよく似た面影の娘を自分自身と同一化して、自己の精神の死を経験している。父親に見捨てられた自分が死んだことを確認し納得したのである。まさに血と肉の経験である。「死産」から四日目の朝に、病院のベッドに横たわった状態で、突如として意識覚醒を促した天啓のような光の体験が以下のように語られている。

> I died and was reborn again in the morning, when the sun came to the wall in front of my window. A blue sky, and the sun on the wall. The nurse had raised me to see the new day. I lay there feeling the sky, and myself one with the sky, feeling the sun, and myself one with the sun, and abandoning myself to immensity and to God. God penetrated my whole body. I trembled and shivered with an immense, immense joy. Cold in the body, and I melting into God. I melted into God. No image. I felt space, gold, purity, ecstasy, immensity, a profound, ineluctable communion. I wept with joy. I knew everything then; I knew everything I had done was right. I knew that I needed no dogmas to communicate with Him; I needed but to live, to love, and to suffer. I needed no man or priest to communicate with Him. By living my life, my passions, my creation to the limit, I communed with the sky, the light, and with God. I believed in the transubstantiation of blood and fresh. I had come upon the infinite through the flesh and through the blood. Through flesh and blood and love, I was in the Whole, in God. I cannot say more. There is nothing more to say. The greatest communions come so simply. But from that moment on I have felt my connection with God, an isolated, wordless, individual, full connection which gives me an immense joy and a sense of the greatness of life, the elimination of human time and boundaries. Eternity, I was born. I was born woman. To love God and to love superhuman joy above and beyond all my human sorrows, transcending pain and tragedy. This joy I found in love of man and in creation, completed in communion.[12]

　死んだ私は、太陽の窓辺の壁を照らす翌朝には命を取り戻していた。青い空、壁の太陽。新しい一日を見せようと、看護師が起こしてくれる。ベッドの私は空を感じて空と同化する。太陽を感じて太陽と同化する。偉大なもの、神へと喜捨する自分を感じている。神が私の全存在を貫いた、と思った。たと

えようもない歓喜で私は震えた。悪寒、熱気、光、輝き、神の訪れ——身体中を貫く震えが、ある顕在を示している。身体のなかの光と空、肉のなかにある神、神のなかに溶ける私。かたちはない。空間、金色、清純、至福、はかり知れない、大きな、深遠な、避けがたい、聖体との同一化。嬉し涙が流れる。その瞬間、私にはすべてがわかった。私のしたことは、すべて正しかったと知った。神との対話のためには、ドグマなど必要ない。ただ生きて、愛して、苦しめばいい。私と神の間にどんな男も、聖職者も必要ない。私は、自分の命を生きることで、情熱で、創造へのぎりぎりの献身によって、空と、光と、神と親しく交わる。血と肉の実体変化を私は信じる。肉を通して、血によって、私は無限へとたどり着いた。血と肉と愛によって、すべてに、神に、私は内在する。これ以上何が言えるだろうか。最も偉大な霊的合体が、こうして、明らかに起こったのだ。その時から、私は神との結合を感じている。ほかに類のない、言葉では言い尽くせない、固有の、しかも全的なその結合は、私に無限の歓喜と、命の偉大さと、人間的な時間や境界の消滅を、永遠というものを、感じさせてくれた。私は生まれた。私は女として生まれた。神を、男を、それぞれ極限まで愛する女として、大きな静謐のなかに私は生まれた。私のなかの人間的な悲しみをすべて超えて、超人間的な歓喜のなかに生まれた。男への愛と創造のなかに私が見つけた歓喜は、この合体によって完璧なものになった。

ここでこの引用文にみられる色彩語を中心にして、ミラーとの共通点と相違点などを指摘して考察を深めたい。「壁」は精神分析学では、町や家屋あるいは家と同様に、母親の象徴と分類されている。[13] これにより「壁」を女性性すなわち受動性の象徴として、またこの「壁」を照らす太陽を男性性すなわち能動性の象徴と考える。「ベッドの私」は「空を感じて空と同化」し、また「太陽を感じて太陽と同化」している。ここでは「空」も「太陽」も等しく「私」に作用している。つまり「空」と「太陽」は同義として「私」に意識されている。色彩語として用いられているのは「青い空」と太陽光の「金色」である。この青さは晴れた日の空の青であるので、明るい青と推察できる。「壁」の色は具体的に指示されていないが、引用文からは、青（空）と金（太陽）の、女性性と男性性の融合と調和が感じとれる。「男への愛と創造のなか」とは、具体的にはミラーをはじめさまざまな男性との恋愛を暗示しているものと思われる。しかしニンは、無削除版日記に記述されているこの「死産」という経験がなければ神との「合体」はな

かったし、観念上の「母」として生きる自覚を持つこともなかっただろう。「貫く（penetrate）」という語に注目すると、ニンの場合、男性との性交の描写にこの語が使われることが多い。「神が私の全存在を貫く（God penetrated my whole body）」という表現から、ニンは「神」を男性性の象徴として考えている。この引用から読み取れることは、かつては「神＝父」として、この「神」の目に監視されながら日記を綴っていた自分が、「神」と合体して、「神」を完全に自分のなかに取り込むことによって「神」との融合に成功し、自分を取り巻く世界を再生した新しい自己の目で見られるようになったことである。

　さて、『北回帰線』の最終章には、セーヌ川の水面に照りつける太陽の描写がある。この描写は、自己のなかの男性性の強化と再認識といった意味合いがある。[14] 作品冒頭のセーヌ川と最終章のセーヌ川の描写を比較すると、作品冒頭では、「紺青（Indian blue）」とか「藍色（Indigo）」という色彩でパリの空が表現され、その空は鏡のようなセーヌ川の川面に映し出されている。作品最終章でセーヌ川の川面は太陽を反射して「強烈な金色の平安がかすかにゆらめく（shimmered such a golden peace）」のである。ここはミラーの意識覚醒を物語った箇所であり、川面は太陽を鏡のように反射してゆらめく金色である。ミラーの場合は、初恋の女性を描いた作品「初恋」（"First Love"）[15] にみられるように、初恋の女性コーラの明るい青色の目に映る自分自身の姿を描き出すことで、遠い昔の自分のロマン的感情を吐露しているが、このように相手の目に自分がどう映し出されているか知ることこそが、作家としての自分にのしかかってくる大きな問題だった。それゆえセーヌ川の川面に反射して映し出されている太陽は、あたかも水面に反射することでさらにその輝きを増したかのごとく、女性性に自分自身の姿を投影することでさらに威力を増して輝く男性性の表象と解釈すれば、ミラーは女性性のおかげで自分のなかにある男性性が再生されてエネルギーと活力を取り戻したことになる。ゲーテの色彩論によると、あらゆる色彩の根源である青と黄は、それぞれ光と闇に最も近い色彩であり、真実と虚偽のごとく根源的な分極性をなしている。ゲーテの認識では、青は負のエネルギーに満ちた色、無の世界を表す色、魅惑と沈静という相異なる両面的価値を持つ色であり、黄は明朗快活で心地よい魅惑的な性質を持つ色である。金を黄と考えると、ミラーの場合もニンの場合も、意識覚醒を描くための色彩語は青と黄の補色の組み合わせである。

　ニンが意識覚醒や自己変容を描くのに用いた描写は、青い空と金色の太陽光線に照らされる壁だったが、ミラーは川面に反射する金色の太陽光だった。ここに両者の違いが現れている。ニンが母性を表す壁を照らす太陽光を見ているのに対

し、ミラーは川面という鏡に映った太陽を見ている。これにより、ミラーがいかに女性の目に映る自分の姿、言い換えると女性性の感得した男性性を描くことに支配されていたかを知ることができる。

5　恋愛の終わり

　光の体験による意識覚醒のあと、ニンのミラーへの情熱は急速に冷めていった。ニンのそれまでの文学サイクルが終焉し、女性芸術家としての新たなるサイクルがはじまったのである。二人の間には互いへの強い愛着と同志愛ともいうべき友情は終生残ったが、しばしば創作の根幹エネルギーとなりうる激しく揺れる恋愛感情はなくなった。ニンのコンプレックス解消に大きく貢献した精神分析医のオットー・ランク（Otto Rank）との情事がその背景にあったことも考えられるが、ニンの心変わりには別の要因[16]もあるだろう。ミラーは「死産」後のニンの内的変化を敏感に感じ取ったに違いない。ニンとミラーの関係は、その後はそれまでとは違ったものになった。とどのつまり、ミラーのロレンス論執筆を支えていたのは、ニンの、創作する男性芸術家ミラーへの恋愛感情と信念であった。前述の引用にみられるように、太陽の持つ男性性と同化して太陽を自分のものにしたニンは、もう太陽を目指している男をとくに求める必要がなくなったのである。そのときのニンに必要だったのは、ランクのように、自分に狂ったように愛をささげ尽くす男性だった。

　かくして自分に欠落しているものを強く意識すればするほど、その要素を備えた人物やそれを目指している人物に魅かれていく。これはとくに新しい感じ方ではないが、実の父親に対して強いコンプレックスを持っていたニンにとっては、不在の父親に向かって書きはじめて継続してきた自分の日記世界を破壊して、別の世界に連れていってくれるかもしれないと思えるほど、奔放なエネルギーに満ちあふれた男性として眼前に現れたミラーは、どうにも制御できない誘惑となって人生に立ちはだかったのであろう。とくにニンは、初めての本であるロレンスの研究書出版の時期にミラーとの出会いがあり、ミラーの作家としての成長現場に立ち会いながら自分の創作力を磨いていった経緯がある。ミラーとの恋愛中に生じた妊娠事件から、妊娠にともなうさまざまな苦悩や苦痛を味わうことになった。しかし光の体験によってニンは、自意識が過剰だった少女時代とは違って、本物の女性芸術家としての矜持を獲得し、作家人生を送ることの心構えをより強固なものとしたのである。

男性と女性が太陽と月のように明確に二極化していた時代はとうに過ぎ去り、ミラーとニンの恋愛は、いわゆる古き良き「昭和の恋愛」の一例として、羨望と郷愁をもって令和の時代に受け入れられ語り継がれるであろう。

註

1) 『北回帰線』では、パリは「存在の子宮」と表現されている。以下に『北回帰線』より、パリについて述べられた箇所を掲げる。「永遠の都パリ！……文明の揺籃は世界の悪臭を放つ汚水溝であり、悪臭ぷんぷんたる子宮は、肉と骨の血みどろの包みをゆだねる納骨堂である」("An eternal city, Paris...The cradles of civilization are the putrid sinks of the world, the charnel house to which the stinking wombs confide their bloody packages of flesh and bone."（*Tropic of Cancer* 164））
2) Anaïs Nin. *Incest*, p. 24.
3) 夫に相談してニンは、仏米協会の教員交換プログラムのクランズ博士との面談を手配した。このクランズ博士がカルノ高等中学校の職をミラーに斡旋した。
4) パリの出版社オベリスク・プレスのジャック・カハーン（Jack Kahane）が『北回帰線』出版に先駆けてロレンスやジョイスに関する小論をパンフレットの形で出すことをミラーに促したという伝記的事実が、1932年10月にミラーがニンに書き送った書簡のなかで明らかにされている。
5) Mary V. Dearborn, *The Happiest Man Alive*, p. 171.
6) マーティン・ジェイ（Martin Jay）のミラー伝 *Always Merry and Bright* によると、『北回帰線』の初出版日は9月1日と明記（303）されている。『北回帰線』の初出版日については諸説があるが、ニンの無削除版日記の内容との整合性から、筆者は9月1日を初出版日とするのが妥当であると考えている。
7) Henry Miller, *The Cosmological Eye*, p. 290. 引用日本語訳は金澤智訳を用いた。
8) 小林美智代『ヘンリー・ミラーの文学』参照。
9) Henry Miller, *Max and the White Phagocytes*, pp. 66-93. ヘンリー・ミラー、ロレンス・ダレル（Lawrence Durrell）、アナイス・ニンの3人の作家によるヴィラ・スーラ・シリーズの1冊として、1938年9月に1,000部という少部数で出された。
10) このエッセイは *The Cosmological Eye* に収められ、1939年に出版された。
11) *A Literate Passion* によると、1934年10月の手紙でニンは、"I'm just tired of denying myself every little thing for you to go on like a man with a hole in his pocket."（「私はあなたのために、自分自身を我慢することに疲れました」）と述べミラーを非難している。また無削除版の日記には、9月17日にはミラーとの恋が終わったことを吐露した記述がある。ミラーがニンの借り受けたヴィラ・スーラの部屋に居を移したのは9月1日であるが、オットー・ランクの情熱の強い影響もあり、1934年の秋には、ニンのミラーへの恋心に大きな変化が生じている。
12) *Incest*, p. 384. 引用日本語訳は杉崎和子訳を用いた。
13) J. E. Cirlot, *A Dictionary of Symbols*, p. 363.

14) 『ヘンリー・ミラーの文学』第一章参照。
15) Henry Miller, *Stand Still Like the Hummingbird*.
16) ニンは自身の肉体的な出産不可能性の問題とは別に、子どもとの生活を築いていくうえで、現実的な父親としてミラーを考えることがどうしてもできなかった。無削除版日記に書かれている内容がすべて、現実にあったことかどうかは確証がない。しかしながら、「死産」に匹敵するような精神的、肉体的に大きな衝撃となるようなことがミラーとの間にあったと思われる。

引用文献

Cirlot, J. E. *A Dictionary of Symbols*. Routledge & Kegan Paul, 1962.

Dearborn, Mary V. *The Happiest Man Alive—A Biography of Henry Miller*. Simon & Schuster, 1991.（『この世で一番幸せな男――ヘンリー・ミラーの生涯と作品』、室岡博訳、水声社、2004年。）

Jay, Martin. *Always Merry and Bright—The Life of Henry Miller*. Sheldon Press, 1978.

Miller, Henry. *Tropic of Cancer*. Obelisk Press, 1934. Grove Press, 1961.（『北回帰線』、本田康典訳『ヘンリー・ミラー・コレクション1』、水声社、2004年。）

――. "The Universe of Death," in *The Cosmological Eye*. New Directions, 1939.（「死の宇宙」、木村公一訳『ヘンリー・ミラー・コレクション9』、水声社、2006年。）

――. "Un Etre Etoilique," in *The Cosmological Eye*.（「星に憑かれた人（エートル・エトワリーク）」、金澤智訳『ヘンリー・ミラー・コレクション10』、水声社、2008年）

――. "First love," in *Stand Still Like the Hummingbird*. New Directions, 1962.（「初恋」、小林美智代訳『ヘンリー・ミラー・コレクション4』、水声社、2004年。）

――. *The World of Lawrence: A Passionate Appreciation*, edited by Evelyn J. Hinz, and John J. Tenuisson, Capra Press, 1980.（『ロレンスの世界――熱烈な評価』、大谷正義訳、北星堂書店、1982年。）

――. *Letters to Anaïs Nin*, edited by Gunther Stuhlman, Peter Owen, 1965.（『ヘンリーからアナイスへ』、小林美智代訳、鳥影社、2005年。）

Nin, Anaïs. *Incest: From "A Journal of Love" The Unexpurgated Diary of Anaïs Nin, 1932-1934*. Harcourt Brace Jovanovich, 1992.（『インセスト――アナイス・ニンの愛の日記【無削除版】1932～1934』、杉崎和子編訳、彩流社、2008年。）

Stuhlmann, Gunther, editor. *A Literate Passion: Letters of Anaïs Nin and Henry Miller, 1932-1953*. Harvest/HBJ, 1987.

宇津井恵正『ゲーテと視覚の世界』、近代文芸社、1996年。

小林美智代『ヘンリー・ミラーの文学』、水声社、2010年。

本田康典『「北回帰線」物語――パリのヘンリー・ミラーとその仲間たち』、水声社、2018年。

ルーハン、メイベル・ドッジ『タオスのロレンゾー――D.H.ロレンス回想』、野島秀勝訳、法政大学出版局、1997年。

さえずり機械への頌歌

冥王まさ子と矢川澄子のグリンプス

Ode to Twittering Machines: Glimpses of
Masako Meio and Sumiko Yagawa

矢口裕子

1 アナイス・ニン（Anaïs Nin）の日本の娘たち

　2002年5月29日、幻想文学・児童文学の分野で作家としても翻訳家としても著名であった矢川澄子が、71歳にして自死を遂げた。その翌日、5月30日には、あたかも1日遅れの遺書のように『アナイス・ニンの少女時代』が出版された。そのなかで矢川は、アナイス・ニンの伝説的な日記の最初期、11歳から17歳までの日々を収めた『リノット――少女時代の日記1914-1920』（*Linotte*）の一部を翻訳・紹介するとともに、「少女」をめぐる独自の哲学を披露している。

　日本におけるアナイス・ニン受容に大きな役割を果たしたもう一人の女性、冥王まさ子が動脈瘤破裂により56年の生涯を終えたのも、やはり春、1995年4月21日のことだった。冥王は当時50代にしてアメリカ再留学を果たし、サクラメントのシュタイナー・カレッジで学んでいる最中のことだった。冥王の死は病死であり、自然死であったにもかかわらず、まだあまりに若く突然だったこともあり、一部に自死であったかのような衝撃を与えたようだ。[1]

　彼女たちはアナイス・ニンが日本で得た最高の翻訳者のなかに含まれ、みずからも特異な才能を持つ作家であったということのほかにも、共通点が多い。少なくとも片親が教師であったこと、彼女たち世代の日本人として例外的な外国語能力に恵まれていたこと、そして二人とも、大きな名声と影響力、権威を身に帯びた文学者を夫としていたことが挙げられる。一方、著しい対照を示す面もある。なかでもニンをめぐる二人の視点は興味深い相違を示し、両者を重ね合わせると、多層的・立体的なニン像が浮かび上がってくる。

　1930年生まれの矢川はしばしば、彼女の母とニンは同年生まれ（1903年の兎年）だと述べ、1939年生まれの冥王もかつて「アナイス・ニンの娘たち」というエッ

セイを書いたように、彼女たちは世代的にもアナイス・ニンの娘と呼ぶにふさわしかった。極東の島国に生まれ、必ずしも幸福とはいいがたい人生を生きたかに見える二人の日本の娘たちに、ニンはいかなる影響を与えたのだろうか。

2　冥王まさ子――4つの名前を持つ女

　わたしがアナイス・ニンという作家を知ったのは、原真佐子の訳になる『アナイス・ニンの日記』（The Diary Vol. 1）（現在「編集版」または「削除版」と呼ばれる『日記』の第1巻）によってだった。アナイス・ニンそのひとが耳もとで語りかけてくるかのような精緻な訳業とともに、そこに付された「訳者あとがき」は、論と呼びうる長さは備えていないものの、きわめて優れたアナイス・ニン論たりえていた。原の洞察は、崇拝かさもなくば非難かという、いまも続くニンへのステレオタイプ的反応とは無縁の、知的・芸術的・内面的に作家と同じ人生の局面を生きる女性としての、共感に裏打ちされたものだった（訳者は当時30代前半、作品中の日記作家と同年代である）。

　『日記』第1巻とは「壮大なフィクション」であること、「真の自己」をめぐるニンの強迫神経症的な探究は、むしろ探しものの不在を暗示していること、ニンにとって女であることは「自然」であるより「観念」であり、「女として書く」というニンの言葉はむしろ「女になるために書く」と解釈すべきものであること（『日記』原真佐子訳380-82）――1974年当時、こうした「ポストモダン的」とも言いうる知見を示した原の慧眼は驚くべきものだ。

　わたしが原真佐子として知るようになった女性は、冥王まさ子という名で小説を書いている。1979年、冥王は『ある女のグリンプス』でデビューすると、文芸賞を獲得した。彼女は柄谷真佐子名で批評や翻訳の仕事もしているし、1991年に『日記』第1巻が文庫化された際は、原麗衣という第4の名を使った。アナイス・ニンは「1000の顔をもつ」（The Diary Vol. 3 166）と豪語したわけだが、冥王は文字どおり4つの名前を使い分けて生きたのだ。複数の名が暗示するのは、自己の複数性／分裂という、ニンの読者には馴染みのテーマである。

　ウィラ・キャザー（Willa Cather）作品におけるジェンダーとセクシュアリティの「危険な横断」を論じるに際し、女の交換により〈父の名〉が継承されていくシステムに注意を喚起するジュディス・バトラー（Judith Butler）は、冥王が示す名前へのオブセッション、そして冥王の文学的テーマそのものも説明してくれるように思える。

さえずり機械への頌歌　*139*

だとしたら、女にとって正当性とは名前が変わること、名前の交換によって得られることになる。つまり名前とは決して不変のものではなく、名前によって保証されるアイデンティティは、つねに父権制と結婚が強いる社会的要件に依存するということだ。つまり女にとっては、財産を奪われることこそがアイデンティティの条件ということになる。アイデンティティが保証されるのはまさに名前の移動において、移動を通してなのだ。移動または代理の場としての名、つまり、まさにつねに変わりやすく、自己でなく、自己以上の、非‐自己‐同一なるものとしての。（*Bodies That Matter* 153）[2]

　バトラーはここで、正当性の名において女性の自己同一性に介入すると思われている社会的コードを逆手にとり、ポストモダンな文脈に置き換えてみせる。だがバトラーの議論にも明らかなように、女の名前が変わることは、モダンとポストモダンの間にあって回転扉のような役割を果たす。つまりそれは、女のアイデンティティを父権制と結婚の域内に縛るものであると同時に、彼女らを捕らえようとする父の手から逃れることを、逆説的に可能にしてもいるのだ。

　冥王が描く女性たちは、アイデンティティの複数性への欲望と恐怖に引き裂かれている。自伝的小説『ある女のグリンプス』の主人公、由岐子は、ほかの誰より早く自分自身が自分に飽きてしまうと告白し、「書きかけの物語のように、生まれては破綻する自己」（42）を生きる。そうしていつも、この生を選択しなければ生きられたかもしれないもう一つの生を夢想する。夫の同僚のシェイクスピア学者、アングロサクソン系のレナードを苦しめるプエルトリコ出身の「ダーク・レイディ」ドロレスに、彼女は取り憑かれている。由岐子‐レナード‐ドロレスが形づくる3角形は、アナイス‐ヘンリー‐ジューンのそれと相似形だ。由岐子はときにドロレスと、ときにレナードと自己同一化し、二人の関係を引き裂いてしまいたい衝動に駆られながら、その修復を願ってもいる。

　二つの3角形の差異は、3角形の外部にある。アナイスが「寛容な」ヒューゴーと結婚していたのに対し、ニューヘイヴンの大学に客員教授として滞在する由岐子の夫は、由岐子が価値を獲得するための規範として機能する。由岐子の父もまた「人間の父親ではなく、厳しい法律そのもの」（104）だったという――まさにラカン（Jacques Lacan）の〈父の法〉そのままに。ふだんは厳格で、しばしば暴力をふるう父にたまさか優しくされると、由岐子は非常に緊張し、それはほとんど性的な感じですらあったという（父からの暴力とそれにともなう性的含意は、幼児期のニンの経験に酷似するとともに、「モーセという男と一神教」における

フロイトの知見を想起させる)。自分の子どもを激しく叱ったり叩いたりするとき、由岐子は自分が子どもに向かって復讐をしているのではないかと怖れる。のちに、エキゾティックなダーク・レイディ、ドロレスもまた、権力と権威の象徴であるアメリカの「大きな男」、学者の夫の暴力的支配のもとにあったことが判明する。水田宗子が文庫版の「解説」で指摘するとおり、一見対照的な由岐子とドロレスは、実は二人とも家父長制に縛られた家庭内の女であり、近代の女の物語は、女たち自身を生み出した近代家族から逃れられないということか（195）。父－娘物語とともに近代のファミリー・ロマンスの中心にあるのは、いうまでもなくロマンティック・ラヴ・イデオロギーであり、それは冥王の小説にも明らかにみてとれる。

　『日記』第1巻文庫版の「訳者あとがき」で冥王／原は、彼女の世代の女性たちはサルトル（Jean-Paul Sartre）とボーヴォワール（Simone de Beauvoir）を理想のカップルとみなし、誰もが「わがサルトル」を探していたと述べる。そののち冥王は、ボーヴォワールの死後明らかにされた事実として、両性の平等をあくまで追求したはずの彼女（ら）のロール・モデルが、実は偉大なるパートナーに思想的にも性的にも隷属し、彼を失わないために母親役に甘んじていたことを、「歯ぎしりせざるをえない」思いだと告白する（『日記』原麗衣訳642）。これは、遺作となった『南十字星の息子』をおそらくは執筆中に、「現代日本でもっとも重要な批評家にして哲学者」[3]といわれ、2022年には哲学のノーベル賞とされるバーグルエン賞を受賞した柄谷行人との、20年にわたる結婚生活に終止符を打った冥王の自己批判とも読みうるだろう。死後出版となったこの小説は、彼女が書き継いできた自伝的家族物語の最後の作品であり、遺書ともみなしうるものだが、このなかで彼女は、日本の結婚のありようを厳しく批判している。日本の妻は夫の母親役を演じなければならず、当の夫はみずからの母の呪縛のもとにある、と。『南十字星の息子』の主人公、未央子は、自分は日本という罠にはまってしまった、いやむしろ結婚以来自分を罠にはめたのだ、と述懐する。建築家である夫の巌（！）は、一方では未央子の魂を恐怖でわしづかみにする専制的な〈父〉、かつ息子を愛する能力を欠いた父であり、他方では、自分のような男に家事をさせるのは「国家的損失」であると断じて恥じない、甘やかされた子どもである（88）。

　冥王は英語で執筆した論文 "Glimpses of Present-day Japanese Women"（「現代日本女性のグリンプス」）のなかで『南十字星の息子』に触れ、西洋に深く影響された女性としての、46年間の人生の総括であると述べる。[4] さらに彼女は、「グレート・マザー」の原型に絡めとられた彼女世代の日本女性の行動パターンを「総黙秘」

と呼び（50）、「女として書く」と宣言したアナイス・ニンを未来のロール・モデルとして挙げている。ニンが「昨日の女を脱ぎ捨て、新しいヴィジョンを求め」続けたこと（『日記』矢口訳250）、そして女というもの自体、バトラーによれば「進行中の言葉であり、なったり、作られたりするものであって、始まったとか終わったとかいうのは適切な表現ではない」ことをわたしたちが忘れなければ、冥王の予言は予言であることを超越しうるかもしれない（『ジェンダー・トラブル』72）。

　冥王はニンを「強者であり、勝者」と呼び、「天女」にも喩える（『日記』原麗衣訳643）。ニンが（冥王や矢川、そしてニン自身の母と異なり）ただ一人の男に支配されることを拒否したのは確かだ。現代女性作家の多くがそうであるように、ニンもまた、音楽家の夫に振り回された母を反面教師としたのだった。だがニンは母性を全否定するのでなく、象徴的母性を選んだ。かつてケイト・ミレット（Kate Millett）はニンを、その不完全さや瑕疵も含めて「わたしたちみんなの母」と呼んだが（3）、ニンはしばしば誤解されるように男性芸術家専用の母だったわけではなく、あなたはわたしの日記をも書いてくれた、といって『日記』の出版を歓迎した女性たちの母でもあり、ジュディ・シカゴ（Judy Chicago）、出光真子といった女性アーティストのメンターとも産婆役ともなったのだった。「快楽の娘」（*A Spy in the House of Love* 90）が同時に「わたしたちみんなの母」でもあるとしたら、それは女の二元的ステレタイプを攪乱し、ドナ・ジュアナ−マリア−アナイスという「もう一人の女」を創造することになるだろう。

　にもかかわらず想像にかたくないのは、それが可能となるためには、「飛ぶことへの怖れ」から解放された女、「命がけの跳躍」を生きる覚悟のある、例外的な能力と野望と意志をもった女性の出現が必要だということだ。連作小説集『内面の都市』（*Cities of the Interior*）の第2作、『信天翁の子供たち』（*Children of the Albatross*）に、鳥がいかなる強度をもって生きているかを科学者が説明する場面がある。

> 鳥の体温は通常［華氏］105度から110度、間近に鳥を見たことのある人なら、全身がいかに激しい脈動で脈打っているかを目にしたことでしょう。（中略）鳥の吸気は肺を満たすだけでなく、無数の微細な管を通して、鳥の骨をすみずみまで満たす気嚢に送り届けられます。鳥の骨は動物のそれのように髄が詰まっているのでなく、空洞になっている。こうした空気貯蔵庫が、強度に満ちた鳥の生に燃料を供給し、同時に浮力を増す役割も果たしているのです。（160）

人間が鳥のように——後半生の30年間、夫の住む東海岸と若きパートナーが待つ西海岸を往還し続けた、「鋼鉄のハチドリ」の別名を持つニンのように（Nin-Culmell 23）——生きようとすれば、強靭な、おそらくは非人間的な意志とエネルギーが必要だろう。アナイス・ニンが獲得した飛翔力の裏側には、その強度と同じだけの謎や闇が広がっている。生誕120年を迎え、没後半世紀に近づいてなお、アナイス・ニンという作家の〈核〉ないし〈真実〉は測りがたく、おそらくそれは、彼女がいまも文学史上曖昧な、または周縁的な存在にとどまっていることと無縁ではない。いずれにせよ、アナイス・ニンの謎とは、彼女がいかにしてゼルダ・フィッツジェラルド（Zelda Fitzgerald）や高村智恵子のように狂気に陥らず、シルヴィア・プラス（Sylvia Plath）、ヴァージニア・ウルフ（Virginia Woolf）、矢川澄子のように自殺せずにすんだのか（『日記』ではしばしば両方の可能性に言及しているが）、そしていかに冥王のいう「天女」に変容しえたのか、ということだ（ニンの「山姥」性についても語るべきことは多いが、それは稿を改めるとして、とりあえずここでは、ニンが「天女」であると同時に「山姥」でもあった可能性を指摘するにとどめる）。

　冥王が描く女性は、いかにエネルギーと才能と野心に満ちていても、夫の裁断を下すような言葉の前でしばしば口ごもり、沈黙する。だが作家としての冥王は、そうした女性を描くことにより、「沈黙する妻」になることから免れたのだ。それはある意味で、ニンが『日記』第2巻（*The Diary Vol. 2*）で書いたロレンス・ダレルの妻ナンシーとニンその人を、一人二役で演じるようなものかもしれない。

> 「黙れ」とラリーはナンシーに言う。彼女はわたしを何とも言えない表情で見つめる。わたしに弁護してほしい、自分の言い分を説明してほしい、というように。ナンシー、わたしは黙らない。わたしには言うべきことがたくさんあるの、ジューンのために、あなたのために、ほかの女たちのために。（『日記』矢口訳 349）

それを悲劇と呼ぶべきか、励ましとすべきか、人は途方に暮れる。だがいずれにせよ、作家冥王まさ子は、「日本という罠」の犠牲となった妻を生きのび、アナイス・ニンの、そして彼女自身の娘たちにその作品を手渡したのである。

3 矢川澄子――不滅の反少女

　冥王が女性 - 作家としてのアナイス・ニンに魅かれ、ニンの成熟への欲望と、そこで経験するさまざまな困難に共感したのに対し、矢川にとってのニンへの興味は、まず何より幼い／若い日々を綴った「初期の日記」に由来する。遺作となった『アナイス・ニンの少女時代』は、矢川の翻訳により、リノット（小鳥／歌い鳥）の愛称を持つ少女アナイスを日本の読者に紹介した（のちに杉崎和子の抄訳が出版された）。それはいかにも可憐で健気で繊細な少女であって、読んだ者は誰しも彼女に恋せずにいられないだろうと思わせる。その一方矢川は、ニンが日記をつけ始めた1914年から1920年をカバーする『リノット』に、1918年1月8日から1919年3月までの記述が完全に抜け落ちていること（原書の「編者覚え書き」によれば、同時期の日記が一冊失われたためという［ix］）、また、少女アナイスは肉体的・性的な事柄の記述をみずからに禁じているかのようで、わたしたち読者は彼女がいつ初潮を迎えたかすら知るすべがない、ということなどを指摘するのも忘れない。

　矢川はアナイス・ニンとアンネ・フランク（Anne Frank）を、子どもによって子どものために書かれたほんとうの児童文学の作者だという。矢川から「侘しい母子家庭の長女」とか「もてない貧しい移住者の娘」とか「自閉症寸前の少女」と呼ばれるアナイスは（『「父の娘」たち』132; 147、『アナイス・ニンの少女時代』85）、愛と才能と美に恵まれたぐいまれに幸福な女性という、主に日本で広く行き渡っていたアナイス・ニン像を裏切り、むしろ矢川が「反少女」と名づけた存在を思わせる。[5)] 反少女とは、自分自身とも世界とも折りあいがつかず、わたしは醜いのだと信じて言葉の国に逃げ込む、まるでアナイス - スミコのような少女のことだ。矢川によれば、成長の一局面に過ぎない「少女」[6)]を不滅にしようとしたら、「反」とか「非」とかいった否定語をかぶせるしかない、そして「ノン」と言わないような少女は少女ではないのだ（「不滅の少女」39-40）。

　言い方を変えれば、矢川の「反少女」――彼女の定義では年齢と無関係――とは、女性というジェンダーに居心地の悪さを感じる者のことだ。およそすべての女性作家は、心の奥の「自分自身の部屋」にこの反少女を棲まわせているにちがいない。矢川自身（例によってやや自嘲的に？）もの書きとしての自分を「反少女の成れの果て」と称しているように（『反少女の灰皿』43）。同様に水田宗子も、原型／分身としての少女は、近代女性作家にとってきわめて重要な役割を果たしてきたという（「少女という分身」132）。アリスやかぐや姫のような原型的な少女

は、この世に所属する場を持たず、それゆえ使者として機能する。ちょうど、社会のなかで周縁的立場にある女性作家が触媒として語るように。

　矢川が採用するもう一つの重要な概念は、ユング（Carl Jung）に由来する「父の娘」である。『アナイス・ニンの少女時代』の5年前に出版された『「父の娘」たち——森茉莉とアナイス・ニン』において彼女は、母よりも父に同一化する「父の娘」の典型として、日本とアメリカから女性作家を一人ずつ取り上げた。言葉の国に棲まい、本や日記が親友であるような少女は、すべからく父の娘と呼ばれるべきである、と矢川は考える。これは、書き言葉は伝統的に男の財産、話し言葉あるいは沈黙を女の財産／領域と考えるフェミニズムの考え方とも呼応する。

　ヘンリーとジューンの間で「翻訳者」を務めるアナイスを、男言葉と女言葉に通じた「バイリンガルの強者」と矢川は呼ぶ（「〈神〉としての日記」648）。なお「翻訳者」としてのアナイスは、別れた両親を和解させようとする『リノット』にさかのぼることができる。矢川自身、彼女の家庭には九州出身の父が話す九州訛りと、東京出身の母が話す標準語と、2種類の日本語があったと回想する。英文学者である父の蔵書は少女時代の彼女の心の糧であり、「甘やかされた」主婦だった母は、反少女の反面教師だった。だが興味深いことに、後年児童書の翻訳を始めた矢川は、母から受け継いだなめらかな標準語という「母語」に助けられることになる。離婚後、生活の手段として（英・独・仏3か国語の）翻訳家となった矢川は、読んでいて自分の日本語が聞こえてくるような本を訳すことを信条とした。

　矢川が描くところのリノット＝アナイスは、女手一つで3人の子を育てる母を献身的に愛し、音楽家である不在の父をこよなく尊敬する。そうしてやがて、自分はいつか父に言われたほど醜いわけではないと気づいた彼女は、[7] ヒュー・ガイラー（Hugh Guiler）によって「真実の愛」と出逢う。アナイスはヒュー・ガイラーという青年のうちに失った父を見出した、という結論とともに、アナイスとヒューゴーの結婚をナイーヴなまでに理想化し、『少女時代』はやや唐突に終わる。

　その結末は唐突であると同時に、どこか腑に落ちない感じを読む者に抱かせる。なぜならわたしたちは二人の結婚が、セクシュアリティも含めて、「ハッピー・エンディング」からはるか遠いところまで行ってしまったことを知っているのだから（セクシュアリティに関して、アナイスがヘンリー・ミラー（Henry Miller）と出逢うまできわめて抑圧的であったことは、矢川自身認めている）。あたかも可哀想な娘がハンサムな王子様に救い出されるおとぎ話のような終わり方は、本書が矢川の遺書というべきものであることを考えると、説得的である以上に謎め

いていると思わざるをえない。

　矢川はアナイスとヒューゴーの関係を誉め讃え一卵性双生児やプラトンの両性具有的半身の合一に喩える（『アナイス・ニンの少女時代』19）。それとほとんど同一の比喩は、彼女の自伝的ファンタジー作品『兎とよばれた女』にも見出すことができる。それは、澁澤龍彦との離婚後半年の時期に、「ほとんど自動筆記で」書かれたものだという（「架空の庭のおにいちゃん」175）。「彼に」と献辞の付された作品のなかで、語り手は失敗に終わったみずからの結婚をふり返る。

> 「わたしたちは理想的な夫婦、またとない組み合わせだと人にも言われ、みずからもそう思っていました。なぜって、あのひととわたしは正反対でしたもの。あのひとに具わるものはぜんぶわたしにないもの。あのひとに欠けたものはぜんぶわたしにあるものでした。二人で一人前、そうです、二人でひとつ分なのでした。」「プラトンだな。うらやましいかぎりではないか。そんな分身にめぐりあえたとは」（259）

語り手が「理想的」という結婚において、「あのひとは文字通りわたしの主、わたしはそれに従うものでした。あの人が夫と呼ばれるならば、わたしは妻だったわけです」（259）。夫を「主人」と呼ぶ日本的習慣は、仮に英語に訳したらアナクロニズム以外の何ものでもないが、いまも一定程度に行われていることは確かだ。名目に過ぎない、という向きもあろうが、矢川が1983年に執筆した自伝的フィクションにおいて、それはまぎれもない結婚の真実であった。さらに衝撃的かつ象徴的なのは「女は人間じゃないね」という「主人」のことばであり、「そうね」とうなずく妻の応答である（266）。

> 女は人間でない、とすれば非人間。神様。もの。畜生。（中略）
> わたしは何なの？　いったい、このわたしは？（中略）
> あのひとが男ならば、わたしは女。あのひとが動物ならば、わたしは天使。あのひとが人間ならば、わたしは……わたしは人形？
> 人形、天使……これでは、わたしがもし女だとすれば、やっぱり人間ではないことになってしまうかもしれません。でも、あのひとが子供ならば、わたしは母親。（267-68）

英語の世界でもほんの数10年前までは「男（マン）」をもって人間全体を代表させてい

たことを思い出すなら、澁澤の妻・母・秘書・家政婦として忙しくたち働くことが幸福だったという澁澤－矢川の主従関係を、極東の島国の後進性を示す例として退けることはできまい。むしろジェンダーをめぐる普遍的現象をこそ読みとるべきだろう。『日記』第1巻のクライマックスの一つはニンの死産の描写だが、これはのちに、中絶の失敗を経ての人工的な早産であることが明らかになった。手術室に横たわるニンは、男には「女主人、愛人、母、姉妹、秘書、友人が必要」なのであり、「この地上に父はいない」、だから「あなたはわたしのなかで、静かにそっと、ぬくもりと暗闇のなかで、死んだ方がいいのです」と身内の子どもに語りかける（『日記』矢口訳306-07）。

　『兎とよばれた女』の第1章は「翼」と題されている。翼とは、小さなV字形の奇妙な骨のようなものだ。語り手はそれについて、聞き手である男と語りあう。

　「精巧なものだな。何だか知らないが。こんなもの、どこで手に入れた？どうせ人形の天使かなんぞの翼にちがいあるまい」
　「そう、人形、そして、天使。（中略）このプラスチックのウィング。これをからだに植えつけてもらうことによって、わたしはみごと、名実ともに天使になりおおせました。自然にさからって、地に足をつけず、人工の翼によって、ふわふわと、とびまわる、つくりものの天使に」（258; 265）

女をつくりものの天使に変える翼とは、IUDと呼ばれる避妊具のことだ。誰もが追う幸福は追わないという夫の主義に従うため、彼女に訪れた新しい生命をいくつも闇に葬らなければならなかったこと、プラスチックのウィングは妻を母として独占するために夫から贈られたものであることを、語り手は明かす。こうして彼女は、みずからの生物学的母とも紐帯の切れないまがいものの子ども－夫を抱擁する、理想的／観念的な母になりおおせたのだった。まさに冥王が描いたのと同じ、鏡像のような結婚の肖像である。

　死の3か月前に書かれたエッセイによると、澁澤との20年近い結婚生活のなかで、矢川は実際に何度も中絶を経験しているという。「でも考えてみると子無し主義を貫くために血を流すのはいつも妻の側だった。この理想のために夫は一滴も捧げず、「ごめんね」と謝ればそれですむ。少しおかしいんじゃない？とこちらは喉まで出かかったこともある」（「いつもそばに本が　中」）。だが、その言葉が発せられることはついになかった。矢川が沈黙を破ったときは、彼／女たちのプラトン的／理想的／観念的結婚と、澁澤にとっての楽園の終焉を意味した。

さえずり機械への頌歌　*147*

プラスチック製の翼は矢川にとって、ありえたかもしれない生命を殺す凶器でもあった。みずからの飛ぶ意志と生命力によって燃え上がるような、鳥の飛翔メカニズムを書いたニンの力強い描写を思い出すなら、矢川の天使はむしろ「主人」の意のままに操られる操り人形のようだ（矢川自身、何度も天使と人形を重ね合わせている）。同様に、『インセスト』(Incest)に詳細に述べられているとおり、ニンをみずからの意志による中絶のサヴァイヴァーと呼ぶなら、矢川は夫の男根／自己中心主義的子無し主義による中絶の犠牲者というべきだ。2022年、合衆国最高裁がほぼ半世紀前のロウ対ウェイド判決を覆し、一方で男の「射精責任」が論じられる21世紀現在においてこそ、矢川が描いた「自伝的中絶ファンタジー」とも呼ぶべき作品が帯びるアクチュアリティは、刮目に値する。

　語るべきか、語らざるべきか、それが矢川の問題だった。

　『兎とよばれた女』の語り直しとも言える『失われた庭』において、語り手F・Gはみずからの怪物性を分析し、それは最後の裏切りにあったのではなく、10年に渡る結婚生活のなかでただの一度も「否」と言わなかった、まったき服従にあったのだと言い、なぜただひとこと「否」と言って警告を与えてやらなかったのか、と後悔する。「ノン」と言わない少女など少女ではない、という矢川自身の言葉に従うなら、彼女の人生は、反少女が結婚して従順な妻となり、離婚して不滅の少女に回帰するという、反－成長物語とも考えられる。『失われた庭』の終わり近く、F・Gはみずからの結婚の破綻についてE・Hに語りながら、本当のところはわかってもらえない、という苛立ちを募らせる。

　　空しい。いいようもなく空しい。
　　F・Gはこれらすべてのことばをのみこみ、代わりにただ一言、いっただけだった。
　「わたしのいいたいのは、ただ——黙らせて。それだけよ」(570)

そのようにして矢川澄子もまた、すべての言葉を呑み込み、沈黙を選びとったのだろうか。

　死の数日後には、アナイス・ニンを特集する雑誌の編集者と会う約束があったという証言などを読むと、矢川の自殺は発作的なものだったのか、と思いたくもなる（軽美49）。一方、ほかのいくつかの情報——死の翌日が『アナイス・ニンの少女時代』の発売日であったこと、亡くなる間際、多くの友人に献本のための郵送を手ずから済ませていたこと（彼／女らは矢川の突然の死を［多くは新聞で］

知ったあと、本当に遺書／最後の手紙のようにして『少女時代』を受け取ったのだ）、亡くなったとき、傍らに親しかったミュージシャン、原マスミのカセットが流れていたこと——は、入念に準備された死のような印象を与える。

　先にも触れた、死の3か月前に朝日新聞に寄せたエッセイのなかで、矢川は創作の心構えに触れ、「この身体というテキストに書きこまれた諸々の経験を（中略）語りおこすしかない」と述べる（「いつもそばに本が　下」）。そこからひとつ歩を進めて、彼女はみずからの死‐体を通して、それを最後の作品とすることによって語ろうとした、と仮定することはできないだろうか——当初『兎とよばれた女』が長編小説として構想されたときに採用されるはずだったタイトル『美しき屍の告白』が暗示するように。もしそうだとすれば、矢川は人生を芸術に変えるというニンの野望すら超越し、「わたしは黙らない」と言い放つ代わりに、生と死、ことばと沈黙の境界を攪乱／無化したことになる。まさにガヤトリ・スピヴァク（Gayatri Spivak）が、他者を殺すことより自殺を選んだインド人少女の死を「サティ」を書き直す行為とみなし、「ブバナスワリはみずからの身体‐死体を女の／書きもの（woman/writing）のテクストへ変容させることにより、「語る」ことを試みたのだ」と述べているように（308）。

　日本というシステム、あるいはジェンダーというシステムのスケープゴートとなったのかもしれない、二人の日本人女性作家をめぐる小論を閉じるにあたり、多少なりとも前向きなトーンで締めくくりたい。

　人工の翼で飛ぶつくりものの天使は、もしかしたらいまごろ、矢川（とニン）の愛したパウル・クレーが描いた《さえずり機械》（Twittering Machine）に変身を遂げているかもしれない。アナイス・ニンの日本の娘たちは、『兎とよばれた女』の女性コーラスさながら、天国で彼女たちの象徴的な母とコーラス隊を組み、姦しく「母たちの国のことば」を歌い／語っているかもしれないではないか（『兎』277）。

　奇しくも矢川の3冊目の死後出版は、アナイス・ニンのエロティカ『小鳥たち』（Little Birds）の翻訳だった。わたしたちが作品を読み続ける限り、アナイス・ニンの娘たちは彼岸でも此岸でも、語りやまず、歌いやまないだろう。

＊本稿は、"Twittering Machine of Paradise: Glimpses of Two of Anaïs Nin's Japanese Daughters"（*A Café in Space: The Anaïs Nin Literary Journal*, vol. 1, 2003, pp. 106-17）を翻訳し、『新潟ジェンダー研究』2004年第5号に掲載した「アナイス・ニンの娘たち——冥王まさ子と矢川澄子のグリンプス」（57-64頁）に加筆修正したものである。

❧ 註 ❧

1) たとえば水田宗子は「冥王まさ子さんの急逝に私は大きな衝撃を受けた。それはなぜか、しまった、というような感情で、今からでも遅くない、すぐ止めに行かなければ、というような衝動でもあった」と書く（「冬に向かっての旅立ち」261）。
2) 本稿の日本語訳は、特に断りのない場合、筆者による。
3) https://www.international.ucla.edu/japan/people/usjapan/2214
4) 冥王は1957年、AFS（American Field Service）の交換留学生として1年間アメリカに留学、学部・大学院時代は英文学を専攻、柄谷が客員教授としてイェール大学に招かれた際も家族で滞米している。こうしたアメリカ／英語体験が彼女の複数的／分裂的アイデンティティ形成に与えた影響は大きいと思われる。
5) 原の「訳者あとがき」により、日本の読者はニンが結婚していたことをはじめから知っていた。欧米の読者が「自由で自立した女性」という像をニンに投影し、夫に経済的に依存していたことを知って、裏切られたという思いを抱いたようであるのとは違う事情があった。
6) 書くことの臨界点として「女性への生成変化」という概念を提出するドゥルーズ＝ガタリは、女性への生成変化は「少女そのものだとも考えられる」とし、「まず最初に身体を盗まれるのは少女なのである。そんなにお行儀が悪いのは困ります、あなたはもう子どもじゃないのよ。出来損ないの男の子じゃないのよ……。最初に生成変化を盗まれ、ひとつの歴史や前史を押しつけられるのは少女なのだ」と述べて、矢川の「反少女」との響きあいを感じさせる（『千のプラトー』318-19）。
7) 子ども時代、病気でやつれた姿を父に「醜くなったな」と言われたことも、ニンには癒しがたいトラウマだったようだ。1957年、54歳のときの日記に「最初の美人コンテストに負けるということは、すべての美人コンテストに負けるということだ」と書きつけている（『日記』矢口訳475）。

❧ 引用文献 ❧

軽美伊乃「永遠の少女――矢川澄子とアナイス・ニン」、『ブッキッシュ』第2号（2002年8月、特集「アナイス・ニン」）49-50頁。
ドゥルーズ、ジル、フェリックス・ガタリ『千のプラトー――資本主義と分裂症』、宇野邦一ほか訳、河出書房新社、1994年。
ニン、アナイス『アナイス・ニンの日記　1931-1934――ヘンリー・ミラーとパリで』、原真佐子訳、河出書房新社、1974年。
――『アナイス・ニンの日記　1931-1934――ヘンリー・ミラーとパリで』、原麗衣訳、筑摩書房、1991、1998年。
――『アナイス・ニンの日記』、矢口裕子編訳、水声社、2017年。
水田宗子「少女という分身」『うたの響き・ものがたりの欲望』、森話社、1996年、123-45頁。
――「冬に向かっての旅立ち――冥王まさ子『雪むかえ』に寄せて」、冥王まさ子『雪むかえ』、河出書房新社、1995年、261-65頁。
冥王まさ子『ある女のグリンプス』、講談社、1999年。
――『南十字星の息子』、河出書房新社、1995年。
矢川澄子『アナイス・ニンの少女時代』、河出書房新社、2002年。

──「いつもそばに本が　中」『朝日新聞』2002年2月10日、第7面。
──「いつもそばに本が　下」『朝日新聞』2002年2月17日、第11面。
──『兎とよばれた女』『矢川澄子作品集成』、書誌山田、1999年、251-392頁。
──『失われた庭』『矢川澄子作品集成』、書肆山田、1999年、409-572頁。
──「解説　〈神〉としての日記」『アナイス・ニンの日記』、原麗衣訳、645-48頁。
──『「父の娘」たち――森茉莉とアナイス・ニン』、新潮社、1997年。
──『反少女の灰皿』、新潮社、1981年。
──「不滅の少女を擁立する少女たちの大行進」、『ユリイカ総特集　矢川澄子――不滅の少女』2002年10月、39-40頁。
矢川澄子・池田香代子・山下悦子「架空の庭のおにいちゃん――没後10年・素顔の澁澤龍彥」、『ユリイカ総特集　矢川澄子』172-89頁。
Butler, Judith. *Bodies That Matter: On the Discursive Limits of "Sex."* Routledge, 1993.（『ジェンダー・トラブル――フェミニズムとアイデンティティの撹乱』、竹村和子訳、青土社、1999年。）
Meio, Masako. "Glimpses of Present-day Japanese Women." *Critical Analysis of Anaïs Nin in Japan: A Special Edition of A Café in Space: The Anaïs Nin Literary Journal*, 2023, pp. 41-52.
Millett, Kate. "Anaïs: A Mother to Us All: The Birth of the Artist as a Woman." *Anaïs: An International Journal*, vol. 9, 1991, pp. 3-8.
Nin, Anaïs. *The Children of the Albatross. The Cities of the Interior*. The Swallow Press, 1974, pp. 128–238.
──. *The Diary of Anaïs Nin Volume Three: 1939-1944*, Harcourt Brace Javanovich, 1969.
──. *Linotte: The Early Diary of Anaïs Nin 1914-1920*, translated by Jean L. Sherman, edited by John Ferrone, Harcourt, 1978.
──. *A Spy in the House of Love*. Bantam Books, 1982.
Nin-Culmell, Joaquín. "Anaïs, My Sister." *Anaïs Nin: Literary Perspectives*, edited by Suzanne Nalbantian, Macmillan, 1997, pp. 23-26.
Spivak, Gayatri Chakravorty. *A Critique of Postcolonial Reason: Toward a History of the Vanishing Present*. Harvard UP, 1999.
Terasaki Center For Japanese Studies: https://www.international.ucla.edu/japan/people/usjapan/2214

参考文献

出光真子『ホワット・ア・うーまんめいど――ある映像作家の自伝』、岩波書店、2003年。
シカゴ、ジュディ『花もつ女――ウェストコーストに花開いたフェミニズム・アートの旗手、ジュディ・シカゴ自伝』、小池一子訳、PARCO出版、1979年。
原真佐子「アナイス・ニンの娘たち」、『崩壊する女らしさの神話』牧神社、1978年、8-21頁。
ブレア、ガブリエル『射精責任』、村井理子訳、太田出版、2023年。
フロイト、ジークムント『モーセという男と一神教』、渡辺哲夫訳、新宮一成ほか編、『フロイト全集』第22巻、岩波書店、2007年。
Nin, Anaïs. *Incest: From "A Journal of Love": The Unexpurgated Diary, 1932-1934*. Harcourt, 1992.

アナイス・ニンと夢

Anaïs Nin and Dream

杉㟢和子

1 夢は夢ですが

　アナイス・ニン（Anaïs Nin）ほど、しばしば、「夢」について書いたり、語ったりした作家も珍しい。ニンの対談や講演を編集した『アナイス・ニンとの対話』（*Conversations with Anaïs Nin*）でも、『女は語る』（*A Woman Speaks*）でも、ニンは、実に多くを夢について語っている。また、小説の未来を論じた評論集『未来の小説』（*The Novel of the Future*）の冒頭に彼女が置いたのは「夢から始めよ」というスイスの著名な心理学者カール・グスタフ・ユング（Carl Gustav Jung）の言葉[1]）をタイトルにした夢についての一章である。

　ニンが「夢」と言う場合、しかし、その意味はいつも同じではない。夜の夢もいろいろである。現実の出来事を反復する夢、未来に対して警告を発する夢、抑圧された強い願望を暗示する夢、目覚めているときの意識的世界とはおよそ無関係と思われる無意識世界の物語を語る夢。ニンはさらに白昼夢、空想、幻像（ヴィジョン）、薬物摂取で起こる変性意識状態など、理性のコントロールから逃れた想念も夢のカテゴリーに入れる。もう一つ、実現不可能に思われるが、ぜひ達成したい将来の願望も理性のコントロールの内にありながら夢と呼ばれる。いろいろの内的意味を持つ夢だが、ニンが夢を語るとき、それは必ず、作家としての彼女の創作との関わりにおいてである。

2 夢の橋を渡れば

　なぜニンはそれほど夢にこだわるのだろうか。夢は、意識の世界と無意識世界とをつなぐ、たしかな橋だと、彼女が信じているからである。その橋は捩れたり、

曲がったりもしているだろうし、頼りなさそうでもある。だが、それは、物理的現実から心理的現実へと通じる唯一の通路だと彼女は信じている。その橋があればこそ、無意識の世界に棲む記憶たちはイメージを伴って意識の世界へと渡って来られる。イメージはエネルギーを伴っているのか、それが有効に働くと、現実世界で力を発揮する。現実の状況を積極的、創造的に方向づけてくれる。夢は芸術家に偉大な芸術を創造させることも、人の人生を変えることもあるのだ。

　橋の対岸、無意識の領域とは、では、どんなところなのだろうか。そこは巨大な宝の島である。魔法の国である。夢の橋を渡り、貪欲な創作意欲と冒険心を抱えてその国に降り立った旅人は無尽蔵の宝を、創作の糧をそこに発見するはずだ。

　20世紀の初頭、ジークムント・フロイト（Sigmund Freud）やユングは人の心理の内にあるとされていた「無意識」を再定義し、それが精神病患者の治療に重大な意味を持つと主張した。意識の領域の数倍はあると彼らが主張する無意識の領域には、もろもろの記憶が蓄えられていて、ときにそれらは意識の領域に入り込んでくる。そうであれば、無意識が人格形成の力学に占める比重は大きいにちがいないと、彼らは無意識の重要さを強調したのである。無意識はデータをいくら積み上げても、「不完全にしか捉えられないが、本来現実的な心的なものである」とフロイトは言う（512）。

　現在では、人の記憶は、大脳神経細胞のネットワークのどこかに、そのすべてが刻みこまれているという言い方をするらしい。めったに、あるいは、二度とふたたび、意識の領域にのぼってこない記憶は、大脳の「意識の外」に蓄積されているとされる。この「意識の外」がフロイトたちが、「無意識」と呼んだものと呼応するのだろうか。

　1930年代、パリ近郊にいたニンは、当時の先駆的心理学者ルネ・アランディ（René Allendy）やオットー・ランク（Otto Rank）に心理分析を受け、無意識領域の存在を、その領域と現実を結ぶ橋としての夢の機能を、体験的に学びとったにちがいない。それが彼女の創作活動に一つの大きな転機をもたらすことになったのである。

3　夢に乗って来た溶ける魚

　その頃アナイス・ニンは、ヘンリー・ミラー（Henry Miller）と出会い、彼女もまた作家として起つ、という決意をいよいよ固く新たなものにしていた。銀行員の夫ヒューゴー（Ian Hugo、ヒュー・ガイラー［Hugh Guiller］）と、ルヴシエンヌ

の古い、だが、優雅な趣(おもむき)のある邸宅に暮らす彼女は、その決意に燃えながらも、世に問えるような作品を生むことができないでいた。日記は書かずにはいられないのだけれども日記はすべてが創作ではない。複雑なプロットとキャラクターを組み合わせて、商業ベースに乗るような小説を書くことは、とてもできなかった。

　そんな折、彼女はパリで発行される小雑誌『トランジション』[2]（Transition）にであう。これは、アメリカ人ユージン・ジョラス（Eugene Jolas）が1927年にパリで創刊した英語誌で、ホアン・ミロ（Joan Miró）が表紙の絵を描き、ジェイムズ・ジョイス（James Joyce）の1939年作『フィネガンズ・ウェイク』（Finnegans Wake）の一部分が載るような、優れて前衛的な雑誌であった。そこでは、自由で実験的な創作が大いに歓迎された。既成の道徳や習慣にとらわれることはなく、個人は個々の霊的体験の軌跡をたどって自由に創作活動をする権利、また、無意識の世界を直接表現する芸術的権利がある、と彼らは主張した。その最終号となる27号にはニンの『近親相姦の家』（House of Incest）の一部が載った。『トランジション』を貪(むさぼ)り読んだあとのニンの興奮ぶりが『初期の日記』からも伝わってくる。

> 『トランジション』は私にとって、言葉に尽くせないほどの意味がある。これこそ、私がそこに向かってずっと航海していた島、夢見ていた島なのだ。ただ、それが実在するかどうかはわかっていなかった。私独りで、自分の力だけで創りださなければならないものかと、思ってもいた。でも、そうではなかった。ここに私のグループがある。（Early Diary Vol. 4 370-71）

『トランジション』だけではない。19世紀後半に起こったポール・ヴェルレーヌ（Paul Verlaine）やアルチュール・ランボー（Arthur Rimbaud）の象徴主義(シンボリズム)、アンドレ・ブルトン（André Breton）率いる超現実主義(シュルレアリスム)も時代に新しい季節をもたらし、それがニンの追い風になった。

　『トランジション』への寄稿者でもあったブルトンは、写実主義、現実主義を否定して、精神の自由、想像力、不可思議、夢などを創作の核に据えた。理性も、美学や道徳の制約も無視して、心の赴(おもむ)くままに、その純粋な動きを「文学的にどんな結果が生じるかは見事に無視して紙に字を書きまくる」創作方法「自動記述」を提唱した彼は1924年『シュルレアリスム宣言・溶ける魚』（Manifeste du Surréalisme）を出版する。人生の旅の途上で溶ける魚に出会い、一瞬たじろぐが、実は、思考のなかで溶ける人間こそ、すなわち、自分こそが溶ける魚だと気づく。

また、フロイトが夢に関心を向けたことを高く評価して、人間の思考は夢を見ている間も続くから、夢を無視することはできない。ただし、夢の思考を語るには、それにふさわしい表現方式が必要だとも主張した（20-26, 40, 72）。
　こうした時代の声を聞き、ニンの創作に対する姿勢はより自由に、奔放になる。イマジネーションは翼を手に入れたように空に舞い、現実を超えていく。「この現実世界に順応しようと努めてきた。そのために飢餓状態だ。もう一つの世界に私を全部あずけてみる」（*Early Diary Vol. 4* 422）と彼女は心を決める。といって、ニンはシュルレアリスムの手法を全面的になぞったわけではない。『日記』の一節には、こうもある。

> シュルレアリストたちは無意識のなかに降り立ちはしたが、そこで見たものを現実の行為に結びつけることはしなかった。［……］夢と行為とは、つながっているのだ。この二つはそれぞれが孤立し隔絶したものではない。一つは他を養う。シュルレアリストは、この関係を無視した。［……］それで、彼らは、しばしば人為的なものへ、狂気へと、自らを駆り立てていった。（*The Diary Vol. 3* 300-01）

やがて、リアリズムとは、およそかけ離れた、不思議に美しい散文詩がニンのペンから流れ出した。その一つは、夜ごとの夢を丹念に一年間記録したノートから生まれた『近親相姦の家』である。
　第一章はこう始まる。

> 　私が初めてみた地球は水に覆われていた。私はすべてのものを海のヴェールを通してみる男たち、女たちの種族なのだ。私の瞳は海の色。移り変わる世界の顔を私はカメレオンの眼で見る。誰のものともわからぬヴィジョンで、まだ出来上がっていない自分を見る。（*House of Incest* 15）

以後、ニンはためらうことなく夢の橋を往き来し、無意識の世界からの創作エネルギーを取り込んで作品を紡いでいく。

4 　夢とハウスボート

　ニンがフランス、ブルターニュの、かつてギ・ド・モーパッサン（Guy de Maupassan）が住んでいた家に友人を訪ねたときのことである。裏庭に台風で打ち上げられたボートがでんと居座っていた。今夜は、あのボートのなかで眠りたいとニンが言うと、家の主人に「あそこは物置になっているから」と断られた。そのとき、ボートで眠ってみたいという一つの願望が彼女のなかに生まれた。その夜、ニンはボートに乗って、20年もの間、信じられないような、素晴らしい旅を続ける夢をみた（*The Diary Vol. 2* 112-13）。願望が生まれ、夜その夢をみて、パリに戻ると、新聞に「ハウスボート貸します」という広告が載っていた。ボートはセーヌ川に浮かんでいた。ニンはためらわずにそのボートを借りる（*The Diary Vol. 2* 118）。

　ブルターニュで生まれた途方もない夢が、こうして現実になった。舫（もや）ったボートはパリの街なかから動かないが、そのボートのおかげで彼女のパリでの生活は、はるかに豊かに、色濃いものになった。ボートに眠る夜は川の流れや水の揺れが、体にじかに感じられる。まだ始まってはいないたくさんの旅のイメージが浮かんでくる。イマジネーションが膨らんでくる。それがニンの創作につながった。[3] そこでは新たな恋も開花する。何年か後、同じことをやってみようという人たちが現れた。セーヌ川にハウスボートを借りて本屋をはじめたアメリカ人の青年がいた。北カリフォルニアのサウサリート湾に船を浮かべて住んだコラージュ作家がいた。[4] 一つの夢がいくつもの夢を育み、夢を実現させていったのだ。

5 　夢のなかに入った

　夢そのもののなかに入り込み、その感触をとらえようとしたニンの大胆な試みが「声」（"Voice"）（『人工の冬』［*Winter of Artifice*］に収録）の結末にある。その試みを要約してみる。

　　夢のなかに入ると、私〔ジューナ〕は舞台に上がる。舞台を照らすスポットライトは色や光の強さが、めまぐるしく変わる。舞台の上では暴力的な事件が起きている一方、周りは厚い闇の膜（まく）で覆われている。舞台上で被害者である私は、そのシーンを見つめる観客でもあった。

　　夢は幾層にも重なりあって果てしなく長く伸びる塔だ。渦巻く塔の先端は

無限の蒼穹(そうきゅう)に消え、下は底なしの地へと落ち込んでいく。渦巻きは私を巻き込んで動き出す。この渦は迷路なのだ。

　昼から夜へ、時間のない空間をゆっくりと移り変わる夢の層のなかには女の想念が、海や船の帆や貝殻や砂や木々が、浮かんでは消える。海はすべてを呑み込みたがっているし、砂はすべてを埋めてしまいたがっている。

　回る塔の内側は湿った絹だ。辺りに音はない。だが、夢の足音が一連の炸裂音として聞こえる。私の生が神秘な、暴力的な命となって噴き出す音だ。第一の層では睫(まつげ)のすき間から日の光が漏れる。まだ、そこには、意識が残っている。ここで、イメージたちは綿密に種分けされ、選び取られる。夢はアフリカのジャングルのように危険に満ちている。人間に殺された動物たちが歩きまわっている。

　層を下に降りると、私から制約がほどけていく。私の体は気体のように軽くなり、記憶が消える。地球に水銀の黄昏(たそがれ)がくる。昼の間、ひそかに隠されていた女体の裂け目は夜が来ると開き、女の骨には血と水銀が方向も定めずに流れ始める。私は女であることを止める。わずかでも昼の光が差し込む間は女の周りを言葉が漂い、言葉は鋭いナイフのように女の感情を刺す。女の感情を殺すように。

　夢のなかで女はボートを押している。街中を汗水たらして押していく。障害物が次々と現れる。ボートを浮かべられるような水は、川も海もどこにもない。

　夢に、その場所、が現れる。その場所を見つけると私は静かに座った。夢に現実が追いついたのだ。

　昼、私は夢を追って歩く。夢はいつも私より先にいる。夢に追いつき、夢を捕まえて、夢と一体になる。その一瞬が、奇跡なのだ。舞台の上の生、伝説の生の後ろに、ぴったりと昼がついてくるとき、夢と現実の結合から、光と闇の結婚から神性を備えた華麗な鳥が飛び立つ。永遠の瞬間が輝き出す。

（*Winter of Artifice* 170-75）

　読者もニンに伴われて、自らの夢のなかに入ってみられただろうか。ニンのこの一節では、言葉たちが絵画のようなイメージを連ねて流れ、渦巻いているだけのようである。あるいは、暗示に満ちたいくつもの暗喩(メタファー)を織り上げたタピストリーと言ってもいい。そのタピストリーは、またとなく美しいが、色にも模様にも、脈絡がないようである。だが、読者がニンの日記、フィクション、エッセイ、対

談などを限りなく精読すると「ああ、あれか」と思い当たる織り目や、色使いが、そこここにあることに気づく体験を得ることだろう。

　たとえば、何十年もの間繰り返して見ていたという、街中を汗水垂らしてボートを押していく夢から、自分自身の抑圧された自由の悲鳴をようやく聞きとったニンは、メキシコへと旅発つ亜熱帯の青い空と海に出会い、そこに住む人々のおおらかな生きざまに心を打たれ、共感し、自身の自由を取り戻す。それが作品『ミノタウロスの誘惑』（Seduction of the Minotaur）の誕生につながった（A Woman Speaks 129）。昼の名残の薄明にまぎれて女の躰に突き刺さる言葉のイメージからは、現実世界で、ヘンリー・ミラーとその妻ジューンを同時に愛して、嫉妬や裏切りに悩むニンの姿が見えてくる。その縺れた愛の経緯は連綿と『日記』に告白され、また、「ジューナ」創作の核にもなった。

　おびただしい数のかけらが組み合わされて一枚の絵が出来上がるジグソーパズルのように、ニンの創作は夢の断片と現実の断片とが寄り合い、重なり合い、補い合って一つの作品に収斂されていく。形があり、色もあるパズルの一片が、しかし、初めはどこに収まるのかまるでわからぬように、シンボルやメタファーをたて続けに重ねるニンの散文詩の言語は、意味も配列も意表をつき、怪しげな雰囲気を漂わせながら、縺れ合うばかりのようである。しかし、これが、夢と現実の行為とが互いに養い合う、ニンの散文詩の言葉なのである。夢に追いつき、夢と現実とが一体になったその一瞬の奇跡から飛び立つ「神性を備えた華麗な鳥」（Winter of Artifice 175）の姿である。

　シュルレアリスムの画家サルバドール・ダリ（Salvador Dalí）やフリーダ・カーロ（Frida Kahlo）の絵を観るように、ニンの描き出す言葉の世界は、感性と直感で読むとわかりやすいのではないだろうか。すると、彼女の想念は、読み手もその創造に手を貸すイメージとなって、流れるように伝わってくる、という読者もいるはずだ。詩人は常にメタファーで語る、と言ったのは神話学者ジョセフ・キャンベル（Joseph Campbell）である。メタファーはその後ろに隠された真実を暗示する神の仮の貌である。その貌を見て、有限の能力しかないわれわれが、永遠にも、至福にも触れることができる。そして詩人とは、永遠や、至福に触れることを職業として、生きる道として選び取った人々である（Campbell 148）。アナイス・ニンもそうした詩人の一人であろうと筆者は考えるのである。

＊本稿は『【作家ガイド】アナイス・ニン』（アナイス・ニン研究会編、彩流社、2018年）に掲載された「夢」（221-28頁）に若干の修正・加筆をしたものである。

註

1) 「夢から始めよ」"proceed from the dream outward" をニンがユングからの出典とすることについて、2014年にディアドラ・ベアーは疑問を述べている。ユング研究者たちの協力を得て、ユングの全集を調査したが、同じフレーズを検索できなかったとして、最も近いエッセイを挙げるならば、"On the Nature of Dreams"（*The Structure and Dynamics of the Psyche, Collected Works,* 2nd ed., 8: 294, paragraph 560, Gerhard Adler, R. F. C. Hull 共訳, Princeton UP, 1970）であるが明瞭ではないとしている（Bair, Deirdre. Introduction. *The Novel of the Future,* by Anaïs Nin, 1968, Ohio UP, 2014, pp. xix-xx.）。
2) 『トランジション』は1927年から1938年にかけて、パリで、またニューヨークで1～27号が発刊された。ヘミングウェイ、ジェイムズ・ジョイス、T・S・エリオット、ピカソ、クレーなど20世紀を代表する作家、詩人、画家たちが寄稿し、欧米に興った20世紀前半の新しい文学、芸術運動の牽引力の一つとなった。
3) 『ガラスの鐘の下で』（*Under a Glass Bell*）に「ハウスボート」という短編が収録されている。また、『コラージュ』（*Collages*）にも、ボートで愉快な旅をするストーリーがある。夢との関連については次を参照。*The Novel of the Future,* pp. 20-21; *A Woman Speaks,* pp. 122-23.
4) コラージュ作家ジャン・ヴァルダ（Jean Varda）は、アメリカ、西海岸、ゴールデン・ゲイト・ブリッジ近くのサウサリートに浮かべた古いフェリーに住んだ。その作品《世界を再建する女性》（*Women Reconstructing the World*）はニンの居室を飾っていた。

引用文献

本稿における邦訳はすべて筆者による。

Campbell, Joseph. *The Power of Myth with Bill Movers.* Anchor Books, Random House, 1991.
Nin, Anaïs. *The Diary of Anaïs Nin Volume Two: 1934-1939.* Harcourt Brace Jovanovich, 1967.
——. *The Diary of Anaïs Nin Volume Three: 1939-1944.* Harcourt, 1969.
——. *The Early Diary of Anaïs Nin Volume Four: 1927-1931.* Harcourt Brace Jovanovich, 1984.
——. *House of Incest,* 1936. Swallow Press, 1958.
——. *The Novel of the Future.* Macmillan, 1968.
——. *Winter of Artifice.* Swallow Press, 1945.
——. *A Woman Speaks: The Lectures, Seminars and Interviews of Anaïs Nin,* edited by Evelyn J. Hinz. Swallow Press, 1975.
ブルトン、アンドレ『シュルレアリスム宣言・溶ける魚』、巌谷国士訳、岩波書店、2008年。
フロイト、ジークムント『夢判断』下巻、高橋義孝訳、新潮社、2006年。

男性的規範からの決別の夢

『人工の冬』と女性シュルレアリスト

A Dream of Disengagement from the Masculine Norms:
(*The*) *Winter of Artifice* and the Surrealist Woman

鈴木章能

1 アナイス・ニンとシュルレアリスム

　本論の目的は、アナイス・ニン（Anaïs Nin）のシュルレアリスム性を確認するとともに、『人工の冬』（*The Winter of Artifice / Winter of Artifice*）についてシュルレアリスムの観点から再読することである。その方法は、女性シュルレアリストについての英語圏で最初の研究書となったホイットニー・チャドウィック（Whitney Chadwick）の『シュルセクシュアリティ』（*Women Artist and the Surrealist Movement*）などを用い、女性シュルレアリストの置かれた立場と、男性シュルレアリストとの差別化を図る彼女たちの文学活動や表現技法やイメージを具体的に確認し、ニンの『人工の冬』との類似性を考察するというものである。シュルレアリスムの観点からの研究と言えば、昨今では、ルッケル瀬本阿矢が、ニン自身がシュルレアリスムの影響のもとで書き始めたと述べる『近親相姦の家』（*House of Incest*）についてチャドウィックを用いて論じた優れた研究書『シュルレアリスムの受容と変容――フランス・アメリカ・日本の比較文化研究』（2021）がある。本論では、『人工の冬』について、絵画を中心とするチャドウィックの議論に限らず、音楽やダンスをはじめ、多角的にニンのシュルレアリスム性を確認していきたい。用意される結論は、異同のあるパリ版（オベリスク版、*The Winter of Artifice*）と現在広く流布するアメリカ版（ジーモア版、*Winter of Artifice*）はともに、異なるシュルレアリスティックなイメージを用いて、男たちの期待と欲望からの決別と個としての女の自律の意を表す書であるというものである。

　1939年に初出の『人工の冬』の構想をニンが立てたのは1930年代半ばのことだった。ニンはパリにいた当時、アンドレ・ブルトン（André Breton）をはじめとするシュルレアリストたちとも盛んに交友していた。1931年から32年にかけ

ての冬の日記でニンは、日常生活には興味を感じず、強烈な瞬間を追求するシュルレアリストに共鳴すると言っている（*The Diary Vol. 1* 5）。その一方で、遅くとも1942年の冬には、シュルレアリストが夢と現実の行為の関係を無視して人為的になりすぎる点を批判している（*The Diary Vol. 3* 237, 238, 301）ことから、彼らから一定の距離をとったことは確かである。

　ニンは次のようにも言う。「ある意味でわたしの書いたものは、表面的には、また多様なレベルでの生の経験ということでは、シュルレアリスティックですが、いつもシュルレアリスティックな技法を用いて書いていたわけではありません。それにシュルレアリストたちは小説を信用していませんでした。しかし、その影響の重大さを、わたしはいま認めています。とくに『近親相姦の家』にインスピレーションを吹き込んでくれた夢と、それからブルトンが言うように、愛を再発見することの必要性に関しては」（*A Woman Speaks*／木村「あとがき」87）。[1]

　果たして、ニンはどの程度シュルレアリスト的なのか。ペネロペ・ローズモント（Penelope Rosemont）は、ニンは「多かれ少なかれ、シュルレアリスト的な方法で自分を表現した作家である」ものの、「シュルレアリスト運動に実際に参加していたわけではない」ので、シュルレアリストの一員には数えないと言う（Rosemont xxxvii）。だが、シュルレアリスムは、女性が男性に従順である上での性的解放という要素を多分に持った男性中心の集団運動であり、女性シュルレアリストは、社会への従順を強制する制度からの個の解放という考えを男性シュルレアリストたちと共有しつつ、男性への従順を要求するシュルレアリスムという集団運動から距離をとって、各自が個性的に活動していた。したがって、シュルレアリスム運動に参加していないからシュルレアリスムから縁遠いというわけでは必ずしもない。むしろ、ニンの用いたイメージや言語、テーマを考えるとき、彼女は、女性シュルレアリストたちと通底する芸術活動をしたフェミニストであると言ってよさそうである。少なくとも本論で扱う『人工の冬』は、シュルレアリスム運動に参加するものの、ブルトンと衝突して、除名されたアントナン・アルトー（Antonin Artaud）の励ましを受けながら書かれた作品である。次節では、ニンの『人工の冬』との類似性を念頭に、まずは女性シュルレアリストたちの置かれた立場や用いたイメージの例を見ていこう。

2　シュルレアリスムと女性シュルレアリスト

　シュルレアリスムの作品には、「辞書的、概念的、合理的説明を拒絶し、この種の表現が何を表し、何を意味するのか、完全に網羅的かつ的確に答えることが難しい」(Teige 300) という特徴がある。そうした特徴は、人間の「無意識の欲望の力、あるがままの全体的な生の力を開放するように作用させる」ためにある。意味について考えることが、「意味を習慣的に特徴づける社会的慣習から個を解放」(Teige 300) すると考えられたからである。

　シュルレアリスムは、当時の社会、すなわち、資本主義的な社会機構を否定し、人々の価値観を転覆するため、個々の人々を合理的な思考やブルジョア的道徳、宗教的ドグマ、社会制度による強制的なコントロールから解放しようとした。そのために、抑圧された個人の自由、自律性、直感、感情、不合理性といった人間的価値を再統合し、夢と現実から成る矛盾した状態を超現実的に、つまり絶対的な現実のなかに求めた。したがって、シュルレアリスムは芸術運動であるとともに革命運動であり政治運動である。そもそもシュルレアリスムはマルクス主義的な立場を明確にとっていた。しかし、いくつかの要因、たとえば、個人のエロティシズムによる革命、主観的理想主義といったことから、共産主義者たちから距離を置く（置かれる）ことになる。[2] すると、シュルレアリスムは芸術運動の色が目立つようになっていった。フランスでは効果的な社会的ペルソナを見つけようとする試みが失敗するにつれて、芸術のための芸術へとますます駆り立てられ、抽象的な形式的価値が重視されるようになっていく。一方、アメリカに渡ったシュルレアリスムは、その即興的な要素とロマンティックな自己中心性が、当時台頭していた、一般に非政治的とされるアメリカの抽象表現主義のなかに吸収され、抽象的で知的で奇怪な作品を生むようになっていった。

　初期のシュルレアリスムの影響を受けたニンの創作がアメリカで難解さや近寄り難さを指摘されるとすれば、それは彼女の日記の文章の明快さもさることながら、シュルレアリスムに上のような原理的および社会的歴史的背景があるからでもあろう。それゆえ、同時に、アメリカではなくフランスの初期のシュルレアリスムの影響を受けた彼女の作品は、当時の社会制度による強制的なコントロールから個を解放しようとする芸術的実践であり、政治的実践であるとも言える。したがって、パリ版にせよアメリカ版にせよ、『人工の冬』は、男からの、そして当時の社会からの解放であり自律に関する小説であると言ってよかろう。このことは、文学、絵画、音楽にわたる同時代の女性シュルレアリストたちの諸作品と

の類似性、および男性シュルレアリストたちの表現の意識的な自虐的模倣に確認できる。

　いま、「自虐的」模倣と述べたが、女性がシュルレアリストの影響を受けている場合、それはある意味で必然的である。社会からのあらゆる強制に抵抗するシュルレアリスムは、既存社会の革命として、性の解放を重視したが、しかし、その発想は男性中心的な異性愛主義だったからだ。シュルレアリスムは相対立するものの再統合による失われた力の回復という原理を重視し、そのため両性具有的な存在を理想としたが、そのための具体的実践の一つは性行為であり、したがって、女性たちを家庭の束縛から解放しようと主張しつつ、女性や性を芸術的主題や対象とした。その結果、シュルレアリスムにおける「性に関する議論や、性的なオブジェや絵画の展示、また恋人の発見などは、男性によって決められた理論のコンテクストに従って行われ」、「男性のイメージや期待によって定義」（Chadwick, Women 167）された。女性は世界および男性の創造を活性化させる力を持つ存在であり、男性の無意識と直接的な関係を持つ純真で若く魅惑的な道案内的存在が理想とされた。そのため、救済者としての天上の霊的存在、処女であり子どもであるとともに性愛の対象である存在、エロティックなミューズ、誘惑者としての女、また、それらのイメージをまとめて代表するファム・アンファン（子どものような女性）（la femme enfant: シュルレアリスムの創造力をかき立てた性の自覚と子どもらしい無邪気さを混合した存在）といったイメージがほとんどすべてのシュルレアリスムの絵画や詩を支配した。

　シュルレアリスムは家庭内で果たすべき役割からの女性の解放、女性の自由な創造活動の肯定、女性の性の解放への理解を示したので、自由な生活の権利を求めた女性たちは、シュルレアリスムを支持した。しかし、シュルレアリスムは男性中心的な異性愛主義であるため、女性たちがその運動に参加すれば、社会の革命や個人の解放という理想は共有しながら、具体的な芸術活動では男性たちの用いる言語やイメージを拒否するか、自虐的に用いるか、あるいは、新たな言語やイメージを創造することになった。しかも、シュルレアリスムは集団としての運動であったため、彼女たちの創作は、社会的強制からの個人の解放という男性シュルレアリストたちと共通する考えを、男性たちから要求されるファム・アンファンとしてではなく、「個人の力の肯定」、「個人的なリアリティが決定する創造表現の形式」（Chadwick, Women 18）、「個人のリアリティを語ること」（Chadwick, Women 378）をもとに、リアリティから生じる「夢のイメージ」や「確実性の最も少ない無意識の世界」（Chadwick, Women 376: 傍点強調は筆者による）として表

男性的規範からの決別の夢　*163*

現した。そのため、魔術的リアリズムや新ロマン主義にも似た感覚的で催眠的な幻想をもたらすイメージが用いられた（Chadwick, *Women* 350）。

　この点で、ニンと女性シュルレアリストたちの創作意識や方向性は通底している。パトリシア＝ピア・セレリエ（Patricia-Pia Célérier）は次のように述べる。「女性的な真理が、男性的な思考体系に転用され、吸収されてしまった。その結果、女性は現実から自分を追い出し、内なる世界に閉じこもった。それ以来、ニンは現実世界に生きることよりも、存在について空想することが多くなった」（Célérier 86）。そして、「彼女は夢想を自分の現実のなかに組み込んだ。夢想は、新たな自己の可能性を生み出す「蒸留器」となった。無意識と意識の境界を越えたいと思うことは、ポジティブな価値観となり、通過儀礼、心理的な成熟に不可欠な旅の形式とさえ考えていた」（Célérier 88）。

3　女性シュルレアリストたちの用いたイメージと表現技法

　ここで、ニンの用いた表現技法やイメージをシュルレアリスムの文脈から考えるために、女性シュルレアリストたちが用いた幻想的イメージや表現技法の代表例について網羅的に見ておきたい。先に述べたように、シュルレアリストたちは、男性も女性も、相対立するものの再統合と失われた力の回復という原理を重視し、両性具有やつがいのメタファーを用いた。シュルレアリスムは、知性より感覚、あるいは理性に対する感情の優位を示してみせることに親しんでおり、感覚および感情を、自然界の形体や力と同一のものとして結びつけ、それを女性に直結させた。そのとき、男性たちは女性のイメージを自分の性的欲望に従属させておのがイメージに取り込んだ。一方、女性たちは、「自己を自然の魔術的な力と直接接触させる生物学的な精神の力として強調するほうを選んで、男性と明確な差別化を図った」（Chadwick, *Women* 291）。したがって、彼女たちの作品には、「生殖」という言葉が性的な願望より自然と地球の再生のサイクルを意味しているケースがしばしばある。[3)] それは、たとえば、スフィンクスのメタファーで表される。スフィンクスは、ブルトンのエッセイ『星の城』（*Le Château étoilé*, 1937）でシュルレアリストの世界（＝城）に入りたいと思う者に、愛の未来についての質問に答えさせる守護獣として現れるが、ギリシャ神話に大地、母、女性、生、死についての発想をもたらしたことから自然のサイクルのメタファーとしても用いられる。レオノール・フィニ（Leonor Fini）らの作品のように、猫がスフィンクスと同等のイメージで用いられることもある（Colvile 174-78）。

一方で、フリーダ・カーロ（Frida Kahlo）など、相対立するものの再統合を再生や出生ではなく流産として表現し、男性への抵抗を示したり男性中心社会の暴力性を批判したりする女性たちもいた。同性愛を支持し、描く者もいた。それは個のリアリティの表現であり、同性愛を認めなかったブルトンを中心とする多くの男性シュルレアリストたちへの抵抗でもあった。さらに、女性の強さを強調する者もいた。グロリア・オレンスタイン（Gloria Orenstein）は人類の経験を女神の統治する世界で再構築し（Preckshot 99）、レオノール・フィニは、マルキ・ド・サド（Marquis de Sade）が用いたジュリエット（l'*Histoire de Juliette ou les Prospérités du vice*）にならい、女性の力の前に立つと「しゃれこうべの頭をした猿になってしまう」男性の様子を描き、「自律した絶対的な女性という立場」を表明した（Chadwick, *Women* 176）。また、男性シュルレアリストたちは女性たちに妖精メリュジーヌ（Melusine）や官能的で美しいリリス（Lilith）といったイメージを付与したが、そうしたイメージを女性シュルレアリストは、男性たちの視線を引き受ける存在という自虐的なイメージで用いるか、または、とくにリリスがそうであるが、男性との平等を意味するイメージとして用いるか、あるいは、それらのイメージを用いることなく、自分の身体的精神的現実と不毛の大地ないし豊かな大地を一つのものとして描いた（Chadwick, *Women* 234-37）。

　女性シュルレアリストの間では、自然は、女性の内面的な創造の源泉として捉えられることも少なくなかった。そのようなとき、女性は卵、錬金術師、ヘルメス（水銀）、占い師、魔女といったイメージで表された。シュルレアリストは、芸術こそ男性と女性の原理の間にある固有の葛藤を解釈し、二つの原理を統合させ、芸術家だけが男性原理と女性原理の二つの王国への通路を持っていると考えていた（Chadwick, *Women* 290-91）。この考えのもと、多くの女性アーティストは、女性の創造的意識の起源を古代の伝統のなかに置き、「おとぎ話や、伝説や、芸術作品に共通の魔術的性質を信じ、自らの夢や無意識のなかの創造の糸をたどって、それらの内的探究を確かなものにしてくれる神秘学や、伝説や、錬金術上の物語から特別で潜在的なイメージを引き出した」（Chadwick, *Women* 296）。たとえば、アイリーン・エイガー（Eileen Agar）は『私のミューズ』（*My Muse*, 1936）で、ミューズを「外的なメタファーではなく積極的で内的な創造原理の一部」（Chadwick, *Women* 293-94）とした。内面的な創造の源泉を示すイメージとしては目と卵もよく用いられた。また、ヴァランティーヌ・ペンローズ（Valentine Penrose）などは自身を魔女と考えることを好み、神秘主義や錬金術や神秘学に傾倒した（Chadwick, *Women* 290）。シュルレアリストの間では「魔女という視点

は二つの創造性に富んだ贈り物をしてくれた。つまり興奮させる輝くようなインスピレーションと単性生殖の至高のパワーとをである。魔女を通して創造を司る魔法の王国との直感的な関係に注目することで、シュルレアリスムはファム・アンファンという概念や、エロティックなミューズという概念では決してたどりつけなかったイメージを女性アーティストに与えることができた」（Chadwick, Women 250-51）。

　もっとも、自らが自然サイクルの再生や創造の源泉と結びついているといった積極的な姿勢ばかりが女性たちの間で描かれたわけではなかった。不安や抑圧の現状そのものを幻想的なイメージで表した作品も多かった。それは、鋭く尖った形体、憂うつで神秘的な光、沈んだ色彩、空虚な雰囲気といった表現のほか、たとえば、うねる階段の上に乗っている特大の卵、何も形成していないカーブする壁、海の見えるアーチ型の出入口などといったものが一つの空間に並べられるなど、混乱した空間を感じさせる形式によっても表された（Chadwick, Women 281）。そうした形式が不安感を生じさせるのは、それが「なんなのかわからないままであり、またそれを位置づける絵画的な前後関係が欠如しているため、新たな、不安を感じさせる雰囲気」（Chadwick, Women 272）を醸し出しているからである。あるいは、どこが画面の中心なのかがわからないため、「われわれが細部にいたるまで鮮明な小さな画面の上にあらゆるものを見ているにもかかわらず、その意味をはっきり示してくれる」はずの「重要な鍵を見そこなったというような思いを残してしまう」（Chadwick, Women 284）ことからも生じている。男性による性的暴力も表現されたが、それは自己像のなかに取り込まれる傾向にあった。たとえば、ドロテア・タニング（Dorothea Tanning）の絵画では、子どもの頃の世界での遊びに置き換えられて表現された（Chadwick, Women 350）。自己や語りの二重性や多声性も女性シュルレアリストの表現の特徴の一つである。「外的現実」対「その現実の内的知覚」、「愛されている自分」と「愛されていない自分」といった二つの自己（Chadwick, Women 147）が多声性ないし複数言語、矛盾する声として表現され、アイデンティティ危機が表象される（Preckshot 108-12）。そして、そのような自己を描くために、鏡像が「自覚と認識の追究における焦点の代用」（Chadwick, Women 116）として多くの女性シュルレアリストたちに用いられた。

4　『人工の冬』のテーマと絵画的・音楽的描写

　以上、女性シュルレアリストが用いた表現技法やイメージの代表例を並べたが、それらは、ニンの創作、とくに本論で扱う『人工の冬』でもお馴染みのものばかりである。たとえば、父への愛情、憎悪、別れを描く作品に「リリス」("Lilith")の名が冠されるのは、男性の理想とするイメージと期待に沿いつつ、男性的価値観からの解放を願う多声性の表象のためであろう。リリス曰く、「女ゆえに、男のつくった世界に棲まわねばならず、自分の世界を押しつけることはできまい」(*The Winter*, l.n. 2286)。[4] その男の権化たる父をめぐって、リリスは愛と憎しみの葛藤に揺れ、最後には「父への愛。赦す、私は赦します…」(*The Winter*, l.n. 3327)と言い残して少女時代の思い出を抹殺し、自分を救い出す。「リリス」と同じく、「ジュナ」("Djuna")でも男性への従順と男性からの解放のアンビバレントな思いが語られる。「神がいまも男と、男の創造性と解きがたく結びついている」(*The Winter*, l.n. 1766) 領土のなか、ジュナはジョハンナ (Johanna) とダンスを踊り、男たちの嘲りや侮辱する「眼に一撃を加え、打ちくだき、わたしたちを非難する傷ついた緑色の眼という柵をこわし」、「わたしたちを閉じ込め、窒息させようとする壁を打ちこわした」(*The Winter*, l.n. 1837) いと考える。同性愛はその武器である。同性愛はまた、シュルレアリストが理想とする両性具有のイメージとしても捉えられる。「ジュナは彼女のなかの女に入り込み、迷子になってみたかった。彼女のなかでやすらう男のように。娼婦のように。娼婦のなかに身を潜め、なかに入る男の感覚を味わった。一方で娼婦の感覚も意識し、女の感覚と男の感覚を同時に味わうのだった」(*The Winter*, l.n. 4343)。しかし、ジュナとジョハンナの同性愛は、自分の行動等の規範を相手に求め、自律より従順を優先させている点で、男性への従属関係と何ら変わらない。ジュナは次のように言う。「自分の役割にふさわしい、さまざまな身ぶりをジョハンナはしてみせるのだが、それは以前、酔ったジョハンナを眺めながら、わたしが自分ですることを想像した身振りでもあった。わたしが幻想の錬金術で飾りたてた人生と冒険のありったけを、ジョハンナはわたしに代わって嘔吐した。わたしもジョハンナとともに、冒険の現実を、酩酊、強烈な色彩、過剰を求める心を吐き出した。まったき酩酊は酔いのよろこびを帳消しにし、激烈な生は強度を損ない、現実は夢を破壊する」(*The Winter*, l.n. 1883-85)。現実が夢を破壊するというのは、シュルレアリスム的救済の失敗を意味する。現に、ジョハンナはレズビアンごっこをしていただけだと言ってジュナに辛くあたり、「ジュナ」は締め括られる。それ

はアメリカ版の「ステラ」("Stella")も同じで、後で詳しく論じるとおり、冒頭のスクリーンの場面は、現実と非現実の融合であるものの、最後には現実が勝ち、個の解放を断念して締め括られる。最後の「声」("The Voice")では、「声」の主である男の部屋が死臭に満ちていることを確認して男性からの解放を示唆（パリ版）、または、自分を海や大地のイメージに例えて男性の強いる規範からの決別や男性との差異化を強調（アメリカ版）して、「声」ならびに『人工の冬』が締め括られる。

その過程で鏡が自己認識の道具として何度も用いられる。また、使われるイメージも、「ジューナ」では現実より想像を重視する人生が「幻想の錬金術」(The Winter, l.n. 1885)と言われ、「声」ではリリスが「水銀（クイックシルバー）」(The Winter, l.n. 4078)に例えられるほか、女性たちが自分を大地や植物や魔女のイメージで語る。こうしたことから、ニンの『人工の冬』は、シュルレアリスムの表現技法やイメージを用いて、女性の社会からの解放を、しかも男性中心社会からの解放を、個人のリアリティの語りを通して主張しているとひとまず言うことができよう。

もっとも、こうしたイメージや表現技法は前節でチャドウィックらに依拠しながら並べた女性シュルレアリストの絵画との類似性に過ぎないという意見もあるかもしれない。だが、シュルレアリスムは絵画と文学の境界が曖昧である。チャドウィック曰く、「シュルレアリストとかかわりあった女性画家たちの生活においては、文学的な表現は男性以上に中心的な役割を果たしていた。その多くは絵の構成についてのものであったが、ある者にとっては、言語行為のほうが主になり、自らのシュルレアリスム的ヴィジョンを展開する手段となった」(Chadwick, Women 348)。セージ(Kay Sage)にいたっては「二つの表現形式の間に対立などまったくない。それらは交換可能である。いつも絵を描き、文章を書いている。しかし、二つを同時に行うことはない」(Rosemont 275)とすら述べている。

ニン自身も、自分の作品を読むときは現代絵画を見るように近づくべきと述べている（木村『性の魔術師』120）。たしかに、ニンの叙述表現自体、詩的とも言えるかもしれないが、絵画的といってよいものだ。現に木村淳子は『近親相姦の家』を断片化によるモザイク画のような描写（「あとがき」91）と指摘する。そして、そのイメージの連鎖は女性シュルレアリストの絵画同様、難解である。このことは『人工の冬』にも言える。先に述べた画家たちが用いたイメージを言葉で羅列した、無意識的で理解不能な、イメージの連鎖からなる絵画的語りが散見できる。例を一つだけ見ておこう。

もはや彼女は女ではなかった。存在の密やかにして微細なる孔は、草や花のような生を呼吸し始めた。人間として眠りについて、目覚めると彼女には、木の葉の鋭敏な感覚、魚のヒレが蓄えた知識、珊瑚の硬質さ、燐光放つ鉱物の眼が備わっていた。新しい指先、新しい髪、新しい翼、新しい脚や葉や枝とともに彼女は目覚めた。あたりに浮かぶ長い腕の先には眼が宿り、彼女の足裏にも眼が光っていた。天使の巻き毛に包まれ、肺には繭の乳を湛えて、彼女は目覚めた。
　夜になると呼吸量は増し、蜂の巣状の新しい細胞群は不思議な活動を始めた。白い潮と赤い流れ、こだまと熱が、満ちては溢れた。細胞群、蜂の巣状の感覚は、新しい形の生命で満ち、肉体の輪郭を溶かした。形という形はぼやけ、横たわる女は胸に財宝を抱えたまま、ゆっくり広大な海へと変容し、あるいは乾いた亀裂を無数にかかえた大地となり、雨を飲み干した。(The Winter, l.n. 4280)

　ここでは女性シュルレアリストの絵画によくあるように、女性が植物や魚、海、大地、世界の流れといったものと同化して、この世界と直結した存在になっている。この引用部を絵に描くことは可能だろうし、実際に絵にすれば、女性シュルレアリストの絵画になる。こうしたシュルレアリスティックな絵画的表現は、「ジューナ」ではハンス (Hans) やジョハンナとの性行為の場面、「ステラ」では褐色の木の壁がまるで額縁の木枠のような役割をして鏡のなかの「わたし」を示す場面、「リリス」では父のフェティシズムをコラージュ的に描く場面、「声」ではリリスとジューナのベッドシーンや「声」が内臓を覗く場面のほか、多々ある。とくにオリジナル版のパリ版には多い。
　加えて、ニンは絵画だけでなく、ダンスや音楽もシュルレアリスムの文脈で用いている。たとえば、リリスは、父に反抗するためにダンスを踊る。「わたしは父の気分にあらがうように、ただし辛辣さを込めて、父とはちがうわたしの自己を主張するために踊った。父は踊らず、飲まず、にこりともしなかった」(The Winter, l.n. 2829)。自分の規範と期待に従わせる男性への抵抗としてダンスが用いられるのもシュルレアリスム的である。たとえば、1938年にエレーヌ・ヴァネル (Hélène Vanel) は、詩とダンスは「存在の真理を再発見するため」、「同時に、私たちを反発させながらも惹きつける、目に見えない力の感覚を身につけるため」に「自分自身を超える手段であり、衰弱や凡庸さから抜け出す手段であり、私たちが恥ずかしながら放棄した壮大さを獲得する手段」(Vanel 113) と言っ

た。ヴァネルに従えば、リリスは父によって衰弱させられた自分をダンスで復活させようとするのだ。また、フランソワーズ・サリヴァン（Françoise Sullivan）は、「自 動 性」をもったダンスは、「人間の身体」という素晴らしい「楽器に内包されている表現力の余力を、私たちの動きに取り戻」し、「古代人、原始人〔中略〕がすでに知っていた真理を、現在のニーズに合わせて再発見」（Sullivan 209）させるものと述べ、女性の創造的意識の起源を古代の伝統のなかに置くシュルレアリスムの女性画家たちと同様の見解を示す。ここで重要なのは、ダンスの「自動性」である。一人で生き生きと踊るリリスを目にする父は彼女のダンスに不快感を抱いている。その理由はおそらく、父の愛する音楽が自動性とは対照的なオーケストラ音楽やサロン音楽であり、対称性が重んじられる定型の音楽だからであろう。リリスは次のように言う。「オーケストラの指揮者などいなくても、わたしは街中を踊り、歌っていった。わたしは踊り、そして歌った」（The Winter, l.n. 2845）。

　なるほど、父との別れをまだ決意していなかったリリスと父との性行為は音楽のイメージで表象される。リリスは、音楽は「ひとつになること」とさえ言う。そこでは女性の身体がヴァイオリンかチェロに例えられ、官能的な協和音を奏でる。5）だが、自動性のあるダンスとの親和性が高いシュルレアリスム音楽は、サロンの音楽、調整された音による「満足のいく音楽」に対する反動として生まれ（Slonimsky 80）、不協和音とリズムのねじれ、ピタゴラス音階の否定に特徴がある。リリスの父は、秩序と対称性という理想に非常に厳格である。父への抵抗を見せるリリスが自動性のあるダンスを父の前で踊り、父が不快に思うのは、シュルレアリスムの文脈でこそ理解可能となろう。そもそも、リリスという名前の女性がシュルレアリスティックなイメージで描かれること自体、父の規範や期待に従順でありながらも父から解放されたいという多声性を示唆していると考えられる。さらに、同様の理屈で、『人工の冬』自体が男性の期待と欲望に添いつつ、男性からの解放を期する女性の多声性を表現していると考えられる。

　こうしたことは、「作家は画家の眼と、音楽家の耳、そしてダンサーの身体リズムをもって作品を書」き、書くことを疎外する社会的慣習や常識など、機械的な現代生活の要素や構造に気づき、それらに抗って、おのが生を優先させる（木村『性の魔術師』120）という、エッセイ「作家と象徴」でのニンの主張に一致する。

　アメリカ版は、シュルレアリスティックなイメージに満ちた語りが多く削除されている。つまり、アメリカ版は内容的にはパリ版のまとめとなっているが、その表現において、シュルレアリスト的要素がいささか見えにくくなっていると言えよう。

5　「声」──男性的規範からの別れを期して

　最後に、「声」について再考し、異同のある『人工の冬』の締め括りの意味を考えてみよう。「声」の主は、ニンと交際の事実もあったオットー・ランク（Otto Rank）という見方が一般的であるようだ。だが、疑問に思える部分が多々ある。まず、ランクは精神分析学者ではない。ランクはもともとフロイト（Sigmund Freud）に師事した精神分析学者だったが、関係療法を提唱して、フロイトの精神分析から離脱した。彼は1924年に『出世外傷』（*Das Trauma der Geburt und seine Bedeutung für die Psychoanalyse*）を発表し、出産という母親からの身体的分離体験に端を発する人間の根源的葛藤を重視して出生時の精神的外傷説を論じた。また、シャーンドル・フェレンツィ（Sándor Ferenczi）と共同で発表した『精神分析の発展目標』（*Entwicklungsziele der Psychoanalyse: Zur Wechselziehung von Theorie und Praxis*）で、分析時の解釈偏向の状況に警笛を鳴らし、分析は解釈だけによらず、患者が過去の体験を反復すること自体にも治療的意義があるとした。すなわち、知的な解釈を否定し、「患者に身を重ねて行う共感的な理解の重要性」（北村 262）を説いた。「ランクは、過去の解釈を通して得られる洞察よりも、治療者と患者の情動的関係そのものに備わる治療的意義を重視する提唱を行った」（北村 262）のだ。ランクのニンへの態度もそのようなものであったはずだ。

　ただし、そうした治療の場では次のようなことが起こる。「深層心理に共感的に触れていくと、患者心理の過敏な部分が露わになり、それに反応した分析家の心が激しく揺れ動かされる」。そして、その激しさに持ち堪えられないと、「患者心理を理解することにとどまれず、患者に対して何らかの行動を取ってしまう」。それがユング（Carl Gustav Jung）やフェレンツィやサリヴァン（Harry Stack Sullivan）の逸脱行為である。すなわち、共感が「同一化への欲望を刺激し、患者との一体化へと向かわせる」（北村 404）のだ。ニンはランクの分析を恋にも似ているとしたが、その表現は的を射ている。

　分析家が患者との逸脱行為にいたる原因の一つは、分析家が自分の悩みや孤独感など、一人の人間として抱える悩みに耐えられず、他者を欲することにある。ヒューマニスティック心理学（Humanistic psychology）の中心的人物であるカール・ロジャーズ（Carl Rogers）もクライエントの一人と性的関係を持つにいたったが、彼は個人の生活、生まれてからの父との関係などが原因で、他者に対する親密さへの渇望を抑制できなかった。ニンの日記によれば、ランクもまた、ロジャーズと似たような形でニンとの性的関係に及んでいる。「これまで、私は、

生きることを拒否してきたような気がする。いや、拒否されていたのは私のほうだな。両親に疎んじられ、それから師であるフロイトに、そして、妻にも、拒否されてきた」(Incest 517)。ランクのこの言葉は「声」の主の境遇にも酷似している。「男は拒否されてきた。人間に、男にしてほしい、と彼は彼女に懇願した」(The Winter, l.n. 4467)。ここから、ランクが「声」の主のモデルだと考えられるのだろう。

　だが、「声」に描かれるのは、ランクの分析とは異なる。まず、「声」のもとに相談に訪れる者たちは「患者」(patient)と呼ばれる。また、「声」は患者の告白を聞いて「解釈」するという。これだけですでに十分、声の主はランクでないと考えられる。ランクはフロイトの精神分析が行っていた解釈を否定した。また、相談に訪れる者を「患者」と呼ぶことを禁じ、「クライエント」と呼んだ。これらはランクの明示的特徴である。そもそも、ランクは相談者の心の状況を病気と考えず（したがって「患者」ではなく「クライエント」と呼んだ）、その人格を全面的に受け入れた。だが、「声」の主は、絶対的な神、抑圧的な父のイメージで描かれている。一体、「声」の主は誰なのだろうか。[6]

　そこで『人工の冬』の終わりの部分に注目しよう。パリ版では、シュルレアリスティックなイメージの、後頭部に目がある男がリリスに近づき、その後、彼女が「声」とともにいることが明かされる。「声」は、「いつでも苦痛を変容できる錬金術師。すべての問いに答えたスフィンクス」(The Winter, l.n. 3895)と形容される。そして、もはや治療の必要はないと述べる「声」が1枚の写真をリリスに見せる。その写真では、リリスがウエディングドレスを着せられている。続く場面では、リリスが「城」に入っていく。そこにはベッドルームばかりあるが、死臭が漂っている。それから、リリスの前に「声」が現れる。そして「幻想を操る彼女の力も、彼女の夢も、夜そのものでさえ、奇跡を行うことはなかった。彼はついに、死臭漂う息をした声以外の何ものでもなかった」(The Winter, l.n. 4618)と締め括られる。この一連の場面で思い出すのはブルトンである。先に述べたように、スフィンクスはブルトンのエッセイ『星の城』でシュルレアリストの世界（＝城）に入りたいと思う者に、愛の未来についての質問に答えさせる守護獣として現れる。ここでは、スフィンクスと形容される「声」がリリスのもとを訪れ、城であるシュルレアリストの世界に花嫁として向かわせる。城のなかの数々の寝室は、リリスがシュルレアリストの考え、つまり、相対立するものが再統合することで完全な存在となり、社会から解放されることを実践する場だ。「リリス」という存在自体が、男性シュルレアリストたちが女性に付与した理想的イメージであることから考えれば、この場面は、リリスに男性中心の異性愛主義の理論的枠組み

のなかで生きるようにする、つまり男性の期待と欲望に従うシュルレアリストであらせようとする意味を持つ。だが、その世界には死臭しか漂っておらず、奇跡が起こることなどないということは、男性中心主義的なシュルレアリスムは彼女をさまざまな抑圧から解放し幸せにすることなどないということである。その世界への導き手がスフィンクスと形容される「声」であるのならば、「声」の主は男性シュルレアリストということになる。言い換えれば、当時のニンがシュルレアリスムの影響を受けていた限りにおいて、ニンにあらゆる社会的強制からの解放を期待させつつ従順を強いた男たちということになる。彼らの「声」に従うことが死者の世界に滞在することに等しいのであれば、男性シュルレアリスト、そして男性への従順を強いる男たちには何の期待もできないと断言して物語が締め括られているとみなすことができよう。

　一方、アメリカ版の「声」の最後では、冒頭の「ステラ」の始まりと同じく、つまり、アメリカ版『人工の冬』の始まりと同じく、リリスが一人で舞台に上る。ただし「ステラ」の冒頭にはスクリーンが存在する。つまり、そこでは一人芝居の劇ではなく出演者も撮影者も一人の映画が想定されている。ここに重要な意味がある。映画の場合、演じる人物はスクリーンのなかにいる。スクリーンを見ている人はスクリーンのなかの演技者を見ることができるが、スクリーンのなかの演技者は、劇の演技者と異なり、観者、すなわち、スクリーンを見ている人が見えない。言い換えれば、スクリーンのなかの演技者の前にはスクリーンを見ている人が存在しない。つまり、その演技は、観者がいないところで行われる。だが、演技者にはただ一人、自分の演技を見ている人がいる。一人映画の場合、それは自分自身である。自分で自分の演技を確認しながら演技するからだ。このとき、演技者と演技の観者の立場は逆転する。演技者の演技を確認する観者としての自分自身には、自分という演技者の全体を直接見ることはできない。観者の頭のなかで演技者の演技を確認する以外に方法がない。したがって、演技者は観者にとってイメージとしての存在である。しかし、実際に演技をしている者はイメージではなく現実の存在である。それゆえ、ステラは、現実と非現実、現実と幻想が境界を失い交錯する点でシュルレアリスト的主体である。ただし、彼女のなかの観者は男性の眼と同化しており、後に、小説冒頭で示されるとおり、そんな自分を嫌悪する。

　「声」におけるリリスも基本的にステラと同じである。「そしてわたしは、ひがいしゃであるとどうじに、かんさつしゃになった」（Winter 126）というリリスの最後の場面での言葉は、男性の眼と同化した視点で自分の演技を観察していること

とを意味する。リリスも、男性中心主義のシュルレアリスム的理想を、男性の期待と欲望に自分を従わせることで、補完的に完成させているのだ。しかし、「ひがいしゃである」と言っている限り、彼女は自分の状況を客観的に認識している。このことは、リリスの最後の舞台にはスクリーンではなくカーテンがあることと関係がある。彼女は劇の舞台に上がっているのだ。つまり、彼女は観者を見ることができる、自分の演技の対象を客観的に認識できる。演技の観者が男性ならば、シュルレアリスト的なリリスが、続く場面で口にする「おんなであることを、やめた」（Winter 128）という言葉は、彼女が男になったということではなく、チャドウィックの言う「シュルレアリストの「女性」――異性愛男性の無意識の投影によって形成される表象的分類」をやめて、「シュルレアリストの女性」、つまり、「自律した女性の主体を言語化する努力において重要な役割を演じるさまざまな個人」（Chadwick, "An Infinity Play" 4）の一人になることだと考えられる。だからこそ、この物語の最後の場面は女性シュルレアリストたちを想起させるイメージで終わるのだろう。

> わたしは、にんげんとして眠りについて、びんかんな葉をもつ、しょくぶつとして、えいびんなかんかくの、ひれをもつ、さかな、さんごの、かたさ、こうぶつの、鱗の眼をもって、めざめた。どこへでもただよっていく、ながいうでのさきに、あしのうらに、めをもって、めざめた。〔中略〕横たわる女は、ゆっくりと海にかわった。あるいは、あまみずをのみながら、さけめのある大地にとなった。（Winter 128）

先に述べたように、女性シュルレアリストたちは、自分を男性たちと差別化するために、自然、大地、海に直接結びつけた。以上のことから、アメリカ版もまた、パリ版と同様、男性シュルレアリスト、そして自らの期待と欲望への従順を強いた男たちからの決別の意志とともに締め括られているとみなすことができよう。

6　おわりに

　以上、ニンと彼女の『人工の冬』についてシュルレアリスムの観点から考察した。ニンは女性シュルレアリストと通底するイメージや表現技法を用い、男性への従属と男性からの解放のアンビバレントな思いを個のリアリティを通して描き、最終的に、従順を強いる男たちからの決別をシュルレアリスティックなイメージを

通して示す。興味深いことに、『人工の冬』では、父や「声」が女性を前にして、フィニの用いたイメージのような「しゃれこうべの頭をした猿」にこそならないものの、最終的に子どものようになる。シュルレアリスムは子どものような女性を性の対象としてあがめるのだが、このアイデアをニンは反転させて、男性から押しつけられたイメージや期待からの決別の意を表すのである。それがリアリティから生じた「夢のイメージ」、「確実性の最も少ない無意識の世界」であるのかもしれなかったにせよ。

註

1) 本論では既訳のあるものは既訳を用いた。出典は引用文献一覧内に（ ）で示した。なお文脈に合わせて訳を適宜変更した。
2) サルバドール・ダリ（Salvador Dalí）など、そもそもマルクス主義とは異なる立場の者もいた。
3) それはフロイトの言う「エロスは特殊な性的な状況を超えて、いかなる形体であれ、およそ生命的なものへの普遍的で力強い衝動となる」という言葉とも連関する（Chadwick, *Women* 218）。
4) *The Winter of Artifice* の Kindle 版テキストには、ページ番号ではなく位置 No. が付されているため、同テキストからの引用は、位置 No. を、その英語表現 location number の略 l.n. とともに番号で示すこととする。
5) 父ならびに「声」との性行為に関する言説で女性が自分を弦楽器に見立て、弓を脚の間に当てて引くというものがある。これはダリの《コンサート》（*Art of Music or Concert*, 1944）と題する絵、ならびに実際のコンサートで実行されたことと同じである（Slonimsky 82）。ニンがダリにシュルレアリスム上の影響を与えた可能性もある。別の機会に考察してみたい。
6) シュルレアリスムの自動記述の理論的礎になっているエスの分析からも抑圧的かつ性的な「声」を同定できるが、紙面の都合から別の機会に改める。

引用文献

Caws, Mary Ann, Rudolf Kuenzli, and Gwen Raaberg, editors. *Surrealism and Women*. The MIT Press, 1991.

Célérier, Patricia-Pia. "The Vision of Dr. Allendy—Psychoanalysis and the Quest for an Independent Identity." *ANAIS: An International Journal, Anthology 1983-2001*, compiled and prefaced by Benjamin Franklin V., Sky Blue Press, 2021, pp. 78-94.

Chadwick, Whitney. "An Infinity Play of Empty Mirrors: Women, Surrealism, and Self-Representation." *Mirror Images: Women, Surrealism, and Self-Representation*, edited by Whitney Chadwick, The MIT Press, 1998, pp. 1-35.

———. *Women Artist and the Surrealist Movement*. Thames and Hudson, Kindle ed., 1985.（『シュルセクシュアリティ』、伊藤俊治・長谷川裕子訳、PARCO出版局、1989年。）

Colvile, Georgianna M. M. "Beauty and/Is the Beast: Animal Symbology in the Work of Leonora Carrington, Remedios Varo and Leonor Fini." Caws, Kuenzli, and Raaberg, *Surrealism and Women*, pp. 159-81.

Nin, Anaïs. *The Diary of Anaïs Nin Volume One: 1931-1934* (English Edition). Mariner Books, Kindle ed., 1969.

———. *The Diary of Anaïs Nin Volume Three: 1939-1944* (English Edition). Mariner Books, Kindle ed., 1971.

———. *Incest: From "A Journal of Love": The Unexpurgated Diary of Anaïs Nin*, 1932-1934. Mariner Books, Kindle ed., 1993.（『インセスト―アナイス・ニンの愛の日記【無削除版】1932〜1934』、杉崎和子編訳、彩流社、2008年。）

———. *The Winter of Artifice*. 1939. Sky Blue Press, Kindle ed., 2009.（『人工の冬』、矢口裕子訳、水声社、2009年。）

———. *Winter of Artifice: Three Novelettes*. 1961. Swallow Press, 2016.（『人工の冬―アナイス・ニン　コレクションⅢ』、木村淳子訳、鳥影社、1994年。）

Preckshot, Judith. "Identity Crises: Joyce Mansour's Narratives." Caws, Kuenzli, and Raaberg, *Surrealism and Women*, pp. 96-113.

Rosemont, Penelope. "Introduction: All My Names Know You Leap: Surrealist Women and Their Challenge." Rosemont, *Surrealist Women*, pp. xxix-lx.

———, editor. *Surrealist Woman: An International Analogy*. U of Texas P, 1998.

Slonimsky, Nicolas. "Surrealism and Music." *Art Form, Special Issue: Surrealism*, vol. 5, no. 1, September 1966, pp. 80-85. https://www.artforum.com/print/196607/surrealism-and-music-37746.

Sullivan, Françoise. "'Dance and Automatism.' Lecture on dance 'Dance and Hope' on 16 February 1948." Rosemont, *Surrealist Women,* pp. 208-11.

Teige, Karel. "On Surrealist Semiology." *The Surrealism Reader: An Anthology of Ideas*, edited by Dawn Ades and Michael Richardson with Krzysztof Fijalkowski, Tate, 2015, pp. 296-301.

Vanel, Hélène. "Poetry and Dance," *Gabiers G.L.M.* no. 9, March 1939. Rosemont, *Surrealist Women*, pp. 112-13.

北村隆人『共感と精神分析――心理歴史学的研究』、みすず書房、2021年。

木村淳子「あとがき」『近親相姦の家』、鳥影社、1995年。

―――『性の魔術師その他のエッセイ』、アナイス・ニン研究会『作家ガイド　アナイス・ニン』彩流社、2018年、pp. 116-22.

D・H・ロレンスと
二人のモダニスト女性作家
アナイス・ニンとH.D.

D. H. Lawrence and Two Modernist Women Writers: Anaïs Nin and H.D.

三宅あつ子

1　二人のモダニスト作家

　アナイス・ニン（Anaïs Nin）とH.D.（ヒルダ・ドゥーリトル Hilda Doolittle, 1886-1961）は、お互い面識はなかったがモダニスト作家としての共通点が多い。1933年という同じ年に作品に多大な影響を与えた精神分析医に（ニンは、オットー・ランク、H.D.は、フロイトに）治療を受けたこと[1]やバイセクシャルの表現への葛藤、映像作品への関わりなどである。そして、二人のメンター（キャリアの手本であり助言者）（日本メンター協会）の一人であり特別な存在と言える共通の作家はD・H・ロレンス（D. H. Lawrence）である。

　H.D.の最初の恋人兼文学のメンターは、エズラ・パウンド（Ezra Pound）であり、イマジズム活動をともに行い、結婚したリチャード・オールディントン（Richard Aldington）にも大きな影響を受けている。しかし、その後の詩や散文にもモデルとして登場したD・H・ロレンスに多大な影響を受けたことは多くの研究者が述べているところである。アナイス・ニンの最初の愛人兼メンターは、夫の師であったジョン・アースキン（John Erskine）であるが、最も影響を受けた作家はヘンリー・ミラー（Henry Miller）であろう。しかし、20代から少しずつ作家の道を模索していたニンにとっての文学の師であり、一生涯の心のメンターであったのは、D・H・ロレンスだと言えると思う。これまでもそれぞれの作家の散文・詩に対するロレンスの影響を論じる論文はかなり存在したが、どちらの作家にも芸術のみならずアイデンティティや生き方への啓蒙が大きかったのではないだろうか。

2　H.D.とロレンス

　まず、実際にロレンスと知己であったH.D.に関してであるが、彼女にとってロレンスがどのようなメンターであったかを知るのは資料が十分ではないと言われている。事実関係としては、H.D.は1914年にイマジスト詩人仲間のエイミー・ロウエル（Amy Lowell）を通して、ロレンス夫妻と知りあった。H.D.が編集の一部を担当していたイマジスト詩人たちのアンソロジーや雑誌『エゴイスト』（*Egoist*）にロレンスの詩を掲載することを強く推した経緯からもうかがえるのだが、発禁あるいは当時悪評であったロレンスの小説を読み、彼女はかなりロレンスに傾倒していた。ジョン・ワーゼン（John Worthen）による伝記には、H.D.は「大切な女性の一人であるとロレンスは友人セシル・グレイ（Cecil Gray）に対して認めているが、これは男女の関係を指しているのではなく、自分のことを「恋人以上に真摯な態度で」受け止めてくれる女性という意味である」（222）[2]と書かれており、ロレンスとH.D.の相互理解が深いものだったことは確かである。H.D.の最も詳しく信頼のおける伝記、『定義された自己——詩人H.D.とその世界』（*Herself Defined: The Poet H.D. and Her World*）では、著者バーバラ・ゲスト（Barbara Guest）は、ロレンスのことをエズラ・パウンド、オールディントンの後に現れた「イニシエーター（指導者）」（72）と呼び、H.D.は、彼の「弟子」の一人であり、「信奉者」（73）であったと言っている。イニシエーションとは通過儀礼のことであるが、産業組織心理学者、D・フェルドマン（Mark D. Feldman）の用語にも見られる定義は、「人を今の状態から新しい状態に変化させるために課す儀礼」としてビジネス界でも使われており、まさにH.D.にとっては、このような変化を起こさせる指導者としてのメンターだったと言える。

　1915年、第一次世界大戦の激化のショックと夫オールディントンの入隊、夫とH.D.の友人たちとの度重なる不貞行為でH.D.は、死産という不幸に見舞われる。心身ともに疲弊していたH.D.をこの時ハムステッドで5分とかからない場所に住んでいたロレンスが何度も訪ねたということである。H.D.は、詩作にも賛辞を送り、優しく接してくれたロレンスのことを師として、敬愛する人として見ていたようである。

　その後、1917年にフリーダ・ロレンス（Frieda Lowrence）がドイツ国籍であることからスパイ容疑で追放されたロレンス夫妻を救ったのがH.D.であった。3か月ではあったが、H.D.は、ロンドンのブルームズベリーにあるメックレンバーグ・スクエアの借家にロレンス夫妻をかくまった。1923年に上梓されたロレンスの

自伝的要素の濃い『カンガルー』(*Kangaroo*)には明らかにH.D.への感謝と取れる記述がある。

> 陸軍で従軍している詩人であるイギリス人の友人のアメリカ人の妻が彼らにメックレンバーグ・スクエアの部屋を提供してくれた。そして、ロンドンに到着して3日目に、サマーズとハリエット（モデルは、ロレンスとフリーダ）がそこに引っ越してきたのだ。そのアメリカ女性に大変感謝していた。彼らはお金を持っていなかった。しかし、その若い女性は、部屋も、食料も燃料も、自由奔放に投げ与えてくれた。彼女は美しく、無謀で、その詩に対してリチャード（サマーズ）が恐れ、感嘆していた詩人の一人だった。(291)

狭い家の2階には友人に頼まれ住まわせたアラベラ・ヨーク（Allabera Yorke）がいて、オールディントンが軍の休暇で帰ってきていたときに不倫関係になった。二つのラヴ・トライアングル（H.D.と夫とアラベラ、H.D.とロレンスとフリーダ）の緊張状態で執筆が困難になったH.D.は、ロレンスの友人である音楽家セシル・グレイのコーンウォールの家に逃げるように引っ越す。結局H.D.はグレイとの間の子ども（Frances Perdita）を妊娠、出産するが、グレイにも夫にも父親になる意思がなく次の彼女の人生の過酷な段階に移ることになる。

　ロレンスとは頻繁に手紙のやり取りをしていたが、手紙や第一次世界大戦中に書いた詩の原稿などは、夫オールディントンかあるいは本人が焼却してしまったと言われており、詳細は明らかではないにせよ、そのおおよその内容は彼女の自伝的フィクション『生きよと命じるなら』(*Bid Me to Live*)から知ることができる。また、1917年の『エゴイスト』に発表した「エウリュディケ」("Eurydice")は、この時代に書き、しかもロレンスだけにまず原稿を送ったことが小説には記されている。ロレンスと密接に関係のある作品は、結局この詩と『生きよと命じるなら』である。

3　『生きよと命じるなら』と「エウリュディケ」

　『生きよと命じるなら』のタイトルは、エリザベス朝の詩人ロバート・ヘリック（Robert Herrick）による恋の詩「アンセアへ〜彼に何事も命じる事ができる人」("To Anthea, who May Command Him Anything")の冒頭、「生きよと命じてくれ、そうすれば私は生きる」から取ったものである。死後出版されたエッセイ、「ディ

リア・アルトンによるH.D.」（"H.D. by Delia Alton"）によると、「私は1921年からこの話を書こうとしていた……ロンドンとスイスで違うタイトルをつけて何度か書き直した」（"Introduction," *Bid Me to Live* xxx）ということで、原稿段階では「マドリガル」とタイトルをつけていた。[3] 自伝的小説は未発表のものも含め何冊もあるが、D・H・ロレンスがモデルの登場人物を扱っているのは、これだけである。

　この小説の登場人物は全員が実在の人物をモデルとしている。ロレンスだとされているリコ（Rico）は、カリスマを身にまとった健康を害している小説家であるが、H.D.の分身、語り手兼主人公ジュリア（Julia Ashton）は、死産を経験した後従軍した夫レイフ（Rafe）との結婚生活が破綻していく予感がしている。リコとドイツ人妻のエルサ（Elsa）が狭い家に引っ越してくると、もともとレイフには内緒でリコと原稿や手紙のやり取りをしていたジュリアは、リコに関心を寄せていく。レイフをローマ人（粗野な兵士のイメージ）、リコを賢者のギリシャ人に何度もたとえていて、すっかり詩人らしさを失った軍人の夫と繊細なリコを対比させている。

　友人から頼まれ2階に住まわせていたアラベラ・ヨークをモデルとしたベラ（Bella）と夫が家のなかで堂々と不倫行為をするようになり、ジュリアは、歴史（戦争）につぶされそうになっている世界と家のなかの耐え難い戦いを並列に扱うようになっていく。そのなかでも詩作は彼女を救う大きな手段であり、リコとの手紙のやり取りの比重が増していく。フリードマンは、「リコへの手紙に象徴されるように、詩は、歴史の罠をくぐり抜ける彼女の「抜け道」なのだ」（*Penelope* 145）と言っている。夫に「リコを愛しているのか？」と聞かれたジュリアは、「今は愛していない。彼は脳内の燃焼の一部でインスピレーションの一部なんです。彼は奪うこともするけど、与えてくれるから」（39）と答えており、リコが与えてくれている詩作を諦めない「燃焼」を大切に抱えているのがわかる。

　何度か繰り返されるリコの手紙の一節に次のような言葉がある。

> 天使が舞い降りてくるところへ、一緒に出かけましょう。……あなたが退屈な生活をだらだら送っておられる家など蹴っ飛ばしてひっくり返してしまいなさい。美徳という、私たちのものうい ユリの花が炭鉱の穴の近くで危うげに揺れています。……愛にかかわることに関して詳しいあなたは、霊たちが住む町に生きる霊なのです。(5) [4]

研究者たちの一致した意見では、これはロレンスのよく知られる、お気に入り

の友人たちと移り住もうと言っていた、ユートピア的「現代のエルサレム」、ラナニムにH.D.を誘ったことばで、オールディントンによるロレンスの伝記や、『D.H.ロレンス書簡集』(*The Letters of D. H. Lawrence*) にも収められている (Firchow 55)。

ところが、緊張関係のなか二人で話しているときにジュリアがリコの手に触れると強く拒絶される場面がある。この場面以降、リコとジュリアの関係は悪化する。はっきりとその後ジュリアが家を出ていく理由が書かれていないにせよ、この頃書いたと言われる「ノリメタンゲレ」("Noli Me Tangere")[5]という詩が理解の一助になる。

> 心の生き物たちよ、私に手を出すな。
> 精神的な指を持つ者よ、決して私に手を触れてはならない
> 精神的肉体を持つ者よ、私から少し距離を置け
>
> そして私たちは、もしあなたが望むなら、
> 精神的ふれあいで、話し交わるようにしよう、楽しく、また悲しく。
> でも、それだけだ。
> 肉体をそのなかにまぎらわせるのはやめ、私たちは離れていよう
>
> (Lawrence, *The Complete Poems* 468-69)

この詩を読むとロレンスは明らかに精神的な結びつきを重要視していた相手 (H.D.＝ジュリア) に不快感を示したという推測が成り立つが、小説の語り手は、妻のエルサ・フレデリック (Elsa Frederick＝フリーダ) から若い音楽家シリル・ヴェイン (Cyril Vane＝セシル・グレイ) との不倫関係を望んでいて、リコとジュリアをわざと親密にさせようと二人の時間を度々持たせた話を聞き、これに気づいたリコが激怒していたと書いている (85)。

また、パーティの余興として、エデンの園の寸劇をリコが神となって差配するのだが、アダムとイブは、レイフとベラで、蛇がエルサ、ジュリアには、知恵の木を充てる。「君は林檎の木だ。踊ってくれ」(67)。人間としての性を持たない知恵の木を演じさせているリコに彼のジュリアへの精神性を見て取れる。いずれにせよ、ジュリアに興味を持ったシリルが結局コーンウォールの家に彼女を招待し、結婚生活とメックレンバーグの家からリコの手紙にあった、「蹴っ飛ばしてひっくり返す」ように意を決して出ていく。

私をあなたから遠ざけていたのは、あなたの天才性だけではありません。つまり、あなたの個人的な力や書き方だけではありませんでした。あなたが送ってくれたあの長い小説には、金や錫やフェニキア人がイギリスに取りに来たどんな鉱石も、間違いなく含まれていました。私には、送られてきた原稿から磨かれる前の石を泳い出す力も設備もなかった。しかし、私はわかっています。たとえ私があなたに同意しなくても、あなたの言っていることが気に入らなくても、そういうものはあなたの書くものすべてに存在するのです。才能がそこにあることを私は知っています……あなたはヴィンセント・ヴァン・ゴッホが見るように物を見ています。あのひっくり返った鍋やパンジーのかごや古い靴のように。（111）

物語は、最後にこのようにリコを想っているジュリアの姿で終わっている。
　また、ロレンスとの手紙のやり取りにあるH.D.の詩は、『生きよと命じるなら』の作中で登場する「エウリュディケ」であり、この詩における自由さが、ロレンスの影響とする研究も多くある（Guest 75）。エズラ・パウンドや夫オールディントンら、イマジストの周りの男性たちにアイデンティティを決定されたと感じていたH.D.は、文学史の一項目であるイマジスト詩の代表詩人として掲載される硬質でことばを切り詰めたような詩ではなく、自分の感情を主体的に表現する独自の詩を目指していた。戦時下でロレンスたちをかくまうようなストレス過多な状況でもかき消されたと考えた女性の声を届けるべく、ギリシャ神話の登場人物の女性の代弁者のような立場を取った詩を生み出した。オルフェウスは、死んだ妻、エウリュディケを冥界から現世に連れ戻そうとするが、彼が禁忌である振り向くという行為をしてしまい、再び暗闇に戻される。通常神話では美しいオルフェウスの深い愛と死んでしまう彼を悼むニンフたちの様子が描かれるのだが、エウリュディケの心情はほとんど語られない。H.D.の詩のなかでは彼女は次のように訴える。

　　そしてあなたは、私をもとに引き戻してしまった
　　地上で生きた魂と歩くこともできたのに
　　やっと生きた花々のなかで眠ることもできたのに

　　そしてあなたの傲慢と冷酷さのせいで
　　私はひきもどされる

死の地衣から灰の苔に
　　死のもえがらがしたたり落ちる場所へ

戻された暗い冥界と対比されるのは、外の光と香り高いサフランやクロッカスなどであるが、「花はすべて失われた」と嘆き、後半にかけて花が創造性や詩のエネルギーという明確なイメジャリーとして使われる。最後のⅦ部では、

　　少なくとも私は私自身の花と
　　私の思考を持っているから
　　それはどんな神も取り上げることはできない
　　私は存在のための私自身の情熱を持っている
　　そして光への私自身の魂を持っている（*The Collected Poems* 51）

と自己の強さを歌っている。H.D. は、人生の絶望期にあっても詩作をやめない自身の創造性とそのエネルギーを表現したのではないだろうか。

　この詩の原稿を送られたロレンスの返事は、『生きよと命じるなら』に書かれていたものが事実と遠くないと推測できるのだが、次のような批判だった。「あなたの……オルフェウスの詩の後半は、前半ほど好きではありません。女性が話しているところに集中しなさい。オルフェウスの気持ちがわかりますか？　女性であることがあなたの役割ですから、女性の感情とエウリュディケで十分でしょう。両方扱うのは無理です」（*Bid Me to Live* 28）。小説内では、これに関して、女性を生き生きと描き出した小説家のリコが反対の立場である、ジュリアが男性の心情をつづることに反対することに反発する。

　アナイス・ニンとヘンリー・ミラー、H.D. とロレンスも含めた、作品のなかの文学者同士の恋愛関係についてリネット・フェルバー（Lynette Felber）は、次のように言っている。「異性間恋愛が絡む文学的な師弟関係（メンターシップ）における必然的な不平等に対するこのような抗議は、モダニズム女性作家の文学的結びつきを描く小説に不可欠な要素である」（Felber 146）。しかし、結局最終的な完成された詩を見ると、エウリュディケの感情のみを描いた詩に仕上がっており、メンターとしてのロレンスの意見を重視した形になっている。

4　ロレンスのH.D.への影響

　1932年から33年にフロイトに精神分析治療を受けていたとき、ウィーンのホテルの寝室にロレンスの写真を置いていたH.D.に対して、フロイトはロレンスの影響を文章にすることを促し、彼女は『生きよと命じるなら』を仕上げることを決意した。後に書かれたエッセイ、「ディリア・アルトンによるH.D.」に次のように書いている。「模索に対する永遠の物語である……『生きよと命じるなら』で、ジュリア・アシュトンは、創造面において平等あるいは優れた仲間を見つけたのだ。しかし、彼女は彼の犠牲になる。または彼が犠牲になった……彼女は、うわべの生活をこなしながら、内面では書くという創作活動に真の充実があることを理解したのだ」(Penelope 144)。つまり、ロレンスの存在があったからこそ、詩作を続けることができ、またイマジストとしての型にはまった詩から脱却することができたのである。

　ロレンスの死後出版されたメモワール（どの本とは特定されていない）について、H.D.は、「D・H・ロレンスの回想録を書いたこの女性たちは、彼を一種の先達とも師とも思っていたのだ、という気がして私は彼女たちを羨ましく思った」（『フロイトにささぐ』172）と書いていることから、敬愛し影響を受けたロレンスに最終的には失望させられたと想像される。ところが、ウィーンでフロイトに精神分析を受けている期間に友人のスティーブン・ゲストがロレンスの新刊、『死んだ男』(Tha Man Who Died) を持ってきて、「彼はこの本をあなたのために書いたのだと思う。この本ではあなたはイシスの女司祭になっているのを知ってる？」(Tribute to Freud 173) と言ったことと、フロイトがロレンスに似ていると感じているH.D.に対して、何度もロレンスについて彼女に話させたことで、H.D.はロレンスとの関係をまた肯定的に考えるようになった。『フロイトにささぐ』(Tribute to Freud) に「ロレンスは、『死んだ男』と共に戻ってきた。その本のなかでイシスの女司祭を私のつもりで書いたかどうかはこの彼の最後の本が私を彼と和解させた事実を変えはしない」(182-83) と書いている。

　H.D.は、その後、第二次世界大戦中から作品を書けなくなり、戦後、極度の精神衰弱になったが、それでもそこから立ち直り詩や小説を生み出せたのは一つには、第一次世界大戦中の過酷な体験を経た後に作家としての自己を立て直すことができた経験があったからではないだろうか。第二次世界大戦後書かれたエッセイ、「思いやりある友情」("Compassionate Friendship") で、「爆撃のために閉じられた部屋のなかでロレンスの言葉を思い出した。「ヒルダ、この大勢のなかで

君だけなんだよ。本当に書けるのは」」(*Penelope* 169)。30数年の後でもロレンスのメンターならではの激励の言葉はH.D.に響いていたようである。

　H.D.の伝記作家、バーバラ・ゲストは「H.D.もロレンスも普通の恋愛はできないので、二人の間に築かれたものは、激しく、恣意的で、情熱的なものになり、最後は失望と怒りに満ちたものになった。しかし、気づかないうちにロレンスは彼女の人生を変えたのだ」(Guest 72)と二人の関係をまとめている。人生を通して自己表現をやめなかったロレンスの生き方に呼応するように、詩や回想録、小説などをH.D.は生涯書き続けた。

5　アナイス・ニンとロレンス

　アナイス・ニンの場合は、ロレンスの晩年に結局会えなかったようであるが、1929年からロレンスを読んで興奮気味に小説を賞賛している記述が日記に見られ、それ以来病床でその日課を終えるまで彼の名前に言及しない年の日記がないほど大きく影響された。1915年の『虹』(*The Rainbow*)をはじめ作品が発禁処分になり、徐々に読者を増やしてはいたものの悪評も多かったロレンスをニンが擁護する形になったエッセイ、「性の神秘主義者——D・H・ロレンスの第一印象」("The Mystic of Sex—A First Look at D.H. Lawrence") を書き、1930年に『カナディアン・フォーラム』(*Canadian Forum*)に掲載されたことでこれが彼女にとっての最初の活字化された作品となった。仮タイトルとして日記のなかで「性か神秘か？」と呼んでいたこのエッセイについて、出版が決定した日、次のように書いている。「私のロレンスについての記事が『カナディアン・フォーラム』に掲載されるという知らせを聞いた。スタートとしてなんてふさわしいのだろう。私のロレンスを賞賛しているのだから。これより完璧なことってある？　報酬は出ない。それはまた将来のことだ」(*The Early Diary Vol. 4* 326)。

　ニンは、メリサンドラ (Melisandra) というペンネームで書いたこのエッセイで、『チャタレー夫人の恋人』(*Lady Chatterley's Lover*) と『恋する女たち』(*Women in Love*) を論じ、ロレンスにしかなしえなかった赤裸々でありながらポルノグラフィックにならない性愛の表現について分析した。「ロレンスは、この肉体的な激しさの中心に、不思議なほど繊細な希少性を持つ優しさ、つまり、通常の性愛表現が決して入れる場所を作らない、普段の性の場面にもほかの本にも登場したことのない優しさを置いている」("The Mystic of Sex" 15) と一読者の感覚から詳細に述べた後に、「その独特な表現は、ロレンスが「詩人で神秘主義者」である

からだ」と述べている。

　鶴岡賀雄は、「神秘主義」という概念は歴史的に変遷したが、現在の状況をまとめた2015年のフランスで出版された『三つの一神教における神秘主義と哲学』の序文の言葉から始めるべきだとして、「神秘主義という概念は、言葉にしえない伝達不能な経験、超越的であるかないかはともかく、何か高次の存在との合一に結びつけられる」(2) 宗教哲学であると引用している。アナイス・ニンは、いとこのエデュアルド（Eduardo Sanchez）との関係にも使用する（*The Early Diary Vol. 4* 341）など、「神秘主義的」という単語をしばしば使っていたがロレンスに用いた「神秘主義者」という言葉の概念もおおよそ現在の意味と同じと取れる。『私のD.H.ロレンス論』（*D.H. Lawrence: Unprofessional Study*）のなかでは、ニンは、神秘とは「自然な宗教的な感覚である」と定義している。彼女はロレンス独自の宗教観、原始的、古代的、神秘主義的な宗教哲学を小説のなかに発見し、それが、ロレンスの表現の魅力の中心だと論じた。

　1931年1月23日の日記には、ニンが送った「無時間の浪費」[6]などの短編小説の原稿は却下したが、このエッセイを高く評価していた、ブラック・マニキンという書店と出版社を持つエドワード・タイタス（Edward Titus）にロレンスに関する評論の本を書いたと、彼女は大げさな話をしたと書かれている（*The Early Diary Vol. 4* 379）。実際は、メモや感想の紙の山があっただけなのだが、すぐ持ってきてくれというオファーによって生まれたのが、『私のD.H.ロレンス論』である。日記によると毎日10時間書き続け9日間ほどで仕上げたとある。[7] 原題を直訳すると『素人的研究』となり、かなり遠慮したタイトルだと思われるのだが、今では素人的ではないアカデミックなロレンスの論文や研究書の引用文献に頻繁に見られるようである。[8]『私のD.H.ロレンス論』の翻訳者、木村淳子によると、ニンはすでにこれ以降出版されるロレンスの研究書が論点として選ぶ部分を先取りしているとして、次のように述べている。「「言語……文体……象徴」の項はロレンスのエクリチュールについての考察であるが、それはやがてリディア・ブランチャード（Lydia Blanchard）の「ロレンスとフーコー、セクシュアリティの言語」("Lawrence, Foucault and the Languages of Sexuality")に発展するものを予感させる。そのあたりに若いアナイス・ニンの慧眼が感じられる」（『作家ガイド』16）。

　1930年のロレンスの死去以降、相次いで『タオスのロレンゾー』（*Lorenzo in Taos: D. H. Lawrence and Mabel Dodge Luhan*）などの女性によるメモワールが出版され、H.D.が羨ましく思い、自分には書けないと嘆いた作品群があったようだが、ニンの評論は、学術的とは言えないにせよ、ロレンスの小説一つ一つおよび詩

評価を扱っていてこれらとは一線を画していた。アメリカでの再版に際して付された序文で、研究者としても伝記作家としても著名なハリー・T・ムーア（Harry T. Moore）は、次のように言っている。「われわれがのちにニン嬢自身の小説に恩恵をこうむることになる、特別な種類の直感——感情的な知識——を、彼女はロレンスの詳細な説明にはじめて用いたのであった」("The Mystic of Sex" 15)。また、ムーアが続いて書いている「この鋭いロレンス論がはじめて活字になって、世に現れたときに、おそらく彼女は少女から若き女性にいたる距離を超えたのであろう」という印象は、まさしくH.D.にとってイニシエーターであったロレンスがニンにとっても通過儀礼を授けるメンターであったのがわかる。

6　ロレンスのニンへの影響

　ロレンスという通過儀礼でアナイス・ニンはどのような影響を受けたかという問題はどんな作家についても作品への影響を語るのが難しいのと同様に若干意見が分かれるようである。これまでのニンの研究者の意見としては、興味深いものは、アナイス・ニンの研究誌である『カフェ・イン・スペース』（*A Café in Space*）のキャリ・リン・ヴォーン（Cari LynnVaughn）の論文のようにロレンスとヘンリー・ミラーとの三角関係が存在したと論じているものもあり、ロレンスを感化された生身の人間のようにミラーも父ホアキンも嫉妬し、ニン自身も知っている人間のように扱っていると書いている。

　ニンの文学理念や小説においてのロレンスの影響については、ダイアン・リチャード＝アラーディス（Diane Richard-Allerdyce）が、「身体を表現する、書く」という点でフェミニズムが批判したロレンスの先駆的な試みにニンも倣ったことを論じている。そして、エレーヌ・シクスー（Hélène Cixous）などのエクリチュール・フェミニンが打ち出した本質主義的な「女性の書き物」に例として挙げられるニンではあるが、皮肉にも彼女たちが批判したジャック・ラカン（Jacques Lacan）の理論に『私のD.H.ロレンス論』におけるニンの主張が似ているのではないか、「「身体を描く」ということの理論化に一般的にまつわる性の二極化を超越しようとしている」(205)という姿勢にロレンスと呼応しようとしたニンの態度が読めるとしている。リチャード＝アラーディスは、さらに「ニンの考えはラカンの言語の物質性の議論とよく似ており、言語の文学的使用は、性別の差異が作用する無意識の構造を具体化することができる、というものである」と言っている。ニンは、ラカンと同様に、身体というものを意識、無意識両方が表現する

場として位置づけていた。

　ニンは、ロレンスが「両性具有的だ」と主張している。20世紀の本質主義を否定するフェミニズム批評によって、男性的、女性的、両性的という表現は無意味なものになったが、それでも、ニンが情熱をもって語っている、「ロレンスの直感性は、両性具有的とでも表現できる、彼の書き方の持つ力からきている。彼は女の感情を完全に認識していた。実際彼はしばしば女が書くように書いた」(『私のD.H.ロレンス論』91) という言葉は、理解にかたくない。ニンの女性としての表現を追求するという姿勢と性の二極化を超越して身体を描くということは矛盾しているようで、彼女のなかでは整合性があったと思われる。ニンは、言葉自体がジェンダーの神髄だとわかっていた。日記のなかで何度も、「女性として書く」という決意表明をしている。女性の身体と心を描きとるという21世紀ではある程度当然の芸術の行為が20世紀前半では困難で新鮮なことだったことが見て取れる。

　フェミニズム批評の第一人者、サンドラ・ギルバート (Sandra Gilbert) は、「フェミニズムとD.H.ロレンス」("Feminism and D. H. Lawrence") のなかで、20世紀初頭のフェミニストの原型と言ってもよい女性作家たちが女性嫌悪の表現の多いロレンスをなぜそこまで敬愛するのかという疑問を追究している。その作家として、H.D.、キャサリン・マンスフィールド (Katherine Mansfield)、アナイス・ニン、エイミー・ロウエル、キャサリン・カースウェル (Catherine Carswell)、メイベル・ドッジ・ルーハン (Mabel Dodge Luhan) を挙げ、『私のD.H.ロレンス論』から男性と女性の関係が真摯に描かれたことと、「男性がこれほど全体的に完全に、はっきりと、女性を表現したのは初めてのことである」(94) などのニンの言葉を引いている。そして、ロレンスの魅力を「擬似的フェミニズム」(96) と批判しながらも、彼が『ジェーン・エア』(Jane Eyre) や『嵐が丘』(Wuthering Heights) などの女性作家による伝統的小説の影響を受けていることや階級を含め元来アウトサイダーでアウトローな精神を持つことへの女性読者による親和性などを述べている。

　フェミニズム運動が隆盛となった1970年代に運動のアイコンとして大学の講演に招待されたりメディアのインタヴューを受けたりしたアナイス・ニンではあったが、フェミニズム批評の批判の的となったロレンスに関しては一貫して生涯のメンターを弁護するという立場を貫いた。たとえば、ケイト・ミレット (Kate Millett) の『性の政治学』(Sexual Politics) におけるロレンスやミラーの批判について、次のように1970年のインタヴューで答えている。「男性たちは、ピューリ

タン思想が作り出した女性からの距離を取り払わなければいけなかったのです……キリスト教の作り出した幻想から女性を解き放つことで実行しました。歴史的に見て、それは有益だったのです。ある時期においては、そういうことは正しいのだと認識すべきだと思います」(『アナイス・ニンとの対話』24)。

　2022年にスカイブループレス出版社のポール・ヘロン (Paul Herron) によって発見、紹介された、旧友、ロレンス・ダレル (Lawrence Durrell) の学生たちの前でダレルとニンがロレンスに関して対談している録音があり、1974年のこのセミナー (Durrell-Nin Seminar on D. H. Lawrence) でニンは、フリーダ・ロレンスに会ったことがあると言っている。ダレルは、ニンの『私のD.H.ロレンス論』について、「あれは、初めての女性によるロレンスの評論だったけど、奇妙なことだよね。だって、フェミニストたちは誤ってロレンスを攻撃しているから」(Durrell-Nin Seminar) と、ロレンスの文学的評価が定まらず禁書になっていた時代に勇敢に女性によって評論が書かれたことに驚きをもって賞賛している。ニンは、フェミニストの批判について次のように弁護した。

　　ロレンスを非難するのはナンセンスですね。彼は小説で描いた結婚を戯画化していると思います。フリーダとの結婚に関してもすばらしくバランスを取っていたように思うのです。フリーダはユーモアのセンスが抜群で、ロレンスの相続についての彼の兄弟との裁判中にも二人の関係がセンチメンタルに語られようとしたとき、「それは全然事実と違うわ。私たちはいつもけんかしていたのよ」と言いました。しかし、私は、彼らのけんかは、名誉ある戦いに思えます。よくロレンスが彼女を女王蜂と呼んでいたと言いますが、結婚においての男女間の支配欲などを信じていたと思えません。
　　　　　　　　("Durrell-Nin Seminar on D. H. Lawrence, March 13, 1974.")

そして、男性性と女性性の議論になったときは、次のように語った。「ロレンスは女性のためにも男性のためにも表現しています。だからなぜ彼が攻撃されるのか全然理解できません。私たちはロレンスの女性的な部分を発見できます。彼が激しく葛藤していたピューリタニズムや英国の文化を通して」("Durrell-Nin Seminar")。

　ニンは、ロレンス本人に出会い女性忌避を見抜き幻滅したH.D.とは異なり、このように晩年にいたるまでロレンスに対する主張を変えることなく、心のなかのメンターのためにフェミニズム批評の攻撃に対して反論し続けた。

7　アナイス・ニンの小説

　アナイス・ニンは、後にインタヴューで、自分の初期の小説を「ロレンスのイミテーション」と言っている（『アナイス・ニンとの対話』160）。ロレンスの小説における作業を『私のD.H.ロレンス論』で述べているが、それは後のニン自身の創作態度とほぼ同じである。それは、実生活の経験とそれを反芻し、書いて表現し、また書き直す作業であるが、次のように言っている。「できごとや個人に関する最初の分析は、ある様相を見せる。それを再び見なおすなら、そこには別の顔がある。私たちが再度解釈しなおすことで、さらに先に進めば、そのたびに事実を新しく整合させる気分や想像力は多彩になる。……私たちの想像力によって、一つの体験は、より多くの体験へと増加される。そして、同時に複雑さともつれを作り出すことができるのは、この増加させ、発展させる力のおかげなのである。……そしてこれがロレンスの、彼の登場人物を生かしている、詩的創造の基礎である」（『私のD.H.ロレンス論』48-49）。

　ニンは、現実の体験を日記に書き留め、たとえばヘンリー・ミラーと妻のジューン（June）との関係という題材のように、さまざまな形で表現し書いた小説を推敲し、上書きされていった古文書のパリンプセストのように何度も書くという作業を繰り返した。

　ニンの小説における女性たちは、日記に書き留めた実在の人物に自分自身の内面を投影し、合体させたヒロインたちである。そのヒロインたちも日記のなかのエピソードとともにパリンプセストとして繰り返し練り上げられ最終段階の小説に登場している。夫も子どもも捨てて自己と愛の探求のため遍歴の旅に出る五部作の小説、『内面の都市』（*Cities of the Interior*）の主人公の一人、リリアン（Lillian）に解放を切望したロレンスのヒロインたちの連続性を見ることができる。

　ロレンスの『恋する女たち』における、作者ロレンスのペルソナとも言われているバーキン（Birkin）の出自、家庭、宗教、教育などの背景は女性の登場人物たちに比べると本作のなかで極度に語られていない。彼の情報が少ないことは、「階級、教育、宗教など、家族や社会生活についてまわる、旧い価値観から解き放たれた人物を想定しているため」（87）という萩原美津の意見には容易に同意できる。ニンの小説のほとんどの登場人物は、『内面の都市』の五作の小説を通して描かれる主要な女性たち、リリアン、サビーナ（Sabina）、ジューナ（Djuna）を代表として、詳細な出自どころか姓もなく、ファーストネームだけである。

　また、自己認識を探る遍歴がほとんどのロレンスの小説の最大のテーマであ

り、それは、『愛の家のスパイ』（A Spy in the House of Love）のサビーナや『四分室のある心臓』（The Four-Chambered Heart）のジューナ、『炎へのはしご』（Ladders to Fire）、『信天翁の子供たち』（Children of the Albatross）、『ミノタウロスの誘惑』（Seduction of the Minotaur）のリリアンにも見られる。ロレンスは、「芸術の創造は、人生の基本的な要素である個人の内省の過程に関わる」（Richard-Allerdyce 224）と述べているが、それはニンの小説の根幹でもある。サビーナは、愛人たちとの情事において女性としての解放を求めるが、重ねた嘘の重みと罪悪感で自己がばらばらになってしまう。『四分室のある心臓』のジューナは、愛人とその妻を献身的に世話しながら、ハウスボートでの情事に自己の解放を夢見ている。

『炎へのはしご』のリリアンは、夫と子どものもとから離れニューヨーク、パリと思われる都会でピアニストをしながら、画家のジェイという恋人を持ち、男女間の支配関係に悩みながらサビーナとの恋愛関係にも陥る。この小説は、『内面の都市』と題された五部作の最初の小説になっており、エンディングは、主要なヒロインたち（リリアン、サビーナ、ジューナ）がそれぞれ解放への努力の方向を見失っている状態であるが、五部作の最終小説『ミノタウロスの誘惑』では、遍歴と内省の旅の終わりが見えてくる。

『ミノタウロスの誘惑』の主人公リリアンは、「いつも敗北感を味わいつつ、他人や自分を傷つけて生きてきた」（43）とメキシコの架空の町に住む人に語り、過去から逃れられない様子で旅を続けている。しかし、美しい自然と多様な人たちに触れ、それらを「自分の目」で見るということが自分に欠けていたと認識する。そして最後は、夫も自分も解放される道を模索しながら、夫の待つ家に帰っていくのかもしれないと思わせる結末で終わっている。

日記のなかに登場する女性たちとニン本人を、彼女のお気に入りの表現を使うなら、錬金術のように混合させて生まれたこれらの小説のヒロインたちは、内面に問題を抱え自己解放とそこにまつわる罪悪感を持ちながら、それでもロレンスの解放を希求する登場人物たちに背中を押されるように自由を求めたのである。

8　アナイス・ニンの生き方と書くこと

小説を書き始めた1920年代後半、アナイス・ニンは、銀行員の妻として好景気のパリの社交界や劇場通いの世界から影響を受け、良妻賢母にはなれない上に芸術肌で、情熱を受け止める人を探し求める自分の生き方に気づき始めていた。そして、ジョン・アースキンを師として仰ぎつつ初めての影響力のある男性との

婚外の関係を持とうとしていたニンは、ものを書く人間になりたいという夢と男性への情熱を結びつけようとしていた。その後パリ時代は、ヘンリー・ミラーとゴンザロ・モレ（Gonzalo Moré）という運命的に結びつけられた恋人たちがいたが、日記【無削除版】、『ヘンリー＆ジューン』（Henry and June）や『より月に近く』（Nearer to the Moon）に詳しく綴られている。ニューヨークでは、『蜃気楼』（Mirages）にあるように、ゴア・ヴィダル（Gore Vidal）をはじめとし、年下の男性たちの間に完全な愛を求めて遍歴を重ねる。そしてミラーと妻ジューンとの関係は、『人工の冬』（パリ版）の「ジューナ」に、ゴンザロと妻ゾラとの関係は『四分室のある心臓』に、ニューヨークでの若者たちの描写は、『信天翁の子供たち』などの小説に結実する。多くの研究者は、「書くことと生きること、生きることと書くこと。そこには連続性がある」（Richard-Allerdyce 227）という法則をロレンスに見出したが、ニン本人もそれを踏襲したことになる。ニンは自らの感情と欲望に素直に向き合って生活し、それを日記と小説に表現することで自己解放を試みた。

　アナイス・ニンの文学に最初に影響を与えた代表的作家は、パリ時代に読んでいたプルースト、コレット（Sidonie-Gabrielle Colette）そしてロレンスだが、1968年に出版した文学論、『未来の小説』のなかで、「直接に影響を感じ、範とした」（172）と挙げているとおり、ロレンスが別格のメンターとして、彼女のバックボーンを支えた作家であることは間違いない。『未来の小説』は、ニンが作家として目指した方向性を遺憾なく語ったエッセイだが、時代を先取りながらも特にアメリカでの受容が難しかった彼女のシュルレアリスティックな文体や官能的な描出についての解説と同志と感じる作家たち、特にその当時の若い小説家たちの紹介なども書いている。これも『アメリカ古典文学研究』（Studies in Classic American Literature）を始めとして、「小説はなぜ大切か」「小説論——トルストイを中心にして」などの多くの独自の文学論を書いたロレンスの態度と呼応する。

　『未来の小説』には、ニンが「生への没入」という小説家の特殊な態度において、ロレンスをロールモデルにしたことが書かれている。現実とほぼ同様な感情の動きを持っていた『日記』のなかのニンの恋愛関係について、「親密な関係を結ぶ目的の一つは、仮面をとりはずし、ペルソナを貫き、それを超えて、情緒的自己を発見することである」（『未来の小説』114）と言っている。そして、「親密さは、D.H.ロレンスの場合のように、まずは情熱的な体験をし、そののちそれを検討し、熟考する小説家から生まれてくる」（118）という自論を展開している。

　『日記』の読者は、ニンのさまざまな恋愛の描写に関して、真偽やフィクショ

ン性を議論したり、その大胆さ、勇気に感心したりするが、なぜこのように書けたのかという答えの一つはシンプルに「真理の追究」ということのようである。これに関しても、「ロレンスからはまた、赤裸の真理というものはおおよその人々には耐えがたいこと、芸術は真理にたいする人間の抵抗を克服する最も効果的な方法であること、を学んだ」(175)と言っているように、ニンが心のメンターであるロレンスから感じ取った人生と芸術への態度のようである。

　ジェイン・エブレン・ケラー（Jane Eblen Keller）は、「ロレンス流に生きる――アナイス・ニンの情熱的経験の啓示」("Living à la Lawrence: Anaïs Nin's Revelations of Passional Experience")で、次のように述べている。

> 多くの女性が確実に同じように影響を受けた。しかし、ニンだけが、ロレンスの理念に沿って生きるとは、生きようとすることがどういうことかをこのように詳細に記した唯一の女性だった。……ロレンスは二次的にでも彼女の冒険の弁明と正当性を与えたのかもしれない。……ロレンスは彼女がしたことにただの言い訳を与えたのではない。理由を与えたのだ。(14)

ニンは、女性の自己実現、自己解放、勇気、自由などをロレンスの小説に見出し、芸術に反映する以上に自らの生き方に投影したと言えるのではないだろうか。

9　結び

　メンターに関するビジネス書が増えており、脳科学的、認知科学的にもメンターの存在の重要性が述べられている。[9]男性のメンターと女性作家の関係も『文学的関係』(Literary Liaisons)をはじめとして多くの研究書がある。メンターの見つけ方などの指南本もあるが、共通して言えることはメンターを得ることは人生においてきわめて幸福なことだということだと思う。

　ロレンスと実際に交流したH.D.と、生涯心のメンターとして追随し続けたアナイス・ニンでは関わり方は違ったが、大きく人生を変える人物となったのは確かである。一時期、書いた詩を真っ先に送り指導を仰いだH.D.にとって、ロレンスは、愛の対象でもあるメンターであった。前述のクリスマスでのエデンの園ごっこではロレンスは、神の役回りだったが、髭のあるときの風貌ではイエス・キリストになぞらえられるなど、カリスマ的魅力があったに違いない。アナイス・ニンが、小説での人物造形もさることながら、自身の生き方に衝撃的に影響を与

えた生涯の心のメンターであるロレンスをフェミニズム批評の攻撃から守ろうとしたことも興味深い。ジェンダー研究は21世紀にますます深化するだろうと思われるが、20世紀のロレンスの批判を今また、視点を変え見直す時が来ているとすれば、ニンの評論やインタヴューの発言は貴重なものになるだろう。

　H.D.は、ロレンスをメンターとしながらも、彼の性差やジェンダーへの従来どおりの偏見には与せず、詩や回想録で独自の世界を構築した。また、『息子と恋人』（Sons and Lovers）の評論を書いた、プリチェット（V. S. Pritchett）は「誰もロレンスが信じたことを信じることはできないし、もし実践しようとしたら、そんな人間はロレンスは憎むだろう」（252）と書いているが、アナイス・ニンは、信じていた上に実践もした。生きていたら、彼女の日記はロレンスに批判された可能性が高い。結局、ヴァージニア・ウルフ（Virginia Woolf）をはじめとするモダニストたちと同じように実験的な新しい女性の主体を模索していた二人のモダニズム女性作家アナイス・ニンとH.D.は、D・H・ロレンスという大いなるメンターを得たが、女性の主体の表出においては最終的に彼を超越したことになるのかもしれない。

註

1) 精神分析治療の事実と作品の関係は、拙著「精神分析医を描いたモダニズム女性作家達」（『混沌と共存する比較文化研究』、丸橋良雄・伊藤佳世子共編、英光社、2020年。所収）を参照されたい。
2) 本稿の英語による著作、論文などは、引用文献に掲載している日本語翻訳書に関しては翻訳を使用させて頂いた。それ以外はすべて拙訳である。
3) 小説のタイトルは、H.D.が執筆初期から『マドリガル』と題していたということは知られており、最終的に出版する直前に編集者ピアソンのすすめでエリザベス朝の詩の有名な冒頭から取った「生きよと命じるなら」になったという経緯があるので、男性編集者の介入に批判的なフェミニズム批評家のフリードマンは、この作品を研究書で『マドリガル』と呼んでいる。夫リチャード・オールディントンの1923年の詩、「マドリガル」と呼応させようとしたとも考えられている。しかし、2011年に初稿に立ち返った版を出版した編集者キャロライン・ジルバーグ（Caroline Zilboorg）は、最終段階の校正をすべてピアソンに任せて最終稿を見たという手紙があることから、本人も納得した『生きよと命じるなら』というタイトルを採用し、それまでの版がつけていた副題『生きよと命じるなら（マドリガル）』もあえて削除して上梓した。
4) 『D.H.ロレンス書簡集』の日本語訳からの引用だが、このことばは小説中に散見され、ロレンスから送られたものとしてH.D.が書いていると注釈がある。
5) イエスが復活後マグダラのマリアに言った「我に触れるな」という言葉をタイトルにした

ものである。

6) "Waste of Timelessness"は、拙訳「無時間の浪費」、『水声通信』No.31（2009）を参照のこと。
7) 『初期の日記』第4巻（*The Early Diary of Anaïs Nin Volume Four: 1927-1931*）では、1月23日にオファーを受け、2月2日に入稿したと書いてあり、9日間で仕上げたようであるが、1966年出版『日記』第1巻には、「16日間」かけたとあり、かなり日数に違いがある。
8) たとえば、『D.H.ロレンス研究』誌26号2016年所収の加藤彩雪「オーストラリアのブッシュ文学とロレンス――『カンガルー』における自然描写と共同体」3-18頁など。
9) 井口晃『メンターが見つかれば人生は9割決まる！』などを参照されたい。

引用文献

"Durrell-Nin Seminar on D.H. Lawrence, March 13, 1974." YouTube, uploaded by Paul Herron（Copyright 2022 Sky Blue Press）, 17 October 2022, https://www.youtube.com/watch?v=VZoeFI3ra-Y&t=2625s.

Felber, Lynette. *Literary Liaisons: Auto/biographical Appropriations in Modernist Women's Fiction*. Northern Illinois UP, 2002.

Firchow, Peter E. "Rico and Julia: The Hilda Doolittle-D. H. Lawrence Affair Reconsidered." *Journal of Modern Literature*, Vol. 8, No. 1（1980）, pp. 51-76.

Friedman, Susan Stanford. *Penelope's Web: Gender, Modernity, H.D.'s Fiction*. Cambridge UP, 1990.

Friedman, Susan Stanford, and Rachel Blau DuPlessis., editors *Signets: Reading H.D*. The U of Wisconsin P, 1990.

Gilbert, Sandra M. "Feminism and D. H. Lawrence: Some Notes toward a Vindication of His Rites." *Anaïs: An International Journal*, vol. 9, 1991, pp. 92-100.

Guest, Barbara. *Herself Defined: The Poet H.D. and Her World*. Quill, 1984.

H.D. *Bid Me to Live*, edited by Caroline Zilboorg, 2011. UP of Florida, 2015.

――. *Collected Poems:1912-1944*, edited by Louis L. Martz, New Directions, 1983.

――. *Tribute to Freud*. 2nd ed. NY: New Directions, 2012.（『フロイトにささぐ』、鈴木重吉訳、みすず書房、1983年。）

Hollenberg, Donna Krolik. *Winged Words: The Life and Work of the Poet H.D*. U of Michigan P, 2022.

Keller, Jane Eblen. "Living a Life à la Lawrence." *Anaïs: An International Journal*, vol. 15, 1997, pp. 12-25.

Lawrence, D. H. *The Complete Poems*, edited by Vivian de Sola Pinto, and Warren Roberts, Penguin, 1993.（1946）

――. *Kangaroo*. Thomas Seltzer, 1923.

Lawrence, Frieda. *Not I, But the Wind ....* Viking, 1934.

Nin, Anaïs. *D. H. Lawrence: An Unprofessional Study*. with an Introd. by Harry T. Moore. The Swallow Press, 1964.（『私のD.H.ロレンス論』、木村淳子訳、鳥影社、1997年。）

――. *The Early Diary of Anaïs Nin Volume Four: 1927-1931*. Harcourt Brace Jovanovich, 1984.

――. "The Mystic of Sex." *The Mystic of Sex and Other Writings*, edited by Gunther Stuhlmann. Capra, 1995.

――. *The Novel of the Future*. Macmillan, 1968.（『未来の小説』、柄谷真佐子訳、晶文社、1970年。）

――. *The Seduction of the Minotaur*. Swallow Press, 1961.（『ミノタウロスの誘惑』、大野朝子訳、水声社、2010 年。）

Pritchett V. S. "Sons and Lovers." *Complete Collected Essays*. Random House, 1991.

Richard-Allerdyce, Diane. "'L'ÉCRITURE FÉMININE' AND ITS DISCONTENTS: Anaïs Nin's Response to D. H. Lawrence." *The D. H. Lawrence Review*, vol. 26, no. 1, 1995, pp. 197-226. JSTOR, http://www.jstor.org/stable/44235548. Accessed 4 Mar. 2023.

Vaughn, Cari Lynn. "A Literary Love Triangle: Henry Miller, Anaïs Nin and D. H. Lawrence." *A Café in Space: The Anaïs Nin Literary Journal*, vol. 7, 2010, pp. 104-15.

Worthen, John. "Lawrence or Not? The Letter Fragments of H.D. and E.T." *The D. H. Lawrence Review*, Vol. 30, No. 3, 2002, pp. 43-53.

アナイス・ニン研究会編『【作家ガイド】アナイス・ニン』、彩流社、2018 年。

アナイス・ニン研究会編『アナイス・ニンとの対話――インタビュー集』、彩流社、2020 年。

鶴岡賀雄「『神秘主義』概念の歴史と現状」『東京大学宗教学年報』34（2017）1-24 頁。

『D.H. ロレンス書簡集 VIII　1917-1918』、吉村宏一他訳、松柏社、2016 年。

日本メンター協会「メンターとは」https://www.mentor-kyoukai.jp/about-mentor/ Accessed May 28, 2023.

日本ロレンス協会編『21 世紀の D・H・ロレンス』、国書刊行会、2015 年。

萩原美津「『恋する女たち』と第一次世界大戦――人間性の退廃」『英米文学評論』48（2002）81-100 頁。

ワーゼン、ジョン『作家ロレンスは、こう生きた』、中林正身訳、南雲堂、2015 年。

アナイス・ニンと サルバドール・ダリ

トラウマ的体験とその文化的影響に関する比較分析

Anaïs Nin and Salvador Dalí: A Comparative Analysis of Traumatic Experiences and Their Cultural Impact

ルッケル瀬本阿矢

1 はじめに

　アナイス・ニン（Anaïs Nin）とサルバドール・ダリ（Salvador Dalí）が一時期同居していたことはご存じだろうか。両者ともに、その独特な芸術スタイルと型破りな作品へのアプローチで有名な芸術家である。アメリカではフランス人作家、フランスではアメリカ人作家と考えられていることが多いニンも（Rauturier 14）、ダリと同じくスペイン人の祖先を持つ。そのような背景から、ニン自身は自らを「国際的な作家」であると考えていた（*Conversations with Anaïs Nin* 15）。ロートゥリエが述べるように、文化と国の交差点に位置するニンは比較研究に最も適した作家の一人であるため（Rauturier 23）、ニン研究ではほかの作家との比較研究が多数発表されてきた。ニンに関する比較研究の例として、アルチュール・ランボー（Arthur Rimbaud）との比較（Rauturier 39-88）、アンドレ・ブルトン（André Breton）との比較（ルッケル瀬本 31-62）、アントナン・アルトー（Antonin Artaud）との比較（大野 25-37）、そしてヘンリー・ミラー（Henry Miller）との比較（Pine 5-16）などが挙げられる。このように多数の比較研究があるなか、現時点でニンとダリとの比較研究はほとんど確認できていない。しかしながら、『【作家ガイド】アナイス・ニン』[1)]において「アナイス・ニン（1903-77）を取り巻く人々」のリストにダリが名を連ねているように（『作家ガイド』17）、そしてニンの日記にダリの名前が何度も記されているように、ニンとダリはその生涯において何度も接点を持っている。さらにダリは、ニンが直接関わった芸術家のなかで、その生い立ちのみならず芸術表現においても、最も共通点が多い芸術家のなかの一人と考える。この多くの共通点のある二人が出会い、短い期間ではあるがともに暮らし

た事実は大変興味深い。

　そこで、本論では、アナイス・ニンとサルバドール・ダリの小児期から1940年代までの人生とそれに関わる作品を中心に包括的に比較分析し、両者が共有する体験や関心が芸術表現に与えた影響の可能性を考察するとともに、創造的表現における個人の体験とより広い文化的影響の間の複雑な相互作用についての洞察を提供することを目指す。まず、ニンの日記に記載されたダリに関する記述について詳細な分析を行う。次に、両者の小児期のトラウマ的な体験と、その体験がどのように彼らの作品を形成したかを探る。最後に、両者のシュルレアリスムへの考え方を比較し、共通の経験や視点が、どのようにして彼らを芸術家として形成してきたかについて論じる。

2　日記から読み解くニンとダリの関係

　最初に、ニンの日記でダリがどのように描写され、二人がどのような関係を築いていたかについて考察する。ニンの日記には、1930年代から40年代にかけてダリの名がしばしば登場する。ダリはスペイン人の芸術家で、1929年、正式にフランスのシュルレアリスム活動に参加、芸術家としてさまざまなジャンルで後世に大きな影響を与えた人物である。両者が長期間接触したのは1940年8月から数か月間のことで、ニンとダリはアメリカのバージニア州ボーリング・グリーンの近くに建てられた486エーカーのハンプトン・マナー（Hampton Manor）に住んでいた（*Mirages* 28）。ニンは1930年代からヘンリー・ミラーの愛人であったことで徐々に名が知られる作家となり、1970年代初頭からフェミニストの象徴となっていくため（Charnock）、ハンプトン・マナーに住んでいた頃は、世界的には作家としてまだあまり知られていない頃であった。

　当時37歳であったニンは、夫のヒュー・ガイラー（Hugh Guiller）とペルーの政治運動家であるゴンザロ・モレ（Gonzalo Moré）から逃げるため、1940年7月からヘンリー・ミラーとともにカレス・クロスビー（Caresse Crosby）のゲストハウスであるハンプトン・マナーに身を寄せていた（*The Diary of Others* 6）。そして同じ頃、ダリ夫妻が同邸宅を仮住まいとしたのである。ほかにも住人がいたにもかかわらず、ニンはこの頃のことを振り返り、「ダリとミラーと田舎暮らしを共にした」（6）[2]と述べていることから、ニンにとってハンプトン・マナーでのダリの存在は大きなものであったことがわかる。山本も記すように、1940年に二人が同じ空間で時を過ごすことになった際、ほかの住人と違い、ニンはダリと良好

な関係性を築いていたと考えられる（『作家ガイド』17）。

　ダリが36歳の頃、第二次世界大戦の戦禍を避けるため、1940年6月20日にフランスのボルドーで当時ポルトガルの外交官であったアリスティデス・デ・ソウザ・メンデス（Aristides de Sousa Mendes）から亡命ビザを受け取り、同年の8月にポルトガルのリスボンを経由して、当時46歳であった妻のガラ（Gala Dalí）とともにアメリカのニューヨークに渡った（"Family — Sousa Mendes Foundation"）。ニンが1940年9月5日の日記にダリ夫妻について記載しているように、ダリ夫妻はアメリカに亡命後、ニンよりも後にこのゲストハウスにやってきたが、ガラによってハンプトン・マナーは険悪な雰囲気に変化していったことが、ニンの以下の記載からわかる。

> ハンプトン・マナーは、サルバドール・ダリ夫人とヘンリー、そしてジョン[3]の間に生じた些細な対立のために、その雰囲気が一変してしまった。夫人はヘンリーを利用し（彼女は英語がわからない）、私たちがよく話を交わしていた図書館をダリの作品のためのサロンに変えてしまったのだ。食事の時間は敵意と嘲笑に満ちあふれていた。夫人は、この場所全てをダリの王国のように扱い、私たちが彼の臣民のように振る舞うことを望んでいる。[4]（Mirages 28）

ニンはガラのことを名前ではなく「ダリ夫人（Mrs. Salvador Dalí）」や「夫人／妻（the wife）」と日記に記し、一定の精神的な距離感を示している。ニンの上記の記載から、ガラがこのゲストハウスをダリのアトリエに変えようとしたり、ほかの住人との間に揉め事を起こしたりするなど、ほかの住人を顧みないほどダリの創作活動を積極的に後押ししていた。一方、ダリはそんなガラの言いなりであった。ニンは、当時のダリについて以下のように記述している。

> ジョンとフロ[5]は、会話が全てフランス語で行われることに屈辱を感じており、ジョンはダリの執拗な仕事への取り組みと常に陽気な様子（彼は一日中口笛を吹いたり歌ったりしている）に批判的だ。私は、こんなことを感じることはなかった。私は他人に助けを求められたり、利用されることに対してそれほど反発心を持たない。（中略）私はダリの話を聞きたかったが、それは不可能だった。私がスペイン語を話すとジョンは嫉妬するし、ダリ夫人は私に対して用心していた。ダリは私を気に入り、私が来ると恥ずかしがり屋

や引っ込み思案な一面を見せずに自分の作品を見せてくれた。(*Mirages* 60)

この記述によると、ガラとは異なり、ダリは「恥ずかしがり屋で引っ込み思案 (his shyness and retiringness)」と表現されており、ほかの住人との交流が少なかったことが示唆されている。また、妻がアトリエとしてサロンを強引に利用したことにより、ダリは自身の仕事に邁進していたことがうかがえる。この館でのダリに向けられた敵意は、ダリの直接的な言動ではなく、フランス語が話せないほかの住人からの劣等感やダリの強烈な創作意欲と独創性への嫉妬心、さらには妻の彼らへの高圧的な態度への反発心であったことがわかる。また、ジョンが嫉妬心からニンをダリに近づけないようにしたり、ガラがニンに対して警戒心を抱いたりするほどニンはダリと良好な関係を築いていたことも日記に記されている。ニンはダリと歳も近く、英語のみならずフランス語とスペイン語も話すことができたことから、ダリとの意思疎通が可能であった。一方、ダリにとっても、実家ではカタロニア語を話し、スペイン語とフランス語を小児期から学んでいたため("Salvador Dalí: Biography" 1)、渡米して間もなかった彼が不慣れな英語を話さなくてもよいニンとの会話に居心地の良さを覚えたことは、容易に推測できる。つまり、ニンが多言語話者であること、そして自身の妻であるガラによって「王」に祭り上げられていたダリに気に入られた唯一の女性、もしくは「臣民」として優越感を感じていたことが、この記述からうかがえるのである。ニンは、ダリが「発明と野生的な発想に満ちあふれていた (inventions and wild fantasies)」ので彼の話を聞くのが好きだとも書き残したり、ダリの作品を自身の文章やミラーの文章と同じく高く評価していることから、芸術家としてのダリを尊敬していたと推察することができる (*The Diary Vol. 2* 41-42)。このように、ダリがニンに自身の作品を何度も披露したりニンがダリを手伝ったりするなど、安堵感や自己肯定感を与え合うことのできた両者は、互いに強い関心を抱きながら同じ空間で過ごしていたと言える (28)。

また、ニンはダリのためにスペイン料理を振る舞っていたことも記載している。

> 私はスペイン料理を作って、彼［ダリ］がスペイン的な雰囲気に浸れるようにと考えた。しかし、ダリ夫人はスペイン料理を好まない。(*The Diary Vol. 3* 40)

ここで、ニンがダリのためにスペイン料理を作ったという行為は、彼女がダリの

文化的背景と個人的な好みに対して深い理解と共感を持っていることを示している。ニンはダリがスペイン的な雰囲気を感じられるよう配慮し、彼の文化的アイデンティティと根源に対する敬意を表現することに努めた。一方で、ダリ夫人がスペイン料理を好まないという記述について、自分の夫にニンが手料理を振る舞う行為に反発したという可能性も考慮に入れる必要がある。しかし、ダリ夫人がスペイン料理を好まないという事実は、ロシア出身である夫人とスペイン出身のダリとの間に存在する文化的な隔たりを際立たせていると言える。また、この記述により、ニンはガラよりも自身の方がダリと好みが合うこと、そして彼をより深く理解していると主張していると考えられる。ニンの行動は、ダリにとって文化的な慰めと親密さを提供することに他ならず、彼らの間の精神的な繋がりを強めるものであった。さらに、ニンがダリにスペイン料理を提供することで示した配慮と理解は、彼女がダリを芸術家としてだけでなく、一人の人間として深く理解していることを暗示している。これは、ガラが示した好みの不一致とは対照的であり、ニンがダリにとって精神的な支えとなり得る人物であることを示している。ニンは、ダリの文化的な背景に敬意を払い、彼の好みを配慮することで、当時のダリとの関係性において、自身が特別な位置を占めていたことを主張しているのである。

　ニンは、ハンプトン・マナーでダリとともに過ごすことになる前から、ダリを理解しようとしていた。1936年6月11日にダリが講演会に潜水服姿で登場したときの話を、ニンは以下のように記載している。

> ダリがダイバーズスーツで講演会に登場した。最初はみんなと同じように、私もその不条理さに笑ったが、やがてその深い意味に気づいた。この芸術家は、最も秘密の、最も深い、最も無意識の自己への道、つまり創造の本当の源がある場所を見つけたのだ。私はしばしば、われわれが金や宝石、火、金属などの隠された宝物に満ちた地球そのものであると考えたり、海の底の富のように、すべて地中にあるものを地表にもたらさなければならないと考えたりすることがある。私たちは鉱夫のスーツを着ることもできるのだ。(*The Diary Vol. 4* 67)

ニンは、ダリの「悪ふざけ（the pranks of Dalí）」（176）の奥に「想像の源（the real source of creation）」（67）への旅の重要性を彼が表現していることに気づき、自身も同様の思考を持っていることから、彼の行動や主張を肯定する内容を日記

に記している。このように、ニンはダリの芸術への考え方や創作への熱意を理解することができ、芸術家として敬意を示していたと考えられる。それでは、同居していた多くの芸術家がダリの主張に反発していたにもかかわらず、なぜニンはダリの考え方を理解し、さらにダリのために料理をするなどして彼に対する深い関心を示したのであろうか。さらに、ダリがニンとの交流においてのみ、恥じらいを捨てて自然体で接することができた背景には、世代や言語以外にどのような理由があるのだろうか。その理由の一つとして挙げられるのは、両者が心に抱える同様の問題に対する共感と理解を互いに感じ取り、共鳴することができたという点である。彼らはお互いにこのような内面的な共通点を見抜き、それが互いの結びつきを強める要因となったと考えられる。そこで次に、二人の小児期に注目し、彼らがどのような背景や経験を持っているのかについて考察する。

3 アナイス・ニンとサルバドール・ダリの幼年期におけるトラウマ的体験

　ニンとダリは、両者とも小児期のトラウマ的な体験に苦しんでおり、それがのちの作品に影響を与えたと考えられている。ケハギアは、ニンを演技性パーソナリティ障害（HPD）の診断基準に適合すると結論づけている（Kehagia 800）。また、イアコブレバは、ダリの小児期のトラウマ体験が彼の芸術に大きく影響を与えていると主張し（Iakovleva 80）、岡田はダリの病跡学的診断が、自己愛性パーソナリティ障害をはじめ演技性パーソナリティ障害の合併などであった可能性を論じている（岡田 1226）。さらに、ある病型の基準を満たす患者の多くは、ほかの一つ以上の病型の基準も満たしていることから（Zimmerman）、両者は類似した障害を持っていた可能性が高いと考える。ゴンザレスの研究によると、個人が自己に受け入れ難い側面を持つほど他者への強い魅力を感じる傾向があり、また、これは類似の課題を抱えることで共鳴し合う人と多くの人間関係が形成される傾向にあると指摘されている（ゴンザレス 248）。ここから、ニンもダリも類似したパーソナリティ障害を抱えており、通じ合うものを感じたために、ハンプトン・マナーで互いに興味を持ったと考えることができる。

　ニンは60年以上日記をつけ続けたことでも有名であるが、その日記の記念すべき1ページ目は、1914年7月25日、スペインのバルセロナからアメリカに旅立つ日に始まっている（Linotte 3）。このとき、ニンは11歳であった。バルセロナはカタルーニャ州の首都であり、ダリの出身地であるフィゲラスの隣の県に位置している。ニンはカタルーニャ人の祖先を持つキューバ出身の両親のもとにフ

ランスで誕生し（"Joaquim Nin i Castellanos"）、11歳までキューバ、ベルギー、そしてフランスで過ごし、両親の離婚後はニューヨークに生活拠点を移した（『作家ガイド』5）。

一方、ダリはニンが生まれた翌年の1904年にカタルーニャ州ジローナ県に属する基礎自治体のフィゲラスに誕生した。ニンが自身の名を広める大きなきっかけとなった日記の執筆を始めた頃、ダリはフィゲラスの私立のデッサン教室に通い、フアン・ヌニェス・フェルナンデス（Juan Núñez Fernández）の師事を始めた（"Salvador Dalí i Domènech"）。さらにこの頃、ダリはピカソの友人であったラモン・ピチョート（Ramon Pixtox）に出会って彼に影響を受け、芸術の才能を開花させ始めた（"Biography"）。つまり、二人とも同時期に人生が大きく動き始め、のちの運命を決定づける出来事が起こったと言える。

二人の芸術家としての出発点が同じカタルーニャ州であること以外にも、両者には共通点があった。それは家庭環境や家庭で受けたトラウマ的体験である。両芸術家はともに、芸術に対して理解のある両親のもとで育った。ニンの母親、ローザ・クルメル・イ・ボーリゴー（Rosa Culmell y Vaurigaud）は在キューバのデンマーク領事の娘であり、声楽を学んでいた（『作家ガイド』9）。また、父親であるホアキン・ニン・イ・カステリャノス（Joaqhín Nin y Castellanos）は、キューバ生まれのピアニストであり作曲家として成功した人物であった（9）。しかしながら、ケハギアがその研究において詳しく記載しているように、ニンの父親は幼いニンを殴打したり、10歳以降は彼女を裸にしてカメラで追いかけたり、「醜い娘だ」などと侮蔑的な言葉を繰り返したりするなど、身体的および精神的虐待を日常的に行なっていたことが彼女の人格に大きな影響を与えた（Kehagia 805）。また、ケハギアの研究によれば、父親は裸のニンをカメラに収めることが好きだったが、自分に似た身体的特徴のみを褒めたので、ニンはその褒め言葉によって自分が父親に愛されていると信じていた（805）。

1913年、ニンの父親がパトロンの娘と駆け落ちしたため、母親とともにバルセロナに移住した（『作家ガイド』5）。その後、両親が離婚することとなったため、翌年、母親は親戚を頼ってニンと二人の弟を連れてアメリカに移住することとなり（5）、父親と容易には会えない環境となった。父親に捨てられたと感じた当時11歳のニンは、アメリカへ出発する船中で父を取り戻すために日記を書き始めた（Strickland 2）。彼女は書くことを通して、子ども時代の痕跡を残すことを選択したのである（Rauturie 12）。自分が小児期をどのように生きたのかということを書き残して父親に伝えたい、つまり、大好きだった父親に再度自分に興

味を持ってもらいたいという、健気な少女の他者承認欲求が人一倍強くなると同時に、自己肯定感を急落させる出来事であったと考えられる。「悪い娘だったゆえに父に捨てられた」というトラウマを抱えて生きることとなったこの出来事は（『作家ガイド』160）、人格形成において重要な時期に、ニンに精神的に多大な影響を与えた。アメリカに移住してもなお、クリスマスが近づくたびに父親が会いに来てくれることを期待し、結果、悲嘆に暮れるという辛い経験を日記に書き記している（*Linotte* 34,『作家ガイド』147）。それでも父親のことを「神（the God）」や「世界一のピアニスト（the greatest pianist in the world）」と表現したりするなど、ニンは父親のことを心から愛し、尊敬していた（Morin-Bompart 70-71）。さらに、渡米後、言葉や文化の違いから、ニンはアメリカの高校に馴染めなかったため、高校を中退する（『作家ガイド』149）。ここからも、ニンが新たな土地での生活に苦労していたことがわかる。小児期から父親から受けた身体的にも精神的にも辛い仕打ちは、幼いニンの自己肯定感を欠落させ、異国への移住は彼女のアイデンティティを不安定なものとさせることに十分なものであった。

　一方、芸術への興味を母親と分かち合ったダリは、母親と大変良好な関係を築いた。ダリの母親、フェリパ・ドメネク・フェレス（Felipa Domènech Ferrés）は、ダリを溺愛していたという（*The Secret Life of Salvador Dalí* 153）。それにもかかわらず、小児期のダリは両親から適切な愛情を受けることができなかった。ダリが亡くなった兄と同じ名前を授けられていたことは、世界的に有名なエピソードであろう。ダリが5歳の頃、両親は彼を連れて、ダリが生まれる約1年前に幼くして亡くなった兄のお墓を訪れ、「お前は兄の生まれ変わりだ」と説明した（10-11）。両親は、父親と同じ名前をダリに授けたが、ダリが生まれる前に兄にも父親と同じ「Salvador」という名前を授けたため、その墓にはダリと同じ名前が刻まれていた（10-11）。それ以来、56歳になっても《死んだ兄の肖像》（1963）という作品を描くなど、ダリは両親の言葉に一生囚われ続けた。この作品に描かれた兄の肖像は、たくさんの小さなチェリーをベンデイプロセスに似た手法で描かれている（"Biography" 30）。ダリはこの作品を、自分と死んだ兄の肖像を合成したもので、暗い色のチェリーは死んだ兄のイメージを、明るい色のチェリーは生きている弟、すなわち自分のイメージを表現していると説明しており（30）、ダリが兄の亡霊に常に悩まされていたことがわかる。小児期のダリは、両親が死んだ兄の身代わりになることを望んでいると感じ、自分は兄とは違うということを証明するために、奇抜な行動をとるようになった。たとえば、当時6歳だったダリは幼なじみを高さ15フィートの橋から突き落とし、頭に大怪我を負った友人の手当てに

騒然としていた家のなかの様子を「楽しい幻覚（a delightful hallucinatory mood）」と表現し、そのさまを眺めながら悠々とロッキングチェアーに座りチェリーを食べていたと自伝に記している（The Secret Life of Salvador Dalí 11）。

　さらに、父親で公証人であったサルバドール・ダリ・イ・クシ（Salvador Dalí i Cusí）は大変厳しかったと同時に、苛立っては息子であるダリに梅毒の写真を見せて怖がらせていた（Martínez-Herrera, et al. 855）。父親のこの性的および情緒的虐待と言える行動が原因で、ダリは異性との交際に対して苦手意識を持つこととなり、その異性への否定的な感情は彼の芸術にも大きな影響を与えた。父親とは対照的に、ダリにとって母親は心の支えであったが、彼女から受ける愛は、自分を通して見た兄に与えられたものであるという虚無感や自身の存在を無視されるというアイデンティティの喪失感を味わい続けたことは想像に難くない。その母親は1921年、ダリが16歳のときに乳癌で死去した。そのときのことをダリは以下のように記載している。

> 私の母が亡くなり、それは私が人生で受けた最大の衝撃だった。私は彼女を敬愛し（worshipped）、彼女の存在は私にとって唯一無二のものであった。彼女の魂の道徳的価値は人間のそれを遥かに超えており、聖人のように高潔であることを知っていた。私は、私の魂の隠しきれない汚点を覆い隠すために頼りにしていた存在を失うことを受け入れることができなかった。（中略）彼女は全身全霊で私を愛し、その誇り高い愛によって、彼女が間違っているはずがないと私は信じていた。（The Secret Life of Salvador Dalí 153）

ここから、ニンが父親に対して抱いていた感情と同様に、ダリも母親を神格化していたことが読み取れる。「敬愛する（worship）」という単語は神を崇拝する際にも使われるため、自己肯定感の低いダリの心を救う存在として母親に対してきわめて深い敬愛や尊敬の気持ちを持っていたことがわかる。また、この記述から、母親の愛の完全さとその誇り高さが、どのような疑いも許さないほどの確信をダリに与えていたこと、そして、そんな心の支えだった母親の死をダリが受け入れられない心情もうかがえる。

　以上のように、ニンは父親の教え子に、ダリは死んだ兄に奪われた最愛の人からの関心を取り戻そうと、健気に日記や絵画などの創作に励んだ。異なる形ではあるものの、小児期から多感な思春期の時期にかけて最も愛した人物との間に適切な愛着関係が築けなかったことがパーソナリティ障害の原因となり、その後の

ニンとダリの人生や芸術活動に大きな影響を与えたことは確かである。ニンは失われ続ける小児期の自分を日記に閉じ込めて父親にその存在を記憶に留めてもらおうとし、ダリは母親に認めてもらうためにキャンバスに自分の存在の証を描き続けたのではないだろうか。このように、異なる形とはいえ、小児期にありのままの自分の存在を承認してもらえる環境になかった二人にとって、芸術活動は唯一苦悩から逃れることができ、自身の存在を見出すことができた重要な作業であった。

近年、創作活動は、子どもたちがトラウマを克服するために非常に推奨されるアプローチである（Braito, et al. 1369）。ドレクセル大学のさらなる研究によると、技量に関係なく芸術制作という単純な行為が、脳内のコルチゾール（またはストレスレベル）を低下させることが示唆されている（Kaimal 74）。さらに、アートセラピーがトラウマを経験した子どもに有効である可能性が研究で報告されているため（Braito, et al. 1369）、絵を描いたり、言葉で表現したりするアートは、トラウマ的ストレスからの回復の重要な要素になり得る（Sullivan）。専門的なアートセラピーは、20世紀半ばに、絵を描いたりするような非言語的な方法で自己表現することを可能にする回復のための実践として始まったことを考えると（Kaimal 74）、小児期のニンとダリは、ストレスを適切に対処するための手段を幸運にも自身で選び、トラウマ的経験を見事に芸術に転換させることに成功したと考えられるのである。

4　ニンとダリとシュルレアリスムとの関係性

芸術活動に強い熱意を持っていたニンとダリが大きな興味を持った芸術活動の一つが、シュルレアリスムである。ダリ研究において、シュルレアリスムは欠かせないキーワードであるが、ニンの日記にもシュルレアリスムの思想やシュルレアリストに関する記述が散見されるため、ニン研究でもシュルレアリスム運動は無視できない。1930年代から40年代にかけてのニンとダリの作品に現れたテーマのなかで、小児期のトラウマと強く関連しているとされるテーマには精神分析理論、分身、ナルシシズム、無意識、そして近親相姦などが挙げられるが、これらはシュルレアリスム運動においても頻繁に取り扱われたテーマでもあった。

ニンは、従弟のエデュアルド・サンチェス（Eduardo Sanchez）から勧められて1930年からユングやフロイトなどの精神分析に関する書籍を読むようになり（Rauturier 119）、ダリは、1922年にスペイン語で翻訳されたフロイト全集を読み

始めたという（松岡 11）。精神分析、特にフロイト学派の心理的な人間像はシュルレアリストが重用したことで有名であるが（木村 30）、二人がシュルレアリスムの思想に強い関心を寄せたのは、小児期のトラウマ的体験からの解放の手段として精神分析に興味を持ったからであると考えられる。言い換えれば、小児期の辛い体験があったからこそ、二人は結果的にシュルレアリスムを自身の作品に取り入れることとなったと言っても過言ではない。

　1924年、夫であるガイラーの転勤のためパリに移り住んだ後（『作家ガイド』5）、ニンはダリやブルトン、アルトーらと交流し、シュルレアリスム活動に大きく影響を受けた（ルッケル瀬本 32）。ニン自身もシュルレアリスムの影響を認めている作品としては、『近親相姦の家』（*House of Incest*）が有名である（*The Diary Vol. 1* 77）。ニンが文学的訓練におけるパリ時代の重要性を強調していることから（*Conversations with Anaïs Nin* 3）、ショーデが主張するように、1930年代にパリで執筆された本作品はしばしばニンの作品の要約としても考えられている（Chaudet 210）。したがって、木村、ロートゥリエ、ショーデなど多くの研究者が指摘するように、芸術家としての出発の基礎となったシュルレアリスムという思想は、ニン研究をする上で重要である。

　ニンは1932年の日記に、シュルレアリストとして特にブルトンから影響を受けていると記載しているが（*The Diary Vol. 1* 77）、ニンはダリからも芸術家として少なからず影響を受けていると考えられる。たとえば、ニンはルイス・ブニュエル（Luis Buñuel）とダリの15分間のサイレント映画、『アンダルシアの犬』（*Un Chien andalou*, 1928）を鑑賞したことを日記に記している（*The Diary Vol. 2* 109）。1929年、本映画はパリで最も古い映画館の一つでパリ5区に現存するユルシュリーヌ座（Studio des Ursulines）、そして後にモンマルトルの、こちらも最も古い映画館の一つで現存するステュディオ28（Studio 28）で上映され、30回以上の警察による摘発があったにもかかわらず、多くの芸術家に多大な影響を与えることに成功した（ルッケル瀬本 162）。本作品の成功によって、ダリはパリでも活動を開始することになったきっかけとなった作品である（"Biography" 2）。ニンが1929年に本映画を鑑賞した際、ブニュエルとダリもその場にいたと日記に記載があることから（*The Diary Vol. 2* 109）、ニンはユルシュリーヌ座で本映画を鑑賞したと推測できる。シュルレアリストの映画としてニンが初めて鑑賞したのが『アンダルシアの犬』であったこともあり（109）、ニンがシュルレアリスムに対する興味を深める一役を本作品が担ったことは確かであろう。1929年にパリの映画館でしばし同じ空間を共有していた二人だが、その11年後に今度は数か月、再

度アメリカのハンプトン・マナーで空間を共有することとなるのであった。

　結果的に、ニンはブルトンとの交流のなかで、ブルトンが印象や感覚を重視する人物ではなく概念と知性を重んじる人物であることに失望し（*The Diary Vol. 2* 247)、シュルレアリストのグループに入ることをやめている。一方で、ニンは「幻想とリアリズムの自然な融合、象徴的なシュルレアリスム的生活によって生きている」ため、「真のシュルレアリスム（a true surrealism）」に近づいたと述べている（*The Diary Vol. 3* 250）。また、ニンは男性シュルレアリストにとっての理想像である「ファム・アンファン（子どものように純真だが魅惑的な女性）」を常に演じていたと考えられるため（ルッケル瀬本 52)、彼女はシュルレアリスムを実生活に取り入れている自分こそが、「真のシュルレアリスト」に近いと考えていたと言える。一方、シュルレアリスム芸術の最大の特徴は、「理性によって行使されるどんな統制もなく、美学上ないし道徳上のどんな気づかいからもはなれた思考の書き取り」（Breton 35）であるとブルトンが定義しているにもかかわらず、ロートゥリエが主張するように、ニンは『近親相姦の家』で詩的なイメージの記述の後に「不条理さ」や「不透明さ」を避けるために具体的な意味を述べることで理論的で構造的な内容に帰結していることから、ニンのシュルレアリスムに対する理解は不完全なものであった（Rauturier 108-09)。また、ニンの視点はシュルレアリストのそれとは異なるものであったことから（ルッケル瀬本 51)、シュルレアリスムを「正確に」自身の作品に取り入れていないということは事実のようである。しかしながら、ニンはブルトンやアルトー、そしてダリと交流し、シュルレアリスム活動が全盛期の時期に彼女がその影響を受けながら執筆活動を行っていたからこそ、代表作『近親相姦の家』が生まれたのであり、ニンが「文学的訓練」（*Conversations with Anaïs Nin* 3）を積む上でシュルレアリストとの交流が不可欠であったことは確かである。ニンは trans を接頭語とする動詞を好んで使うほど「人の心の内面世界の旅程」を重視していたからこそ（山本 66)、シュルレアリスムの思想や理論のなかでも特に「無意識の自由な探求」（Rauturier 130）に興味を持ち、それを日常的にできる芸術家が「真のシュルレアリスト」であると考えていた。ニンは自身の外見に対して非常に気を使っており、人々の視線を異常に意識して常に演技をしていたとされる（『作家ガイド』239)。これは、HPD の疾患と捉えることもできるが、それと同時に、ニンは芸術と日常生活を切り離して考えるのではなく、日常をも芸術活動そのものと捉えていたと考えられる。芸術活動を理性的に捉えているブルトンとは対照的に、当時のニンにとって芸術活動は、トラウマやストレスを抱えた自分自身と向き合うために欠かせないもので

あった。したがって、ブルトンら正式にシュルレアリストとして活動していた芸術家たちと彼女との考え方に乖離はあったとはいえ、内面世界を自由に旅する方法をニンに提示し、ニンの苦悩を芸術に昇華させることを可能としたシュルレアリスム運動は、彼女が芸術家となるために不可欠な芸術活動であったと言える。

　他方、シュルレアリスムは既成概念にとらわれずに表現することを目指すとあるにもかかわらず、シュルレアリスム活動において男色者や宗教的要素などの「タブー」が存在することに、ダリは矛盾を感じていた（ルッケル瀬本 15-16）。さらに、ニンほど理性的な説明をしているわけではないものの、《ナルシスの変貌》（*Métamorphose de Narcisse*, 1937）というタブローと同時に発表された同名の詩や《見えない男》（*L'homme invisible*, 1929）と対をなす『見える女』（*La Femme Visible*, 1930）と題された書物などからわかるように、ダリは自身の作品の理解を深めるための書籍や詩をしばしば公表している。そして、ニン同様、シュルレアリスムを破門された後も、ダリは「自分がシュルレアリスムである！（"I am Surrealism!"）」と自認し続けていたことが、『天才の日記』（*Diary of a Genius* 32）において見て取れる。1929年に正式にシュルレアリストのグループに参加したダリであったが、1936年にアドルフ・ヒトラー（Adolf Hitler）を作品に描いたことをブルトンが問題視し、除名された。ダリは非政治的で、彼にとっては蟻や松葉杖と同様に、すべてが偏執狂的なイメージに過ぎなかったにもかかわらず、ブルトンがヒトラーに付随する政治的思想を重ねて激怒したことで、ブルトンが理性に囚われ続けていることを嘆いている（ルッケル瀬本 14-15）。この点は、ニンのブルトンに対する考えと合致している。また、ほかの男性シュルレアリストが「芸術のミューズ」を「他者としての女性」（「対象存在」）と捉えていたなかで、ダリは妻であるガラを双子、もしくは自分自身、つまり「対象存在」と同時に「肉体存在」であると考えており（30）、作品の署名にまでガラの名前を加えていたほど自身と同一視していた。言い換えれば、ダリは、創造の源であるガラとの日常自体がシュルレアリスム的生活であると考えていたと言える。さらに松岡は、他者の前での奇矯なダリの振る舞いは演技である可能性を指摘している（松岡 14）。この件についても人格障害の疾患とも言えるが、ニン同様、日常生活に芸術を取り入れることで、ストレスや過去のトラウマから自身の心を救うことがダリの目的であったとしたら、日常的なシュルレアリストとしての演技は彼にとって必要性があったと見ることができる。したがって、除名後にブルトンから「ドルに熱心な（Avida Dollars）」と揶揄されながらも、「自分こそがシュルレアリスムである」とダリが断言し続けた理由は、自分にシュルレアリストとしての付

加価値をつけるためのダリとガラの一種のマーケティング戦略であると解釈できる一方で、ニンが「真のシュルレアリスト」と自認していた根拠、すなわち日常生活にシュルレアリスムを取り入れることを実践する芸術家こそがシュルレアリストであるという信念を、ダリも持っていた可能性が考えられる。以上のように、両者はそれぞれ独自の視点からシュルレアリスムを解釈し、その概念を精神的支柱の一つとしていたと言えるのではないだろうか。

5　おわりに

　本論では、アナイス・ニンとサルバドール・ダリの関係性を考察し、両者の生涯とシュルレアリスムに対する考え方を比較検討した。本考察および検討を通し、小児期のトラウマ的な体験が彼らの作品に影響を与えたことが示唆され、また、シュルレアリスムが彼らの作品に大きな影響を与えていたが、両者のシュルレアリスムに対する考え方を分析した結果、二人の小児期のトラウマ的体験がシュルレアリスムに関心を持つこととなった大きな要因の一つであること、そして独自に解釈したシュルレアリスムの概念を普段の生活に取り入れるほど二人が創作活動を必要としていたという共通点が明らかになった。つまり、両者とも小児期の体験から精神分析、そしてシュルレアリスムに関心を持ち、シュルレアリスム活動を通してトラウマから解放され、その苦しみを芸術に変容させるために創作活動に邁進したと考えられる。また、両者がパーソナリティ障害を抱えていた可能性があり、この共通点がハンプトン・マナーでの共同生活を通じて相互に興味を持つこととなった大きな要因の一つであったと考えられる。今後は、ニンとダリが芸術界に与えた影響をより深く理解するために、彼らの作品と生涯についてのさらに詳細な比較研究を進めることが重要である。

註

1) これ以降『作家ガイド』と表記する。
2) 同一書名から引用が続く場合、初出時に書名略号をページ数の前に付記する。2度目以降の引用はページ数のみを記し、書名を省略する。
3) 当時ニンが関係を持っていた若い芸術家、ジョン・ダドリー（John Dudley）のこと。
4) 本稿の翻訳はすべて筆者による。
5) ダドリーの妻、フロ・ダドリー（Flo Dudley）のこと。

引用文献

"Biography." *Salvador Dalí Biography: 1904-1989 | The Dalí Universe*, www.thedaliuniverse.com/en/salvador-dali/biography. Accessed 31 Aug. 2023.

Braito, Irene, et al. "Review: Systematic review of effectiveness of art psychotherapy in children with mental health disorders." *Irish Journal of Medical Science (1971-)*, vol. 191, no. 3, 2021, pp. 1369-1383, https://doi.org/10.1007/s11845-021-02688-y.

Breton, André. *Manifestes du Surréalisme*. 1930. Jean-Jacques Pauvert, 1962.

Charnock, Ruth. "Shaming the Shameless: What Is Dangerous about Anaïs Nin?" *Dangerous Women Project*, 28 June 2016, https://dangerouswomenproject.org/2016/06/29/anais-nin/.

Chaudet, Chloé. "Anaïs Nin, entre avant-garde et féminisme." *Revue de Littérature Comparée*, vol. 366, no. 2, 2018, p. 205, https://doi.org/10.3917/rlc.366.0205.

Dalí, Salvador. *Diary of a Genius*, Hutchinson, 1990.

——. *The Secret Life of Salvador Dalí* (Dover Fine Art, History of Art). Dover Publications.

"Family — Sousa Mendes Foundation." *Sousa Mendes Foundation iCal*, sousamendesfoundation.org/family/dali/. Accessed 31 Aug. 2023.

Iakovleva, Elena. "Childhood traumas as the source of Salvador Dalí's creativity." *Психология и Психотехника*, no. 1, 2022, pp. 80-93, https://doi.org/10.7256/2454-0722.2022.1.35347.

"Joaquim Nin I Castellanos." *Inici*, www.enciclopedia.cat/gran-enciclopedia-catalana/joaquim-nin-i-castellanos. Accessed 31 Aug. 2023.

Kaimal, Girija. "How art can heal." *American Scientist*, vol. 108, no. 4, 2020, p. 228, https://doi.org/10.1511/2020.108.4.228.

Kehagia, Angie A. "Anaïs Nin: A case study of personality disorder and creativity." *Personality and Individual Differences*, vol. 46, no. 8, 2009, pp. 800-808, https://doi.org/10.1016/j.paid.2009.01.017.

Martínez-Herrera, M José, et al. "Dalí (1904-1989): Psychoanalysis and pictorial surrealism." *American Journal of Psychiatry*, vol. 160, no. 5, 2003, pp. 855-856, https://doi.org/10.1176/appi.ajp.160.5.855.

Morin-Bompart, Michelle. "Anais Nin: An incest between a father and a daughter." *American Journal of Psychiatry and Neuroscience*, vol. 7, no. 3, 2019, p. 69, https://doi.org/10.11648/j.ajpn.20190703.13.

Nin, Anaïs and Wendy M. Dubow. *Conversations with Anaïs Nin*. UP of Mississippi, 1994.

Nin, Anaïs. *Mirages: The Unexpurgated Diary of Anais Nin, 1939-1947*. Sky Blue Press. 2013.

——. *The Diary of Anaïs Nin, 1931-1934*. Houghton Mifflin Harcourt. Kindle Edition.

——. *The Diary of Anaïs Nin, 1939-1944*. Houghton Mifflin Harcourt Kindle Edition.

——. *The Diary of Anaïs Nin, 1944-1947*. Houghton Mifflin Harcourt. Kindle Edition.

——. *The Diary of Others: The Unexpurgated Diary of Anaïs Nin, 1955-1966*, edited by Paul Herron. Sky Blue Press, 2021.

——. *Linotte: The Early Diary of Anaïs Nin 1914-1920*, edited by John Ferrone. Harvest/HBJ, 1980.

Pine, Richard. "The End of Our Romantic Life—The psychic hinterland of Nin, Durrell and Miller." *The End of Anais Nin and Gunther Stuhlmann: Early Correspondence*, Volume 3, 2005, pp. 5-16.

Rauturier, Maud. *Anaïs Nin et la quête de l'intime*. Thèse dir. par Michèle Finck, Université de Strasbourg, 2011.

"Salvador Dalí i Domènech." *Salvador Dalí's Biography | Fundació Gala — Salvador Dalí*, www.salvador-dali.org/en/dali/bio-dali/. Accessed 31 Aug. 2023.

"Salvador Dalí: Biography." *Philadelphia Museum of Art*, legacyweb.philamuseum.org/doc_downloads/education/ex_resources/dali.pdf. Accessed 31 Aug. 2023.

Strickland, Carol. "Anais Nin's Kindred Photographic Spirit." *The New York Times*, 22 May 1994.

Sullivan, Terry. "How I Used Art to Get through Trauma." *The New York Times*, 7 June 2018, https://www.nytimes.com/2018/06/07/well/how-i-used-art-to-get-through-trauma.html.

Zimmerman, Mark. "Overview of Personality Disorders — Psychiatric Disorders." *Merck Manuals Professional Edition*, Merck Manuals, 29 Aug. 2023, https://www.msdmanuals.com/en-jp/professional/psychiatric-disorders/personality-disorders/overview-of-personality-disorders.

アナイス・ニン研究会編『【作家ガイド】アナイス・ニン』、彩流社、2018年。

大野朝子「『アルラウネ』から『近親相姦の家』へ」『デルタ：ヘンリー・ミラー、アナイス・ニン、ロレンス・ダレル研究論集』、日本ヘンリー・ミラー協会編、第7号、2010年、pp. 25-37。

岡田尊司『パーソナリティ障害――いかに接し、どう克服するか』(Kindleの位置No. 1226)。PHP研究所、Kindle版。

木村淳子「アナイス・ニンとシュルレアリスム」、『北海道武蔵女子短期大学紀要』、第15号、1983年、pp. 25-34。

ゴンザレス、アナベル『複雑性トラウマ・愛着・解離がわかる本』、大河原美以訳、日本評論社、2020年。

ルッケル瀬本阿矢『シュルレアリスムの受容と変容――フランス・アメリカ・日本の比較文化研究』、文理閣、2021年。

松岡茂雄「いたましい自己告白――ダリ初期作品のイコノグラフィー」『美術史論集』、第11号、神戸大学美術史研究会、2011年、pp. 11-41。

山本豊子「アナイス・ニンにおけるモビィリティ――旅と異文化の表象を中心に」『英米文学評論』、第60号、2014年、pp. 65-99。

女性らしさと均衡
アナイス・ニンとヴァージニア・ウルフの自己探求の物語

Femininity and Equilibrium: Anaïs Nin's and
Virginia Woolf's Journeys of Self-Discovery

金井彩香

1 女性として書くこと

　アナイス・ニンが「女性として書く」というとき、ヴァージニア・ウルフ（Virginia Woolf）もまた「女性の書くものはいつでも女性的であり、女性的であることを免れられないのである」（"Women Novelists" 316）と書いたことを思い起こさせる。[1] 女性作家にとっての「女性的であること」の意味するところを考えるとき、ニンとウルフは女らしさと書くことのジレンマを共有するだろう。批評家ナンシー・トッピング・バザン（Nancy Topping Bazin）は、ウルフの抱いた葛藤を内面の両性具有性にみる。バザンは、ウルフの父母との関係に男性性と女性性をたどり、ウルフが実践した小説における両性具有的な均衡の探求を論じている。こうしたウルフの小説にみられる自己探求の過程は、ニンが模索し続けた女性作家としてのありかたにも一つの答えをもたらすだろう。ニンもまた、芸術家であった父と献身的な女性らしさを重んじる母、それぞれが体現する性の間で葛藤を抱えていた。そうしたニン自身が両親にたどる男性性と女性性への意識をふまえ、『炎へのはしご』（*Ladders to Fire*）を再読すると、そこに描かれる両性の間の均衡をもとめる過程、そして、ニン自身に重なる女性作家の意識の変化と成長の物語が明らかになる。[2] この小説における主人公リリアンと男性たちとの関係性、彼女の変化と葛藤には、ニン自身の父、母の姿が象徴的に表れる。また、作家ヘンリー・ミラー（Henry Miller）など、ニンをとりまく人々との関係性の記憶は、小説に描かれる断片的なエピソードとニンの性をめぐる意識をつなぎ、彼女の作家性形成のさまざまな段階を映し出す。女性作家としての困難は、ニンに男性性と女性性両方への全体的な視点をもたらし、それをもって彼女の意識を両性具有性という均衡へと向けさせた。そしてその均衡をもとめる過程が、ニンにとっての

女性らしい自己探求の物語そのものとなるのである。

　ニンは、ウルフから芸術の実践における女性特有の意識を引き継ぐ。ニンは芸術に関わる女性について、「どういうわけか、女性は創作や創作意欲を男性的なこととして結びつけていて、そうしたことが攻撃的なふるまいにならないか恐れている」と言う（"Unveiling" 82）。ニンが言及するように、そうした意識はヴァージニア・ウルフの『自分ひとりの部屋』（A Room of One's Own）における「自分ひとりの部屋」を持てないことについての主張によって説明できるだろう。それは、物理的に自身の創作のための部屋がなく子どもやほかの理由で中断されるなかで創作をしなければならない女性芸術家がいることを意味するだけでなく、女性の意識の問題をも含む。つまり、たとえば、女性芸術家は、夫が進んで家事を担いたいと考えていようとも、彼女自身が母であることや家事をすることへの義務感に囚われすぎていて自由な創作ができないのだ。ニンが言うように、「女性は私生活が最優先の義務で、書くことは自己表現と関係しているという感覚を生来もっている。男性作家のことは決してナルシストだとは言わないのに、女性はそういうことを主体性やナルシシズムと混同している」（"Unveiling" 82-83）。[3] 女性の困難は男性との関係との不均衡な関係にあり、それは双方の意識に解決がもとめられるものである。ウルフが声にした「自分ひとりの部屋」を持つこと、従来の女性の役割を全うせずに芸術にたずさわることに罪悪感を感じる女性作家の経験をニンもまた自身の経験とする。

　そうした意味でニンにとって先駆者であるウルフは、女性としての経験と創作活動との均衡をもとめる過程を糧に小説を書いている。バザンは、『ヴァージニア・ウルフと両性具有的視点』（Virginia Woolf and the Androgynous Vision）において、ウルフの小説における両性具有的な均衡の探求に着目する。ウルフにとって、保守的なヴィクトリア朝人であった父レズリー・スティーヴン（Leslie Stephen）と母ジュリア・スティーヴン（Julia Stephen）との複雑な関係は、その作家性に葛藤をもたらすものであった。著名な批評家として知られたレズリーは、ウルフにとって尊敬すべき父であったが、娘たちには正規の学校教育を受けさせなかった。母ジュリアもまた、作家を目指すウルフとは相容れない「家庭の天使」を体現するような人物であった。ウルフはこうした両親に由来する男性像と女性像を、たとえば『灯台へ』（To the Lighthouse）のような小説へ投影させた。『灯台へ』に描かれるラムゼイ夫妻はウルフの両親がモデルとされ、それぞれの性を体現する人物である。ウルフはラムゼイ夫妻によって象徴される女性らしい人生と男性らしい人生の均衡を目指した（Bazin 9）。ウルフは小説をとおして自身を安定させる

男性性と女性性の均衡を模索する。

> ヴァージニア・ウルフは、反対勢力の正確な性質に率直に向き合って理解することなしに、特定の個人や時代がその均衡を保った点を見つけることはできないと感じていた。したがって、ウルフの男性的もしくは女性的であることが意味することへの関心は、彼女の自己探求、もしくは、自身の人格を安定させ全体性と無意識の感覚をもたらす、つまり両性具有の作家とならしめるバランス点の探求とつながるのだ。(Bazin 9)

ウルフは、男性性と女性性の両方への関心と理解により内面の両性の調和をめざした。芸術家としての男性性と従来の女性らしい献身的な生き方に均衡をもとめる過程をもって小説とすることが、ウルフにとって女性として作家であることを意味するのである。

このような女性作家のジレンマの解消をめざす両性具有性の探求は、ニンの小説にもまたみることができる。『炎へのはしご』の主人公で女性ピアニストのリリアンは、破壊的で情熱的な男性性、そして気遣いと母性を備えた女性性をあわせもち、その間で翻弄される。それらは、ニンの作家性に根づく情熱的な芸術家である父と、家庭的な女性として生きることをもとめる母という対立する存在への意識を明らかにすると同時に、その均衡をもとめる過程が小説を形づくる。ディアドラ・ベアー(Deirdre Bair)は、ニンが男性たちとの関係性から彼らの性質を引き受けながらも、そのすべての作品は「どれだけ複雑で歪曲されたとりとめのない過程だとしても、完全に、もしくは部分的に、自身のアイデンティティの発見に目を向けた女性についてのものである」と指摘する(300-01)。ウルフ同様、ニンは、その女性らしい全体的な視点をとおして男性性と女性性の間の均衡をもとめる過程によって自身の小説を書くのである。

2　父なる芸術と混乱

『炎へのはしご』の主人公リリアンがみせる男性性とそれにともなう人間関係の混乱は、ニンの芸術の男性性への戸惑いと重なる。小説は、リリアンの情熱と破壊力にみちた様子の描写からはじまる。彼女自身にさえコントロールできていないような混乱した状態は、彼女に周囲との不調和を引き起こし、内面の不均衡をもたらす。リリアンの周囲と調和しない暴力的な様子は、ニンの父から引き継

がれた男性性としての芸術とそれにより彼女自身にもたらされる混乱を思わせるものである。リリアンは常に目いっぱい動きまわり、あたりを顧みないあふれる力で破壊的にふるまい、本来の女性らしさにあるような感情や関係性、調和を壊してしまう──「うまく伝えられなかったことばや、致命的な正直さ、向こう見ずな行い、混乱をおこした場所、爆発した壊滅的な攻撃の後に。彼女が現れた至る所で起こした嵐の後、感情の破壊があった。関係は断たれ、信頼は薄れ、運命を決する暴露が行われた。調和、幻想、均衡は、消滅した」(5)。ここで予期されるように、リリアンは女性的な恋人ジェラルドとの関係がうまくいかず、夫と子どもとの家庭にも居場所がなくなる。リリアンの混乱と破壊をともなう物語のはじまりは、ニン自身の父の情熱的で男性的な芸術性と本来の女性らしさの不調和に翻弄される女性作家としてのはじまりである。

　ニンの作家としての原型は父にある。ニンにとって父ホアキン・ニン（Joaguín Nin）は、芸術家の情熱の象徴であり、従来の女性らしさとは対立する存在である。ニンが10歳のときに家族のもとを去ったホアキンは、芸術家という意味での彼女にとってのモデルであり、著名な日記を書きはじめたきっかけである。ピアニストで作曲家であったホアキンは、リリアン同様、感情的で破壊的なエネルギーを備える──「細身で、情熱的で、神経質なエネルギーに満ちていて、そして不安そうな眼をしていた。彼の黒い眼は近視で、そのため小さな細い金属の縁取りの眼鏡をとおした視線は鋭く見えた。そして、強烈な高慢さと軽蔑的な拒絶の間を行ったり来たりするような表情をしていた」(Bair 10)。ニンも日記のなかで父の情熱と激しい気性を思い起こしている。その記憶は、同時に彼女の書くことへの想いをもあらわにする。

> すべては父のためだった。私は父に日記を送りたかった。母は途中でなくなるかもしれないからと私を思いとどまらせた。ああ、私の伏し目の偽善、夜に隠れて流した涙、父への秘密の官能的な思い。この瞬間に父について私が一番思い出すのは、父親的な保護や優しさではなく、情熱の表現、動物的な激しさ。私自身のなかにもある。子どもの無垢な本能で見れば、自分のなかにも似た激しい気性が見える。猛烈な命への飢え、それが私の思いだすこと。そして、母の価値観を否定することになる秘密の官能性への憧れをいまだ共有している（*Henry and June* 245）。[4]

父への想いからはじまった書くことは、父の芸術性、彼の激しい気質の記憶と同

化して、ニン自身の作家性のはじまりを形づくる。そして、不在の父の姿は作家としてのニンを支配するようになる（Henke, "Journal of Love" 120）。それは、「母の価値観」——献身的な女性らしい人生——と対立するものである。父の激しい芸術性は、女性らしさと対立する情熱的な男性性としてニンのなかに根付いたのである。

　そうしたニンと父に由来する男性性との関係は、リリアンの内面の混乱にみることができるだろう。男性的な情熱を備えるも本来女性であるリリアンは、女性的な恋人ジェラルドとの関係において失敗する。「貧血で青白く消極的でロマンチック、灰色の臆病さをも身にまとった人間」(6) であるジェラルドに対し、リリアンは自由にふるまうことができる。しかし同時にリリアンは、ジェラルドの女性らしい消極性は彼女に虚しさを与える——「最初から彼が何もほしがらないという空虚さのなかに彼女は自分の欲望をぶつけなければならなかった」(7)。さらに、そうしたリリアンの男性性は従来の女性としての役割と対立する。リリアンはジェラルドに対し女性らしい心遣いをみせてみるが、彼との関係は好転しない。リリアンはジェラルドに男性的な主導権をゆだねてみせる——「ちゃんと女性らしいことばを付け加えた。「あなたが言うとおりにするから。私はどっちでもいいからね」」(8)。しかし、ジェラルドはあくまでも女性らしい追従の姿勢を保ち続け、リリアンがみせる女性らしさは二人の関係を好転させない——「青白く別世界に行っているような曖昧な彼。彼は女性の防御方法や鎧をあてがわれていて、彼女の役割は反対だった。リリアンは、障害や夢に誘惑される恋人だし、ジェラルドは、誘惑によって生じる炎に対して女性的受け身な楽しみ方で彼女の炎を見ていた」(8)。こうしたリリアンのジェラルドとの関係における性の混乱と失敗は、ニン自身の内面の性の対立を思わせる。

　さらに、内面の性の対立はリリアンの家族との関係における失敗にも映し出される。リリアンは、家族での役割をも失ってしまう。かつてのリリアンの家族に対する女性らしい献身は彼女の本質のすべてではなかった——「この家のなかでリリアンが夫と子供たちに費やした力、熱心さ、気遣いは、リリアンの最も深いところではない。どこか彼女の一部から出たものだということを」(24)。結果、彼女は夫ラリーと子どもとの家庭を出て行かざるをえない。リリアンの内面の男性性は、家庭的な価値観から彼女を排除させる。リリアンは、真に女性らしい乳母によって完全さが保たれる家ともはや相容れない——「夫は優しく、子供たちは愛らしく、家は円満だった。そして、家族みなをつきることのない母性的な温かさで面倒を見てくれる年取った乳母がいて、彼女はみなの守護天使で家の守護

天使だった」(25)。乳母が家庭に作り出したのは従来の男女の役割による「父親と母親は仲が良くなければならない」という秩序(25)が維持する「神聖な一致団結した完全な家族」であった(31)。内面の性の葛藤を抱くリリアンは従来の女性らしい役割においても失敗し、それにより人間関係の破たんに直面する。

　リリアンの内面の男性性は、従来の彼女の女性性と対立し内面に混乱を引き起こす。リリアンが望むのは女性らしさを圧倒するような男性的な勝利ではない——「この絶え間ない勝つことへの衝動があるにもかかわらず、彼女は勝利から慰めも喜びも感じなかった。彼女が勝ち取るものは自分が本当に欲しいものではなかった。深い奥底で彼女の本性が欲しがっていたものは譲歩することだったのだ。彼女は勝てば勝つほどもっと不幸に空虚に感じるのだった」(14)。男性性は女性であるリリアンの唯一の欲望ではなく、女性性との調和の欠如は彼女に不安をもたらす。リリアンは自身の女性性のなかの男性性に直面するが、一方で女性的な自己への不安を抱えてしまうのである (Yamamoto 204-05)。男性的な情熱に翻弄されるリリアンはその内面の均衡を得ることができず、それまでの人間関係を壊してしまう。それはニン自身に重なる芸術家としての女性の内面の成長と変化のはじまりを思わせる。女性が得ようとする芸術性は、彼女のなかの従来の女性らしさと対立し混乱を引き起こすのである。

3　対立する母性と芸術

　人間関係に失敗したリリアンの次の段階に投影されるのは、ニンが母から受け継ぐ女性性である。リリアンは、ジェラルドや家族との関係に失敗したあとパリへ向かい、新しい恋人で芸術家のジェイに出会う。ニンがリリアンを「母性的で庇護的」な人物と呼ぶように、リリアンは母性をもってジェイとの関係性を確立しようとするようにみえる (*Novel* 69)。[5] ニンが父から引き継ぐ情熱は彼女の作家性の本質である一方で、母が常にもとめてきた女性らしさはまた彼女にとって逃れられないものである。女性らしい献身的な生き方を期待され実践しようとしたニンは、女性とは元来、養育者であり創造者、優しさと寛容さの化身であると考えていた (Wood 263)。ニンの芸術と女性らしさの両立への欲望は、リリアンが人間の子どもに代えて芸術家であるジェイの象徴的母になることによってもとめられる。

　明らかに、ニンの、ときには母性と同一視される女性性の認識は、ニンの母ローザ・クルメル (Rosa Culmell) との関係に生まれたものであろう。ローザがニン

に期待したのは、芸術家と相反するような、相応の相手と結婚して子どもを持ち家族に献身的な女性として生きることであった。実際、ニンは早期からそのような家族への献身をもとめられた。1913年にホアキンが家を出たあと、残された一家——ローザ、ニン、二人の弟——はしばらくスペイン・バルセロナに住むが、1914年夏にニューヨークに移る。一家の暮らしを支えるためローザは毎日働きに出ていた。そんななか、11歳のニンはみずから進んで書く時間を犠牲にして家事を担っていた（Bair 39）。そうした母親的な家族への献身は、ニンにとって書くことと相反する自己犠牲の行為そのものであった——「私は毎日、家庭生活、雑用、病人看護、買い物、子どもの世話といった人間の条件に腹を立て、芸術への秘密の内面的信仰、つまり人間を超越すること、人間を生み出すことができるようになることへの望みを持っている。私は、人間から奴隷制を連想する。そして、芸術家から「他の人生」をとおして奴隷制を逃れた人を連想する」（*The Diary Vol. 5* 130）。一方で、ニンは父を慕う想いに罪悪感を感じ、母の期待に応えることはその代償であると感じていた——「子ども時代を母のために犠牲にし、私のすべてを与え、手助けし、理解し、奉仕するとき、なんと大きな罪を私は償おうとしているのか」（*Henry and June* 246）。結果、母の価値観はニンの内面に根づき葛藤となって作家となることを脅かした。[6] 1954年、ローザが亡くなった後にニンは書いている。

> 母への愛と称賛を認めることは、たとえば母性のような、私の存在への脅威とみなしている私に内在する性質を受け入れることを意味する。そして、私は彼女のなかのそれらの性質と戦わなければならない。彼女は私を私がなりたいと思わない、妻や母になることに降伏するような女性にすることを求めた。そして生きている間ずっと、彼女は女性の隷属からのがれようとする私の切望すべてを脅かした。彼女が亡くなったとき、私はこの衝突のなかに取り込まれざるをえなかったし、ずっと前にその戦いには負けていたのだと気づいた。私は母がしたのと同じくらい他者に気遣う女性だ。彼女が亡くなってすぐこの反抗は崩壊したのだ。（*The Diary Vol. 5* 199）

ニンにとって母を愛することは献身的で母性的な女性となることを受け入れることを意味するが、その一方で、それを望まない彼女の内面に葛藤をもたらした。そして、そうした芸術性と相反する母の女性らしさは、ニンの意思にかかわらずその「戦い」とともにニン自身の一部となったのである。

ニンの芸術性と女性性の両立をもとめる意識は、小説のなかでリリアンがみせる芸術家ジェイへの母親的側面に昇華される。リリアンは、ジェイの象徴的母となることをとおして女性性と芸術両方との関わりを得て均衡を保とうとする。リリアンは、ジェイに対し常に母親的な保護と献身をみせる――「彼を隠し、いろいろな自然の力から彼を守ろうとした」(62)。そして、「彼が眠い時寝られるように彼女は寝具にならなければならなかった。もし彼が暑ければ彼女の愛は彼をあおがないといけないし、寒い時は火にならなければならなかった」(65)。雪の日に二人でタクシーに乗るときの、ジェイが小さくなって受け身でリリアンのあたたかな毛皮のなかにはいるさまは、まさに母親に守られる胎児を思わせる (Henke, "Lillian Beye's Labyrinth" 135)。こうしたリリアンの母性的な献身はまるでかつてのリリアンの男性的な激しい感情にとって代わるような、新しい情熱をともなった自己をもたらす――「この情熱は、ほかの情熱より暖かくて、強くて、欲望を消滅させ、欲望そのものになる。取り囲み、包み込み、支えたり強くしたり維持したりすべての欲求に答えるための、無限の情熱なのだ」(62)。彼女が芸術家であるジェイの象徴的な母となることは、リリアンを「新しい均衡状態」へと導くのである（64)。

　しかし、リリアンはふたたび混乱する。リリアンが芸術家の母となることは、現実の母となることとは相容れない。ジェイに対する母性の経験は彼女に混乱をもたらす――「母性的で女性的な願望が彼女の中で混乱していた」(69)。やがてリリアンは、ジェイの子どもを妊娠するが、6か月で流産してその子どもを失ってしまう (89)。ニン自身にとっても子どもを持つことはその作家性と対立することであった。ニンはときに子どもを持つことを望みながらも葛藤していた――「私は子どもを持つべきだったのに。でも私は芸術家であって、母親ではない」(Incest 116)。[7] リリアンの流産は、ニン自身の1934年8月の妊娠の経験を想起させる。ニンはジェイのモデルともされるヘンリー・ミラーとの子どもを妊娠するが死産する。[8] ニンは、葛藤のなかで現実の子どもを産むことと芸術的な創造を両立できず、子どもに代えて芸術を選んだのだと理解しようとしていた。

　　母性の失敗。少なくとも母性を具現化できなかった。より高い母性のために、あるひとつの母性を放棄した。
　　しかし、現実の、人間の、単純でまっすぐな母性へのすべての希望はなくなった。単純な人類の流れは夢のために、他のかたちの創造の犠牲のために、ふたたび否定された。(Incest 381-82)

ニンは現実の母親となることよりも芸術家としての創作をうむものをより高尚なかたちの母性とみなし、それを選択する。リリアンがジェイの象徴的な母となることもまた、こうしたニンの意識を反映する。

リリアンのピアノのコンサートの場面は、そうした芸術性と母性の対立の問題を描きだす。現実の子どもを失ったあとにリリアンが開くコンサートは、彼女の人間の子どもの母となることから芸術家への移行の象徴のようにみえる。しかしそれは、「鏡」の「反射」という人の精神の可能性によってのみ実現されうる。女性たちをおびえさせるリリアンの「「体当たり」のような演奏」は彼女の小説冒頭の暴力的情熱を彷彿とさせる。そうした芸術の暴力性は、庭の豊かな自然が象徴する女性性——「庭は裸で、開花時期で、豊かさと潤いの空気があった」——と対立する(91)。[9] その対立をやわらげるのは、庭にある3枚の鏡である。

> 家の中の人々の目は庭のむき出しの状態、露出度に耐えられなかった。人々の目は鏡が必要だった。その弱々しい反射を楽しんでいた。湿気、みみず、昆虫、根っこ、流れる樹液、朽ちた樹皮など、庭の真実のすべては鏡によって反射しなければいけなかった。
>
> リリアンは、大きな鏡と鏡の間で演奏していた。リリアンの暴力性は鏡の反射によって弱まっていた。
>
> 鏡の中の庭は完璧な霧によって磨かれていた。芸術と技巧が庭で息づいていて、庭は鏡の中で息づいていて、真実と暴露のすべての危険は追い払われていた。(92)

家のなかに表される芸術の暴力性も、女性らしさを表す庭の豊かな自然もそれぞれ不完全さや問題を抱えるが、鏡の反射によって調和がもたらされる。ニンはこの鏡を神経症の象徴とし、そういった病気の原理による芸術的創造の可能性を示そうとした。[10] このときリリアンはちょうどピアノをひく家と庭の中間に存在する——「リリアンは金色のサロンと静寂の庭の境界線上に座り、人工と自然の厳しい現実の間の空間を手に入れる。3枚の鏡が庭の葉と重なり、自然の真実は芸術的雰囲気のなかで分裂し蒸発する」(Nalbantian 9)。リリアンは芸術と母性的な自然の中間地点で均衡をめざす存在となり、理性をこえた人間の精神によってもたらされうる芸術性と母性との調和を象徴的に表すのである。

4　均衡をもとめて――解放と再生

　ニンの相反する男性性と女性性の間の均衡という理想は、彼女に内在し続ける。リリアンは、芸術家であるジェイの象徴的母としてやがて彼と同化することで両性具有性を得て、それを通じて芸術の実現をもとめようとする。しかし、母性の経験をとおして芸術の担い手となるはずのリリアンは逆に自己喪失におちいってしまう。こうしたリリアンのジェイをとおした芸術の実現は、「かつて彼女は自身を男性作家の支えとみなしていた」ニン自身のものと重なる（Bair 300）。リリアンが画家であるジェイを支え芸術の糧となることは、相手の欲望のままに自己をさしだしてしまうことを意味した――「彼の欲望。彼女の感情を贈り物として捧げた」（102）。そして、彼女は自身の芸術性が彼をとおして彼のものとして表現されることを、あきらめをもって受け入れるしかない。

　　私を持って行って。あげるから。私の才能と気持ちと体と悲しみと喜びと、私の服従と譲歩、恐怖と諦め。欲しいものすべてあげる。
　　まるで彼女が燃料のように体のなかに入れておきたいものみたいに彼女を食べてしまった。まるで日々の栄養のために必要な食べ物のように彼女を食べてしまった。
　　彼女はすべてを彼の欲望と飢えのために開いている口に放り込んだ。彼女が知っていること、経験したこと、与えたことすべてを投げ込んだ。彼の空腹を満たすためにすべてを集めた。彼女は過去に行き、過去の自分を持って帰り、現在の自分と未来の自分を取り出し、彼の好奇心の口にそれらを投げ入れた。（103）

　こうした芸術の実現の過程は、リリアンに「悲しみ」と「喜び」といった矛盾した感情をもたらす。そして彼女の芸術と母性の両立は、ジェイとの同化により無私を導かれるというさらに大きな矛盾をもうむのである。ジェイはリリアンの自己創造を助けてはくれない――「何か素晴らしいものを創り出す人の役に立ちたいと思っていたんだけど。そして彼が私自身を生み出すのを手伝ってくれるかなと思ってた。でも彼は破壊的で、私を破壊しようとしている」（156）。「ジェイは芸術家だから」自分を「創造してくれると思っていた」（156）リリアンは裏切られる。
　小説の終わりに描かれるリリアンとジェイがひらくパーティは、ニンの作家と

しての苦しみと再生のイメージをもたらしつつ物語を閉じる。ニンが「出席者のいないパーティ」（*The Diary Vol. 6* 74）と呼ぶこのパーティは、多くの芸術家たちが集っているようにみえて実体がなくとりとめがない。それは、彼女自身が芸術家としての迷いのなかで参加していた実際のパーティを連想させる。1935年頃、ニンとヘンリー・ミラーは、パリのヴィラ・スーラで開催されるパーティに参加していた。当時ミラーは、ニンの経済的支援もあって、作家としての名声を得て著名人の仲間入りをしつつあり、そこには彼の芸術家の友人たちが集っていた。一方ニンは、ミラーや芸術家たちのバーレスク志向が理解できずに疎外感を持っていた。彼女にとっての執筆——父について書くこと——は深刻な作業であった。そして、男性に調和する女性らしい自己と創造者としての自己との間の矛盾を感じていた。そのため、すでに芸術に関わるようになっていたが、それでもこの芸術家たちの世界に属していない気がして落ち込んでいた。[11] そんな現実を反映するかのようにリリアンも、「ここにいる人みんななにかを成し遂げた人たちだけれど、私は何もない」と感じる（174）。小説のなかのパーティのつかみどころのない訪れている（はずの）芸術家たちとつぎつぎ移り変わる場面のとりとめのなさは、芸術家集団のなかでニン自身が抱いた疎外感と違和感を思わせる。

　リリアンがこのパーティで遂げる「見えない割腹自殺」（175）は、そうした苦悩からの解放と再生への希望を示すものである。ニンはたびたび象徴的な死に言及しているが、その結果には常に自己の解放が期待される。ニンは、「自殺」とは「苦しみを減らすために、感情、私の魂、本当の自己を殺すこと」であるという（*Fire* 217）。リリアンの内面の自殺は彼女の人格を破壊するが、それは同時に苦悩からの解放を意味する。「自殺」の結果、リリアンは、「すべての言葉、笑い、行動、銀のジュエリー」は床に落ち、彼女のイメージは「地面にこなごな」になり、「自己批判のたき火で残った灰の小さな山」が残る（175）。リリアンの死のあと、物語は友人ジューナに引き継がれる。それは、ニンの新たな自己探求の物語のはじまりを示唆するものであろう——「私は最初にいたところに戻ってきた。なんという苦しみ。無限の循環」（*Nearer the Moon* 255）。[12] ニンは、芸術において苦しみをともなう破壊と回復という循環を書く糧としてきた（Friedman 46）。リリアンの象徴的な死は、ニン自身の葛藤からの解放と自己再創造への希望をこの女性の成長の物語の結末にもたらす。

5　女性らしい調和のために

　『炎へのはしご』は、ニンの女性作家としての自己探求の物語である。男性的な芸術家としての自己と女性らしい献身をのぞむ自己の間の葛藤は女性作家としてのニンの内面に存在し続け、その均衡をもとめる過程が彼女の小説そのものとなる。ニンにとって父は芸術を、また母は愛と気遣いを象徴する存在であり、それらの均衡こそがニンの作家性を得る過程で目指されるものであった。子どもの頃の病気の経験を回想し、ニンは書いている——「父は本、コンパスのセット、描画鉛筆を買ってくれた。母は、見たことがないような不安を顔にうかべて1日中私をみていた」（*The Early Diary Vol. 2* 87）。子どものニンに対し、父は彼女の芸術性を高めるための道具を、そして母は女性的なやさしい気遣いを与えたことは、まさにそれぞれがニンにもたらした資質を象徴的に表すだろう。こうした父母両方によって彼女のなかに形成されるものが、彼女が自身の内面の調和のために、もとめ続けたものである——「私の病気をとおして、父と母の静かな「一体となった」愛を享受した。そして今、私が多くを耐え抜くのを助けたこの偉大な愛は私の人生から去った。それについて、手の届かないところにある完全な夢と思いたい」（*The Early Diary Vol. 2* 87）。男性的な芸術性と女性らしい愛の両方こそがニンがもとめてきたものであり、父母がそれぞれ表すものが彼女のなかに完全さとなって共存し、作家としての自身を形づくることを目指し続けたのである。

　ニンにとって、女性らしい全体的な視点による両性具有性の探求は女性作家として書くことそのものである。それは、男性性と女性性の差異をこえた視点である。ウルフは、「ただ純粋に男であるとか、女であるのは致命的である。女性であって男らしいか、男性であって女らしくなくてはならない。女性が何らかの不満を少しでも強調したり、たとえ正当なことであっても何か言い分を申し立てたり、何らかの形で女性であることを意識して語るのは致命的である」（*Room* 114）と言う。[13] ウルフの両性具有的視点もまた、たんなる女性の不遇との戦いや勝利を超えた調和を目指す。そうした全体的で均衡のとれた作家性への希望はニンによって引き継がれる——「私は男性的であることと女性的であることを超えていくことにより興味を持っている」（"Women's Liberation" 37）。女性の経験を経て得た男性性と女性性の両方へ向けられた広い視点は、内面の性の調和という理想を女性作家に与える。その理想に向かう過程こそが、ニンの「女性として書く」ことによる自己探求なのである。

註

1) ヘンリー・ミラーに小説のアイデアを提供したことについてニンは書いている——「私に残されているすべきことは？（中略）女性として書くこと。女性としてだけ書くこと」（*The Diary Vol. 1* 128）。以降の英語文献の日本語訳はとくに記載がない場合は筆者による。"Women Novelists" からの引用の日本語訳は出渕敬子ほか監訳を参照している。

2) 本論では、「この飢餓感」と「パンとウエハース」の2章から成る1963年版の『炎へのはしご』を扱う。この文献からの引用の日本語訳は三宅あつ子訳を参照している。ニンは、この小説について、1946年版の序文で「私はすべてのはじまりである女性の成長の物語をはじめなければならない」と書いている（"Prologue" 192）。

3) ニンは、1972年2月12日のエサレン・セミナー、1973年9月のデンバー大学での講演でこうした女性芸術家の経験について話している。

4) *Henry and June: From "A Journal of Love": The Unexpurgated Diary of Anaïs Nin, 1931-1934* からの引用の日本語訳は杉崎和子訳を参照し、文脈の必要に応じて筆者が加筆したものである。

5) *The Novel of the Future* からの引用の日本語訳は柄谷真佐子訳を参照している。

6) ステファニー・デメトラコプルス（Stephanie A. Demetrakopolpus (Gauper)）は、「女性の母親の自己犠牲の側面は明らかに女性芸術家にとって最も危険である」と論じる（31）。

7) *Incest: From "A Journal of Love": The Unexpurgated Diary of Anaïs Nin, 1932-1934* からの引用の日本語訳は杉崎和子訳を参照し、文脈の必要に応じて筆者が加筆したものである。

8) ニンは日記のなかでまだ生まれない自身の子どもに対し、ミラーもまた芸術家でありながら自身の子どもであり父親になれないと語っており、その点も父親になることを拒否し中絶をもとめるジェイと類似する。詳細は *Incest* pp. 374-35 参照。

9) ニンは、たびたび女性と母なる自然のつながりに言及する——「女性は自然（破壊という否定的な形をとってさえも）とのつながりを保ちながら、男性のための自然のシンボルであり続けうる」（"On Writing (1947)" 33）。

10) ニンは、この場面について、「鏡のほうは神経症、影、人工性を表した。庭園に鏡というのは、非現実と屈折の完璧なシンボル、わたしが自然と神経症との相剋について描いていたドラマをイメージによって再現した縮図だったのである」（Nin, *Novel* 110）と説明している。また、芸術における病気の視点の重要性については、「私が幸せで平凡になったら、衣装芸術への才能は致命的な影響を受けるだろう。その才能があるのは純粋に劣等感のおかげなのだから。病気の原理による創造なのである。私は普通になったら私のなかの芸術家はどうなるだろうか」（*Henry and June* 177）と説いている。

11) 1935年10月のニンは、父の物語と呼ばれる『人工の冬』（*The Winter of Artifice*）を執筆していた。詳細は Fitch p. 189, Nin, *The Diary Vol. 2* pp. 62-63 参照。

12) リリアンのモデルとされる、友人でハープ奏者のサリーマ・ソコル（Thurema Sokol）が去ったときニンはこのように書いている。ジュナは、『炎へのはしご』を含む5つの小説をまとめた『内面の都市』（*Cities of Interior*）のうちの次作『信天翁の子供たち』（*Children of the Albatross*）の主人公である。

13) *A Room of One's Own* からの引用の日本語訳は片山亜紀訳を参照している。

引用文献

Bair, Deirdre. *Anaïs Nin: A Biography*. Putnam, 1995.
Bazin, Nancy Topping. *Virginia Woolf and the Androgynous Vision*. Rutgers UP, 1973.
Demetrakopolpus (Gauper), Stephanie A. "Anaïs Nin and the Feminine Quest for Consciousness: The Quelling of the Devouring Mother and the Ascension of the Sophia." *The Critical Response to Anaïs Nin*, edited by Philip K. Jason, Greenwood Press, 1996, pp. 29-44.
Fitch, Noël Riley. *Anaïs: The Erotic Life of Anaïs Nin*. Little, Brown and Company, 1993.
Friedman, Susan Stanford. "Women's Autobiographical Selves: Theory and Practice." *The Private Self: Theory and Practice of Women's Autobiographical Writings*, edited by Shari Benstock, The University of North Carolina Press, 1988, pp. 34-62.
Henke, Suzette. "Anaïs Nin's Journal of Love: Father-Loss and Incestuous Desire." *Anaïs Nin: Literary Perspectives*, edited by Suzanne Nalbantian, Macmillan, 1997, pp. 120-35.
Henke, Suzette A. "Lillian Beye's Labyrinth: A Freudian Exploration of Cities of the Interior." *The Critical Response to Anaïs Nin*, edited by Philip K. Jason, Greenwood Press, 1996, pp. 133-45.
Nalbantian, Suzanne. "Aesthetic Lies." *Anaïs Nin: Literary Perspectives*, edited by Suzanne Nalbantian, Macmillan, 1997, pp. 3-22.
Nin, Anaïs. "Anaïs Nin on Women's Liberation: Clare Loeb (1970)." *Conversation with Anaïs Nin*, edited by Wendy M. DuBow, UP of Mississippi, 1994, p. 27-42.
――. *The Diary of Anaïs Nin Volume One: 1931-1934*. Harcourt Brace Jovanovich, 1966.
――. *The Diary of Anaïs Nin Volume Two: 1934-1939*. Harcourt Brace Jovanovich, 1967.
――. *The Diary of Anaïs Nin Volume Five: 1947-1955*. Harcourt Brace Jovanovich, 1974.
――. *The Diary of Anaïs Nin Volume Six: 1955-1966*. Harcourt Brace Jovanovich, 1976.
――. *The Early Diary of Anaïs Nin, Volume Two: 1920-1923*. Harcourt Brace, 1982.
――. *Fire: From "A Journal of Love": The Unexpurgated Diary of Anaïs Nin, 1934-1937*. Harcourt, 1995.
――. *Henry and June: From "A Journal of Love": The Unexpurgated Diary of Anaïs Nin, 1931-1934*. Harcourt, 1986.(『ヘンリー&ジューン――私が愛した男と女』、杉崎和子訳、角川文庫、1990年。)
――. *Incest: From "A Journal of Love": The Unexpurgated Diary of Anaïs Nin, 1932-1934*. Harcourt, 1992.(『インセスト――アナイス・ニンの日記【無削除版】1932〜1934』、杉崎和子編訳、彩流社、2008年。)
――. *Ladder to Fire*. Swallow Press, 1995.(『炎へのはしご』、三宅あつ子訳、水声社、2019年。)
――. *Nearer the Moon: From "A Journal of Love": The Unexpurgated Diary of Anaïs Nin, 1937-1939*. Harcourt Brace, 1996.
――. *The Novel of the Future*. Swallow Press, 2014.(『未来の小説』、柄谷真佐子訳、晶文社、1970年。)
――. "On Writing (1947)." *The Mystic of Sex: A First Look at D. H. Lawrence, Uncollected Writings, 1931-1974*, Capra Press, 1995, pp. 32-33.
――. "Prologue to *Ladders to Fire* (1946)." *The Portable Anaïs Nin*, Sky Blue Press, 2011, pp. 192-93.
――. "The Unveiling of Woman." *A Woman Speaks: The Lectures, Seminars, and Interviews of Anaïs Nin*, edited by Evelyn J. Hinz, Swallow Press, 1975, pp. 79-114.

Wood, Lori A. "Between Creation and Destruction: Toward a New Concept of the Female Artist." *Anaïs: An International Journal Anthology 1983-2001*, Sky Blue Press, 2021, pp. 262-74. Originally published in *Anaïs: An international journal*, 1990.

Woolf, Virginia. *A Room of One's Own*. Harcourt, 1991.（『自分ひとりの部屋』、片山亜紀訳、平凡社、2015年。）

———. "Women Novelists." *The Essays of Virginia Woolf, Volume II: 1912-1918*, edited by Andrew McNeillie, Harcourt Brace Jovanovich, Publishers, 1995, pp. 314-17.（「女性作家」『女性にとっての職業』、出渕敬子ほか監訳、みすず書房、1994年、12-18頁。）

Yamamoto, Toyoko. "Anaïs Nin's Femininity and the Banana Yoshimoto Phenomenon." *Anaïs Nin: Literary Perspectives*, edited by Suzanne Nalbantian, Macmillan, 1997, pp. 199-210.

「流れ」の場としての「家」に向けて
『内面の都市』における隠喩としての建築

Towards "Home" as a Place of "Flow":
The Metaphor of Architecture in *Cities of Interior*

井出達郎

はじめに

　1920年の夏、17歳のアナイス・ニン（Anaïs Nin）は、ニューヨークのリッチモンド・ヒルに引っ越したばかりの夜、屋根から聞こえてくる奇妙な足音に眠ることができず、誰かが自分の家の中をのぞいているのではないか、という想像にとらわれる。「きっと男が屋根の穴から見下ろしているのにちがいない。あの古家を買ったのはどんな家族かと、確かめにきたのだ」（*The Early Diary Vol. 2* 20）というイメージがニンを一晩中悩ませたものの、翌朝に足音の正体がリスたちであったことがわかり、ニンは安心して彼らが家の中をのぞき込むのを眺める。[1] 一見すると、まだ少女だったニンの新しい生活への期待と不安を伝えるだけに思えるこの些細なエピソードは、後に作家として『内面の都市』（*Cities of the Interior*）と呼ばれる連作小説を書くニンにとっての、建築というモチーフの独自性を予告している。このエピソードでニンが描いている家は、外の世界と私的な領域を分かち、前者から後者を守ってくれる安全な場所では決してない。ここでの家は、両者の境界を危うくする穴が穿たれ、他者の目線に晒されうる場所としてある。ここで注目すべきは、ニンという作家にとって、家の内面を外から見られる可能性とは、単純に否定的なものとして回収できない意味を持っていることである。個人の日記を文学作品としたニンにとって、私的な領域を他者の目に晒すことは、避けるべき危険である以上に、むしろ自ら進んで能動的に行う行為にほかならなかった。[2] 若きニンが描いた一見すると些細な家をめぐるエピソードは、ニンにとって家という建築のモチーフが、他者の目を内面に呼び込むという特異な特徴を潜ませていることをほのめかしている。

　本稿は、アナイス・ニンの連作小説『内面の都市』を取り上げ、各作品を貫い

て反復的に描かれる建築というモチーフを探究する。そもそも建築とは、西洋の知においては自然の混沌に対する秩序や構造への意志、そしてアメリカ文学においては独力で確立すべき国や個人への意志と結びついていた。それに対してニンの作品で描かれる建築は、内面という領域に想像的に建てられる隠喩として描かれながら、他者をその内面に誘い込むものとして提示される。その隠喩としての建築のあり方は、登場人物の誘惑という行為と共鳴しつつ、結果として欲望を生成させる場という意味を帯びていく。この建築に結びついた欲望が独自なのは、複数の女性が主要人物たるこの連作小説において、欲望の「家族の家（home）」への固定化をどこまでも拒み続けていくことにある。その建築と欲望をめぐる問いは、ニンの小説観に大きな影響を与えたD・H・ロレンス（D. H. Lawrence）の「流れ（flow）」という言葉と共鳴しながら、多様な欲望の生成の肯定に向けられている。『内面の都市』における隠喩としての建築に、「流れ」の場としての新たな「家」の可能性を読み込むこと、それが本稿の目的である。

1　都市から建築へ——「連作小説」としての『内面の都市』をめぐる先行研究

　『内面の都市』は、『炎へのはしご』（*Ladders to Fire*）、『信天翁の子供たち』（*Children of the Albatross*）、『四分室のある心臓』（*The Four-Chambered Heart*）、『愛の家のスパイ』（*A Spy in the House of Love*）、『ミノタウロスの誘惑』（*Seduction of the Minotaur*）という5つの長編小説を、ニンが一つの「連作小説（continuous novel）」としたものである。ここで注意すべきは、山本豊子が論じているように、ニンの言う「連作」とは、明確な時系列に沿った続きものという意味では決してない、ということである。[3] 一方でこの小説群は、ピアニストのリリアン、ダンサーのジューナ、俳優のサビーナという3人の女性を中心に、ニューヨーク、パリ、アカプリコ（作中ではリリアンが「ゴルコンダ」と名づける都市）を主な舞台とし、彼女たちの過去や人間関係をめぐる設定が各作品を超えて引き継がれる。その一方で、話の進行は単純な過去から未来へという時間軸をとっておらず、焦点が当てられる人物や場所についても、しばしば突然別のものへ移行する。それゆえ山本が言っているように、連作小説としての『内面の都市』における「連作」とは、話が連続しているという意味ではなく、各作品に共通するモチーフをつなげることで浮かび上がる、主題的な連続性ということになる。

　では、その主題的な連続性を浮かび上がらせる、各作品を貫いて描かれ続けるモチーフには、具体的にどのようなものがあるのか。その問いに答える先行研究

として、キャサリン・ブロデリック（Catherine Broderick）の論考がある。ブロデリックは、タイトルに使われている都市をそのまま連作小説を読み解くモチーフとして取り出し、都市の図像学という視点から、それが複雑性や流動性を備えた人間の内面を描くために用いられている、と論じている。

本稿は、手法的にも内容的にもブロデリックを引き継ぎながら、連作小説としての『内面の都市』の主題的な連続性を浮かび上がらせるため、「隠喩としての建築」を新たな読みの対象として取り上げる。言うまでもなく、都市は作者のニン自身がタイトルに含めている表現であり、ブロデリックがそこに目を向けるのは当然だと言える。だがこの連作小説においてより特徴的なのは、各作品それぞれを読んでいくとき、都市という大きなモチーフよりも前に、それを構成する個々の建築こそが、内面という領域に隠喩として描かれ続けていく、という点である。たとえば、1作目『炎へのはしご』において、主人公リリアンが彼女の「内面」に抱えるとされるものは、都市ではなく「部屋」と描写される。2作目『信天翁の子供たち』では「密室」と題される章が含まれ、3作目『四分室のある心臓』と4作目『愛の家のスパイ』では、よりわかりやすく、タイトルに「分室」と「家」という表現が使われている。そして5作目『ミノタウロスの誘惑』では、主人公リリアンの内面が「迷宮」の隠喩で語られる。むろん、この連作小説が複数の主要人物から成る群像劇の様相を呈している以上、そうした個々の建築物が集まることで、全体としては都市を形成している、という言い方はできるだろう。その一方で、都市という全体的なものに目を向けてしまうことで、個々の小説が実のところ問題にしている、その手前にある隠喩としての建築が見えにくくなってしまっている、というのも事実である。本稿がブロデリックの先行研究を引き継ぎながら探究するのは、あからさまに前面にある都市というモチーフに隠れてしまいがちな、この隠喩としての建築である。

2 隠喩としての建築──西洋の知およびアメリカ文学との関連から

本稿がニンの連作小説の読解の視点として使用する隠喩としての建築は、単なる文学上のレトリックの一つという意味には収まらない、大きな歴史的意味を持っている。『隠喩としての建築』において柄谷行人は、隠喩としての建築とは、西洋の知に深く刻印された、「建築への意志」というべきものの表現であったと主張する。柄谷はまず、「建築（architecture）」という語について、それが始原、原理、首位を意味する"archē"と、職人を意味する"tektōn"の合成語であるとい

う語源的な事実を指摘する。そして、実際の建築物とは別に、哲学や幾何学といった諸学問に隠喩としての建築が頻繁に使用されている事実を引き合いに出し、その意味を次のように説明している。「隠喩としての建築とは、混沌とした過剰な"生成"に対して、もはや一切"自然"に負うことのない秩序や構造を確立することにほかならない」（柄谷 11）。柄谷によれば、一見すると何よりも厳密な基礎を築いてきたかに思える西洋の諸学問は、事実として厳密な基礎に支えられていたというわけではなく、むしろ自らが建築的であろうとする建築への意志の表れであった。現在では影響力の大きさゆえに安易に使用されがちなジャック・デリダ（Jacques Derrida）の「脱構築（deconstruction）」という語を改めて見直すとき、そこに隠喩としての建築が批判的に引き継がれていることは、その歴史的な意味の大きさのわかりやすい一例である。

　西洋の知に刻印された隠喩としての建築は、ニンが作家として分類されるアメリカ文学において、他者に依存せずに自分を創り出そうとする理想、すなわち「セルフ＝メイド・マン（self-made man）」と呼ばれる理想の象徴に変奏されたと言ってよい。そもそもアメリカは、国としての独立に従事した人々を「建国の父たち（Founding Fathers）」と名づけたように、その起源からしてすでに建築への意志を強く宿していた。その意志は、イギリスを堕落した「旧世界」とみなし、アメリカを理想が達成されるべき「新世界」とみなす想像力の基盤としてあった、「荒野」に国を「建てる」という発想と不可分である。そしてそれは、国全体の想像力であると同時に、「自分で自分を作り出す男」という考え方、「セルフ＝メイド・マン」と称される考え方を醸成しつつ、個人が「家」を建てることへの強い意志ともつながっていく。[4] この歴史的な背景は、柴田元幸が論じているように、アメリカ文学に「家を建てる」という話が過剰にあふれている決定的な理由になっている。柴田は、ウィリアム・ディーン・ハウエルズ（William Dean Howells）『サイラス・ラッパムの向上』（*The Rise of Silas Lapham*）、ヘンリー・デヴィット・ソロー（Henry David Thoreau）『ウォールデン』（*Walden*）、ポール・セルー（Paul Theroux）『モスキート・コースト』（*The Mosquito Coast*）といった作品名を挙げ、アメリカ文学における「家を建てる」というモチーフについて、「要するに、家を作ることは自分を作ることなのだ」（柴田 74）と述べ、建築とセルフ＝メイド・マンの理想との結びつきを説明している。

　いうまでもなく、文学というジャンルは、国や時代の支配的な価値観を単に反映するだけでなく、むしろそれを根源的に問い直すことにこそ意義があるだろう。柴田も述べているように、セルフ＝メイド・マンと結びついた家を建てるという

モチーフが機能するのは、その「マン（man）」という表現に示唆されているように、「主として白人男性作家・主人公のあいだにおいて」（柴田 76）であった。その自覚とともに、アメリカ文学における隠喩としての建築は、むしろ、家という形象に対する異議申し立ての系譜こそが大きな主流をなしている。エドガー・アラン・ポー（Edgar Allan Poe）「アッシャー家の崩壊」（"The Fall of the House of Usher"）やF・スコット・フィッツジェラルド（F. Scott Fitzgerald）『グレート・ギャツビー』（*The Great Gatsby*）といった男性作家の作品は、家に対する大きな執着の果てにその崩壊を迎えることで、そのモチーフと不可分の自己創造の意志に対する問い直しになっている。そしてまた、シャーロット・パーキンス・ギルマン（Charlotte Perkins Gilman）「黄色い壁紙」（"The Yellow Wallpaper"）やケイト・ショパン（Kate Chopin）『目覚め』（*The Awakening*）といった女性作家の作品は、女性の狂気や苦しみを家というモチーフを通して描くことで、女性にとっての幽閉の空間としての家を告発的に暴き出している。

　ニンの『内面の都市』もまた、アメリカ文学における建築の問い直しを引き継いでいることは確かである。各作品に登場する実際の建築物としての家は、特に主人公たちの女性という立場から、そのどれもが批判の対象として提示されている。連作最初の『炎へのはしご』では、リリアンが実際に生活する家は次のように描かれる。「それは、家族の家だった（It was a home）。それは、夫ラリーと子供たちに似合っていた。それは平和のために建てられた。部屋は広く空気が澄んで、明るく大きい窓があった。温かく、輝いて清潔で、調和が取れていた。他の家庭の家と同じようだった」（*Ladders* 17）。「家族の家」を良しとする価値観からすれば肯定的に見えるこの描写は、直後、そこに入ったジューナが「まるで彼女の本質とは違うものだけでこの生活が成り立っているかのように」（*Ladders* 17-18）と感じ、またリリアンが「その家の中で彼女は見知らぬ人だった」（*Ladders* 18）と描写されるように、彼女たちにとって家は、自分という感覚をむしろ喪失してしまう場所になっている。女性たちの家に対する違和感は、連作最後の『ミノタウロスの誘惑』において、建築家としての父親というよりわかりやすいモチーフに変奏されて引き継がれている。幼少期のリリアンがメキシコで暮らしていたという背景が明らかになるこの作品において、合わせて説明される建築家としての父親は、次の描写に見るように、あからさまに否定的な意味が込められている。「ある日、サイクロンが発生し、リリアンの父親が架けた橋を持ち去ってしまった。父親は個人攻撃を受けたように思った。毎日一生懸命仕事をしているのに、大自然の力に嘲笑されたからだ。するとまた別の日には洪水が起きて、建設した

ばかりの道路を崩してしまった。またもや彼は自然の王国に侮辱されてしまった」（*Seduction* 529）。

3　欲望の生成の場としての「家」——誘惑との関連から

　こうして『内面の都市』は、たしかにアメリカ文学における隠喩としての建築の問い直しの系譜に位置しつつも、そのうえで、そこには回収しきれない独自性もまた備えている。そもそもこの連作小説は、題名に明らかなように、内面という領域こそが主題となっている。それゆえ、特に主要人物たる女性たちにとって、現実の世界で男たちの手で建てられる建築以上に、その内面において隠喩として建てられる建築こそが、探究すべき問いとして立ち現れてくる。そしてこの内面における隠喩としての建築は、一見するときわめて私的な領域に思えながら、それがむしろ他者の目を呼び込む場となっている、という点に何よりもその特異性がある。その建築のあり方は、登場人物たちの誘惑という行為と共鳴しながら、欲望をめぐる問いに接続されていく。

　『内面の都市』の内面が他者の視線を誘い込む意味を備えていることは、『信天翁の子供たち』における「密室」の隠喩から読みとることができる。ジューナを主人公とするこの作品は、前半の章を「密室」と題し、孤児院で育ったジューナの幼少期が語られる。冒頭でジューナは、孤児院で生活した後に養女としてもらわれた家について、そこでの生活が辛かったことを思い出す。そこでは、彼女が自分の内面に、文字どおり誰にも入ることのできない密室を作っていたことが語られる。「世間に対して、彼女は自力では到底変えられない、数々の不可解な運命に降伏してきた女性でいた。一方、自分自身の内面の世界、誰からも干渉されないほど奥深い内なる領域に、幾つもの防空壕を設えていた一人の女性でいられたのだ。そのトンネルの中では、彼女は誰からも干渉されず、誰にも壊されないように宝物を安全に保管しておけたし、何よりそこでは、外界での馴れ合いの世界とは正反対の世界を構築していけたのだった」（*Children* 131-32）。だがここで見逃せないのは、この内面における隠喩としての建築は、その言葉どおりの意味に留まらない、ひとつの過剰さを含んでいることである。この「密室」と題された章は、題名および「誰からも干渉されないほど奥深い内なる領域」という説明とは裏腹に、実際には読者という他者の視線に晒されている。それゆえその密室は、実のところまったく密室ではなく、むしろ他者の視線を呼び込んでさえいる。事実、次の描写は、ジューナにとっての内面の建築物が、実際は他者を誘い込むた

めの場所であることを明確に伝えている。「彼女は、嫁入り道具を準備する永遠の花嫁のようだった。たいていの女性が縫物や刺繡をしたり、自分たちの髪の毛を巻き毛にしたりしているときに、彼女は、自分の内面の都市を装飾することに余念がない、壁を塗り替え、模様替えをして、すばらしい愛の到来のために、入念な舞台装置を調えるのだ」(*Children* 144)。

　他者の視線を誘い込む場としての内面は、『内面の都市』全体を貫いて反復される、もう一つのモチーフと必然的に結びつく。それは、誘惑である。連作小説の主要人物である3人の女性は、それぞれが誘惑という行為と深く関わり合っている。『炎へのはしご』のリリアンは、表面的には家庭的な女性像を装う一方で、他人のエロティックな回想録を熱心に読み、「同時に彼女は誘惑したいと思っていた。世界を、ジュナを、みんなを」(*Ladder* 35)と描写されるように、明確に誘惑への意志を有している。サビーナは、「誘惑の微笑み」(*Ladders* 96)を湛えているとされ、自身が主人公となる『愛の家のスパイ』では、多くの男性と関係を持ちながら、自分の持つ「誘惑の力」(*Spy* 441)を自覚している。そしてジュナは、先に言及したように、自身の内面の部屋を装飾しながら、「人たちはやって来て、彼女のまじないに魅せられた」(*Children* 145)とあるように、自らを誘惑の主体として立ち上げようとしている。何より連作最後の『ミノタウロスの誘惑』がその題名に「誘惑」という語を含んでいることが、この連作小説における誘惑という主題の大きさを端的に示している。

　建築と誘惑の関連性を踏まえたうえで注意すべきは、この家の中に他者を誘い込むイメージは、日本語の「おもてなし」といった語に見られるような、他人を温かく迎え入れて親密な空間を作り出す、といったものでは決してないことである。『内面の都市』の誘惑において真に特徴的なのは、他者を内なる空間へと誘い込みつつ、誘惑する主体と誘惑される客体の間に、安易に解消されない隔たりが持続し続けることにある。室内装飾を飾りたて、そこに人々が魅了されてやってくるというジュナの内面の家は、同時に、「うちと同じような、遠慮気兼ねのいらない景観が、全くなかった。ここを我が家と、どうぞおくつろぎくださいね、というしるし一つ見当たらなかった」(*Children* 145)と描写される。ジュナの部屋は、そこに迎え入れられるはずの客にとって、どこまでもよそよそしいものであり続けるのである。この誘惑に伴うよそよそしさは、誘惑される側からも伝えられる。主人公たちと親しくしている画家のジェイは、ジュナが喜んで彼女自身を曝け出す性格がある一方で、同時にどこまでも不可解さを持ち続けているという逆の本性があると感じている。「女性の持つ不可解さとは何だったのだろ

うか？　自身の内に隠してしまう、この固執——こうして単にますます謎をつくりだしていく、この粘り、あたかも彼女の本心と真実を突く考えを露呈することを、本命への愛情と密接な関係のために、とっておく贈り物であったといわんばかりに」(*Children* 214)。内面に他者を誘い込みつつ、しかし同時にその他者に対して不可解さを残し続けること、『内面の都市』における誘惑の場としての家は、矛盾するようにも思えるその二面性によってこそ特徴づけられる。

　他者を誘い込みながら自分を完全には解放しないという、結果だけ見れば何もなしていないように見えるこの身振りは、では何を意味しているのか。それは、欲望の生成である。それが端的に説明されているのが、『愛の家のスパイ』のサビーナとジェイとの関係である。ジェイはサビーナについて、彼を彼女の内面へと惹きつけながら、「そのあとで通り道をぼやけさせ、すべてのイメージをごちゃまぜにしてしまう」(*Spy* 450)と感じている。そしてその二面的な行為こそが、ジェイにサビーナへの強い欲望を生じさせる。「彼女の振る舞いはつねに彼のなかにある欲望をかき立てた（彼は性格的に、真実や発覚や開示や残酷な暴露といったものにたいする強迫観念の持ち主だった）。それは自分に抵抗する女を犯したい、所有されることにたいする障壁となる処女性を犯したいという、男の抱く欲望に似た欲望だった。そのいっさいの見せかけを、ヴェールを、引きはがしてやりたい、そして彼女の自己の、その核心にあるものを確かめたいという激しい欲望をサビーナはいつもかき立てた。彼女の自己はたえず様相を変え、ひとところにとどまらないことで、どんな推理をもかわしていたから」(*Spy* 450-01)。ジェイはサビーナに、内面へと誘われると同時に、そのなかでいつまでも不可解さが解消されないゆえに、強烈な欲望を掻き立てられる。「愛の家のスパイ」たるサビーナの「家」とは、彼女の誘惑が孕む二面性を通し、この欲望を生成する場としてある。[5]

4　「流れ」の場としての「家」——多様な欲望の肯定に向けて

　他者を誘惑し、欲望を生成させる場としての建築を提示することは、『内面の都市』において、特に「家」という場における欲望をめぐる一連の問いとして展開されていく。すでに見たように、連作小説の始まりともいうべき『炎へのはしご』において、リリアンにとっての家とは、彼女を「父、母、子」によって構成される「家族の家」に固定化する場であった。ニンの連作小説は、ニンがロレンスから学んだという「流れ」という語と共鳴しながら、何よりもその欲望の固定

化に抗う一連の試みとなっていく。そこで最終的に提示されるのは、「父、母、子」からなる「家族の家」という固定化からあふれ出す、多様な欲望を肯定する流れの場としての家の新たな可能性である。

『内面の都市』における家は、連作最初の『炎へのはしご』において、欲望の固定化という問題意識とともに提示される。「リリアンは、いつも興奮状態だった」(Ladders 3) という文章から始まるこの作品は、冒頭において、リリアンが何よりも動きに満ちた存在であることを強調する。「彼女は、常に目いっぱい動いていた。人間たちと手紙と電話のうずの中心にいた。常にドラマ、問題、葛藤の頂点でつりあいを保っていた。一つのクライマックスからもう一つへ空中ブランコのように飛び移っているようだった」(Ladders 3-4)。この動きに満ちた存在としてリリアンに対し、家は、その動きを奪い、特にその欲望の動きを固定する場として現れる。先に見たように、リリアンは自分の生活している家が夫と子どものための「家族の家」にしか感じられないのだが、その感情は、自分がその結婚や出産を望んだのかどうかわからないという、自身の欲望に対する不確かさと密接に結びついている。「彼女は、最初のきっかけ、最初の選択、これらに対する最初の欲望について思い出せなかった」(Ladders 18) という不確かな感覚しか持ち得ない家族の生活を、リリアンは写真に喩える。「すべてが実は家族のアルバム写真だけで、本当に存在したり温かさがあったりしないかのようだった」(Ladders 19) というその写真の喩えは、リリアンがかつて持っていた激しい動きとの対照を通して、リリアンにとって「家族の家」が、彼女の欲望を固定する場になっていることを伝えている。

家という建築物が動きを固定する場であることは、柄谷が西洋の知に読み取った隠喩としての建築からすれば、きわめて当然であると言える。西洋の知における隠喩としての建築は、偶然や混乱に満ちた生成する自然に対し、秩序や構造を確立する意志、言いかえれば、動くものの固定化を目指す意志にほかならないからだ。それに対して『内面の都市』における隠喩としての建築は、むしろその固定化への根源的な問い直しになっている。特にニン作品に特徴的なのは、一般的にも固定しているものとしてイメージされやすい建築が、奇妙にも動くものと結びついていくことにある。建築と動きとの奇妙な結びつきは、欲望の固定化が提示される『炎へのはしご』において、最後に開かれるリリアンの家のパーティにその萌芽を見ることができる。このパーティは、「チェス・プレーヤー」なる人物が現れ、パーティの参加者をチェス盤に見立てた家のなかで操作しようとする、というシュルレアリスティックな体裁をとる。そのなかで、「パーティでは

皆が彼の個人的なドラマ以外何も追い求めてはいけない」(*Ladders* 119) という前提に対し、各登場人物がばらばらな動きをすることで、最終的にはチェス・プレーヤーが苛立たしさを覚えて終わる。いささか唐突に挿入されるこのシュルレアリスティックな描写は、作品冒頭で提示されたリリアンの固定化ときわめて対照的に、固定化の試みから過剰に逸脱していく動くもののイメージを家という場に付与し直している。その結びつきがより明確な形をとるのが、『四分室のある心臓』である。この作品は、タイトルからすでに「分室」という建築物を「心臓」という動くものに結びつけながら、「ハウスボート」という住居型屋形河舟を主要な舞台としている。その舞台には、家であり同時に船であるというあり方によって、定住と航行、すなわち固定と運動という矛盾にも思える二面性が共存している。[6] ニンにとっての隠喩としての建築は、西洋の知における建築への意志とは対照的に、どこまでもこうした動くものと結びつけられていく。[7]

　固定化を目的とした建築になぜ動くものが結びつけられなければならないのか。その問いを考えるための有効な補助線となるのが、ロレンスの「流れ」ということばである。『未来の小説』(*The Novel of the Future*) の「フィクションを書くこと」と題された章において、ニンはこの言葉をロレンスから学んだと言い、自分の小説の創作における一つのキーワードとして次のように説明する。「彼は〈流れ〉ということばが非常に好きで、事実、それを飽かず主張していた。この言葉は生に関わっているからわたしも好きであり、しかもそれは、神経症においてはひとは流れることができない、神経症そのものが一種の麻痺である、と知ってから、いっそう意味ぶかくなったのである」(*Novel* 57)。このロレンスから引き継いだ流れとは、ロレンス・ウェイン・マーカート (Lawrence Wayne Markert) が論じているように、生を絶え間ない死と再生の連続と捉える考え方にほかならない。それは、ニン自身が自ら執筆したロレンス論のなかで、「生とは生成の過程である (Life is a process of becoming)」(*Unprofessional* 20、拙訳) と書いていることからも明らかである。西洋における隠喩としての建築がそうした生成を排除する意志に貫かれていたことときわめて対照的に、ニンの小説における建築は、この絶え間なく生成する過程という意味での、ロレンス的な流れと結びついている。

　連作小説のはじめに問題として設定された家による欲望の固定化に対し、ニンの連作小説は、その固定化に抗う場として家を書き換えていく。『四分室のある心臓』では、ジュナーがランゴというグアテマラ出身のギター弾きと出会い、彼の妻のゾラと奇妙な三角関係となる。ジュナーとランゴが二人で会うようになる一方で、ランゴはジュナーにゾラとも仲良くなるよう期待する。しかしゾラは

病気のために精神が不安定であり、最後にはゾラがジューナをハットピンで刺そうとする事件にまで発展してしまう。経緯と結果からすれば悲劇にしか見えないこの三角関係は、隠喩として建築という視点から読むと、動的なイメージを宿すハウスボートという舞台とともに、「家族の家」に固定化された欲望からの逸脱の予兆を示している。「ランゴはゾラをジューナの保護のもとに位置付けたので、彼女のランゴへの愛情はゾラを取り込んで大きく拡張されなくてはならなかった」(Four-Chambered 298) と描写されるように、ジューナの経験は、単に一人の男をめぐる競争である以上に、「家族の家」による欲望の固定化の揺らぎとも読めるからだ。固定化に抗う流れとしての欲望は、続く『愛の家のスパイ』において、さらに明確な主題として引き継がれる。主人公のサビーナは、夫のアランを「空間のある定点（a fixed point in space）」(Spy 368) と感じながら、自分をそこに固定することができず、さまざまな男性との遍歴を重ねる。それ自体が家に対する欲望の流れになっているのに加え、そこで特徴的なのは、その欲望の多様なありさまがさらに強調されている点である。サビーナが関係を持つ男性は、人種、年齢、性的指向がさまざまに異なっており、定点としての夫を背景に、彼女の欲望の流れのありさまをより際立たせている。遍歴のなかで彼女が内面に感じる「自分の中には無数の生がある」(Spy 390) という確信は、定点としての夫との関係と対照される、この欲望の多様な流れの肯定にほかならない。[8]

　連作最後の『ミノタウロスの誘惑』は、『炎へのはしご』のリリアンを再び主人公に、彼女自身が最初に提示した問題に対し、家という場での流れとしての欲望との出会い直しというべき出来事を提示する。メキシコという異国に到着した直後、リリアンはそこをゴルコンダと名づけつつ、「過去を忘れたい人は、みんなゴルコンダに集まって来るんです」(Seduction 486) と述べるものの、「結局最後はいつものように、胸の奥の「内面の都市」にたどり着いてしまう」(Seduction 536) と感じながら、そこでもまた内面の記憶に向き合うことになる。そんななかでこの異国の地がリリアンに与えられるのが、やはり強い流れの感覚である。「川で洗濯をしているとき、リリアンは水の流れを全身で感じた。背中に当たった太陽の光は、リリアンの心身を隅々にまで達し、光と色の屈折を生じ、眠っていた感覚を呼び覚ました」(Seduction 539)。この流れの感覚を帯びた後、彼女は内面に「ミノタウロスの迷宮」の建築物を見て、そこに惹き込むように誘惑している怪物ミノタウロスがほかでもない自分であると感じながら、自分が子どものときに家の屋根裏で父親から受けていたお仕置きを思い出す。そして、それが一方では恥辱の経験でありながら、普段はあまり遊んでくれなかった父とのふれあ

いの機会として、「二十年前に経験したのは痛みではなくて、たまらない快感だった」（Seduction 566）という思いと改めて向き合うことになる。そのように内面に見出された欲望は、さらにジェイとの婚外関係の記憶、そしてリリアンとジューナとの同性愛的関係の記憶へと、文字どおり「流れ」ていく。『炎へのはしご』で欲望を忘却してしまったのとはきわめて対照的に、ここでのリリアンは、生成する欲望の記憶の流れに身を浸しきっている。[9]

　この連作小説の最終作において重要なのは、リリアンが表面的には「家族の家」という場に回帰してしまっているようにも思える箇所が、むしろ何よりもニンにとっての建築と流れをめぐるより根源的な問いへの開かれとして読めることである。一方でリリアンは、ジェイとの婚外結婚やサビーナとの同性愛的な関係について、「二人は「女らしさ」という既成の概念から解き放たれ、女性に割り当てられた役割から自由になりたかったのだが……。でも実際にはあまりうまくいかなかった」（Seduction 580）として、結局は失敗してしまったと説明する。さらには続いて夫であるラリーに対して、彼の幼少期の出来事に思いを馳せ、「今、彼女はラリーの人物像の解明で忙しかった」（Seduction 588）とあるように、現在の彼を理解しようとする態度を見せている。これらの描写は、一見すると、リリアンが最終的には性の多様なあり様から退き、家に回帰してしまっているようにも読めてしまう。しかし他方で、リリアンが最後に提示するこの中途半端に見える態度は、むしろ安易な「同性愛」や「レズビアン」といった固定化されたカテゴリーへの逃避の拒否であり、同時に「夫」という役割も含んだ家の内に「流れ」を呼び起こそうとする態度として読める可能性を秘めている。そのような読み方に誘うのが、次のリリアンのラリーに対する思いである。「リリアンは思った。夫は夫の役割を演じ、科学者は科学者、父親は父親の役割を演じる。演技が続くと、本来の姿が全然見えなくなってしまう。……ラリー、ねえラリー、あなたを助けるために、私はどうしたらいい？」（Seduction 588）。リリアンは、ラリーという固有名でもってラリーに呼びかけを行いながら、そこに固定的な答えを見出しはしない。その不確定さとともにリリアンが到達しようとしているものは、夫という役割に固定されることのない、生成する「流れ」としてのラリーである。[10] そこには、リリアンの内面の旅が決して個人のレベルに留まるものではなく、最後まで家という場の問い直しに関わっていることが示されている。連作小説としての『内面の都市』の隠喩としての建築は、この「流れ」の場としての「家」への可能性にこそ向けられている。

おわりに

このように『内面の都市』には、主題的な連続性の一つとして、隠喩としての建築を読み込むことができる。5つの作品からなる連作小説は、西洋の知とアメリカ文学における建築への意志への問い直しを引き継ぎつつ、内面という領域を舞台に、他者を誘惑し、欲望を生成させる場としての建築を描き続けていく。その欲望は、家族の家による固定化を拒む、ロレンス的な絶え間ない生成としての「流れ」につながっていく。各作品に描かれる建築のモチーフをつなげることで見えてくる連続性、それは、多様な欲望を肯定する、「流れ」の場としての「家」の可能性である。

『内面の都市』から最終的に読み取れる多様な欲望の生成の肯定は、同じ小説というジャンルで見るのであれば、ニンが1940年から41年にかけて執筆した、一連のエロティカの作品群のほうが徹底しているのではないか、という反論はありうるだろう。アンナ・パウウェル（Anna Powell）がジル・ドゥルーズ（Gilles Deleuze）とフェリックス・ガタリ（Félix Guattari）の「アンチ・オイディプス」の理論を用いて論じているように、ニンのエロティカには、「父、母、子」からなるオイディプス的な家族から逸脱する「小さな性（tiny sexes）」の多様なあり方で満ちあふれているからだ。その視点から見れば、最終的に夫であるラリーへの思いで終結する『内面の都市』は、欲望の固定化に抗う流れという問題意識からすれば、どこか中途半端な印象を与える面があるのは確かである。だがその一方で、そもそもニンという作家は、個人的な日記を公的な文学作品にしたことに典型的に見るように、個人の出来事を個人の領域で終わらせることなく、それが「普遍的なもの、神話的なもの、象徴的なもの」（The Dairy Vol. 4 153、拙訳）になることを切実な問いとして抱えていた。[11] であれば、ニンにとって欲望をめぐる問いとは、各個人が内面に持つ多様さの肯定だけで完結することはあり得ない。それは、単に家という場から遠く離れるだけでなく、最後まで他者との関係が問われる家という場においてこそ問われなければならなかったはずだ。事実、今日における欲望と家をめぐる問いは、エディプス的な家族の家のあり方を「小さな性」の視点から批判するだけでなく、その「小さな性」とされる存在が他者同士としてつながりうる家の可能性の探究もまた盛んになってきているとも言える。[12] その意味で、ニンの『内面の都市』は、流れとしての欲望の問いを家に結びつけることによって、むしろそれゆえに現在もなお続いている「連作」なのではないか。

註

1) ニンの作品からの引用は、基本的に既存の日本語訳を使用する。現時点で日本語訳がないもの、および本論考の文脈によって修正が必要なものについては、論者が自ら訳し、その都度拙訳であることを明記する。
2) 私的な出来事を公的な目線に晒すことは、単に日記文学一般の特徴であるばかりでなく、ニンが自覚的に行っていたことである。『日記』第4巻（*The Diary of Anaïs Nin Volume Four: 1944-1947*）において、ニンは次のように、自分の日記が「個人的なもの」に収まらないものであることを自ら主張している。「日記の主題は常に個人的なものであるが、それは単に個人的な物語となるわけではない。個人的なものには、あらゆる物事や他人事との関係が含まれる。個人的なものは、もし十分に深いものとなるのであれば、普遍的なもの、神話的なもの、象徴的なものになる」（*The Dairy Vol. 4* 153、拙訳）。
3) Yamamotoのp. 23を参照。
4) 近年のサブプライム・ローン問題は、低所得でありながらそれでもなお家を持ちたいという思いの強さとして、国の起源から引き継がれた建築への意志の一例になっている。
5) この二面性を伴った誘惑による欲望の生成という事態は、日記文学の作者としてのニンの独特な身振りにも読み込める。ニンの日記は、当初自身の編集によって『アナイス・ニンの日記』として出版されたのち、ニンの没後、生前の彼女の意志に従い、削除された部分を含んだ『アナイス・ニンの日記【無削除版】』（*The Unexpurgated Diary*）が出版された。そもそも日記文学というジャンル自体が、私的な内面に公的な視線を呼び込むという面を有していながら、この経緯を通し、当初出版された編集済みの日記が実は公的なものであり、新たに出版された無削除版の方はより私的なものである、という新たな意味合いを帯びることになった。言うまでもなく、この私的なものは、「ではそれがどれくらい本当のことなのか？」という問いを誘発させつつ、当初の日記が編集された事実があるかぎり、無削除版にもまた編集の手が入っている可能性が常に含まれることになり、結果としてそれを読み解こうとする読者の欲望を掻き立て続けずにはいない。日記文学の作者としてのニンの身振りを通し、当初の日記と無削除版の日記との関係に「公的／私的」という意味が帯びたことについては、Watanabeの論考を参照。
6) 『四分室のある心臓』の訳者である山本によれば、作中のハウスボートという舞台設定は、ニンがパリにてハウスボートに住んだ実際の経験に基づいている。そのハウスボートは、当時交流があり作中のモデルにもなったペルーの政治家のゴンザロ・モレ（Gonzalo Moré）によって、「家にあらず（Nanankepichu）」と名づけられたという。一方で二人が実質的には「家」としつつ、同時に「家にあらず」と名づけられたという伝記的事実は、ハウスボートが「家」の意味の問い直しのための舞台であったことをわかりやすく伝えている。山本のpp. 240-246を参照。
7) 三宅あつ子は、『内面の都市』において、地のほとんどの部分が過去時制で語られるのに対し、主要人物の内面の描写には現在時制が使用される、という文体上の特徴を指摘している。いわゆる歴史的現在と呼ばれるこの用法は、描写する出来事が確定してしまっていることを伝える過去時制に対し、今まさにそれが起きているのかのような、生き生きとした感覚を伝えると言われている。三宅はこの特徴をモダニズムにおける意識の流れの手法と関連づけているが、同時にそれは、連作小説の内面が隠喩としての建築と不可分であることを考えれば、その建築に結びつけられる動きの一例としても解釈することができる。Miyakeのp. 34を参照。

8) ここでサビーナが言う「無数の生」と欲望の関係は、『四分室のある心臓』と『愛の家のスパイ』の両方で言及される芸術家のマルセル・デュシャン（Marcel Duchamp）の作品ときわめて強く共振している。作中で言及される絵画《階段を降りる裸体 No.2》（*Nu descendant un escalier n° 2*）は、裸体の動きを一枚のキャンバスに収めることで、ロレンスの「流れ」を伴ったサビーナの「無数の生」にそのまま重なっている。また、作中での言及はないものの、《（1）落下する水、（2）照明用ガス、が与えられたとせよ》（*Étant donnés: 1° la chute d'eau / 2° le gaz d'éclairage*）と題される作品は、木製のドアののぞき穴から女性の裸体が書かれた絵画をのぞき込むという構造そのものを表現の対象としており、その他者の視線を呼び込むというあり方は、本稿が論じるニンの隠喩としての建築の特徴を容易に喚起する。そもそもデュシャンもまた精神分析への興味を自身の作品に反映させ、その作品は建築家フレデリック・キースラー（Frederick Kiesler）によって「欲望の建築」（architecture of desire）と評された。デュシャンの建築と欲望の関係については、キースラーのこの表現をそのままキーワードにしているHaralambidouの論考を参照。

9) リリアンの欲望が「ミノタウロスの迷宮」の神話と関連づけられていることは、ミノタウロスという具体的な形象への固定化として、本稿の主張する生成する欲望という主題にそぐわないようにも思えるかもしれない。事実、作中でリリアン自身、神話と固定化の関連性を次のように語っている。「人間はみんな自分で創り上げた神話で身を覆っているようなものだ。感情を固めて鋳型をつくり、絶対に動けないようにしてしまう」（*Seduction* 568）。だが、「ミノタウロスの迷宮」という神話の大きな特徴は、それを語る語り手によってさまざまなバリエーションがある、ということにある。その内容が一つのバージョンに固定化されえず、さまざまなバリエーションになりうるということ自体、本稿が最終的に描き出すリリアンの欲望の生成のあり方とそのまま重なっていると言えるだろう。この「ミノタウロスの迷宮」の神話の特徴については、Oropezaのp. 90を参照。

10) 作中の最後に描かれるリリアンのラリーに対する思いについて、大野朝子は「過去のドラマと決別」（大野 52）という変化を読み取っている。本稿はそれが特に「欲望のドラマ」であるという面を強調したい。次のリリアンが思い出す過去のラリーの姿は、その最たるものである。「ラリーは自分から具体的にどうしたいとか、なにが必要だ、ということを口に出さないで、代わりにリリアンの意見を求めた。「なにが欲しい？　君はどんなことが好きなんだい？」彼はそうやって少しずつ存在感をなくしていった」（*Seduction* 583）。

11) 本稿の註2を参照。

12) 具体例としては、近年におけるLGBTQ＋に関連した婚姻法の改定の動きが挙げられる。

引用文献

Broderick, Catherine. "Cities of Her Own Invention: Urban Iconology in *Cities of the Interior*." *Anaïs Nin: Literary Perspective*, edited by Suzanne Nalbantian, Macmillan, 1997, pp. 33-51.

Haralambidou, Penelope. *Marcel Duchamp and the Architecture of Desire*. Routledge, 2016.

Markert, Lawrence Wayne. "Speaking with Your Skelton: D. H. Lawrence's Influence on Anaïs Nin." *Anaïs Nin: Literary Perspective*, edited by Suzanne Nalbantian, Macmillan, 1997, pp. 223-35.

Miyake, Atsuko. "Anaïs Nin's Experimental Expedition as a Modernist in *Cities of the Interior*." *Edgewood Review*, vol. 21, 1994, pp. 21-55.

Nin, Anaïs. *Children of the Albatross*. 1947. *Cities of the Interior: Volume 1*, pp. 128-238.

———. *D. H. Lawrence: An Unprofessional Study*. 1932. Swallow Press, 1964.

———. *The Diary of Anaïs Nin Volume Four: 1944-1947*. Harcourt, 1971.

———. *The Early Diary of Anaïs Nin Volume Two: 1920-1923*. Harcourt, 1982.

———. *The Four-Chambered Heart*. 1950, *Cities of the Interior: Volume 2*, Quartet, pp.239-359.

———. *Ladders to Fire*. 1946. *Cities of the Interior: Volume 1*, pp. 1-127.

———. *The Novel of the Future.* Macmillan, 1968.

———. *Seduction of the Minotaur*. 1961. *Cities of the Interior: Volume 2*, Quartet, 1979, pp. 463-589.

———. *A Spy in the House of Love*. 1954. *Cities of the Interior: Volume 2*, pp. 360-462.

Oropeza, Clara. *Anaïs Nin: A Myth of Her Own*. Routledge, 2019.

Powell, Anna. "Heterotica: 1000 Tiny Sexes of Anaïs Nin." *Deleuze and Sex*, edited by Frida Beckman, Edinburge UP, 2011, pp. 50-68.

Watanabe, Asami. "On Anaïs Nin's Pregnancy Narrative: Approach Her Voices of Public and Private." *Hokkaido American Literature*, vol. 17, 2001, pp. 17-33.

Yamamoto, Toyoko. "Continuity in Anaïs Nin's Roman Fleuve, *Cities of the Interior*." *Essays and Studies in British & American Literature Tokyo Woman's Christian University*, vol. 45, 1999, pp. 23-43.

大野朝子「心的外傷からの回復――*Seduction of the Minotaur*の自伝的背景」『総合政策論集 東北文化学園大学総合政策学部紀要』16号、2017年、37-56頁。

柄谷行人『隠喩としての建築』、講談社、1983年。

柴田元幸『アメリカ文学のレッスン』、講談社現代新書、2000年。

山本豊子「訳者あとがき」『四分室のある心臓』、鳥影社、2023年、236-263頁。

越境する小説『コラージュ』
アナイス・ニンと廻り環る物語
The Transborder Novel *Collages*:
Anaïs Nin and Endlessly Circulating Narratives

山本豊子

1 物語がコラージュされるという小説

　1964年に出版されたアナイス・ニン（Anaïs Nin）の最晩年の小説『コラージュ』（*Collages*）は19の物語が綴られている。各物語は短編小説とみなすことも可能な作品である。この構成は、1919年に出版されたシャーウッド・アンダーソン（Sherwood Anderson）による『ワインズバーグ・オハイオ』（*Winesburg, Ohio*）の25の物語が短編小説の連続を形成する作品を想起させる。アンダーソンは、登場人物を一つの町の住人たちに限定して連続性を保っている一方、ニンはさまざまな出身地の人々を登場させている。『コラージュ』の登場人物に関して、アンナ・バラキアン（Anna Balakian）が示しているように、ほとんどが芸術家の話である（*A Casebook* 128）。しかし、『コラージュ』の持つ仕掛けに欠かせない技巧の共通性は、登場人物のほとんどが外国からアメリカに渡って暮らす越境者という点ではないだろうか。

　越境（transborder）は広範囲な意味を持つ用語であることは否めない。『コラージュ』の物語は、欧州方面を中心にした諸外国から北米への大西洋越え（transatlantic）が描かれた動線を基軸におき、国境を超えて（transnational）異文化環境へ移る（transcultural）といった地理的な越境のみならず、比喩的な境界線越えの意図をニンは表象している。ジェシカ・バーマン（Jessica Berman）はOEDにおけるtransを越境という言葉に関連して説明している。「向こう側へ、超えて（across, over）」はこちら側からあちら側、ほかの異なる領域への二者択一な移行を意味すると同時に「範囲や限度を超越する（beyond, surpass, transcend）」という目標や難題への挑戦を示している（Berman 109）。英語に見られる接頭語、transをニンは、「transとは、自分にとって、ちょうど錬金術師が卑金属を貴金属

に変えるように、違ったものに変化するという意味である」として「これは精神的な置き換え（transposition）である」と定義している（A Woman Speaks 25）。平凡なものを価値あるものに変える秘法が存在するというニンが好んだ信条を接頭語transから始まり派生する言葉に意味を含めている。そしてニンは『コラージュ』の登場人物の一人、ギリシャからアメリカに移住したコラージュ画家であるヴァルダ（Varda）に託し、2世のアメリカナイズしたティーンエージャーの娘に話す場面で、transの派生語を列挙させている。「あなたに伝授したいのは辞書の1頁に収まるんだ。transから始まる言葉でね。transfigure 輝かしい姿に変える、transport 移動する、transcend 超越する、translucent 透き通す、transgression 慣習への挑戦、transform 別のものに変容する、transmit 伝承する、transmute 性質を変える、transpire 老廃物を排出する、trans-Siberian シベリア横断の旅をする」（79）。[1] バーマンの指摘とニンによるtransの志向性は『コラージュ』での比喩的な越境の表象を読み取る上で重要である。

　また、コラージュとは20世紀の美術技法の一つで、種々の異質な物を複数、画面上に貼りつけて、絵画、版画、写真、デザインや立体的オブジェなどを創作する。キュビズムのパブロ・ピカソ（Pablo Picasso）が試みたパピエ・コレ、紙を貼る技法から発展して、ダダイズムのマン・レイ（Man Ray）やシュルレアリスムのジャン・ミロ（Jean Miró）がコラージュを手がけている。アニータ・ジャークゾク（Anita Jarczok）は、『コラージュ』の序文でモダニストたちがコラージュ手法に託した芸術性は「絵画や彫刻の紋切り型の様式を越えて移転しながら、断片化や刷新、実験に没頭すること、その間の境界を溶解すること」（x）と説明している。20世紀のモダニストの作家として斬新な作品を創作していたアナイス・ニンらしい路線に鑑みても、この小説のタイトルとその構成として、コラージュが起用されるのは納得がいく。ジャークゾクは「ニンの物語はモダニストのアーティストたちと同様に実験的で、ありふれたレッテルを離脱する」ものであると言う(x)。複数人物が越境的移動をする貼りつけられた物語として、ニンは『コラージュ』を小説というジャンルのコラージュ作品にしている。そして文化人類学者のジェイムズ・クリフォード（James Clifford）は、「コラージュは多様性のための空間、すなわち、たんに美学だけでなく歴史や政治が並存する空間を創出する方法と考えられた」と言う（『ルーツ』12）。この立体化された「多様性のための空間」のコラージュはニンが描くさまざまに越境する人物像を形容している。

　ニンは『コラージュ』において、トランスアトランティックにアメリカへ移動する登場人物を一貫したプロットに組み立てている。各人にまつわる動向の物語

は、自国を越えて異国に移ることで発生する各々の挑戦の有り様や移動性の意図が、どのような比喩の基にコラージュされていくのだろうか。本稿ではいくつかの物語から「多様性のための空間を創出する」越境的表象の要素を探ってみたい。

2　女性主人公と著者の移民体験

　『コラージュ』は3人称の語り手を配して、ルナタ・ドルックス（Renate Druks）[2]を素材にしたルナタ(Renate)という女性主人公が自らを語るとともに、登場人物たちの越境体験の物語の聞き手を担う。ルナタはオーストリア、ウィーンからアメリカ、ロサンゼルスに移住をする。ルナタが16歳のとき、将来女優になりたいと父親に話すが反対され、演技活動をする同級生の女子に性的に惹かれている父親はロリータ・コンプレックスであることを知る。また常時、鬱状態にあって笑うことのない母親のもとで、ルナタは微笑むことを身につけ、自分自身がそうしているのか、母親の分まで笑うことを意識しているのか混乱するようになる。アメリカで画家として暮らす移民であるルナタは、温厚な微笑を湛えた女性として描かれる。ニンの小説中の女性たち、サビーナ、リリアン、ステラ、ジューナと比べて、ルナタは「最も芯の強い、最も明朗な女性である」とシャロン・スペンサー（Sharon Spencer）は指摘し、父母に対して反感を持たないルナタの対人姿勢にあって、「他者のその人となりそのままを妨げない、むしろ手を貸していく創造的な態度」にルナタの「強さ」は引き出されると説明している（Spencer 115）。このプラス思考的受容力が独り他国へ移住するという行動力となり、ルナタという女性像の強みの一面として現れるのではないだろうか。

　最晩年の小説『コラージュ』において、それまでの小説には描かなかった女性像ルナタを造形した作家ニン自身も、トランスアトランティックな移住をするルナタと同様、フランスからアメリカへ渡った移民1世である。1914年、11歳のニンは父親が出奔し、離婚した母親と二人の弟とともに叔母を頼り、ニューヨーク、エリス島に移民として入国している。後年ニンは1972年、オットー・ランク協会の学会で講演した際に、住み慣れた環境から突然引き離される移動（uprooting）と文化的相違や、フランス語から外国語である英語への言語という境界を越える移民体験にともなう難題について語っている。アメリカの地でアメリカ人という他者と自分自身との差異を超える方法として、それでいて同時に、自己を維持しつつも他者と同化したいという体験に、ニンはランクの提示していた「創り出していく意志（creative will）」がこの越境への可動と成りうる現象で

あることを指摘している（『心やさしき男性を讃えて』104）。創り出していく意志はニン自身の言葉では「内的運命（interior fatality）」（*The Novel of the Future* 56）という、内面の強い情緒によって外的運命として起こる移植(transplantation)を生き延びることができるという概念と照応する。前述したtransの定義にも明示されていたとおり、越境的移動にともなう外側から発生するさまざまな問題に打ちのめされず、自分の内面で鋭敏かつ鈍感な許容力に変えるという心気がランクの「創り出していく意志」と共通した越境を可能にする。

　ランクの創造的な意志とニンの内的運命の信条は、人生につきものである障害を乗り越えようとするとき、ルナタの笑い飛ばしとも類似した可動を触発する媒体である。『コラージュ』の献辞にニンはこう記している。「R.P.に　ユーモラスな作品が花開く世界を創ってくれた真の庭師に捧げる」（前開き頁）。[3] 1964年の『コラージュ』出版に先立つ1963年10月、ニンは記している。「8月に彼女［Renate］について書いた物語が完成した。……これは私の初めてのユーモアのある軽快な作品なのだ」（*The Diary of Others* 291）。女性主人公ルナタの朗笑と著者ニンのユーモアのセンスが「ユーモラスな作品」として共有されていくなかで、笑い、あるいは笑い飛ばすという受容の余裕を支持していて、ニンによるtransという心理的変化への越境性を表出していくものではないだろうか。『コラージュ』におけるユーモアはアイロニーの出現を描写して、期待された状況とは反対の意味が示されていく。その対極に位置する意外性を対象に表現されるニン特有のユーモアのセンスについて本稿においては、物語から例が見られる折に指摘する。

3　ルナタとブルースの移動性と関係性

　主人公ルナタのパートナーとして登場するブルースという男性は、移民1世としてアメリカにて生きるアイデンティティを持つ移動性を共有している。ブルースは11歳のときにノルウェーからアメリカへと移住している。ブルースの両親は、初歩的な英語／Englishしか使えないブルースをアメリカの遠い親戚のもとに置き去りにして、以後会うことはなく息子を捨てた（10）。両親を捜す旅の途中にルナタに出会うブルースの親捜しの越境は、ニンが他作品で起用したカスパー・ハウザー（Caspar Hauser）[4] に因むオーファン（orphan）つまり孤児による父母捜しに翻弄される放浪を想起させる。またカスパー・ハウザー症候群と呼ばれる、実親に捨てられた記憶を持つ孤児の言語的伝達の問題がニンが描くブルースを通して示唆される。

寡黙なブルースにルナタは、「銅像に似た人」（7）と親しみと恋心を抱くが、『コラージュ』の冒頭においてニンの文彩を極めた筆致で、少女ルナタの部屋の窓から見えるいくつもの「銅像」が描かれている。銅像は昼間は魔法をかけられ石化しているが、夜になると生き返り動くと少女ルナタは疑わず、日中の無言から唇の声の読み取りを学ぶ（1）。銅像が変身（transform）するという想像力と感性の鋭敏さがルナタの個性である。さらに「人は死なない、人は銅像になるのだから……彼女が注意深くしていると銅像は自分たちが誰なのか、如何に今を生きているか彼女に話してくれる」とするルナタが誰にも「銅像の歴史を話させなかった」理由は、それは銅像を「過去の境遇に位置づけてしまう」からだという（1-2）。過去ではなく現在に生きる生き方の方向性への志向が、少女時代のルナタに自己形成されている。決して笑うことのない母とロリータ・コンプレックスの父との3人の家庭で、ルナタは銅像が発する言葉を推測する非日常の越境空間を所持している。そして、ブルースが発声する言葉は言葉自体より動作での伝達による――「身体を通り越した（transmitted through）言葉」（7）であることを成人ルナタは見て取ることができる。この領域での可動となる要素が、ルナタの想像力に富む発想の感性である。

　さらに、走者の長い脚を持つブルースは両方のかかとに長旅の証拠として泥のついた羽が生えているマーキュリー（Mercury）だとルナタは考えるが、ブルースは自己を神話化するならばパン（Pan）だと反応する（7）。ルナタによる人間ブルース／マーキュリーという神話づくりにトーマス・マーチ（Thomas March）は精神分析のカセクシス（cathexis）をあてはめ、「ルナタは銅像の歴史を拒否することで彼女なりの神話的典型に合わせてカセクシスを続けることができる」（March 179-80）と説明している。ブルースから自分はパンだと言われても、ルナタのリビドー、心的エネルギーが、ブルース／マーキュリーという対象に愛着を持つことで、ブルースはルナタにとって神話化した心的背景に見据えた恋人として維持できるとマーチは解釈するのだろう。しかしながら、むしろ銅像の歴史の拒否は、不死の人間／銅像が話す現在の生き様をルナタが読みとる感性によって標的されるのではなかったか。銅像に似たブルースは今、生身の人間である。ルナタが神話化しようとすることをブルースが拒否することで、ルナタは人間としてのブルースとの関係性において越えるべき境界を予兆しているとも言える。

　ルナタは自分なりの神話的典型にこだわることなく、今の人間ブルースを知ろうと境界線の向こうへ進む。ルナタを伴い自己探求の旅にでかけたメキシコでの夜、黙って宿を出て行くブルースを追ったルナタは、メキシコ人男性とのホモセ

クシュアルな関係を目撃し彼がバイセクシャルであることを知る（11）。ルナタはブルースにブルースの「秘密」（22）を尋ねるが、ブルースは「チャイニーズ・パズルボックス」という遊具を提案するとルナタは笑って承諾する（32）。寄木箱の縦と横の模様を合わせてスライドさせ、秘密が書かれた紙が隠されている一番小さい箱を取り出せたら秘密が読める「パズルボックス」には迷宮や心理的な問題解決行動という意味も内包されている。中国由来の知恵遊びや単なる異国趣味的な形容とは一線を画す。ルナタはいつも「ブルース自身がチャイニーズ・パズルボックスである」（31）と考え、彼のカスパー・ハウザー症候群的な音声言語による伝達が開示しにくい精神状態を示唆している。前述の接頭語transの意味の一つ「目標や難題への挑戦」（transcend）が想起され、ブルースの心理的な秘密の解明のためにルナタが入り子の箱という迷宮の謎解きを一つ一つ越えていく越境的空間が読みとれる。

　ルナタが一つ目のボックスに挑戦して解読した物語は、中国で宣教師をしていた父親と暮らしていたブルースの友人は阿片を常習するようになり、瀕死の友人をブルースが人工呼吸で救命してから二人はホモセクシュアルな関係となる経緯だった。二つ目のボックスの物語では、ブルースと友人が旅先のメキシコの山林で現地の少年たちを買い鞭打ちに興じ、人種の優位と劣性に関わる罪が告白されていた。ニンはこの入れ子の構成を『コラージュ』で利用している。つまり短い物語を差し入れる、ミザナビーム（mise-en-abyme）の技巧を上手く活用し迷宮化する心象を描写している。ルナタがこだわるブルースの沈黙や曖昧さにも一理あると、彼が「パンドラの箱」の成り行きをルナタにほのめかす場面（22）があるように、人と人との関係性の謎を解くための情報がすべてそろうということがあるだろうか。期待とは正反対のアイロニー、秘められた物語の開示が不要であることを悟ると、ルナタは二つ目のボックスを「海に高く弧を描くように投げ入れて」、残りすべてのボックスを「暖炉に火をくべて燃やす」（36）。ここにおいての海と火という象徴は、ブルースの懺悔の告白を、無意識の流れに託した新生と、家の暖を司る焔に捧げる火祭りのための貢物を意味していると、筆者は考える。ルナタによる、この一連の行為をマーチは「彼女の神話的恋人と不一致なブルースの排除である」（March 181）としている。しかし、語り手によれば「たとえ今日のブルースではなく昨日の彼を発掘することになろうとも、ブルースの極めて個人的な事柄を知る必要性を彼女（ルナタ）は感じた」（35）とあり、あくまで人間ブルースのありのままの自己がルナタの視座に働きかけている。銅像はその過去を否定されることで、ルナタの神話的恋人は成立するのである。

二つの秘密で十の秘密を知るとするルナタの鋭敏な想像力と感性を描くことで、画家あるいは芸術家としてのインスピレーションをニンは示唆しているのではないだろうか。ニンがランクとの精神分析で芸術家の個性についての問答をしていた時期、ニンの気づきの記載がある。「神秘を尊重せよ、と彼ら［胃弱の芸術家達］はいう。パンドラの箱をあけるな、というわけだ。詩的ヴィジョンは盲目の所産ではない、現実の最も醜悪な面をも超越（"transcend"）し、それを回避ではなく強さによって嚥下し、溶かすことのできるような力から生まれるのだ」（*The Dairy Vol. 1* 292）。前述したニンによる女性像のなかで、最強のルナタはブルースの秘話が詰まったパンドラの「箱」（チャイニーズ・パズルボックス）のアイロニーを潔く飲み下している。マリエ・ローズ・ローガン（Marie-Rose Logan）の「ブルース個人の秘密を対極に責めるより、他者を受けとめつつ自分のなかで自分を超えるルナタの女性としてのレジリエンス」（Logan 81）という指摘に鑑みて、バイセクシャルなブルースとの関係性の維持は説明されるだろう。ニンは『コラージュ』の終盤まで脇役とはいえブルースをルナタに寄り添うパートナーとして登場させている。また、前述したブルースのメキシコでの人種的優位を誇示する態度や中国での友人の阿片吸引は、オリエンタリズム[5]や西洋と東洋の二項対立的視座を意図したものではなく、むしろ他なる異文化を超越（"transcend"）する芸術家ルナタの選択と意識にニンは注目するように促している。

4　黒髪女性のアイデンティティと寓話

　トランスアトランティックな移住をした若いルナタが経験する、アメリカンビューティーの社会規範という境界に戸惑う女性性を表出する物語がある。白人のルナタは明るい緑がかった青い目（2）をしているが、彼女の黒髪がアメリカでの主流な美人のイコンの壁に阻まれている。ルナタを翻弄したアメリカの文化的影響をニンはアイロニカルに物語る。3人称単数の語り手は、カリフォルニアの単調な小さな町で絵を展示即売するルナタを「女」とだけ呼び、物語半ばでその正体を明かして、移住当初のルナタの没個性的無名性をニンは巧みに表現している。野外展示場で「気まぐれな風」に煽られて、「女」の「人形のようにふっくらとした金髪」（42）が吹きあがり、かつらの縁から黒髪が露わになる。この「女」は、金髪のかつらを被り、ジーンズにルーズなセーターで本来の画家ルナタからの変装を必要としている。ルナタは変装することでアメリカンビューティーに近づき、そして同化（assimilation）しようとしている。語り手は「女」から出現する女性

性と客観性によって越境の全体像をより現実的にしている。

　ここでの同化への対象として、カリフォルニアにある一律的な町と住民の暮らしをニンは例示している。画家ルナタは微笑みながら、はっきりとした色使いの絵画を「この絵を飾れば、お隣と自分の家の区別がついていいですよ」と勧める。この町の人たちは「自ら根こそぎ移動する（"uprooting"）のを望まず」、みな「同じ複写のような」暮らしを求めている（43）。金髪のかつらによって変装して絵を売る女／ルナタもまた、アメリカの美人アイコンと「同じ複写のような」同化願望に束縛された、周縁サイドの境界線上に位置するアイロニーを浮き彫りにしているのである。

　ところが自分の部屋という空間では、ルナタは金髪のかつらを脱ぎ捨て黒髪のまま虹色のワンピースを着て、展示向けの殺風景な風景画を「彼女自身の芸術、彼女の夜のさまざまな夢である走馬灯の如し情景」へ「全て創り変えて（"transformed"）」（44）いく。ルナタがアイデンティティを取り戻すことを強化するのは、大ガラス（raven）を飼うレイブン（Raven）[6]という黒髪の白人のアメリカ人女性との出会いである。アメリカ出身のレイブンにとって黒髪は、皮肉にもルナタの黒髪とは対照的に、彼女の名前レイブン（大ガラス）のとおり、自分の個性として隠すことはしない。レイブンは、内面的な欠点と考えている周りに合わせてしまう臆病な性格を変えようと（transmute）、大ガラス（raven）の暗黒の黒がイメージする豪胆さにあやかりたいと策を練る。

　『コラージュ』の一つの特徴に、人間と動物の関係を寓話（parable）[7]にして織り込むという手法が挙げられる。レイブンと大ガラスは互いのそばに位置し、名前、黒髪と黒羽といった類似点を根拠にして、レイブンは大ガラスの強靭性を、大ガラスはレイブンの順応性を、それぞれの性質が他方の性質を持つことを類推させる、寓話的置き換え（transposition）が表示されている。大ガラスの「夜というクオリティや神秘や隠された獰猛さは女性によって吸収され」、レイブンの「彼女の臆病さは大ガラスによって吸収され」（50）、人間と動物は同化しつつレイブンと大ガラスは互いの性質を変えて(transmute)レイブン／大ガラスに変身（transform）していく。レイブンは、エドガー・アラン・ポー(Edgar Allan Poe)の「大鴉」（"Raven"）の詩に幼少時から親しんでいて、生き物の大ガラスに執心する理由が、ポーの影響なのか自分自身からなのか混同している（47）。一方で、大ガラスは、レイブンのもとへアメリカの文明の機器であるトランス（Trans）ワールド航空の飛行機で檻に入れられてニューヨークからカリフォルニアへと送られたことに、自分の羽で飛んで行ける身には屈辱だと激怒している（48）。ニンは、

レイブンと大ガラスの類似点をアメリカという二者の共通した背景においてユーモラスに描写している。

　大西洋を越境してきたルナタは、レイブン／大ガラス（Raven/raven）の相関関係に影響を受け、金髪のかつらの着用をやめている。黒髪の女性としてのアメリカでのアイデンティティは画家ルナタが描く人間と動物の絵画に表出される。姿見の前に全裸で「たわわに波立ちうねる黒髪」（50）を堂々と下ろして立つレイブンと脚元に黒羽を畳んで佇む大ガラスをモデルにルナタは自分の絵を創造する。鏡には、正面を向いたレイブンの全身、大ガラス、画家ルナタ自身が写り、その投影を背景にしてルナタの目の前に立つレイブンの後ろ姿が絵に収まる。絵のなかの鏡に写るレイブン／大ガラスは、他者に投影されたルナタの分身である。ルナタとレイブン／大ガラスとが「一つの心臓を共有し離れがたい双子」（45）として描かれる。マーク・ターナー（Mark Turner）は「動物を持ち出すと行動が奇妙で一定しないと見えるかもしれない。しかし寓話のなかに組み込まれると、そこでの事象はわれわれ人間が心に抱く概念に必要不可欠な人格や人生の意味を示してくれる」（Turner 139）として、単なる文学的技巧ではなく「寓話は人間の心、精神の根本である。人が考え、知り、行動し、創造し、物語り伝達することに至っても基礎を成す」（Turner 168）と、寓話の意図を拡張する。つまり、物語上の心理的な投影を表明する視点に照らして思考すれば、ニンが「創造」する寓話的コラージュは「物語り伝達する」過程を通り、自ら否定していた黒髪のルナタを真の自己として肯定するルナタの心象の投影／錬金術的変質（projection）と解釈できるのではないだろうか。アメリカンビューティーに翻弄された金髪という錯覚に対するボーダー越えが、ルナタの姿鏡を起用した絵柄に見地できるからである。

5　カラー（肌の色）とホワイトネス（白人性）

　肌の色がアメリカでの人種的社会規範の境界を越えるという見方が表象される物語は、移住直後のルナタとハイチからの移民2世レオンタインの体験談である。トニ・モリスン（Toni Morrison）は「ある言語と戦ったり、あるいはそういう言語を用いて戦っている」として、「この言語はある隠された記号を強く呼び起こし、」「人種的な優越性や文化的な優位性を示し、ある種の人々や言語を冷淡にも「他者化」する記号のこと」だという。しかしモリスンは、この記号の「言語を解放する方法を学ぶ必要を感じ続けて」いて、「人種に関する決まりきった連想の、時に邪悪で、常に怠惰で、ほぼ例外なく予測可能な使用法からの解放が必要」

(Morrison x-xi)であると述べている。人種に関わる言語の使用法に鑑みて、『コラージュ』は束縛を解いていると言えるだろう。肌の色による境界に関して、ニンが示す疎外と受容のベクトルは慣習的な構図を描くことなく、黒人側の領域に加わろうとする白人ルナタの自然な志向に表される。ニンによる社会規範に対するアイロニーや常套的な連想を打破する意外性が読める。移住1年目の18歳のルナタが、ニューヨークで「ギリシャ悲劇の仮面のような不愛想な顔々があなたなんか知らない、あなたなんか好きになれないな」(60)と言うアメリカ人たちと接するなかで、黒人のカナダ・リー（Canada Lee）[8]が「初めての心から親身な、よく来てくれたねという歓迎」を示した。その体験をつうじて「わたしは泣いた」(60)というルナタの反応は、このパーティでのリーの人間性に起因するのであろう。しかし、新参者のルナタは、疎外された冷酷な環境のなかで、所在のなさを体験し、人間関係へのルナタの切望はアメリカでの人種の境界をすでに越えている。

ルナタがリーの自宅で出会ったレオンタインの父はハイチでの革命運動によりギアナに流刑(transport)に処された後、脱出生還した。その話をレオンタインは聞いて育った(60-61)。ニンはこのエピソードを鮮やかに活写する。このハイチ移民の語りはルナタにとっても一生忘れられない越境体験談となる(60)。刑務所のようなブルックリンの工場で、動物のぬいぐるみを作り家計を支えた母が掠めて持ち帰ってきた動物と遊ぶレオンタインに、ニンはペーソスを描き出す(64)。ムラートの移民2世のレオンタインは同世代の友人としてルナタを無条件に受け入れてくれる、カナダ・リーと共に、もう一人のアメリカ人である。黒人という有色性と同化したいと純粋に願うルナタは「自分が白すぎることを恥ずかしい」と思うにいたり「紅茶浴をして」ムラートの肌の色に近づける(64)。ルナタは、ハイチの同胞たちのパーティへの参加を希望するが「白人はお断り」という規制に阻まれ、参加がかなわない(64)。ニンは肌の色の優劣の方向性と隔離（segregation）をいわゆる社会規範から逆転させ、境界ゾーンそのものを置き換えるアイロニックな観点を鋭く表現している。ガブリエル・グリフィン（Gabriel Griffin）は白人性（ホワイトネス）に鑑みて、1990年代にルース・フランケンバーグ（Ruth Frankenberg）が白人女性たちが白い肌を社会的特権として扱うのではなく、有色の白い肌の人種として関係を築いていく意義を指摘したとしている(Griffin 164)。1960年代にニンがハイチ系アメリカ人レオンタインのムラートとしての肌の有色ではなく、ルナタの白い肌の有色を基軸とした白人性に着眼したのは慧眼がある。

ハイチ文化をルーツとするレオンタインは、アフリカをルーツとするアフリカン・アメリカンという人種カテゴリーに一括されるなかで、移民2世としてのアイデンティティに不安定さを感じている。その自己探求の葛藤もニンは丁寧に描く。母方の祖先に奴隷がおり、父がスペイン人という、実在のジョセフィーン・ベーカー（Josephine Baker）[9]を、カナダ・リー同様に、ニンは実名で『コラージュ』のなかに登場させる。レオンタインはベーカーを模範に、フランスに越境して「ブロンド」の髪をした「フランスの伯爵」と付き合うが「人種的平等」（62）に対する無理解に気づき、アメリカに戻る。憧憬のイコンに依存した模倣は自己実現には不毛であることをニンは示唆している。

　ルナタとレオンタインは、出会いから10年後にカリフォルニアのナイトクラブ、パラダイス・イン（Paradise Inn）で再会する。二人はアイデンティティの自覚に到達している。レオンタインは「没個性の環境の中でもつまずいていない、もう一人の人物」、「黒髪とムラート肌のパラダイス・インのシンガー」（59）として自己を生きる移民2世として、そしてルナタは「彼女の長い黒髪を背中にたなびかせて」、「自分で縫った紫色の自分の曲線美を出すドレスを身に着け」（56）、偽りの自己との葛藤を乗り越え、真の自己を見出している。ルナタは、黒髪の白人レイヴン／大ガラスとの出会いを経て、アイデンティティを確立したのである。

　ニンは、このパラダイス・インにおいて、移住第1世代のルナタと2世代目のレオンタインと、アメリカ出身の一般化した意味でのアメリカ人との間に敢えて境界線を引く。その境界領域を示すことで、人間としてのアイデンティティの把握に必要な自己探求の際に、直面する壁を越えられるか否かという葛藤を問いかけている。集まってくるアメリカ人たちのアイデンティティは不確かで、「画家や作家たちでさえもが、偽りの自分に変装している有り様はヴェネツィアの舞踏会の様々な仮面にまさるほどの偽装」をしている（57）。一方「ルナタは自分が誰かを把握しているから、彼女は微笑みながら、そのアメリカ人たちのアイデンティティを教えてくれるかもしれない、ブルースに「貴方は詩人です」と笑顔で言ったように」（58）と、その対照的な状況は明確に描写される。ルナタが「私は画家です」と言った時の彼女にみなぎる力強さ」（59）が、「やるせない没個性」（59）故に自己欺瞞に陥るアメリカ人たちにはまったく見られない。ニンは、ナイトクラブに依存したアメリカ人たちの生まれ育ったアメリカは「パラダイス」が失われた混沌の集団社会であり、ヒッピー・対抗文化が脱既成価値観を謳うも自己が不覚に揺らぐ60年代的エートスを彷彿とさせる。ルナタとレオンタインが経た、黒人性とホワイトネス／白人性の境界越えによる代価は、アメリカを彼女た

ちにとっての楽園の領域に変えて (transform)、越境者の自己確立が生起する現象を見せている。

6　領事夫妻のボーダーライン

「『コラージュ』においてニンが意図しているのは、単線的ではなく、対象との取り組みや積極的関与が見られる体験そのものである。その関与は固定化された理詰めではなく、経験が遭遇する心象から生じてくるものである」（March 162）というマーチの指摘は的を得ている。しかし、登場人物のアメリカへの移動という越境の体験と関与がニンが創る機知に富んだアイロニックな展開での気づきや自覚によって表示されていること、常套や規定路線を超えた心象の表出を合わせて認識する観点が重要ではないだろうか。この意味で、国境を越える体験が地理的かつ比喩的な心的表象と相互に関係するアイロニックな例として領事夫妻の物語を見てみたい。

ロサンゼルスに赴任しているフランス人領事と領事のイギリス人の妻と知り合いのルナタは、夫妻の領事としての公的な越境体験の裏にある私的な仮面夫婦のボーダーラインを感知している。ニンはロメイン・ギャリー（Romain Gary）とレズリィー・ブランチ（Lesley Blanch）[10]を素材にしているが、物語のなかでは「領事」と「領事の妻」という呼称を徹底し名前を設定しないことで、表向きの無名性と隠された本音が暗示される。領事は作家としての名声も第二次世界大戦での手柄もすべてマザーコンプレックスからの役割演技の達成であったことをルナタは知らされる。母の没後、領事の妻は「母親の役をこなし、生涯のコンパニオン」（111）として「互いにエスプリに富んだシャレードを演じる夫婦」（111）で持続してきたことをルナタに話す。この領事夫妻に境界領域があることは否めない。

本来の自己を抑制している領事の妻は「アメリカのカントリーソング」を聞いても、むしろ「他国の歌」（110）の記憶が呼び覚まされる。ニンが繰り返す「他国 (other)」は物語の文脈から西洋諸国ではなく中東文化圏と推測できる。領事の妻のアメリカへの距離感のある心象が見える。「アメリカの砂漠」の案内を頼まれたルナタは、領事の妻が「中国、アフリカ、インドの砂漠」（109）をアメリカの砂漠に重ねて、彼女の過去を再構築していると、精神的な後退を推量する。「中東の砂漠には人々の暮らしが息づいているが、観光客目当てのアメリカの砂漠には生活感が欠落していること」を領事の妻はルナタに伝えている（110）。領事宅を飾る彼女が織るトルコやモロッコの絨毯にも包含されるように、領事の妻が無

意識下で中東文化を志向し、転地化（transposition）する様子をルナタは見て取っている（104）。

　領事は養女が欲しいと、妻に相談する。「韓国、ハンガリー、ポーランド、世界中に孤児」（111）が存在する現状や夫の公的な立場も考慮して快諾するが、「戦争孤児ではなく」、「健康なアメリカの孤児」「元気なアメリカ人の娘」（112）以外は拒否するという領事の意外な動機が示される。ルナタは自分の経験からロリータ・コンプレックスであることをすぐに察知する。そしてアメリカの孤児が「アメリカ人の若い女優」であることが発覚する。領事の妻は結婚生活という二人のシナリオは「終わった」（112）と疑念を抱くが、「終わることなど何もない（"Nothing is ever finished."）」（113）というモロッコのコーランの教えを思い出す。領事の妻にとってはアイロニックな記憶の教示である。この異教の処世訓が『コラージュ』を越境する小説にする、比喩的な情動を連動させる媒体としてニンは予示している。

　領事館は異国にあっても自国の領域にあるわけだが、その境界領域にあって赴任国との親交は責務である。フランス領事はアメリカの俗語やジャズを学習しはじめる。アメリカ人養女／女優との結婚という将来に向かうための行動だ。一方領事の妻は、17世紀のトルコの英雄シュムラとの秘められた夢想と共に伝記執筆のためにトルコに一人で旅立つ。イギリスから中東へエグザイルして自分の意志を果たした4人のイギリス人女性たちの伝記を書き出版したとする領事の妻の女性作家としてのアイデンティティに、ニンは焦点を当てる（105）。つまり旅の真意は、領事のイギリス人の妻が同郷の4人の女性たちの転置（displacement）を自己にも置き換えて（transpose）、彼女の秘めた夢想の自我を現実の旅に露呈していく越境の体験と心象の関与という接点にある。

　ニンは、本作において、人が内面で描く「空想（fantasy）」と、同時にコラージュ風の短い物語の集合から一つの印象を創る「移動性（mobility）」と「抒情詩的空中浮遊（lyrical levitation）」を表現することに留意したと述べている（NF 92）。領事の妻による高揚していく空想の拡がりは、内面での思慕の可動性、抒情詩的な意味合いでの空中遊動的な想像の自由性、そして領事の妻の秘めた夢想の自我を示唆する例である。領事の妻はシュムラの生家を探し出す旅の途上で彼を愛し、「彼もまた領事の妻の夢に現れ」（118）た。領事の妻の伝説的人物への空想的思慕がより熱情を増していく段階は、一つの変換的、精神的転置として読むことができる。作家である領事の妻が勇気の象徴であるシュムラを「生きている人として」世界に周知するために書く伝記は、掟を犯す冒瀆ではないと説得して、膨大

な資料のテクストを譲り受ける（117）。

　帰路の「飛行機」がアメリカに着陸直後に炎上して乗客全員救助されるが膨大な資料はすべて消滅する（119）。「嫉妬深い神々が、領事の妻のような夢のなかで密通（adultery）する女性にシュムラの個人的な資料を世に公開させてはならないとしたからだ」（119）というニンによる痛烈なアイロニックな結びは、読者の意味深長な笑いを誘っている。領事のロリータ・コンプレックス、そして恋への移行は許されても、「領事の妻」という女性による心理的な思慕への転置は資料の消失という罰が与えられる。

　内面の自己と外面的な自己という領事の妻の境界領域が内と外で通底している現実を鮮明に浮き彫りにしている。この心象に関わる越境的空間の往復移動をディーナ・メッツガー（Deena Metzger）[11] が『コラージュ』作品に見られるバリアの解体として指摘している。「『コラージュ』は、一個の人間の内的生活と彼の行動との間には象徴的な関係がある、という観察を前提としている。登場人物たちの秘められた思想や夢は彼らの指の間からこぼれ落ち、彼らがなにものであるかを明確にする。秘められた生活が劇化されている。外なる自己と内なる自己を断絶する障壁はくずれ去ったのである」（『未来の小説』186）。秘められた「密通」というニンの語彙の選択により、アイロニーに基づくユーモアが物語に余裕さえ醸し出し、ニンは「領事の妻」に断絶する領事夫妻のボーダーラインを一人の女性として越えるべく発動をもたらしているのではないだろうか。

7　作家と作品と読者の境界領域

　『コラージュ』におけるクライマックスとも言える越境は、閉ざされたドア板一枚の容易ならぬ境界越えというニンのユーモラスな仕掛けが、ダイナミックな移動空間を物語る。ニューヨーク、グリニッジヴィレッジのアパートに隠遁するアメリカ人作家ジュディス・サンド（Judith Sands）はルナタが愛読している女性作家である。ルナタを知る初老の画商、マン博士（Dr. Mann）[12] は自国イスラエルより訪米してはアメリカ女性作家の署名収集を趣味にする。サンドのアパートの閉ざされたドアの前でマン博士は一人語りをする。この長い語りは、作家と作品と読者という関わりの境界領域を伝える媒体を表示していく。バラキアンは、「実際アナイス・ニンは最近の理論家と、その理解力において張り合っている」（*Perspectives* 77）と述べ、テクストがいかに受容されるべきかという視座において、ニンの着眼を評価していると言えよう。ニンが描く、読者であるマン博士の

テクストに対する受け止め方をバラキアンは「逸脱（deviation）」と呼び、「標準的な現実から読者自身が外れること」であり「読者一人一人に自身の反応をはめ込む余地を与える」（*Perspectives* 77）という説明は興味深い。この逸脱は、読者反応批評（reader-response criticism）に準じる視点がマン博士のモノローグによってより理解しやすい観点となり、読者と作品に関わる境界領域の拡張を支持しているのではないだろうか。

　マン博士が語るモノローグはデューナ・バーンズ（Djuna Barnes）[13]の小説『夜の森』（*Nightwood*）におけるオコナー博士（Dr. O'Connor）のモノローグという構成部分のパスティーシュである。晩年のバーンズ自身が続けたグリニッジヴィレッジでの隠遁生活を模したニンのユーモラスな引喩的技法を並列して、パスティーシュはマン博士がサンドの作品から受けてきた影響による自分の立ち位置の表示に説得性をもたらす。「小説家は皆、作り出した登場人物が実の人間の姿をとり出現する具現化現象（incarnation）にいつかは直面させられるのを知っている。……遅かれ早かれナルシスト的な自己陶酔による磁力で、双子化（ツイン）する実人物が作品中の定住者と生き写しに似た喋り方をする声を、作家は聞いているのだと感じるようになる」（142）と、ニンは語り手に表現させている。そしてマン博士は境界領域からドア越しのモノローグという声による伝達で、「具現化現象」を作家自身が認識する意識の肝要さをサンドに提唱する。

　「具現化」に関して読者反応批評のレンズを通すと、作品が読まれることで読者に何が現実化されるのかという観点が、マン博士の声を通してサンドの聴覚に効用を促進させる変化が見えてくる。読者としてのマン博士は「逸脱」して自分を次のように語る。

> 私は言葉を深く愛している人間です。タルムード［訳注：ユダヤ教の聖典］によれば、それは書かれた言葉です、という意味になります。あなたがよそ者をお好きではないのはわかっています、でもあなたがわたしにとってよそ者ではないのですから、わたしはあなたにとってよそ者ではないでしょう。わたしはよそ者ではないと感じることができるのです、何故かというと、あなたが、ある意味わたしを誕生させたからです。わたしが自分は誰か分かる前に、わたしという人間をあなたが書かれた言葉にしてくれたからです。あなたの作品の中のその人こそ、わたし自身なのだと知ることができたのです。（143）

バラキアンは、「女性作家を敬愛する現代のイスラエル人のマン博士は自分自身

を「他者（the other）」とみなす、つまり作品のなかに自分自身を見出している」と述べている（Balakian 77）。他者のなかに投影された自己という見地に立てば、他者に自分の分身を見出す構図を指すバラキアンの言及を妥当にする。ただし、アメリカ人ではないほかの土地から来た人「よそ者」を、ニンは原文で"stranger"と、「外国人」という意味もある英語で表現していることから国境への意識を指摘できる。マン博士がイスラエル人／ユダヤ人というディアスポラ的、周縁的位置にあって、アイデンティティの獲得がサンドの作品を読むという行為を通すことで、自己作品中に作家が創作した人物、つまり新生の「わたしという人間」を把握できた真意が示されている。マン博士のアイデンティティは、ニンがマン博士に託した他国イスラエルからアメリカへ越境する移動性に根幹がある。

　さらに、マン博士は読者としてサンドの作品の読みを語る。「あなたはわたしのために書いてくれる、わたしがかねがね志望してきた作家という自我そのものです。……あなたは外へ出て来てこう言ってください、わたしのために書き続けます、そしてあなたのことを明確な言葉（articulateness）で表現しますと。……わたしたちは互いを必要としています！　お互いに無くてはならない。あなたの作品にわたしが、そしてわたしの人生にあなたが」（145）と明言する。このマン博士によるテクストの理解は再び読者反応批評的レンズへの呼応につながり、スタンリー・フィッシュ（Stanley Fish）が示した「解釈共同体（interpretative communities）」という概念を想起させる。フィッシュは読者がテクストの意味を構成づけるとし、その読者はある知識や文化を共有して、共通する読みのストラテジーを基に読む共同体の一員とみなす（河野 217）。そしてフィッシュが「読みの解釈は習得される能力というよりむしろ人間として生きていることが構成要素である」（Fish 172）と言及するとき、マン博士の強調する彼の人生がサンドの作品を解釈していき、サンドの創作に不可欠な存在だという主張に応じている。マン博士の尽言によってついにサンドはドアを開けて外へ出てくる（146）、作家と読者との境界線を越え両者の対面が成就する。読者マン博士の解釈はサンドの隠遁を解除する決定的な起動力の媒体となる。

　サンドの隠遁の理由に関して、作家としての問題点を描いたとニンは説明している。「ジュディス・サンドという女性作家は、この世間に存在しないような人たちについて書いてしまったと思い込んで引き籠ってしまったのです」（*NF* 132）。「存在しないような人たち」とは、アイロニックにも実は存在している人たちであり、「男性は時に女性のように行動し、女性は時に男性のように行動するのが人間であって、世にいう男女の区別はまやかしだと、書いてくれたサン

ドが唯一の作家である」と、ニンはマン博士に説明させている（143-44）。「男女間の両性具有（アンドロギュノス性）、男性性と女性性」（AWS 76）の「置換（transpositions）」（144）こそ、この世間に「存在する人たち」のことだと、サンドは作家として作家自身の言葉で見事に表出してみせた点を指している。『コラージュ』に「書かれた言葉」から洞察できる「存在する人たち」とは、たしかにニンが1970年代に講演やインタヴューで示したジェンダー像とも重なり合う。「私達にさまざまな個性があり私達は両性的側面を持ち合わせていることを認識できる」（『心やさしき』36）として、「私は男女のさまざまな区別を少なくしようと努めてきたのです。性別を越えて通い合ういろいろな関係を証明したかったのです……男女間にあるいろいろな境界線やタブーや制限を撤退したかったのです」（『心やさしき』44）と述べている。

　また、反体制の罪を負ったマン博士はシベリア抑留中に、ユダヤのタルムードの訓示「書かれた言葉」に準じてサンドの作品をヘブライ語に翻訳して書いていた体験を物語る。先述したコラージュ画家ヴァルダに語らせたtransの一つ、trans-Seiberianへのニンの意識が表出する。シベリアという地理的隠喩は秘境の周縁を暗示し、ヘブライ語は離散時代を経て建国後の公用語となる遍歴の意味を内包して、共に越境のイメジャリを喚起させている。その環境にあってこそ、母語のヘブライ語に翻訳（translate）された「書かれた言葉」に書き換えることで課せられた辺境での苦境を乗り越えられたという意図が見える。そして「わたしはあなたが作品に書いた全ての言葉をマナのように食べたのだ」（144）と語る。マナは旧約聖書、出エジプト記に記されているイスラエル人がエジプト脱出後、荒野で神から与えられたという恵みの食物である。シベリア脱出を念頭にマン博士は作家サンドが書いた英語の言葉を読者としてヘブライ語に「翻訳」する時、作家サンドの言葉はマナという滋養を噛み砕き、母国イスラエルへの越境に影響を及ぼす。

　そしてマン博士は、世界中に拡散したサンドの芸術作品から生まれた直系の子孫たち、すなわち翻訳（translate）された本に会いに外国へ旅せよと勧める（147）。ニンはこれらの訳出された言語に「イタリア語、ドイツ語」に加えて「日本語、ロシア語、ハンガリー語、フラマン語」といった、「他言語（other languages）」（148）や、マン博士によって訳されたヘブライ語と、主流を越えた傾向が著しい。クリフォードは「翻訳は伝達ではない」として、この行為には付きものである「何らかの喪失や誤解」を認めると同時に、「何かが獲得され、メッセージのなかに混ぜ込まれる。エズラ・パウンドが言うように、翻訳は「それを新たにする」こと

である」(『リターンズ』54) と定義している。マン博士の主張する訳書が生み出す原著からの血族継続（lineage）という生命性に照合すると言えないだろうか。サンドの英語で書かれた原作が翻訳作品に生まれ変わる（transform）、そして翻訳された言語の国へ原作者自身が国境を越えて旅する実地的な移動をマン博士は推奨している。ニンは作者、作品、読者との関係に翻訳作品を含めており、越境領域に世界文学性をも取り込む予見が見受けられる。

8　『コラージュ』が越える先

　作家サンドは、マン博士のモノローグによって隠遁生活を乗り越えるが、実は象徴的な隠遁の作品の未刊行の原稿が存在する。この小説を世に出すためにマン博士がサンドを案内する「ニューヨーク近代美術館」で実況展示される、ドイツからアメリカへ来訪中のキネティックアート（動的芸術）の芸術家ジャン・ティンゲリー（Jean Tinguely）による「機械は自滅する」はサンドを象徴的な越境へ誘導する。[14] 壊れた機械のオブジェを電気仕掛けで燃やしていく動的芸術作品の破壊の連続は、メッツガーによると、「自ら課していた孤独からサンドをがらりと変えさせた。大破壊という荒廃はサンド自身の創造性を引き起こす。彼女自身の芸術作品を世間の中へ再度登場させる」（*NF* 133）と解釈している。隠遁生活のみならず、サンドは作品を発表しないことに固執していたが、その考えを越えて出版、つまり作品の誕生へ移行させる媒体が、メッツガーの解釈に鑑みるならば、芸術家による破壊的作品の残骸が作用するというアイロニーが重ねて見えてくるのではないだろうか。

　サンドの気づきを踏まえて、ニンはルナタやブルースを美術館（ミュージアム）に集約させる。サンドと登場人物たちの合流は、ミュージアムであり、クリフォードによれば「接触領域（コンタクトゾーン）」（『ルーツ』220）となる。「ミュージアムがその中央意識をゆるめ、みずからを横断（トランジット）（transit）のための特別な場所や間文化的な境界」（『ルーツ』244）とする接触領域という1990年代後半のクリフォードの視点は、1960年代半ばのニンによる美術館（ミュージアム）という配置の構想に通底している。ティンゲリーのキネティックアートは従来の芸術作品の展示とは大きく異なる。ティンゲリーが欧州で収集した廃棄処分された機械を北米で破壊するというトランスアトランティックな経路を越えたパフォーマンスにおいて、ニンは脱中心化を明示して『コラージュ』の登場人物たちに託していく。ティンゲリーの「芸術家たちの署名が記された巻紙付きの壊れた印刷機」（153）からサンドの署名が入った巻紙を救出したのはマ

ン博士である。作家の署名収集というマン博士の当初の目的が達成できたのは、やはり皮肉にも破壊的な芸術作品の残骸からである。ティンゲリーやニンが「間文化的な境界」を共有するとき、機械化されたアメリカや時代の潮流への風刺が意図するところは言うまでもないだろう。ルナタにおいてもわずかにメロディーを残す壊れたピアノを救いたいという願いを、憧れの作家サンドに対面し「ジプシーの女性占い師のタロットカードのようによれよれになる」(153)まで愛読してきたサンドの本を見せて、物語る。ジプシーは、古くはインドからヨーロッパへ越境を重ねた民族であり、ノマドロジー的な不定住というルナタの芸術家志向をも示唆している。「ジプシー占い」は、その先知と虚構という内包されたアイロニックな暗示とも合わせて、周縁的な文化である。ニンは、芸術家として個性への共感を提唱できる場所として、美術館／ミュージアム (museum)／文芸を司るミューズ (Muse) の神々が集まる殿堂という「横断」(トランジット)空間を選び、これらの登場人物それぞれの越境の緊張を緩和し、作家サンドの自己幽閉感に決定的な解放を表出してみせる。

　そのサンドがマン博士とルナタとブルースを自宅(ホーム)に招き入れ、例の未発表作品の原稿を見せる。ルナタが読む原稿の冒頭部分は、『コラージュ』の冒頭におけるルナタの部屋の窓から見える銅像の描写と同文なのである。テクストのエンディングを越え、オープニングシーンへの移行 (transition) を開かれた終わりとして、前述の領事の妻が中東で知り得たコーランの「終わることなど何もない」(113) というメッセージを伝承 (transmit) させる。オリヴァー・エヴァンズ (Oliver Evans)[15]は『コラージュ』を『千夜一夜物語』と称している (*The Diary Vol. 6* 299)。開かれたエンディングに連作への約束を見たのであろう。『コラージュ』は終わりが冒頭につながるウロボロスが象徴する (Metzger 31) 円環形式をとり、廻り環る小説自体の転回による移動性を現出する。ジャークゾクが評するように「驚きの循環的なエンディングに最高潮、クライマックスを読者は見出す」(xi)と言えよう。また、サンドの未発表作品は、『コラージュ』という大きな作品のなかに、ブルースのチャイニーズ・パズルボックスのように、ミザナビームの技巧によって、ユーモラスに組み込まれている。このエンディングのアイロニーは、通常な視点の範囲を超越して (transcendental)、重層な視点、作家ジュディス・サンド／作家アナイス・ニン／画家ルナタが同一人物として表象され、スーパーナチュラルな表象は、作品をむしろポストモダンな小説としている。ルナタもまた、マン博士が指摘した、サンドの作品のなかで作家により「書かれた言葉」によって描写され「具現化現象」を通して実在する登場人物「わたし」となる。円

環の仕掛けはジプシー占易を比喩に孕みながら、その意外性によって、越境の必然性と現実感を伝導する媒体としてのアイロニーという機知がニン独自のユーモアを特徴づける物語に成就させている。

　『コラージュ』は、短編集『ガラスの鐘の下で』（Under a Glass Bell）から20年という月日のなかで積み上げた厳しい作業と修練のたまものとして、研磨から生じた洗練という変化により、自然な「自分自身の書き方」に到達した作品であるとニンは指摘している（『未来の小説』129）。ニンの小説のなかでも明解にして軽快かつ都会的で風雅な表現が厳選された比喩の対称を的確に射止める故、ニンが好む「万華鏡」的、変幻自在に修飾される文体は創作上の越境に躍動感、前述したニンが言う「抒情詩的空中浮遊」を際立たせ表出する。ニンの錬金術的変化を根幹とする接頭語transの定義は、『コラージュ』においてtransを冠する派生語に適用され登場人物各人の可動性として描出された。ここでtransに基づく越境者の意志と発動の方向性は、あくまでアメリカ合衆国という地理的・文化的・時代的な配置を共有するが、ニンは安着を意図しない。[16)] アメリカ合衆国という国へのトランスアトランティックな越境経験者を多く登場させ、異文化接触の諸相が語られる時、如何に想像力の伸長を発生させるかが問われ試されている。トランスナショナルな体験談をテーマにしたジャンルに収まらない本作では、比喩的な越境という各人の内面の変容のボーダー越えがアイロニックなユーモアという独特な笑いの余地を周到に出現して描写される。悲嘆や悔恨に拘泥し、停止する暇がない。その浮遊的軽さのなかに交錯諧調する越境の要素には重厚な問題を含蓄していた。

　『コラージュ』は60年代半ばのアメリカにあって、両性具有性や性的指向の認識を踏まえたジェンダー、人種と有色性への規範打破、外国人という出自の記憶と直面する現実の葛藤、他者と自己との関係性、作者と作品と読者の重層性、原作と翻訳の相関、これらの障壁がトランスアトランティックな移民移動をアメリカに布置するとき、「多様性のための空間を創出」する要素として越境の動線を生々しく描き出す。アメリカ人になるための越境ではなく、自分になるための変容にニンは着眼して従来の移民志向に変化を鼓吹する。出生を本国とするアメリカ人にこそ顕著化したアイデンティティのごまかしと越境者のそれとの差異をニンは鋭利に写し出す。ニンは、アメリカへの移住を基幹としつつ、ボヘミアン的なモダニストの芸術家として既成パターンを迂遠し、コラージュという絵画工作的手法を小説に有形化してみせた。終わりのない円環の物語はニンにとって境界との断絶ではなく、異なる領域との拡張へと融合をも発現したキネティックアー

ト、動的芸術にもなり得るのではないだろうか。

❦ 註 ❦

1） *Collages*からの引用は頁数のみを括弧に入れて示す。本稿における日本語訳は引用文献に特記しない限り拙訳による。
2） ルナタ・ドルックス（1921-2007）は、オーストリア出身の画家、1940年にアメリカに移住する。*Inauguration of the Pleasure Dome*（1954）などの映画製作に関わる。ニンとは1953年に出会い終生親交を持つ。*Collages*におけるルナタのモデルであることが『日記』第7巻（*The Diary Vol. 7* 57）に記されている。
3） R.P.はルパート・ポール（Rupert Pole）のイニシャルを指す。フランク・ロイド・ライトの長男ロイド・ライトを継父に持つ。1947年2月27日、ニューヨークでのニンとの出会いは*Mirages The Unexpurgated Diary of Anaïs Nin*に記載されている（398）。ニューヨーク、東海岸の夫、ヒュー・パーカー・ガイラー／イアン・ヒューゴー（Hugh [Hugo] Parker Guiler [1898-1985]）に対し西海岸の夫同様の人物であり、ニン死後の出版に尽力する。
4） ニンはヤーコブ・ヴァッサーマン（Jacob Wassermann 1837-1934）作『カスパー・ハウザー』（*Kaspar Hauser*）に1945年以降影響を受ける（*The Diary Vol. 4* 47）。この伝説的孤児を、ニンの父の出奔による自身のトラウマと重ね、親に翻弄される家なき子のメタファーをニンは用いる。ニンの小説『信天翁の子供たち』（*Children of the Albatross*）の登場人物ポールの親子関係にも描かれている（133-35）。
5） ニンにおけるオリエンタリズムに関する筆者の考察は「アナイス・ニンにおけるモビリティ——旅と異文化の表象を中心に——」（『東京女子大学英米文学評論第60巻』pp. 65-99）に記載している。
6） "Renate Druks with Raven Harwood and her painting of Raven"という、*Collages*のここでの描写された絵画に似通った写真が*A Photographic supplement to The Diary of Anaïs Nin*（Harcourt Brace Jovanovich, 1974 1947-1955, 頁記載なし）に掲載されている。また、1962年、「レイブンの物語」（"Story of Raven"）と題して『コラージュ』でのルナタとレイブンたちとほぼ同じ物語が記されている（*The Diary Vol. 4* 308-12）。
7） ほかに、アザラシの言葉を解し共生にいたる老いた元ライフガードや、サファリ中に遭遇したライオンと夫人、また豹に寄り添う裸体の女性という美女と野獣の絵図の寓話がある。
8） カナダ・リー（1907-52）は、ニューヨーク、ハーレムに生まれる。実在のリーはアフリカン・アメリカンと称されるものの、カリブ諸島のセント・クロイ島からの移民2世、1940年代の公民権運動の活動家、黒人初の社会批判的な脚本家、そしてはじめてシェイクスピア劇を演じた。リチャード・ライトらとともにハーレム・ルネサンス文化に影響を与えた。1943年、ニンはリーにニューヨークで会い温厚な人柄やハイチ舞踏などの文化を讃えている。当時のアメリカでのニン自身の疎外感と「白人、黒人が半々、同人数集まった」リー宅でニンが得る安堵感と人間回帰が記されている（*The Diary Vol. 3* 269, 277）。ニンはまた、アメリカ独自の文化として黒人（African-American）によって創られたジャズとニンの詩的散文の共通性を述べている（*The Novel of the Future* 90および『【作家ガイド】アナイス・ニン』266頁に筆者は説明している）。

9) ジョセフィーン・ベーカー（1906-75）は、母方に奴隷としてアメリカに連れてこられた祖先を持ち、父はアメリカ生まれのスペイン人でフランスにて活躍した黒人シンガー、ダンサーであり、公民権運動に加わる。1960年代には国籍を越えたさまざまな人種の養子養育をするなど、登場人物レオンタインにとって憧れの人としてニンは起用したと推測される。

10) ロメイン・ギャリー（1914-80）は、ロシア系フランス人作家でフランス領事。妻のレズリィー・ブランチ（1904-2007）はイギリス人作家。この夫妻にニンは1956年の冬、ニンの作品のフランス語翻訳者 Anne Metzger の紹介でロサンゼルスの領事邸で会っており両者がモデルであることがわかる（*The Diary of* Vol. 6 66-70 および *The Diary of Others* 291）。「領事の妻」が伝記に記した「4人の女性」とはブランチの、代表作 *The Wilder Shores of Love* (1954) に記されている。Lady Isabell Burton（1831-96）は、イギリスの作家、探検家であり、Sir Richard Burton という『千夜一夜物語』の英訳者、探検家、文化人類学者の妻。Isabell Eberhardt（1877-1904）は、ロシア出身のスイスとフランスにあって男装の作家、探検家でリョテ（Lyautey1854-1934 モロッコ駐在将官）の友人。Lady Jane Digby（1807-81）は、イギリスの貴族の生まれの女性騎手で、ベドウィン文化を紹介した。Aimee Dubucq de Rivery（1762-1817）は、ナポレオン一世の妻のジョゼフィーヌ皇后の姪で、貴族からトルコのハレムを経て革命に関与した。これら4人の各女性による欧州から中東という異文化圏への越境の実人生にニンは価値を見出し、*In Favor of the Sensitive Man* 31; *A Woman Speaks* 46-48; *Anaïs Nin Observed* Snyder, Robert. *Anaïs Nin Observed From a Film Portrait of a Woman as Artist*. The Swallow Press, 1976. 89 に詳しく記している。

11) ディーナ・メッツガー（1936-）は、アメリカ、ニューヨーク出身の詩人、小説家、随筆家、大学の文芸創作科で教鞭をとる。*La Negra Blanca* で2012年にオークランドPEN受賞。

12) Dr. Mann のモデルは"Dr. Norman"であるとニンは *The Diary of Others The Unexpurgated Diary of Anaïs Nin 1955-1966* 291 に記している。「ノーマン博士はイスラエルからアメリカに来てデューナ・バーンズを訪れた話を私にしてくれた」との記録が *A Café in Space* Vol. 5 にも記載されている。

13) ニンはデューナ・バーンズへの高い評価を *The Novel of the Future* において、文学上の自分の形成の根幹はマルセル・プルーストやバーンズやピエール・ジャン・ジューヴに依拠しており（117）バーンズは独創的で詩人なのであり（172）、小説『夜の森』は詩の効果的な拡張であると述べている（178）。

14) ジャン・ティンゲリー（1925-91）はスイス出身の彫刻家で、*The Diary* Vol. 6 283-87 において1961年から1962年冬にニューヨーク近代美術館で展示されたティンゲリーによる同じキネティックアートを自ら鑑賞したことを述べ「機械の効率を確信し高く評価するアメリカ人にとって、ダダイズム的なユーモアで壊され飛び上がったり破裂したりばらばらに落ちてくるティンゲリーの機械は彼らにとって驚くべきショックと汚聖の気持ちをもたらした」(284)と、アメリカのテクノロジー賞賛傾向への批判を記している。

15) オリヴァー・エヴァンズはアメリカの批評家、1968年にニンに関する最初の研究書籍 *Anaïs Nin*（Southern Illinois UP）を単著出版した。ニン文学を論じ合う、当時のニンとの書簡が *The Diary* Vol. 6 299-300, 377-78; *The Diary of Others* 264-65, 267, 352 に記されている。

16) ニンが1947年以降アメリカ東海岸（ニューヨークのアパート）と西海岸（シエラネバダと後のロサンゼルスの家）を空路で行き来した約30年間、トラペーズ（trapeze 空中ブランコの曲芸渡り）と呼ばれた移動を常とする生活があってこそ、最晩年の作品『コラージュ』が創出されたと言っても過言ではない。本作に、60年代のアメリカ人の感性をアメリカ文

化の一端から描くニンの機知がうかがえる物語がある。フランスからアメリカへ移住した名シェフのアンリ（[1907年にフランスからアメリカに移住したアンリ・シャルパンティエ（1880-1961）]がモデル）は初老の今、パラダイス・インにて料理をする。味の評価が話せない、質より量の昨今の客層を嘆くアンリにルナタは朗笑を交えて諭す。味覚ではなく「言葉の力」が萎えた人たちの今は、「基本英語の時代」（Basic English [1930年に英国の言語心理学者チャールズ・オグデン（Charles Ogden）が考案]）を生活しているのだと（68）。さらに、アメリカン・ドリームを実現したアイルランドからの移民2世のジェイムズ・ブキャナン［James Buchanan、通称Diamond Jim Brady]）は「結婚のプロポーズみたいな、ばかばかしいことを言葉でとても言えない」（65）。アンリが語る逸話の落ちは、言葉の表現力に対するニンのユーモラスなアイロニーが指摘できる。結婚相手はジーグフェルド・ガールズ（Ziegfeld girls [フロレンツ・ジーグフェルドが1900年代はじめに制作した、レビューに登場するグラマラスなアメリカンビューティーたち]）12人のうちの一人。アンリに頼んだ12人分の牡蠣料理のうち11人にだけ真珠を入れて、一人だけ真珠が入っていない女性と結婚するというBradyの人格と言葉の軽視に着目している（69）。

❦ 引用文献 ❦

Balakian, Anna. "Anaïs Nin, the Poet." *Anaïs Nin Literary Perspectives*, edited by Suzanne Nalbantian. Macmillan, 1997, pp. 63-78.

——. "The Poetic Reality of Anaïs Nin." *A Casebook on Anaïs Nin*, edited by Robert Zaller. A Meridian Book New American Library, 1974, pp. 113-31.

Berman, Jessica. "Transnational Modernisms." *The Cambridge Companion to Transnational American Literature*, edited by Yogita Goyal, Cambridge UP, 2017, pp. 107-21.

Fish, Stanley. "Interpreting the *Variorum*." *Is There a Text in This Class?* Harvard UP, 1980, pp. 147-73.

Griffin, Gabriele. "On Not Engaging with What's Right in Front of Us, Or Race, Ethnicity and Gender in Reading Women's Writing." *Transatlantic Conversations Feminism as Travelling Theory*, edited by Kathy Davis and Mary Evans, Routledge, 2011, pp. 15-66.

Jarczok, Anita. Introduction. *Collages*, by Anaïs Nin, 1964, Ohio UP, 2019, pp. v-xii.

Logan, Marie-Rose, "Renate's Illusions and Delusions in *Collages*." *Anaïs Nin Literary Perspectives*, edited by Suzanne Nalbantian. Macmillan,1997, pp. 79-94.

March, Thomas. M. "The Artist as Character (or the Character as Artist): Narrative and Consciousness in Anaïs Nin's *Collages*." *Anaïs Nin's Narratives*, edited by Anne T. Salvatore. UP of Florida, 2001, pp. 161-88.

Metzger, Deena. "Deena Metzger." *Recollections of Anaïs Nin by her Contemporaries*, edited by Benjamin Franklin V. Ohio UP, 1996, pp. 31-35.

Morrison, Toni. *Playing in the Dark Whiteness and the Literary Imagination*. Harvard UP, 1992.（『暗闇に戯れて 白さと文学的想像力』、都甲幸治訳、岩波書店、2023年。）

Nin, Anaïs. *A Woman Speaks. The Lectures, Seminars and Interviews of Anaïs Nin*, edited by Evelyn J. Hinz. Swallow Press, 1975. 初出以降は *AWS* と記す。以下の文献名に同様の場合には略字を添えている。

——. *In Favor of the Sensitive Man and Other Essays*, 1976. A Harvest Book Harcourt Brace, 1994.

——. *Collages*. 1964, Ohio UP, 2019.

——. *The Diary of Anaïs Nin Volume One: 1931-1934*, edited by Gunther Stuhlmann. Harcourt Brace Jovanovich, 1966.(『アナイス・ニンの日記 ヘンリー・ミラーとパリで』、原真佐子訳、河出書房新社、1974年。)

——. *The Diary of Anaïs Nin Volume Six: 1955-1966*, edited by Gunther Stuhlmann. Harcourt Brace Jovanovich, 1976.

——. *The Diary of Others The Unexpurgated Diary of Anaïs Nin 1955-1966*, edited by Paul Herron. Sky Blue Press, 2021.

——. *The Novel of the Future*. 1968. Macmillan, 1986. *NF*.

Spencer, Sharon. *Collages of Dreams The Writings of Anaïs Nin*. Harcourt Brace Jovanovich, 1981.

Turner, Mark. *The Literary Mind The Origin of Thought and Language*. Oxford UP, 1996.

クリフォード、ジェイムズ『ルーツ　20世紀後半の旅と翻訳』、有元健他訳、月曜社、2002年。

――『リターンズ』、星埜守之訳、みすず書房、2020年。

ニン、アナイス『未来の小説』、柄谷真佐子訳、晶文社、1970年。

――『心やさしき男性を讃えて』、山本豊子訳、鳥影社、1997年。

河野真太郎「フィッシュ」『現代批評理論のすべて』、大橋洋一編、新書館、2008年。

❧ 参考文献 ❧

Blanch, Lesley. *The Wilder Shores of Love*. John Murray and The Book Society, 1954.

Di Leo, Jeffrey R., editor. *American Literature as World Literature*. Bloomsbury Academic, 2018.

Dimock, Wai Chee. *Through Other Continents American Literature across Deep Time*. Princeton UP, 2006.

Harms, Valerie, editor. *Celebration with Anaïs Nin*. Magic Circle Press, 1973.

Rank, Otto. *Beyond Psychology*. 1941, Dover Publications, 1958.

ニューヨーク公共図書館所蔵の
アナイス・ニンによる
書簡アーカイヴの概要

An Overview of the Letters of Anaïs Nin in the New York Public Library

ウェイン・E・アーノルド（Wayne E. Arnold）

渡部あさみ・訳

　1990年代後半から2000年代初頭にかけて、さまざまな分野の研究者が「アーカイヴズ的転回（archival turn）」という新しい流行語に注目しはじめた。アーカイヴの世界への関心は、ウォルター・ベンヤミン（Walter Benjamin）の『アーケード・プロジェクト』（*The Arcade Projects*, 1999）や1994年6月5日にジャック・デリダ（Jacques Derrida）がロンドンで行った「記憶」と題する講義が注目されたことにより、高まっていた。この講演は英訳され、『アーカイブの病――フロイトの印象』（*Memory: The Question of Archives*, 1995）として再出版されている。この研究アプローチでは、研究者が主題を取り巻くより広範で正確な歴史的概念を構築するために、オリジナルの資料を取り入れることを重要視する。その流れにおいて、書簡は個人の日常生活の断片を含む豊かな文書であり、ライフ・ライティングの研究が拡大するなかで、アーカイヴズ的転回が広く採用されているのは当然の流れである。しかし、アナイス・ニン（Anaïs Nin）、ヘンリー・ミラー（Henry Miller）、ロレンス・ダレル（Lawrence Durrell）といった多くの手紙を残した作家たちは、意外にもこれまでライフ・ライティング研究にはほとんど組み込まれず、アーカイヴズ的転回においても大きな関心の対象として検討されてこなかった。このような背景から、本研究ではニューヨーク公共図書館（New York Public Library以下NYPL）のバーグ・コレクション（the Berg Collection）が所蔵するニンの書簡を概観することで、書簡の伝記的・主題的意義を明らかにすることを目的としている。なお、本論は書簡の総合的な評価を行うものではなく、ニンの日常生活や文学者としての人格、パブリック・イメージを形成するための創造的な努力に注目したものである。

ニンの文学界と女性解放運動への最大の貢献は、日記作品である。1930年代にはすでに、ニンとミラーはこの日記を作品として出版するために行動を起こしていた。1939年にアメリカに帰国したミラーは、日記を出版することが最も重要な目標の一つであると書き送っている（Miller and Nin 242）。しかし、数十年が過ぎても、日記は出版に漕ぎ着けなかった。ニンの出版作品としては、1965年にG・P・パットナム（G. P. Putnam）が『ヘンリー・ミラー——アナイス・ニンへの手紙』（*Henry Miller: Letters to Anaïs Nin*）を出版するまで、男性優位の出版市場のなかでほとんど注目されることはなかった。この書簡集は、ミラーの世界的名声の絶頂期に出版され、彼の手紙しか収録されていなかったが、ニンの名声を急速に高め、彼女の最初の日記作品である『日記』第1巻（*The Diary of Anaïs Nin Volume One: 1931-1934*, 1966）の出版の基盤を整えることとなった。その後、1987年にようやくガンサー・ストゥールマン（Gunther Stuhlmann）が「万華鏡のような、恋する二人の作家たちの声の記録」と評した『恋した、書いた——アナイス・ニン、ヘンリー・ミラー往復書簡集』（*A Literate Passion: The Letters of Anaïs Nin and Henry Miller 1932-1953*）が出版され、読者はニン側の返信を目にすることができたのである。1998年には、『憧れの矢——アナイス・ニン、フェリックス・ポラック往復書簡集』（*Arrows of Longing: The Correspondence between Anaïs Nin and Felix Pollak*）がスワロー・プレス（Swallow Press）から出版されている。そして、その後の2020年にスカイ・ブルー・プレス（Sky Blue Press）から『ロレンス・ダレルへの手紙1937-1977』（*Letters to Lawrence Durrell: 1937-1977*）として、さらなるニンの書簡集が出版されるまでには、20年以上の歳月を経ている。ニンの書簡集が出版されてこなかった理由の一つとして、彼女の書簡の一部がコレクターによって個人的に保管されていることが挙げられる。ニンがルース・ウィット－ディアマント（Ruth Witt-Diamant）に宛てた手紙のなかで述べているように、彼女は自身の書簡の価値と重要性が高まっていることを知っていた。しかし、ニンによる双方向の対話の検証に必要となる書簡が図書館に収蔵されるには、さらに時間がかかりそうである。

　現在ニンの書簡の一部は個人の所有となっているが、大部分はカリフォルニア大学ロサンゼルス校（ニンの日記も所蔵、以下UCLA）、オハイオ州立大学、南イリノイ大学、ダートマス大学、NYPL、久保記念観光文化交流館などの日米の多くの図書館に所蔵されている。しかし、これまで多くの研究者は、男性編集者が手がけた2種類の日記シリーズを参照し、ニンの書簡を取り上げていない。UCLAでニンの日記を個人的に何冊か確認したところ、第2シリーズは「無削除

版」とされているが、オリジナルの日記の実態と異なっており、大きな誤解を招くものであることがわかった。しかし、幸いにも近年のアーカイヴ化の進展により、研究者がニンの多くのオリジナル資料にアクセスすることができるようになった。21世紀のデジタル技術により、以下に取り上げる書簡を含めてニンのほとんどすべての書簡が図書館員によってスキャンされ、デジタル・アーカイヴとして関心を持つ研究者に提供されるようになったことは大きな進歩である。

　本論は、ニンと文通相手との関係を簡潔に述べた後、手紙から導かれる全体的な物語の概要の説明を行う構成となっている。なお、書簡の説明はすべての内容を網羅するものではなく、アーロン・トレイスター（Aaron Traister）、ジョン・ハワード・グリフィン（John Howard Griffin）、ヘンリー・ミラーからの短い書簡については省略している。手紙については、日付や所蔵フォルダの情報がわかっているものに関しては、後注に記載している。

1　ルース・ウィット-ディアマント（Ruth Witt-Diamant、書簡：1948〜1968年）

　ルース・ウィット-ディアマント（1895-1987）は、1940年代後半から1960年代にかけて、ニンの人生において重要な存在であった。サンフランシスコ州立大学ポエトリー・センターを創設し、センター長としてウィット-ディアマントは、多くの詩人や作家たちと定期的に交流を行なっていた。彼女は、「独裁的で高慢」であり、「派手なジェスチャーをする」（Ellingham and Killian 53）人物と評されることもあったようである。ニンは1940年代後半、ルーパート・ポール（Rupert Pole）とサンフランシスコに住み、ルーパートが林業技術専門学校に通っていた頃にウィット-ディアマントと親しくなった。ニンはルーパートとヒューゴー（Hugo, Hugh Parker Guiler）の二人の男性の間で、「空中ブランコ」と本人が言い表すような二重生活を送っており、手紙の受け取りや彼ら双方への説明など、ウィット-ディアマントは長年にわたってニンを助けていた（Bair 336）。ニンはサンフランシスコのウィット-ディアマントの家の地下に、日記の原本の一部を保管させてもらうこともしていた（*Trapeze* 43）。ウィット-ディアマントは新しい詩人たちを探しており、二人ともニューヨークにいるときは、一緒に食事をし、さまざまなパーティに参加していた。ニンはウィット-ディアマントを通して、ロサンゼルスでアレン・ギンズバーグ（Allen Ginsberg）とも知り合った。ウィット-ディアマントは、1930年からサンフランシスコ州立大学で教鞭をと

り、1961年に退職した。ニンは日記作品のなかで彼女を次のように紹介している——「ルース・ウィット－ディアマントは、サンフランシスコのあらゆる詩人たちに最も人気がある会合のホストを務めた後、教職を退いて新しいキャリアに果敢に挑戦している。詩人たちの朗読テープをたくさん日本に持って行って、アメリカ文学を教えている。彼女は日本の生活について、私にたくさんの手紙を書いて教えてくれている」(*The Diary Vol. 6* 369)。NYPLが所蔵する二人の手紙は、1948年から1968年までの20年にわたっている。これらの手紙の話題として、ニンとウィット－ディアマントが定期的に直接会っていたときに話したことや、サンフランシスコやニューヨークで起こった出来事について語っているものが多く見られる。

　1948年の通信では、ニンがヒューゴーと一緒にロサンゼルスに滞在すること、そして、その間に車の運転を習う予定であることを説明する葉書から始まっている。[1] ヒューゴーはエスターズ・アレイ・ギャラリーで大きな個展を開催しており、[2] 展示は7月20日まで続くことになっていた。その後、ニンはサンフランシスコに戻って、9か月間滞在する予定であった。ニンは、講演を通して注目されるようになり、次第に時間に追われるようになっていった。[3] 初期のこの時期の手紙のなかで、ニンはそれぞれの男性を「H」(ヒューゴー)と「R」(ルーパート)という頭文字で示し、ヒューゴーに対する責任感とルーパートの魅力について書き、ニューヨークから手紙を出した彼女は、サンフランシスコとの生活を比較して書いている——「ニューヨークはいつも私を圧迫する。「保護者」のような生活、自由がなく、ただ義務だけ。サンフランシスコの自由で気楽な生活が待ち遠しい」。[4] しかし、ウィット－ディアマントとの友人関係の初期においては、問題も生じていたようである。ニンの1949年の手紙には、ウィット－ディアマントが「ルーパートと私の関係に介入して、仲を引き裂こうとしている」と書いている——「ルーパートと別れることに悩む日々は、あなたと私を疎遠にしていると感じてしまいます…。このような心境から脱し、気持ちを新たにするために、私はこの気持ちを打ち明けなければと思ったのです」。そして、芸術家としてのヒューゴーの日常を語った後、ニンは手紙の最後で現在の気持ちを率直に語っている——「多くの人々に会いますが、私が求めているものを与えてくれるのはルーパートだけです。私は孤独を感じています。私には、常に人前に出ることを求められる生活は合わないのです」。[5] 1950年には、ニンは出版にまつわる苦労について語っている——「キャリアは蜃気楼のようなもので、売り上げは非常に少なく、実を結んでいるとは言えない状態

です。私の葛藤は肯定的な評価を得ているにもかかわらず続いています」。[6]

　二人の女性の手紙のやり取りは、1～2か月に一度程度で、かなり間隔があいている。1950年の半ばの手紙では、ウィット-ディアマントは詩人であるディラン・トマス（Dylan Thomas）のアルコール依存症への転落を嘆いたが、ニンは彼に同情を見せず、長々と書いている――「私はあなたやほかの人たちほどディラン・トマスに同情したり、深く悲しんだりしていません。（中略）私は保守的かつ幼稚で、お酒に溺れている視野の狭いトマスが嫌いです。でも、私がこう書いていたことは誰にも言わないでくださいね。彼のことを気に入らないのは私だけみたいだから」。[7]

　ウィット-ディアマントは手紙を書くことにそれほど熱心ではなかったようであるが、ニンは手紙を楽しみにしていたようである――「あなたの手紙はとてもすばらしく、描写が豊かで生き生きとしていて、私の手紙より良いわ。私は小説を書いているのですが、手紙を書こうとするととても希薄なものになる。強い炎のような感情はすべて、誰も読まないような本のなかに表現されているのです」。[8]一方で、一般の人々から彼女の手書きの手紙に需要があることは、ニンにとって驚きであったようである。

　　　ノースウェスタン［大学］が、図書館員のために私の手紙を買ってくれるそうです。だから、いつかあなたがヨーロッパ旅行をしたくなったときに、私の手紙のコレクションを売ることができるように、あなたにたくさん手紙を書こうと思っているの！　作品を出版するためにいろいろと苦労しているのに、自分の手紙に市場価値が出てくるなんて、ユーモアと皮肉にあふれたことだと思いませんか⁉（私は次の本はパリで出版することにして、アメリカで出版することは諦めています。）彼らは手紙を買ってくれるけれど、講演にはたった25ドルしか払ってくれないの！　おかしいですよね。だから、手紙を買うって聞いたとき、ラブレーが笑ったみたいに私も笑ってしまったの。[9]

ニンの小説は注目されていなかったが、それでも彼女は創作を続けていた。1950年9月、ニンはルーパートの山奥の消防署にウィット-ディアマントのラジオを送ってもらえるように頼んでいる。ニンは音楽がないと書くことができず、ルーパートの山小屋で書き始めたばかりの新しい作品を書き続けるために、ラジオが必要だと説明している。[10]

ニンが出版に向けて苦労している間、ヒューゴーは短編映画で小さな成功を収めていた。1950年5月、ヒューゴーとニンは協力して、ヘブライ青年協会で4回の上映会を開催していた。[11] ヒューゴーの3本の映画が上映され、そのうちの1本にはニンの詩に対する考察も含まれていた。彼女は手紙でも報告している――「ニューヨークでも最高の観客が上映会の会場を埋め尽くしていました。温かく良い評価も得られました」。[12] その後、ヒューゴーは、クリーブランド、エディンバラ、ベニスの三つの映画祭で受賞した。さらに10月には、短編映画『アイ』（*Ai-Ye*, 1950）がニューヨークで上映され、西海岸でも上映された。[13] 1951年、ニンはカリフォルニアでヒューゴーの映画『アイ』の宣伝を続け、11月にはロサンゼルスのコロネット・シアターで上映が行われた。この映画の複製は、バークレー映画図書館と英国映画協会に売却された。[14]

　この年、ウィット－ディアマントは結婚する予定になっており、ニンの手紙はそのことを祝福するものばかりであった。ニンは結婚を控えた友人に希望を持たせている――「良き友人となってくれるような夫、仲間となってくれる夫がいるのは良いことです。男性は素晴らしいものです」。ニンは、自分の主張を裏付けるように、最新の原稿（『愛の家のスパイ』*A Spy in the House of Love*）をレズビアンの友人に見せたところ、「原稿を読んで初めて男性に興味を持ったわ！」とコメントをもらったことを語っている。

　ニンは、ルーパートのそばにいる必要があったため、思うようにウィット－ディアマントを訪ねることができず、ポエトリー・センターでの講演（講演料はわずか25ドル）の招待も断っている。[15] 講演を中止した理由には、二人の男性の間で入念に行われていた「空中ブランコ」生活も関係しており、サンフランシスコでの講演でルーパートが注目されてしまう可能性を避ける思惑もあった。ニンは申し訳なさそうに、「私はあまりにも多くの義務、要求、罪悪感に直面しているので、最も良い方法はすべての予定をキャンセルしてしまうことだと思います」と書いている。ニンの11月の手紙のなかで興味深い内容は、出版業界に対する彼女の不満である――「ニューヨークで、ヒューゴーの精神分析を行って助けてくれている女性と話し、私の仕事がなぜこのように失敗が続いているのか考えていました。私は自分に責任があると信じているので、48歳にもなって自分はお金を稼ぐことができず、出版社も見つからずに新しい原稿（『愛の家のスパイ』）を抱えている理由を探ろうとしているのです。（中略）それでも、残念ながら書くことを諦めることはできません」。ニンは、この手紙の最後に、人前で話すことは当面やめることにすると伝えている。[16]

前述のようにニンは、次の作品の出版社を探すのに苦労していた。彼女は、デュエル・スローン・アンド・ピアース社から出版するつもりであったが、同社は倒産してしまった。1952年5月、ランダムハウスは『サブリナ』(Sabrina) を不採用とした。一方で、ニンは肯定的な評価によって少し自信が得られたようで、ニューヨークから手紙を書き送っている──「マックスウェル・ガイスマー (Maxwell Geismar) から作品への理解を得られました。私たちの最初の貴重な批評家です」。ニンは、日程が合えば、講演をしたいと申し出ていた。[17]

　ニンがウィット－ディアマントに宛てた手紙を読むと、彼女が二人の男性の間で、頻繁にアメリカを横断していたことがわかる。1952年、ヒューゴーが気管支炎になったとき、そして、椎間板ヘルニアを患ったとき、彼女は再びニューヨークへ向かっている。ヒューゴーの看病のため、ニンはルーパートの休みの月であった4月もニューヨークに留まらなければならなかった。ルーパートはニューヨークを訪ねて、どうしてもニンに会いたいというので、ニンはストレスがたまっていたようである。彼女は「今、私のブランコ生活がどうなっているか、想像がつくでしょう！」と書いている。[18] ヒューゴーが回復すれば、ニンはルーパートのもとへと向かっている。春には、ニンはルーパートとマイアミからロサンゼルスまで、7日間かけて車で旅をしている。ヒューゴーと別れる決意をしたのは、この旅の最中だったという。彼女は、「（ヒューゴーに対する）看病の試練で、彼のためだけに生きられないということを実感した」と書いている。[19]

　次の手紙は1954年2月に始まり、ニンは1933年から34年にかけての日記について興味深いコメントをしている。ヘンリー・ミラーとジューン・マンスフィールド (June Mansfield) の関係、父親との別離、そして出産について書かれた日記について、「私たちは今、第74歌の場所にあって、それだけ調和に近く、もどかしいエゴから離れている」と分析し、エズラ・パウンド (Ezra Pound) の長編詩『キャントーズ』(Cantos) のなかの『ピーサ詩編』(The Pisan Cantos) の冒頭について直接言及している。パリの日記とパウンドの詩編のなかでも最高傑作とされる第1歌と関連づけた言及は、ニンがこの日記を自身の最も豊かな執筆期間とみなしていたことを意味するのかもしれない。

　また、この手紙では、ニンがヒューゴーとメキシコにいる間、ウィット－ディアマントがニューヨークのアパートを使用するように伝えている。また、ニンはウィット－ディアマントにロレンス・マクスウェル (Lawrence Maxwell) を訪ねることを勧めた──「彼は本屋を経営する傍ら、魅力的な友人たちを私に紹介してくれています（彼は温厚で堂々としていて、いろいろな人を結びつけるのが好

きな人なのだと思います）」。[20] 1954年8月、ニンの母が亡くなっているが、ニンは最後の時間を母と過ごせたことに感謝し、母が眠るように最期を迎えられたことに安堵していたようである。

　ニューヨーク公共図書館所蔵の書簡コレクションでは、その後10年の空白があり、1964年2月にウィット－ディアマントの3年間の日本滞在後の手紙が所蔵されている。ニンは、ヴォーグ誌のコラム「最近の話題」のコーナーについて書き始め、ウィット－ディアマントがシルヴィア・ビーチ（Sylvia Beach）とニンに宛てた手紙について触れている。この手紙では、日々ニンをわくわくさせるような新しい出来事に満ちている様子がうかがえ、当時編集中の『アナイス・ニンへの手紙』（1965）の出版に向けて、まもなく収入が得られることも喜んでいた。そして、ニンはアレン・ギンズバーグの文章をようやく肯定的に評価していたが、ジャック・ケルアック（Jack Kerouac）などのビート作家たちにはもはや魅力がないと考えていたようである――「彼らのナルシシズムと自己満足にうんざりしてしまい、私は真の人とのつながりに憧れている。彼らは自己中心的で、自分たちの作品しか読まないからつまらないのでしょう」。[21]

　ニンはまた、最初の日記が出版されることも話している。当初、ニンは750ページを送ったが、出版社はさらに100ページ欲しいと伝えてきたようである。[22] その後、1966年に最初の日記が出版されて、まもなく成功を収め、ビート作家などについてさらに手紙に記している――「今日、私はようやく、『裸のランチ』（Naked Lunch）と『吠える』（Howl）の流行は終わり、文明化したアメリカは美と感情を求め、必ずしもスラムを描写したような作品が評価されるということではないとわかりました。私はギンズバーグを尊敬していますが、その祖父のような存在であるミラーでさえ、彼が始めた低俗な言語とセックスへの執着にうんざりしています」。[23]

　ウィット－ディアマントが日本について書いたものは、ニンを大いに楽しませていたようであった――「いつも忙しいあなたが日本で過ごす時間で生み出した作品は、作家としての才能を証明するものでしたよ。あなたの作品は、私たちみんなを惹きつけました」。ニンは、日本での出版を期待していて、ヘンリー・ミラーの出版社の一つである河出書房新社の社長、河出孝雄の名前をウィット－ディアマントに伝えている。[24]

　同時期、ニンはノブコ・オールベリィ（Nobuko Albery）と友人になり、1964年の手紙で頻繁に彼女の名前を出している。ノブコは、ニンが日本で出版するための支援をし、その結果、日本の出版社の担当者がニンを訪問することが決まった。

この年の手紙は、出版に関するものが多く、ギンズバーグ、ノーマン・メイラー（Norman Mailer）、エズラ・パウンドなどにも触れている。ニンは翌夏にルーパートと日本への旅行を計画していて、「私とノブコの友情は、あなたが教えてくれた日本とその人々の寛容と節度、神秘性を感じられるものでしたので、あなたの日本に対する感じ方が理解できるようになりました」と書いている。[25] その次の手紙は1年半後のもので、ニンはその翌年の夏に再び日本を訪れたいと語っている。

> 日本で3冊、もしくは4冊の本が出版されることになりました。ついに私の希望が叶います。ヘンリー・ミラーの手紙がきっかけをもたらしてくれました。この夏、あなたは日本にいらっしゃいますか、それとも息子さんに会うために帰国しますか？　日本に安く旅行できる方法を知っていますでしょうか？　ジャパン・ソサエティに入会して、1か月の旅行の申し出を受けたのですが、ルーパートは日本を訪問するなら、もっといろいろな場所を見て回りたいと言っています。そのため、私は二つのアイデアを思いつきました。一つは国務省に手紙を書いて（私のいとこは国務省に勤務していました）、私が日本でアメリカの作家について講義ができないかと相談してみることです。（中略）日本では、音楽の世界にも、作家たちにも、たくさんの友人がいます。そして、もしあなたもそこにいてくれたら、どんなに嬉しいことでしょう。『コラージュ』（Collages）にも出てくるノブコとの友情は、日本へのすばらしい架け橋になりました。[26]

ニンの日本に対する関心は次第に強くなり、日本に1人1000ドル以下で旅行することが次の目標となった。1966年3月には、ニンとルーパートは8月の日本への旅行を330ドルで予約していた。しかし、残念ながらスケジュールの都合で、日本でウィット－ディアマントに会うことはできなかったようである。[27] 日本への旅を心待ちにしていたニンは、6月に「日本は、アメリカでの公の場や宣伝活動など、作家には悪影響を及ぼしてしまうような出来事から、私を浄化してくれるような気がする」と書いている。[28]

　1966年5月、「日記」は大成功を収めていた。ニンは興奮した様子で手紙を書いている――「きっと日記作品の出版の成功を耳にしていることでしょうね。一流紙での大評判、感動的な反響、初版が一週間で売り切れてしまったことも。すっかり遅過ぎるようなタイミングですが、ついに作品が評価されたという気持ちで

す！（そして、1年に2回も手術を受けるなんて！）とにかく、作品が認められ、ほかの作品も理解されるようになってきたのです」。ニンとマルグリット・ヤング（Marguerite Young）はともに「ベトナム戦争に反対する読書会」のイベントで朗読をしたことがあり、彼女も同時期に全米で注目されていることを喜んでいた。

一方で、手紙の後半では、過去の出来事に対するウィット-ディアマントへの怒りを水に流したことを明かすという意外な展開にもなっている。

> 今はもう気にしていませんが、サンフランシスコの詩の朗読会から私を排除したこと、日本で私の作品を詩として伝えたこと、あなたが作家たちの詩の朗読のテープをいろいろ持っていたけれど、私のものは持っていなかったこと。これまでの友情と批評的無関心のパラドックスに対して、許せない気持ちがあったことを告白します。デイジー（Daisy）は、詩のクラスで『ガラスの鐘の下で』（Under a Glass Bell）と『コラージュ』を取り上げてくれました。（中略）このことは伝えておく必要があると思っていました。（中略）私は過去に多くの人々から排除されてきました。そして、友人からも！　あなたはサンフランシスコで私が日記を見せたとき、何も言ってくれませんでしたね。私はいつも、芸術家に対する敬意と友情を区別するのは難しいと思っていました。私は友人の芸術家には敬意を払ってきたからです。それでも、今は暗い過去のことは水に流し、寛大な気持ちで現在のみに生きることができそうです。[29]

ウィット-ディアマントはこの友人からの厳しい批判に対して、すぐに返信している。ニンは次の手紙で、この否定的な感情の高まりは苦しい入院生活のせいだと説明し、友人の抗議に対して釈明した。ニンはついに自身の内にある「沈黙の壁」と呼ぶものに、立ち向かったのである。ウィット-ディアマントの返事を読んで、ニンは返信している。

> あなたは自分の沈黙を説明しただけでなく、ほかの人の沈黙も説明してくれました。カール・シャピロ（Karl Shapiro）がかつて手紙をくれたことがありました。「私［シャピロ］はあなたの本について書くことができないし、共有することもできない。私は部屋に閉じこもってあなたの本を読み、泣いてしまうのです」と書いて、彼は「日記」に素晴らしい批評を寄せてくれまし

た。あなたに手紙を書いて良かった。とても美しい手紙でした。[30]

　同時期、ヒューゴーの健康はニンにとって常に心配の種となり、病気の度にもたらされる役割にうんざりしていた。ニンは以前の手紙で、ウィット－ディアマントにヒューゴーを助けてくれる若い日本人女性を探してくれないかと尋ねていたが、1967年8月に再びその話を持ちかけている——「夜、ニューヨーク大学で英語を勉強して、昼間は働きたいという人を探してもらえないでしょうか。（中略）ひそかに、私は日本で出会った女性たちのような素晴らしい女性であれば、ヒューゴーに結婚を勧めるでしょう。私には彼女たちのような人が理想的で彼にふさわしいと思えます」。[31] そのため、ウィット－ディアマントは、ケイコ（Keiko）という日本人のアシスタントの情報を与えたところ、次のような意見を述べている——「ケイコは、夫の家事をしてもらう人としては優秀過ぎます。学歴も高いですね。彼女にとってどんな利点があるでしょうか。夜に英語の勉強でもするのかしら？　でも、おっしゃるとおり、低学歴の人では労働許可証がもらえないのでしょうね」。

　手紙ではヒューゴーの健康が続けて話題となり、70歳になったヒューゴーは、半日しか働けず、残りの時間は医者の世話になっていたため、ニンは彼の将来を心配していた。彼女は、ヒューゴーの安定した老後の生活を確保することにエネルギーを費やし、そのために5万ドルの価値があるとされる日記を売却することを計画していた。[32] ウィット－ディアマントは、10月になっても日本人の家政婦を雇うための具体的な費用をニンに教えていなかったため、ニンは助けが「ますます必要になってきている」と書いている。

　ニンの作品に関する日本からの知らせについては、明るい話題が続いていた——「私の全集を最初に出版してくれるのは日本で、現在3人の翻訳者が訳してくれています。出版社も2社になりました」（2社目は太陽社の菅原孝雄）。[33] 1967年12月、ニンは引き続き日本への旅を計画していた。ニンはウィット－ディアマントの日本の家に滞在し、ウィット－ディアマントがシルバーレイクの家を交換して住むという案が出ていた。しかし、ルーパートは、一か所にとどまることなく、日本を旅行したいというので、ニンはこの申し出を断った。ニンが日本への旅行を大変楽しみにしている様子がうかがえる——「日本の出版社からまだ連絡がありませんが、魅力的な旅になることは間違いありません。暑さも気になりません。日程が決まったら、すぐにお知らせしますね。（中略）もうすぐ河出書房から4冊の本（『愛の家のスパイ』、『コラージュ』、『日記』、『ヘンリー・ミラー

——アナイス・ニンへの手紙』）が出版される予定なので、お金が足りなくなることはないはずです」。[34]

　NYPLに保管されている最後の手紙は1968年3月末付けであり、ニンは日本のことを書き続け、7月15日から8月末までの旅行を予定していた——「今、私は日本に多くの友人がいます。サム・フランシス（Sam Francis）やマコ（Mako）夫人に会ったことがあるかもしれません。ミリー・ホートン（Millie Horton）は大阪で教鞭をとる予定です。杉崎正子［正しくは和子］が『コラージュ』を翻訳し、私は日本語から翻訳された短編小説をシカゴ大学の雑誌に掲載することができました。アイヴァン・モリス（Ivan Morris）と結婚したノブコですが、ついに『マドモアゼル』（*Mademoiselle*）の「ノー・マスター」（No Master）で彼女の物語を読むことができたわ」。[35]

　ニンは、講演の編集者とトラブルがあり、自分で編集作業を行わなければならなかったが、このトラブルが役に立ったとし、次のように語っている——「今はトラブルも良かったと感じられます。いろいろなところで教材にも使われるでしょうし、（詩的小説に）取り組んできた私の苦労がようやく実を結んだと感じられます。私が消滅から救った作家たちが注目されるようになり、今や詩と想像力、シュルレアリスムの時代になりました。私の本は、タイミング良く出版の機会を得たのです」。ニンは再び、それまでのキャリアで感じていた過去のフラストレーションに立ち戻り、「私が小説家であることを理由に詩の朗読会から排除した人々や、私が詩人であることを理由に私を排除した小説のアンソロジーの件について、その仕打ちを許すことは難しい」と嘆き、「だから、私は自分自身で新しい文学のカテゴリーを生み出したのです」と語っている。[36]

2　フランシス・ステロフ（Frances Steloff、書簡：1936〜1975年）

　アナイス・ニンからニューヨークのゴッサム書店（Gotham Book Mart）のオーナーであるフランシス・ステロフへの手紙は40年にわたり、その多くはニンのさまざまな本の販売を中心とした内容となっている。ニンとステロフは親しい友人ではなかったが、仕事上の良き知人であり、文通は、短い手紙や絵葉書で行われた。ニンのステロフへの手紙の始まりは、ミラーの手紙と同じように、自分の作品を紹介する文章で始まっている。[37]

　ニンの最初の手紙は1936年7月1日付けで、『近親相姦の家』（*House of Incest*）について書き始めている——「親愛なるステロフさん、ヘンリー・ミラーが、思

い切ってあなたに私の本を3冊送ってみたらどうかとアドバイスしてくれました」。ニンはD・H・ロレンス（D. H. Lawrence）に関する作品についても触れている。『近親相姦の家』の広告には、ゴッサム書店で購入可能と書かれているが、これはステロフとの間で事前に取り決めていなかった内容である。[38］次の手紙は1938年4月付けで、『近親相姦の家』の売れ行きについて問い合わせ、ミラーが『クライテリオン』（Criterion）誌に掲載した記事により、人々が自分の作品に興味を持つようになったことを記している。[39］

　この時期、ニンはまだパリで暮らしていたため、サリーマ・ソコル（Thurema Sokol）が仲介役となり、ニンの収入はすべてソコルに送るよう頼んでいた。[40］また、ニンは自分の本をソコルに送り、ソコルはそれをゴッサム書店に運んでいた。そうすれば、ステロフにとってより有益になると考えていたからである。ロレンスに関する本をステロフに10冊送った後、ニンは次のように書いている——「今、私はかつてないほど、ニューヨークで『近親相姦の家』が販売されるようになって欲しいと望んでいます。そして、いつか私自身がニューヨークへ行けるようになることを願っています」。[41］

　1939年半ばには、まだいくらか在庫が手元にあったため、ニンはステロフがまとめて買ってくれることを条件に、1冊1ドルで売ることを提案している。ニンは、「私の小説『人工の冬』（Winter of Artifice）が出版されましたが、この後、さらに私の日記作品が出版されれば、この本の需要が高まると思います」と書いている。本の値段については、ニンが「教養ある」ステロフの知識を信頼して、彼女にすべて任せていた。[42］1か月後、彼女はステロフに40セントという安値で本を提供し、「日記については、残念ながらまだ出版されていません」と嘆いている。[43］

　1939年、フランスは戦争に突入し、人々はその影響を感じ始めていた。ミラーはすでにパリを離れており、ニンはステロフにギリシャに滞在しているミラーに自分の収入を送金するように依頼した。一方、ステロフがニンにフランスの作家を紹介して欲しいと頼むと、ニンは推薦するフランス人作家として、ブレーズ・サンドラール（Blaise Cendrars）、アンリ・ド・モンテルラン（Henry de Montherlant）、ジャン・ジオノ（Jean Giono）を挙げている。[44］

　1941年には、ニンは自分の本を販売する経済的な必要性について再度述べている——「ミラーを援助し続けるためには、原稿の売り上げに頼っているが、かなり苦労しています」。[45］ステロフは、ミラーとニンの手紙のコメントからもわかるように、非常に多忙な女性であった。1940年代前半になると、二人の手紙

のやり取りは、より金銭的な内容になってくる。ニンは『人工の冬』の印刷をパリから持ってきており、1943年末には『ガラスの鐘の下で』の出版を控えていた。少なくとも50部の『人工の冬』の在庫があり、これを1冊3ドルで売ると申し出ている。[46)] しかし、実際には『人工の冬』は100部あり、1944年、ニンは再びステロフに各100部を同じ値段で、ただし標準価格の4割引で売ろうとしていた。[47)]

一方、ヒューゴーは彫刻家としての地位を確立しつつあり、ニンの本の装丁を手がけるだけでなく、作品の展示会も数回開いていた。1943年12月、ニンはステロフに、ヒューゴーが今度ウェイクフィールド画廊で個展を開くと知らせ、「彫刻家としての評判が大いに高まる」と考えていたようである。[48)]

ニンは引き続き、自分の本に対する評価を得ること、そして、一般の人々に本を買ってもらうために奮闘中であった。1942年、彼女はウィリアム・カルロス・ウィリアムズ（William Carlos Williams）に『人工の冬』を書評をしてもらうために送った。書評が掲載された後、ニンは「あなたの利益のためにも、『人工の冬』が順調に売れることを願っています」とステロフに書き送った。ウィリアムズの書評が『ニュー・ディレクションズ』（*New Directions*）に、エレイン・S・ゴットリーブ（Elaine S. Gottlieb）の書評が『ヘラルド・トリビューン』（*Herald Tribune*）に掲載された。[49)]

この時期に有名であったもう一つの書店は、シカゴにあるベン・アブラムソン（Ben Abramson）が営むアーガス・ブックショップ（Argus Book Shop）であった。1944年4月4日、アブラムソンはニンに『ガラスの鐘の下で』の販売に興味があると知らせる手紙を出した。ニンは1週間後、その手紙をステロフに転送して、アブラムソンと関わりたくない理由を次のように説明した。

> 特別なお願いがあります。『ガラスの鐘の下で』をアーガス・ブックショップに一冊も渡さないでください。彼は2年前に『人工の冬』の25冊を持ち出し、私が最もお金を必要としていた時であったのに2年間も支払いをせず、その後シカゴに住む弁護士の友人に相談してみたところ、彼はミラーに対してさらに高額な搾取を行っているとのことでした。私は彼に、二度と取り引きしたくないこと、そして私の本を扱って欲しくないことも伝えました。彼の助けは必要ありません。[50)]

本の売り上げが伸び悩むなか、ニンは引き続き日記の出版を目指していた。1944年9月、ニンはステロフに「『ガラスの鐘の下で』の800ページの原稿を買っ

てくれる人はいないかと尋ねている——「日記の最初の20冊を出版するための資金（中略）。そのために数百ドルが必要なのです」。[51]この時期のニンの手紙には、ロレンス・ダレルの『黒い本』(The Black Book, 1938) の特別版の出版など、収益を得るための独創的なアイデアが含まれている。[52]

その後10年間、絵葉書のやりとりは少なくなり、手紙に多くの情報はない。ニンがロサンゼルスに居住するようになり、ステロフはニンが西海岸での生活を楽しんでいるという連絡を受けていた。1962年、ニンは「まだロサンゼルスで『愛の家のスパイ』のシナリオを書いている」と書き、「私の本は売れていますか？」と質問している。[53] 1964年には、ニンは「『愛の家のスパイ』が1965年に映画化の予定であることを書いている。脚本はフランスの小説家・劇作家のマルグリット・デュラス（Marguerite Duras）、監督は『ウエスト・サイド物語』(West Side Story, 1961) で有名なロバート・ワイズ（Robert Wise）」が想定されているようであったが、この映画化の話は実現しなかった。ディアドラ・ベアー（Deidre Bair）は、伝記のなかで関係者が増え、確固とした約束と契約にいたらなかった状況について説明している（Bair 465-68）。1968年の時点でも、ニンは『愛の家のスパイ』がフランスで撮影されることを期待していた。そして、彼女はニューヨーク大学が『ガラスの鐘の下で』を撮影する予定だとも書いている。しかし、どのプロジェクトも実現しなかった。

1965年、日記作品の出版により彼女が爆発的な人気を得たとき、ニンはステロフに、誰にも、特にニンが嫌っていた研究者であるケネス・ディック（Kenneth Dick）に住所を教えないようにと念を押している。[54]数年後の1967年、ケネス・ディックは『ヘンリー・ミラー——コロッサス・オブ・ワン』(Henry Miller: Colossus of One) を出版したが、ニンには不評であった。ニンはステロフに宛てた手紙のなかで、この学者を非難している——「あなたが私の住所を教えたディックという男は、ヘンリーとジューン、そして私について、中傷的かつ破壊的で、歪んだ本を書きました。もしあなたが彼と連絡を取っているのなら、彼の住所を教えてください。彼は（中略）邪悪な人間です」。[55]

1966年、ニンはキャドモン・レコード（Caedmon Records）に、朗読アルバムの製作を働きかけている。その際、ステロフが彼女をキャドモン・レコードに紹介し、朗読の製作をサポートすることを持ちかけた。ニンは自身の最高の朗読パフォーマンスは、数年前のWCBSテレビのカメラ・スリー（Camera 3）のプログラムの収録であったことを伝えている。[56]そして、ニンは朗読に興味を持つ録音会社があれば、ただちに新しい録音サンプルを送ると返事を書いている。「10年

前よりずっと上手になったわ！」と彼女は書き、「それを証明するテープを送りたいのだけれど、昔の録音は残っている？」と尋ねている。[57] ステロフはキャドモンに連絡し、ニンの本と以前作成した録音テープを送った。[58]

　しかし、同年9月、キャドモンは「すでに製作された（朗読の）録音は十分な質のものであり、新しい録音を製作する必要はない」と返信し、次のように結論づけた――「今、新しい朗読アルバムを再度市場に出しても多大な売り上げがあるわけではないことはおわかりだと思います。また、技術的にも、これ以上の作品ができるとは思えません」。[59] その後キャドモンは1979年までニンの朗読アルバムを出版しなかった。しかし、スポークン・アーツ社（Spoken Arts）は1966年にニンの日記の朗読を収録した2巻を出版している。ニンはまた、3月に国会図書館で朗読することを計画しており、新しい録音の製作は、世間の需要に応えることを望んでのことであった。[60]

　ステロフとの最後の手紙は、1970年から1975年の間のものである。情報量は少ないが、短い手紙はより個人的な内容になっている。1970年1月25日に友人のカレス・クロスビー（Caresse Crosby）が亡くなり、ステロフは彼女のために追悼集会を開いた。ニンは出席できなかったが、クロスビーから受け取った最後の手紙の写しを送り、追悼式で読んでもらうつもりであった。1975年になると、ニンは病気やその治療について語り、「現在治療中で、まず病気を治さないといけないので、しばらく戻ってこられません」と述べ、「私たちは本の世界のなかで一緒になれるでしょう。あなたはご存知かと思いますが、私には悩みごとがあります」と、おそらく彼女の二人の夫について触れている。[61] この手紙がニンからの最後の手紙となるが、この手紙に対してステロフは次のように返信している――「あなたが再入院したと聞いてショックを受けています。どこの病院かわからないうちに、退院したと聞きました。良い季節になったら、また元気に戻ってきて欲しいです」。[62] ニンとステロフが最後に会ったのは、1975年4月1日、ニンが書店を訪ねてきた時だったという。

3　ジョン・フェロン（John Ferrone、書簡：1969～1976年）

　NYPLに収蔵されているニンの手紙のなかで最大のコレクションとなっているものは、ニンからジョン・フェロンへの手紙である。フェロンはニンの日記、特に『リノット――少女時代の日記1914-1920』（Linotte: The Early Diary of Anaïs Nin, 1980）および『ヘンリー＆ジューン』（Henry and June, 1986）の編集者として

知られ、ニンの無削除版日記『蜃気楼』（*Mirages: The Unexpurgated Diary of Anaïs Nin*, 2013）の出版にも協力している。[63] フェロンは、1973年にハイラム・ハイドン（Hiram Haydn）が他界した後にニンの編集者となった。フェロンは『デルタ・オブ・ヴィーナス』（*Delta of Venus*, 1977）と『小鳥たち』（*Little Birds*, 1979）の刊行に尽力し、この2冊はニンのイメージをよりエロティックなものに変えたと言われている（Jarczok 144-50）。人生の終盤、ジョン・フェロンはトリスティン・レイナー（Tristine Rainer）によるニンとの交流を描いた作品である『ビーナスの見習い』（*Apprenticed to Venus: My Secret Life with Anaïs Nin*, 2017）に対しても、重要なコメントを加えている。NYPLの書簡コレクションには、長い手紙や多数の絵葉書が含まれている。また、フェロンがニンに宛てた手紙の複写も多数所蔵している。フェロンがニンに宛てた手紙の原本は現在、個人所有となっている。

　ニンとフェロンの手紙は1969年9月初旬から始まり、『日記』の第1巻の表紙の改訂と第2巻の出版を控え、この二つの作品について検討を行っている。その主な検討事項は、読者が各巻を明確に見分けられるようにすることであり、ニンが表紙に同じ写真を用いて各巻を異なる色分けとするフェロンの提案を受け入れたことがうかがえる——「新しいカバーにとても満足しています。新しい表紙は、すべてすてきに仕上がっていて、よりソフトで魅力的です」。[64] ニンは最初の表紙デザインをひどく嫌っていたため、フェロンはニンが表紙を気に入ってくれたことを喜んでいた。彼は、「写真は各巻に連続性を与えつつ、色を変えてそれぞれの違いを見分けられるようにしました」と説明している。[65] さらにニンは1971年に表紙のデザインを評価し、読者の反応を伝えている——「表紙の写真に惹かれて『日記』を手に取った読者たちもいることを、美術担当スタッフに伝えて欲しいと思います。本を手に取った人は、私のことを知らないのに、「あなたの目、そして表情、あなたの写真がすべてを物語っています」と書いてくれました。そのため、表紙の変更は大きな価値のあるものでした。私の期待に応えて表紙を変えてくれたあなたの優しさを、ずっと忘れません」。[66]

　この時期のニンの手紙には、ケンブリッジ・コミュニティ・センターでの自伝のライティング講座など、自身の「日記」が授業の教材として使用されていることについて書いている。さらに、ニンは公開講演をロチェスター工科大学（12月3日）、ハーバード大学のハーバード・アドボケイトと文化の自由のための国際協会（12月5日）、クラリオン州立大学（12月9日）、スミス大学（マサチューセッツ、12月11日）などで行うことをフェロンに報告している。[67] ハーバード大学のイベントの直後、ニンは参加者たちの熱烈な反応について知らせている。彼女

は特に作品に興味を持った学生の多さに満足し、読者層について述べている――「ハーバードでは本が足りなくなりました。(中略)出席者はみな第1巻のペーパーバックを抱えていました。私の読者の多く、90％の人々は学生だと思います」。この報告を受けて、フェロンは、この年齢層をターゲットにした広告を提案した。ニンは、「日記は文学とは異なるニーズに応えています」と語っている。[68]

初期の手紙の時期には、ニンがロサンゼルスとニューヨークを行き来し、フェロンと直接会うことが多かったため、文通は頻繁には行われていない。1969年にニンが癌と診断され、1970年3月にニューヨーク・プレスビテリアン病院での治療を開始し、4月にも治療が行われる予定となった。[69] そして、同年5月には完全に回復し、『日記』の第4巻の執筆に取りかかったことを報告した。

カンボジアへの戦争拡大をめぐるUCLAとカリフォルニア大学サンタバーバラ校での反ベトナム戦争抗議デモがニンを悩ませ、「カンボジアの状況と学生の抗議活動などのキャンパスのトラブルで、ひどく気分が落ち込んでいます」と語っている。[70] この年、ニンはインタヴューやテレビ出演のために2度パリを訪れている。12月には、ニンの『日記』のエドガー (Edgar) とルイーズ・ヴァレーズ (Louise Varèse) に関する記述の修正ミスについて説明している――「ヴァレーズが再校で指摘した小さな修正をするのをすっかり忘れてしまいました。おそらくもう修正するには遅過ぎるでしょう。(中略) それはヴァレーズのスタジオから聞こえてくる音についてですが、1940年にはテープ・レコーダーはありませんでした」。[71] 当時はレコード・プレーヤーしかなかったのであろう。この部分はハードカバーからペーパーバックを出版する際に修正され、修正後の文章は次のようになっている――「ヴァレーズがスタジオのドアを開けることがあり、そこから雷のような、古代ギリシャの笛吹きオリンポスのような音が聞こえてくることがある」(*The Diary Vol. 3* 61)。

1971年2月までに、ニンは第3巻の印刷を受け取ったが、その質を懸念していた。ニンは「多くの文字が消えている」と印刷の問題について書いている――「あなたは見てくれましたか？ 担当ではないことはわかっていますが、あなたにも知ってもらいたいと思いました。印刷が薄くて読みにくいページもあります」。さらに、ニンは紙質についても問題を指摘している――「非常に均一だった『日記』の第1巻、第2巻と同じ印刷機を使用したとは思えません。また、以前はより滑らかな紙を使用していたはずで、紙質も違います。印刷を自分で手がけたことがあるので、こういうことにも私は気がつくのです」。

そして、印刷の問題のほかに、1971年は講演活動に専念することを告げている。

日記が十分に一般の人々にゆき渡っていないことを知ったニンは、「講演の最後に本を並べたテーブルを用意するのが一番いいと思います」と述べている。[72)] この時期、ニンは当時購入したばかりの電動タイプライターで手紙をタイプし始めている。この年のはじめ、ニンはフェロンに講義の内容を追って報告している。そのなかで、クイーンズ・カレッジ、チャンネル28でのキース・バーウィック（Keith Berwick）とのインタヴュー、ロサンゼルスのKPFKラジオでのインタヴューの内容などについて話している。[73)]

同年7月、フェロンはジョージ・オーウェル（George Orwell）の彼女の作品に対する評価について、知っているか尋ねている――「私もオーウェルのことは知っています。でも、私はオーウェルが書いたものが嫌いだし、私のことを何も知らずに『日記』のヘンリー・ミラーの空想だけを頼りに書いたものなんて、いい加減で価値がないものだと思っています。二番煎じみたいなもの。作家に向けられた政治的な偏見も嫌いです」。[74)]

この年、ニンはアメリカ各地を旅して回り、さまざまな大学を訪問している。日本での人気も高まり、ニンは神戸女学院大学で「アメリカの若い女性が『日記』を教材にして授業をしている」ことを話題にしている。[75)] しかし、「肯定的な報道ばかりではない」とも語っている。ニンはゴア・ヴィダル（Gore Vidal）が「LAタイムズで『日記』を壊滅的に悪く評価しようとしたが、私の読者は彼を重要視していません」と述べている。[76)]

1972年もニンは引き続き講演で忙しく、さらに追加で大学から講演の依頼を受けた。ニンは、自分の作品について書かれた大学院生の論文の数も増えたが、その数を把握することをやめることにした理由を書いている――「修士論文は数知れず書かれているけれど、それが［日記に］直接利益をもたらすかどうかはわかりません」。[77)]

また、ニンの旧友の一人、ウィリアム・バーフォード（William Burford）は、最新の「日記」をめぐってトラブルを起こし始めたため疑問を抱き、フェロンに事情を報告して相談していたようである。

　　彼の目的を聞き出せないものかしら。彼は作品を完全に自分が思い描いている内容に忠実に作り直すことを望んでいるのでしょうか。自分に関する記述をすべて削除することを望んでいるのかしら。それとも、ほかの人が言っていたように私が彼の名前を出さなかったことに腹を立てているのでしょうか。私は、彼が騒いでいる理由を知りたいです。少なくとも、弁護士たちは、

バーフォードが『日記』について何を要求する権利があると考えているのか知りたいものです。[78]

　この頃、ニンは近刊の『日記』と並行し、ロバート・スナイダー（Robert Snyder）と『アナイス・ニン、自己を語る』（Anaïs Nin Observed, 1974）の執筆にも取り組んでいた。1973年には、ニンは第5巻の編集のため、講演を週1回のペースに制限することにしたようである。そして、次の『日記』に関し、適切な用語や名前の使い方について、フェロンに相談している。ある時ニンは、「1948年から1955年当時までは、みんなニグロとか黒人作家などと言っていた」とし、質問をしている——「1955年に現代的な表現に変えるのは、偽善的で不誠実なように思います。私はニグロのままにしていますが、みなさんのご意見をお聞かせください」。[79] また、同年4月には人名の使用に関する興味深い問い合わせをしている。

　　日記にアーティストの名前を使うことについて、どう思われますか？　私は自然な形で、タンギー（Tanguy）、ルソー（Rousseau）、ユトリロ（Utrillo）、ダリ（Dali）と名前だけ表記しています。イヴ・タンギー（Yves Tanguy）などというのは作為的で杓子定規に感じられるかもしれませんが、必要でしょうか。あるいは、有名な人は名前だけ、それほど知られていない人はフルネームで言及するべきでしょうか。（中略）また、ガンサーはホアキン（Joaquin）に対して「私の弟」と説明を繰り返し付け足すよう求めています。でも、私は第5巻を読む人はみな彼が弟であることは知っていると思います。ヘンリーと言って、ヘンリー・ミラーとは言わないような気がするのですが。[80]

　フェロンは数日後、有名人にフルネームの記載は必要ないと返事を出した。ただし、ニンは読者全員がこれまでの日記を読んでいると仮定してはいけないとし、「場合によっては［名前を］繰り返すことが必要となるだろう」と助言した。フェロンは、いずれにせよ、索引には全員のフルネームを使うべき」とも述べている。フェロンは同じ手紙の中なかで、「彼［ガンサー・ストゥールマン］が毎回新しいことを書くのは難しいかもしれない」から、彼に各巻の序文を継続して依頼していくかについては、よく検討するように示唆している。[81]
　1973年6月12日、ようやくロバート・スナイダー監督によるニンの映画が完成し、ロサンゼルス南部のシアター・ヴァンガードで公開されることになった。

プレミアの後、ニンは「ドキュメンタリーの効果で多くの本が売れました」と書いている。[82] 第5巻の編集の際には、戦略的に収録する資料を増やしている。ニンはそのことについて、「第4巻のページ数が少ないという苦情が多かったので、ご覧のとおり今作は充実させました」とし、「クライマックスである第6巻を出版に持ち込むために必要だったのです」と述べている。[83] この時期の手紙は、次の日記作品の編集や修正に関するものが多く、ニンは「あなたの修正提案はいつも正しいわ」と書き、フェロンの助言を高く評価している。[84]

1973年の手紙はより私的なものとなり、フェロンはロサンゼルスのニンを訪ねた感想を書いている——「ルーパートや愛犬ピッコリーノ、庭や鳥たち、ヴァルダ（Varda）のコラージュの絵と東洋の静けさに満ちた家のなかで、あなたにお会いすることができ、とても有意義で、編集に対するやりがいを改めて感じたことをお伝えしたいと思います」。フェロンは、それまでの彼女の印象についても触れている——「以前ロサンゼルスにいるあなたを想像しようとしたとき、あなたは丘の上に実態なく無表情に浮かんでいるような、捉えどころのないイメージでした」。[85] 1か月後、フェロンは第5巻の編集を終え、ニンのLSD体験と母親を失ったときの苦しみの両方の描写を褒め称えている——「あなたは作家として完璧です。（中略）提案に対して寛容かつ好意的にすべての修正を認めてくれて、私の仕事を可能な限りやりやすくしてくれました」。[86] ニンもこれに応えて、感謝の意を述べている——「あなたの添削はいつも正しいわ。ほとんどの場合、私はあなたの改善提案を受け入れることができましたし、感謝しています」。[87]

この時期、二人は日記作品の写真補遺集『アナイス・ニンの日記の写真』（*A Photographic Supplement to the Diary of Anaïs Nin*, 1974）の製作にも力を注ぎ、使用する写真の許諾を得るために尽力していた。マン・レイ（Man Ray）、ロバート・トリエステ（Robert Triest）、チャールズ・ラニオン（Charles Runyon）など、多くの人々にコンタクトを取っていた。ニンによると、これまで写真に関しては、関係する人々の情報を明記しておけば、問題はなかったという。[87] フェロンはこの写真集の非公式な編集者となったが、そのことにガンサー・ストゥールマンが不満を持ったため、釈明する必要が生じたことについて述べている——「ガンサーが写真集について騒ぎ始めました。彼には何年も前から写真集の計画を話していたのに、私がフェロンを編集者に「任命」したことに驚いている、というような言い方をしました。私は、写真集の編集者にあなたを任命したのではないこと、あなたが別の合理的な理由によってその必要性にたどり着いたこと、つまり、最初は日記に写真をいくつか取り入れることを考え（中略）、それから写真集の

形にしたほうが良いのではないかという考えにいたったことを説明しました」。[89]

　1974年は写真に関わりの多い年であった。ニンは写真補遺集を完成させるために、探し出せる限りの写真を集めていた。フェロンは2月に次のように書いている――「ルーパートが言ったことをずっと考えていましたが、彼の言うとおり、印刷機の前で撮ったあの一連の写真は重要だと思います。採用されなかった作品を出版するという実際の作業を表現しているだけはなく、クリエイティブな芸術家が体制に打ち勝つという、より大きく象徴的な行為を表しているとも言えるからです」。[90] ニンはまた、次の「日記」のペーパーバック版に写真を取り入れることを望んでいたが、フェロンはこれを拒否していた。ニンは彼に、写真を掲載することを再度検討してくれるように依頼している――「ペーパーバックしか持っていない熱心な若い読者と話すと、ハードカバーの写真と同じものが手に入らないことに大変がっかりしています。図書館や書店でハードカバーに収められている写真を見た人は、ぜひ手に入れたいと思ってくれているようです。それでも、ハードカバーは高くて買えないけれど、［出版されれば］急いで作品を買ってくれる熱心な読者たちなので、どうか考え直してください」。[91]

　同年、ニンは健康上の理由で公の場から退いている（Jarczok 221）。ニンはフェロンに、「もし十分元気になったら（今はあまり元気ではないですが）、1月26日にサンフランシスコで（中略）、そして、1月30日にクパチーノ・カレッジ（Cupertino College）で講義をする予定です」と告げているように、健康状態の悪化の兆しは、この年のはじめからすでに現れている。[92] 3月にはニンから興味深いメモも届いている――「メディアを通じて、ダレルと私がヘンリー・ミラーの唯一の公式の伝記を書くことになったと知るかもしれません。私たちは、実際にはヘンリーが拒否したのにもかかわらず、自分たちが（伝記を）書いていると触れて回っている不愉快な人物たちを、出版社が取り上げるのを阻止するためにこのようなことをしています」。[93] これは、ミラーに関する非公式な伝記を書くための調査を始めていたマーティン・ジェイ（Martin Jay）のことを指しているのであろう。

　1975年の文通は最も盛んで、ニンとフェロンは毎週のように手紙を書いていた。3月、ニンはニューヨークのアパートからオリジナルの日記の一部を取り出そうとしていたが、問題が生じていた。ガンサー・ストゥールマンの健康状態が悪く、ニンをサポートすることができなかったので、彼女はフェロンに頼み込んで、手伝ってもらうことにした――「バーバラ［Barbara Sthulman、ストゥールマンの妻］と一緒に行って、持てるもの［日記］を運んでもらえないでしょうか。

日記は重いので、彼女が重くて持てない分をガンサーのアパートまで運ぶのを手伝って欲しいのです。もしあなたがこの作業を引き受けられない場合は、彼は後で保険をかけて郵送してくれるでしょう」。この任務はヒューゴーに知られることがないように、ヒューゴーが仕事に行っている間に終わらせなければならなかった。ニンは、「Rと私があなたにお願いしたい本当の理由は、あなたをとても信頼しているからです」と書き添えた。[94]

　フェロンは、次の日記の出版に向け、ニンに編集に関するメモを送っていた。そのなかでもニンが拒否した変更の一つは、ジェイムズ・メイソン（James Mason）への言及であった。フェロンが修正の提案を拒否した理由について次のように述べている――「私が唯一修正しなかったのは、メイソンが子どもの父親ではなく後見人であること。誰もこの違いを気にしないし、何度も父親とその娘について言及しているので、修正しようとするとページ全体をタイプし直すことになります。このような事実誤認は、作品中に出てきてしまうものです」。[95]

　癌が原因でニンが修正・編集の作業を達成できないことはまだなく、彼女は次のように書いている――「化学療法後、1か月に1回、体調の悪い週があることを除けば、私は編集作業を行うことができています。月に一度、7人の学生たちとも会っています」。ニンはまた、ロバート・スナイダーのドキュメンタリーの彼女の作品への影響と成果について満足しているようであった――「この映画は、全米でたくさんの読者の獲得につながりました。多くの手紙をもらいます。それまで私の作品を読んでいなかった人たちが、映画を見て、急いで本を買ってくれたんです」。[96] ニンはスナイダーの作品に対して期待を込めて、語っている――「私にとって非常に重要な作品。私が多大なエネルギーを注ぎ込んだ長編ドキュメンタリー映画が、大学からもいつか断らなければならないほどの上映のオファーが来ることを願っています（上映は1日1本までですよ！）」。[97]

　また、第6巻に登場する人物の承諾を得ることも、ニンが住所を調べて承諾書を用意するなど、時間がかかる作業であったことがうかがえる。ニンは苦労しており、大きな不満を抱えていた――「許可を得る作業は大変な手間と時間がかかり、私の気力ではとてもできません」。[98] また、印税についても強い不満があることを伝えている――「私はハーコート（Harcourt）と同じくらい［スワロー・プレスから］印税をもらっている。（中略）ハーコートの私の作品の出版に対する躊躇、警戒心、無関心を忘れたことはありませんが、それは日記の価値が証明される前のことでしたから、我慢をしたのです」。[99]

　ニンの人気が高まるにつれ、彼女はフェロンに自分の作品を使ったさまざまな

大学の授業について報告するようになる。7月にニンは今後の予定について書いている――「トリスティン・レイナーがUCLAのエクステンションで日記を教えることになり、UCLAが私へのオマージュのイベントを開催してくれることになっています。そして、現代言語学会（MLA）の12月の大会では、私の作品の特別セミナーを開いてくれる予定です」。[100] ニンの大学の場での評価への関心は明らかで、翌年の春に届く続編の「日記」の出版予定に対し、大学の学期期間中となることを喜んでいた――「日記を春に出版してもらえるのは嬉しいです。私の批評家は、大学の春学期が終わって休暇に入るとすぐにキャンパスを去ってしまう若い教員が多いので、6月の出版になってしまうことを心配していました」。[101]

同年8月にはプロゴフ（Progoff）が、そして日本人翻訳者の杉崎和子がニンを訪ねてくることになっていた。この編集期間中、ニンはフェロンに、彼のフィードバックにとても感謝し、ほぼいつも彼の意見に賛成であることを知らせている。一方で、ストゥールマンとはしばしば意見が合わないことを繰り返し伝えている。ある手紙のなかでニンは、「私たちは作家と出版者の間で、おそらく唯一、思いやりのあるお付き合いをしていると感じます」と誇らしげに語っている。[102] ニンは第7巻となる「日記」について、「今取り組んでいるセクションは、日本、アンコールワット、タイ、香港などについて書いていて、豊かで充実していることに気がつきました」と報告している。[103] フェロンは、第6巻の特徴についてコメントしている――「全巻のなかで、最も自己批判的な作品ですね。批判に対する自分の過剰反応と、より強く闘っているように見えます。その葛藤を認め、克服したかのように見えて、また心が折れてしまう。その繰り返しが最後まで続いているように見えます」。[104]

1976年からの手紙は、ニンの化学療法で仕事ができないことが多かったので、多くがルーパートが書いたものとなっている。第6巻の「日記」の印刷が1月初旬に届き、ルーパートは次のように報告している――「アナイスに手紙を読んであげるのは良いセラピーになっている。素晴らしい文章を声に出して読んで聞かせるのは、彼女にとって良いことです」。[105] ニンは体が弱っていたが、第7巻の製作を代わりに行うルーパートをサポートした。ルーパートは次の手紙でも、ニンの健康状態についてさらに詳しく説明し、日記のゲラ刷りを読み聞かせることが「素晴らしい治療法」であることを伝えている。

彼女は「日記」（中略）を人に読んでもらうのを聞いたことがありません。アナイスはゆっくりとですが、着実に回復しています。しかし、残念なが

ら、彼女は薬（アヘン）を飲まなければならないため、意識が朦朧とし、文字が書けなくなり、とても困っています。早く薬を止められるといいのですが……。[106]

　ニンをノーベル文学賞に推薦しようという話が持ち上がり、ルーパートはフェロンに可能な限り協力してくれるよう頼んでいる。しばらくして、ルーパートは再びノーベル文学賞のことを話題にした。

　人々はアナイスの名前を出して、ノーベル賞に推薦しようとしている。繰り返しお伝えしますが、今年が最も重要な時期だと考えています。第1巻はスウェーデンでベストセラーになっているから問題はないですが、彼女をぜひノミネートさせたいと考えています。彼女の文学仲間である[マルグリット・]ヤングなどは、自己中心的で、おそらく嫉妬深く、推薦してくれないでしょう。何とかできないか、検討してもらえますか？　今、アナイスが抱いている最も大きな願望です。[107]

　ニンは第7巻が最後の作品となるため、日記を買ってくれる図書館を探し始めていた。5年〜10年にわたる支払い契約の最初に提示された金額は10万ドルであったが、フェロンは日記に25万ドルの価値があると信じていた。[108] 日記は、最終的にはUCLAに売却されることとなった。

結論

　アナイス・ニンは1977年1月17日に逝去した。フェロンに宛てた手紙は、NYPLのバーグ・コレクションで唯一、彼女が亡くなるまでの期間にわたる手紙を所蔵している。本論で取り上げた3人との文通による書簡は、ニンの日常を知る上で非常に有益である。また、より多くの読者に読んでもらうために彼女が行った創造的な努力を示す資料にもなっている。

　ニューヨーク公共図書館に所蔵されているニンに関するアーカイブ資料は、ニンの書簡が伝記的なものであるだけではなく、彼女の文学に対して幅広くアプローチしていく上で貴重な資料であることを物語っている。ライフ・ライティング研究の手法を応用することで、ニンが創り上げた「空中ブランコ」の世界をより深く知ることができるであろう。ニン研究の新しいアプローチは、いまだ十分

に注目されていない彼女の無数の手紙のなかにある。現在、研究者はすべての手紙にアクセスすることはできないかもしれないが、多くの図書館に現存するアーカイブ資料のコレクションは、今後検討されるべき重要性のある資料である。

❖ 註 ❖

ニューヨーク公立図書館（NYPL）のアナイス・ニン・コレクション(ANC)に関する概要および検索ページについては、以下のリンクを参照。
https://archives.nypl.org/brg/19250#overview

1) ニンからウィット－ディアマント宛ての手紙、フォルダ（以下 F）1、1948年4月2日アナイス・ニン・コレクション（Anaïs Nin Collection of Papers、以下 ANC）、請求記号：Berg Coll MSS Nin. 所蔵館：ニューヨーク公共図書館（The New York Public Library、以下 NYPL）、The Henry W. and Albert A. Berg Collection of English and American Literature.
ニンが合法に運転できるようになるのは、1950年10月になってからである。ニンからウィット－ディアマント宛ての手紙、F2, 1950年10月5日, ANC, NYPL。
トリスティン・レイナーは、『ビーナスの見習い』（2017年）で、ニンの自動車の運転技術について、ユーモアを交えて語っている。

2) アレイ・ギャラリー（The Alley Gallery）は、エスター・ワゴナー・ロブレス（Esther Waggoner Robles）が運営していた。ロブレスは、少なくともイアン・ヒューゴー（Ian Hugo）の展覧会の広告を2回出し、その広告はロサンゼルス・タイムズ紙にも掲載されている。

3) ニンからウィット－ディアマント宛ての手紙, F1, 1948年6月27日, ANC, NYPL.
4) ニンからウィット－ディアマント宛ての手紙, F1, 1949年6月9日, ANC, NYPL.
5) ニンからウィット－ディアマント宛ての手紙, F1, 1949年6月13日, ANC, NYPL.
6) ニンからウィット－ディアマント宛ての手紙, F1, 1950年2月11日, ANC, NYPL.
7) ニンからウィット－ディアマント宛ての手紙, F2, 1950年5月1日, ANC, NYPL.
8) ニンからウィット－ディアマント宛ての手紙, F2, 1950年9月17日, ANC, NYPL.
9) ニンからウィット－ディアマント宛ての手紙, F2, 1950年3月3日, ANC, NYPL.
10) ニンからウィット－ディアマント宛ての手紙, F2, 1950年9月17日, ANC, NYPL.
11) 1年後にユダヤ・コミュニティ・センター（Jewish Community Center）に名称変更された。
12) ニンからウィット－ディアマント宛ての手紙, F2, 1950年5月1日, ANC, NYPL.
13) ニンからウィット－ディアマント宛ての手紙, F2, 1950年9月17日, ANC, NYPL.
14) ニンからウィット－ディアマント宛ての手紙, F3, 1951年3月9日, ANC, NYPL.
15) ニンからウィット－ディアマント宛ての手紙, F3, 1951年7月16日, ANC, NYPL.
16) ニンからウィット－ディアマント宛ての手紙, F3, 1951年11月10日, ANC, NYPL.
17) ニンからウィット－ディアマント宛ての手紙, F4, 1952年5月5日, ANC, NYPL.
18) ニンからウィット－ディアマント宛ての手紙, F7, 1952年4月4日, ANC, NYPL.
19) ニンからウィット－ディアマント宛ての手紙, F4, 1952年5月4日, ANC, NYPL.
20) ニンからウィット－ディアマント宛ての手紙, F4, 1954年2月4日, ANC, NYPL.

21）ニンからウィット-ディアマント宛ての手紙, F5, 1964年2月22日, ANC, NYPL.
22）ニンからウィット-ディアマント宛ての手紙, F5, 1964年10月17日, ANC, NYPL.
23）ニンからウィット-ディアマント宛ての手紙, F5, 1966年6月24日, ANC, NYPL.
24）ニンからウィット-ディアマント宛ての手紙, F5, 1964年2月22日, ANC, NYPL.
この手紙には、アラン・ワッツ（Alan Watts）とニンの友人であるミリー・ジョンストン（Millie Johnstone）と彼の日本への旅行についても書かれている。
25）ニンからウィット-ディアマント宛ての手紙, F5, 1964年10月17日, ANC, NYPL.
ニンは、デイジー・オールデン（Daisy Alden）がボンベイ（現インド・ムンバイ）に滞在していたとき、ノブコがデイジーのアパートを借りていたことに言及している。
26）ニンからウィット-ディアマント宛ての手紙, F5, 1965年12月2日, ANC, NYPL.
ニンはウィット-ディアマンに、『鍵』（1956年）の作者である谷崎潤一郎に会ったことがあるか尋ねている。
27）ニンからウィット-ディアマント宛ての手紙, F5, 1966年3月16日, ANC, NYPL.
28）ニンからウィット-ディアマント宛ての手紙, F5, 1966年6月24日, ANC, NYPL.
29）ニンからウィット-ディアマント宛ての手紙, F5, 1966年5月23日, ANC, NYPL.
30）ニンからウィット-ディアマント宛ての手紙, F5, 1966年6月24日, ANC, NYPL.
31）ニンからウィット-ディアマント宛ての手紙, F6, 1967年8月15日, ANC, NYPL.
32）ニンからウィット-ディアマント宛ての手紙, F6, 1967年8月24日, ANC, NYPL.
33）ニンからウィット-ディアマント宛ての手紙, F6, 1967年10月15日, ANC, NYPL.
ニンは手紙では思潮社と記している。
34）ニンからウィット-ディアマント宛ての手紙, F6, 1967年12月22日, ANC, NYPL.
35）ニンは和子（Kazuko）ではなくMasakoと誤記している。
36）ニンからウィット-ディアマント宛ての手紙, F6, 1968年3月31日, ANC, NYPL.
37）1935年にミラーはステロフに初めて手紙を書き送り、『ニューヨーク往復』（*Aller Retour New York*, 1935）の宣伝をした。
38）ニンからステロフ宛ての手紙, F1, 1938年7月1日, ANC, NYPL.
39）ニンは1937年10月号の『クライテリオン』に掲載されたミラーの「スターのような存在」（Un Etre Etoilique）のことを指している。
40）ニンからステロフ宛ての手紙, F1, 1938年4月14日, ANC, NYPL.
41）ニンからステロフ宛ての手紙, F1, 日付不明, ANC, NYPL.
42）ニンからステロフ宛ての手紙, F1, 1939年7月14日, ANC, NYPL.
43）ニンからステロフ宛ての手紙, F1, 1939年8月30日, ANC, NYPL.
44）ニンからステロフ宛ての手紙, F1, 1939年9月15日, ANC, NYPL.
45）ニンからステロフ宛ての手紙, F2, 1941年4月16日, ANC, NYPL.
46）ニンからステロフ宛ての手紙, F2, 1943年11月24日, ANC, NYPL.
47）ニンからステロフ宛ての手紙, F2, 1944年2月7日, ANC, NYPL.
48）ウェイクフィールド書店ギャラリー（Wakefield Bookshop Gallery）を1940年から1944年まで運営し、後に老舗のベティ・パーソンズ・ギャラリー（Betty Parsons Gallery）を所有したベティ・パーソンズがディレクターを務めていた（ギャラリーは1946年から1983年まで運営された）。
49）ニンからステロフ宛ての手紙, F9, 1942年日付不明, ANC, NYPL.
1942年6月17日、ウィリアムズはジェームズ・ラフリン（James Laughlin）に手紙を出し、

愚痴をこぼしている──「アナイス・ニンで、とんでもない目にあっているんだ。これまでに［レビューを］4回書き直して、5回目に入ろうとしている。洞察力と慎重さが必要なんだ」(Mariani 819 からの引用)。フィリップ・K・ジェイソン (Philip K. Jason) は、「ローズ・マリー・カッティング (Rose Marie Cutting) の貴重なリファレンス・ガイド (*Anaïs Nin: A Reference Guide*) によると、1942年には『人工の冬』のジーモア版に対する3つのレビューが掲載されていた (レビュワーは、ニューヨークのヘラルド・トリビューン紙のエレイン・ゴットリーブ、ネイション紙のポール・ローゼンフェルド [Paul Rosenfeld]、ニュー・ディレクションズ#7紙のウィリアム・カルロス・ウィリアムズ)」(32) と述べている。

50) ニンからステロフ宛ての手紙, F2, 1944年4月9日, ANC, NYPL.
51) ニンからステロフ宛ての手紙, F3, 1944年9月23日, ANC, NYPL.
52) ニンからステロフ宛ての手紙, F3, 1945年, ANC, NYPL.
53) ニンからステロフ宛ての手紙, F4, 1962年1月24日, ANC, NYPL.
54) ディックは『ヘンリー・ミラー──コロッサス・オブ・ワン』の執筆のための調査を行っていた。ニンは取材インタヴューの際に嫌な思いをし、彼との関わりを断った。
55) ニンからステロフ宛ての手紙, F8, 1967年12月11日, ANC, NYPL.
56) ニンからステロフ宛ての手紙, F7, 1966年6月15日以前, 日付不明, ANC, NYPL.
57) ニンからステロフ宛ての手紙, F7, 1966年6月15日以前, 日付不明, ANC, NYPL.
58) ステロフからニン宛ての手紙, F7, 1966年6月15日, ANC, NYPL.
ステロフは、1949年に出版されたコンテンポラリー・クラシックスのレコード『アナイス・ニンによる朗読──近親相姦の家』(*Anaïs Nin Reading House of Incest*) を送ったと見られる。
59) バーバラ・ホルドリッジ (Barbara Holdridge) からステロフ宛ての手紙, F7, 1966年9月29日, ANC, NYPL.
60) ニンからステロフ宛ての手紙, F8, 1966年10月14日, ANC, NYPL.
61) ニンからステロフ宛ての手紙, F8, 1975年5月3日, ANC, NYPL.
62) ステロフからニン宛ての手紙, F8, 1975年5月14日, ANC, NYPL.
63) アニータ・ジャークゾク (Anita Jarczok) は、編集を担当したのはルーパート・ポールではなく、フェロンであったと述べている (150)。
64) ニンからフェロン宛ての手紙, 1969年9月6日, ANC, NYPL.
65) フェロンからニン宛ての手紙, 1969年9月12日, ANC, NYPL.
66) ニンからフェロン宛ての手紙, 1969年9月, ANC, NYPL.
67) ニンからフェロン宛ての手紙, 1969年11月26日, ANC, NYPL.
68) ニンからフェロン宛ての手紙, 1969年12月6日, ANC, NYPL.
69) ニンからフェロン宛ての手紙, 1970年3月14日, ANC, NYPL.
70) ニンからフェロン宛ての手紙, 1970年3月12日, ANC, NYPL.
71) ニンからフェロン宛ての手紙, 1970年12月2日, ANC, NYPL.
72) ニンからフェロン宛ての手紙, 1971年2月26日, ANC, NYPL.
73) ニンからフェロン宛ての手紙, 1971年3月12日, ANC, NYPL.
74) ニンからフェロン宛ての手紙, 1971年7月13日, ANC, NYPL.
75) ニンからフェロン宛ての手紙, 1971年9月11日, ANC, NYPL.
76) ニンからフェロン宛ての手紙, 1971年9月, ANC, NYPL.
77) ニンからフェロン宛ての手紙, 1972年2月27日, ANC, NYPL.
78) ニンからフェロン宛ての手紙, 1972年9月12日, ANC, NYPL.

79）ニンからフェロン宛ての手紙, 1973 年, 日付不明 ANC, NYPL.
80）ニンからフェロン宛ての手紙, 1973 年 4 月 12 日, ANC, NYPL.
81）フェロンからニン宛ての手紙. 1973 年 4 月 16 日, ANC, NYPL.
82）ニンからフェロン宛ての手紙, 1973 年日付不明, ANC, NYPL.
83）ニンからフェロン宛ての手紙, 1973 年 5 月 5 日, ANC, NYPL.
84）ニンからフェロン宛ての手紙, 1973 年 6 月 18 日, ANC, NYPL.
85）フェロンからニン宛ての手紙, 1973 年 6 月 29 日, ANC, NYPL.
86）フェロンからニン宛ての手紙, 1973 年 7 月 20 日, ANC, NYPL.
87）ニンからフェロン宛ての手紙, 1973 年 7 月, ANC, NYPL.
88）ニンからフェロン宛ての手紙, 1973 年 8 月 8 日, ANC, NYPL.
89）ニンからフェロン宛ての手紙, 1973 年 12 月 14 日, ANC, NYPL.
90）フェロンからニン宛ての手紙, 1974 年 2 月 27 日, ANC, NYPL.
91）ニンからフェロン宛ての手紙, 1974 年 3 月 8 日, ANC, NYPL.
92）ニンからフェロン宛ての手紙, 1974 年, ANC, NYPL.
　　クパチーノ・カレッジは、現在デ・アンザ・カレッジ（De Anza College）となっている。
93）ニンからフェロン宛ての手紙, 1974 年 3 月 4 日, ANC, NYPL.
94）ニンからフェロン宛ての手紙, 1975 年 3 月 24 日, ANC, NYPL.
95）ニンからフェロン宛ての手紙, 1975 年 6 月 7 日, ANC, NYPL.
96）ニンからフェロン宛ての手紙, 1975 年 6 月 7 日, ANC, NYPL.
97）ニンからフェロン宛ての手紙, 1975 年 3 月 6 日, ANC, NYPL.
98）ニンからフェロン宛ての手紙, 1975 年 6 月 13 日, ANC, NYPL.
99）ニンからフェロン宛ての手紙, 1975 年 7 月 6 日, ANC, NYPL.
100）ニンからフェロン宛ての手紙, 1975 年 7 月 15 日, ANC, NYPL.
101）ニンからフェロン宛ての手紙, 1975 年 7 月 17 日, ANC, NYPL.
102）ニンからフェロン宛ての手紙, 1975 年 12 月 12 日, ANC, NYPL.
103）ニンからフェロン宛ての手紙, 1975 年 8 月 2 日, ANC, NYPL.
104）フェロンからニン宛ての手紙, 1975 年 8 月 12 日, ANC, NYPL.
105）ルーパート・ポールからフェロン宛ての手紙, 1976 年 1 月 10 日, ANC, NYPL.
106）ポールからフェロン宛ての手紙, 1976 年 1 月 18 日, ANC, NYPL.
107）ポールからフェロン宛ての手紙, 日付不明, ANC, NYPL.
108）フェロンからニン宛ての手紙, 1976 年 4 月 12 日, ANC, NYPL.

❧ 翻訳者による註 ❧

本論の日本語訳は、本稿翻訳者による。アナイス・ニンの日記作品について、英語論文において *Diary* と表記されている部分を「日記」としている。

❧ 参考文献 ❧

Bair, Deirdre. *Anaïs Nin: A Biography*. G. P. Putnam's Sons, 1995.
Bigsby, Christopher. *Arthur Miller: 1962-2005*. Hachette UK, 2011.
Ellingham, Lewis, and Kevin Killian. *Poet Be Like God: Jack Spicer and the San Francisco Renaissance*. Wesleyan UP, 1998.

Ferrone, John. "Recollections of Anaïs Nin." *Recollections of Anaïs Nin by Her Contemporaries*, edited by Benjamin Franklin V, Ohio UP, 1996, pp. 69-74.

Jarczok, Anita. *Writing an Icon: Celebrity Culture and the Invention of Anaïs Nin*. Ohio UP, 2017.

Jason, Philip K. "A Delicate Battle Cry: Anaïs Nin's Pamphlets of the 1940s." *Anaïs: An International Journal*, vol. 8, 1990, pp. 30-34.

Mariani, Paul. *William Carlos Williams: A New World Naked*. Trinity UP, 2016.

Miller, Henry, and Anaïs Nin. *Letters to Anaïs Nin*. Edited by Gunther Stuhlman, Putnam's Sons, 1965.

Nin, Anaïs. *The Diary of Anaïs Nin Volume Three: 1939-1944*. Edited by Gunther Stuhlmann, Harcourt Brace Jovanovich, 1968.

———. *The Diary of Anaïs Nin Volume Six: 1955-1966*. Edited by Gunther Stuhlmann, Harcourt Brace Jovanovich, 1976.

———. *Trapeze: The Unexpurgated Diary of Anaïs Nin 1947-1955*. Edited by Paul Herron, Ohio UP, 2017.

Rainer, Tristine. *Apprenticed to Venus: My Secret Life with Anaïs Nin*. Arcade, 2017.

あとがきにかえて

　20世紀が終わろうとするころ、日本で大学生を対象として、アナイス・ニンの作品の読解の指導を続けたが、それは望外の旅程となった。ニンの世界観が日本の若い女性読者に深い影響を与えたのみならず、ニンの作品と日本の文化的情景との緻密な関連性を浮上させたのである。

　控えめに言っても、日本におけるアナイス・ニンの受容のされようは、戸惑うほどに興味深いものであった。当初は、文化的な異質さと言語的障壁のせいもあって、受容はゆっくりとしたものだったが、時とともに、熱心な読者を獲得していったのである。それも、特に、アイデンティティ、自己表現、そして、社会的な役割期待に対応しようと模索を続ける大学生が熱心な読者となっていった。日本社会は因習に即した自己放棄への順応を社会制度上の特徴とすると、しばしば定義されるが、ニンの文章は、日本の若い女性の琴線に触れ得たようで、彼女たちが本人の内的自我や感性そのものの探索を始めるよう促したことが、とても印象に残った。

　私自身が、ニンを主題とする博士論文に取り組んだ際には、指導教授の文学作品分析理論の枠内での執筆しか許されず、私個人が何らかの発見を遂げた、という感覚を味わえないままだった。けれども、私の指導した学生たちが、各々、自分の生き方に即した研究テーマを探し出して、自らが研究対象に選んだニンの作品を我が事として前向きに読み込む姿を見守ることができて、我が意を得た思いがした。

　指導に関わって、目が覚めるような思いがしたのは、主人公たちのさまざまな欲望と心理的展開や成長の状況描写が、ニンによる自己分析的な語り口によって慎み深さなど歯牙にも掛けない描き方で伝えられる効果であった。ニンは、多くの女性たちを怯えやタブー意識を持たずに、個人としての思いや感性を尊重するように力づけるのである。私の学生たちは、伝統的社会通念によって個人をがんじがらめにする世間を前に、成長期を渡り切るべき女性にとって必要な励ましと正当な評価を得たのである。

　しかしながら、ニンと日本との関係は、教室内での議論に、また異なる類の興趣をもたらすものでもあった。ニンは日本に滞在したおりに、日本の文化・思想・美術に恋したのであるが、そのことが西洋育ちのニンと日本の読者の東洋的感性

300

とを橋渡しするようなことにもなったのである。ニンの日本体験論を読み込んで、私の学生たちは自らが受け継ぐ日本文化の価値をより深く味わえるようになり、また、研究対象であるアメリカ文学との意義ある受け入れ方を構築していったのである。

　ニンの文学に取り組む学生たちの変貌を見守るほど満足のいく経験は珍しいものであった。私の目の前で、若い女性たちは彼女たちの視点を雑音として脇へ押しやる社会の中で、自分が語ることと自らの経験を言語化することの重要性を発見した。ニンの小説と『日記』を通して彼女たちが学んだのは、自らが語る言葉には価値があり、自分たちの生きようを言語化し、社会通念上の規範に疑義を唱えるためには欠かせないということであった。

　議論を続け、アイデンティティや社会的性役割分担の実態・カラクリ、本質を追求するべく研鑽を深めるにつれ、私は彼女たちが内に秘められていた自己を信頼し、また、自らの力強さを発見していく姿を目の当たりにしたのである。彼女たちが個人としての解釈・感想を語る際には明晰さと信念が伴うようになり、誇りと自己責任感・自立意識、そして、判断力を伴う能力を持つ個人として、能動性を裏付けとする表現で各々の内面を言語化する際にも、各々の複雑さを尊重して物語るようになっていったのである。

　私が喜しく感じたことについて最後に触れたい。学士・卒業論文を完成させようとする女子大学生の成長をつぶさに見守ることができたこと、そして、なかには研究者となり翻訳や熟考を経た論文を公刊し、日本でのニンの評価が拡がる様子を見ることであった。今となっては、ここに出版されたアナイス・ニン研究の学術研究の基盤となる本書『アナイス・ニン文学への視点——小説と日記、作家と創意』を通じて、21世紀に入って続くニンの読者層の拡大と翻訳、そして研究そのものなのである。

2024年秋

　　　　　　　　　　　　キャサリン・（ブロデリック・）ヴリーランド／石井光子・訳
　　　　　　　　　　　　神戸女学院大学英文学部において、1970〜2002年にわたり教職。

A Conference on Anaïs Nin (1994) Program

FRIDAY, MAY 27, 1994

Registration - Avram Family Gallery, Fine Arts Building
All conference lectures in Fine Arts Theater

Morning Sessions

8:45-9:00 **Convocation**
Suzanne Nalbantian, Conference Director

9:00-10:30 **Session 1: Anaïs Nin's Narrative Voices**
Presiding: Lou-Ann Bulik, Concordia College
- Marie-Rose Logan, Goucher College
"Renate's Illusions and Delusions in Collages"
- Marion Fay, Alameda College
"Personal Damage and Social Conscience in Stories from Under a Glass Bell"
- Anne Salvatore, Rider College
"Narrative Voice & Maternal Images in Nin's Diaries & Fiction"

10:45-12:15 **Session 2: Fact or Fiction in Nin's Writings**
Presiding: Ricardo Quinones, Claremont University
- Barbara Kraft, Kraft Communications & Public Relations "An Edited Life"
- Suzette Henke, University of Louisville
"The Posthumous Nin"
- Anna Balakian, New York University "A Poet's So-Called Diary, So-Called Novel"

Afternoon Sessions

1:30-3:00 **Session 3: Dream Cities and Other Inscapes**
Presiding: Philip Appleman, poet, Indiana University
- Harriet Zinnes, Queens College, CUNY "Anaïs Nin: Art, the Dream, the Self"
- Catherine Broderick, Kobe College, Japan "Cities of Her Own Invention: Urban Iconology in Anaïs Nin's Fiction"
- Doreen Tiernan, Sage Junior College of Albany "A Batch of Dreams: The Collaborative Art of Anaïs Nin and Val Telberg"

3:30-5:00 **Session 4: The Genesis & Dissemination of Nin's Works**
Presiding: Catherine Broderick, Kobe College, Japan
- Duane Schneider, Ohio University Press & Swallow Press "Anaïs Nin's Fiction & Criticism: The Publisher's Perspective"
- Richard Centing, Ohio State University "Letters to Richard Centing from Anaïs Nin: A Reading with a Commentary"
- Benjamin Franklin V, University of South Carolina "The Selling of A Spy in the House of Love"

Evening Event

8:00-9:30 **Viewing of Ian Hugo's Films from MOMA, NYC**
Comments and Discussion
Fine Arts Theater

SATURDAY, MAY 28

Morning Sessions

8:45-10:15   Session V: Japanese Voices on Anaïs Nin
Presiding: Ce Roser, artist
- Junko Kimura, Hokkaido Musashi Women's Junior College "Translation & Reception of Anaïs Nin in Japan"
- Maiko Kato, Tokyo Women's Christian University "The Influence of Music on Anaïs Nin's Works"
- Toyoko Yamamoto, Tokyo Women's Christian University "Anaïs Nin's Femininity & the 'Banana Phenomenon'"

10:30-12:00   Session VI: Biography & Aesthetic Transmutation
Presiding: David Hertz, Indiana University
- William Claire, Voyages Books & Art
 "The Other Anaïs Nin"
- Deirdre Bair, author of forthcoming biography of Nin "Some Notes on the Fiction: Random Readings from Anaïs Nin: A Biography"
- Suzanne Nalbantian, Long Island University, C.W. Post "Aesthetic Lies"

Afternoon Sessions

1:30-3:00   Session VII: Psychoanalysis in Nin's Writings
Presiding: Domna Stanton, University of Michigan
- Sharon Spencer, Montclair State College
 "Beyond Therapy - Anaïs Nin & Otto Rank"
- Valerie Harms, author & editor, National Audubon Society
 "The Creative & Destructive Aspects of Anaïs Nin's Analytic Experiences with Allendy & Rank"
- Philip K. Jason, U.S. Naval Academy, Annapolis
 "The Men in Nin's (Character's) Lives"

3:30-5:00 **Session VIII: Issues of Androgyny, Duality & Creativity in the Work of Anaïs Nin and Three Confrères**
- Presiding: Serge Gavronsky, Barnard College
- Carol Peirce, University of Baltimore
  "To Travel by Moonlight as Well as by Sunlight: Nin's Theory of the Novel & Durrell's Alexandria Quartet"
- Jane Eblen Keller, University of Baltimore
  "Reinventing Herstory and History: Masculine Versions of Much the Same Story in the Work of Anaïs Nin & Georges Simenon"
- Lawrence Wayne Markert, University of Baltimore "Speaking with your Skeleton: D.H. Lawrence's Influence on the Thought & Work of Anaïs Nin"

5:00-6:00 **Keynote Address, sponsored by Avram Family Forum: Joaquin Nin-Culmell, "Anaïs My Sister"**

6:00-7:00 **Cocktail Reception in Avram Family Gallery,**
sponsored by Avram Family Forum
Commentary by Jim Richard Wilson on Telberg-Nin Exhibition

SUNDAY, MAY 29

Morning Session

10:00-11:45 **Session IX: Anaïs Nin's Eroticism: Gender Readings of the Fiction**

Presiding: Edmund Miller, Long Island University, C.W. Post
- T. Jolene MacGregor, SUNY, Binghamton
  "The Stain of Desire: Anaïs Nin & the Promise of Encounter"
- Susan C. Fox, Binghamton University
  "Suffering & the Ecstatic Body"
- Joëlle Vitiello, Macalester College
  "The Body & the Feminine in Nin's Fiction"
- Lajos Elkan, Long Island University, C.W. Post
  "Birth through Language: Masculine/Feminine"

Afternoon Session

2:00-5:00 **Round Table: Personal Encounters with Anaïs Nin**
Special Guest: Joaquin Nin-Culmell
Presiding: Suzanne Nalbantian
Participants: Speakers Who Knew Her
   Daisy Aldan, Doloris Holmes, William Claire, Sharon Spencer, Richard Centing, Anna Balakian, Serge Gavronsky, Barbara Kraft, Benjamin Franklin V, Harriet Zinnes, Jean Bradford, Erika Duncan, Duane Schneider, Marion Fay, Catherine Broderick, Valerie Harms

Exhibits during conference in Fine Arts Gallery:
- Anaïs Nin Book Exhibit, Duane Schneider, Director Swallow & Ohio U. Presses
- Exhibition of Photomontages, Val Telberg & Anaïs Nin: House of Incest, Jim Richard Wilson, Director, Rathbone Gallery, Sage Junior College of Albany

• 山本豊子所蔵

《座談会》

アメリカ文学を考える

アナイス・ニン
江藤淳
大江健三郎

■ **ある日本体験から**

ニン　（大江氏に）あなたの論文はアメリカで出版されていますか？
大江　あなたにお送りしたものは、日本の英文誌に発表されたものです。
ニン　アメリカで出版されたものではないのですか？
大江　短篇小説がいくつか雑誌にのりました。
ニン　今アメリカで出版される予定のものはありませんか？
大江　もっとも新しい長篇小説がいま英語に翻訳されていて、'67年の春、グローブ・プレスから出版されることになっています。
ニン　ご承知のように、いまアメリカの出版社は若い世代の作家を求めています。
大江　グローブ・プレスのバニー・ロセット氏は御存知のようにヘンリー・ミラーの本を出版していますが、僕はそこから自分の本を出すことを誇りに思っています。
ニン　ヘンリー・ミラーを最初に出版したところは、とても細心でしたね。ご承知のように、ジェイムズ・ロックランドという出版者ですが、彼はこんなふうになるとは思ってもみなかったでしょう。もちろん、時代の変化というものがあります。文学的風土がすっかり変ってしまいましたからね。
大江　あなたのご本の翻訳（『愛の家のスパイ』）を拝見したのですが、最初のページに、ミス・ウエニシという人に献辞がありましたね。
ニン　ウエニシ？　あなたはノブコをご存知ですか？
大江　ええ。一度だけ、ニューヨークで会ったことがあります。彼女からあなたの最近の生活や、近作について聞きました。
ニン　私をジョン・ネイサンに紹介してくれたのは彼女なのです。あなたの小説を翻訳なさっているのはどなたですか？
大江　いま、お話に出たジョン・ネイサンという新進学者です。彼はハーバード大学を卒業しました。そのときの先生がライシャワー氏だったようです。ぼくの考えでは、彼はライシャワー氏の弟子のなかではもっとも優秀なほうだったにちがいないと思っています。
江藤　ジョン・ネイサンはライシャワー氏というよりもハワード・ヒベット氏のもとで勉強していたいように思います。非常に才能のある翻訳家だと思います。日本語のあらゆる陰翳を理解しているといってもいい。信頼のおける新しい世代の一人といえるでしょう。
ニン　あらゆる陰翳を？　それは、たいへん珍らしいことですね。
江藤　ところで、ヒベット氏が翻訳した谷崎の『鍵』をお読みになりましたか？
ニン　ええ、読みました。

江藤　どうお思いになりましたか？

ニン　あなたが『鍵』をどう受けとられたかわかりませんけれど、私にはとてもおもしろく読めました。どういうふうにいってよいか。ちょっとわかりませんけれど……

江藤　実は最近、私は谷崎の『鍵』を再読してみたのです——もちろん、日本語でです。そしてこの作品が以前に読んだときよりもずっとおもしろく読めることを発見しました。ところで、あなたは谷崎の最後の作品『瘋癲老人日記』をお読みになりましたか？　たしかヒベット氏の訳で出ているはずですが。

ニン　いいえ、まだ読んでおりません。

江藤　これは『鍵』よりずっとおもしろいと思います。

ニン　谷崎は、最初読んだときはとても単純なようなのですが、二度目に読みかえしてみると、ずっと根深いものがありますね。英語になると、ふつうどうしても厚みを単純化してしまいますからね。でも、私は谷崎の文体にそれほどひかれはしないのですが……

編集部　三島由紀夫氏の『金閣寺』、安部公房氏の『砂の女』などはいかがですか？

ニン　『金閣寺』といえば、私にはこんな経験があります。昼間、京都をみて歩き夜にストリップを見に行ったのです。古都のたたずまいとそのストリップのコントラストは、たいへん際立ったものでしたね、そうしたことが金閣寺を、いっそうよく理解させてくれたと思います。

江藤　ああ、それは非常におもしろい経験でしたね。

ニン　そうです。私はあのコントラストを理解しました。

江藤　京都のストリップですか？　金閣寺とくらべてどちらが肉感的だと思われましたか？

ニン　金閣寺のほうが肉感的でした。でも、こちらのほうは極端です。ストリップのほうが臨床的でした。

江藤　臨床的ね……。そう、日本のストリップというのは、アメリカの場合とちがって、ひどく緊張したところがありますね。たとえば、バルチモアにも有名なストリップがありますが、アメリカ式のストリップをわざわざ見に行く日本人観光客はあっても、満足する連中はあまりいないでしょう。

ニン　ところで、私はいつもこういうことに関心をもっているのです。アメリカでは、もっともよく人の口にのぼる作家がかならずしも最良の作家とはかぎらないということです。ところが、日本では、すぐれた作家が同時に非常にポピュラーであるようにみうけられるのですが。

江藤　ええ、それもありますが、やはりアメリカと同じようなことがいえるのではないでしょうか。しかし、もちろん、大江氏の場合はきわめて稀な例外です。彼はひろく読まれていますが、もっともすぐれた作家の一人です。

ニン　それは珍らしいことですね。

江藤　ええ、きわめて珍らしいことです。

ニン　アメリカではめったに起こらないことだと思います。なぜならば、アメリカでは宣伝で名声をつくりあげてしまうからです。作家をつくりだしてしまうのです。日本ではそういうことはありませんか？

江藤　どういう意味ですか？

ニン　つまり、出版社が作家をつくりだすということです。ある作家を無理やりに有名にした

てあげてしまうのです。
江藤　ああ、そういう例は日本にもあるようですね。しかし永続きしないでしょう。

■ アメリカの悪夢と作家たち

ニン　（大江氏にむかって）あなたはメイラーについて論文をお書きになっていらしたと記憶していますが。

大江　ええ、メイラーについて論文をいくつか書きました。ごく最近ではジョン・F・ケネディについてメイラーが書いた本の評論を発表しました。それは、「アメリカ旅行者の夢」という長い文章の一部で、ノーマン・メイラーの本のみならず、ソレンセンの本に関わってもいるものです。ぼくはいわゆるアメリカの夢のひとつの形を確立しようとしたあるヒーローのイメージと、その裏がえしとして、アメリカの悪夢のつくりあげたヒーローのイメージということを考えてみたわけです。それはアメリカの夢の裏返しのヒーローとでもいうべきものです。

ニン　あなたはそれを比較したいといわれるわけですね？

大江　そうです。ぼくはいつも、アメリカには英雄のイメージが二種類あったと考えています。ひとつはアメリカの夢を率直にあらわした英雄のイメージであり、もうひとつはきわめてそれに本質的に似かよったものですが、アメリカの悪夢の生んだ英雄とでもいうべきものです。たとえば、最近読んだドイツの若い評論家の本に、アル・カポネの言葉——「私はアメリカの悪夢のお化けだ」——というような意味の言葉を引用していましたが、ぼくは、アル・カポネのアメリカの悪夢と、リンドバーグやジョン・フィッツジェラルド・ケネディのアメリカの夢とのあいだに深い類似を見出すように思うのです。リンドバーグの二つの時期においてのそれぞれ異った意見を比較してみるんですが、ひとつは、彼の大西洋横断飛行直後のもの、もうひとつはアレクシス・カレルの影響を強く受けて以後のものです。第二の時期でリンドバーグはきわめて危険なアメリカ人になっています。そしてそれは、ひとりのアメリカのヒーローのうちにひそむ二面性というものをあかしだてているように思うのです。同様に、フィッツジェラルド・ケネディのなかにも、ぼくはおなじ意味での二つの顔をみとめます。ひとつは直接的なアメリカの夢をあらわすものだし、もうひとつはアメリカの悪夢の象徴としての顔です。ケネディの、そのもうひとつの顔が、はっきりする前に、かれが死んだことは、日本に数多くのケネディ・ファンをつくりましたが、それはわれわれのアメリカ理解にかならずしも良いことだったとはいえないでしょう。そこで、ぼくの文章はこの二つの顔のあいだの内的な関係を探しだしたいという意図のものでした。

ニン　あなたのおっしゃることをよく理解できたかどうかわかりませんが、ずっと前、デイヴァーンの "The Bottom Holes" という本について、これはゴリキーの『どん底』のような最低の生活を描写したものだといっているのを読んだことがあります。その批評者はこの本が、こうした最低の生活を描写する作品の、最後のものになってほしい、といっていましたが、私の考えによると、それは最後ではなくて、病的な、荒々しい文学のはじまりになったといいたいのです。人間には二つの顔があります。無秩序の世界に生きる作家もあれば、べつの世界に生きる作家もあります。つまり、詩的で、想像力のあふれた、人間味あふれた作家です。文学にもこの二つの面が入っているわけですが、あなたのおっしゃっていたのはこのことでしょうか？　リロイ・ジョーンズのような作家に怖気をふるい、ジョーンズを嫌ってい

る作家もたくさんいるのです。彼らはそれを単なるセンセーショナリズムだとか、暴力、サディズム、倒錯だと考えているわけです。あなたのおっしゃるのはそういうことなのかどうか、よくわかりませんけれど、メイラーのいうアメリカの夢には、そういった要素がすべてふくまれています。刺戟ばかりがあって、感情も情緒もないといったものです。アメリカには、私が冗談に「ギャング作家」と呼んでいる非常に孤独な、しかし、力強い作家がいます。

■ 夢想者から犯罪者へ

江藤　その場合、トルーマン・カポーティはどの範疇に入るのですか、私は最近彼の『冷血』を面白く読みましたが。

ニン　これも同じ例ですね。トルーマン・カポーティは、はじめきわめて感受性の強い作家として出発した人です。

江藤　そうですね。

ニン　非常に詩的で、デリケートな感覚をもっていた作家です。これは私の経験から申し上げられるのですが、ここに彼の個人的な悲劇があると思います。読者はまずこうした非常に美しい、微妙な感覚をもった作品を書く作家として彼を知ったわけですが、やがて彼をからかいはじめるようになりました。これは彼から直接聞いた話ですから、本当だと思います。からかわれたり、いじめられたりする。なぜなら、アメリカではタフ・ガイが賞讃の的になるのに、彼はそうではなくて、繊細な、感受性の強い人だからです。アメリカでは、感受性の強い人間は「タブー」なのです。

江藤　そのとおりですね。

ニン　そのうちに、彼は本当に傷ついてしまいました。つまり二度と感受性の鋭い面をみせようとしなくなったのです。やがて彼はわざと犯罪や破壊に関心を示すようになり、倒錯的な力の世界に入りこんでいったのです。まるで、「見てごらん、私が本当に興味を持っているのは行動と力の世界、犯罪の世界なのだ。私はもう夢見がちな空想の世界に生きる作家ではないのだ」とでもいうように。そのうちに、彼はぜんぜん方向を変えてしまって、初期の作品まで否定してしまうようになりました。残念なことですが、彼はそれを間違った方向への発展とはみずに、自分の初期作品はよくなかった、弱くて主観的だったといって、かつての自己をほんとうにぶちこわしてしまったのです。

江藤　しかし、あの『冷血』のなかでは、カポーティはひそかにペーリー・スミスという夢想家の犯罪者と一体になって語っているとはお考えになりませんか。

ニン　犯罪者と？　そうですとも。

江藤　精神病的の犯罪者です。

ニン　精神病的の犯罪者ですね。私はこれまで私が「怒り」と呼んできたものを理解しようとつとめてきました。一度、そのことについて書いたこともあります。ヨーロッパの作家たちは同じくらい苦しんでいます。しかし、彼らは怒れる人々ではありません。メイラーが苦しんだのは貧乏だけだし、それもたとえばドストエフスキーほどではなかったのに、彼は非常に怒れる人となっています。アメリカ作家の多くはすぐに怒ります。それは、彼らが内部に何ももっていないからだろうと思います。こうした苦しみを受け入れる哲学とか宗教とかをもっていない。だから彼らは拒絶するのです。

江藤　なるほど。非常におもしろいお話になって来ました。

ニン　作家たちは貧乏と戦うための手段をなにも教えられていないのです。だからといって精神病的犯罪者になるわけでもないのですが、アメリカ人はすぐ怒ってしまうのです。メイラーの生活は、それほどひどいものではなかった。けれども、彼の怒りはまさに巨大なものです。
江藤　私たち日本人は苦しむことの意味を理解していると思います。しかしそれはよしあしではありませんか。
ニン　苦しみを受け入れるとおっしゃるのね。
江藤　ええ、日本では……。
ニン　あなた方は、おそらく宗教のせいで、苦しみを受け入れすぎているのだとお思いになるのね。
江藤　そうです。
ニン　ところが、アメリカ人はそれを拒絶するのです。すぐさま復讐するわけです。あなたがトルーマン・カポーティについておっしゃったことは正しいのです。彼は感受性の強い人間として苦しみ、復讐のために一種の犯罪者になりました。そしていまや彼は犯罪について意見を述べるようになっている。これはまったくもう……
江藤　『冷血』のような作品についておっしゃるのですね。ノン・フィクション・ノヴェルといわれているそうですが。
ニン　いや、もっと低いものです。あれは芸術作品というものではありませんよ。すぐれたジャーナリストの労作ではありますけれども、それは芸術作品とは別のものです。
江藤　私は、ある意味ではなかなかおもしろいと思って読みましたけれど。
ニン　ええ、それは立派な仕事ですから。しかし、あれはわれわれのフィクションの終末というべきものですね。それに、よりによってなんだってあんなくだらない犯罪などをえらんだのでしょうか、あれはホモセクシュアルの本です。誰もそのことはいっていません。彼のホモセクシュアルにたいする関心は人間的なものではありませんから、あの本は倒錯的な本といっていいでしょう。それも、アメリカの批評家たちが感受性のあるものを批判し、タフネスを要求した結果なのでしょうが。
江藤　ほんとうですか？　アメリカの批評家がみんなですか？
ニン　そうですとも。彼らがトルーマン（カポーティ）をどう扱ったかを見ればよくわかるでしょう。彼らはトルーマン・カポーティの詩は好きなのです。カポーティはコンサート・ホールを借りてリサイタルをしたことがあるのです。この話はお聞きになったことがありますか？
江藤　ええ、聞きました。当時まだアメリカにいましたから。
ニン　そんなこと今まで誰もしたことがなかったのですが、彼は一晩、公会堂を借りて話をしたのです。その公会堂は二千人くらい入れる大きさです。
大江　僕はハーバード大学でノーマン・メイラーが話すのを聞いたことがあります。
ニン　あの時いらしたんですか？　彼はどういう問題について話したのですか？
大江　メイラーはおもにジョンソン批判をおこなったわけですが、彼がそれほどタフじゃなく、むしろいかにもソフィスティケートされている語り口で、それは印象的でした。日本では作家が政治について話をするときにソフィスティケートされた人間でありつづけることはむつかしい。むしろ、そうであってはなるまいと思います。メイラーの演説自体、あまり実効はもちそうでありませんでした。
江藤　だから私は政治的傾向の強い作家があまり好きになれないのかも知れません。感受性の

《座談会》アメリカ文学を考える　311

圧殺されてしまった人が多いから。

■　ダレルの文体が与えたもの

大江　感受性ということについていえば、ウィリアム・スタイロンの翻訳が最近でましたが、スタイロンはメイラーよりもカポーティよりも感受性の秀れた作家ではないかと思います。いうまでもなく、その感受性はひとつの文体において力と統合されている。あなたのお友達のローレンス・ダレル氏の仕事もまたそうですね。

ニン　彼はミラーが『北回帰線』を書いていたときに来たことがあります。ローレンス・ダレルは当時二十六歳かそこらでしたが、ギリシアから手紙を出して、ヘンリー・ミラーの影響のもとに書きはじめたのです。パリではわれわれ三人はよく出て歩いたものです。彼はそのころは後になって書いたような傾向をぜんぜんみせませんでしたね。一度、徹夜で客観性について議論したことがあります。ローレンス（ダレル）は、小説は完全に客観的であるべきだと考えていました。つまり、ほとんど伝統的なものの考え方をしていたわけです。そこにミラーの影響が働いて、ダレルのものの考え方をぶちこわしてしまったので、彼はまったく別の局面に進んでいったのです。ローレンス（ダレル）は二十八歳にしては驚くべき思想をもっていました。『黒い本』を書けるだけに成熟していたのです。彼の文体は目ざましいものでした。

江藤　そうですね。あの文体は素晴しい。

ニン　私たちは彼を南仏の農場に訪ねました。非常に古い石造の家で、当時彼は金持になっていたけれど、それでもまだぶどう酒を井戸で冷やしたりしていたのです。

大江　ダレルの弟の書いた『私の家族その他の動物たち』という本をお読みになったでしょう？　あれに、若いころの、ローレンス・ダレルの魅力的な肖像がありますね。

ニン　ああ、あれはジェラルドのほう……ローレンスの弟のほうの作品ですね。

大江　あなたが最初にイギリスで出版された本にはローレンス・ダレルの序文がついていたそうですね。

ニン　ええ、一冊あります。私たち三人は友達で、それぞれ向かった方向が違いますけれど、それぞれこれからどんな方向に進むだろうということについて一九三五、六年ころからよく話し合っていました。やがて戦争がはじまって、私たちは離れてしまったわけです。

江藤　私はローレンス・ダレルのアイルランド人的なといわれる「時間」の観念に興味をもっているのです。彼が発展させていった「時間」の観念というものは非常に明瞭なものですね。

ニン　そうです。

江藤　彼はたしか『クレア』のなかででしたか、作中人物の口をかりてマルセル・プルーストの「時間」について面白いことをいっていたように思います。もちろん、彼の個性がその批評を非常に興味あるものにしているのですが、マルセル・プルーストが「時間」をどうとらえていたかについて……

ニン　プルーストが自作について語っている手紙は非常におもしろいと思いましたね。ある手紙のなかでプルーストは、彼の「時間」の観念について説明しています。けれども、ダレルは『アレクサンドリア四重奏』の序文のなかで約束したことをはたしていないと思いますね。彼は自分の中にあるのを全部出さなかったので、私たちはヘンリー・ミラーがダレルにどのような影響を与えたかを、本当に知ることは出来なかったのです。そのことについて、私た

ちの意見はいつも分れました。人を本当に知るためには、その人の内部に入っていかなければならないでしょう。たとえば、ミラーがダレルに与えた影響にしても、ダレルの作品を読んですぐにわかるというものではないのですから。あなたがたがこの意見に同意されるかどうかわかりませんけれど。

江藤　同意しますが、それでもやはり彼の文体には圧倒されます。

ニン　『ジュスチーヌ』はたいへん好きな作品ですが、ほかのは、それほどではありませんね。『ジュスチーヌ』ではひとつのイリュージョンをつくりだしていますが、そのあと、彼はこのイリュージョンのかげにかくれてしまったのです。

江藤　パースウォーデンという『アレクサンドリア四重奏』の作中人物がこんなことをいっていたと思います。「プルーストの時というものは希望にみちあふれているが、ケルト人の時間の観念にはこの希望の観念がない。そのかわりにそれはつねに絶望にみたされている。それがケルト人のほうに笑いと永遠に希望のない人間の絶望的ロマンスがあるゆえんである」。不正確な記憶ですが、それでも興味深い考えだと思いました。ところで『アレクサンドリア四重奏』が、アメリカの大学でひろく読まれているのはどうしてだとお思いですか？

ニン　さあ、よくわかりませんね。ただ、ひとつ考えられるのは、アメリカの作家は、簡素な、平板な文体をもっていて、まるでかざり気のないそこらのオカミさんのような存在になってしまったでしょう。そこにはじめてダレルが入ってきた、花火のようなきらめく文体をもってね。これがアメリカのアカデミックな世界にはひどく魅力的だったのですね。彼らはソフィスティケートされたものを賞讃しようと待ちかまえていました。そこへ突然ダレルがきらめくような文体をひっさげてあらわれたのですからね。アメリカの大学卒業生のなかには、各界のトップになっている人々が多いのですが、英語の書き方を知らない人がじつに多いのです。英語の使い方をほんとうに習っていないのですね。

江藤　そうですね。私がまだプリンストンで教えていましたころ、試験の答案を見たことがあります。もちろん、日本文学史の試験ですが、どの答案にも例外なく多少の文法上のミスがあったし、綴りのミスはもっと多かった。私は外国人ですから英語はあまり得意ではありませんが、この点では大いに安心させられました。

ニン　作家のなかにも英語の書き方を知らない人がたくさんいますよ。文体論的にいってよい英語を書けない作家はたくさんいます。しかし、アメリカでは街で話されている言葉をとりいれることが「民主的」な方法だとうけとられているのです。そこで、その作家に果して才能があるかどうかという問題が生れるでしょう。才能のある作家が、街の言葉を文学にとりいれようとする。しかし才能のない作家も同じことをやる。ここに問題があるわけです。私はこの馬鹿げた通念と戦わなければなりませんでした。彼らは意思の疎通は簡単なセンテンスによって達成できると信じているのです。

江藤　そうですね。簡単なセンテンス、短いセンテンスの組みあわせがいい英語とされる傾向がありましたね。

ニン　しかし、今ではこの傾向は大いに変化してきています。その点でダレルの功績が大いにあずかって力あったわけです。アメリカには凡庸な街の作家と本物の作家がいます。私の好きなのはもちろん後者の方です。

江藤　文学的な文体の復活でしょうか。

■ ケラワックの"リズム"

ニン 私は禅に関心を持っているのですけれど、禅に同じように関心を持っているケラワックの『路上』とか『地下街の人々』は訳されていますか？

大江 数年前に、江藤淳がぼくのことをジャック・ケラワックの影響を、しかも翻訳から強く受けているといって非難したことがありました。

ニン 彼はすばらしいリズム感をもっていますよ。

大江 そのとおりです。

ニン あのテンポ。あれはアメリカ生活のリズムそのものです。

大江 江藤淳はアメリカで日本の現代文学について講演したとき、ぼくのことをケラワックの翻訳の影響を受けた日本人と宣伝したものです。もっともケラワックの英語のリズム感覚は外国語でそれを模倣できる種類のものではありません。

江藤 ええ、私もある意味ではケラワックの作品を高く評価しているのです。しかし、私は、大江健三郎をケラワックよりもっと高く評価していますから、大江さんが自分よりつまらない作家の影響を、ひどい翻訳を通じて受けるのはばかげているといったのです。

ニン 彼はとても変った性格の人で、変った人や、ユーモラスな人のことをよく話します。日本に来たことがありますか？ 会ったことがおありですか？ 彼はカナダ人で、好青年です。原始人かなにかのようで、アフリカのまんなかの、とびはねるリズムのなかで、彼は口をきくこともできず、ただ酒びんに手をのばして、意識が完全になくなるまでのものです。ひとことも話をしようとしませんね。ぜんぜん意思の疎通がありません。そしてこれらのことが若い世代のテーマなのです。今でいえば、ゴー・ゴーのリズムがあったのが、『路上』に人気のでた理由です。いまの若い連中はくつろごうとしたりせず、いつも何処かへ行きたがっています。というのは、くつろげば話をしなくてはならないからです。彼らは意思の疎通をさけようとしているのです。

大江 ジャック・ケラワックのはじめのころには非常に親しみやすい素直な感受性の強くにじみでた、ある意味ではきわめて女性的な短篇がありました。たとえばやさしく甘ったるい微妙な少年の夢をえがいたものなど、アメリカの現代文学のもっとも美しい作品のひとつです。それがだしぬけに彼はそうした種類の感受性を放棄したように思いますね。

ニン それは、内部に発展させていくものが多くなかったからですよ。アメリカの生活には怖ろしい危険がつきまとっているのです。このリズムのなかのヴァイタリティと本能をもったケラワックも、やがて大衆とのつながりしかもたなくなっていった。なんの関係もないから、書くこともなくなってしまったのです。人間関係や、酒場や、リズムから離れてしまうと、なにも書くものがなくなってしまう、彼はそんな人ですよ。

江藤 彼はフランス系カナダ人ですか？

ニン そうです。私たちも話そうと思えば話す機会はあったのですけれど、彼が話そうとしないので、酒場に行って、すっかり酔っぱらってしまったんですよ。そしたら彼が、「ちょっと金があるんだけど、あなたは……」でまた酒になって、しまいには倒れてしまったわ。ミラーも最初は彼を好きになったけど、もうあまり気に入らなくなっています。でも彼は何かをもっていますね。

大江 ケラワックのすぐれた作品のなかでは、荒々しさと感受性とのつりあいがとれています。ぼくはアメリカ文学のもっとも個性的な特徴として、そうした性格があると思っていて、し

たがってケラワックを高く評価しています。
ニン　しかし彼は非常に難しいところに来ています。彼はもう隠れ場所がないのですもの。アレン・ギンスバーグ同様に公的な存在になってしまいましたから。
江藤　それはよくない。
ニン　彼は最初それをさけるだけの賢明さはありましたが、ケラワックや、ギンズバーグや、テネシー・ウィリアムズまでふくめて、そういうものに惹かれていきます。そして彼らは生活とのふれあいをなくしてしまうのです。テネシー・ウィリアムズが、はじめて大きいホテルに泊ったときのことをお話しましょう。彼は部屋に入って、バッグをあけ、あたりをぐるりと見まわすと、バッグを閉め、そのままホテルから出て行ってしまったのです。こんな生活は自分をだめにしてしまうといって。しかしやがて彼は自分の嫌っていた社交界の人間になってしまったのです。

■　E・ウィルソンの素顔

江藤　人工的な生活ですね。ところで、アメリカの批評家についておききしたいと思いますが、エドマンド・ウィルソンなどはどうお思いですか？
ニン　ああ、彼は批評家の祖父ともいうべき人ですね。けれども彼は最近、文学の世界から遠ざかりましたね。ほかのことに興味をもつようになってきました。
江藤　主に歴史ですね。私は彼の『憂国の血潮』をおもしろく読みました。南北戦争の研究です。
ニン　私はその本は読んでいません。アメリカ・インディアンについて書いた本は読みましたけれど。とても美しい本です。
江藤　あの人には素晴しく鋭い感受性があるとはお思いになりませんか？
ニン　それはありますね。私はあの方をよく存じあげているのです。すばらしい方ですよ。しばらく前にお会いしたのですが、それほどお年を召したとも思えません。新聞記者にヴェトナム戦争反対論を説くためにワシントンまでおでかけになるし、たくさんの論文を書いておられます。日記も書いていらっしゃって、私たちは日記の形式について議論しました。現在、文学的日記を書いている作家は数えるほどしかいませんが、ウィルソンはその一人です。私が最初の日記を出したとき、君は新しい日記の編集方法を発見したねといってくれました。彼は自分の日記は自分で編集するといっています。なぜってあまりにも個人的な事柄が多いのですから……。たしかプリンストンに出版はまかせるということでした。生存中に編集するというつもりではないでしょうけど、私が出したものに勇気づけられて、一部分でも出版する気になったのかもしれません。そうなったら、とてもおもしろいものが出るだろうと思っています。
江藤　ええ、それはおもしろいでしょうね。
ニン　彼はあらゆる人々を知っていますからね。彼をイギリスの批評家なみに考えているイギリス人とはちがって、アメリカ人はウィルソンをそれほど高く評価していませんけれど。
江藤　私が『憂国の血潮』に深い印象を受けたひとつの理由は、ウィルソン氏が序文のなかで太平洋戦争についてふれていたからです。こうした問題に対してアメリカ側からの「愛国的」なアプローチとでもいうべきものに反対して、非常に公平な見方をしているのが立派でした。
ニン　そうでしょう。公平で客観的なのでしょう。
江藤　そうです。非常に客観的で、公平です。また南北戦争という心理的に根の深い、こみいっ

《座談会》アメリカ文学を考える　315

た状況を見きわめようとする公平無私な姿勢にも深い感動を受けました。こういう精神の客観性が南北戦争研究を通じて一貫して維持されているのです。アメリカではあまり好評ではなかったようですね。

ニン　そうです。どういう理由かわかりませんが。歴史的には、ウィルソンのような人は非常に正確だと思いますから。アカデミックな人々がそういうものを嫌う理由はわかりません。なんでも整理箱に収ってしまうようなアメリカで、こういう文学と歴史の混然一体となった作品を見るのは珍しいことなのですから。

江藤　「科学的」な歴史ばかりどこでも流行していますから。

ニン　ただ、彼にはひとつ問題があります。現代作家を理解しないことです。それが彼のひとつの特徴ですね。非常に知的な古典主義者なのです。

江藤　そうですね。非常に古典的です。

ニン　あなたにエドマンド・ウィルソンとメアリー・マッカーシーとのことをお話しましょう。私は彼がメアリー・マッカーシーと離婚しかけていたときに会ったのです、彼から手紙をもらったので。そのとき彼はひどく心が動揺していて、次の奥さんを探してました。私に対してもあまり客観的じゃなく、私に古典的な文学を書けとすすめるのです。古典的な作家になれ、けっして現代的な作家になるなよって。それでいろいろな本を送って下さって、こういう作品を書いてほしいっておっしゃるの。だから、どこまでいっても平行線でした。彼はシュール・レアリスムとか、あいまいな書き方をする作家を好きじゃなかったの。ジェーン・オースチンなのよ。

江藤　ジェーン・オースチンをね。それはおもしろい。ますますエドマンド・ウィルソンが好きになってきた。

大江　日本でもジェーン・オースチンのちょっとしたブームがありました。彼女の本は、日本の大衆に歓迎された模様です。

江藤　そうでしたっけ？

大江　日本にはじめてオースチンが翻訳されたころで、彼女は人気がありました。

江藤　三、四十年前？　岩波文庫版のジェーン・オースチンが出たころだね、『誇りと偏見』やなんかが、二冊くらい。

ニン　そのころの話ですが、メアリー・マッカーシーはすごい夫婦喧嘩をしましてね、エドマンド・ウィルソンはよくオフィスに閉じこもったものです。すると、彼女は新聞紙をとって、火をつけ、ドアの下に入れて、いぶり出したものです。

江藤　メアリー・マッカーシーが……

ニン　あなたもいぶり出されたことがあるの？

江藤　さいわいにしてまだありません。（笑）

ニン　それはすごい喧嘩ですよ。私を発見したのは、「ニューヨーカー」にウィルソンがはじめて私のことを書いた時で、そのときはじめて会ったわけです。

江藤　彼は非常に落着いた、美しいもの、女性に対する感受性の強い人だと思います。私はつねに女らしさの表現が好きです。ときにはちょっと危険と思われるほどの女性らしい表現の魅力には本当に抵抗しがたい。美しくなければだめですけれど。私は女性が好きです、好きにならずにはいられない。

ニン　でも、誰にもいぶり出されないわけね？

江藤　その点はもうちょっとましなのですよ。（笑）

ニン　私たちが理解しあえず、失敗に終ったあと、ウィルソンはとても美しくて優しい、すばらしいロシア女性と結婚しました。この女性はウィルソンの前の結婚でできた子供を世話していました。その女性との結婚以前にウィルソンは『私はめざめているか、ねむっているのか』という、イザベル・ボルトンという人の本を読んでいました。あなたのいう彼の女流作家に対する好みを示しているわけです。そこで、彼は、もし君がぼくと結婚したくないのなら、イザベル・ボルトンを探してくるというわけです。彼女は非常にいい本を書いているし、まだ無名でいるから、というのです。そうして彼は探しに探したあげく、マサチューセッツのとある小さな家をみつけました。そこで老婦人がバラを剪っていたのです。その人がイザベル・ボルトンだったの。

江藤　アメリカにいたころ、一度お訪ねしたいと思っていたのですが……

ニン　彼は日本文学を知っているでしょうか？

江藤　さあ、おそらくあまり知らないでしょう。それでお訪ねしたいと思ったのですが、ちょっとためらったのです。

ニン　まあ、そんな心配はいりませんでしたのに。私もよくそういう躊躇をしたことがありました。それが一生悔やまれるのです。

江藤　そうでしょうね。私がアメリカの作家にあえて求めて近づこうとしなかったのは、彼らが日本文学をあまりにも知らなすぎるからです。私はいつもそのことでいらだちを感じていましたから……

■ 翻訳の文体について

ニン　アメリカでは何についてもそういえますね。アメリカ人はなにも知っていないのです……。じっさい戦争中は外国作家も知らなかったし、出版社では外国人の読者を知らなかった。第二外国語や第三外国語にあたるフランス語やイタリア語さえ読めないのです。日本文学の翻訳について、何かお役に立つようなことがありましたら教えて下さい、どういう作品が望ましいとか。

江藤　たとえば、五十年前に死んだ夏目漱石です。この人は近代日本の文学史上最良の作家の一人にかぞえられていますが、これまでに立派な文学的な英語になっているのはたった一冊、『こころ』という作品を、いまシカゴ大学のアジア学科の主任教授のエドウィン・マクレランという人が翻訳したものがあるだけです。もちろん、日本人の手で英語に翻訳されたものがないわけではありません。しかし、彼らの英語は概して文学的香気が乏しいのです。ですからキーン、ヒベット、サイデンスティッカー、それにさっきお話に出たネイサンというような米国の限られた翻訳家に頼らざるを得ないのが実情です。

大江　アメリカのフランス文学翻訳はすぐれているとお思いですか？

ニン　たまにいいと思いますね。しかし、つねにいいものばかりとはかぎりません。フランス人は苦情をいいますよ。

大江　ごく最近、ディック・シヴァーズがマルキ・ド・サドの作品集を翻訳しました。サドの翻訳としては文体のえらび方の客観性というか即物性というか、なまなましく具体的な感覚に感心しました。日本にもサドの翻訳はあります。翻訳者は長年サドに傾倒しているすぐれた翻訳者です。しかし、ぼくの個人的な意見では、この翻訳者は非常に複雑なひだまで翻訳

しすぎるところがある、ソフィスティケーテッドでありすぎるといってもいいところがある。彼の翻訳でサドを読むと、それは三島由紀夫の『サド侯爵夫人』などはじめ、この翻訳に影響されたサド理解にあからさまにあらわれていますが、サドがまるで、マダム・ド・セヴィニエのようなひびきをもってくる。ぼくはシヴァーズはサドの翻訳者としては最良のひとりの人だと思います。サドのなまなましい暴力の感覚とか、即物性の感覚、力強い野卑さなどがそのままうつしうえられていますし、それでいてサド本来の複雑さも伝えられているものです。

ニン　フランスでは非常に怖れられている作家ですね。

大江　あなたは十八歳の頃まで、フランス語で書かれたそうですね。

ニン　いいえ、私がヨーロッパを去ったのは十一歳のときで、フランス語で書いた作品はありません。ただフランス語で書こうと思ったことはあるんですよ。というのは、私のとりあげた問題が英語にある種のニュアンスをとりいれること、フランス文学からくるいろいろな効果や陰翳といったものをとりいれることにあったからです。融合の時代であるわけですね。

江藤　（『愛の家のスパイ』を開いて）ここにあなたのことばが引用されています。「十六の年まで私はフランス語で文章を書きました」と。

ニン　ああ、それはそのとおりです。でも、それは小説のことではありません。もともと、私はヨーロッパにいる父にフランス語で手紙を書いていたのです。父は英語ができませんでしたから。だから私の日記の十六歳のところまではフランス語で書かれています。それで誤解されたのですね。でも、最初の本は英語で書きました。

大江　あなたの作品の翻訳はすばらしいのですが、ひとつだけ僕には訳者と意見のちがった点があります。訳者があなたの文体について述べていることですが、訳者はあなたの文章にあいまいさを見出すといいますが、僕はむしろあいまいさそのものをうつしだす正確さという風に感じました。
（あいまいさ、正確さにそれぞれ「アンビギュイテ」とルビ）

ニン　それはうれしいことです。とてもうれしい。アメリカでは私を観念的だというのです。アメリカ人は抽象概念を理解しません。彼らは細部をすっかり知りたがります。しかし私は、人物の年齢だとか、どこに生活しているかなどを書かないのです。

大江　ときどき、日本語の文体が非常にあいまいなものだと信じてんでいるヨーロッパの日本語通がいますし、日本人の外国文学者のなかにもそういうことをいう人がいますが、私の意見では、日本語には日本語の明晰さがあるのであって、それはあいまいさというものではないと思います。あいまいなものを明晰に、いかに書きあらわすかですね、日本の古典がつみかさねてきたのは。

ニン　そうです。精神状態をはっきりと書くとか、事件について明白にするとか。アメリカの小説は事実だけで、精神状態についてはあまり書かれていません。ある言葉を書こうとする。それはそんなに単純なことではありません。言葉は決して単純なものではありません、行動は単純なものですが。アメリカの小説でどうしてこの二つを隔合させたらよいか。日本にはそれを可能にする手段があるのでしょうか。日本人は精神状態をきわめて平易に書きますね。それが日本文学とフランス文学の親近性なのではないでしょうか？

江藤　そうですね。ある意味ではおっしゃる通りでしょう。しかし、スタイルがちがいますね。フランス語のような明瞭なスタイルが日本でかならずしも賞讃されるとはかぎりません。むしろあいまいな暗示的なスタイルが賞讃されます。あいまいなスタイルによって内部を明瞭

にとらえようとする。それも単に言語の性質上の理由からなのです。日本語は非常に屈折の多い言葉ですから。
ニン　それは精神状態そのものがそうだから……
江藤　そういうわけです。ですから、日本語はおそらくこのとらえがたい精神状態をとらえるのには一番適しているのでしょう。
ニン　それが日本の文学や映画を私たちが好きになる理由でしょうね。そして複雑なところを理解できない理由でもあるのでしょう。

■ 三島と安部の文学

大江　『砂の女』を書いた安部公房の新しい映画をごらんになりましたか？
ニン　いいえ、まだ見ていません。しかし日本映画はずいぶん見ていますよ。御存知のように、ロスアンゼルスにはとても大きな日本人街があって、日本映画をやっている映画館が五軒あるのです。
大江　こんどの映画は『他人の顔』で、この小説の英訳も出ていますが立派な仕事です、小説も映画も。
ニン　日本で見て行きたいですね。日本映画は原作に忠実なのではありませんか。
江藤　かならずしもそうとはいえないでしょう。『他人の顔』の場合は忠実だといえるでしょうね。
ニン　『砂の女』の場合も原作に忠実でしたね。ところで、私がアメリカに帰ったとき、どの作家について話したらいいでしょう。私たちが知るべき日本の作家でまだ知らずにいる作家を教えていただきたいのです。
江藤　私の意見では、安部公房氏は才気のある作家です。しかしやや現代についてのきまり文句に頼りすぎるきらいがあると思う。富士山や、芸者や、桜の花といったありふれたきまり文句だけではなくて、知的な、一見コズモポリタンな日本製のきまり文句というものもありますから。
大江　安部公房は現代日本を代表する作家ですし、非常に客観的です。僕は江藤の意見に反対です。
江藤　三島氏は非常に大きな才能をもっている人です、二つの面がありますが。
ニン　どうぞ、その二つの面というのをきかせて下さい。
江藤　三島氏は今や大作家になろうとしている。しかし、例えば三島氏とダレル氏の間に違いがあるとすれば、三島氏に果して作家の本質的な信条というものがあるのかと思われる点があることです。
ニン　私たちもよくそうしますけれど、あなたもひょっとしたら、外国の作家を少しロマンティックな眼で眺めていらっしゃるのではないかしら。三島は私の眼には大変すばらしい作家のように見えます。それは私が日本の作家を見る場合、レンズを通してみるせいかもしれません。日本の作家が私には難かしく、唐突に見えるように、あなたにはダレルがそんなふうにお見えになるのではないかしら。けれども、私にはダレルは、そうは見えないのです。ごく親しすぎますから。私からみれば、ダレルには信条などないのよ。
江藤　信条がないですって？　だとすれば、今私たちが問題にしている二人の作家は同じ種類の人間なのでしょうか。

ニン　それはダレルにも一種の信条があるかもしれません。でも私からみれば、彼の信条は非常に否定的なものです。あの愛や心理や、ああいったものすべてが否定的なものです。

江藤　そうかも知れません。でも、私にはダレルのほうにより強く信条の存在を感じるのです。三島氏が国際的評価を意識しすぎているように見えるのは不幸なことです。彼はもはや公的存在ですから。

ニン　ダレルだって国際的評価を気にしないはずはないでしょう。

江藤　もちろん、彼だってそうでしょうね。まあ、三島氏は身近な存在ですから、本質的でないことが見えてしまうのでしょう。

大江　僕が安部公房を評価する理由のひとつは、日本人の作家として、かれはもっとも独特なユーモアの感覚をもつ人だからです。世界的にいっても、彼はルイス・キャロルの影響を強くうけた最良の現代作家でしょう。ぼくはユーモラスなエピソードをもちいる作家が好きですが、ニンさんの作品のなかでも、髪にホタルをつけている女のイメージなどに、ユーモラスで、かつ明快で愉快でした。

ニン　でも『砂の女』はとても悲劇的ではありませんか？

大江　ええ悲劇的ですし残酷ですし暗い話ですが、同時に、安部公房は奇妙な、いわば実存的なユーモアのセンスがあり、それを武器にしている作家でもあります。

江藤　ところで、太宰治の作品はお読みになりましたか？

ニン　いいえ、読んだことがありません。

江藤　そうですか。私はとくに彼の作品が好きだというわけではありませんが、太宰の作品にはあるユーモアがあります。安部氏の書くものには、どんなものにも、なにかアルミ箔に手をふれるときのような感触がある。

大江　安部公房はシュール・レアリスムをくぐりぬけてきた作家ですが、一般にぼくはシュール・レアリスムやダダイズムの仕事の遺産が好きですから。もっとも文学的なシュール・レアリスムの効果を達成することはかなり困難なことだったにちがいないと思うのですが、あなたの初期の本の中にみられるシュール・レアリスムの効果には深い印象をうけました。あなたの方法は、あの作品群が発表された当時きわめて独特だったでしょう。

ニン　もっとも澄みきった気持でいることでしょうね。無意識の世界の声にしたがうという方法です。戦争のためにこの方法がぶちこわされてしまい、そのあとまた文学に戻ってきたわけです。精神状態を描写するためにこの手法を発展させ、行動を描写するためには単純な手法を発展させて、この両者を融合させたのです。

大江　あなたの方法を理解できる読者は稀だったろうと思いますが、その反面『愛の家のスパイ』のヒロインのサビーナの性格は、あの時代にもひとつの典型となりえるものだったに違いありません。少くとも、現代の文学の多くのヒロインが、サビーナに自分の先祖をみいだすことができるだろうと思います。

ニン　それはとてもありがたい批評ですね、作者としては。今日とても楽しいお話をすることができました。これからもこのような機会がほしいですね。お互いの国の文学について、真の理解は作家同士の率直な話し合いから生まれるでしょうから。（了）

『文藝』（1967年2月号、河出書房新社）

各遺族団体より転載許諾

索　引

人名索引

あ行

アースキン、ジョン …………………… 178, 192
アブラムソン、ベン …………………………… 283
アベラール、ペーター ………………………… 13
アポリネール、ギヨーム ……………………… 57
アランディ、ルネ … 15, 20, 24, 25, 26, 61, 72, 153
アルダン、デイジー …………………………… 68
アルトー、アントナン …… 129, 161, 198, 208, 209
アレクサンドリアン、サラン ………………… 92
アンダーソン、シャーウッド ……………… 246
イアコブレバ、エレーナ …………………… 203
イェイツ、フランシス ……………… 37, 55, 56, 62
イェーガー、マルタ …………………………… 95
出光真子 ……………………………………… 142
稲熊弦一郎 ……………………………………… 8
稲熊文子 ………………………………………… 8
ヴァッサーマン、ヤーコブ ………………… 266
ヴァネル、エレーヌ ………………………… 169, 170
ヴァルダ、ジャン …………………… 65, 159, 290
ヴァレーズ、ルイーズ ……………………… 287
ヴァレリー、ポール ………………… 55, 56, 60
ヴィダル、ゴア ……………………………… 193, 288
ウィット=ディアマント、ルース
　　………………………………… 271, 272-281, 295
ヴィーナス、ブレンダ ……………………… 114
ウィリアムズ、ウィリアム・カルロス
　　………………………………………… 283, 296, 297
ウィルソン、エドマンド ………………… 111, 113
ウェイリー、アーサー …………… 117, 122, 123
ウェスト、レベッカ ………………………… 131
上西信子 ……………………… 8, 10, 277, 278, 281, 296
植松みどり …………………………………… 106
ヴェルレーヌ、ポール ……………………… 154
ウォートン、イーディス …………………… 57
ウォリス、ミエチスラフ ………………… 46, 47
ヴォーン、キャリ・リン …………………… 188
ウルフ、ヴァージニア …… 8, 143, 195, 214-228
エヴァンズ、オリヴァー …………………… 264, 267
エイガー、アイリーン ……………………… 165
H.D. …………………………………………… 178-197
江藤淳 …………………………………………… 8
エマソン、ラルフ・ウォルドー …………… 126
エリオット、カミーラ ………………………… 6
エリオット、T・S ………………… 56, 103, 159
エリュアール、ポール ……………………… 62
オーウェル、ジョージ ……………………… 288
大江健三郎 …………………………………… 8, 9
大岡信 ………………………… 102, 103, 106
大野朝子 …………………………………… 6, 244
岡田尊司 ……………………………………… 203
オグデン、チャールズ ……………………… 268
オースター、ポール ……………………… 35, 45
オズボーン、リチャード ………… 109, 110, 127
オールディントン、リチャード
　　……………………… 178, 179, 180, 182, 183, 195
オールデン、デイジー ……………………… 296

オールベリィ、ノブコ → 上西信子
オレンスタイン、グロリア ………………… 165
オロペーザ、クララ ………………………… 5, 8

か行

ガイスマー、マックスウェル ……………… 276
ガイラー、ヒュー → ヒューゴー、イアン
カヴァラー=アドラー、スーザン ………… 82
カースウェル、キャサリン ………………… 189
ガタリ、フェリックス …………………… 150, 242
カッティング、ローズ・マリー …………… 297
加藤麻衣子 ……………………………………… 4
カハーン、ジャック ………………………… 136
カラザズ、マリー …………………………… 37
柄谷行人 ………………… 141, 150, 232, 233, 238
柄谷真佐子 → 原真佐子
カルヴィーノ、イタロ …… 43, 45, 47, 48, 50, 51
ガルボ、グレタ ……………………………… 68
カーロ、フリーダ …………………… 158, 165
河出孝雄 ……………………………………… 277
河出朋久 ………………………………………… 8
カンディンスキー、ヴァシリー …………… 78
キースラー、フレデリック ………………… 244
木村淳子 ……………………… 4, 168, 187, 208
キャザー、ウィラ …………………………… 139
ギャリー、ロメイン ………………… 257, 267
キャンベル、ジョセフ ……………………… 158
ギルバート、サンドラ …………………… 189
ギルマン、シャーロット・パーキンス …… 234
ギンズバーグ、アレン …………… 272, 277, 278
クストー、ジャック・イヴ ………………… 47
グラック、ジュリアン ……………………… 93
クリステヴァ、ジュリア ……………… 90, 91, 92
グリフィン、ガブリエル …………………… 255
グリフィン、ジョン・ハワード …………… 272
クリフォード、ジェイムズ ………… 247, 262, 263
クルック、スティーヴン ………………… 119, 123
クルメル・イ・ボーリゴー、ローザ … 55, 142,
　　204, 214, 216, 217, 219, 220, 225, 277
グレイ、セシル …………………… 179, 180, 182
クレー、パウル …………………………… 149, 159
クロスビー、カレス ……………………… 199, 285
クローデル、ポール …………… 55, 56, 94, 95
ケイス、バーサ → シュランク、バーサ
ゲスト、スティーブン ……………………… 185
ゲスト、バーバラ …………………… 179, 186
ゲーテ、ヨハン・ヴォルフガング ………… 134
ケハギア、アンジー ………………… 203, 204
ケラー、ジェイン・エブレン ……………… 194
ケルアック、ジャック ……………………… 277
ゲルファント、ブランシュ ………………… 52
ゴットリーブ、エレイン・S ………… 283, 297
ゴッホ、ヴィンセント・ヴァン …………… 183
コレット、シドニー=ガブリエル ………… 193
コレリ、マリー ……………………………… 117
コロンブス、クリストファー ……………… 50

321

ゴンザレス、アナベル ……………………… 203

さ行

三枝和子 ………………………… 101, 104, 105
嵯峨天皇 ……………………………………… 102
サド、マルキ・ド ………………………… 165
サリヴァン、ハリー・スタック ………… 171
サリヴァン、フランソワーズ …………… 170
サルトル、ジャン=ポール ……………… 141
サロート、ナタリー ………………………… 86
ザロメ、ルー・アンドレアス …………… 7, 8
サンチェス、エデュアルド ……… 72, 187, 207
サンド、ジョルジュ ………………………… 77
サンドラール、ブレーズ ………………… 282
ジェイソン、フィリップ・K … 26, 83, 84, 297
ジェイ、マーティン ………………… 136, 291
ジオノ、ジャン ……………………………… 282
シカゴ、ジュディ ………………………… 142
ジーグフェルド、フロレンツ …………… 268
シクスー、エレーヌ ……………………… 188
ジッド、アンドレ …………………………… 60
柴田元幸 …………………………………… 233
澁澤龍彦 …………………………… 146, 147
ジャックゾク、アニータ …… 6, 247, 264, 297
シャピロ、カール ………………………… 279
シャルパンティエ、アンリ ……………… 268
ジューヴ、ピエール・ジャン ……… 93, 267
シュネロック、エミール ………………… 128
シュランク、ジョゼフ ……… 118, 119, 121, 122
シュランク、バーサ ……… 118, 119, 120, 121, 122
ジョイス、ジェイムズ
 ………………… 13, 15, 55, 108, 128, 136, 154, 159
ジョイス、スタニスラウス ………………… 13
ショーデ、クロエ ………………………… 208
ショパン、ケイト ………………………… 234
ジョラス、ユージン ……………………… 154
ジョンストン、ミリー …………………… 296
ジルバーグ、キャロライン ……………… 195
スィーボード、トゥインカ ……………… 121
菅原孝雄 …………………………… 99, 100, 280
杉崎和子 ………………………… 114, 144, 281, 293
杉崎正子 → 杉崎和子
鈴木ユリイカ ……………………………… 105
スタイン、ガートルード …………………… 55
スティーヴン、ジュリア ………………… 215
スティーヴン、レズリー ………………… 215
ステロフ、フランシス
 ……………………… 111, 112, 281-285, 296, 297
ストゥールマン、ガンサー
 …………………… 83, 84, 271, 289, 290, 291, 292, 293
ストゥールマン、バーバラ …………… 291
ストラヴィンスキー、イーゴリ …………… 24
スナイダー、ロバート ………………… 289, 292
スピヴァク、ガヤトリ …………………… 149
スペンサー、シャロン ……… 26, 45, 52, 248
スペンス、ジョナサン ……………………… 37
スマート、エリザベス ……………………… 9
スミス、ジューン・イーディス …… 75, 109, 120
聖アウグスティヌス …………………… 13, 90
セージ、ケイ ……………………………… 168

セルー、ポール …………………………… 233
セレリエ、パトリシア=ピア …………… 164
ソウザ・メンデス、アリスティデス・デ …… 200
ソコル、サリーマ ………………… 226, 282
ソレルス、フィリップ ……………………… 87
ソロー、ヘンリー・デヴィット ………… 233

た行

タイタス、エドワード …………… 108, 109, 187
ダ・ヴィンチ、レオナルド ……………… 103
高村智恵子 ………………………………… 143
ダドリー、ジョン ………………… 200, 201, 211
ダドリー、フロ …………………… 200, 211
ターナー、マーク ………………………… 254
谷崎潤一郎 ………………………………… 296
タニング、ドロテア ……………………… 166
ダリ・イ・クシ、サルバドール ………… 206
ダリ、ガラ ………………… 200, 201, 202, 210
ダリ、サルバドール … 8, 158, 175, 198-213, 289
ダレル、ロレンス
 …………………… 15, 136, 143, 190, 270, 284, 291
タンギー、イヴ …………………………… 289
チャドウィック、ホイットニー …… 160, 168, 174
鶴岡賀雄 …………………………………… 187
ディック、ケネス ………………… 284, 297
ティンゲリー、ジャン ………… 263, 264, 267
デメトラコプルス、ステファニー ……… 226
デュシャン、マルセル …… 12, 24, 25, 43, 60, 244
デュラス、マルグリット ……………… 86, 284
デリダ、ジャック ………………… 233, 270
ドゥーゼ、エレオノーラ ………………… 77
ドゥーリトル、ヒルダ → H.D.
ドゥルーズ、ジル ………………… 150, 242
ドストエフスキー、フョードル …… 57, 123
徳田ホキ …………………………………… 114
ド・ボアルネ、ジョゼフィーヌ ………… 267
トマス、ディラン ………………………… 274
ドメニー、ポール …………………………… 57
トーラー、ベアタ …………………………… 74
トリエステ、ロバート …………………… 290
ドルックス、ルナタ ………………… 248, 266
トレイスター、アーロン ………………… 272

な行

中小路駿逸 ………………………… 102, 103
中田耕治 ……………………… 9, 98, 99, 100
ナポレオ一世 ……………………………… 267
ナルバンチャン、スザンヌ …………… 4, 5, 8
ニーチェ、フリードリヒ …………………… 7
ニン・イ・カステリャノス、ホアキン
 → ニン、ホアキン
ニン=クルメル、ホアキン …… 4, 13, 29, 289
ニン、ホアキン …… 13, 14, 15, 16, 17, 19, 20, 23,
 26, 72, 73, 74, 75, 81, 82, 132, 135, 142, 150,
 188, 204, 205, 206, 207, 214, 216, 217, 218,
 219, 220, 224, 225, 248, 266, 276
ネルヴァル、ジェラール・ド ……… 55, 88, 89
ノヴァーリス ………………………………… 55
ノグチ、イサム ……………………………… 8

は行

ハイドン、ハイラム ……………………… 286
パイク、バートン ………………………… 52
バーウィック、キース …………………… 288
パウウェル、アンナ ……………………… 242
ハウエルズ、ウィリアム・ディーン …… 233
ハウザー、カスパー ……………………… 249
パウンド、エズラ
　………………… 56, 178, 179, 183, 262, 276, 278
萩原美津 …………………………………… 191
バーグ、バーバラ …………………… 50, 53
パーク、ロバート・E …………………… 35
バザン、ナンシー・トッピング … 214, 215
ハースト、ファニー ……………………… 57
パーソンズ、ベティ ……………………… 296
ハッチオン、リンダ ……………………… 6
パトナム、サミュエル …………………… 109
バトラー、ジュディス ……… 139, 140, 142
バーフォード、ウィリアム ………… 288, 289
バーマン、ジェシカ ………………… 246, 247
ハムスン、クヌート ……………………… 123
原麗衣（あきを）→ 原真佐子
バラキアン、アンナ ………… 6, 246, 259, 260
原真佐子 ………………… 6, 100, 106, 138-151
原マスミ …………………………………… 149
バルト、ロラン …………………………… 6, 89
バーンズ、デューナ ………………… 260, 267
ハーン、ラフカディオ …………………… 120
ピカソ、パブロ ……………………… 159, 204, 247
樋口一葉 …………………………………… 116
ビザン、クリスティヌ・ド ………… 40, 41
ビーチ、シルヴィア ………………… 108, 277
ピチョート、ラモン ……………………… 204
ヒトラー、アドルフ ……………………… 210
ビューエル、エステル ……………… 70, 75
ヒューゴー、イアン ………… 8, 20, 22, 24, 54, 55,
　58, 61, 63, 65, 75, 109, 121, 127, 140, 145, 146,
　150, 153, 199, 208, 266, 272, 273, 275, 276,
　280, 283, 292, 295
フィッシュ、スタンリー ………………… 261
フィッチ、ノエル ………………………… 4
フィッツジェラルド、F・スコット …… 234
フィッツジェラルド、ゼルダ …………… 143
フィニ、レオノール ………… 164, 165, 174
フェルドマン、D・マーク ……………… 179
フェルナンデス、フアン・ヌニェス …… 204
フェルバー、リネット …………………… 184
フェレス、フェリパ・ドメネク … 205, 206, 207
フェレンツィ、シャーンドル …………… 171
フェロン、ジョン ………… 285-294, 297, 298
フォークナー、ウィリアム ……………… 112
ブキャナン、ジェイムズ ………………… 268
フックス、ミリアム ……………………… 84
ブニュエル、ルイス ………………… 109, 208
ブラウン、アンドリアス ………………… 123
プラス、シルヴィア ……………………… 143
プラトン ……………………………… 94, 146
フランク、アンネ ………………………… 144
フランケル、マイケル …… 110, 118, 128, 129
フランケンバーグ、ルース ……………… 255

フランシス、サム ………………………… 281
フランス、アナトール …………………… 57
ブランチ、レズリィー ……………… 257, 267
ブランチャード、リディア ……………… 187
プリチェット、V・S …………………… 195
プルースト、マルセル
　…………… 5, 13, 15, 17, 28, 29, 37, 57, 116, 193, 267
フリードマン、エレン・G ……………… 84
フリードマン、スーザン・スタンフォード … 195
ブルトン、アンドレ …… 58, 61, 99, 154, 160, 161,
　164, 165, 172, 198, 208, 209, 210
フロイト、ジークムント …… 6, 7, 25, 37, 61, 75,
　141, 153, 155, 171, 172, 175, 178, 185, 207
ブロデリック、キャサリン ………… 116, 232
フローベール、ギュスターヴ …………… 57
ベアー、ディアドラ
　………………………… 4, 7, 84, 106, 159, 216, 284
ペインター、ジョージ …………………… 29
ベーカー、ジョセフィーン ………… 256, 266
ベケット、サミュエル …………… 4, 90, 95
ペーターズ、H・F ……………………… 7
ペトロニウス ………………………… 13, 117
ヘミングウェイ、アーネスト …………… 159
ヘリック、ロバート ……………………… 180
ヘルダーリン、フリードリヒ …………… 55
ヘロン、ポール …………………………… 190
ペンローズ、ヴァランティーヌ ………… 165
ベンヤミン、ウォルター ………………… 270
ポー、エドガー・アラン …… 55, 234, 253
ホイットマン、ウォルト ……………… 56, 119
ボーヴォワール、シモーヌ・ド … 4, 76, 86, 141
ホーソーン、ナサニエル ……………… 47, 52
ポッドニークス、エリザベス …………… 8
ボードレール、シャルル …………… 87, 88
ホートン、ミリー ………………………… 281
ポール、ルーパート ………… 114, 116, 266, 272, 273,
　274, 275, 276, 278, 280, 290, 291, 293, 294, 297
ホルドリッジ、バーバラ ………………… 297
ホワイト、アントニア …………………… 8
ホワイト、エミール ……… 111, 112, 113, 114
本田錦一郎 ………………………………… 103

ま行

マーヴェル、アンドルー ………………… 103
マーカート、ロレンス・ウェイン ……… 239
マクスウェル、ロレンス ………………… 276
マーチ、トーマス …………… 250, 251, 257
松岡茂雄 …………………………………… 210
マーフィ、リチャード …………………… 119
マラルメ、シュテファヌ ………………… 95
マン、トーマス …………………………… 66
マンスフィールド、キャサリン ………… 189
マンスフィールド、ジューン …………… 276
三島由紀夫 ………………………………… 8
ミショー、アンリ ………………………… 87
水田宗子 ……………………… 141, 144, 150
ミッチェル、W・J・T ………… 35, 40, 45
三宅あつ子 ………………………………… 243
ミラー、ジューン …… 14, 15, 17, 18, 27, 118, 119,
　128, 145, 158, 191, 193, 284

323

ミラー、ヘンリー 13, 15, 20, 22, 58,
　75, 82, 86, 99, 108-125, 126-137, 145, 153, 158,
　178, 184, 188, 189, 191, 193, 198, 199, 201,
　214, 221, 224, 226, 270, 271, 272, 276, 277,
　278, 282, 283, 284, 288, 289, 291, 296
ミレット、ケイト 142, 189
ミロ、ジャン 247
ミロ、ホアン 154
ムーア、ハリー・T 188
紫式部 8, 108-125
冥王まさ子 → 原真佐子
メイソン、ジェイムズ 292
メイラー、ノーマン 278
メッツガー、ディーナ 259, 263, 267
メリル、ジェイムズ 4
モーパッサン、ギ・ド 156
モリス、アイヴァン 281
モリスン、トニ 254
モレ、エルバ 23
モレ、ゴンザロ 14, 15, 22, 23, 193, 199, 243
モンテルラン、アンリ・ド 282

や行
矢川澄子 138-151
ヤコブソン、ロマン 88
山本豊子 199, 231, 243
ヤング、マルグリット 279, 294
ユング、カール
　............... 76, 99, 106, 145, 152, 153, 159, 171, 207
ヨーク、アラベラ 180, 181

ら行
ライト、フランク・ロイド 266
ライト、リチャード 266
ライト、ロイド 266
ラカン、ジャック 86, 95, 140, 188
ラニオン、チャールズ 290
ラフリン、ジェームズ 296
ランク、オットー 15, 20, 24, 25, 26, 27, 30,
　61, 70-84, 135, 136, 153, 171, 172, 178, 248,
　249, 252
ランボー、アルチュール 55, 56, 57, 58, 59,
　60, 61, 62, 63, 66, 67, 78, 154, 198
リー、カナダ 255, 256, 266
リチャーズ、アール・ジェフリ 40
リチャード=アラーディス、ダイアン 188
リッチ、マッテオ 37
リーバーマン、E・ジェイムズ 73, 83
リルケ、ライナー・マリア 7, 55, 56
リンチ、ケヴィン 34, 41
ルソー、ジャン・ジャック 5, 13, 289
ルッケル瀬本阿矢 160
ルーハン、メイベル・ドッジ 189
ルブラン、ジョルジェット 77
ル・ワンガイ 37
レイ、マン 247, 290
レイク、カールトン 111, 112
レイナー、トリスティン 286, 293, 295
レヴィ=ストロース、クロード 90
ロウエル、エイミー 179, 189

ローウェンフェルズ、ウォルター 110
ローガン、マリエ・ローズ 252
ロジャーズ、カール 171
ローズモント、ペネロペ 161
ロセット、バーニー 116
ローゼンフェルド、ポール 297
ロートゥリエ、モード 198, 208, 209
ロートレアモン 55, 88
ロブレス、エスター・ワゴナー 295
ローランド、ズーザン 8
ロレンス、D・H 16, 57, 108, 109, 110, 111,
　128, 129, 130, 135, 136, 178-197, 231, 237,
　239, 244, 282
ロレンス、フリーダ 179, 180, 182, 190

わ行
ワイズ、ロバート 284
ワーゼン、ジョン 179
ワッツ、アラン 296

アナイス・ニンの作品索引

＊邦訳として 2024 年現在刊行されていない書籍を指す。

あ行

『愛の家のスパイ』…… 8, 12, 14, 17, 18, 23, 24, 26, 27, 43, 49, 74, 98, 192, 231, 232, 236, 237, 240, 244, 275, 280, 284

『アナイス・ニン、自己を語る』（ドキュメンタリーフィルム、DVD）………………… 289

『アナイス・ニンとの対話』（編訳）………… 152

『アナイス・ニンによる朗読──近親相姦の家』……………………………………………… 297

『アナイス・ニンの日記』（第 1 巻〜第 7 巻）＊ …… 7, 14, 15, 19, 58, 63, 75, 100, 116, 117, 141, 147, 271, 289, 286, 289

『アナイス・ニンの日記』（編訳）………… 124, 143

『アナイス・ニンの日記 第 1 巻』……… 6, 14, 15, 19, 58, 63, 75, 100, 116, 117, 141, 147, 271, 280, 286, 289

『アナイス・ニンの日記 ヘンリー・ミラーとパリで』→『アナイス・ニンの日記 第 1 巻』

『アナイス・ニンの日記 第 2 巻 1934-1939』＊ ……… 14, 15, 72, 100, 106, 143, 286, 287

『アナイス・ニンの日記 第 3 巻 1939-1944』＊ ……………………………………………… 287

『アナイス・ニンの日記 第 4 巻』＊ ……………………………… 111, 243, 287, 290

『アナイス・ニンの日記 第 5 巻』＊ … 6, 289, 290

『アナイス・ニンの日記 第 6 巻』＊ ……………………………………… 290, 292, 293

『アナイス・ニンの日記 第 7 巻』＊ ……………………………………… 266, 293, 294

『アナイス・ニンの日記の写真』＊ ………… 290

『信天翁の子供たち』…… 17, 21, 34, 41, 42, 49, 51, 74, 142, 192, 193, 226, 231, 232, 235, 266

『インセスト──アナイス・ニンの愛の日記【無削除版】1932 〜 1934』（編訳）……………………… 4, 72, 82, 127, 133, 136, 137, 148

『女は語る』＊ ……………………………… 99, 152

か行

『ガラスの鐘の下で』…… 14, 23, 88, 92, 100, 111, 112, 113, 159, 265, 279, 283, 284

『近親相姦の家』…… 12, 14, 16, 17, 21, 27, 58, 61, 62, 63, 64, 74, 76, 77, 78, 79, 90, 92, 98, 99, 100, 104, 105, 154, 155, 160, 161, 168, 208, 209, 281, 282

「声」…… 20, 24, 71, 74, 77, 79, 81, 156, 167, 168, 171, 172, 173

『心やさしき男性を讃えて』……………………………………… 116, 124, 249, 267, 269

『小鳥たち』…………………………………… 149, 286

「この飢え」………………………………… 112, 113

『コラージュ』…… 66, 67, 100, 105, 159, 246-269, 278, 279, 280, 281

さ行

「ジューナ」………………… 158, 167, 168, 169, 193

『蜃気楼』＊ (『ミラージュ』) ＊ ……… 193, 286

『人工の冬』…… 14, 16, 19, 20, 24, 28, 74, 76, 77, 78, 79, 81, 100, 101, 105, 112, 113, 156, 160-176, 193, 226, 282, 283, 297

「ステラ」…………… 19, 101, 104, 168, 169, 173

「性の神秘主義者──D・H・ロレンスの第一印象」…………………………………………… 186

た行

「誕生」…………………………… 14, 88, 89, 92

『デルタ・オブ・ヴィーナス』………………… 286

な行

『内面の都市』＊ ……… 5, 7, 12, 14, 17, 20, 21, 27, 32-53, 60, 74, 77, 142, 191, 192, 226, 230-245

『日記』→『アナイス・ニンの日記』（第 1 巻〜第 7 巻）＊

は行

『火』＊ ……………………… 4, 15, 22, 73, 193

『ヘンリー＆ジューン』……………… 4, 109, 193, 285

『炎へのはしご』……… 17, 18, 42, 48, 74, 192, 214, 216, 225, 226, 231, 232, 234, 236, 237, 238, 240, 241

ま行

『ミノタウロスの誘惑』………… 14, 27, 43, 50, 71, 74, 158, 192, 231, 232, 234, 236, 240

『未来の小説』…… 5, 7, 14, 28, 57, 58, 65, 104, 105, 152, 193, 239

や行

『より月に近く』………………………………… 4, 193

『四分室のある心臓』…… 14, 22, 23, 24, 42, 49, 74, 192, 193, 231, 232, 239, 243, 244

ら行

「ラグタイム」……………………………………… 23

『リノット──少女時代の日記 1914-1920』（編訳） ……………………… 13, 138, 144, 145, 285

「リリス」…………………………………… 167, 169

わ行

『若妻の日記』＊ ………………………………… 55

『私の D・H・ロレンス論』…… 14, 108, 109, 127, 187, 188, 189, 190, 191

作品名索引

あ行

『アイ』 275
『アーカイブの病——フロイトの印象』 270
『アーケード・プロジェクト』 270
『憧れの矢——アナイス・ニン、フェリックス・ポラック往復書簡集』 271
『アダプテーションの理論』 6
『アッシャー家の崩壊』 234
『アトランティスの鐘』 63
『アナイス・ニンの少女時代』 138, 144, 145, 148, 149
『アナイス・ニンの世界——批判的および文化的展望』 16
「アナイス・ニンの日記と日本文学の日記の伝統」 116
『アナイス・ニンの娘たち』 138
『アメリカ古典文学研究』 193
『嵐が丘』 189
『ある女のグリンプス』 139, 140
「暗殺者のとき」 58
「アンセアヘ〜彼に何事も命じる事ができる人」 180
『アンダルシアの犬』 208
「生きよと命じるなら」 180-184, 185, 195
「イコノロジー——イメージ・テクスト・イデオロギー」 40
《(1) 落下する水、(2) 照明用ガス、が与えられたとせよ》 244
「意思の力——オットー・ランクの人生と作品」 73, 83
『イリュミナシオン』 56, 66
「隠喩としての建築」 232
「ヴァージニア・ウルフと両性具有的視点」 215
『ウエスト・サイド物語』 284
『ウォールデン』 233
『浮舟　源氏物語』(第 5 部) 117
「兎とよばれた女」 146, 147, 148, 149
「失われた庭」 148
「宇宙的な眼」 129
「美しき屍の告白」 149
「エウリュディケ」 180-184
『エクリ』 86
「エロス——男の立場と女の立場」 102
「王冠」 110, 111
「大鴉」 253
「思いやりある友情」 185

か行

「回想するヘンリー・ミラー」 121
《階段を降りる裸体》 12, 24, 25, 43
《階段を降りる裸体 No. 2》 244
『鍵』 296
『カスパー・ハウザー』 266
『ガラスの街』 45
『カンガルー』 180
「記憶」 270

「黄色い壁紙」 234
『北回帰線』 109, 110, 116, 117, 118, 119, 120, 123, 127, 128, 129, 131, 134, 136
『キャプリコーンの友人より』 115
『キャントーズ』 276
『旧約聖書』 90, 96, 262
『クリシーの静かな日々』 120
『グレート・ギャツビー』 234
『黒い本』 284
『芸術と芸術家——創造的な衝動と、個性の発展』 26, 70
「芸術における精神性について」 78
「芸術のなかのヨーロッパ像」 103
『源氏物語』 108-125
「賢人ここにて釣魚する——フランシス・ステロとゴータム書店の物語」 111
「現代日本女性のグリンプス」 141
「建築における意味論・象徴的要素——建築的記号論に向けての第一歩としての図像化」 46
『恋した、書いた——アナイス・ニン、ヘンリー・ミラー往復書簡集』 271
『恋する女たち』 186, 191
『構造人類学』 90
《コンサート》 175

さ行

《さえずり機械》 149
『[作家ガイド] アナイス・ニン』 198
『サブリナ』 276
『サイラス・ラッパムの向上』 233
『ジェーン・エア』 189
「子宮の音楽——アナイス・ニンの女性的ライティング」 84
『地獄の季節』 56, 78
「詩と叙事詩におけるインセストのモチーフ」 72
『死の宇宙』 131
『詩の日本語』 102
『自分ひとりの部屋』 215
「染み」 93
『シュルセクシュアリティ』 160
『シュルレアリスム宣言・溶ける魚』 154
『シュルレアリスムの受容と変容——フランス・アメリカ・日本の比較文化研究』 160
「女性芸術家を子宮の沈黙から救い出す」 84
「女性心理学と男性イデオロギー」 76, 77
『出世外傷』 171
『死んだ兄の肖像』 205
「死んだ男」 185
『すげかえられた首』 66
『精神分析の発展目標』 171
「精神分析を超越して」 76
『性の政治学』 189
《世界を再建する女性》 159
『千夜一夜物語』 264, 267
創世記 90

326　付録

た行
- 『大洪水の後』……………………………… 56
- 『タオスのロレンゾー』…………………… 187
- 『第二の性』………………………………… 76
- 『「父の娘」たち――森茉莉とアナイス・ニン』
  ……………………………………………… 145
- 『血の汗』…………………………………… 93
- 『チャタレー夫人の恋人』………… 108, 186
- 「定義された自己――詩人 H.D. とその世界」
  ……………………………………………… 179
- 『D.H. ロレンス書簡集』………… 182, 195
- 「D・H・ロレンスと他者性」…………… 110
- 『D・H・ロレンスを追悼するエレジー』… 110
- 「ディリア・アルトンによる H.D.」
  …………………………………… 180-181, 185
- 『天才の日記』……………………………… 210
- 『灯台へ』…………………………………… 215
- 『トワイス・トールド・テイルズ』……… 52
- 『ドン・ファン――ダブルの研究』……… 26

な行
- 『ナジャ』…………………………………… 61
- 『名づけえぬもの』………………………… 95
- 《ナルシスの変貌》………………………… 210
- 《虹》………………………………………… 186
- 『ニューヨーク往復』……………… 119, 296
- 『ネクサス』………………………… 122, 123
- 「ノー・マスター」………………………… 281
- 「ノリメタンゲレ」………………………… 182

は行
- 「初恋」……………………………………… 134
- 『裸のランチ』……………………………… 277
- 『ピーサ詩編』……………………………… 276
- 『ビーナスの見習い』……………… 286, 295
- 『響子悪趣』………………………………… 104
- 『フィネガンズ・ウェイク』……………… 154
- 「フェミニズムと D.H. ロレンス」……… 189
- 『藤袴　源氏物語』(第 4 部)…………… 117
- 『婦女の都の書』…………………………… 40
- 『古い日本の説話』………………………… 121
- 『フロイトにささぐ』……………………… 185
- 『文学的関係』……………………………… 194
- 『文心彫龍』………………………………… 106
- 『ヘンリー・ミラー――アナイス・ニンへの手紙』
  …………………………… 271, 277, 280-281
- 『ヘンリー・ミラー――コロッサス・オブ・ワン』
  ……………………………………… 284, 297
- 『吠える』…………………………………… 277
- 『ホキ・徳田・ミラーに宛てたヘンリー・ミラー
  の手紙』…………………………………… 117
- 「星に憑かれた人」………………………… 129
- 『星の城』…………………………… 164, 172

ま行
- 『マックスと白い食菌細胞』……………… 131
- 『マッテオ・リッチ記憶の宮殿』………… 37
- 『マドモアゼル』…………………………… 281
- 『マリアへの告知』………………………… 94
- 「マリニャンのマーラ」…………………… 120

(右段)
- 『三つの一神教における神秘主義と哲学』… 187
- 『南回帰線』………………………… 110, 120, 128
- 『南十字星の息子』………………………… 141
- ミラーの最後の恋人ブレンダ・ヴィーナス宛て
  の手紙を収録した書簡集 ……………… 114
- 《見えない男》……………………………… 210
- 『見えない諸都市』……………………… 43, 48
- 『見える女』………………………………… 210
- 『紫式部日記』……………………………… 116
- 『目覚め』…………………………………… 234
- 『モスキート・コースト』………………… 233
- 『息子と恋人』……………………………… 195
- 「モーセという男と一神教」……………… 140
- 『森のバルコニー』………………………… 93
- 『モロイ』…………………………………… 90

や行
- 『夢のコラージュ――アナイス・ニンの作品』
  ……………………………………………… 71
- 『夢の浮橋　源氏物語』(第 6 部)……… 117
- 『ユリシーズ』……………………………… 108
- 『夜の森』…………………………… 260, 267

ら行
- 『ロマン (小説)』…………………………… 57
- 『ロレンス・ダレルへの手紙 1937-1977』… 271
- 「ロレンスとフーコー、セクシュアリティの言語」
  ……………………………………………… 187
- 『ロレンスの世界』………………………… 117
- 「ロレンス流に生きる――アナイス・ニンの情
  熱的経験の啓示」………………………… 194

わ行
- 『ワインズバーグ・オハイオ』…………… 246
- 『わが生涯の書物』………………………… 115
- 『私のミューズ』…………………………… 165

項目索引

あ行

アイデンティティ ……… 36, 47, 60, 66, 83, 93, 94, 127, 140, 150, 166, 178, 183, 202, 205, 206, 216, 249, 252, 253, 254, 256, 258, 261, 265
アイロニー …… 249, 251, 252, 253, 255, 259, 263, 264, 265, 268
アダプテーション ……………………………………… 6
アフリカン・アメリカン ………………………… 256
家 …… 16, 17, 21, 34, 36, 37, 38, 42, 44, 45, 47, 49, 58, 62, 63, 64, 66, 99, 105, 111, 120, 130, 133, 156, 180, 181, 182, 192, 206, 218, 220, 222, 230-245, 251, 253, 267, 272, 280, 290
映画 ……… 6, 54, 63, 64, 69, 99, 105, 173, 208, 266, 275, 284, 289, 292
エグザイル ……………………………………… 258
オリエンタリズム …………………………… 252, 266
音楽（的） ……… 22, 27, 47, 49, 55, 64, 66, 71, 73, 78, 79, 80, 81, 100, 101, 105, 142, 160, 162, 167, 169, 170, 274, 278

か行

解釈の否定 ……………………………… 171, 172
絵画（的） ……… 12, 22, 25, 35, 40, 43, 45, 99, 101, 103, 157, 160, 162, 163, 166, 168, 169, 206, 244, 247, 253, 254, 265, 266
鏡 …… 18, 19, 28, 36, 105, 131, 134, 135, 147, 168, 169, 222, 226, 254
カスパー・ハウザー症候群 ……………… 249, 251
カセクシス ……………………………………… 250
漢字／仮名 ……………………………… 101, 102, 103
記憶 …… 15, 20, 21, 36, 37, 40, 41, 42, 57, 87, 88, 117, 118, 121, 122, 126, 153, 157, 207, 214, 217, 240, 241, 249, 257, 258, 265
記号 ………………………………… 33, 46, 47, 254
キネティックアート ……………… 263, 265-266, 267
共感 …… 60, 62, 71, 139, 144, 158, 171, 202, 203, 264
空想 ……………………………… 23, 152, 164, 258, 288
寓話 ……………………………… 40, 252, 253, 254, 266
具現化現象 ……………………………… 260, 265
結婚（制度）……… 24, 54, 56, 63, 70, 71, 74, 75, 81, 114, 120, 140, 141, 145, 146, 147, 148, 150, 157, 178, 181, 182, 190, 220, 238, 241, 258, 268, 275, 280, 281
幻想 …… 22, 23, 77, 79, 82, 138, 164, 166, 167, 168, 172, 173, 190, 209, 217
建築 ……… 33, 35, 37, 38, 45, 46, 47, 101, 105, 230-245
公民権運動 ………………………………… 266
ゴータム（ゴッサム、ゴサム）書店
……………………………… 112, 113, 123, 281, 282
黒人性 ……………………………………… 257
コラージュ …… 65, 156, 159, 169, 246, 247, 248, 254, 258, 262, 265, 290
五連作小説 → 連作小説

さ行

サロン ……………… 8, 15, 18, 60, 170, 200, 201, 222
死 …… 6, 15, 19, 20, 36, 56, 57, 59, 63, 70, 76, 83, 89, 92, 93, 94, 128, 129, 130, 131, 132, 138, 141, 147, 148, 149, 164, 184, 206, 224. 239
ジェンダー ……… 86-97, 139, 144, 147, 149, 189, 195, 262 265
ジーグフェルド・ガールズ ………………… 268
死産 …… 15, 19, 76, 82, 83, 89, 92, 93, 94, 96, 131, 132, 133, 135, 137, 147, 179, 181, 221
詩人 …… 4, 9, 40, 41, 54-69, 72, 93, 101, 102, 103, 105, 110, 114, 115, 129, 158, 159, 179, 180, 181, 183, 186, 256, 267, 272, 273, 274, 281
詩的（領域）…… 9, 16, 18, 54, 55, 57, 61, 62, 64, 65, 87, 88, 89, 92, 93, 96, 98, 102, 104, 105, 168, 191, 209, 252, 258, 266, 281
自伝 …… 12, 13, 15, 23, 24, 29, 64, 86, 87, 100, 122, 140, 141, 146, 148, 179, 180, 181, 206, 286
支配／被支配 …… 22, 27, 40, 48, 61, 63, 64, 79, 91, 92, 135, 141, 142, 163, 190, 192, 218, 233
ジプシー ………………………… 39, 264, 265
出産 …… 83, 88, 89, 90, 92, 94, 95, 96, 122, 137, 171,180, 238, 276
シュルレアリスト …………… 55, 57, 61, 62, 87, 87, 92, 99, 155, 160-176, 207, 208, 209, 210, 211
シュルレアリスム …… 57, 58, 62, 68, 96, 99, 126, 154, 155, 158, 160, 161, 162, 163, 164, 166, 167, 168, 169, 170, 173, 174, 175, 199, 207, 208, 209, 210, 211, 247, 281
象徴化 ……………………………………… 104
象徴主義 ……………… 62, 68, 87, 88, 96, 100
書簡 …… 8, 83, 113, 114, 115, 117, 128, 136, 267, 270-299
女性シュルレアリスト ……………… 160-176
女性性 …… 77, 130, 131, 133, 134, 135, 190, 214, 216, 219, 221, 222, 223, 225, 252, 253, 262
女性らしさ ……… 95, 101, 102, 103, 214-228
人種（問題）…… 23, 123, 240, 251, 252, 254, 255, 256, 265, 267
心象 …… 35, 37, 38, 41, 49, 130, 251, 254, 257, 258, 259
図像学（図像化、図像解釈学）……… 32-53, 232
スフィンクス ……………………… 164, 172, 173
性 …… 41, 50, 60, 61, 67, 74, 75, 78, 82, 83, 90, 91, 92, 140, 141, 144, 161, 163, 164, 166, 169, 170, 171, 175, 186, 188, 189, 195, 206, 214, 215, 218, 219, 225, 240, 241, 242, 248, 265
精神分析 …… 7, 8, 9, 15, 19, 20, 24, 25, 26, 60, 61, 62, 65, 66, 72, 135, 171, 172, 178, 185, 195, 207, 208, 211, 244, 250, 252, 295
精神分析学 ……………………………… 126, 133
世界文学 ………………………………… 263
セクシュアリティ ……………… 139, 145, 187
ゼムルーデの街路 ………………………… 51
旋回軸（ピヴォット）……………………… 37, 41

328　付録

た行

他者 …… 17, 20, 36, 41, 56, 58, 59, 60, 61, 63, 64, 66, 67, 76, 77, 87, 89, 94, 95, 149, 171, 203, 205, 210, 220, 230, 231, 233, 235, 236, 237, 242, 244, 248, 252, 254, 261, 265
他者性 …… 86, 110
ダダイズム …… 126
タフな論理性 …… 103
誕生 …… 76, 83, 86-97, 131, 158, 260, 263
ダンス …… 160, 167, 169, 170
男性性 …… 130, 133, 134, 135, 190, 21, 216, 217, 218, 219, 223, 225, 262
チャイニーズ・パズルボックス … 251, 252, 264
抽象化 …… 65, 104
中絶 …… 15, 147, 148, 226
デジタル・アーカイヴ …… 272
同化 …… 106, 123, 128, 132, 133, 135, 169, 173, 223, 248, 253, 255
同性愛 …… 165, 167, 241
読者反応批評 …… 260, 261
都市（文書） …… 32, 33, 42, 47
トラウマ …… 83, 150, 198-213, 266
トラペーズ …… 267
トリックスター …… 5

な行

内的運命 …… 249
流れ …… 28, 57, 230-245, 251
ナルシシズム …… 17, 207, 215, 277
日本文学 …… 102, 106, 116

は行

パーソナリティ障害 …… 203, 206, 211
バイセクシャル …… 178, 251, 252
ハイチ …… 254, 255, 256, 266
ハウスボート …… 15, 44, 156, 192, 239, 240, 243
白昼夢 …… 152
パスティーシュ …… 260
母（なるもの・としての存在）…… 15, 55, 64, 79, 88, 90, 91, 92, 93, 94, 95, 96, 101, 133, 134, 138, 141, 142, 144, 145, 146, 147, 149, 164, 171, 204, 205, 206, 207, 214, 215, 216, 217, 218, 219, 220, 221, 222, 223, 225, 226, 237, 238, 242, 248, 250, 255, 257, 277, 290
ハーレム・ルネサンス …… 266
パンドラの箱 …… 251, 252
ハンプトン・マナー
　…… 199, 200, 202, 203, 209, 211
美術館 …… 69, 263, 264, 267
避妊 …… 147
ヒューマニスティック心理学 …… 171
ファム・アンファン …… 163, 166, 209
フェミニズム …… 8, 145, 188, 189, 190, 195
舞台 …… 20, 24, 33, 34, 41,46, 50, 64, 81, 92, 156, 157, 173, 174, 231, 236, 239, 240, 243
ヘブライ語 …… 262
母系制 …… 88
母性 …… 95, 134, 142, 216, 218, 219, 220, 221, 222, 223
ホワイトネス（白人性）…… 254, 255, 257

翻訳 …… 63, 72, 98-106, 138, 139, 144, 145, 149, 187, 207, 262, 263, 265, 280, 281

ま行

ミザナビーム …… 251, 264
無意識 …… 7, 9, 13, 32, 50, 58, 92, 126, 152, 153, 154, 155, 162, 163, 164, 165, 168, 174, 175, 188, 202, 207, 209, 216, 251, 258
ムラート …… 255, 256
迷路 …… 17, 22, 27, 37, 38, 42, 49, 101, 157
モダニスト …… 38, 46, 101, 105, 178-197, 247, 265
モノローグ …… 260, 263

や行

ユーモア …… 190, 249, 259, 265, 267, 274, 295
誘惑 …… 18, 47, 135, 163, 218, 231, 235, 236, 237, 240, 242, 243
夢 …… 9, 23, 39. 43, 45, 48, 50, 58, 61, 62, 63, 64, 66, 67, 72, 77, 81, 87, 91, 92, 95, 99, 106, 129, 131, 152-159, 160-175, 193, 218, 221, 225, 253, 258, 259
欲望 …… 28, 37, 47, 64, 79, 121, 140, 144, 160, 162, 164, 170, 171,173, 174, 193, 218, 219, 221, 223, 231, 235, 237, 238, 239, 240, 241, 242, 243, 244
抒情詩的空中浮遊 …… 258, 265

ら行

ライフ・ライティング …… 8, 270, 294
両性具有（アンドロギュノス性）…… 61, 66, 91, 92, 146, 163, 164, 167, 189, 214, 215, 216, 225, 262
両性具有性 …… 214, 216, 223, 225, 226, 265
錬金術 …… 21, 23, 28, 55, 65, 165, 167, 168, 172, 192, 246, 254, 265
ロリータ・コンプレックス … 248, 250, 258, 259
連作小説 …… 5, 12, 14, 32, 33, 35, 77, 142, 191, 192, 230, 231, 232, 235, 236, 237, 239, 241, 242, 243

329

執筆者・翻訳者紹介（掲載順）

スザンヌ・ナルバンチャン（Suzanne Nalbantian）
ロングアイランド大学教授
　著書に *Memory in Literature: From Rousseau to Neuroscience*（Palgrave MacMillan, 2002）、共編著に *Secrets of Creativity: What Neuroscience, the Arts and Our Minds Reveal*（MIT Press, 2019）、*The Memory Process: Neuroscientific and Humanistic Perspectives*（MIT Press, 2011）などがある。

コリンズ圭子（こりんず　けいこ）
東京女子大学非常勤講師
　論文に「罪深き「イノセンス」――ウィリアム・スタイロン『闇の中に横たわりて』」『アメリカ文学における家族』（山口書店、1987）、『ミノタウロスの誘惑』（「ありす」英米文学研究第6号、1985）などがある。

キャサリン・ブロデリック・ヴリーランド（Catherine Broderick Vreeland）
神戸女学院大学名誉教授、ミシガン州立大学客員教授（1987-1988）
　論文に "L'Influence de la Pensée Française sur *Iki no Kōzō* de Kuki Shūzō,"（『比較文学』28巻、1986）、共著に『女性学入門――女性研究の新しい夜明け』（サイマル出版会、1979）、『現代アメリカ女性作家の深層』（ミネルヴァ書房、1984）、「九鬼周造と私」月報4『九鬼周造全集第八巻』（岩波書店、1981）などがある。

石井光子（いしい　みつこ）
阪南大学名誉教授、イェール大学客員研究員（2000-2001）
　論文に「「エンカンターダス」、あるいは、1853年の合衆国」（『阪南大学産業経済研究所』64巻、2019）、共著に『イーディス・ウォートンの世界』（鷹書房弓プレス、1997）などがある。

アンナ・バラキアン（Anna Balakian）
ニューヨーク大学名誉教授
　著書に *André Breton: Magus of Surrealism*（Oxford UP, 1971）、*The Symbolist Movement: A Critical Appraisal*（Random House, 1967）、論文に "The Poetic Reality of Anaïs Nin" *A Casebook on Anaïs Nin*（New American Library, 1974）などがある。

奥沢エリ（おくさわ　えり）
翻訳家・通訳（英仏日）
　共訳に『アナイス・ニン、自己を語る』（*Anaïs Nin Observed: Portrait of A Woman as Artist* ドキュメンタリー映画、制作・監督：ロバート・スナイダー、1973）DVD（オンリー・ハーツ制作、2017）、書簡資料邦訳 "Lettre de Catherine Deneuve"（*Libération* le 14 janvier 2018）『カトリーヌ・ドヌーヴの言葉』（山口路子著、大和書房、2019）などがある。

シャロン・スペンサー（Sharon Spencer）
元モントクレア州立大学教授、作家
　著書に *Collages of Dreams: The Writings of Anaïs Nin*（Swallow Press, 1977）、*Dance of the Ariadnes*（Sky Blue Press, 1998）、共著に "The Music of the Womb: Anaïs Nin's Feminine Writing" *Breaking the Sequence: Women's Experimental Fiction*（Princeton UP, 1989）などがある。

大野朝子（おおの　あさこ）
東北文化学園大学准教授
　訳書にアナイス・ニン『ミノタウロスの誘惑』（水声社、2010）、共訳書『アナイス・ニンとの対話』（鳥影社、2021）、共著書に『【作家ガイド】アナイス・ニン』（彩流社、2018）などがある。

ラヨシュ・エルカン（Lajos Elkan）
元ロングアイランド大学教授
　著書に *Les Voyages et les Proprietes d'Henri Michaux*（Peter Lang Publishing, 1988）などがある。

佐竹由帆（さたけ　よしほ）
青山学院大学教授
　共著書に "Effects of English-speaking lessons in virtual reality on EFL learners' confidence and anxiety" In *Frontiers in Technology-Mediated Language Learning*,（Routledge, 2024）、論文に "The effects of teacher, peer and self-feedback on error correction with corpus use." *Applied corpus linguistics, 4*（3）, 100114（2024）、"How error types affect the accuracy of L2 error correction with corpus use." *Journal of second language writing, 50*, 100757.（2020）などがある。

木村淳子（きむら　じゅんこ）
北海道武蔵女子短期大学名誉教授、詩人
　著書に『風に聞いた話　木村淳子詩集』（土曜美術社、2013）、訳書に『アナイス・ニン　コレクション I-V』（鳥影社、1993-97）、共訳書に『ロッテ・クライマー詩選集』（土曜美術社、2007）などがある。

本田康典（ほんだ　やすのり）
宮城学院女子大学名誉教授
　著書に『D.H.ロレンスとヘンリー・ミラー――聖霊と竜』（北星堂書店、1994）、「『北回帰線』物語」（水声社、2018）、訳書にヘンリー・ミラー『北回帰線』（水声社、2004）などがある。

小林美智代（こばやし　みちよ）
関西大学非常勤講師
　著書に『ヘンリー・ミラーの文学――愛の欠落から追求へ』（水声社、2010）、訳書にヘンリー・ミラー『ヘンリーからアナイスへ』（鳥影社、2005）、ヘンリー・ミラー『母』（水声社、2013）などがある。

矢口裕子（やぐち　ゆうこ）
新潟国際情報大学教授
　著書に『アナイス・ニンの魂と肉体の実験室――パリ、1930年代』（小鳥遊書房、2023）、*Anaïs Nin's Paris Revisited: The English-French Bilingual Edition*, wind rose-suiseisha/rose des vents-suiseisha（2022）、訳書に『アナイス・ニンの日記』（編訳、水声社、2017）などがある。

杉崎和子（すぎさき　かずこ）
岐阜聖徳学園大学名誉教授、元アナイス・ニントラスト理事
　訳書にアナイス・ニン『インセスト 無削除版1932-1934』（編訳、彩流社、2008）、アナイス・ニン『ヘンリー＆ジューン』（角川文庫、1990）、ケイト・ショパン『目覚め』（牧神社、1977）などがある。

鈴木章能（すずき　あきよし）
長崎大学教授
　論文に "Understanding Henry Miller's Literary Text as the Poor's: Life as a Doer with Non-Identity," *NEXUS: The International Henry Miller Journal*, Vol. 15（2024）、共著書に *Time Travel in World Literature and Cinema*（Palgrave Macmillan, 2024）、訳書に張隆渓『比較から世界文学へ』（水声社、2018）などがある。

三宅あつ子（みやけ　あつこ）
関西学院大学非常勤講師
　共著に「アナイス・ニンとヘンリー・ミラー：ニンのフィクションに描かれたミラー」『ヘンリー・ミラーを読む』（水声社、2008）、「精神分析医を描いたモダニズム女性作家達――アナイス・ニンとH.D.」『混沌と共存する比較文化研究』（英光社、2020）、訳書にアナイス・ニン『炎へのはしご』（水声社、2019）などがある。

331

ルッケル瀬本　阿矢（るっける　せもと　あや）
立命館大学准教授
　著書に『シュルレアリスムの受容と変容——フランス・アメリカ・日本の比較文化研究』（文理閣、2021）、論文に "Enhancing English Academic Writing: The Effects of Movie Trailers on Structure Comprehension, Motivation, and Critical Thinking." *Journal of English Teaching through Movies and Media*,（2024）、"Comparison of Japanese Companies' and Universities' Perceptions of *Global Jinzai*".（『比較文化研究』150巻、2023）などがある。

金井彩香（かない　さいか）
酪農学園大学准教授
　論文に「「親密さ」をもとめて——『よき隣人の日記』におけるドリス・レッシングのケア」（『酪農学園大学紀要人文・社会科学編』49巻、2024）、「『檻の中』の抜け出せない女——ジェイムズとウルフの性格創造の系譜」（『北海道アメリカ文学』37号、2021）、"An Ode to Old Bloomsbury: Virginia Woolf's Victorian Vision in *Jacob's Room*"（『英文学研究支部統合号』第12号、2020）などがある。

井出達郎（いで　たつろう）
東北学院大学准教授
　論文に「作家論としての「ケアのはじまりとしての傷つきやすさ」——「アルコール依存症の患者」と「家族は風のなか」における個別なものへの応答」（『フィッツジェラルド研究』第5号、2022）、「反生産者のつながりに向けて——ヘンリー・ミラー『北回帰線』における自伝、家族、資本主義への問い」（『デルタ——ヘンリー・ミラー、アナイス・ニン、ロレンス・ダレル研究論集』第11号、2019）、共著に「流れと対抗——ヘンリー・ミラーの「エンカウンター」という試み」『ヒッピー世代の先覚者たち——対抗文化とアメリカの伝統』（小鳥遊書房、2019年）などがある。

山本豊子（やまもと　とよこ）
東京女子大学非常勤講師
　訳書にアナイス・ニン『四分室のある心臓』（鳥影社、2023）、『アナイス・ニン コレクション別巻 心やさしき男性を讃えて』（鳥影社、1997）、「日記の女 アナイス・ニン」（野島秀勝著『迷宮の女たち』TBSブリタニカ、1978）英訳："A Woman of the Diary: Anaïs Nin," *Critical Analysis of Anaïs Nin in Japan* (Sky Blue Press, 2023) などがある。

ウェイン・E・アーノルド（Wayne E. Arnold）
北九州市立大学准教授
　論文に Kashiko Kawakita and the 1932 Towa Shoji Film Diary（「川喜多かしこと1932年の東和商事映画日記」）(*Kosmorama*, 2023) https://www.kosmorama.org/en/artikler/kashiko-kawakita、"Four Japanese in Search of Henry Miller" (*European Journal of American Studies*, 2021)、"The Samurai and the Artist: Henry Miller's *Reflections on the Death of Mishima*." (*Transatlantica: American Studies Journal*, 2021) などがある。

渡部あさみ（わたなべ　あさみ）
北海学園大学教授
　論文に「無登録移民の物語とアメリカ——Reyna Grandeの創作とアクティヴィズム」（『人文論集』第76号、2024）、「Jhumpa Lahiriの *The Lowland* における時間と記憶」（『人文論集』第69号、2020）、共訳書に『アナイス・ニンとの対話』（鳥影社、2021）などがある。

第 1 部

Credits

Suzanne Nalbantian, "Aesthetic Lies", reproduced with permission of SNCSC.
Catherine Broderick, "Cities of Her Own Invention: Urban Iconology in *Cities of the Interior*", reproduced with permission of SNCSC.
Anna Balakian, "Anaïs Nin, the Poet", reproduced with permission of SNCSC.
Sharon Spencer, "Beyond Therapy: The enduring Love of Anaïs Nin for Otto Rank", reproduced with permission of SNCSC.
Lajos Elkan, Birth and Linguistics of Gender: Masculine/Feminine", reproduced with permission of SNCSC.
Junko Kimura, "Between Two Languages: The Translation and Reception of Anaïs Nin in Japan", reproduced with permission of SNCSC.

Anaïs Nin: Literary Perspectives, Palgrave Macmillan, 1997.

アナイス・ニン文学への視点

小説と日記、作家と創意

2024年12月30日　第1刷発行

編　著　者　——　山本豊子
発　行　者　——　前田俊秀
発　行　所　——　株式会社　三修社
　　　　　　　〒150-0001　東京都渋谷区神宮前2-2-22
　　　　　　　TEL 03-3405-4511
　　　　　　　FAX 03-3405-4522
　　　　　　　振替 00190-9-72758
　　　　　　　https://www.sanshusha.co.jp
　　　　　　　編集担当　永尾真理
印　刷　所　——　壮光舎印刷株式会社
製　本　所　——　牧製本印刷株式会社

©Toyoko Yamamoto 2024 Printed in Japan
ISBN978-4-384-06080-5 C3098

装丁　宗利淳一
DTP　大貫としみ（ME TIME）
カバー・口絵写真提供　Anaïs Nin Foundation（Tree Wright）

|JCOPY|〈出版者著作権管理機構　委託出版物〉

本書の無断複製は著作権法上での例外を除き禁じられています。複製される場合は、そのつど事前に、出版者著作権管理機構（電話 03-5244-5088 FAX 03-5244-5089 e-mail: info@jcopy.or.jp）の許諾を得てください。